Greer Hendricks arbeitete über zwanzig Jahre als Lektorin bei Simon & Schuster. Davor erwarb sie an der Columbia University einen Master in Journalismus. Ihre Beiträge erschienen u. a. in der *New York Times* und bei *Publishers Weekly*. Greer lebt mit ihrem Ehemann und zwei Kindern in Manhattan.

Sarah Pekkanen ist eine internationale Bestsellerautorin und hat bereits sieben Romane veröffentlicht. Als investigative Journalistin und Autorin schrieb sie u. a. für die *Washington Post* und *USA Today*. Sie ist die Mutter von drei Söhnen und lebt außerhalb von Washington, D. C.

«Die Wahrheit über ihn», der erste gemeinsame Roman der Autorinnen, erschien in 35 Ländern, stieg auf Platz 2 der *New York Times*-Bestsellerliste ein und wird von DreamWorks verfilmt. «Die Frau ohne Namen» war sofort Platz 1 der *New York Times*-Bestsellerliste und wird als Serie adaptiert.

Alice Jakubeit übersetzt Romane, Sachbücher und Reportagen aus dem Englischen und Spanischen, u. a. Alexander McCall Smith, Greer Hendricks & Sarah Pekkanen, Brian McGilloway und Eva García Sáenz. Sie lebt in Düsseldorf.

«Gekonnt wendungsreich mit atemberaubenden Twists ... Spannung der Extraklasse.» *Publishers Weekly*

«Meisterhaft steigende Spannung, die den Leser bis zuletzt im Dunkeln lässt ...» *Booklist*

«Hendricks & Pekkanen auf dem Höhepunkt ihres Könnens. Niemals erraten Sie das Ende.» *People*

GREER HENDRICKS *UND*
SARAH PEKKANEN

DIE FRAU
OHNE NAMEN

ROMAN

Aus dem Englischen
von Alice Jakubeit

Rowohlt Taschenbuch Verlag

Die Originalausgabe erschien 2019 unter dem Titel
«An Anonymous Girl» im Verlag St. Martin's Press, New York.

Veröffentlicht im Rowohlt Taschenbuch Verlag, Hamburg, Mai 2021
Copyright © 2020 by Rowohlt Verlag GmbH, Hamburg
«An Anonymous Girl» Copyright © 2019 by
Greer Hendricks and Sarah Pekkanen
Redaktion Tobias Schumacher-Hernández
Covergestaltung any.way, Barbara Hanke / Cordula Schmidt,
nach dem Original von St. Martin's Press, Design by Olga Grlic
Coverabbildung PeopleImages / Getty Images;
Subbotina Anna / Shutterstock
Satz aus der Mercury Text
Gesamtherstellung CPI books GmbH, Leck, Germany
ISBN 978-3-499-00145-1

Die Rowohlt Verlage haben sich zu einer nachhaltigen Buchproduktion verpflichtet. Gemeinsam mit unseren Partnern und Lieferanten setzen wir uns für eine klimaneutrale Buchproduktion ein, die den Erwerb von Klimazertifikaten zur Kompensation des CO_2-Ausstoßes einschließt.
www.klimaneutralerverlag.de

Von Greer:
*Für meine Eltern
Elaine und Mark Kessel*

Von Sarah:
Für Roger

ERSTER TEIL

Einladung: Frauen zwischen 18 und 32 für Ethik- und Moralstudie einer New Yorker Kapazität auf dem Gebiet der Psychiatrie gesucht. Großzügige Vergütung. Anonymität garantiert. Weiterführende Informationen telefonisch.

Es ist leicht, andere zu verurteilen. Die Mutter mit dem Einkaufswagen voller Froot Loops und Oreos, die ihr Kind anschreit. Den Fahrer des teuren Cabrios, der ein langsameres Fahrzeug schneidet. Die Frau im ruhigen Café, die in einem fort telefoniert. Den Mann, der seine Frau betrügt.

Aber was wäre, wenn man wüsste, dass die Mutter gerade heute ihre Arbeit verloren hat?

Was, wenn der Fahrer seinem Sohn versprochen hätte, ihn von der Schule abzuholen, sein Vorgesetzter aber von ihm verlangt hätte, dass er an einer späten Besprechung teilnimmt?

Was, wenn die Frau im Café gerade einen Anruf von der Liebe ihres Lebens erhalten hätte, einem Mann, der ihr das Herz gebrochen hat?

Und was, wenn die Frau des Ehebrechers ihm immer den Rücken zukehrt, wenn er sie berührt?

Vielleicht würden Sie auch über eine Frau, die einer Fremden für Geld ihre intimsten Geheimnisse verrät, ein vorschnelles Urteil fällen. Doch halten Sie sich mit Unterstellungen zurück, zumindest vorerst.

Wir alle haben Gründe für unsere Handlungen. Selbst wenn wir diese Gründe vor denen, die uns am besten zu kennen meinen, verheimlichen. Selbst wenn die Gründe so tief verborgen liegen, dass wir sie selbst nicht erkennen können.

KAPITEL EINS

Freitag, 16. November

Viele Frauen wollen der Welt ein bestimmtes Bild von sich präsentieren. Meine Aufgabe ist es, diese Verwandlungen hervorzubringen, in jeder 45-Minuten-Sitzung eine.

Wenn ich mit meiner Arbeit fertig bin, wirken die Frauen verändert. Sie strahlen, sind selbstbewusster. Glücklicher sogar.

Aber ich habe nur vorübergehende Lösungen zu bieten. Meine Kundinnen fallen ausnahmslos in ihr altes Ich zurück.

Wahre Veränderung erfordert mehr als die Werkzeuge, die mir zur Verfügung stehen.

Es ist Freitagabend um zwanzig vor sechs. Rushhour. Außerdem ist es der Abend, an dem man häufig besonders schön sein möchte, weshalb ich diese Zeit in meinem privaten Terminkalender konsequent aussparte.

Als sich die Türen der U-Bahn am Astor Place öffnen, steige ich als Erste aus. Wie immer am Ende eines langen Tages tut mir vom Tragen meines schweren schwarzen Schminkkoffers der rechte Arm weh.

Ich schwinge den Koffer hinter mich, damit ich durch das schmale Drehkreuz passe – allein heute zum fünften Mal und mittlerweile reine Routine –, dann laufe ich eilig die Treppe hinauf.

Auf der Straße ziehe ich mein Telefon aus meiner Lederjacke und öffne meinen Terminkalender, der von BeautyBuzz laufend aktualisiert wird. Ich gebe die Zeiten ein, zu denen ich arbeiten kann, und meine Termine gehen mir per SMS zu.

Meine letzte Buchung heute ist in der Nähe der Eighth Street,

Ecke University Place. Es sind zwei Kundinnen, also eine Doppelsitzung – neunzig Minuten. Ich habe die Adresse, die Namen und eine Telefonnummer. Aber ich habe keine Ahnung, wer mich erwartet, wenn ich an die Tür klopfe.

Allerdings habe ich keine Angst vor Fremden. Aus eigener Erfahrung weiß ich, dass einem von vertrauten Gesichtern größere Gefahr drohen kann.

Ich merke mir die Adresse, dann gehe ich zügig los und weiche dem Müll aus, der aus einer umgefallenen Tonne quillt. Ein Geschäftsinhaber zieht laut ratternd ein Gitter vor seiner Ladenfront herab. Drei Collegestudenten, die ihre Rucksäcke über einer Schulter tragen, rempeln sich spielerisch an, als ich an ihnen vorbeigehe.

Zwei Blocks von meinem Ziel entfernt klingelt mein Telefon. Im Display sehe ich, dass es Mom ist.

Ich lasse es klingeln, während ich das kleine runde Icon mit einem Foto meiner lächelnden Mutter betrachte.

Wenn ich in fünf Tagen zu Thanksgiving nach Hause fahre, sehe ich sie sowieso, sage ich mir.

Aber ich muss drangehen.

Meine Schuldgefühle sind immer das Schwerste, was ich mit mir herumtrage.

«Hey, Mom. Alles in Ordnung?», frage ich.

«Alles bestens, Schatz. Wollte nur mal hören, wie es dir geht.»

Ich sehe sie vor mir: Sie steht in der Küche des Hauses, in dem ich aufwuchs, in einem Vorort von Philadelphia, und rührt in der Bratensoße auf dem Herd – sie essen immer früh, und freitags gibt es Schmorbraten mit Kartoffelpüree. Dann öffnet sie den Schraubverschluss einer Flasche Zinfandel, um sich das eine Glas Wein einzuschenken, das sie sich am Wochenende abends genehmigt.

Am kleinen Fenster über der Spüle hängen gelbe Vorhänge und am Backofengriff ein Geschirrhandtuch mit der Aufschrift *Bring es ins Rollen* über dem Bild eines Nudelholzes. Die geblümte Tapete löst sich an den Rändern, und der Kühlschrank hat unten, dort, wo mein Vater nach der Playoff-Niederlage der Eagles dagegentrat, eine Delle.

Wenn mein Vater von seiner Arbeit als Versicherungsvertreter nach Hause kommt, wird das Essen fertig sein. Meine Mutter wird ihn mit einem Küsschen begrüßen. Sie werden meine Schwester Becky zu Tisch rufen und ihr helfen, das Fleisch zu schneiden.

«Becky hat heute Morgen den Reißverschluss an ihrer Jacke hochgezogen», sagt meine Mutter. «Ohne Hilfe.»

Becky ist zweiundzwanzig, sechs Jahre jünger als ich.

«Das ist toll», sage ich.

Manchmal wünschte ich, ich würde näher bei meinen Eltern wohnen, damit ich ihnen helfen könnte. Zu anderen Zeiten bin ich so froh, weit weg zu sein, dass ich mich schäme.

«Hey, kann ich dich zurückrufen? Ich bin gleich bei der Arbeit.»

«Ach, hat man dich wieder für ein Stück engagiert?»

Ich zögere. Mom klingt jetzt lebhafter.

Aber ich kann ihr nicht die Wahrheit sagen, und so entfährt mir: «Ja, es ist nur eine kleine Produktion. Wahrscheinlich bekommt sie nicht mal viel Presse. Aber das Make-up ist superraffiniert, wirklich unkonventionell.»

«Ich bin so stolz auf dich», sagt Mom. «Ich kann es gar nicht erwarten, nächste Woche alles darüber zu erfahren.»

Sie möchte noch etwas hinzufügen, habe ich den Eindruck, aber ich beende das Telefonat, obwohl ich mein Ziel – ein Studentenwohnheim der NYU, der New York University – noch nicht erreicht habe.

«Gib Becky einen Kuss von mir. Hab dich lieb.»

Ich habe Verhaltensregeln, die für jeden Auftrag gelten.

Sobald ich meine Kundinnen sehe, nehme ich eine erste Einschätzung vor – registriere Augenbrauen, die dunkler besser aussehen würden, oder eine Nase, die dunkel schattiert werden muss, um schmaler zu wirken –, aber mir ist klar, dass meine Kundinnen mich ihrerseits taxieren.

Die erste Regel: meine inoffizielle Uniform. Ich trage nur Schwarz und muss mir dadurch nicht jeden Morgen ein neues Outfit zusammenstellen. Außerdem signalisiere ich damit unterschwellig Autorität. Ich trage bequeme, maschinenwaschbare Kleidung, die um sieben Uhr abends genauso frisch aussieht wie um sieben Uhr morgens.

Da man in die persönliche Distanzzone eindringt, wenn man jemanden schminkt, sind meine Fingernägel kurz und bloß poliert, mein Atem riecht nach Minze, und meine Locken sind in einem tief angesetzten Knoten gebändigt. Von dieser Norm weiche ich nie ab.

Bevor ich bei Apartment 6D klingele, reibe ich mir die Hände mit Handdesinfizierer ein und stecke mir ein Pfefferminz in den Mund. Ich bin fünf Minuten zu früh. Eine weitere Regel.

Mit dem Aufzug fahre ich in die fünfte Etage und folge dann der lauten Musik – «Roar» von Katy Perry – über den Flur zu meinen Kundinnen. Eine trägt einen Bademantel, die andere ein T-Shirt und Boxershorts. Ich rieche die Spuren ihrer letzten Schönheitsbehandlungen – die Chemikalien, mit denen die junge Frau namens Mandy sich blonde Strähnchen ins Haar gemacht hat, und den frischen Nagellack an Taylors Händen, mit denen sie wedelt.

«Wohin geht es heute Abend?», frage ich. Bei einer Party ist das Licht wahrscheinlich heller als in einem Club; eine Verabredung zum Abendessen würde etwas Subtiles erfordern.

«Lit», sagt Taylor.

Auf meinen verständnislosen Blick hin fügt sie hinzu: «Das ist im Meatpacking District. Drake war gerade gestern Abend da.»

«Cool», sage ich.

Ich suche mir einen Weg durch die Unordnung am Boden – ein Regenschirm, ein zusammengeknüllter grauer Pulli, ein Rucksack – und schiebe das Popcorn und die halbleeren Red-Bull-Dosen auf dem Couchtisch beiseite, damit ich meinen Koffer abstellen kann. Dann öffne ich die Verschlüsse, und die Seiten falten sich auf wie ein Akkordeon, sodass die diversen Fächer mit Make-up und Pinseln sichtbar werden.

«Auf was für einen Look zielen wir ab?»

Manche Kosmetikerinnen fangen sofort an, um möglichst viele Kundinnen in ihren Arbeitstag zu packen. Ich plane ein wenig zusätzliche Zeit ein, die ich nutze, um ein paar Fragen zu stellen. Die eine mag ein rauchiges Augen-Make-up und einen Nude-Lippenstift, während die andere sich vielleicht kühne rote Lippen und nur ein bisschen Mascara vorstellt. Die Investition dieser ersten Minuten spart mir am Ende der Sitzung Zeit.

Aber ich vertraue auch meinen Instinkten und Beobachtungen. Wenn diese Mädels sagen, sie wollen einen Sexy-Beach-Look, dann weiß ich, dass sie in Wirklichkeit wie Gigi Hadid auf dem Cover des Magazins, das auf dem Zweiersofa liegt, aussehen wollen.

«Und was studieren Sie?», frage ich.

«Kommunikationswissenschaften. Wir wollen beide in die PR.» Mandy klingt gelangweilt, als wäre ich die nervige Erwachsene, die sie fragt, was sie mal werden will, wenn sie groß ist.

«Das ist bestimmt spannend», sage ich, während ich einen Stuhl direkt unter die Deckenlampe ziehe, die das hellste Licht gibt.

Mit Taylor fange ich an. Ich habe fünfundvierzig Minuten, um den Look zu kreieren, den sie im Spiegel sehen will.

«Sie haben eine tolle Haut», sage ich. Eine weitere Regel. Finde etwas, worüber du der Kundin ein Kompliment machen kannst. In Taylors Fall ist das nicht schwer.

«Danke», sagt sie, ohne den Blick vom Telefon abzuwenden. Sie kommentiert ihren Instagram-Feed: «Braucht wirklich jemand noch ein Cupcake-Foto?» – «Jules und Brian sind so verliebt, das ist ja ekelhaft.» – «Inspirierender Sonnenuntergang, schon klar ... freut mich, dass du einen Megafreitagabend auf deinem Balkon hast.»

Während ich arbeite, wird das Geplapper der jungen Frauen

zu bloßem Hintergrundrauschen, wie das Brummen eines Föhns oder Verkehrslärm. Ich konzentriere mich ganz auf die verschiedenen Grundierungen, die ich auf Taylors Kinnpartie verblende, um ihren Hautton genau zu treffen, und den Wirbel aus Kupfer- und Sandtönen, die ich auf meiner Hand vermische, um die goldenen Flecken in ihren Augen zu betonen.

Als ich Bronzer auf ihre Wangen pinsele, klingelt ihr Handy.

Taylor, die gerade Gefällt-mir-Herzen verteilt, hält das Telefon in die Höhe: «Unbekannt. Soll ich drangehen?»

«Klar!», sagt Mandy. «Es könnte Justin sein.»

Taylor rümpft die Nase. «Aber wer geht an einem Freitagabend schon ans Telefon? Er kann eine Nachricht hinterlassen.»

Kurz darauf lässt sie die Nachricht über Lautsprecher abspielen, und eine Männerstimme ertönt.

«Hier ist Ben Quick, Dr. Shields' Assistent. Ich möchte Ihre Termine an diesem Wochenende bestätigen: morgen und Sonntag von acht bis zehn Uhr morgens. Wie gesagt in der Hunter Hall, Raum 214. Ich hole Sie in der Eingangshalle ab.»

Taylor verdreht die Augen, und ich ziehe den Mascarapinsel zurück.

«Würden Sie Ihr Gesicht bitte stillhalten?»

«Sorry. Was habe ich mir dabei gedacht, Mandy? Ich werde viel zu verkatert sein, um morgen früh aufzustehen.»

«Lass es einfach sausen.»

«Klar. Aber das sind fünfhundert Ocken. Das sind, was weiß ich, zwei Pullis von rag & bone.»

Das reißt mich aus meiner Konzentration. Fünfhundert Dollar sind zehn Schminksitzungen.

«Bäh. Vergiss es. Ich stelle mir doch wegen so einer blöden Umfrage nicht den Wecker», sagt Taylor.

Muss schön sein, denke ich und werfe einen Blick auf den zusammengeknüllten Pulli in der Ecke.

Dann entfährt mir unwillkürlich: «Eine Umfrage?»

Taylor zuckt die Achseln. «Irgendein Psycho-Prof braucht Studenten für eine Umfrage.»

Was die in dieser Umfrage wohl wissen wollen? Vielleicht ist es so etwas wie ein Myers-Briggs-Persönlichkeitstest.

Ich trete zurück und mustere Taylors Gesicht. Sie ist auf eine klassische Art hübsch und hat eine beneidenswerte Knochenstruktur. Bei ihr brauche ich gar nicht die vollen fünfundvierzig Minuten.

«Da Sie lange unterwegs sein werden, konturiere ich Ihre Lippen, bevor ich Gloss auftrage», sage ich. «So hält die Farbe.»

Ich hole mein Lieblingslipgloss mit dem BeautyBuzz-Logo auf der Tube heraus und streiche ihn auf Taylors volle Lippen. Als ich fertig bin, geht sie ins Bad und sieht in den Spiegel, Mandy im Schlepptau. «Wow», höre ich Taylor sagen. «Sie ist richtig gut. Lass uns ein Selfie machen.»

«Vorher brauche ich mein Make-up!»

Ich räume die Kosmetika, mit denen ich Taylor geschminkt habe, wieder ein und überlege, was ich für Mandy brauchen werde. Da fällt mir auf, dass Taylor ihr Telefon auf dem Stuhl liegen gelassen hat.

Meinen Megafreitagabend werde ich damit verbringen, mit Leo, meinem kleinen Terriermischling, Gassi zu gehen und meine Make-up-Pinsel zu reinigen – nachdem ich mit dem Bus in die Lower East Side gefahren bin, wo ich in einem winzigen Apartment wohne. Ich bin so geschafft, dass ich wahrscheinlich schon im Bett liegen werde, bevor Taylor und Mandy im Club ihren ersten Cocktail bestellt haben.

Noch einmal werfe ich einen Blick auf ihr Telefon.

Dann sehe ich zur Badezimmertür. Sie ist halb geschlossen.

Ich wette, Taylor macht sich nicht einmal die Mühe, zurückzurufen und ihren Termin abzusagen.

«Ich muss unbedingt den Highlighter kaufen, den sie benutzt hat», sagt sie gerade.

Fünfhundert Dollar wären eine große Hilfe bei der Miete diesen Monat.

Meinen Arbeitsplan für morgen habe ich im Kopf. Den ersten Termin habe ich erst mittags.

«Ich lasse mir die Augen von ihr irgendwie dramatisch schminken», sagt Mandy. «Ob sie künstliche Wimpern dabeihat?»

Hunter Hall von acht bis zehn Uhr morgens – das weiß ich noch. Aber wie hießen der Arzt und sein Assistent?

Es ist nicht einmal eine bewusste Entscheidung: Gerade betrachte ich noch das Telefon, und im nächsten Augenblick liegt es in meiner Hand. Nicht einmal eine Minute ist vergangen, es ist noch nicht wieder gesperrt. Aber um die Mailbox aufzurufen, muss ich den Blick vom Bad abwenden.

Ich tippe aufs Display, um die neueste Nachricht abzuspielen, dann drücke ich mir das Telefon fest ans Ohr.

Die Badezimmertür öffnet sich vollends, und ich fahre herum. Mandy kommt heraus, und mir schlägt das Herz bis zum Hals. Ich kann das Telefon nicht zurücklegen, ohne dass sie es sieht.

Ben Quick.

Ich kann so tun, als wäre es vom Stuhl gefallen, denke ich hektisch. Taylor sage ich einfach, ich hätte es gerade aufgehoben.

«Warte, Mand!»

Dr. Shields' Assistent ... acht bis zehn Uhr morgens ...

«Soll sie mal einen dunkleren Lippenstift ausprobieren?»

Komm schon, denke ich und wünschte, die Nachricht spielte schneller ab.

Hunter Hall, Raum 214.

«Vielleicht», sagt Mandy.

Ich hole Sie in der Eingangs–

An diesem Punkt lege ich auf. Gerade als ich das Telefon auf den Stuhl fallen lasse, tut Taylor den ersten Schritt zurück ins Zimmer.

Hat sie es mit dem Display nach oben oder nach unten liegen gelassen? Aber schon steht Taylor neben mir.

Sie betrachtet ihr Telefon, und mein Magen krampft sich zusammen. Ich habe es vermasselt. Mist.

Ich schlucke schwer und suche nach einer Ausrede.

«Hey», sagt sie.

Ich reiße den Blick vom Telefon los und sehe sie an.

«Gefällt mir total gut. Aber könnten Sie es mal mit einem dunkleren Lipgloss probieren?»

Sie lässt sich wieder auf den Stuhl plumpsen, und ich atme langsam aus.

Ich schminke ihre Lippen noch zweimal neu, zuerst in einem Beerenton, dann wieder im ursprünglichen Farbton, und dabei stütze ich den rechten Ellenbogen mit der linken Hand ab, weil meine Hand so zittert. Bis ich damit fertig bin, hat mein Puls sich wieder normalisiert.

Als ich die Wohnung nach einem zerstreuten «Danke» und ohne Trinkgeld wieder verlasse, steht mein Entschluss fest.

Ich stelle meinen Handywecker auf 7.15 Uhr.

Samstag, 17. November

Am nächsten Morgen überdenke ich mein Vorhaben gründlich.

Manchmal kann eine impulsive Entscheidung das ganze Leben verändern.

Und ich will nicht, dass das noch einmal passiert.

Ich warte draußen vor der Hunter Hall und sehe in Richtung von Taylors Wohnung. Es ist ein bewölkter, dunstiger Morgen, und so verwechsele ich zunächst eine junge Frau, die in meine Richtung jagt, mit ihr. Aber es ist nur eine Joggerin. Als Taylor um fünf nach acht offenbar immer noch schläft, betrete ich die Eingangshalle, wo ein Mann in einer Khakihose und einem blauen Button-down-Hemd auf seine Uhr sieht.

«Tut mir leid, dass ich zu spät komme!», rufe ich.

«Taylor?», fragt er. «Ich bin Ben Quick.»

Ich hatte recht daran getan, darauf zu setzen, dass Taylor nicht absagen würde.

«Taylor ist krank und hat mich gebeten, die Umfrage an ihrer Stelle mitzumachen. Ich bin Jessica. Jessica Farris.»

«Oh.» Ben blinzelt und mustert mich gründlich von oben bis unten.

Ich trage hohe Chucks statt meiner Ankle Boots und habe mir einen schwarzen Nylonrucksack über eine Schulter gehängt. Es kann bestimmt nicht schaden, wenn ich wie eine Studentin wirke.

«Würden Sie einen Moment warten?», sagt er schließlich. «Ich muss bei Dr. Shields nachfragen.»

«Klar.» Ich bemühe mich um den etwas gelangweilten Tonfall, den Taylor gestern Abend hatte.

Im schlimmsten Fall sagt er mir, dass ich nicht teilnehmen darf, rede ich mir gut zu. Kein Ding, dann besorge ich mir einen Bagel und mache mit Leo einen schönen langen Spaziergang.

Ben entfernt sich ein Stück von mir und holt sein Handy aus der Tasche. Ich würde zu gern hören, was er sagt, aber er spricht zu leise.

Dann kommt er zu mir zurück. «Wie alt sind Sie?»

«Achtundzwanzig», antworte ich wahrheitsgemäß.

Verstohlen sehe ich zur Eingangstür, um mich zu vergewissern, dass Taylor nicht etwa doch in letzter Minute angeschlendert kommt.

«Sie wohnen gegenwärtig in New York?», fragt Ben.

Ich nicke.

Er hat noch zwei weitere Fragen an mich: «Wo haben Sie sonst noch gelebt? Irgendwo außerhalb der Vereinigten Staaten?»

Ich schüttele den Kopf. «Nur in Pennsylvania. Da bin ich aufgewachsen.»

«Okay.» Ben steckt das Telefon weg. «Dr. Shields sagt, Sie können an der Studie teilnehmen. Zuerst brauche ich Ihren vollständigen Namen und Ihre Anschrift. Dürfte ich irgendein Ausweispapier sehen?»

Ich nehme den Rucksack ab und durchwühle ihn, bis ich meine Brieftasche finde. Dann reiche ich ihm meinen Führerschein.

Er macht ein Foto davon und notiert sich die übrigen Angaben. «Ich kann Ihnen die Bezahlung morgen nach Ende Ihrer Sitzung per Venmo überweisen, falls Sie einen Account haben.»

«Habe ich. Taylor hat mir gesagt, es seien fünfhundert Dollar. Stimmt das?»

Er nickt. «Ich schicke das alles schnell an Dr. Shields, und dann bringe ich Sie rauf in den Raum.»

Kann es wirklich so einfach sein?

KAPITEL ZWEI

Samstag, 17. November

Du bist nicht die Testperson, die heute Morgen erwartet wurde.

Doch du erfüllst die demographischen Kriterien für die Studie, und der Slot wäre sonst vergeudet gewesen, daher führt mein Assistent Ben dich zu Raum 214, einem großen, rechteckigen Zimmer mit vielen Fenstern in der nach Osten hin liegenden Wand. Auf dem glänzenden Linoleumboden stehen drei Tischreihen mit Stühlen. An der Stirnwand hängt ein ausgeschaltetes Smartboard. Weit oben an der hinteren Wand hängt eine altmodische runde Uhr. Ein x-beliebiger Seminarraum, der sich auf jedem Campus in jeder Stadt befinden könnte.

Bis auf einen Punkt: Du bist die einzige Person in diesem Raum.

Er wurde ausgewählt, weil es darin kaum etwas gibt, was dich ablenken könnte, damit du dich besser auf deine Aufgabe konzentrieren kannst.

Ben erklärt dir, dass auf dem Computer Anweisungen erscheinen werden. Dann schließt er die Tür.

Es ist still im Raum.

Auf einem Tisch in der ersten Reihe steht ein Laptop für dich. Er ist bereits aufgeklappt. Deine Schritte hallen, während du darauf zugehst.

Du lässt dich auf den Stuhl sinken und ziehst ihn an den Tisch heran. Die metallenen Stuhlbeine scharren über den Boden.

Auf dem Bildschirm wartet eine Nachricht für dich.

Testperson 52: Danke für Ihre Teilnahme an Dr. Shields' Forschungsprojekt zu Ethik und Moral. Durch die Teilnahme an dieser Studie verpflichten Sie sich zur Geheim-

haltung. Ihnen ist ausdrücklich verboten, mit Dritten über die Studie und ihre Inhalte zu sprechen.
Es gibt keine richtigen oder falschen Antworten. Entscheidend ist, dass Sie ehrlich sind und die erste Antwort geben, die Ihnen in den Sinn kommt. Ihre Erläuterungen sollten ausführlich sein. Bevor eine Frage vollständig beantwortet ist, können Sie nicht zur nächsten übergehen.
Fünf Minuten vor Ablauf Ihrer zwei Stunden erhalten Sie eine Benachrichtigung.
Drücken Sie die Entertaste, wenn Sie bereit sind zu beginnen.

Hast du irgendeine Vorstellung von dem, was dich erwartet?

Du führst deinen Finger zur Entertaste, drückst sie aber noch nicht. Mit diesem Zögern bist du nicht allein. Auch einige der einundfünfzig Testpersonen vor dir zeigten in unterschiedlichem Ausmaß Verunsicherung.

Es kann beängstigend sein, Seiten an sich kennenzulernen, deren Existenz man nicht gern zugibt.

Schließlich drückst du die Taste.

Du wartest und beobachtest den blinkenden Cursor. Deine haselnussbraunen Augen sind aufgerissen.

Als die erste Frage auf dem Bildschirm erscheint, zuckst du zusammen.

Vielleicht fühlt es sich seltsam an, dass jemand in einer so sterilen Umgebung intime Bereiche deiner Psyche erforscht, ohne aufzudecken, warum diese Informationen so wertvoll sind. Es ist nur natürlich, wenn man davor zurückscheut, sich verletzlich zu machen, aber du wirst dich diesem Prozess unterwerfen müssen, wenn der Test Erfolg haben soll.

Denk an die Regeln: Sei offen und ehrlich und vermeide, dich von der Scham oder dem Schmerz, den diese Fragen womöglich auslösen, abzuwenden.

Falls diese erste, vergleichsweise harmlose Frage dich aus der Fassung bringt, dann bist du vielleicht eine der Frauen, die ausgesiebt werden. Manche Testpersonen kommen nicht wieder. Dieser Test ist nicht für jede geeignet.

Du blickst noch immer auf die Frage.

Vielleicht raten deine Instinkte dir zu gehen.

Du wärst nicht die Erste.

Doch du legst die Hände auf die Tastatur und beginnst zu schreiben.

KAPITEL DREI

Samstag, 17. November

Als ich in diesem unnatürlich stillen Seminarraum auf den Laptop sehe, bin ich ein bisschen nervös. In den Anweisungen stand zwar, es gebe keine falschen Antworten, aber wird eine Befragung zum Thema Moral nicht eine Menge über meinen Charakter enthüllen?

Es ist kalt hier, und ich frage mich, ob das Absicht ist, damit ich aufmerksam bleibe. Fast höre ich Phantomgeräusche – Papierrascheln, dumpfe Schritte auf den harten Böden, Studenten, die sich anrempeln und miteinander scherzen.

Mit dem Zeigefinger drücke ich die Entertaste und warte auf die erste Frage.

Könnten Sie lügen, ohne ein schlechtes Gewissen zu haben?

Ich pralle zurück.

Das ist nicht das, was ich erwartet habe, nachdem Taylor die Studie so abfällig erwähnte. Ich habe wohl nicht damit gerechnet, dass ich über mich selbst schreiben soll. Aus irgendeinem Grund nahm ich an, es würde eine Multiple-Choice- oder Ja/Nein-Befragung sein. Mit einer Frage konfrontiert zu sein, die sich so persönlich anfühlt, so, als wüsste Dr. Shields schon zu viel über mich, als wüsste er, dass das mit Taylor gelogen war ... na ja, das bringt mich mehr als nur ein bisschen aus dem Konzept.

Ich rufe mich zur Ordnung und lege die Finger auf die Tastatur.

Es gibt viele Arten von Lügen. Ich könnte über Lügen durch Auslassung schreiben oder über die großen, das Leben verändernden Lügen – die ich nur zu gut kenne –, aber ich wähle eine harmlosere Variante.

Natürlich, tippe ich. *Ich bin Visagistin, aber keine von denen, über die man liest. Ich arbeite nicht mit Models oder Filmstars. Ich schminke Teenager aus der Upper East Side für den Abschlussball und ihre Mütter für schicke Benefizveranstaltungen. Ich mache auch Hochzeiten und Bat Mizwas. Insofern ja, ich könnte einer nervösen Mutter erzählen, sie müsse bestimmt immer noch ihren Ausweis vorzeigen, oder eine unsichere Sechzehnjährige davon überzeugen, dass mir ihr Pickel nicht einmal aufgefallen sei. Zumal es die Wahrscheinlichkeit erhöht, dass sie mir ein hübsches Trinkgeld geben, wenn ich ihnen schmeichele.*

Ich drücke die Entertaste, ohne zu wissen, ob dies die Art von Antwort ist, die der Professor haben will. Aber ich mache es wohl richtig, denn im Nu erscheint die zweite Frage.

Schildern Sie eine Situation, in der Sie betrogen haben.

Hoppla. Das klingt ja wie eine Unterstellung.

Aber vielleicht betrügt jeder manchmal, und sei es nur als Kind beim Monopoly. Ich denke ein bisschen darüber nach, dann schreibe ich: *In der vierten Klasse habe ich bei einer Klassenarbeit gepfuscht. Sally Jenkins konnte in unserer Klasse am besten buchstabieren, und während ich auf dem rosa Radierer an meinem Bleistift kaute und überlegte, ob «tomorrow» mit einem oder zwei R geschrieben wird, konnte ich auf ihr Blatt sehen.*

Offenbar mit zwei R. Ich schrieb das Wort so hin und dankte Sally im Stillen, als ich ein Sehr gut bekam.

Ich drücke die Entertaste.

Schon komisch, dass mir das so detailliert wieder eingefallen ist, obwohl ich seit Jahren nicht mehr an Sally gedacht habe. Wir waren zusammen auf der Highschool, aber die letzten Klassentreffen habe ich ausgelassen, deshalb habe ich keine Ahnung, was aus ihr geworden ist. Wahrscheinlich hat sie zwei oder drei Kinder, einen Teilzeitjob und ein Haus in der Nähe ihrer Eltern. Das ist bei den meisten Frauen so, mit denen ich aufgewachsen bin.

Die nächste Frage ist noch nicht da. Wieder drücke ich die Entertaste. Nichts.

Ob das Programm sich irgendwie aufgehängt hat? Als ich schon den Kopf zur Tür hinausstrecken will, um nachzusehen, ob Ben in der Nähe ist, erscheinen wieder Buchstaben auf dem Bildschirm, einer nach dem anderen.

Als ob jemand sie in diesem Moment eingibt.

Testperson 52, Sie müssen mehr in die Tiefe gehen.

Unwillkürlich zucke ich zusammen und sehe mich um. Die dünnen Kunststoffjalousien an den Fenstern sind hochgezogen, doch an diesem düsteren Tag ist draußen niemand. Rasen und Gehweg sind verwaist. Gegenüber steht ein weiteres Gebäude, aber ob sich jemand darin aufhält, ist nicht zu erkennen.

Vom Kopf her ist mir klar, dass ich allein bin. Es fühlt sich bloß so an, als flüsterte jemand ganz in meiner Nähe.

Ich schaue wieder auf den Laptop. Eine weitere Nachricht ist erschienen.

War das wirklich das Erste, was Ihnen instinktiv einfiel?

Beinahe hätte ich nach Luft geschnappt. Woher weiß Dr. Shields das?

Unvermittelt schiebe ich den Stuhl zurück und will schon aufstehen. Dann kapiere ich, wie er darauf gekommen ist: Es muss mein Zögern gewesen sein, bevor ich anfing zu tippen. Daran hat er erkannt, dass ich meinen ursprünglichen Gedanken verworfen und eine harmlosere Antwort gewählt habe. Ich ziehe den Stuhl wieder heran und atme langsam aus.

Eine weitere Anweisung kriecht über den Bildschirm:

Gehen Sie über das Oberflächliche hinaus.

Es ist verrückt, zu glauben, Dr. Shields könne wissen, was ich denke, sage ich mir. Der Aufenthalt in diesem Raum geht mir offenbar an die Nerven. Wenn hier noch andere Leute wären, würde es sich nicht so schräg anfühlen.

Nach einer kurzen Pause erscheint die zweite Frage erneut auf dem Bildschirm.

Schildern Sie eine Situation, in der Sie betrogen haben.

Okay, denke ich. Du willst die schmutzige Wahrheit über mein Leben? Ich kann ein bisschen mehr in die Tiefe gehen.

Gilt es als Betrügen, wenn man nur die Komplizin ist?

Ich warte auf eine Antwort. Doch auf meinem Bildschirm tut sich nichts, nur der Cursor blinkt. Ich schreibe weiter.

Manchmal schleppe ich Männer ab, die ich nicht so gut kenne. Oder vielleicht will ich sie auch einfach nicht so gut kennenlernen.

Nichts. Ich fahre fort.

Bei meiner Arbeit habe ich gelernt, Menschen bei der ersten Begegnung sorgfältig einzuschätzen. Aber in meinem Privatleben, besonders nach ein, zwei Drinks, kann ich den Blick ganz bewusst unscharf werden lassen.

Vor ein paar Monaten habe ich einen Bassisten kennengelernt. Ich ging mit zu ihm. Es war offensichtlich, dass dort auch eine Frau wohnte, aber ich habe ihn nicht nach ihr gefragt. Ich habe mir eingeredet, sie sei nur eine Mitbewohnerin. War es falsch von mir, einfach Scheuklappen aufzusetzen?

Ich drücke die Entertaste und frage mich, wie dieses Geständnis ankommen wird. Meine beste Freundin Lizzie weiß von einigen meiner One-Night-Stands, aber ich habe ihr nie erzählt, dass ich an jenem Abend Parfümflakons und einen rosa Rasierer im Bad gesehen hatte. Sie weiß auch nicht, wie oft ich so etwas mache. Vermutlich habe ich Angst, dass sie mich dafür verurteilt.

Buchstabe für Buchstabe bildet sich ein einzelnes Wort auf dem Bildschirm heraus:

Besser.

Eine Sekunde lang bin ich einfach froh darüber, dass ich allmählich den Bogen heraushabe.

Dann wird mir klar, dass ein Wildfremder meine Bekenntnisse über mein Sexleben liest. Ben mit seinem gestärkten Hemd und der Hornbrille wirkte professionell, aber was weiß ich eigentlich über diesen Psychiater und seine Studie?

Vielleicht *nennt* er sie bloß eine Studie zu Moral und Ethik. Aber es könnte wer weiß was sein.

Woher will ich wissen, ob dieser Kerl überhaupt Professor an der NYU ist? Taylor wirkt nicht wie jemand, der Details überprüft. Sie ist eine schöne junge Frau, und vielleicht hat man sie deshalb zu dieser Studie eingeladen.

Ehe ich entscheiden kann, was ich tun soll, erscheint die nächste Frage:

Würden Sie eine Verabredung mit einer Freundin wegen eines besseren Angebots absagen?

Meine Schultern entspannen sich. Diese Frage wirkt völlig harmlos, wie etwas, das Lizzie fragen könnte, wenn sie einen Rat braucht.

Wenn Dr. Shields irgendetwas Schmutziges im Sinn hätte, würde er das Ganze nicht an der Uni veranstalten. Außerdem hat er mich nicht nach meinem Sexleben gefragt, rufe ich mir in Erinnerung. Ich habe von mir aus darüber geschrieben.

Ich beantworte die Frage: *Natürlich, weil meine Arbeitszeiten nicht regelmäßig sind. Ich habe Wochen, in denen ich mich vor Arbeit nicht retten kann. Manchmal habe ich sieben oder acht Kundinnen am Tag, über ganz Manhattan verstreut. Und dann gibt es wieder mehrere Tage hintereinander, an denen ich nur ein, zwei Kundinnen habe. Arbeit abzulehnen, kann ich mir nicht leisten.*

Ich will schon die Entertaste drücken, da wird mir klar, dass Dr. Shields mit dem, was ich geschrieben habe, nicht zufrieden sein wird. Ich befolge seine Anweisung und gehe mehr in die Tiefe.

Meinen ersten Job bekam ich mit fünfzehn in einem Sandwichladen. Vom College bin ich nach zwei Jahren abgegangen, weil ich es nicht stemmen konnte. Selbst mit finanzieller Unterstützung musste ich an drei Abenden pro Woche kellnern und Studienkredite aufnehmen. Ich fand es furchtbar, Schulden zu haben. Ständig Angst haben zu müssen, dass das Konto im Minus ist, gezwungen zu sein, nach Feierabend heimlich ein Sandwich mitgehen zu lassen ...

Mittlerweile geht es mir ein bisschen besser. Aber ich habe kein finanzielles Polster wie meine beste Freundin Lizzie. Ihre Eltern schicken ihr jeden Monat einen Scheck. Meine sind ziemlich abgebrannt, und meine Schwester hat besondere Bedürfnisse. Von daher ja, kann sein, dass ich eine Verabredung mit einer Freundin absagen muss. Ich muss auf meine Finanzen achten. Denn wenn es hart auf hart kommt, kann ich mich nur auf mich selbst verlassen.

Ich betrachte den letzten Satz.

Klingt das weinerlich? Ich hoffe, Dr. Shields kapiert, was ich sagen will: Mein Leben ist nicht perfekt, aber wessen Leben ist das schon? Das Schicksal hätte mir schlechtere Karten austeilen können.

Ich bin es nicht gewohnt, so über mich selbst zu schreiben. Geheime Gedanken zu offenbaren, ist, als würde man das Make-up entfernen, sodass das nackte Gesicht zum Vorschein kommt.

Ich beantworte noch ein paar Fragen, darunter: **Würden Sie jemals die Textnachrichten Ihres Ehemanns/Partners lesen?**

Falls ich glaube, dass er mich betrügt, dann schon, tippe ich. *Aber ich war bisher nicht verheiratet und habe noch nie mit jemandem zusammengelebt. Ich hatte nur ein paar mehr oder weniger feste Freunde und nie Grund, an ihnen zu zweifeln.*

Als ich mit der sechsten Frage fertig bin, fühle ich mich wie schon lange nicht mehr. Ich bin so aufgedreht, als hätte ich zu viel Kaffee getrunken, aber ich bin nicht mehr nervös, sondern total konzentriert. Außerdem habe ich komplett das Zeitgefühl verloren. Ich könnte seit einer Dreiviertelstunde in diesem Raum sitzen oder auch schon doppelt so lang.

Nachdem ich über etwas geschrieben habe, was ich meinen Eltern niemals erzählen könnte – dass ich heimlich einige von Beckys Arztrechnungen bezahle –, erscheinen wieder nach und nach Buchstaben auf dem Bildschirm.

Das muss schwer für Sie sein.

Ich lese diese Nachricht einmal und dann noch einmal langsamer, überrascht darüber, wie tröstlich Dr. Shields' mitfühlende Worte auf mich wirken.

Nachdenklich lehne ich mich zurück, spüre, wie die harte Metallrückenlehne gegen meine Schulterblätter drückt, und überlege, wie Dr. Shields wohl aussieht. Ich stelle ihn mir als stämmigen Mann mit einem grauen Bart vor. Er ist aufmerksam und mitfühlend. Wahrscheinlich hat er schon alles Mögliche gehört. Er verurteilt mich nicht.

Es *ist* schwer, denke ich und blinzele ein paarmal.

Unwillkürlich schreibe ich: *Danke.*

Nie zuvor hat jemand so viel über mich wissen wollen. Die meisten Leute geben sich mit oberflächlichem Geplauder zufrieden, wie Dr. Shields es nicht mag.

Vielleicht sind meine Geheimnisse doch schwerwiegender, als ich dachte, denn nachdem ich Dr. Shields davon erzählt habe, fühle ich mich leichter.

Ich beuge mich ein Stück vor und spiele an den drei Silberringen an meinem Zeigefinger herum, während ich auf die nächste Frage warte.

Es kommt mir so vor, als dauerte es länger als bei den letzten Fragen, bis sie erscheint.

Dann ist sie da.

Haben Sie jemals einen Menschen, der Ihnen wichtig ist, tief verletzt?

Es verschlägt mir beinahe den Atem.

Ich muss die Frage zweimal lesen. Unwillkürlich sehe ich zur Tür, obwohl mir klar ist, dass niemand durch die Glasscheibe späht.

Fünfhundert Dollar, denke ich. Jetzt scheint mir dieses Geld nicht mehr so leicht verdient zu sein.

Ich will nicht zu lange zögern. Sonst weiß Dr. Shields, dass ich einem wunden Punkt ausweiche.

Leider ja, schreibe ich, um Zeit zu schinden. Ich drehe mir eine

Locke um den Finger, dann tippe ich weiter. *Als ich noch neu in New York war, war da ein Mann, den ich gernhatte, und eine Freundin von mir war auch in ihn verknallt. Er fragte mich, ob ich mit ihm ausgehe ...*

Ich breche ab. Diese Geschichte ist nicht der Rede wert. Sie ist nicht das, was Dr. Shields will.

Langsam lösche ich, was ich geschrieben habe.

Bisher war ich ehrlich, genauso wie die Teilnahmebedingungen es verlangen. Aber jetzt überlege ich, ob ich mir etwas ausdenken soll.

Dr. Shields könnte merken, dass ich nicht die Wahrheit sage.

Und ich frage mich ... was wäre es für ein Gefühl, wenn ich es täte?

Manchmal glaube ich, ich habe jeden verletzt, den ich je geliebt habe.

Ich sehne mich danach, das zu schreiben. Dr. Shields würde mitfühlend nicken, male ich mir aus, und mich ermuntern, fortzufahren. Wenn ich ihm erzähle, was ich getan habe, antwortet er vielleicht wieder etwas Tröstliches.

Es schnürt mir die Kehle zu. Ich wische mir die Augen.

Wenn ich den Mut dazu hätte, würde ich Dr. Shields zuerst erklären, dass ich mich einen ganzen Sommer über um Becky gekümmert hatte, während meine Eltern arbeiten gingen; dass ich mich für eine Dreizehnjährige ziemlich verantwortungsvoll verhalten hatte. Becky konnte lästig sein – ständig platzte sie in mein Zimmer, wenn ich Freundinnen zu Besuch hatte, lieh sich Sachen von mir und lief mir hinterher –, aber ich liebte sie.

Liebe sie, denke ich. Ich liebe sie immer noch.

Es tut nur so weh, in ihrer Nähe zu sein.

Ich habe noch kein einziges Wort geschrieben, da klopft Ben an die Tür und sagt mir, ich hätte noch fünf Minuten.

Bedächtig tippe ich: *Ja, und ich würde alles dafür geben, es ungeschehen zu machen.*

Bevor ich es mir anders überlegen kann, drücke ich die Entertaste.

Ich fixiere den Bildschirm, aber Dr. Shields antwortet nicht.

Das Blinken des Cursors wirkt wie ein Herzschlag auf mich. Es ist hypnotisierend. Meine Augen brennen.

Falls Dr. Shields jetzt etwas schreibt, falls er mich bittet fortzufahren und sagt, ich dürfe ruhig überziehen, dann mache ich es. Ich würde alles herauslassen, würde ihm alles erzählen.

Mein Atem wird flach.

Ich habe das Gefühl, am Rand einer Klippe zu stehen und darauf zu warten, dass jemand sagt: Spring!

Immer noch starre ich auf den Laptop, obwohl ich weiß, dass mir nur noch etwa eine Minute bleibt.

Der Bildschirm ist leer bis auf den blinkenden Cursor, aber in meinem Kopf pulsieren plötzlich Worte, im selben Rhythmus wie der Cursor: *Erzählen Sie. Erzählen Sie.*

Als Ben die Tür öffnet, muss ich den Blick regelrecht vom Bildschirm fortreißen, um ihm zunicken zu können.

Ich drehe mich um, ziehe langsam die Jacke von der Stuhllehne und hebe meinen Rucksack auf. Dann werfe ich einen letzten Blick auf den leeren Bildschirm.

Sobald ich stehe, schlägt eine Welle der Erschöpfung über mir zusammen. Ich bin völlig erledigt. Meine Glieder sind schwer, und mein Kopf ist wie mit Watte gefüllt. Ich will nur noch nach Hause und mit Leo unter die Decke kriechen.

Ben steht draußen vor der Tür und sieht auf ein iPad. Ich erspähe Taylors Namen ganz oben auf dem Display, und darunter drei weitere Frauennamen. Jeder hat Geheimnisse. Ich frage mich, ob diese Frauen die ihren preisgeben.

«Bis morgen um acht», sagt Ben auf der Treppe hinunter in die Eingangshalle. Es fällt mir schwer, mit ihm Schritt zu halten.

«Okay», sage ich. Ich halte mich am Geländer fest und konzentriere mich, um keine Stufe zu verfehlen.

Als wir unten ankommen, bleibe ich stehen. «Ähm, ich habe eine Frage. Was für eine Studie ist das genau?»

Ben wirkt ein bisschen gereizt. Er ist irgendwie sehr proper mit seinen glänzenden Slippern und seinem schicken Stylus. «Es ist eine umfassende Studie über Moral und Ethik im 21. Jahrhundert. Dr. Shields befragt Hunderte von Teilnehmern zur Vorbereitung auf einen bedeutenden wissenschaftlichen Aufsatz.»

Dann sieht er an mir vorbei zu einer Frau, die in der Eingangshalle wartet: «Jeannine?»

Ich verlasse das Gebäude und ziehe den Reißverschluss meiner Lederjacke hoch. Draußen bleibe ich stehen, um mich zu orientieren, dann mache ich mich auf den Heimweg.

Alle Menschen, denen ich begegne, scheinen ganz normalen Aktivitäten nachzugehen: Ein paar Frauen mit bunten Yogamatten unterm Arm betreten das Studio an der Ecke. Zwei Männer schlendern händchenhaltend vorüber. Ein kleiner Junge saust auf einem Roller vorbei. Sein Vater jagt ihm hinterher und ruft: «Nicht so schnell, Kumpel!»

Noch vor zwei Stunden hätte ich keinem von ihnen größere Beachtung geschenkt. Aber jetzt ist es irritierend, wieder draußen in der lärmenden, hektischen Welt zu sein.

An einer Ampel muss ich stehen bleiben. Es ist kalt, und ich taste in meinen Taschen nach den Handschuhen. Als ich sie anziehe, sehe ich, dass der farblose Nagellack, den ich gestern erst aufgetragen habe, schon Macken hat.

Ich muss daran geknibbelt haben, während ich überlegte, ob ich jene letzte Frage beantworten sollte.

Bibbernd verschränke ich die Arme vor der Brust. Ich fühle mich, als bahnte sich eine Erkältung an. Heute habe ich vier Kundinnen, aber ich weiß nicht, wie ich die Energie aufbringen soll, meinen Koffer durch die Stadt zu schleppen und Smalltalk zu machen.

Ob die Befragung wohl da weitergeht, wo sie aufgehört hat,

wenn ich morgen in diesen Seminarraum zurückkehre? Aber vielleicht lässt Dr. Shields mich diese letzte Frage ja überspringen und stellt mir eine neue.

Ich biege um die letzte Ecke, und mein Haus kommt in Sicht. Müde schließe ich die Tür auf, gehe hinein und ziehe sie fest zu, bis ich höre, dass das Schloss einrastet. Dann schleppe ich mich die drei Treppen hinauf, betrete meine Wohnung und lasse mich auf meinen Futon fallen. Leo springt auf und rollt sich neben mir zusammen. Manchmal scheint er zu spüren, wenn ich Trost brauche. Ich habe ihn vor zwei Jahren beinahe aus einer Laune heraus in einem Tierheim adoptiert, in dem ich mir eigentlich Katzen ansehen wollte. Er bellte oder winselte nicht, sondern saß einfach in seinem Käfig und sah mich an, als hätte er auf mich gewartet.

Ich stelle mir den Wecker in meinem Telefon so, dass er in einer Stunde klingelt, dann lege ich die Hand auf Leos kleinen warmen Körper.

Während ich so daliege, frage ich mich, ob es das wert war. Ich war nicht darauf vorbereitet, dass es eine so intensive Erfahrung sein oder so viele unterschiedliche Gefühle in mir wecken würde.

Dann drehe ich mich auf die Seite, schließe die Augen und sage mir, dass es mir bessergehen wird, wenn ich mich ein bisschen ausgeruht habe.

Ich weiß nicht, was morgen passieren wird, was Dr. Shields noch wissen will. Aber keiner zwingt mich dazu, rufe ich mir in Erinnerung. Ich könnte behaupten, ich habe verschlafen. Oder à la Taylor einfach nicht auftauchen.

Ich muss nicht wieder dahin, denke ich, bevor ich ins Vergessen sinke.

Aber ich weiß, ich mache mir nur etwas vor.

KAPITEL VIER

Samstag, 17. November

Du hast gelogen, was ein eigenartiger Einstieg in eine Studie zu Moral und Ethik ist. Überdies zeigt es Initiative.

Du warst kein Ersatz für den Acht-Uhr-Termin.

Die ursprüngliche Teilnehmerin rief um 8.40 Uhr an und sagte ab, weil sie verschlafen habe, also lange nachdem man dich in den Testraum gebracht hatte. Dennoch durftest du weitermachen, da du bereits bewiesen hattest, dass du eine faszinierende Testperson bist.

Erste Eindrücke: Du bist jung. Dein Führerschein belegt, dass du wirklich achtundzwanzig bist. Deine kastanienbraunen Locken sind lang und eine Spur widerspenstig, und du trugst Lederjacke und Jeans. Einen Ehering trugst du nicht, aber drei schmale silberne Stapelringe am Zeigefinger.

Deinem legeren Äußeren zum Trotz haben deine Umgangsformen etwas Professionelles. Du hattest keinen Coffee-to-go-Becher dabei, hast nicht gegähnt oder dir die Augen gerieben, und du hast zwischen den Fragen nicht verstohlen auf dein Telefon gesehen.

Was du in deiner ersten Sitzung preisgegeben hast, war ebenso wertvoll wie das, was du nicht bewusst preisgegeben hast.

Von der ersten Frage an begann sich ein subtiler roter Faden abzuzeichnen, der dich von den bisher befragten einundfünfzig jungen Frauen abhebt.

Zuerst hast du geschildert, inwiefern du lügen kannst, um eine Kundin zu beruhigen und ein höheres Trinkgeld zu erhalten.

Dann schriebst du, du würdest eine Abendverabredung mit einer Freundin absagen, allerdings nicht, weil du in letzter Minute Konzertkarten bekommen oder ein vielversprechendes Date hast, wie die meisten anderen angaben. Vielmehr wandten deine Gedanken sich erneut der Aussicht auf Arbeit zu.

Geld ist sehr wichtig für dich. Es scheint einer der Grundpfeiler deines Verhaltenskodexes zu sein.

Wenn Geld und Moral aufeinandertreffen, kann das Ergebnis faszinierende Erkenntnisse über den menschlichen Charakter liefern.

Verschiedene Hauptmotive veranlassen die Menschen, entgegen ihrem Wertekompass zu handeln: Überleben, Hass, Liebe, Neid, Leidenschaft. Und Geld.

Weitere Beobachtungen: Deine Lieben kommen bei dir an erster Stelle, was daraus hervorgeht, dass du deinen Eltern Informationen vorenthältst, um sie zu schützen. Dennoch hast du dich als Komplizin bei einer Handlung geschildert, die eine Beziehung zerstören könnte.

Doch es war die eine Frage, die du nicht beantwortet hast, die Frage, mit der du gerungen hast, während du an deinen Nägeln geknibbelt hast, die am faszinierendsten ist.

Dieser Test kann dich befreien, Testperson 52.

Gib deinen Widerstand auf.

KAPITEL FÜNF

Samstag, 17. November

Mein Nickerchen verdrängt alle Gedanken an Dr. Shields und seinen seltsamen Test. Ein starker Kaffee hilft mir, mich wieder auf meine Kundinnen zu konzentrieren, und als ich nach der Arbeit nach Hause komme, bin ich schon wieder fast die Alte. Die Vorstellung, morgen eine weitere Sitzung zu absolvieren, schüchtert mich nicht mehr ein.

Ich bringe sogar die Energie auf, Ordnung zu machen, hauptsächlich, indem ich die Kleidungsstücke, die sich über der Stuhllehne türmen, wieder in den Schrank hänge. Mein Apartment ist so klein, dass es keine Wand gibt, die nicht mit einem Möbelstück zugestellt ist. Wenn ich mir eine Mitbewohnerin suchen würde, könnte ich mir auch eine größere Wohnung leisten, aber ich habe mich schon vor Jahren dafür entschieden, allein zu wohnen. Meine Privatsphäre ist mir die Abstriche wert.

Ein Streifen Spätnachmittagslicht fällt durch mein einziges Fenster. Ich setze mich auf den Rand meines Futons, nehme mein Scheckbuch und denke, dass es mir diesen Monat dank der zusätzlichen fünfhundert Dollar nicht so davor grauen wird, meine Rechnungen zu bezahlen.

Als ich mich daranmache, einen Scheck für Antonia Sullivan auszustellen, kommt es mir vor, als wäre Dr. Shields wieder in meinem Kopf:

Haben Sie jemals etwas vor einem geliebten Menschen geheim gehalten, um ihn nicht aufzuregen?

Meine Hand erstarrt.

Antonia ist eine private Logo- und Ergotherapeutin, eine der besten in Philly.

Der staatlich finanzierte Therapeut, der dienstags und donnerstags mit Becky arbeitet, erzielt kaum Fortschritte. Aber wenn Antonia kommt, geschehen kleine Wunder: der Versuch, sich die Haare zu flechten oder einen Satz zu schreiben. Eine Frage zu dem Buch, das Antonia ihr vorgelesen hat. Eine verloren geglaubte Erinnerung.

Antonia kostet 125 Dollar die Stunde, doch meine Eltern glauben, sie hätte Staffelpreise und berechne ihnen nur einen Bruchteil davon. Den Rest übernehme ich.

Heute gestehe ich mir die Wahrheit ein: Wenn meine Eltern wüssten, dass ich Antonia zum größten Teil bezahle, wäre mein Vater beschämt, und meine Mutter würde sich Sorgen machen. Möglicherweise würden sie meine Hilfe zurückweisen.

Besser, sie bekommen keine Gelegenheit dazu.

Ich bezahle Antonia jetzt seit achtzehn Monaten. Nach ihren Besuchen ruft meine Mutter mich jedes Mal an und berichtet.

Mir war gar nicht bewusst, wie anstrengend dieses Versteckspiel ist, bis ich in der Sitzung heute Morgen darüber schrieb. Als Dr. Shields antwortete, das müsse schwer sein, war es, als hätte er mir die Erlaubnis gegeben, mir endlich meine wahren Gefühle einzugestehen.

Ich stecke den Scheck in einen Briefumschlag. Dann springe ich auf und hole mir ein Bier aus dem Kühlschrank.

Heute Abend will ich meine Entscheidungen nicht mehr analysieren, das werde ich früh genug wieder tun müssen.

Ich greife zum Handy und schreibe Lizzie: *Können wir uns ein bisschen früher treffen?*

Ich betrete *The Lounge* und lasse den Blick durch den Raum wandern, aber Lizzie ist noch nicht da. Das wundert mich nicht, denn ich bin zehn Minuten zu früh. Ich entdecke zwei freie Barhocker und sichere sie uns.

Sanjay, der Barkeeper, nickt mir zu. «Hey, Jess.» Ich komme oft her. Es ist nur drei Blocks von meiner Wohnung entfernt, und in der Happy Hour kostet das Bier nur drei Dollar.

«Sam Adams?», fragt er.

Ich schüttele den Kopf. «Wodka-Cranberry-Soda, bitte.» Die Happy Hour ist seit fast einer Stunde vorbei.

Als ich meinen Drink halb ausgetrunken habe, trifft Lizzie ein und schält sich noch im Gehen aus Schal und Jacke. Ich nehme meine Tasche vom Hocker neben mir.

«Heute ist mir was total Schräges passiert», sagt Lizzie, während sie mich kurz, aber fest umarmt und sich auf den Hocker plumpsen lässt. Mit ihren roten Wangen und der blonden Mähne sieht sie aus wie eine Farmerstochter aus dem Mittleren Westen, und genau das war sie auch, ehe sie nach New York kam, in der Hoffnung, hier als Kostümbildnerin beim Theater den Durchbruch zu schaffen.

«Dir? Kann nicht sein», sage ich. Als ich das letzte Mal mit Lizzie sprach, erzählte sie mir, sie habe einem Obdachlosen ein Truthahnsandwich ausgeben wollen, und er habe sich geärgert, weil sie nicht geahnt hatte, dass er Veganer war. Einige Wochen davor hatte sie im Supermarkt jemanden gefragt, wo die Badehandtücher seien. Die Frau war allerdings keine Angestellte des Supermarkts gewesen, sondern hatte sich als die oscarnominierte Schauspielerin Michelle Williams erwiesen. «Aber sie wusste, wo die Badehandtücher waren», hatte Lizzie erzählt.

«Ich war im Washington Square Park ... Warte mal, ist das Wodka-Cranberry-Soda? Ich nehme auch einen, Sanjay, und wie geht's übrigens deinem scharfen Freund? Jedenfalls, wo war ich, Jess? Oh, das Häschen. Es hockte da mitten auf dem Weg und blinzelte zu mir hoch.»

«Ein Häschen? Wie Klopfer?»

Lizzie nickt. «Der ist so süß! Er hat diese langen Ohren und eine klitzekleine rosa Nase. Ich glaube, er ist jemandem weggelaufen. Er ist ganz zahm.»

«Jetzt ist er bei dir zu Hause, stimmt's?»

«Nur weil es draußen so kalt ist!», beteuert Lizzie. «Am Montag frage ich in allen Schulen in der Gegend nach, ob sie ein Klassenmaskottchen wollen.»

Sanjay schiebt Lizzies Drink herüber, und sie nippt daran. «Und bei dir? Irgendwas Interessantes?»

Ausnahmsweise einmal hatte ich einen Tag, der mit ihrem mithalten kann, aber als ich ihr davon erzählen will, habe ich die Worte auf dem Laptop wieder vor Augen: *Durch die Teilnahme an dieser Studie verpflichten Sie sich zur Geheimhaltung.*

«Nichts Besonderes», sage ich und senke den Blick, während ich in meinem Drink rühre. Dann wühle ich in meiner Tasche nach Vierteldollarmünzen und springe auf. «Ich suche ein paar Songs aus. Irgendwelche Wünsche?»

«Rolling Stones», sagt sie.

Ich wähle für Lizzie «Honky Tonk Women» aus, dann lehne ich mich an die Jukebox und sehe mir die übrige Auswahl an.

Lizzie und ich haben uns kennengelernt, kurz nachdem ich hierhergezogen war. Wir arbeiteten beide backstage bei einer Off-Off-Broadway-Produktion, ich als Maskenbildnerin, und sie gehörte zur Kostümbildnertruppe. Die Produktion wurde nach zwei Abenden abgesetzt, aber da waren wir schon Freundinnen. Ich stehe ihr näher als so ziemlich jeder andere Mensch. Einmal war ich über ein langes Wochenende bei ihr zu Hause und habe ihre Familie kennengelernt, und als meine Eltern vor ein paar Jahren zu Besuch nach New York kamen, verbrachte sie ein bisschen Zeit mit ihnen und Becky. Jedes Mal, wenn wir in unserem Lieblingsdeli essen, gibt sie mir die Gurken auf ihrem Teller, weil sie weiß, wie sehr ich die liebe, ebenso wie ich weiß, dass, wenn ein neuer Roman von Karin Slaughter erscheint, sie ihre Wohnung so lange nicht verlässt, bis sie ihn ausgelesen hat.

Obwohl sie definitiv nicht alles über mich weiß, fühlt es sich komisch an, mein heutiges Erlebnis nicht mit ihr teilen zu können.

Ein Mann stellt sich neben mich und liest die Songtitel.

Lizzies Song setzt ein.

«Stones-Fan, was?»

Ich drehe mich um und sehe ihn an. Er hat garantiert Wirtschaftswissenschaften studiert, denke ich. Diesen Typ sehe ich täglich in der U-Bahn. Er hat so eine Wall-Street-Ausstrahlung, mit seinem Crewneck-Pulli und seiner ein bisschen zu engen Jeans. Sein dunkles Haar ist kurz, und die Stoppeln am Kinn wirken eher wie ein echter Bartschatten und nicht wie irgendeine hippe Bartkreation. Auch seine Armbanduhr verrät ihn. Es ist eine Rolex, aber keine, die auf alten Geldadel hindeuten würde, sondern ein neueres Modell, das er wahrscheinlich selbst gekauft hat, vielleicht von seinem ersten Bonus.

Zu nett und adrett für mich.

«Sie sind die Lieblingsband meines Freunds», sage ich.

«Der Glückspilz.»

Ich lächele ihn an, um meine Zurückweisung abzumildern. «Danke.» Ich wähle «Purple Rain» aus, dann gehe ich zurück an meinen Platz.

«Du hältst Flopsy in deinem Bad?», fragt Sanjay gerade.

«Ich habe es mit Zeitungspapier ausgelegt», erklärt Lizzie. «Meine Mitbewohnerin ist allerdings nicht so richtig glücklich darüber.»

Sanjay zwinkert mir zu. «Noch eine Runde?»

Lizzie holt ihr Telefon heraus und hält es mir und Sanjay hin. «Wollt ihr mal ein Foto von ihm sehen?»

«Niedlich», sage ich.

«Ooh, da ist ja eine neue Nachricht», sagt Lizzie und sieht auf ihr Telefon. «Erinnerst du dich an Katrina? Sie hat auf ein paar Drinks zu sich eingeladen. Hättest du Lust?»

Katrina ist eine Schauspielerin, die mit Lizzie zusammen bei einer neuen Produktion arbeitet. Ich habe vor einer ganzen Weile mit ihr beim selben Stück gearbeitet, aber dann ging ich vom

Theater weg, und seitdem haben wir uns nicht mehr gesehen. Im Sommer hat sie sich mal bei mir gemeldet und wollte sich treffen und reden. Aber ich habe sie nie zurückgerufen.

«Heute Abend?», frage ich, um Zeit zu schinden.

«Genau», sagt Lizzie. «Ich glaube, Annabelle geht hin, und Cathleen vielleicht auch.»

Ich mag Annabelle und Cathleen. Aber wahrscheinlich sind noch andere Theaterleute eingeladen. Und es gibt einen, den ich lieber nicht wiedersehen würde.

«Gene wird nicht da sein, keine Angst», sagt Lizzie, als hätte sie meine Gedanken gelesen.

Ich merke, dass Lizzie gern hingehen würde. Das sind noch immer ihre Freunde. Außerdem arbeitet sie an ihrem Lebenslauf. Das New Yorker Theater ist eine verschworene Gemeinschaft, und Netzwerken ist die beste Möglichkeit, an Jobs heranzukommen. Aber sie wird trotzdem ein schlechtes Gewissen haben, wenn sie ohne mich hingeht.

Es ist, als hörte ich Dr. Shields mit tiefer, beruhigender Stimme sagen: *Könnten Sie lügen, ohne ein schlechtes Gewissen zu haben?*

Ja, antworte ich ihm.

Lizzie sage ich: «Ach, das ist es nicht. Ich bin bloß total müde. Und ich muss morgen früh raus.»

Dann gebe ich Sanjay ein Zeichen. «Lass uns noch ein schnelles Gläschen trinken, und dann muss ich ins Bett. Aber du solltest hingehen, Lizzie.»

Zwanzig Minuten später verlassen Lizzie und ich die Bar. Wir müssen in unterschiedliche Richtungen, daher umarmen wir uns auf dem Bürgersteig zum Abschied. Sie riecht nach Orangenblüten. Ich weiß noch, wie ich mit ihr das Parfüm ausgesucht habe.

Als sie sich auf den Weg zur Party macht, sehe ich ihr hinterher, bis sie um die Ecke biegt.

Lizzie sagte, Gene French werde nicht da sein, aber ich gehe nicht nur ihm aus dem Weg. Ich bin nicht sonderlich erpicht darauf, irgendjemanden aus dieser Phase meines Lebens wiederzusehen, obwohl ich in meinen ersten sieben Jahren in New York ganz in dieser Szene aufging.

Das Theater hat mich in diese Stadt gezogen. Es ist mein großer Traum, seit ich als kleines Mädchen mit meiner Mutter in einer Aufführung von *Der Zauberer von Oz* war. Hinterher kamen die Schauspieler in die Lobby, und da merkte ich, dass sie alle – der Blechmann, der Feige Löwe, die Böse Hexe – bloß ganz normale Leute waren. Der kreidige Gesichtspuder, die künstlichen Sommersprossen und die grüngetönte Grundierung hatten sie verwandelt.

Nachdem ich das College abgebrochen hatte, zog ich nach New York, fing bei Bloomingdale's an der Bobbi-Brown-Theke an und stellte mich bei jedem Stück, das ich bei Backstage.com fand, als Maskenbildnerin vor. Dabei lernte ich, dass die Profis ihre Contouring-Paletten, Grundierungen und künstlichen Wimpern in ausklappbaren schwarzen Schminkkoffern statt in Matchbeuteln transportieren. Zunächst arbeitete ich sporadisch bei kleinen Aufführungen, wo ich manchmal nur mit Freikarten bezahlt wurde, aber nach ein paar Jahren bekam ich leichter Jobs, und der Kundenkreis wurde größer, sodass ich im Kaufhaus kündigen konnte. Allmählich wurde ich weiterempfohlen und sogar von einer Agentur unter Vertrag genommen – die allerdings unter anderem auch einen Zauberkünstler vertrat.

Diese Phase meines Lebens war berauschend – die intensive Kameradschaft mit den Schauspielern und anderen Mitgliedern der Truppe, der Triumph, wenn die Zuschauer aufstanden und unserer Schöpfung applaudierten –, aber jetzt als Kosmetikerin verdiene ich viel mehr. Und nicht jedermann ist es vergönnt, dass seine oder ihre Träume wahr werden, das habe ich schon vor langer Zeit erkannt.

Dennoch muss ich unwillkürlich an damals denken und frage mich, ob Gene noch genauso ist.

Als wir einander vorgestellt wurden, gab er mir die Hand. Seine Stimme war tief und fest, wie es sich für einen Theatermenschen gehört. Obwohl er erst Ende dreißig war, war er schon auf dem besten Wege, groß herauszukommen. Letztlich schaffte er es sogar noch schneller, als ich gedacht hatte.

Das Erste, was er zu mir sagte, während ich versuchte, nicht rot zu werden, war: *Du hast ein tolles Lächeln.*

Die Erinnerungen kehren immer in dieser Reihenfolge zurück: Ich, die ihm eine Tasse Kaffee bringt und ihn behutsam aus seinem kurzen Nickerchen im dunklen Zuschauerraum weckt. Er, der mir einen Theaterzettel zeigt, frisch aus dem Drucker, und mir meinen Namen unter den Mitwirkenden zeigt. Wir beide allein in seinem Büro. Er, der mir unentwegt in die Augen sieht, während er seinen Hosenstall öffnet.

Und das Letzte, was er je zu mir sagte, während ich versuchte, die Tränen zurückzuhalten: *Komm gut nach Hause, okay?* Dann winkte er ein Taxi heran und gab dem Fahrer einen Zwanziger.

Ob er manchmal an mich denkt?, frage ich mich jetzt.

Es reicht, sage ich mir. Ich muss das hinter mir lassen.

Aber wenn ich jetzt nach Hause gehe, kann ich garantiert nicht schlafen. Entweder spiele ich die Szene an unserem letzten gemeinsamen Abend wieder und wieder durch und überlege, was ich hätte anders machen können, oder ich denke über Dr. Shields' Studie nach.

Ich drehe mich zum Lounge um. Dann ziehe ich die Tür auf und gehe wieder hinein. Der dunkelhaarige Banker spielt mit seinen Freunden Darts.

Ich gehe direkt zu ihm. Er ist höchstens fünf Zentimeter größer als ich in meinen flachen Boots. «Hi noch mal.»

«Hi.» Er zieht das Wort in die Länge, verwandelt es in eine Frage.

«Ich habe eigentlich keinen Freund. Kann ich dir ein Bier ausgeben?»

«Das war aber eine kurze Beziehung», kommentiert er, und ich lache. «Lass mich die erste Runde besorgen», sagt er dann. Er reicht die Pfeile einem seiner Freunde.

«Wie wäre es mit einem Fireball-Shot?», schlage ich vor.

Als er zur Bar geht, sieht Sanjay zu mir her, und ich wende den Blick ab. Hoffentlich hat er nicht gehört, dass ich Lizzie gesagt habe, ich wolle nach Hause.

Der Banker kommt mit unseren Shots und stößt mit mir an. «Ich bin Noah.»

Ich trinke einen Schluck und spüre den Zimt auf meinen Lippen brennen. Nach heute Abend werde ich Noah nicht wiedersehen wollen, das weiß ich jetzt schon. Also nenne ich ihm den erstbesten Namen, der mir in den Sinn kommt: «Ich bin Taylor.»

Behutsam hebe ich die Decke an, schlüpfe darunter hervor und sehe mich um. Ich brauche einen Moment, bis mir wieder einfällt, dass ich in Noahs Wohnung auf der Couch liege. Nach ein paar weiteren Shots in einer anderen Bar sind wir hier gelandet. Als uns beiden auffiel, dass wir das Abendessen ausgelassen hatten und halb verhungert waren, lief Noah schnell zum Deli an der Ecke.

«Rühr dich nicht vom Fleck», befahl er mir und schenkte mir ein Glas Wein ein. «Bin in zwei Minuten wieder da. Ich brauche Eier, um French Toast zu machen.»

Ich muss sofort eingeschlafen sein. Er hat mir anscheinend die Boots ausgezogen und mich zugedeckt, anstatt mich zu wecken. Außerdem hat er mir einen Zettel auf den Couchtisch gelegt: *Hey, Schlafmütze, den French Toast mache ich dir dann zum Frühstück.*

Meine Jeans und das Oberteil habe ich noch an. Wir haben uns bloß geküsst. Ich schnappe mir meine Boots und den Mantel und schleiche zur Tür. Sie knarrt, als ich sie öffne, und ich zucke zusammen, aber in Noahs Schlafzimmer regt sich nichts. Behutsam schließe ich die Tür hinter mir, ziehe meine Boots an und gehe zum Aufzug. Auf der Neunzehnetagenfahrt nach unten streiche ich mein Haar glatt und reibe unter meinen Augen entlang, um verschmierte Mascara zu entfernen.

Der Portier blickt von seinem Handy auf. «Gute Nacht, Miss.»

Ich winke ihm kurz zu. Draußen muss ich mich zuerst orientieren. Die nächste U-Bahn-Station ist vier Blocks entfernt. Es ist fast Mitternacht, und nur noch ein paar Leute sind unterwegs. Ich mache mich auf den Weg zur U-Bahn und hole unterwegs schon meine Fahrkarte heraus.

Mein Gesicht brennt in der kalten Nachtluft, und ich betaste die Stelle am Kinn, die Noah mit seinen Bartstoppeln ganz leicht aufgeschürft hat, als wir uns küssten.

Diese kleine Unannehmlichkeit ist irgendwie angenehm.

KAPITEL SECHS

Sonntag, 18. November

Deine nächste Sitzung beginnt genauso wie die erste: Ben holt dich in der Eingangshalle ab und bringt dich in Raum 214. Während ihr die Treppe hinaufsteigt, fragst du, ob der Ablauf derselbe sein wird wie gestern. Er bestätigt das, kann dir jedoch nicht viel mehr dazu sagen. Ihm ist nicht gestattet, das wenige, was er weiß, weiterzugeben; auch er hat eine Geheimhaltungserklärung unterzeichnet.

Wie beim letzten Mal steht der schlanke silberne Laptop in der ersten Reihe. Deine Anweisungen warten bereits auf dem Bildschirm, zusammen mit einer Begrüßung: **Schön, dass Sie wieder da sind, Testperson 52.**

Du ziehst deinen Mantel aus und lässt dich auf dem Stuhl nieder. Viele der jungen Frauen, die vor dir auf diesem Stuhl saßen, waren kaum auseinanderzuhalten mit ihrem langen glatten Haar, dem nervösen Kichern und der Fohlenfigur. Du hebst dich von ihnen ab, und zwar nicht nur durch deine unkonventionelle Schönheit.

Deine Haltung ist fast steif. Etwa fünf Sekunden lang sitzt du reglos da. Deine Pupillen sind leicht erweitert und deine Lippen fest zusammengepresst – klassische Anzeichen von Nervosität. Als du die Entertaste drückst, atmest du tief durch.

Die erste Frage erscheint. Du liest sie, dann entspannst du dich sichtlich, und dein Mund wird weicher. Du blickst zur Decke. Dann nickst du knapp, senkst den Kopf und beginnst rasch zu tippen.

Du bist erleichtert, dass auf dem Bildschirm nicht die letzte Frage von gestern erschienen ist, die Frage, mit der du so gerungen hast.

Bei der dritten Frage ist alle Anspannung aus deinem Körper gewichen. Du bist nicht mehr auf der Hut. Deine Antworten enttäuschen genauso wenig wie gestern. Sie sind frisch und ungefiltert.

Ich habe ihm keine Nachricht hinterlassen, als ich mich hinausgeschlichen habe, schreibst du als Antwort auf die vierte Frage, die da lautet: **Wann haben Sie zum letzten Mal jemanden unfair behandelt, und warum?**

Die Fragen sind alle bewusst offen gehalten, damit die Testpersonen die Richtung ihrer Antworten frei wählen können. Die meisten weiblichen Testpersonen scheuen vor dem Thema Sex zurück, zumindest in diesem frühen Stadium. Aber du hast zum zweiten Mal eine Materie behandelt, die viele Menschen befangen macht. Du führst aus: *Ich hatte gedacht, wir würden miteinander schlafen und danach würde ich gehen. So ist das normalerweise an solchen Abenden. Aber unterwegs zu ihm kamen wir an einem Brezelstand vorbei, und ich wollte eine kaufen, weil ich seit dem Mittag nichts gegessen hatte. «Kommt nicht in Frage», hat er gesagt und mich weitergezogen. «Ich mache den besten French Toast in der Stadt.»*

Aber als er schnell Eier kaufen gegangen ist, bin ich auf seiner Couch eingeschlafen.

Jetzt runzelst du die Stirn. Ist das Reue?

Du tippst weiter: *Ich bin gegen Mitternacht aufgewacht. Aber ich wollte nicht bleiben, und zwar nicht nur wegen meines Hundes. Ich hätte ihm wohl meine Telefonnummer hinterlassen können, bloß suche ich nicht nach einer Beziehung.*

Du willst im Moment nicht, dass ein Mann dir zu nahe kommt. Ich bin gespannt, ob du das näher erklären wirst, und ganz kurz wirkt es so, als würdest du das tun.

Deine Finger schweben über der Tastatur. Dann schüttelst du kaum merklich den Kopf und drückst die Entertaste, um deine Antwort abzusenden.

Was warst du versucht, darüber hinaus zu schreiben?

Als die nächste Frage erscheint, fliegen deine Finger zurück zur Tastatur. Aber du beantwortest sie nicht. Stattdessen stellst du dem Fragesteller selbst eine Frage.

Ich hoffe, es ist okay, wenn ich gegen die Regeln verstoße, aber mir ist gerade noch etwas eingefallen, schreibst du. *Als ich seine Wohnung verließ, hatte ich kein schlechtes Gewissen. Ich ging nach Hause, führte Leo Gassi und schlief in meinem eigenen Bett. Heute Morgen beim Aufwachen hatte ich ihn fast vergessen. Aber jetzt frage ich mich, ob es rücksichtslos von mir war. Kann es sein, dass diese Moralbefragung mich moralischer macht?*

Je mehr du von dir preisgibst, Testperson 52, desto faszinierender wird das Bild, das ich von dir erhalte.

Von allen Testpersonen, die an dieser Studie teilgenommen haben, hat bisher nur eine je eine direkte Frage an den Fragesteller gerichtet: Testperson 5. Auch sie war in vielerlei Hinsicht anders als die anderen.

Testperson 5 war ... etwas Besonderes. Und enttäuschend. Und letztlich herzzerreißend.

KAPITEL SIEBEN

Mittwoch, 21. November

Überall lauern moralische Fragen.

Als ich eine Banane und Wasser für die Busfahrt kaufe, gibt mir der müde aussehende Kassierer auf zehn statt auf fünf Dollar heraus. Eine Frau mit pockennarbiger Haut und schiefen Zähnen hält ein dünnes Stück Pappe hoch, auf dem steht: *Brauche $$$ für die Fahrkarte nach Hause, um meine kranke Mutter zu besuchen. Gott segne Sie.* Der Bus ist voll, wie immer vor Thanksgiving, aber der dünne, langhaarige Mann mir gegenüber stellt seinen Rucksack auf den freien Sitz neben sich und beansprucht dadurch zwei Plätze.

Kaum habe ich mir einen Sitz ausgesucht, bereue ich meine Wahl. Die Dame neben mir legt die Ellbogen auf die Armlehnen, während sie auf ihrem Kindle liest, und dringt damit in meine Distanzzone. Ich rekele mich, stoße an ihren Ellbogen und sage: «Entschuldigung.»

Als der Busfahrer den Motor anlässt und aus dem Busbahnhof fährt, denke ich wieder über meine Sonntagssitzung bei Dr. Shields nach. Die Frage, vor der ich mich fürchtete, ist nicht wiederaufgetaucht, aber ich habe mich trotzdem mit ein paar echt heftigen Sachen auseinandergesetzt.

Ich schrieb darüber, dass viele meiner Freundinnen ihre Väter anrufen, wenn sie Geld oder einen Rat zum Umgang mit einem schwierigen Chef brauchen. Ihre Mütter rufen sie an, wenn sie erkältet sind oder nach einer Trennung Trost brauchen. Wenn die Dinge anders lägen, hätte ich vielleicht auch so eine Beziehung zu meinen Eltern.

Aber meine Eltern haben genug um die Ohren. Sie sollen sich

nicht auch noch um mich sorgen müssen. Also lastet auf mir die Bürde, ein tolles Leben haben zu müssen, und zwar gleich für zwei Töchter.

Ich lehne den Kopf an und denke über Dr. Shields' Antwort nach: *Das ist eine große Belastung.*

Seit ich weiß, dass da jemand ist, der das versteht, fühle ich mich nicht mehr ganz so einsam.

Ich frage mich, ob Dr. Shields seine Studie noch fortsetzt oder ich eine seiner letzten Testpersonen war. Ich wurde Testperson 52 genannt, aber ich habe keine Ahnung, wie viele weitere Frauen an anderen Tagen anonym auf demselben unbequemen Metallstuhl gesessen und auf derselben Tastatur getippt haben. Vielleicht befragt er in diesem Moment schon die Nächste.

Meine Sitznachbarin bewegt sich und dringt wieder in meine Distanzzone ein. Dieser Kampf lohnt die Mühe nicht. Ich rücke ganz zur Gangseite, hole mein Telefon hervor und suche in den alten Nachrichten nach der einen Klassenkameradin auf der Highschool, die für den Abend nach Thanksgiving ein Wiedersehenstreffen in einer Bar organisieren wollte. Aber ich scrolle zu weit herunter und lande bei der Nachricht, die Katrina mir im Sommer schickte und auf die ich nie geantwortet habe: *Hey, Jess. Können wir uns auf einen Kaffee treffen oder so? Ich fände es schön, wenn wir mal miteinander reden könnten.*

Ich bin mir ziemlich sicher, dass ich weiß, worüber.

Rasch wische ich mit dem Finger übers Display, damit ich ihre Nachricht nicht mehr sehen muss. Dann setze ich mir die In-Ears ein und rufe *Game of Thrones* auf.

Dad wartet in seiner geliebten Eagles-Jacke und einer grünen Strickmütze, die er bis über die Ohren gezogen hat, an der Busstation auf mich. Sein Atem erzeugt in der kalten Luft weiße Wölkchen wie Wattebäusche.

Mein letzter Besuch ist erst vier Monate her, aber als ich ihn durchs Fenster sehe, ist mein erster Gedanke, dass er älter wirkt. Das Haar, das unter seiner Mütze hervorschaut, ist eher grau als grau meliert, und er steht ein bisschen gebeugt, so, als wäre er erschöpft.

Er blickt hoch und ertappt mich dabei, dass ich ihn beobachte. Daraufhin schnippt er die Zigarette weg, die er heimlich geraucht hat. Offiziell hat er vor zwölf Jahren aufgehört, was bedeutet, dass er nicht mehr im Haus raucht.

Als ich aussteige, breitet sich ein Lächeln auf seinem Gesicht aus.

«Jessie», sagt er, während er mich umarmt. Er ist der Einzige, der mich so nennt. Mein Vater ist groß und robust und seine Umarmung beinahe zu fest. Er lässt mich los und bückt sich, um in die Transportbox zu spähen, die ich trage. «Hey, kleiner Bursche», begrüßt er Leo.

Der Fahrer zieht Gepäckstücke aus dem Bauch des Busses. Ich greife nach meinem, aber mein Vater kommt mir zuvor.

«Hungrig?», fragt er wie immer.

«Am verhungern», antworte ich, ebenfalls wie immer. Mom wäre enttäuscht, wenn ich mit vollem Magen nach Hause käme.

«Die Eagles spielen morgen gegen die Bears», sagt Dad auf dem Weg zum Parkplatz.

«Das Spiel letzte Woche war wirklich ein Ding.» Hoffentlich ist diese Bemerkung vage genug, um sowohl Sieg als auch Niederlage abzudecken. Ich vergaß, auf der Busfahrt das Ergebnis nachzusehen.

Als er meine Tasche in den Kofferraum seines alten Chevy Impala hebt, sehe ich ihn zusammenzucken; an kalten Tagen macht ihm sein Knie mehr Beschwerden.

«Soll ich fahren?», biete ich an.

Er wirkt fast beleidigt, daher erkläre ich hastig: «In New York komme ich nie dazu. Ich habe ein bisschen Angst, dass ich einroste.»

«Oh, klar», sagt er. Er wirft mir die Schlüssel zu, und ich fange sie mit der Rechten auf.

Ich kenne den Tagesablauf meiner Eltern fast so gut wie meinen eigenen. Und innerhalb einer Stunde weiß ich, dass irgendetwas nicht in Ordnung ist.

Als wir vor dem Haus halten, holt mein Vater Leo aus seiner Transportbox und bietet an, mit ihm um den Block zu gehen. Da ich so schnell wie möglich nach drinnen zu Mom und Becky möchte, willige ich ein. Als Dad zurückkommt, hat er Schwierigkeiten dabei, Leo die Leine abzunehmen. Ich helfe ihm. Er riecht so penetrant nach Zigarettenrauch, dass ich weiß, er hat noch eine geraucht.

Selbst als er noch offiziell Raucher war, hat er nie zwei Zigaretten so kurz hintereinander geraucht.

Während Becky und ich auf Hockern in der Küche sitzen und Salat zerkleinern, schenkt meine Mutter sich ein Glas Wein ein und bietet mir auch eins an.

«Gern», sage ich.

Zuerst denke ich mir nichts dabei. Es ist der Abend vor Thanksgiving, und das fühlt sich wie Wochenende an.

Aber dann schenkt sie sich, noch während die Nudeln kochen, ein zweites Glas ein.

Ich sehe ihr dabei zu, wie sie die Tomatensoße umrührt. Meine Mutter ist einundfünfzig, nicht viel älter als die Bat-Mizwa-Mütter, die gern so jung aussehen würden, dass man sie noch nach dem Ausweis fragt. Sie färbt sich das Haar kastanienbraun und trägt einen Fitness-Tracker, um ihre täglichen zehntausend Schritte nachzuhalten, doch sie wirkt ein bisschen ermattet, wie ein alter Ballon, aus dem das Helium entwichen ist.

Als wir uns an den runden Eichentisch setzen, bombardiert meine Mutter mich mit Fragen nach meiner Arbeit, während mein Vater den Parmesan aus der Tüte über die Nudeln streut.

Ausnahmsweise lüge ich sie nicht an, sondern erzähle, ich nähme mir eine kleine Auszeit vom Theater, um als Kosmetikerin zu arbeiten.

«Was ist aus dem Stück geworden, von dem du mir letzte Woche erzählt hast, Liebes?», fragt meine Mutter. Ihr zweites Glas Wein ist auch schon fast leer.

Ich kann mich kaum daran erinnern, was ich ihr erzählt habe, und esse erst einmal ein paar Rigatoni. «Das ist abgesetzt worden. Aber das hier ist besser. Ich kann mir meine Zeit frei einteilen. Außerdem lerne ich haufenweise interessante Leute kennen.»

«Oh, das ist schön.» Moms Stirn glättet sich wieder. Sie wendet sich an Becky. «Vielleicht ziehst du irgendwann auch nach New York in eine eigene Wohnung und lernst interessante Leute kennen!»

Jetzt runzele ich die Stirn. Das Schädelhirntrauma, das Becky als Kind erlitt, beeinträchtigt sie nicht nur körperlich. Auch ihr Kurz- und Langzeitgedächtnis sind so geschädigt, dass sie niemals allein leben kann.

Meine Mutter macht sich hartnäckig falsche Hoffnungen und ermuntert Becky ebenfalls dazu.

Früher hat mir das ein bisschen Sorgen gemacht. Aber heute kommt es mir ... unmoralisch vor.

Ich stelle mir vor, wie Dr. Shields die Frage formulieren würde: *Ist es unfair, jemandem unrealistische Hoffnungen zu machen, oder ist es gütig?*

Dann überlege ich, wie ich ihm erklären würde, was ich über die Situation denke: *Es ist nicht direkt falsch*, würde ich schreiben. *Und vielleicht soll es auch weniger Becky als vielmehr meiner Mutter helfen.*

Ich trinke einen Schluck Wein, dann wechsele ich bewusst das Thema.

«Freut ihr euch schon alle auf Florida?»

Die drei fahren jedes Jahr nach Florida, am 27. Dezember hin und am 2. Januar zurück. Sie wohnen immer im selben preiswerten Hotel einen Block vom Wasser entfernt. Am Meer ist Becky am liebsten, obwohl sie nur bis zur Taille hineingehen darf, weil sie nicht gut genug schwimmt.

Meine Eltern sehen sich an.

«Was ist?», frage ich.

«Das Meer ist dieses Jahr zu kalt», sagt Becky.

Ich fange den Blick meines Vaters auf. Er schüttelt den Kopf. «Wir sprechen später darüber.»

Unvermittelt steht meine Mutter auf und räumt ab.

«Lass mich das machen», sage ich.

Sie winkt ab. «Geht doch mit Leo spazieren, du und dein Vater, ja? Ich helfe Becky, sich bettfertig zu machen.»

Die Metallstange in der Mitte der Ausziehcouch drückt sich in mein Kreuz. Wieder drehe ich mich auf der dünnen Matratze um und versuche, eine bequemere Position zu finden, die mich einschlafen lässt.

Es ist kurz vor ein Uhr morgens, und alles ist still im Haus. Aber in meinem Kopf überschlagen sich die Gedanken, wirbeln Bilder und Gesprächsfetzen wie in einer Waschmaschine herum.

Sobald wir vors Haus traten, zog mein Vater eine Schachtel Winston und ein Streichholzbriefchen aus der Jackentasche. Er riss ein Streichholz an und schirmte die Flamme mit der gewölbten Hand vor dem Wind ab, brauchte aber trotzdem drei Anläufe.

Fast ebenso lange brauchte ich, um zu verdauen, was er mir gerade erzählt hatte.

«Eine Abfindung?», fragte ich schließlich nach.

Er stieß den Rauch aus. «Uns wurde sehr ans Herz gelegt, sie anzunehmen. So stand es in der Kurzmitteilung.»

Es war dunkel, und wir waren zwar nur bis zur Ecke gegangen, aber meine Hände waren schon fast taub vor Kälte. Ich konnte den Gesichtsausdruck meines Vaters nicht erkennen.

«Wirst du dir eine andere Stelle suchen?», fragte ich.

«Ich habe schon gesucht, Jessie.»

«Du findest bestimmt bald was.»

Die Worte waren heraus, ehe mir klarwurde, dass ich genau das Gleiche machte wie meine Mutter mit Becky.

Wieder drehe ich mich um und lege den Arm um Leo.

Früher teilten Becky und ich uns ein Zimmer, aber seit ich ausgezogen bin, hat Becky es für sich, was nur gerecht ist. Wo sich früher mein Bett befand, stehen jetzt ein Minitrampolin mit einem Sicherheitsgeländer und ein Mal- und Basteltisch. Es ist das einzige Zuhause, das sie kennt.

Meine Eltern leben seit fast dreißig Jahren in diesem Haus. Wahrscheinlich war es abbezahlt, aber sicher mussten sie es erneut belasten, um für Beckys Arztrechnungen aufkommen zu können.

Ich weiß, wie viel sie jeden Monat ausgeben. Ich habe die Rechnungen durchgesehen, die meine Mutter in einer Schublade in der Anrichte verwahrt.

Wieder habe ich lauter Fragen im Kopf. Die wichtigste ist: Was passiert, wenn die Abfindung aufgebraucht ist?

Donnerstag, 22. November

Thanksgiving wird jedes Jahr von Tante Helen und Onkel Jerry ausgerichtet. Ihr Haus ist viel größer als das meiner Eltern, und an ihrem Esstisch haben wir neun problemlos Platz. Meine Mutter macht immer einen Auflauf mit grünen Bohnen, der am Rand mit gebratenen Zwiebeln bestreut ist, und Becky und ich bereiten die Füllung für den Truthahn vor. Bevor wir losfahren, bittet Becky mich, sie zu schminken.

«Gern», sage ich. Sie war die Erste, an der ich geübt habe, damals, als wir noch Kinder waren.

Meinen Schminkkoffer habe ich nicht dabei, aber Beckys Farben sind meinen so ähnlich – helle Haut mit Sommersprossen, hellbraune Augen, gerade Augenbrauen –, dass ich einfach mein persönliches Schminkset benutze.

«Auf was für einen Look zielen wir ab?», frage ich sie.

«Selena Gomez.» Seit Selena im Disney Channel war, ist Becky ein Fan von ihr.

«Du machst es mir gerne schwer, was?», sage ich, und sie kichert.

Ich verteile eine getönte Feuchtigkeitscreme auf Beckys Haut und muss dabei an das denken, was meine Mutter beim Abendessen gesagt hat. Seit ich in New York lebe, fahre ich nicht mehr mit ihnen nach Florida, aber meine Mutter schickt mir immer Fotos von Becky, auf denen sie Muscheln in einem Eimer sammelt oder lacht, weil die Gischt auf ihren Bauch spritzt. Becky liebt den alkoholfreien Pink-Panther-Cocktail mit dem Schirmchen und der zusätzlichen Maraschinokirsche, den die Bedienung ihr im Lieblingsfischrestaurant meiner Eltern immer serviert. Dad geht mit Becky Minigolf spielen, während Mom am Strand spazieren geht, und alle drei versuchen, am Ende der Landungsbrücke Krabben zu fangen. Allerdings fangen sie nur selten welche, und wenn, dann werfen sie sie zurück ins Wasser.

Es ist die einzige Zeit im Jahr, in der sie wirklich entspannt zu sein scheinen.

«Hast du Lust, mich nach Weihnachten in New York zu besuchen?», schlage ich vor. «Ich könnte dir den riesigen Weihnachtsbaum am Rockefeller Center zeigen. Wir könnten uns die Rockettes ansehen und bei Serendipity heiße Schokolade trinken.»

«Klingt gut», sagt Becky, aber ich höre ihr an, dass der Gedanke sie ein bisschen nervös macht. Sie hat mich schon früher in New York besucht, aber der Lärm und die Menschenmassen verstören sie.

Mit ein wenig Rouge betone ich Beckys Wangenknochen, dann

pinsele ich blassrosa Lipgloss auf ihre Lippen. Schließlich bitte ich sie, nach oben zu blicken, und trage sanft eine Schicht Mascara auf.

«Mach die Augen zu», sage ich, und Becky lächelt. Diesen Teil mag sie am liebsten.

Dann nehme ich ihre Hand und führe sie zum Badspiegel.

«Ich sehe hübsch aus!», sagt Becky.

Schnell nehme ich sie in die Arme, damit sie nicht sieht, dass ich feuchte Augen bekomme. «Das bist du auch», flüstere ich.

Nachdem Tante Helen den Pumpkin und den Pecan Pie serviert hat, gehen die Männer ins Wohnzimmer, um sich das Spiel anzusehen, während die Frauen in der Küche den Abwasch machen. Das ist ein weiteres Ritual.

«Bäh, ich bin so vollgefressen, dass ich gleich kotzen muss», stöhnt meine Cousine Shelly und zieht die Bluse aus dem Rock.

«Shelly!», mahnt Tante Helen.

«Das ist deine Schuld, Mom. Es war alles so lecker.» Shelly zwinkert mir zu.

Ich nehme das Geschirrtuch, während Becky die Teller hereinträgt und vorsichtig in einer Reihe auf der Arbeitsplatte abstellt. Tante Helen hat vor ein paar Jahren ihre Küche renoviert und das Resopal durch Granit ersetzt.

Meine Mutter beginnt, die Servierteller zu spülen, die Tante Helen aus dem Esszimmer bringt. Meine Cousine Gail, Shellys Schwester, ist im achten Monat schwanger. Mit einem theatralischen Seufzen lässt sie sich auf einen Stuhl am Küchentisch plumpsen, dann zieht sie sich noch einen Stuhl heran und legt die Füße hoch. Irgendwie gelingt es Gail immer, sich vor dem Abwasch zu drücken, aber diesmal hat sie ausnahmsweise eine vernünftige Entschuldigung.

«Aaalso ... morgen Abend treffen sich alle im Brewster», sagt Shelly, während sie die Überreste der Füllung in eine Tupperdose löffelt. Mit *alle* meint sie unsere Klassenkameraden aus der Highschool.

«Rate mal, wer kommt.» Sie wartet.

Will sie wirklich, dass ich jetzt anfange zu raten?

«Wer?», frage ich schließlich.

«Keith. Er ist geschieden.»

Ich weiß kaum noch, welcher aus dem Footballteam das war.

Shelly ist nicht selbst an ihm interessiert, sie hat vor eineinhalb Jahren geheiratet. Ich würde zwanzig Mäuse darauf setzen, dass nächstes Jahr sie diejenige ist, die die Füße hochlegt.

Shelly und Gail sehen mich erwartungsvoll an. Gail reibt sich in langsamen Kreisen den Bauch.

In der Tasche meines Rocks vibriert mein Handy.

«Klingt nett», sage ich. «Du bist unsere Fahrerin, oder, Gail?»

«Von wegen», sagt Gail. «Ich werde in der Badewanne liegen und *Us Weekly* lesen.»

«Hast du in New York jemanden?», fragt Shelly.

Mein Telefon vibriert zum zweiten Mal, was es immer tut, wenn ich eine Nachricht nicht sofort lese.

«Nichts Ernstes», sage ich.

«Es muss schwer sein, mit all diesen wunderschönen Models zu konkurrieren.» Ihr Tonfall ist zuckersüß.

Gail hat ihr blondes Haar und ihre passive Aggressivität von Tante Helen geerbt, die ihr rasch beipflichtet.

«Schieb das Kinderkriegen nicht zu lange auf», sagt sie. «Ich kenne da eine, die sich Enkelkinder wünscht!»

Normalerweise beachtet meine Mutter Tante Helens Sticheleien einfach nicht, aber jetzt kann ich beinahe spüren, wie sie aufbraust. Vielleicht liegt es daran, dass sie beim Essen wieder getrunken hat.

«Jess hat so viel zu tun mit diesen Broadwaystücken», sagt sie nun. «Sie genießt erst einmal ihre Karriere, bevor sie eine Familie gründet.»

Ob Mom mit dieser Übertreibung mich oder sich selbst verteidigt, ist mir nicht klar.

Da kommt Gails Mann Phil herein und unterbricht unsere Unterhaltung. «Will bloß ein paar Bier holen», sagt er und öffnet den Kühlschrank.

«Nett», sagt Shelly. «Du Glückspilz darfst rumsitzen und das Spiel gucken, während wir Frauen sauber machen.»

«Willst du etwa auch das Footballspiel gucken, Shel?», fragt er.

Sie schlägt nach ihm. «Raus mit dir.»

Ich versuche, Interesse für die Diskussion über die richtige Farbpalette für Gails Kinderzimmer – Gelbtöne? – zu heucheln, doch nach einer Weile gebe ich auf und entschuldige mich, gehe ins Bad und ziehe das Telefon aus der Tasche.

Der süßliche Geruch der weihnachtlichen Duftkerze, die auf dem Waschbecken brennt, ist so widerlich, dass ich fast würgen muss.

Ich habe eine Nachricht von einer unbekannten Rufnummer.

Entschuldigen Sie, dass ich Sie am Feiertag störe. Hier ist Dr. Shields. Sind Sie dieses Wochenende in der Stadt? Falls ja, würde ich gerne eine weitere Sitzung mit Ihnen vereinbaren. Lassen Sie mich wissen, ob Sie zur Verfügung stehen.

Ich lese die Nachricht zweimal.

Nicht zu fassen, dass Dr. Shields sich direkt an mich gewandt hat.

Ich dachte, die Studie wäre eine Sache von zwei Sitzungen, aber vielleicht habe ich das missverstanden. Wenn Dr. Shields mich für eine weitere Sitzung möchte, könnte das viel mehr Geld bedeuten.

Ob Dr. Shields mir selbst geschrieben hat, weil Ben frei hat? Schließlich ist heute Thanksgiving. Vielleicht sitzt Dr. Shields zu Hause in seinem Arbeitszimmer und erledigt ein paar Sachen, während seine Frau den Truthahn begießt und seine Enkel den Tisch decken. Er könnte einer dieser Menschen sein, die nur schlecht abschalten können, ganz ähnlich, wie es mir allmählich schwerfällt, nicht ständig über Moralfragen nachzudenken.

Bestimmt würden viele der jungen Frauen, die an dieser Studie teilgenommen haben, nur zu gern eine weitere Sitzung absolvieren. Ich frage mich, warum Dr. Shields ausgerechnet mich ausgewählt hat.

Die Rückfahrkarte habe ich für den Bus am Sonntagmorgen gekauft. Meine Eltern wären enttäuscht, wenn ich früher zurückfahren würde, selbst wenn ich ihnen sage, es sei wegen eines wichtigen Jobs.

Ich antworte Dr. Shields erst einmal nicht, sondern stecke das Handy wieder ein und öffne die Badezimmertür.

Phil steht davor.

«Entschuldige», sage ich und will mich an ihm vorbei in den schmalen Flur drücken, aber er beugt sich zu mir vor, und ich rieche seinen Bieratem. Phil war ebenfalls mit uns auf der Highschool. Er und Gail sind zusammen, seit er in der Zwölften war und sie in der Zehnten.

«Ich habe gehört, dass Shelly dich mit Keith verkuppeln will», sagt er.

Ich lache auf und wünschte, er würde endlich zur Seite gehen und mich durchlassen.

«Ich bin eigentlich nicht an Keith interessiert», sage ich.

«Ach?» Er beugt sich noch dichter zu mir. «Du bist zu gut für ihn.»

«Äh, danke.»

«Weißt du, ich habe schon immer auf dich gestanden.»

Ich erstarre. Er fixiert mich.

Seine Frau ist im achten Monat schwanger. Was tut er da?

«Phil!», ruft Gail aus der Küche und zerreißt die Stille. «Ich bin müde. Wir müssen los.»

Da tritt er endlich beiseite. Ich drücke mich hastig an ihm vorbei.

«Bis morgen, Jess», sagt er noch, bevor er die Badtür schließt.

Am Ende des Flurs bleibe ich stehen.

Mit einem Mal juckt mein Wollpullover auf der Haut, und ich bekomme nicht genug Luft. Ich weiß nicht, ob das an der Duftkerze oder an Phils Anmache liegt. Das Gefühl ist mir nicht unvertraut; genau deshalb bin ich vor Jahren von zu Hause weg.

Ich gehe auf die hintere Veranda.

Während ich gierig die kalte Luft einatme, gleiten meine Finger in die Tasche und tasten nach der glatten Kunststoffhülle meines Handys.

Meinen Eltern wird irgendwann das Geld ausgehen. Ich sollte jetzt so viel horten, wie ich kann. Und wenn ich Dr. Shields absage, findet er vielleicht eine andere Testperson, die flexibler ist.

Sogar ich merke, dass ich zu viele Begründungen anführe.

Ich hole das Telefon heraus und antworte: *Irgendwann Sa oder So passt mir gut.*

Fast sofort sehe ich die drei Punkte, die bedeuten, dass er eine Antwort schreibt. Gleich darauf lese ich: *Wunderbar. Ihr Termin ist Samstag um 12. Am selben Ort.*

KAPITEL ACHT

Samstag, 24. November

Du ahnst ja nicht, wie gespannt deine dritte Sitzung erwartet wurde, Testperson 52.

Wie immer siehst du entzückend aus, aber du wirkst bedrückt. Nachdem du Raum 214 betreten hast, ziehst du langsam deinen Mantel aus und hängst ihn über die Stuhllehne. Er hängt schief, aber du rückst ihn nicht zurecht. Du lässt dich schwer auf den Stuhl fallen und zögerst, bevor du die Entertaste drückst.

Warst du an Thanksgiving auch einsam?

Sobald die erste Frage erscheint und du dich öffnest, setzt deine wahre Natur sich durch, und du wirst lebhafter.

Allmählich lernst du, den Prozess zu genießen, nicht wahr?

Als die vierte Frage erscheint, bewegen deine Finger sich flink über die Tastatur. Deine Körperhaltung ist ausgezeichnet. Du zappelst nicht. Das alles deutet darauf hin, dass du zu diesem speziellen Thema einen klaren Standpunkt hast.

Sie sehen, wie der Verlobte Ihrer Freundin eine Woche vor der Hochzeit eine andere Frau küsst. Sagen Sie es ihr?

Ich würde es so machen, schreibst du, *dass ich ihn damit konfrontiere und ihm 24 Stunden Zeit gebe, um es ihr zu beichten, sonst würde ich es ihr selbst sagen. Wenn jemand bei einem Junggesellenabschied mit seinen Kumpels in ein Striplokal geht und einen Zwanziger in einen Stringtanga steckt, ist das noch nachvollziehbar. So etwas machen viele Typen, um anzugeben. Aber außerhalb einer solchen Situation gibt es keine Entschuldigung. Ich könnte nicht wegsehen und so tun, als wüsste ich von nichts. Denn wenn ein Kerl einmal betrügt, weiß man, dass er es wieder tun wird.*

Du drückst die Entertaste und wartest auf die nächste Frage.

Sie erscheint nicht unverzüglich.
Eine Minute vergeht.
Ist alles in Ordnung?, schreibst du.
Eine weitere Minute vergeht.
Eine Antwort wird formuliert: *Einen Moment bitte.*
Du wirkst verdutzt, nickst aber.

Deine Antwort ist absolut: Anscheinend hältst du Menschen nicht für fähig, sich wahrhaft zu ändern, selbst wenn ihre Triebe zu Leid und Zerstörung führen.

Die gerunzelte Stirn und die ein wenig zusammengekniffenen Augen veranschaulichen die Tiefe deiner Überzeugungen.

Denn wenn ein Kerl einmal betrügt, weiß man, dass er es wieder tun wird.

Du wartest auf die nächste Frage. Doch die kommt nicht.

Zwischen deinen Antworten hat sich eine unerwartete Beziehung herausgebildet; zusammengenommen ergeben sie eine Offenbarung.

Die entscheidenden Zeilen deiner bisherigen Antworten werden einer erneuten Überprüfung unterzogen.

Ich suche nicht nach einer Beziehung. Das schreibst du in deiner zweiten Sitzung.

Du drehst dich um und siehst auf die Wanduhr hinter dir, dann blickst du zur Tür. Du bist aus jeder Perspektive bezaubernd.

Ich hoffe, es ist okay, wenn ich gegen die Regeln verstoße. Das schreibst du, bevor du verrietst, dass diese Studie deine eigenen moralischen Grundsätze verändert.

Du spielst mit den silbernen Stapelringen am Zeigefinger, während du stirnrunzelnd auf den Bildschirm siehst. Es ist eine deiner Angewohnheiten, wenn du nachdenkst oder nervös bist.

Ich brauche wirklich Geld, schriebst du in deiner ersten Sitzung.

Etwas Außergewöhnliches geschieht.

Es ist, als lenktest du die Studie jetzt auf eine andere Ebene. Du, die junge Frau, die eigentlich gar nicht daran hätte teilnehmen sollen.

Dir werden zwei weitere Fragen vorgelegt, außer der Reihe, aber das kannst du nicht wissen.

Du beantwortest sie beide selbstbewusst. Tadellos.

Die letzte Frage, die dir heute gestellt wird, ist eine, die keine andere Testperson je zu sehen bekommen wird.

Sie wurde speziell für dich formuliert.

Als du sie liest, weiten sich deine Augen.

Je nachdem, wie deine Antwort ausfällt, wirst du diesen Raum entweder verlassen und nicht wiederkehren.

Oder es eröffnen sich grenzenlose Möglichkeiten. Du könntest eine Pionierin auf dem Gebiet der psychologischen Forschung werden.

Es ist ein Wagnis, diese Frage zu stellen.

Dieses Risiko bist du wert.

Du antwortest nicht sofort, sondern schiebst den Stuhl zurück und stehst auf.

Dann verschwindest du aus dem Bild.

Deine Schritte klappern über den Linoleumboden. Kurz kommst du wieder in Sicht, dann verschwindest du erneut.

Du läufst auf und ab.

Jetzt sind die Rollen vertauscht: Du bist diejenige, die eine Verzögerung verursacht. Zugleich bist du es, die entscheidet, ob diese Studie eine Metamorphose durchmachen wird.

Du kehrst an deinen Platz zurück und beugst dich vor. Dein Blick huscht über den Bildschirm: Du liest die Frage erneut.

Würden Sie in Betracht ziehen, Ihre Beteiligung an dieser Studie auszuweiten? Die Vergütung wäre signifikant höher, aber man würde auch signifikant mehr von Ihnen erwarten.

Langsam hebst du die Hand und schreibst:

Ich mache es.

KAPITEL NEUN

Samstag, 24. November

Meine dritte Sitzung begann wie gewohnt: Ben, der in einem marineblauen Pullover mit V-Ausschnitt in der Eingangshalle auf mich wartete. Der leere Seminarraum. Der Laptop auf einem Tisch in der ersten Reihe, auf dem **Schön, dass Sie wieder da sind, Testperson 52** stand.

Diesmal freute ich mich fast darauf, Dr. Shields' Fragen zu beantworten, vielleicht weil ich hoffte, meine wirren Gefühle nach meinem Besuch zu Hause loswerden zu können.

Aber gegen Ende der Sitzung wurde es schräg.

Gleich nachdem ich eine Frage über einen Mann, der seine Verlobte betrügt, beantwortet hatte, gab es diese lange Pause, und dann änderte sich der Tonfall der Fragen. Ich kann gar nicht genau sagen, inwiefern, aber die nächsten beiden fühlten sich anders an. Mittlerweile rechnete ich damit, über Themen zu schreiben, mit denen ich etwas anfangen kann oder mit denen ich Erfahrungen gemacht habe. Aber diese letzten Fragen ähnelten den großen philosophischen Fragen, die einem in Sozialkundeprüfungen gestellt werden. Ich musste ein bisschen nachdenken, brauchte aber nicht tief in schmerzhaften Erinnerungen zu wühlen, wie Dr. Shields es sonst von mir erwartete.

Sollte eine Bestrafung immer dem Verbrechen angemessen sein?

Und dann:

Haben Opfer das Recht, die Vergeltung selbst in die Hand zu nehmen?

Am Ende der Sitzung musste ich mich entscheiden, ob ich bereit war, an einer ausgeweiteten Studie teilzunehmen. *Man würde signifikant mehr von Ihnen erwarten,* schrieb Dr. Shields. Es klang irgendwie ominös.

Wie hat Dr. Shields das gemeint? Ich habe ihn danach gefragt. Seine Antwort erschien auf meinem Laptop, genau wie seine Fragen. Er schrieb bloß, er werde es mir nächsten Mittwoch erklären, falls ich ihn persönlich treffen könnte.

Am Ende kam ich zu dem Schluss, dass das zusätzliche Geld zu verlockend war, um das Angebot auszuschlagen.

Auf dem Heimweg überlege ich trotzdem immer wieder, was er vorhat.

Ich werde da nicht völlig blauäugig herangehen, sage ich mir, während ich Leo seine Leine anlege und mich auf den Weg zum 6BC Botanical Garden mache. Das ist einer meiner Lieblingsspaziergänge in Alphabet City, wo ich wohne, und der Park ist ein guter Ort zum Nachdenken.

Dr. Shields will mich persönlich kennenlernen. Allerdings soll ich nicht in den Seminarraum an der Universität kommen, sondern in ein Haus an der East Sixty-second Street.

Ich weiß nicht, ob das sein Büro oder seine Wohnung ist. Oder noch etwas anderes.

Leo zieht heftig an der Leine. Er will zu seinem Lieblingsbaum. Ich merke, dass ich stehen geblieben bin.

Als ich eine Nachbarin mit ihrem Zwergpudel herankommen sehe, halte ich mir schnell das Telefon ans Ohr und gebe vor, in ein Gespräch vertieft zu sein, während sie vorbeigeht. Ich kann jetzt nicht mit ihr plaudern.

Man hört so viele Geschichten über junge Frauen, die sich in gefährliche Situationen locken ließen. Ich sehe ihre Gesichter im Vorbeigehen auf der Titelseite der *New York Post* und werde per App benachrichtigt, wenn es in meinem Stadtbezirk ein Gewaltverbrechen gegeben hat.

Wobei ich durchaus kalkulierte Risiken eingehe. Im Rahmen meiner Arbeit besuche ich täglich Unbekannte bei ihnen zu Hause oder an Orten, die ich nicht kenne, und ich gehe mit Männern, die ich gerade erst kennengelernt habe, in ihre Wohnung.

Doch das hier fühlt sich anders an.

Ich habe niemandem von dieser Studie erzählt; das hat Dr. Shields so bestimmt. Er weiß schrecklich viel über mich, während ich praktisch gar nichts über ihn weiß.

Aber vielleicht gibt es eine Möglichkeit, etwas herauszufinden.

Obwohl wir gerade erst im Botanischen Garten angekommen sind, zupfe ich sanft an Leos Leine, und wir machen uns auf den Rückweg. Unwillkürlich gehe ich schneller.

Es wird Zeit, den Spieß umzudrehen. Jetzt werde ich selbst ein paar Nachforschungen anstellen.

Ich öffne eine Flasche Sam Adams, hole mein MacBook und setze mich auf meinen Futon. Auch wenn ich seinen Vornamen nicht kenne, sollte es nicht allzu schwer sein, die Zahl der Dr. Shields in New York City einzugrenzen, indem ich bei Google «Forschung» und «Psychiatrie» als weitere Suchbegriffe hinzufüge.

Auf Anhieb erhalte ich Dutzende von Treffern. Der erste ist ein wissenschaftlicher Artikel über ethische Ambiguität in familiären Beziehungen. Dieser Teil seiner Geschichte passt also.

Dann führe ich die Maus zur Bildersuche.

Ich muss ein Foto von dem Mann sehen, der so viel über mich weiß, von meiner Adresse bis zu Einzelheiten über meine letzte Männerbekanntschaft.

Aber ich zögere.

Ich habe mir Dr. Shields so vorgestellt, wie ich ihn gern hätte: weise und großväterlich mit gütigen Augen. Dieses Bild habe ich so deutlich vor Augen, dass es mir schwerfällt, mich davon zu verabschieden.

Doch es ist nun einmal so, dass ich da etwas auf eine leere Leinwand projiziert habe.

Er könnte wer weiß wer sein.

Ich klicke die Bildersuche an.

Und schnappe nach Luft.

Zuerst denke ich, ich habe etwas falsch gemacht.

Jede Menge Bilder füllen den Bildschirm wie ein Mosaik aus.

Kaum landet mein Blick auf einem Foto, wird er schon von einem anderen angezogen.

Um ganz sicherzugehen, lese ich die Bildunterschriften. Dann starre ich auf das größte Bild.

Dr. Shields ähnelt in nichts dem stattlichen Professor, den ich mir vorgestellt habe.

Dr. Shields, Dr. *Lydia* Shields, ist eine der atemberaubendsten Frauen, die ich je gesehen habe.

Ich beuge mich vor und lasse den Anblick ihres langen rotblonden Haars und ihrer samtigen Haut auf mich wirken. Sie mag Ende dreißig sein. Ihre wie gemeißelt wirkenden Züge haben eine kühle Eleganz.

Es ist schwer, den Blick von ihren hellblauen Augen abzuwenden. Sie sind hypnotisierend.

Obwohl es nur ein Foto ist, scheint sie mich direkt anzusehen.

Ich weiß nicht, warum ich annahm, sie sei ein Mann. Im Rückblick wird mir klar, dass Ben sie nur Dr. Shields genannt hat. Dass ich sie mir fälschlicherweise als Mann vorstellte, sagt vermutlich etwas über mich aus.

Schließlich klicke ich auf ein Vollbild von ihr. Sie steht auf einer Bühne und hält ein Mikrophon in der linken Hand, an der sie, wie es aussieht, einen Diamant-Ehering hat. Sie trägt eine Seidenbluse, einen engen Rock und so hohe Absätze, dass ich mir nicht vorstellen kann, darin auch nur bis zur Bühne zu laufen, geschweige denn einen Vortrag lang darauf zu stehen. Ihr Hals ist lang und graziös, und ihre Wangenknochen könnte man auch mit noch so viel Contouring nicht vortäuschen.

Sie sieht aus wie eine Frau, die in einer ganz anderen Welt lebt als ich, die ich mich um Aufträge reiße und Kundinnen schmeichele, um mehr Trinkgeld zu bekommen.

Ich glaubte, die Person, der ich schrieb, zu kennen: einen aufmerksamen, mitfühlenden Mann. Aber jetzt, wo ich weiß, dass Dr. Shields eine Frau ist, überdenke ich alle Fragen noch einmal.

Und alle meine Antworten.

Was hält diese gepflegte Dame von meinem chaotischen Leben?

Mit heißen Wangen denke ich daran, dass ich auf die Frage, wie ich reagieren würde, wenn ich sähe, dass der Verlobte einer Freundin eine andere Frau küsst, von einem Striplokal und Stringtangas sprach. Meine Grammatik war nicht immer fehlerfrei, und meine Formulierungen waren nicht sorgfältig genug.

Dennoch war sie freundlich zu mir. Sie drängte mich, zu erzählen, worüber ich sonst nie spreche, und sie hat mich getröstet.

Nichts von dem, was ich ihr gestand, hat sie abgestoßen; im Gegenteil, sie hat mich noch einmal eingeladen. Sie will mich kennenlernen, rufe ich mir in Erinnerung.

Ich vergrößere das Foto und bemerke erst jetzt, dass Dr. Shields ein wenig lächelt, während sie das Mikrophon an die Lippen hält.

Noch immer bin ich ein bisschen nervös wegen des Termins am Mittwoch, aber jetzt aus anderen Gründen. Vermutlich will ich sie nicht enttäuschen.

Ich will den Laptop schon zuklappen, aber dann klicke ich auf den News-Reiter meiner Google-Suche. Ich nehme mein Telefon und notiere mir die Anschrift ihrer Praxis, die mit der übereinstimmt, die sie mir für Mittwoch gegeben hat, den Titel eines Buchs, das sie geschrieben hat, und ihre Alma Mater, Yale.

Bloß weil Dr. Shields eine Frau ist, darf ich meinen Plan nicht ändern. Sie bezahlt mir furchtbar viel Geld, und ich habe noch immer keine Ahnung, warum oder wofür.

Und manchmal können einen die Menschen, die am kompetentesten und ausgeglichensten wirken, besonders tief verletzen.

Ihre Fotos haben nicht gelogen, was in Anbetracht der Regeln, die sie für ihre Studie aufgestellt hat, nur passend ist.

Dr. Shield's Stundenplan an der New York University war leicht online zu finden. Sie gibt ein einziges Seminar, montags von siebzehn bis neunzehn Uhr. Ihr Seminarraum liegt nicht weit von Raum 214 entfernt. Heute, wo es auf den Fluren laut und trubelig ist, ist es hier ganz anders.

Dr. Shields rückt den taupefarbenen Überwurf um ihre Schultern zurecht und zieht ihr glänzendes Haar darunter hervor, während sie über den Flur geht. Ich trage eine Baseballkappe und Jeans wie viele der Studenten, die um mich herumwimmeln.

Als sie näher kommt, halte ich den Atem an. Ich habe mich hinter zwei junge Frauen gestellt, die sich angeregt unterhalten, aber gleich wird Dr. Shields dicht an ihnen vorbeigehen. Kurz vorher schlüpfe ich auf die Toilette.

Ein paar Sekunden später strecke ich den Kopf wieder hinaus. Sie geht auf eine Treppe zu.

Nachdem ich ihr ein Dutzend Schritte Vorsprung gelassen habe, gehe ich ihr nach. Ein ganz schwacher Hauch von einem sauberen, würzigen Duft steigt mir in die Nase.

Ich kann den Blick nicht von ihr abwenden.

Es ist, als glitte sie in einer schützenden Blase durch die Straßen, in der die Elemente ihr nicht das Haar zerzausen, ihr eine Laufmasche machen oder ihre High Heels abwetzen können. Ein paar Männer drehen sich nach ihr um, und ein UPS-Fahrer, der eine schwerbeladene Karre schiebt, weicht ihr beflissen aus. Der Bürgersteig ist voller Menschen auf dem Weg zur Arbeit oder zum Einkaufen, aber sie muss nicht ein einziges Mal langsamer gehen.

Sie biegt in die Prince Street ab und geht an einer Reihe von Designerboutiquen vorüber, in denen Kaschmirhoodies für dreihundert Dollar und Kosmetika, die in ihren Verpackungen wie Juwelen wirken, verkauft werden.

Aber sie wirft keinen Blick in diese Schaufenster. Im Gegensatz zu den Leuten um sie herum telefoniert sie nicht, hört keine Musik und lässt sich nicht von ihrer Umgebung ablenken.

Vor einem kleinen französischen Restaurant bleibt sie stehen, zieht die Tür auf und geht hinein.

Ich bleibe ebenfalls stehen und weiß nicht, was ich jetzt tun soll.

Zu gern würde ich noch einen Blick auf sie werfen, weil ich ihr Gesicht bisher nur flüchtig gesehen habe. Aber es würde zu schräg wirken, wenn ich hier stundenlang draußen warte, bis sie zu Abend gegessen hat.

Als ich gerade gehen will, sehe ich, dass der Oberkellner sie an einen Fenstertisch führt, nur etwa ein Dutzend Schritte von mir entfernt. Falls sie den Kopf ein Stückchen dreht und aufsieht, werden unsere Blicke sich treffen.

Rasch trete ich nach links und gebe vor, die Speisekarte zu lesen, die neben dem Eingang hinter Glas ausgestellt ist.

Aus dem Augenwinkel kann ich sie noch sehen.

Ein Kellner geht zu Dr. Shields und reicht ihr eine Speisekarte. Ich sehe wieder auf die Karte vor mir. Wenn ich mir einen solchen Laden leisten könnte, würde ich das Filet Mignon mit Sauce béarnaise und Fritten nehmen. Aber ich wette, Dr. Shields bestellt den gegrillten Schwertfisch à la Niçoise.

Sie spricht kurz mit dem Kellner, dann gibt sie ihm die Speisekarte zurück. Ihre Haut ist so hell, dass ihr Profil im Kerzenschein fast überirdisch wirkt und mich an die prächtigen Waren in den Schaufenstern erinnert, an denen wir vorbeigegangen sind. Es kommt mir richtig vor, dass sie ebenfalls im Schaufenster sitzt, um von anderen bewundert zu werden.

Allmählich wird es dunkel, und meine Fingerspitzen werden langsam taub. Trotzdem bin ich noch nicht bereit zu gehen.

Sie hat mir all diese Fragen gestellt, aber jetzt habe ich meinerseits jede Menge Fragen an sie. Die drängendste: Warum sind Ihnen die Entscheidungen, die Menschen wie ich treffen, so wichtig?

Der Kellner kehrt mit einem Glas Wein zurück. Dr. Shields trinkt einen Schluck, und mir fällt auf, dass das Weinrot fast perfekt zu dem Nagellack passt, der ihre langen schlanken Finger ziert.

Sie lächelt und nickt dem Kellner zu, doch als er wieder gegangen ist, berührt sie mit der Fingerspitze einen Augenwinkel. Es könnte sie dort gejuckt haben, weil da eine winzige Fluse von ihrem Überwurf festhing. Zugleich ist es aber die Handbewegung, mit der man sich eine Träne abwischt.

Wieder hebt sie das Weinglas und trinkt einen großen Schluck.

Auf dem Foto, auf dem sie das Mikrophon in der Hand hielt, habe ich auf jeden Fall einen Ehering gesehen. Aber ihre linke Hand liegt im Schoß, und so weiß ich nicht, ob sie ihn immer noch trägt.

Eigentlich wollte ich so lange bleiben, bis ich sehe, ob ich Dr. Shields' Bestellung richtig erraten habe. Doch ich setze meine In-Ears ein und gehe nach Hause.

Zwar habe ich Dr. Shields eine Menge intimer Informationen über mich gegeben, aber das habe ich freiwillig getan. Sie dagegen hat keine Ahnung, dass ich sie in einem Augenblick beobachtet habe, in dem sie so verletzlich wirkt. Ich habe das Gefühl, zu weit gegangen zu sein, eine Grenze überschritten zu haben.

Der Platz ihr gegenüber wird heute Abend leer bleiben. Der Kellner hat das zweite Gedeck entfernt, sobald Dr. Shields ihm die Speisekarte zurückgegeben hatte.

An einem Tisch für zwei in einem romantischen Restaurant ist Dr. Shields ganz allein.

KAPITEL ZEHN

Mittwoch, 28. November

Du betrittst das weiße Ziegelgebäude an der East Sixty-second Street und nimmst wie angewiesen den Aufzug in den zweiten Stock, wo du klingelst, in die Praxis eingelassen und begrüßt wirst.

Du stellst dich vor und reichst mir die Hand. Dein Handschlag ist fest und deine Handfläche kühl.

Die meisten Menschen wären neugierig auf eine Person, mit der sie kommuniziert haben, ohne ihr je begegnet zu sein. Sie würden sich ein wenig Zeit nehmen, um die Vorstellung, die sie sich von demjenigen gemacht haben, mit der Wirklichkeit in Einklang zu bringen.

Du jedoch nimmst nur flüchtig Blickkontakt auf und siehst dich dann um. Hast du selbst Nachforschungen angestellt?

Gut gemacht, Testperson 52.

Du bist größer als angenommen, vielleicht eins achtundsechzig, aber ansonsten gibt es keine Überraschungen. Du nimmst den blauen Schal mit den Fransen ab und streichst dir über das gelockte braune Haar, das du offen trägst. Du ziehst den Mantel aus, und ein grauer Pullover mit V-Ausschnitt sowie eine grüne Cargohose kommen zum Vorschein.

Du hast deinem Outfit eine subtile individuelle Note verliehen: Die Hose ist bis knapp oberhalb deiner Ankle Boots aufgekrempelt. Dein Pullover ist vorn in die Hose gesteckt, sodass der geflochtene rote Gürtel zu sehen ist. Dieses Ensemble mit den sich beißenden Farben und den unterschiedlichen Geweben müsste eigentlich katastrophal aussehen. Doch es wirkt wie etwas, das in einem Modeblog behandelt werden könnte.

Du wirst eingeladen, dich zu setzen.

Für welchen Platz du dich entscheidest, wird aufschlussreich sein.

Die Sitzecke bietet zwei lederne Ohrensessel und einen Zweisitzer.

Die meisten wählen den Zweisitzer.

Diejenigen, die das nicht tun, sind üblicherweise Männer, denn es erlaubt ihnen, sich – unterbewusst – als Herren der Lage zu fühlen in einer Situation, in der sie verletzlich sind. Die generelle Regel lautet, dass es Klienten, die einen Ohrensessel wählen, unangenehm ist, hier zu sein.

Du gehst am Sofa vorbei und setzt dich in einen der Sessel, obwohl du keine Anzeichen von Unbehagen zeigst.

Das ist erfreulich und nicht völlig unerwartet.

Im Sessel sitzt du der Psychiaterin direkt gegenüber, auf Augenhöhe. Wieder blickst du dich um und nimmst dir Zeit, dich zu orientieren. Das Behandlungszimmer eines Psychiaters soll dem Klienten das Gefühl geben, willkommen, beschützt und sicher zu sein. Wenn die Umgebung nicht harmonisch ist und der Klient sich nicht wohl fühlt, werden Therapieziele schwerer erreicht.

Dein Blick streift das Gemälde mit den stahlblauen Ozeanwellen und die frischen Kamelien mit dem knackigen Grün in der ovalen Vase, ehe er kurz auf dem Bücherregal hinter dem Schreibtisch ruht. Du bist scharfsichtig, du erfasst Details.

Vielleicht ist dir sogar die erste Therapieregel aufgefallen: Der Behandler muss in gewisser Weise ein unbeschriebenes Blatt bleiben. Die Gegenstände im Raum, die deinen Blick auf sich gezogen haben, dürfen nicht erkennbar persönlich sein. Es gibt keine Familienfotos, nichts Kontroverses wie Gegenstände, die eine politische Haltung oder ein soziales Anliegen erkennen lassen, und auch nichts Protziges wie ein Hermès-Logo auf einem Sofakissen.

Eine zweite Therapieregel: Bewerte deinen Klienten nicht. Die Rolle des Behandlers ist es, zuzuhören, anzuleiten, die verborgenen Wahrheiten im Leben des Klienten zutage zu fördern.

Die dritte Regel besagt, man überlässt es dem Klienten, zu Anfang des Gesprächs die Richtung zu bestimmen, daher beginnt eine Sitzung in der Regel mit einer Variation von: «Worüber möchten Sie heute sprechen?» Aber dies ist keine Therapiesitzung, daher wird gegen diese spezielle Regel verstoßen. Stattdessen wird dir für deine Teilnahme gedankt.

«Dr. Shields», sagst du, «darf ich Ihnen ein paar Fragen stellen, bevor wir anfangen?»

Manche Menschen stocken an dieser Stelle, weil sie nicht wissen, welche Anrede sie verwenden sollen. Du aber scheinst das Protokoll instinktiv zu verstehen: Trotz der intimen Dinge, die du preisgegeben hast, müssen bestimmte Grenzen eingehalten werden ... einstweilen. Irgendwann werden auch die anderen beiden Therapieregeln, ebenso wie viele weitere, für dich gebrochen werden.

Du fährst fort: «Sie haben gesagt, Sie würden mir heute das mit der Ausweitung meiner Teilnahme an Ihrer Studie erklären. Was bedeutet es?»

Das Projekt, an dem du mitwirkst, steht kurz davor, von der theoretischen Studie zur praktischen Erforschung von Moral und Ethik überzugehen, erfährst du.

Deine Augen weiten sich. Vor Besorgnis?

Die Situationen werden völlig unbedenklich sein, wird dir versichert. Du wirst alles unter Kontrolle haben und kannst jederzeit abbrechen.

Das scheint dich zu beruhigen.

Dir wird in Erinnerung gerufen, dass die Vergütung signifikant höher ausfallen wird.

Dies erfüllt den Zweck, die Verlockung zu steigern.

«Wie viel höher?», fragst du.

Du bist voreilig. Aber bei dieser Prüfung darf nichts überstürzt werden. Zunächst muss Vertrauen geschaffen werden.

Dir wird erklärt, dass als nächster Schritt eine Ausgangsposition festgeschrieben werden muss. Dir werden grundlegende Fragen gestellt werden.

Wenn du dich einverstanden erklärst, wird sofort damit begonnen.

«Klar», sagst du. «Schießen Sie los.»

Dein Tonfall ist nonchalant, aber du ringst langsam die Hände.

Auf verschiedene Stichworte hin schilderst du deine Kindheit in einem Vorort von Philadelphia, erzählst von deiner kleinen Schwester mit dem Schädelhirntrauma und den daraus resultierenden kognitiven und körperlichen Einschränkungen sowie von deinen schwer arbeitenden Eltern. Dann gehst du nahtlos zu deinem Umzug nach New York über. Als du den kleinen Hund erwähnst, den du im Tierheim adoptiert hast, wird dein Blick weich, und dann sprichst du über das Verkaufen von Kosmetika bei Bloomingdale's.

Du brichst den Blickkontakt ab und zögerst.

«Ihr Nagellack gefällt mir.»

Ablenkung. Dies ist eine Taktik, die du bisher nicht eingesetzt hast.

«Ich könnte niemals Weinrot tragen, aber bei Ihnen sieht es toll aus.»

Schmeichelei. Ein weitverbreitetes Mittel, wenn ein Klient in der Therapie versucht auszuweichen.

Psychiater sind darauf trainiert, keine Werturteile über ihre Klienten zu fällen. Sie hören lediglich zu und suchen nach Anhaltspunkten, die ihnen offenbaren, was der Klient bereits weiß, wenn auch vielleicht nur unterbewusst.

Doch du bist nicht hier, um deine Gefühle oder ungelösten Probleme mit deiner Mutter zu erforschen.

Du wirst für diese Sitzung nichts bezahlen, während anderen, die auf diesem Sessel sitzen, 425 Dollar pro Stunde in Rechnung gestellt werden. Stattdessen wirst du eine sehr großzügige Vergütung erhalten.

Jeder hat seinen Preis. Der deine muss erst noch bestimmt werden.

Du blickst die Therapeutin an. Die sorgsam einstudierte Fassade überzeugt. Sie ist alles, was du siehst. Alles, was du je sehen wirst.

Du jedoch wirst völlig entblößt werden. Du wirst in den kommenden Wochen Fähigkeiten einsetzen und Kräfte mobilisieren müssen, von denen du möglicherweise nicht wusstest, dass du sie besitzt.

Aber du scheinst der Herausforderung gewachsen zu sein.

Du bist entgegen aller Wahrscheinlichkeit hier. Du hast dich in diese Studie geschmuggelt, ohne eine Einladung erhalten zu haben. Du hattest nicht dasselbe Profil wie die anderen Frauen, die befragt wurden.

Die ursprüngliche Studie ist auf unbestimmte Zeit ausgesetzt.

Dir, Testperson 52, gilt jetzt mein alleiniges Interesse.

KAPITEL ELF

Freitag, 30. November

Dr. Lydia Shields' silberhelle Stimme passt perfekt zu ihrem gepflegten Äußeren.

Bei meinem zweiten persönlichen Termin sitze ich auf dem Zweiersofa. Wie beim ersten Mal habe ich bisher nur über mich gesprochen.

Auf die Armlehne gestützt lege ich eine weitere Ebene des Lügengebäudes frei, das ich für meine Eltern errichtet habe. «Wenn sie wüssten, dass ich meinen Traum, beim Theater zu arbeiten, aufgegeben habe, wäre das, als müssten sie ihren eigenen Traum aufgeben.»

Ich war noch nie bei einem Psychiater, aber dies kommt mir vor wie eine klassische Therapiesitzung. Ein Teil von mir fragt sich unwillkürlich: Warum bezahlt *sie* dann *mich*?

Doch nach ein paar Minuten nehme ich nichts anderes mehr wahr als die Frau mir gegenüber und die Geheimnisse, die ich ihr anvertraue.

Dr. Shields sieht mich so aufmerksam an, während ich rede. Sie antwortet nicht sofort, sondern scheint sich meine Worte erst gründlich durch den Kopf gehen zu lassen. Auf dem schmalen Beistelltisch neben ihr liegt der Schreibblock, auf dem sie sich hin und wieder etwas notiert. Sie schreibt mit der linken Hand, und sie trägt keinen Ehering.

Ob sie wohl geschieden oder verwitwet ist?

Ich versuche, mir vorzustellen, was sie sich notiert. Auf ihrem Schreibtisch liegt eine einzelne Mappe. Ich sitze zu weit weg, um lesen zu können, was auf dem Etikett steht. Aber es könnte mein Name sein.

Manchmal drängt sie mich nach einer meiner Antworten, ihr mehr zu erzählen; aber hin und wieder reagiert sie so verständnisvoll und gütig, dass ich fast heulen könnte.

Schon nach so kurzer Zeit habe ich das Gefühl, dass sie mich besser versteht als jeder andere.

«Glauben Sie, es ist falsch von mir, meine Eltern zu täuschen?», frage ich jetzt.

Dr. Shields stellt die Beine nebeneinander und steht auf. Sie kommt zwei Schritte auf mich zu, und ich versteife mich unwillkürlich.

Ganz kurz frage ich mich, ob sie sich neben mich setzen möchte, aber sie geht an mir vorbei. Ich drehe mich nach ihr um. Sie bückt sich und zieht an einem Griff ganz unten in einem ihrer weißen Bücherregale. Ein eingebauter Minikühlschrank kommt zum Vorschein. Sie nimmt zwei kleine Flaschen Perrier heraus und bietet mir eine an.

«Gern», sage ich. «Danke.»

Eigentlich bin ich gar nicht durstig, aber als ich jetzt sehe, wie Dr. Shields den Kopf in den Nacken legt und einen Schluck trinkt, mache ich es unwillkürlich auch. Die Glasflasche ist angenehm solide, und ich bin überrascht, wie gut das kühle, sprudelnde Wasser schmeckt.

Sie kreuzt die Beine an den Knöcheln, und ich merke, dass ich krumm dasitze. Ich richte mich auf.

«Ihre Eltern wollen, dass Sie glücklich sind», sagt Dr. Shields. «Alle liebenden Eltern wollen das.»

Ich nicke und frage mich, ob sie selbst ein Kind hat. Anders als für die Ehe gibt es für die Mutterschaft kein äußerliches Anzeichen wie den Ehering.

«Ich weiß, dass sie mich lieben», sage ich. «Es ist bloß ...»

«Sie sind Komplizen bei Ihren Lügen», sagt Dr. Shields.

Sofort begreife ich, dass Dr. Shields recht hat: Meine Eltern haben mich praktisch dazu ermuntert zu lügen.

Sie scheint zu merken, dass ich einen Moment brauche, um diese Erkenntnis zu verarbeiten, aber sie sieht mich weiter an, und das kommt mir fast fürsorglich vor, so, als wollte sie einschätzen, wie ihre Feststellung aufgenommen wird. Das lange Schweigen fühlt sich nicht betreten oder angespannt an.

«So habe ich das noch nie betrachtet», sage ich schließlich. «Aber Sie haben recht.»

Ich trinke das Wasser aus und stelle die Flasche behutsam auf dem Couchtisch ab.

«Ich glaube, für heute habe ich alles, was ich brauche», sagt Dr. Shields.

Sie steht auf, und ich tue es ihr nach. Dann geht sie zu ihrem Schreibtisch mit der Glasplatte, auf dem sich eine kleine Uhr, ein schlanker Laptop und die Mappe befinden.

Während Dr. Shields die Schublade aufzieht, fragt sie: «Irgendwelche besonderen Pläne fürs Wochenende?»

«Nichts Großes. Heute Abend führe ich meine Freundin Lizzie aus, als Geburtstagsgeschenk.»

Dr. Shields nimmt ihr Scheckbuch und einen Füller aus der Schublade. Wir hatten diese Woche zwei Sitzungen à neunzig Minuten, aber ich weiß nicht, wie viel ich dafür bekomme.

«Ach, ist sie diejenige, die von ihren Eltern ein Taschengeld bekommt?»

Der Begriff «Taschengeld» überrumpelt mich. Da Dr. Shields den Kopf gesenkt hält, während sie den Scheck ausfüllt, kann ich ihren Gesichtsausdruck nicht sehen, aber ihr Tonfall ist milde. Es hörte sich nicht wie Kritik an. Außerdem stimmt es.

«Ich schätze, das ist eine Möglichkeit, sie zu beschreiben», sage ich, während Dr. Shields den Scheck aus dem Scheckbuch reißt und mir gibt.

Dann sagen wir beide wie aus einem Munde: «Danke.» Und lachen, ebenfalls gleichzeitig.

«Stehen Sie am Dienstag um die gleiche Zeit zur Verfügung?»

Ich nicke.

Am liebsten würde ich sofort einen Blick auf den Scheck werfen, fürchte aber, dass das taktlos wäre, daher falte ich ihn zusammen und stecke ihn in die Tasche.

«Und ich habe noch ein kleines Extra für Sie», sagt Dr. Shields. Sie greift nach ihrer Lederhandtasche von Prada und zieht ein kleines Päckchen in silberfarbenem Geschenkpapier heraus.

«Öffnen Sie es.»

Normalerweise reiße ich Geschenke einfach auf. Aber heute löse ich zuerst die kleine Schleife und dann so behutsam wie möglich das Klebeband.

Eine elegante, glänzende Chanel-Schachtel kommt zum Vorschein.

Sie enthält ein Fläschchen weinroten Nagellack.

Ich reiße den Kopf hoch und sehe Dr. Shields in die Augen. Dann werfe ich einen Blick auf ihre Fingernägel.

«Probieren Sie ihn aus, Jessica», sagt sie. «Ich glaube, er wird Ihnen stehen.»

Sobald ich im Aufzug stehe, ziehe ich den Scheck wieder aus der Tasche. *Sechshundert Dollar* steht da in einer elegant geschwungenen Handschrift.

Sie bezahlt mir zweihundert Dollar die Stunde, noch mehr als für die Computerbefragung.

Ob Dr. Shields mich im nächsten Monat so oft braucht, dass ich meine Familie mit einer Reise nach Florida überraschen kann? Aber vielleicht sollte ich das Geld doch lieber sparen für den Fall, dass mein Vater keine anständige Stelle findet, bevor die Abfindung aufgebraucht ist.

Ich stecke den Scheck in meine Brieftasche, und mein Blick fällt auf die Chanel-Schachtel in meiner Handtasche. Von meinem Job bei Bloomingdale's weiß ich, dass dieser Nagellack an die dreißig Ocken kostet.

Eigentlich wollte ich Lizzie bloß ein paar Drinks zum Geburtstag ausgeben, aber diesen Nagellack fände sie sicher toll.

Probieren Sie ihn aus, hat Dr. Shields gesagt.

Ich fahre mit dem Finger über die eleganten Buchstaben auf der ebenholzschwarzen Schachtel.

Die Eltern meiner besten Freundin sind wohlhabend genug, um ihr eine monatliche Unterstützung zu zahlen. Weil Lizzie so bescheiden ist, wurde mir erst, als wir einmal übers Wochenende zusammen zu ihrer Familie fuhren, klar, dass deren «kleine Farm» über hundert Hektar groß ist. Sie kann sich selbst Nagellack leisten, sogar die Nobelmarken, sage ich mir. Dieses Fläschchen habe ich mir verdient.

Ein paar Stunden später betrete ich *The Lounge*, um mich mit Lizzie zu treffen. Sanjay, der gerade Zitronen schneidet, blickt auf und winkt mich zu sich.

«Dieser Typ, mit dem du neulich weggegangen bist, war hier und hat nach dir gefragt», sagt er. «Na ja, genau genommen hat er nach einer Frau namens Taylor gefragt, aber ich wusste, dass er dich meint.»

Er wühlt in einem großen Bierkrug mit Stiften, Visitenkarten und einer Schachtel Camel Blue, der neben der Kasse steht, und zieht eine Visitenkarte heraus.

BREAKFAST ALL DAY steht ganz oben. Darunter ist ein lächelndes Gesicht: Zwei Spiegeleier dienen als Augen, und ein Streifen Bacon ist der Mund. Ganz unten stehen Noahs Name und Telefonnummer.

Ich runzele die Stirn. «Ist er Koch?»

Sanjay sieht mich gespielt streng an. «Habt ihr überhaupt miteinander geredet?»

«Nicht über seinen Beruf», gebe ich zurück.

«Ich fand ihn cool», sagt Sanjay. «Er eröffnet ein paar Blocks von hier entfernt ein kleines Restaurant.»

Ich drehe die Karte um und lese seine Nachricht: *Taylor: Gutschein für einen kostenlosen French Toast. Zum Einlösen anrufen.*

In diesem Moment kommt Lizzie durch die Tür. Ich springe vom Hocker und umarme sie.

«Herzlichen Glückwunsch», sage ich und verberge die Visitenkarte in meiner Hand.

Lizzie zieht ihre Jacke aus, und mir steigt der Geruch von neuem Leder in die Nase. Ihre Jacke ist der, die ich selbst trage und die Lizzie immer bewundert hat, sehr ähnlich, aber meine stammt aus einem Secondhandladen. Als ich den Pelzkragen befühle, sehe ich das Label: BARNEYS NEW YORK.

«Das ist Webpelz», versichert Lizzie mir, und ich frage mich, wie sie meinen Blick gedeutet hat. «Meine Eltern haben sie mir zum Geburtstag geschenkt.»

«Sie ist toll.»

Lizzie setzt sich auf den Hocker neben mir und legt sich die Jacke über den Schoß. Ich bestelle uns Wodka-Cranberry-Sodas, und sie fragt: «Wie war dein Thanksgiving?»

Der Feiertag scheint schon eine Ewigkeit her zu sein.

«Ach, wie immer. Zu viel Pie und Football. Wie war's bei dir?»

«Total schön», sagt sie. «Alle waren da, und wir haben eine Riesenpartie Scharade gespielt. Die Kinder waren zum Schreien komisch. Kannst du dir vorstellen, dass ich mittlerweile fünf Nichten und Neffen habe? Dad ...»

Als Sanjay unsere Drinks herüberschiebt und ich mir meinen nehme, bricht Lizzie ab.

«Du trägst sonst nie Nagellack!», ruft sie. «Hübsche Farbe!»

Ich betrachte meine Finger. Meine Haut ist dunkler als die von Dr. Shields, und meine Finger sind kürzer. An mir sieht diese Farbe ausgefallen statt elegant aus. Aber Dr. Shields hatte recht; sie schmeichelt mir.

«Danke. Ich war nicht sicher, ob ich das tragen kann.»

Wir plaudern zwei weitere Drinks lang, dann berührt Lizzie

mich am Arm. «Hey, kannst du mich Dienstagnachmittag schminken? Ich brauche ein aktuelles Foto.»

«Ooh, ich habe eine Sit–» Ich unterbreche mich. «Einen Auftrag in Uptown.»

Bei unserer ersten persönlichen Sitzung ließ Dr. Shields mich eine weitere, umfassendere Geheimhaltungsvereinbarung unterzeichnen. Ich darf Lizzie gegenüber nicht einmal ihren Namen erwähnen.

«Kein Problem, ich überlege mir was anderes», sagt Lizzie fröhlich. «Hey, sollen wir Nachos bestellen?»

Ich nicke und gebe die Bestellung bei Sanjay auf. Es ist mir unangenehm, dass ich Lizzie nicht helfen kann.

Und es fühlt sich komisch an, etwas vor ihr geheim halten zu müssen, denn sie ist der Mensch, der mich am besten kennt.

Wobei – vielleicht ist sie das mittlerweile gar nicht mehr.

KAPITEL ZWÖLF

Dienstag, 4. Dezember

Du warst dir unsicher bei dem weinroten Nagellack, doch heute trägst du ihn.

Dies ist ein Beleg für dein wachsendes Vertrauen.

Außerdem setzt du dich wieder auf den Zweisitzer.

Zuerst lehnst du dich zurück und verschränkst die Arme hinter dem Kopf. Deine Körpersprache signalisiert zunehmende Offenheit.

Du glaubst, du seist nicht bereit für das, was als Nächstes geschehen wird. Aber du bist es. Du wurdest darauf vorbereitet. Deine emotionale Belastbarkeit wurde gedehnt, ganz ähnlich wie eine planvoll trainierte Ausdauer einen Läufer auf einen Marathon vorbereitet.

Einige oberflächliche Aufwärmfragen über dein Wochenende werden gestellt.

Und dann: *Damit wir weitermachen können, müssen wir zurückgehen.*

Da setzt du dich abrupt anders hin, nimmst die Arme herunter und verschränkst sie vor der Brust. Klassische Schutzhaltung.

Du ahnst wohl schon, was vor dir liegt.

Es ist an der Zeit, dass diese letzte Barriere fällt.

Die Frage, vor der du bei deiner allerersten Sitzung in Raum 214 zurückgescheut bist, wird dir erneut gestellt, diesmal von Angesicht zu Angesicht, in einem sanften, aber bestimmten Tonfall.

Jessica, haben Sie jemals einen Menschen, der Ihnen wichtig ist, tief verletzt?

Du ziehst dich in dich selbst zurück und senkst den Blick auf deine Füße, sodass dein Gesicht abgeschirmt ist.

Das Schweigen darf andauern.

Dann:

Erzählen Sie.

Du reißt den Kopf hoch. Deine Augen sind aufgerissen. Plötzlich siehst du viel jünger als achtundzwanzig aus. Es ist, als käme flüchtig dein dreizehnjähriges Ich zum Vorschein.

Das ist das Alter, in dem sich für dich alles verändert hat.

Im Leben jedes Menschen gibt es Wendepunkte – manchmal zufällig, manchmal scheinbar vorherbestimmt –, die seinen Weg gestalten und schließlich zementieren.

Diese Momente, so einzigartig wie DNA, können sich im besten Fall wie ein Katapult zu den Sternen anfühlen, im schlimmsten Fall jedoch wie ein Versinken im Treibsand.

Der Tag, an dem du auf deine kleine Schwester aufpassen solltest, der Tag, an dem sie aus einem Fenster im ersten Stock stürzte, war für dich womöglich der größte Einschnitt in deinem bisherigen Leben.

Während du schilderst, wie du auf ihren Körper zuliefst, der schlaff auf dem Asphalt der Einfahrt lag, strömen dir die Tränen übers Gesicht. Du hyperventilierst, schnappst zwischen deinen Worten nach Luft. Dein Körper stürzt zusammen mit deinem Verstand in diesen emotionalen Abgrund. Du bringst noch einen gequälten Satz hervor: *Es war alles meine Schuld.* Dann beginnst du, heftig zu zittern.

Als dir sanft der warme Kaschmirüberwurf umgelegt und über deinen Schultern glattgestrichen wird, hat das die erwünschte beruhigende Wirkung. Du atmest zittrig durch.

Dir wird gesagt, was du hören musst:

Es war nicht Ihre Schuld.

Es gibt noch mehr, was du mir anvertrauen musst, doch für heute ist es genug. Du bist sehr erschöpft.

Daher wirst du mit lobenden Worten belohnt. Nicht jeder ist so mutig, sich seinen Dämonen zu stellen.

Während du zuhörst, streichst du geistesabwesend über die taupefarbene Wolle, die dir umgelegt wurde. Dies ist Selbstberuhigung, ein Anzeichen dafür, dass du jetzt in der Erholungsphase bist. Ein sanfteres Gesprächstempo führt dich zurück auf sicheres Terrain.

Als deine Atmung wieder regelmäßig ist und deine Wangen nicht mehr gerötet sind, erhältst du subtile Hinweise auf das baldige Ende dieser Sitzung.

Danke, wird dir gesagt.

Dann eine kleine Belohnung:

Es ist so frisch draußen. Behalten Sie den Überwurf doch.

Du wirst zur Tür gebracht, und als du gehst, spürst du, wie eine Hand kurz deine Schulter drückt. Es ist eine Geste, die Trost vermittelt. Überdies bringt sie Anerkennung zum Ausdruck.

Als du das Gebäude verlässt, wirst du aus dem zweiten Stock beobachtet. Auf dem Bürgersteig zögerst du, dann schlingst du dir den Überwurf wie einen Schal um; ein Ende wirfst du dir über die Schulter.

Körperlich bist du fort. Dennoch bist du für den Rest des Tages in der Praxis präsent, durch die letzte Therapiesitzung hindurch, die für zwanzig Minuten nach deiner Verabschiedung angesetzt ist. Die Konzentration auf den Klienten, der Unterstützung bei der Zügelung seiner Spielsucht benötigt, fällt schwerer als üblich.

Auch im Taxi, das sich durch das verstopfte Midtown schlängelt, bist du noch präsent, ebenso bei Dean & DeLuca, wo die Kassiererin ein einzelnes Rinderfiletmedaillon und sieben weiße Spargelstangen abrechnet.

Es fällt dir schwer, deine Geheimnisse preiszugeben, dennoch sehnst du dich nach der Erleichterung, die damit einhergeht.

Der Außenwelt eine unauffällige Fassade zu präsentieren, ist die Norm, und oberflächliche Unterhaltungen bilden den Großteil unserer sozialen Interaktionen. Wenn ein Mensch einem anderen so vertraut, dass er ihm sein wahres Selbst offenbart – die tiefsten Ängste, die verborgenen Sehnsüchte –, entsteht eine machtvolle Intimität.

Du hast dich mir heute geöffnet, Jessica.

Dein Geheimnis wird bewahrt werden ... wenn alles gutgeht.

Die Tür des Reihenhauses wird aufgeschlossen und die Tüte von Dean & DeLuca auf die Küchentheke aus weißem Marmor gestellt.

Dann wird der neue taupefarbene Kaschmirüberwurf, der nur Stunden vor deiner heutigen Sitzung erworben wurde, aus der Tüte geholt und auf ein Seitenregal des Garderobenschranks gelegt.

Er ist identisch mit dem, den du jetzt trägst.

KAPITEL DREIZEHN

Dienstag, 4. Dezember

Die Luft ist schneidend kalt und der Himmel grau. In der kurzen Zeit, die ich in Dr. Shields' Praxis war, ist die Sonne hinter die Skyline gesunken.

Ich hätte besser meinen schweren Cabanmantel anziehen sollen statt die dünnere Lederjacke, aber Dr. Shields' Überwurf hält Brust und Hals warm. Die Wolle duftet schwach nach dem sauberen, würzigen Parfüm, das ich mittlerweile mit Dr. Shields verbinde. Ich atme tief ein, und es kitzelt in meiner Nase.

Ratlos stehe ich auf dem Bürgersteig und weiß nicht, was ich tun soll. Obwohl ich erschöpft bin, kann ich mich garantiert nicht entspannen, wenn ich jetzt nach Hause gehe. Ich will nicht allein sein, aber Lizzie oder eine andere Freundin anzurufen und mich zum Abendessen oder auf ein Glas zu verabreden, reizt mich nicht.

Noch bevor ich merke, dass ich eine Entscheidung getroffen habe, setzen meine Füße sich in Bewegung und tragen mich zur U-Bahn. Ich fahre mit der 6 bis Astor Place, verlasse die Station und biege in die Prince Street ein.

Mein Weg führt an den Schaufenstern mit den Designersonnenbrillen und den Kosmetika in ihren Juwelenverpackungen vorbei. Schließlich stehe ich vor dem französischen Restaurant.

Diesmal gehe ich hinein.

Es ist noch früh, daher ist es relativ leer. Nur ein Pärchen sitzt in einer Nische im hinteren Teil.

Der Oberkellner nimmt mir die Jacke ab, aber den Überwurf behalte ich bei mir. Dann fragt er: «Tisch für eine Person? Oder würden Sie lieber in der Bar sitzen?»

«Eigentlich hätte ich gern diesen Tisch da am Fenster, geht das?»

Er führt mich hin, und ich wähle den Stuhl, auf dem Dr. Shields letzte Woche saß.

Die Weinkarte ist ein dicker, schwerer Wälzer. Allein an offenen Rotweinen stehen fast ein Dutzend zur Auswahl.

«Diesen hier bitte», sage ich dem Kellner und deute auf den zweitbilligsten. Er kostet einundzwanzig Dollar das Glas, was bedeutet, dass mein Abendessen heute ein Erdnussbuttersandwich zu Hause sein wird.

Wenn Dr. Shields nicht gewesen wäre, hätte ich dieses Restaurant niemals gefunden, aber es ist genau das, was ich jetzt brauche. Es ist still und elegant, ohne muffig zu sein; die mit dunklem Holz getäfelten Wände und samtbezogenen Stühle sind tröstlich solide.

Es ist ein sicherer Ort, wo man anonym, aber nicht allein ist.

Ein Kellner nähert sich. Er trägt einen dunklen Anzug und ein Tablett mit meinem Glas Wein.

«Ihr Volnay, Miss», sagt er und stellt es vor mich.

Dann wartet er darauf, dass ich ihn probiere, wird mir klar. Ich trinke einen kleinen Schluck und nicke, so wie Dr. Shields es tat. Der Rotton des Weins passt perfekt zu meinem Nagellack.

Nachdem er gegangen ist, sehe ich aus dem Fenster und beobachte die Passanten. Der Wein wärmt mir die Kehle und ist nicht zu süß, anders als das Zeug, das Mom trinkt. Er schmeckt erstaunlich gut. Ich lehne mich zurück, und meine Schultern entspannen sich.

Jetzt kennt Dr. Shields die Geschichte, die ich nicht einmal Lizzie erzählt habe: Es war meine vorsätzliche Nachlässigkeit, die meiner gesamten Familie das Leben ruiniert hat.

Während ich auf Dr. Shields' Zweiersofa saß und die beruhigenden blauen Wellen auf ihrem Gemälde fixierte, erzählte ich ihr, dass ich eigentlich auf Becky aufpassen sollte, während meine Eltern bei der Arbeit waren.

Es war schon spät an jenem Augustnachmittag, als ich beschloss, zum Eckladen zu radeln. Die neueste Ausgabe von *Seventeen* war gerade herausgekommen, mit Julia Stiles auf dem Cover.

Ich hatte Becky satt, brauchte eine Pause von meiner siebenjährigen Schwester. Es war ein langer, heißer Tag am Ende eines langen, heißen Monats. Wir waren stundenlang durch die Sprinkler gelaufen und hatten Eis gemacht, indem wir Limo in eine Eiswürfelform gegossen und Zahnstocher hineingesteckt hatten. Wir hatten im Garten Käfer gefangen und ihnen in einer alten Tupperdose ein Zuhause eingerichtet. Aber es würde trotzdem noch Stunden dauern, bis meine Eltern von der Arbeit kamen.

«Mir ist langweilig», jammerte Becky, als ich mir vor dem Badspiegel die Augenbrauen zupfte. Ich befürchtete, dass ich bei der rechten zu viel gezupft hatte und jetzt womöglich einen peinlichen fragenden Gesichtsausdruck hatte.

«Spiel mit deinem Puppenhaus», sagte ich und wandte mich der linken Braue zu. Ich war dreizehn, und seit neuestem war mein Aussehen mir sehr wichtig.

«Ich hab keine Lust.»

Es war warm im Haus, denn wir hatten nur zwei Fensterklimageräte. Ich konnte es selbst nicht fassen, aber ich freute mich darauf, dass die Schule wieder anfing.

Kurz darauf rief Becky: «Wer ist Roger Franklin?»

«Becky!», brüllte ich, ließ die Pinzette fallen und rannte in mein Zimmer.

Ich riss ihr das Tagebuch aus den Händen. «Das ist geheim!»

«Mir ist langweilig», quengelte sie noch einmal.

«Na schön», sagte ich. «Du darfst noch ein bisschen fernsehen, aber erzähl Mom und Dad nichts davon.»

Meine Eltern erlaubten nur eine Stunde am Tag, aber gegen diese Regel verstießen wir routinemäßig.

An jenem lange zurückliegenden Nachmittag legte ich drei Cookies auf einen Pappteller und gab ihn Becky, die auf dem Bett meiner Eltern im ersten Stock lag. «Nicht krümeln», wies ich sie an. Im Fernsehen sagte Lizzie McGuire einer Freundin, sie solle aufhören, sie nachzuäffen. Ich wartete, bis Beckys Augen glasig wurden, dann schlich ich mich hinaus, um mit dem Fahrrad zum Eckladen zu fahren. Becky war nicht gern allein, aber ich wusste, sie würde gar nicht merken, dass ich fort war.

Ich hatte das schon ein paarmal so gemacht.

Außerdem hatte ich die Schlafzimmertür abgeschlossen, damit Becky nicht hinaus konnte. Ich dachte, so wäre sie in Sicherheit. Aber ich hatte nicht daran gedacht, das Fenster abzuschließen.

An dieser Stelle riss ich den Blick von dem Gemälde an Dr. Shields' Wand los. Ich konnte kaum sprechen, so heftig weinte ich, und wusste nicht, ob ich würde zu Ende erzählen können.

Dr. Shields sah mich an. Das Mitgefühl in ihrem Blick gab mir Kraft. Ich würgte die letzten furchtbaren Worte heraus.

Dann spürte ich plötzlich, wie etwas Warmes und Weiches mich einhüllte.

Dr. Shields hatte ihren Überwurf abgenommen und ihn mir umgelegt. Er schien ihre Körperwärme noch zu halten.

Ich merke, dass ich hier im dämmrigen Restaurant geistesabwesend wieder darüberstreiche.

Dr. Shields' Geste kam mir beschützend, fast mütterlich vor. Sofort begann die Anspannung von mir abzufallen. Es war, als hätte sie mich irgendwie aus diesem düsteren Augenblick heraus- und zurück in die Gegenwart geholt.

Es war nicht Ihre Schuld, hat sie gesagt.

Ich trinke den letzten Schluck Wein, lausche der klassischen Musik, die aus den Lautsprechern ertönt, und denke darüber nach, dass das, was sie sagte, von allem, was sie hätte sagen können, das Einzige war, was mich wirklich trösten konnte. Wenn Dr. Shields – eine Frau, die so klug und welterfahren ist, die ihr Berufsleben damit verbringt, die moralischen Entscheidungen der Menschen zu untersuchen – mir vergeben kann, dann können meine Eltern es vielleicht auch.

Sie wissen nicht alles über jenen Tag.

Meine Eltern haben mich nie gefragt, wo ich war, als Becky aus dem Fenster stürzte. Sie nahmen einfach an, ich sei in einem anderen Zimmer gewesen.

Ich habe nicht gelogen. Aber es gab da einen kurzen Moment der Stille im Krankenhaus, in dem ich mich hätte zu Wort melden können. Während ein Ärzteteam sich um Becky kümmerte, warteten meine Eltern und ich vor der Notaufnahme. «Ach, Becky. Warum hast du bloß an diesem Fenster herumgespielt?», fragte meine Mutter sich laut.

Ich sah meinen Eltern in die geröteten, besorgt blickenden Augen. Und ich ließ diesen Moment verstreichen.

Mir war nicht klar, dass diese Auslassung mit jedem Jahr, das verging, größer und machtvoller werden würde.

Mir war nicht klar, dass dieses winzige Schweigen alle meine Beziehungen trüben würde.

Aber jetzt weiß Dr. Shields Bescheid.

Der Kellner nähert sich wieder, und ich merke, dass ich mit dem Stiel des leeren Glases spiele. Ich ziehe die Hand zurück. «Noch ein Glas Wein, Miss?», fragt er.

Ich schüttele den Kopf.

Meine nächste Sitzung ist in zwei Tagen.

Ich frage mich, ob Dr. Shields noch einmal über diesen Vorfall sprechen will oder ich ihr genug erzählt habe.

Die Hand, die ich gerade in die Tasche stecke, um meine Brieftasche hervorzuholen, erstarrt.

Genug wofür?

Der Gedanke, den ich gerade noch tröstlich fand, dass nämlich Dr. Shields Informationen hat, die ich meiner Familie seit fünfzehn Jahren verheimliche, ist es nicht mehr. Vielleicht haben mich das, was Dr. Shields alles geleistet hat, und ihre Schönheit blind gemacht und meinen Selbsterhaltungstrieb eingelullt.

Fast hätte ich vergessen, dass ich Testperson 52 in einer wissenschaftlichen Studie bin. Dass ich dafür bezahlt werde, meine intimsten Geheimnisse preiszugeben.

Was hat sie mit all den Informationen, die ich ihr gegeben habe, vor? Ich habe eine Geheimhaltungsvereinbarung unterzeichnet – sie nicht.

Der Kellner kommt zurück an meinen Tisch, ich öffne meine Brieftasche und finde die leuchtend blaue Visitenkarte, die ich zwischen meine Geldscheine gesteckt habe.

Ich betrachte sie einige Sekunden, dann ziehe ich sie behutsam heraus.

BREAKFAST ALL DAY steht darauf.

Ich muss daran denken, wie ich auf Noahs Couch wach wurde und mit einer Decke zugedeckt war.

Dann drehe ich die Karte um, und eine scharfe Ecke kratzt leicht über meine Handfläche.

Taylor, steht da in Noahs eckiger Schrift.

Mein Blick streift sein Angebot, mir French Toast zu machen, nur kurz.

Denn ich betrachte die Karte nicht deshalb so ausgiebig.

Mit einem Mal weiß ich, wie ich mehr über Dr. Shields erfahren kann.

KAPITEL VIERZEHN

Dienstag, 4. Dezember

Die Kirschnoten des Pinot noir lassen die eisige Unwirtlichkeit des Heimwegs von mir abfallen.

Das kurzgebratene Lendenfilet und der gegrillte Spargel werden aus den Behältern von Dean & DeLuca geholt und auf Porzellan angerichtet, flankiert von schwerem Silberbesteck. Chopins Klavierakkorde erfüllen den Raum. Der einzelne Teller wird an ein Ende des glänzenden rechteckigen Eichentischs getragen.

Früher sahen die Abendessen hier anders aus. Sie wurden auf einem Viking-Herd mit sechs Kochstellen zubereitet und mit frischem Rosmarin oder Basilikum aus dem Kräutergärtchen im Blumenkasten auf der Fensterbank garniert.

Außerdem lagen zwei Gedecke auf dem Tisch.

Das Psychologiemagazin wird niedergelegt; heute Abend ist es nicht möglich, sich auf die komplexen Inhalte zu konzentrieren.

Am anderen Ende des Tischs bleibt der Stuhl, auf dem mein Ehemann Thomas einst saß, frei.

Jeder, der Thomas kennenlernte, mochte ihn.

Er erschien an einem Abend, an dem die Lampen flackerten und dann Dunkelheit hereinbrach.

Der letzte Klient des Tages, ein Mann namens Hugh, hatte meine Praxis wenige Minuten zuvor verlassen. Die Menschen, die zu mir kommen, haben unterschiedliche Beweggründe, aber seine wurden mir nie klar. Hugh war ein Sonderling mit seinen markanten Gesichtszügen und seinem Nomadenleben.

Trotz seines Umherziehens fixierte er sich auf Dinge, wie er schon früh preisgab.

Seine Sitzungen zu beenden, war stets schwierig. Er wollte immer noch mehr.

Jedes Mal, wenn er ging, blieb er zunächst hinter der Tür stehen, und erst ein, zwei Minuten später ertönten seine Schritte. Nachdem er gegangen war, hing sein penetrantes Aftershave noch eine Weile in der Luft, ein weiterer Beleg dafür, dass er im Wartebereich verweilt hatte.

Als es an jenem Abend im gesamten Gebäude dunkel wurde und sogar die Lampen draußen vor den Fenstern erloschen, schien es logisch, anzunehmen, dass Hugh etwas damit zu tun hatte.

Die Dunkelheit bringt die schlechtesten Seiten im Menschen hervor.

Und Hugh war gerade gesagt worden, seine Therapie müsse beendet werden.

In der Ferne begannen Sirenen zu heulen. Der Lärm und die fehlende Beleuchtung erzeugten eine desorientierende Atmosphäre.

Um das Gebäude zu verlassen, musste man die Treppe nehmen. Es war neunzehn Uhr, so spät, dass die übrigen Büros bereits verlassen zu sein schienen.

Zwar befanden sich auch Wohnungen im Gebäude, doch nur im vierten und fünften Stock.

Das einzige Licht im Treppenhaus stammte vom Display meines Telefons, das einzige Geräusch war das meiner Schritte auf den Stufen.

Dann kam ein zweites Paar Schritte, viel schwerer, von oben herab.

Zu den Symptomen panischer Angst gehören Herzrasen, Schwindel und Brustschmerzen.

Atemübungen können Menschen nur in Situationen helfen, in denen Panik nicht gerechtfertigt ist.

Hier war sie es.

Das Licht meines Telefons würde meine Gegenwart verraten.

In vollständiger Dunkelheit zu rennen, konnte zu einem Sturz führen. Doch dies waren notwendige Risiken.

«Hallo?», ertönte eine tiefe Stimme.

Sie gehörte nicht Hugh.

«Was ist da los? Muss ein Stromausfall sein», fuhr der Mann fort. «Alles in Ordnung?»

Sein Verhalten war beruhigend und liebenswürdig. Er blieb während des einstündigen Fußmarschs von Midtown ins West Village an meiner Seite, bis wir mein Haus erreichten.

Im Leben jedes Menschen gibt es Wendepunkte, die seinen Weg gestalten und schließlich zementieren.

Thomas Coopers Erscheinen war einer dieser einschneidenden Momente.

Eine Woche nach dem Stromausfall gingen wir zusammen essen.

Sechs Monate später waren wir verheiratet.

Jeder, der Thomas kennenlernte, mochte ihn.

Doch ihn zu lieben, war allein mir vorbehalten.

KAPITEL FÜNFZEHN

Dienstag, 4. Dezember

Mir bleiben weniger als achtundvierzig Stunden, um Taylor aufzuspüren.

Sie ist mein einziges fragiles Bindeglied zu Dr. Shields. Falls ich sie vor meiner nächsten Sitzung am Donnerstag um siebzehn Uhr ausfindig machen kann, werde ich nicht blind da hineingehen.

Nachdem ich das französische Restaurant verlassen habe, suche ich Taylors Kontaktdaten in meinem Telefon und schreibe ihr: *Hi Taylor, hier ist Jess von BeautyBuzz. Können Sie mich asap anrufen?*

Als ich nach Hause komme, nehme ich meinen Laptop und versuche, weitere Informationen über Dr. Shields zusammenzutragen. Aber ich finde bloß wissenschaftliche Aufsätze, Besprechungen ihrer Bücher, ihre vierzeilige Biographie bei der NYU und die Homepage ihrer Privatpraxis. Diese Website ist ebenso elegant wie ihre Räumlichkeiten, enthält aber genauso wenige echte Hinweise auf die Frau, die sie repräsentiert.

Um Mitternacht schlafe ich schließlich mit dem Telefon neben mir ein.

Mittwoch, 5. Dezember

Als ich um sechs Uhr morgens nach einer unruhigen Nacht mit schweren Lidern wach werde, hat Taylor noch nicht reagiert. Das überrascht mich eigentlich nicht. Sie findet es wahrscheinlich sonderbar, dass irgend so eine Kosmetikerin versucht, sie zu erreichen.

Noch fünfunddreißig Stunden, denke ich.

Ich habe heute einen Termin nach dem anderen. Am liebsten würde ich sie alle sausenlassen, um stattdessen weiter nach Informationen zu suchen, aber ich muss zur Arbeit gehen. Ich brauche nicht nur das Geld, sondern BeautyBuzz verlangt von seinen Kosmetikerinnen auch, vereinbarte Termine mit einem Vorlauf von einem Tag abzusagen. Drei Ausfälle in drei Monaten, und sie streichen einen aus ihrer Kartei. Da ich mich erst vor ein paar Wochen krankgemeldet habe, habe ich schon einen.

Wie auf Autopilot massiere ich Grundierung ein, verblende Lidschatten und schminke Lippen. Ich frage die Kundinnen nach ihrer Arbeit, ihren Partnern und ihren Kindern, aber dabei denke ich ständig an Dr. Shields. Besonders daran, wie wenig ich über sie persönlich weiß, verglichen mit all den Geheimnissen, die ich ihr verraten habe.

Außerdem bin ich in Gedanken ständig bei meinem Telefon, das in meiner Handtasche steckt. Sobald ich eine Wohnung wieder verlasse, hole ich es hervor und sehe aufs Display. Aber obwohl ich Taylor eine weitere Nachricht hinterlasse, diesmal auf ihrer Mailbox, erhalte ich keine Antwort.

Um neunzehn Uhr leiste ich mir ein Taxi nach Hause und verbrate damit das Trinkgeld der letzten Aufträge, aber so geht es schneller. Ich lasse den Schminkkoffer gleich hinter der Tür fallen, scheuche Leo einmal die Straße rauf und runter, werfe ihm ein paar Leckerli hin und verlasse das Haus wieder.

Beinahe im Laufschritt mache ich mich auf den Weg zu Taylors Wohnung, die etwa ein Dutzend Blocks entfernt ist. Als ich dort ankomme, ist es fast zwanzig Uhr. Keuchend lege ich die Hand auf den Glaskasten, in dem sich die Mieterliste befindet, und lese mir die Namen durch.

Ich klingele bei T. Straub, dann warte ich, während ich versuche, ruhiger zu atmen, und mir das Haar glatt streiche.

Noch einmal drücke ich den Finger auf den kleinen schwarzen Knopf, diesmal volle fünf Sekunden.

Komm schon, denke ich.

Ich trete zurück, sehe am Gebäude empor und frage mich, was ich jetzt machen soll. Ich kann nicht einfach hier warten, bis Taylor irgendwann nach Hause kommt. Wie lange will ich noch auf ihren Klingelknopf einstechen für den Fall, dass sie bloß schläft oder über Kopfhörer Musik hört?

Hilfe naht in Gestalt eines schwitzenden Mannes in einem Adidas-Trainingsanzug, der den Code für die Eingangstür eingibt. Er starrt die ganze Zeit auf sein Telefon und bemerkt gar nicht, dass ich die Tür auffange, ehe sie sich schließen kann, und hinter ihm hineinschlüpfe.

Ich laufe die Treppe in den fünften Stock hinauf. Taylors Wohnung liegt in der Mitte des Flurs. Ich klopfe so fest an die Tür, dass mir die Knöchel weh tun.

Keine Antwort.

Ich drücke das Ohr an die dünne Holztür und lausche nach Geräuschen, die belegen, dass sie zu Hause ist – das Plärren des Fernsehers oder das Brummen eines Föhns. Aber es herrscht völlige Stille.

Mir wird regelrecht übel. Dr. Shields kennt mich schon so gut, fürchte ich, dass ich ihr meine Besorgnis nicht verheimlichen kann. So gern würde ich sie fragen: *Warum zahlen Sie mir all das Geld? Was machen Sie mit den Informationen, die ich Ihnen gebe?*

Aber das kann ich nicht. Bisher habe ich mir eingeredet, dass ich nur nicht riskieren möchte, das zusätzliche Einkommen zu verlieren. Aber in Wirklichkeit will ich vielleicht eher nicht riskieren, Dr. Shields zu verlieren.

Ich hämmere noch ein paarmal mit der Faust an die Tür, bis eine Nachbarin den Kopf aus ihrer Wohnung streckt und mich böse ansieht.

«Verzeihung», sage ich kleinlaut, und sie zieht sich zurück.

Ich überlege, was ich jetzt machen soll. Mir bleiben noch einundzwanzig Stunden. Aber der morgige Tag ist wie der heutige mit Kundenterminen gespickt. Vor meiner Sitzung bei Dr. Shields werde ich nicht noch mal herkommen können. Ich durchwühle meine Tasche, fördere die *Vogue* zutage und reiße ein Stück des Hochglanzpapiers heraus. Dann suche ich einen Stift und schreibe: *Taylor, hier ist noch mal Jess von BeautyBuzz. Bitte rufen Sie mich an. Es ist dringend.*

Als ich den Zettel gerade unter der Tür durchschieben will, fällt mir ein, wie unordentlich die Wohnung war und dass überall Popcorntüten und Klamotten herumlagen. Taylor würde den Zettel womöglich nicht einmal bemerken. Und selbst wenn, würde sie sich wahrscheinlich trotzdem nicht bei mir melden. Bis jetzt hat sie jedenfalls keinen Versuch unternommen zurückzurufen.

Ich sehe zur Tür der Nachbarin, die ich gerade gestört habe, gehe hin und klopfe zögerlich an. Als sie mir öffnet, hält sie einen gelben Highlighter in der Hand. Ein Schmierstreifen ziert ihr Kinn. Sie ist sichtlich genervt.

«Verzeihung, ich wollte zu Taylor oder, ähm ...» Ich zermartere mir das Hirn nach dem Namen ihrer Mitbewohnerin. «Oder zu Mandy.»

Die Nachbarin blinzelt. Eine eigenartige Vorahnung überkommt mich. Gleich wird sie sagen, sie habe keine Ahnung, wer die beiden seien, Frauen mit diesen Namen hätten nie nebenan gewohnt.

«Wer?», fragt sie nach.

Mein Herz setzt kurz aus.

Dann glättet sich ihre Stirn.

«Ach ja ... ich weiß nicht, die Abschlussprüfungen stehen vor der Tür, vielleicht sind sie in der Bibliothek. Wobei es bei den beiden wahrscheinlicher ist, dass sie auf einer Party sind.»

Grußlos schließt sie die Tür wieder.

Ich warte, bis mir nicht mehr so schwindelig ist, dann laufe ich die Treppe hinab. Vor dem Gebäude bleibe ich unschlüssig stehen.

Eine junge Frau mit langem glattem Haar geht an mir vorüber.

Obwohl ich sofort sehe, dass sie nicht Taylor ist, sehe ich ihr hinterher. Sie rückt den blauen Rucksack, den sie trägt, zurecht und geht weiter.

Der Rucksack scheint schwer zu sein. *Die Abschlussprüfungen stehen vor der Tür*, hat die Nachbarin gesagt. Ihr Eindruck von Taylor und Mandy passt zu meinem: Diese zwei nehmen die Uni nicht sonderlich ernst.

Ich kann mir diese übersättigte junge Frau mit der beneidenswerten Knochenstruktur, die ununterbrochen mit ihrem Instagram-Feed beschäftigt war, nur schwer über Lehrbüchern gebeugt vorstellen.

Aber sind die lustlosesten Studenten nicht manchmal die, die vor den Prüfungen am meisten büffeln müssen?

Ich drehe mich einmal um mich selbst, um mich zu orientieren, dann gehe ich los in Richtung Unibibliothek.

Die Regale sind wie ein Labyrinth für eine Laborratte angelegt. Ich beginne in einer Ecke, schlängele mich durch die engen Gänge und hoffe an jeder Ecke, auf Taylor zu stoßen, die gerade nach einem Buch auf einem der oberen Regalbretter greift oder an einem der Tische an den Außenwänden sitzt. Das Erdgeschoss und den ersten und zweiten Stock habe ich schon abgesucht, jetzt begebe ich mich in den dritten.

Es ist fast neun Uhr abends, und ich habe seit dem Truthahnsandwich, das ich zwischen zwei Terminen am frühen Nachmittag heruntergeschlungen habe, nichts mehr gegessen, doch eine fieberhafte Energie treibt mich weiter. Auf dieser Etage sind viel weniger Leute. In den unteren drei Stockwerken drangen geflüsterte Unterhaltungen an mein Ohr, aber hier höre ich nur meine eigenen Schritte.

Als ich um eine Ecke biege, laufe ich fast in ein Pärchen hinein, das sich leidenschaftlich küsst. Auch als ich um die beiden herumgehe, lösen sie sich nicht voneinander.

Dann höre ich jemandem in einem gedehnten, quengelnden Tonfall sagen: «Tay, lass uns Pause machen. Ich brauche einen Chai Latte.» Diese Stimme kenne ich.

Ich muss mich regelrecht bremsen, um nicht vor lauter Erleichterung in die Richtung zu sprinten, aus der Mandys Stimme kam.

Gleich darauf finde ich sie in einer Ecke des Lesesaals. Mandy lehnt an einem Tisch, auf dem sich um einen Laptop herum Bücher stapeln, und Taylor sitzt auf einem Stuhl. Beide haben sich das Haar zu kunstvoll wirren Knoten aufgesteckt und tragen Trainingsanzüge von Juicy Couture.

«Taylor!» Es kommt fast als Japsen heraus.

Die beiden drehen sich zu mir um. Mandys Nase kräuselt sich. Taylor guckt verständnislos.

«Kann ich Ihnen helfen?»

Sie hat keine Ahnung, wer ich bin.

Ich trete näher. «Ich bin's, Jess.»

«Jess?», wiederholt Mandy.

«Die Kosmetikerin. Von BeautyBuzz.»

Taylor mustert mich von oben bis unten. Ich trage noch immer meine Arbeitskleidung, aber meine Bluse ist aus der Hose gerutscht, und im Nacken kleben mir ein paar Strähnen, die sich aus meinem tief angesetzten Knoten gelöst haben.

«Was tun Sie denn hier?», fragt Taylor.

«Ich muss mit Ihnen reden.»

«Pst!», macht jemand ein paar Tische weiter.

«Bitte, es ist wichtig», flüstere ich.

Vielleicht spürt Taylor meine Verzweiflung; jedenfalls nickt sie. Sie schiebt ihren Laptop in die Tasche, doch die Bücher lässt sie liegen. Wir fahren mit dem Aufzug nach unten in den Eingangsbereich, Mandy läuft ein Stück hinter uns. Am Haupteingang bleibt Taylor stehen. «Worum geht's?»

Jetzt, da ich sie endlich gefunden habe, weiß ich nicht, wo ich anfangen soll.

«Also, als ich Sie geschminkt habe, haben Sie diese Befragung erwähnt, wissen Sie noch?»

Sie zuckt die Achseln. «Kann sein.»

Es ist Wochen her, seit ich Taylors Telefon nahm und ihre Mailbox abhörte. Ich überlege, was ich damals wusste.

«Die der Professorin von der NYU über Moral. Sie war richtig gut bezahlt. Sie sollten am nächsten Morgen hin ...»

Taylor nickt. «Ja, stimmt. Aber ich war so müde, dass ich abgesagt habe.»

Ich atme tief durch.

«Tja ... am Ende habe ich da mitgemacht.»

Jetzt guckt Taylor argwöhnisch und weicht einen Schritt zurück.

Mandy stößt einen leisen kehligen Laut aus. «Na, das ist aber strange», sagt sie.

«Ja, jedenfalls ... ich versuche, ein bisschen mehr über die Professorin herauszufinden.» Ich bemühe mich um eine feste Stimme und sehe Taylor in die Augen.

«Ich kenne sie gar nicht. Eine Freundin von mir, die Psychologie im Hauptfach hat, hat ihr Seminar belegt und mir von der Studie erzählt. Komm, Mandy.»

«Bitte warten Sie!» Meine Stimme ist schrill. Ich spreche leiser weiter. «Könnte ich mit Ihrer Freundin reden?»

Taylor mustert mich kurz. Ich versuche zu lächeln, aber wahrscheinlich sieht es gekünstelt aus.

«Das ist alles ziemlich kompliziert, und ich will Sie nicht mit all den Details langweilen», sage ich. «Aber wenn Sie wollen, kann ich Ihnen die ganze Geschichte erzählen ...»

Taylor hebt die Hand. «Rufen Sie einfach Amy an.»

Ein Glück, dass mir wieder eingefallen ist, wie schnell diese jungen Frauen gelangweilt sind. Das war die richtige Strategie.

Sie sieht auf ihr Telefon, dann nennt sie mir die Nummer, und ich speichere sie bei mir ein.

«Könnten Sie sie wiederholen?», bitte ich sie. Ich bin mir ziemlich sicher, dass Mandy die Augen verdreht, aber Taylor nennt mir die Nummer noch einmal, diesmal langsamer. Dann gehen die beiden davon. «Danke!», rufe ich ihnen hinterher.

Noch bevor sie um die Ecke gebogen sind, rufe ich Amy an.

Sie meldet sich beim zweiten Klingeln.

«Sie war eine tolle Dozentin», sagt Amy. «Ich hatte sie letztes Frühjahr. Hat streng, aber nicht unfair benotet ... Sie hat wirklich viel verlangt. Ich glaube, nur zwei Leute in meinem Seminar haben die Bestnote bekommen, und ich war keine davon.» Sie lacht leise. «Was kann ich Ihnen sonst noch sagen? Sie hat eine herrliche Garderobe. Für ihre Schuhe würde ich töten.»

Amy sitzt im Taxi zum Flughafen LaGuardia. Sie fliegt zum neunzigsten Geburtstag ihrer Großmutter nach Hause.

«Wussten Sie von ihrer Studie?», frage ich.

«Klar. Ich habe daran teilgenommen.»

Meine Fragen machen sie nicht misstrauisch, wahrscheinlich, weil ich angedeutet habe, Taylor und ich seien ebenfalls befreundet. «Es war ein bisschen komisch. Sie muss mich erkannt haben, als ich mich angemeldet habe, aber sie hat mich nie mit meinem Namen angesprochen, sondern immer nur ... Es war irgendwas Komisches ... aber was?»

Sie überlegt.

Ich halte den Atem an.

«Testperson 16», sagt Amy schließlich. Meine Haut kribbelt.

«An die Zahl erinnere ich mich, weil das das Alter meines jüngeren Bruders ist», fährt sie fort.

«Was für Fragen hat sie gestellt?», werfe ich ein.

«Einen Moment.» Ich höre sie etwas zum Taxifahrer sagen, dann raschelt etwas, und der Kofferraum wird zugeschlagen.

«Ähm, da war eine darüber, ob ich schon mal in einem medizinischen Fragebogen gelogen hätte – Sie wissen schon, von wegen, wie viel ich trinke, wie viel ich wiege oder wie viele Sexualpartner ich hatte. An diese Frage erinnere ich mich, weil ich gerade beim Arzt gewesen war und in allen diesen Punkten gelogen hatte!»

Wieder lacht sie, aber ich runzele die Stirn.

«Ich bin jetzt am Flughafen und muss Schluss machen.»

«Sind Sie ihr im Rahmen der Studie je persönlich begegnet?», entfährt es mir.

«Häh? Nein, das war nur ein Haufen Fragen auf einem Computer.»

Im Hintergrund ist es so laut – Rufe, Unterhaltungen, die Lautsprecherdurchsage, man solle sein Gepäck nicht unbeaufsichtigt lassen –, dass ich Amy kaum verstehen kann. «Jedenfalls, ich muss einchecken; hier herrscht das totale Chaos.»

Ich lasse nicht locker. «Sie waren nie in ihrer Praxis auf der Sixty-second Street? War eine der anderen Testpersonen dort?»

«Keine Ahnung, manche vielleicht», sagt sie. «Wie cool wäre das denn? Ich wette, es ist total schick da.»

Ich habe noch mehr Fragen, aber mir ist klar, dass Amy gleich auflegen wird.

«Würden Sie mir einen Gefallen tun? Könnten Sie noch mal darüber nachdenken und mich anrufen, falls Ihnen etwas Ungewöhnliches einfällt?»

«Klar.» Aber Amy klingt abgelenkt, und ich frage mich, ob sie meine Bitte überhaupt zur Kenntnis genommen hat.

Als ich auflege, spüre ich, wie sich die Beklemmung in meiner Brust ein bisschen löst.

Wenigstens meine wichtigste Frage wurde beantwortet. Dr. Shields ist ein Profi. Sie ist nicht nur Professorin, sondern auch hochangesehen. Diese Position hätte sie nicht inne, wenn sie etwas Zwielichtiges triebe.

Warum ich mich da so hineingesteigert habe, weiß ich auch nicht. Ich bin hungrig und müde, und vielleicht bedrückt mich auch die Sorge um meine Familie. Der letzte Arbeitstag meines

Vaters war der 30. November, und seine Abfindung betrug vier Monatsgehälter. Bevor die Phillies zum ersten Mal in dieser Saison am Schlag sind, wird das Geld aufgebraucht sein.

Als ich in meine Straße einbiege, bin ich völlig erledigt. In meinem Kopf überschlagen sich die Gedanken, und mein Körper fühlt sich schwer und zugleich rastlos an.

Als ich am Lounge vorbeigehe, sehe ich durchs große Fenster hinein. Ich kann leise Musik hören und sehe eine Gruppe Männer, die Pool spielen.

Unwillkürlich suche ich nach Noah.

Ich hole seine Visitenkarte hervor. Ohne lange nachzudenken, schreibe ich ihm: *Hey, bin gerade am Lounge vorbeigekommen und musste an dich denken. Ist das Angebot mit dem Frühstück schon abgelaufen?*

Er antwortet nicht sofort, also gehe ich weiter.

Ich überlege, in einer anderen Bar Station zu machen. Das Atlas ist ganz in der Nähe und um diese Uhrzeit normalerweise brechend voll, sogar an Wochentagen. Ich könnte allein hingehen, mich an die Bar setzen, etwas zu trinken bestellen und abwarten, was sich ergibt, wie ich es schon früher getan habe, wenn ich zu sehr unter Druck stand und mal eine Auszeit brauchte.

Da ich mir einen Tag im Wellnesscenter nicht leisten kann und keine Drogen nehme, ist dies meine Art, mich zu entspannen. Ich mache das nicht allzu oft, wobei ich das letzte Mal, als ich meinem Arzt sagen sollte, wie viele Sexualpartner ich gehabt hatte, log, genau wie Amy.

Ich nähere mich dem Atlas, höre bereits die pulsierende Musik und sehe die Menschen, die sich um die Theke drängen.

Aber dann stelle ich mir vor, wie ich bei Dr. Shields auf dem Zweiersofa sitze und ihr meinen Abend schildere. Sie weiß, dass ich das manchmal mache. Ich habe ja bei der Computerbefragung darüber geschrieben. Aber ihr ins Gesicht sehen zu müssen, während ich ihr im Detail davon erzähle, wie ich jemanden abgeschleppt habe, wäre mir schrecklich peinlich. Ich wette, sie selbst hatte vor ihrer Hochzeit nie einen One-Night-Stand; das merkt man einfach.

Dr. Shields scheint etwas Besonderes in mir zu sehen, während ich mich meistens ziemlich durchschnittlich finde.

Also gehe ich weiter.

Ich will sie nicht enttäuschen.

KAPITEL SECHZEHN

Mittwoch, 5. Dezember

Es ist leicht, andere zu verurteilen. Die Mutter mit dem Einkaufswagen voller Froot Loops und Oreos, die ihr Kind anschreit. Den Fahrer des teuren Cabrios, der ein langsameres Fahrzeug schneidet. Den Mann, der seine Frau betrügt ... und die Frau, die erwägt, ihn zurückzunehmen.

Aber was wäre, wenn du wüsstest, dass der Ehemann sich alle erdenkliche Mühe gibt, sich mit ihr zu versöhnen? Was, wenn er schwört, es sei ein einmaliger Ausrutscher gewesen und er werde nie wieder untreu sein? Und was, wenn du die Frau wärst und dir ein Leben ohne ihn nicht vorstellen könntest?

In Angelegenheiten des Herzens ist der Verstand nicht der absolute Herrscher.

Thomas hat das meine auf mannigfaltige Weise erobert. Die Gravur, die wir für unsere Eheringe auswählten und die auf unsere erste Begegnung während des Stromausfalls anspielt, kam der Beschreibung eines Gefühls nahe, das sich unmöglich in Worte fassen lässt: *Du bist mein wahres Licht.*

Seit er ausgezogen ist, ist seine Abwesenheit überall im Haus präsent: im Wohnzimmer, wo er sich auf der Couch ausstreckte, den Sportteil neben sich auf dem Boden verstreut. In der Küche, wo er jeden Abend die Kaffeemaschine programmierte, damit der Kaffee morgens schon fertig war. Im Schlafzimmer, wo sein warmer Körper nachts das Frösteln fernhielt.

Wenn eine Ehe am ultimativen Verrat zerbricht, stellen sich körperliche Folgeerscheinungen ein: Schlaflosigkeit. Appetitlosigkeit. Die ständige Sorge, so beharrlich wie ein pulsierender Herzschlag: *Was zog ihn zu ihr hin?*

Wenn der Mann, den man liebt, einem Anlass gibt, an ihm zu zweifeln, kann man ihm dann je wieder vertrauen?

Heute Abend erklärte Thomas seine Absage des gemeinsamen Essens mit einem Notfall bei der Arbeit.

Er ist ebenfalls Therapeut, und es ist durchaus möglich, dass ein Patient eine akute Panikattacke hat oder ein trockener Alkoholiker den unbeherrschbaren Drang zu selbstzerstörerischem Verhalten verspürt.

Seine Patienten sind ihm sehr wichtig. Die meisten haben sogar seine Mobilnummer.

Doch klang seine Stimme übermäßig erregt?

Zweifel begleitet selbst die banalsten Erklärungen.

Dies ist das Vermächtnis der Untreue.

Viele Frauen würden sich mit ihrer Sorge an eine Freundin wenden. Andere würde ihm Vorwürfe machen, eine Konfrontation herbeiführen. Keine dieser Strategien ist unangemessen.

Doch sie fördern womöglich nicht die Wahrheit zutage.

Ein Urteil könnte auch über eine Ehefrau gefällt werden, die so misstrauisch bleibt, dass sie ihren Mann dessen Beteuerungen zum Trotz ausspioniert.

Doch nur durch einen objektiven Beweis kann festgestellt werden, ob das Misstrauen Unsicherheit oder Instinkt geschuldet ist.

In diesem Fall lassen die Fakten sich relativ einfach beschaffen. Dazu braucht es nur eine fünfundzwanzigminütige Taxifahrt nach Upton zu der Praxis am Riverside Drive, die er sich mit drei weiteren Ärzten teilt.

Es ist jetzt neunzehn Uhr sieben.

Wenn seine Ducati nicht vor dem Gebäude parkt, werden die Fakten seine Erklärung nicht stützen.

Zu den typischen Symptomen der Beunruhigung gehören Transpiration, erhöhter Blutdruck und körperliche Unruhe.

Doch nicht bei jedem. Einige wenige Menschen zeigen die

gegenteiligen Symptome: Reglosigkeit, gesteigerte Konzentration sowie kalte Hände und Füße.

Der Taxifahrer wird gebeten, die Heizung um ein paar Grad hochzudrehen.

Aus einem Block Entfernung ist nicht festzustellen, ob das Motorrad dort ist. Ein Wagen des Lebensmittellieferdienstes FreshDirect blockiert die schmale Straße, sodass das Taxi nicht weiterfahren kann.

Es ist schneller, auszusteigen und den Rest des Wegs zu Fuß zurückzulegen.

Eine Welle der Erleichterung begleitet die Erkenntnis, dass die Praxis besetzt ist: Licht dringt durch die Ritzen zwischen den Lamellen der Jalousien im Erdgeschoss. Sein Motorrad parkt an der üblichen Stelle.

Thomas ist genau dort, wo er zu sein behauptete.

Der Zweifel ist einstweilen gebannt.

Es ist unnötig weiterzugehen. Er hat zu tun. Und es ist besser, wenn er nicht von diesem Besuch erfährt.

Aus der entgegengesetzten Richtung nähert sich eine Frau in einem langen, schwingenden, beigefarbenen Mantel und Jeans.

Vor dem Gebäude mit Thomas' Praxis bleibt sie stehen. Während der Geschäftszeiten muss man sich bei einem Wachmann eintragen, um eingelassen zu werden. Aber der Wachmann geht um achtzehn Uhr. Von da an müssen Besucher klingeln.

Die Frau ist vielleicht Anfang dreißig. Objektiv attraktiv, sogar aus dieser Entfernung. Sie lässt keine äußeren Anzeichen einer Krise erkennen, sondern wirkt im Gegenteil sorglos.

Sie ist nicht die Frau, die Thomas dazu verführte, fremdzugehen; diese Frau wird nie wieder eine Bedrohung darstellen.

Die Frau in dem schwingenden Mantel verschwindet im Gebäude. Kurz darauf werden die Jalousien, die ein wenig offen waren, ganz geschlossen.

Vielleicht war das Licht der Straßenlaternen ihr zu grell.

Oder möglicherweise gibt es auch einen anderen Grund.

Wenn ein Kerl einmal betrügt, weiß man, dass er es wieder tun wird.

Diese Warnung hast du ausgesprochen, Jessica.

Manche Ehefrauen würden da hineinplatzen, um sich das näher anzusehen. Andere würden lieber abwarten, wie lange die Frau im Gebäude bleibt und ob die beiden gemeinsam herauskommen. Einige wenige würden sich ihre Niederlage eingestehen und einfach gehen.

Dies sind die typischen Reaktionen.

Es gibt andere, weitaus subtilere Vorgehensweisen.

Zu beobachten und den richtigen Augenblick abzuwarten, ist eine wesentliche Komponente einer langfristigen Strategie. Es wäre voreilig, dort hineinzuplatzen und sich auf einen Konflikt einzulassen, bevor man Gewissheit erhalten hat.

Und manchmal kann ein Warnschuss, eine entschiedene Machtdemonstration, einen Kampf überflüssig machen.

KAPITEL SIEBZEHN

Donnerstag, 6. Dezember

Die Haut meiner Kundinnen verrät oft etwas über ihr Leben.

Als die gut sechzigjährige Frau mir die Tür öffnet, fallen mir Anhaltspunkte auf: Viele Lachfältchen, weitaus weniger Sorgenfalten. Ihre blasse Haut ist mit Sommersprossen gesprenkelt, und ihre blauen Augen strahlen.

Sie stellt sich als Shirley Graham vor, dann nimmt sie mir den Mantel und den Überwurf ab, den ich mitgebracht habe, damit ich ihn Dr. Shields zurückgegeben kann, und hängt sie in ihren kleinen Garderobenschrank.

Ich folge ihr in die Küche, stelle meinen Schminkkoffer ab und beuge und strecke sanft die Hände, um die Verspannung zu lösen. Es ist 15.55 Uhr, und Mrs. Graham ist mein letzter Auftrag heute. Sobald ich hier fertig bin, fahre ich zu Dr. Shields.

Ich habe mir vorgenommen, sie endlich zu fragen, wozu sie Informationen über mein Privatleben braucht. Es ist eine so vernünftige Frage. Ich weiß nicht, warum ich mich bisher nicht dazu überwinden konnte, das Thema anzusprechen.

Dürfte ich Ihnen eine Frage stellen, bevor wir anfangen? So werde ich es formulieren, habe ich beschlossen.

«Hätten Sie gern eine Tasse Tee?», fragt Mrs. Graham.

«Oh nein, das ist nicht nötig, danke», wehre ich ab.

Mrs. Graham wirkt enttäuscht. «Das macht keine Mühe. Ich trinke immer um vier Tee.»

Der Weg zu Dr. Shields dauert eine halbe Stunde, vorausgesetzt, die U-Bahn kommt nicht zu spät, und ich soll um halb sechs bei ihr sein. Ich zögere. «Wissen Sie was? Tee klingt toll.»

Während Mrs. Graham den Deckel von einer blauen Dose abnimmt und dänische Butterkekse auf einem kleinen Porzellanteller anrichtet, suche ich nach dem besten Licht in ihrer Wohnung.

«Was ist denn das große Ereignis heute Abend?» Ich gehe ins Wohnzimmer, wo ein ausgefranster Teppich liegt, und schiebe die hauchdünne, spitzenbesetzte Gardine am einzigen Fenster beiseite. Doch die Hauswand gegenüber verdeckt die Sonne.

«Ein Abendessen im Restaurant», sagt sie. «Es ist mein Hochzeitstag – zweiundvierzig Jahre.»

«Zweiundvierzig Jahre», wiederhole ich. «Wie schön.»

Ich gehe zurück zur kleinen Insel, die die Küche vom Wohnbereich trennt.

«Ich habe mich noch nie professionell schminken lassen, aber ich habe diesen Coupon, und da dachte ich: *Warum nicht?*» Mrs. Graham nimmt den Zettel vom Kühlschrank, wo er mit einem Magneten in Form eines Gänseblümchens befestigt war, und reicht ihn mir.

Der Coupon ist vor zwei Monaten abgelaufen, aber ich gebe vor, es nicht zu bemerken. Hoffentlich löst meine Chefin ihn ein; sonst bleibe ich auf den Kosten sitzen.

Der Kessel pfeift. Mrs. Graham gießt kochendes Wasser in eine Porzellankanne und hängt zwei Beutel Lipton-Tee hinein.

«Was halten Sie davon, wenn wir schon einmal anfangen, während wir unseren Tee trinken?», schlage ich vor und deute auf zwei hohe Hocker mit Lehne, die an der Kücheninsel stehen. Ich habe dort kaum genug Platz für meine Utensilien, aber die Deckenlampe gibt das hellste Licht hier.

«Oh, haben Sie es eilig?» Mrs. Graham stülpt einen wattierten Teewärmer über die Kanne und stellt sie auf die Theke.

«Nein, nein, wir haben reichlich Zeit», sage ich automatisch.

Das bedauere ich, als sie zum Kühlschrank geht und einen Karton Kaffeesahne herausholt, ein Porzellankännchen nimmt und die Sahne hineingießt. Während sie Tassen und Teekanne, Sahne und Zucker auf ein Tablett stellt, sehe ich verstohlen auf die Uhr an der Mikrowelle: 16.12 Uhr.

«Sollen wir dann anfangen?» Ich ziehe Mrs. Graham einen Hocker ab und klopfe auf die Sitzfläche. Dann wähle ich mehrere Grundierungen auf Ölbasis aus, die gnädiger zu Mrs. Grahams Haut sein werden. Ich mische zwei davon auf meinem Handrücken, wobei mir auffällt, dass der weinrote Nagellack an einem meiner Finger eine winzige Macke hat.

Doch bevor ich die Grundierung auftragen kann, beugt Mrs. Graham sich vor und späht in meinen Koffer. «Oh, so viele Tiegel und Töpfchen!» Sie deutet auf einen eiförmigen Schwamm. «Wofür ist der?»

«Zum Verblenden der Grundierung», sage ich. Es juckt mir in den Fingern, endlich weiterzumachen, und ich muss mich sehr zusammenreißen, um nicht auf die Küchenuhr zu sehen. «Hier, ich zeige es Ihnen.»

Wenn ich nur einen Lidschatten für ihre Augen nehme anstatt drei – vielleicht einen Beigeton, um ihre blauen Augen zu betonen –, kann ich noch pünktlich fertig werden. Ihr Make-up wird trotzdem toll aussehen; die Abkürzung wird nicht zu sehen sein.

Als ich gerade das letzte bisschen Concealer unter ihren Augen verblende, klingelt dicht an meinem Ellbogen ein Telefon.

Mrs. Graham rutscht von ihrem Hocker. «Entschuldigen Sie mich, Schätzchen. Ich sage schnell Bescheid, dass ich zurückrufe.»

Was bleibt mir anderes übrig, als zu lächeln und zu nicken?

Vielleicht sollte ich mit dem Taxi statt mit der U-Bahn fahren. Aber es ist Stoßzeit; im Taxi könnte es sogar länger dauern.

Verstohlen sehe ich auf mein Telefon. Es ist 16.28 Uhr, und ich habe zwei neue Nachrichten. Eine ist von Noah: *Tut mir leid, dass ich gestern nicht konnte. Wie wär's mit Samstag?*

«Ach, mir geht es bestens. Ich habe diese nette junge Dame da, und wir trinken Tee», sagt Mrs. Graham.

Ich tippe eine kurze Antwort: *Klingt toll.*

Die zweite Nachricht ist von Dr. Shields.

Könnten Sie mich vor unserem Termin bitte anrufen?

«Okay, Liebes, ich rufe dich zurück, sobald wir hier fertig sind, versprochen», sagt Mrs. Graham. Aber sie klingt nicht so, als wollte sie das Gespräch beenden.

Es ist zu warm hier drin, und ich merke, dass ich unter den Armen schwitze. Mit einer Hand fächele ich mir Luft zu und denke: *Mach endlich Schluss!*

«Ja, ich war heute da», sagt Mrs. Graham. Ob ich Dr. Shields einfach jetzt anrufe? Oder ihr zumindest eine kurze Nachricht schicke und ihr erkläre, dass ich bei einer Kundin bin?

Bevor ich eine Entscheidung treffen kann, legt Mrs. Graham endlich auf und setzt sich wieder auf ihren Hocker.

«Das war meine Tochter. Sie lebt in Ohio. Cleveland. Es ist so schön dort. Sie sind vor zwei Jahren wegen der Arbeitsstelle ihres Mannes hingezogen. Mein Sohn – er ist mein Erstgeborener – lebt in New Jersey.»

«Wie schön», sage ich und nehme einen kupferfarbenen Eyeliner zur Hand.

Mrs. Graham nimmt ihren Tee und bläst darauf, ehe sie einen Schluck trinkt, und ich packe den Eyeliner ein bisschen fester.

«Probieren Sie die Plätzchen», sagt sie und zieht verschwörerisch den Kopf zwischen die Schultern. «Die mit Marmelade in der Mitte sind die besten.»

«Ich muss jetzt wirklich mit Ihrem Make-up fertig werden», sage ich in schärferem Ton als beabsichtigt. «Gleich danach habe ich eine Besprechung, zu der ich nicht zu spät kommen darf.»

Mrs. Graham macht ein enttäuschtes Gesicht und stellt ihre Teetasse ab. «Es tut mir leid, Schätzchen. Ich will Sie nicht aufhalten.»

Ob Dr. Shields einen Ausweg aus diesem Dilemma wüsste? *Sich bei einer wichtigen Verabredung verspäten oder die Gefühle einer reizenden älteren Dame verletzen?*

Ich betrachte die Plätzchen, das Milchkännchen aus rot-weißem Porzellan und die dazu passende Zuckerdose, den wattierten Teewärmer auf der Kanne mit dem frisch aufgegossenen Tee. Alle anderen Kundinnen haben mir bisher höchstens mal ein Glas Wasser angeboten.

Freundlichkeit ist die richtige Lösung. Ich habe die falsche Entscheidung getroffen.

Ich versuche, unser nettes Geplauder wiederaufzunehmen und frage nach ihren Enkeln, während ich ein rosa Cremerouge auf ihre Wangen streiche, doch jetzt ist sie bedrückt. Trotz meiner Bemühungen wirken ihre Augen weniger strahlend als vorhin bei meiner Ankunft.

Als ich fertig bin, sage ich ihr, sie sehe toll aus.

«Sehen Sie in den Spiegel», sage ich, und sie geht ins Bad.

Ich hole mein Telefon hervor, um rasch Dr. Shields anzurufen, da sehe ich, dass sie mir noch eine Nachricht geschickt hat: *Ich hoffe, Sie erhalten diese Nachricht noch rechtzeitig. Sie müssen unterwegs ein Päckchen für mich abholen. Es ist auf meinen Namen zurückgelegt.*

Dazu hat sie mir nur eine Adresse in Midtown geschrieben. Ich habe keine Ahnung, ob sich dahinter ein Geschäft, ein Büro oder eine Bank verbirgt. Die Anfahrt verlängert sich dadurch nur um zehn Minuten, aber die habe ich nicht übrig.

Kein Problem, antworte ich.

«Das haben Sie wirklich schön gemacht», ruft Mrs. Graham.

Ich will schon die Teetassen in die Spüle stellen, aber sie kommt zurück und winkt ab. «Ach, das mache ich schon. Sie müssen doch zu Ihrer Besprechung.»

Ich habe noch immer ein schlechtes Gewissen, weil ich so ungeduldig war, aber sie hat einen Mann, einen Sohn und eine Tochter, sage ich mir, während ich meine Sachen zusammenpacke, wobei ich die Pinsel und Döschen einfach in den Koffer werfe, anstatt sie vorher zu ordnen.

Wieder klingelt Mrs. Grahams Telefon.

«Gehen Sie ruhig ran», sage ich. «Ich bin ja fertig.»

«Oh nein. Ich bringe Sie noch zur Tür, Schätzchen.»

Sie öffnet die Garderobentür und reicht mir meine Jacke.

«Viel Spaß heute Abend!», sage ich, während ich die Jacke anziehe. «Alles Gute zum Hochzeitstag.»

Bevor sie antworten kann, tönt eine Männerstimme durch den Raum. Sie kommt aus dem altmodischen Anrufbeantworter neben ihrem Telefon.

«Hey, Mom. Wo bist du? Ich rufe nur an, um Bescheid zu sagen, dass Fiona und ich jetzt losfahren. Wir müssten etwa in einer Stunde da sein ...»

Irgendetwas an seinem Tonfall veranlasst mich, Mrs. Graham genauer zu mustern. Doch sie hat den Kopf gesenkt, als wollte sie meinem Blick ausweichen.

Die Stimme ihres Sohnes wird rauer. «Ich hoffe, es geht dir gut.»

Der Garderobenschrank steht noch offen. Mein Blick wird davon angezogen, obwohl ich bereits weiß, was ich sehen werde. Der Tonfall ihres Sohnes hat mir verraten, wo ich mich geirrt habe.

Mrs. Graham geht heute Abend nicht mit ihrem Mann essen.

Ich war heute da, hat sie ihrer Tochter gesagt.

Plötzlich weiß ich, wo sie war. Ich sehe vor mir, wie sie sich hinkniet und Blumen ablegt, verloren in Erinnerungen an die vielen Jahre, die sie gemeinsam hatten.

In der einen Schrankhälfte hängen drei Kleidungsstücke: ein Regenmantel, eine leichte Jacke und ein schwererer Wollmantel. Alle drei für Frauen.

Die andere Hälfte des Schranks ist leer.

KAPITEL ACHTZEHN

Donnerstag, 6. Dezember

Du kämpfst gegen den Impuls an, einen Blick hineinzuwerfen, nicht wahr?

Vor wenigen Minuten hast du die Bestellung abgeholt. Die Verpackung verrät nichts über den Inhalt. Die robuste, rein weiße Tüte mit dem verstärkten Griff ist mit Seidenpapier ausgestopft, um den Gegenstand darin zu polstern.

Du hast sie bei einem jungen Mann abgeholt, der in einem kleinen Mehrfamilienhaus wohnt. Wahrscheinlich hast du kaum einen Blick auf ihn werfen können, als er sie dir reichte; er ist ein schweigsamer Mensch. Unterschreiben musstest du nichts, denn die Bestellung war bereits bezahlt und die Quittung an den Käufer gemailt.

Während du eilig die Sixth Avenue entlanggehst, sagst du dir vielleicht, dass es kein Schnüffeln wäre. Es gibt kein Siegel, das man aufbrechen, kein Klebeband, das man ablösen müsste. Wenn du das nächste Mal an einer Ampel stehen bleiben musst, könntest du einfach ein paar Schichten Seidenpapier zurückschlagen und einen Blick darauf werfen. *Niemand wird je davon erfahren*, könntest du dir sagen.

Die Tüte hängt schwer, aber nicht unangenehm schwer, an deiner Hand.

Dein Verstand ist von Natur aus neugierig. Mal scheust du das Risiko, dann wieder gehst du es freudig ein. Welche Seite von dir wird heute die Oberhand gewinnen?

Du wirst den Inhalt dieser Tüte sehen müssen, aber nur zu den in dieser Praxis diktierten Bedingungen.

Dir wurde gesagt, diese ersten Sitzungen dienten der Schaffung einer Grundlage, doch es werden mehrere Grundlagen geschaffen.

Manchmal ist ein Test so klein und unauffällig, dass er nicht einmal als solcher zu erkennen ist.

Manchmal birgt eine Beziehung, die fürsorglich und unterstützend erscheint, unsichtbare Gefahren.

Manchmal hat eine Therapeutin, die dir alle deine Geheimnisse entlockt, das größte Geheimnis im Raum.

Du kommst vier Minuten zu spät. Du bist außer Atem, versuchst aber, es zu verbergen, indem du flach atmest. Eine Locke hat sich aus deinem Knoten gelöst, und du trägst ein schlichtes schwarzes Oberteil und eine schwarze Jeans. Es ist erstaunlich enttäuschend, dass deine Kleidung heute so uninspiriert ist.

«Hallo, Dr. Shields», sagst du. «Entschuldigen Sie, dass ich ein bisschen zu spät komme. Ich war bei der Arbeit, als Ihre Nachrichten kamen.»

Du stellst deinen großen Schminkkoffer ab und reichst mir die Tüte. Dein Gesichtsausdruck ist weder schuldbewusst noch ausweichend.

Bisher war deine Reaktion auf die unorthodoxe Bitte tadellos.

Du hast dich sofort bereit erklärt. Du hast keine einzige Frage gestellt. Du hattest nicht viel zeitlichen Vorlauf, doch du hast dich beeilt, um die Aufgabe zu erledigen.

Jetzt zum letzten Teil.

«Möchten Sie wissen, was sich darin befindet?»

Die Frage wird leichthin gestellt, ohne den leisesten vorwurfsvollen Unterton.

Du lachst auf und sagst: «Klar. Ich dachte, vielleicht ein paar Bücher?»

Deine Antwort ist spontan und ungefiltert. Du hältst den Blickkontakt. Du spielst nicht an deinen Ringen. Du zeigst keine verräterischen Anzeichen.

Du hast deine Neugier unterdrückt. Du erweist dich weiterhin als loyal.

Jetzt kann die Frage, die du zwölf Häuserblocks lang mit dir herumgetragen hast, beantwortet werden.

Die Skulptur eines Falken – Muranoglas mit Blattgoldtupfern – wird behutsam aus der Tüte geholt. Der Scheitel des Falken ist kühl und glatt.

«Wow», sagst du.

«Er ist ein Geschenk für meinen Mann. Nur zu, fassen Sie ihn ruhig an.»

Du zögerst. Deine Stirn runzelt sich.

«Er ist nicht so fragil, wie er aussieht», wird dir versichert.

Du fährst mit den Fingerspitzen über das Glas. Der Falke scheint bereit, mit einem Flügelschlag abzuheben. Das Werk verkörpert dynamische Anspannung.

«Das ist sein Lieblingsvogel. Ihre außergewöhnlich scharfen Augen ermöglichen es ihnen, ihre Beute in einer grünen Landschaft an der kleinsten Wellenbewegung im Gras zu erkennen.»

«Bestimmt freut er sich sehr darüber.» Du zögerst. Dann: «Ich wusste nicht, dass Sie verheiratet sind.»

Als darauf keine unmittelbare Antwort erfolgt, röten sich deine Wangen.

«Ich sehe Sie immer mit der linken Hand schreiben, aber ich habe Sie bisher nie einen Ehering tragen sehen», erklärst du.

«Ah. Sie sind eine sehr aufmerksame Beobachterin. Ein Stein hatte sich gelockert und musste wieder befestigt werden.»

Dies ist nicht die Wahrheit, doch während du dich zu uneingeschränkter Ehrlichkeit verpflichtet hast, wurde dir kein vergleichbares Versprechen gegeben.

Der Ring wurde abgenommen, nachdem Thomas seine Affäre eingestanden hatte. Aus verschiedenen Gründen wurde er wieder angesteckt.

Der Falke wandert zurück in die Tüte und wird wieder in das

Seidenpapier gehüllt. Heute Abend wird er persönlich in die Mietwohnung gebracht werden, in die Thomas vor einigen Monaten zog.

Es gibt keinen besonderen Anlass. Zumindest keinen, von dem er weiß. Es wird eine echte Überraschung für ihn sein.

Manchmal ist ein exquisites Geschenk in Wahrheit das Werkzeug, mit dem ein Warnschuss abgegeben wird.

KAPITEL NEUNZEHN

Donnerstag, 6. Dezember

Als Dr. Shields den Glasfalken wieder in der Tüte verstaut und sagt, das sei für heute alles, bin ich wie vor den Kopf gestoßen.

Es haut mich so um, dass mir der genaue Wortlaut meiner Frage nicht mehr einfällt, aber ich wage es trotzdem.

«Ach, ich hatte mich bloß gefragt ...», setze ich an. Meine Stimme ist ein bisschen höher als normal. «All die Sachen, die ich Ihnen erzählt habe, werden die in einem Ihrer Aufsätze verwendet? Oder –»

Sie unterbricht mich, was sie noch nie getan hat.

«Alles, was Sie mir erzählt haben, wird vertraulich behandelt, Jessica», sagt sie. «Ich gebe die Akten meiner Klienten unter keinen Umständen heraus.»

Dann sagt sie mir, dass ich mir keine Sorgen machen soll und trotzdem die übliche Summe bekomme.

Sie senkt den Kopf und betrachtet wieder die Tüte, und ich habe das Gefühl, ich bin entlassen.

Also sage ich bloß: «Okay ... danke.»

Dann gehe ich über den filigran gemusterten Teppich, der meine Schritte verschluckt. Bevor ich die Tür hinter mir schließe, sehe ich mich noch einmal nach ihr um.

Sie steht im Gegenlicht. In der tiefstehenden Sonne sieht ihr Haar feuerrot aus. Ihr taubenblauer Rollkragenpullover und der Seidenrock umschmeicheln ihren langgliedrigen, geschmeidigen Körper. Sie ist völlig reglos.

Bei diesem Anblick hätte ich beinahe nach Luft geschnappt.

Auf dem Weg zur U-Bahn denke ich darüber nach, wie ich aus ein paar Hinweisen – dass Dr. Shields keinen Ehering trug, der Stuhl ihr gegenüber im französischen Restaurant leer blieb und sie sich möglicherweise eine Träne abwischte – schloss, ihr Mann sei vielleicht tot, ganz ähnlich, wie ich bei Mrs. Graham die Zeichen falsch gedeutet und gefolgert habe, ihr Mann sei am Leben.

Während ich auf dem Bahnsteig warte, betrachte ich die Männer um mich herum und überlege, was für einen Mann Dr. Shields geheiratet haben würde. Ob er hochgewachsen und gut in Form ist wie sie selbst? Wahrscheinlich bloß ein paar Jahre älter, mit vollem blondem Haar und kleinen Fältchen in den Augenwinkeln, wenn er lächelt. Er sieht auf eine jungenhafte Art gut aus, aber im Gegensatz zu ihr ist er kein Hingucker.

Ich stelle mir vor, dass er an der Ostküste aufwuchs und dann auf ein Elite-Internat ging. Exeter vielleicht, und danach Yale. Dort könnten sie sich kennengelernt haben. Er ist der Typ Mann, der sich auf dem Segelboot und auf dem Golfplatz zurechtfindet, aber er ist kein Snob.

Vermutlich hat sie sich jemanden ausgesucht, der geselliger ist als sie selbst. Er gleicht ihr reserviertes, stilles Wesen aus, und sie zügelt ihn, wenn er ein paar Bier zu viel hatte und bei einer Partie Poker mit den Jungs zu laut wird.

Ich frage mich, ob er heute Geburtstag hat oder die beiden bloß eines dieser romantischen Paare sind, die einander gern mit wohldurchdachten Geschenken überraschen.

Natürlich könnte ich auch diesmal total danebenliegen.

Dieser Gedanke kommt mir, als die U-Bahn gerade mit kreischenden Bremsen zum Stehen kommt.

Was wäre, wenn ich mich in etwas viel Wichtigerem irrte als bloß bei der Frage, was für ein Typ ihr Mann ist?

Es ergibt überhaupt keinen Sinn, dass Dr. Shields mir gerade dreihundert Dollar für einen kurzen Botengang bezahlt hat. Vielleicht war es also gar kein einfacher Botengang.

Das Projekt, an dem Sie mitwirken, steht kurz davor, von der theo-

retischen Studie zur praktischen Erforschung von Moral und Ethik überzugehen, sagte Dr. Shields bei unserer ersten Begegnung.

Was, wenn dieser Botengang meine erste Prüfung war? Vielleicht hätte ich protestieren müssen, als Dr. Shields mir versicherte, sie werde mir genauso viel zahlen wie immer.

Die Menschenmenge um mich herum drängt in den U-Bahn-Waggon und schwemmt mich mit. Ich steige als eine der Letzten ein. Als die Tür sich schließt, streift sie meinen Rücken.

Plötzlich wird mir eng um den Hals.

Das eine Ende von Dr. Shields' Überwurf ist in der Tür eingeklemmt.

Meine Hand fliegt zum Hals. Panisch zerre ich am Schal.

Da geht die Tür wieder auf, und ich reiße den Überwurf an mich.

«Alles in Ordnung?», fragt die Frau mir gegenüber.

Keuchend nicke ich und spüre mein Herz hämmern.

Erst als ich den Überwurf abnehmen will, merke ich, dass ich vergessen habe, ihn zurückzugeben.

Die U-Bahn beschleunigt, und die Gesichter auf dem Bahnsteig bleiben zurück, während wir in den dunklen Tunnel rasen.

Vielleicht war nicht die heutige Bezahlung die Prüfung, sondern der Überwurf. Möglicherweise wollte sie sehen, ob ich ihn behalte.

Oder die praktischen Moralprüfungen haben schon beim Nagellack angefangen. Vielleicht waren alle ihre Geschenke sorgfältig durchdachte Experimente, um zu sehen, wie ich reagiere.

Dann wird mir bestürzt klar: Dr. Shields hat keinen neuen Termin vereinbart.

Mit einem Mal habe ich Angst, dass ich ihre Prüfungen nicht bestanden habe und sie mich jetzt nicht mehr will.

Dr. Shields schien aufrichtig an mir interessiert zu sein – sie hat mir ja sogar an Thanksgiving eine Nachricht geschickt. Aber jetzt glaubt sie vielleicht, sie hätte einen Fehler gemacht.

Ich hole das Telefon heraus und beginne eine Nachricht: *Hi!*
Sofort lösche ich das wieder, es ist zu informell.
Sehr geehrte Frau Dr. Shields.
Das ist zu formell.
Also entscheide ich mich für ein einfaches *Dr. Shields.*
Ich darf nicht verzweifelt klingen. Ich muss sachlich bleiben.
Tut mir leid, dass ich vergaß, Ihnen Ihren Überwurf zurückzugeben. Ich bringe ihn nächstes Mal mit. Und keine Sorge wegen einer Bezahlung für heute. Sie waren auch so schon sehr großzügig.

Nach kurzem Zögern füge ich hinzu: *Gerade fiel mir auf, dass wir gar keinen neuen Termin vereinbart haben. Ich bin flexibel. Lassen Sie mich einfach wissen, wann Sie mich brauchen. Danke. Jess.*

Bevor ich den Mut verliere, tippe ich auf *Senden.* Dann starre ich auf mein Telefon und warte ab, ob sie gleich antwortet.

Aber das tut sie nicht.

Ich hätte nicht damit rechnen dürfen. Schließlich arbeite ich für sie. Bestimmt ist sie jetzt schon unterwegs, um sich mit ihrem Mann zu treffen und ihm sein Geschenk zu geben.

Vielleicht hat Dr. Shields eine kultiviertere Reaktion auf diese Skulptur erwartet. Ich hätte mir etwas Intelligenteres als bloß «Wow» einfallen lassen sollen.

Obwohl ich ununterbrochen auf mein Telefon starre, bemerke ich erst nach einer Weile, dass ich offenbar eine neue Nachricht auf der Mailbox habe. Bestimmt hat Dr. Shields angerufen, während ich kein Netz hatte.

Ich lasse die Nachricht abspielen, aber jetzt fährt die U-Bahn weiter, und ich habe wieder kein Netz. Nervös umklammere ich mein Telefon, bis ich meine Haltestelle erreiche, dann sprinte ich durchs Drehkreuz und die Treppe hinauf. Mein Koffer schwingt hin und her und prallt mir schmerzhaft ans Knie, aber ich laufe einfach weiter.

Schließlich stürze ich hinaus auf den Bürgersteig, bleibe stehen und tippe noch einmal auf das Icon für die Mailbox.

Eine helle junge Stimme ertönt, die mir im Vergleich zu Dr. Shields' kultivierter Stimme und ihren sorgfältig artikulierten Worten misstönend erscheint.

«Hi, ich bin's, Amy. Im Flugzeug ist mir noch etwas eingefallen. Wollte Sie schon früher anrufen, aber hier geht es drunter und drüber. Jedenfalls, eine meiner Freundinnen hat mir erzählt, dass Dr. Shields zurzeit nicht unterrichtet. Vielleicht hat sie ja die Grippe oder so. Okay, ich hoffe, das hilft Ihnen weiter. Bis dann!»

Langsam nehme ich das Telefon vom Ohr und starre es an. Dann lasse ich die Nachricht noch einmal abspielen.

KAPITEL ZWANZIG

Donnerstag, 6. Dezember

Ehebruch ist weitverbreitet, unabhängig von der sozioökonomischen Schicht, der Ethnie oder dem Geschlecht. Fallberichte aus Eheberatungen überall im Land stützen diese Feststellung. Immerhin ist Untreue einer der Hauptgründe, weshalb Paare professionelle Hilfe suchen.

Therapeuten sind häufig die Ersthelfer, wenn eine Affäre eine Beziehung zerstört und der Betrogene mit seiner Wut und seiner Traurigkeit ringt. Vergebung ist nicht immer möglich, Vergessen unrealistisch. Doch Untreue muss nicht das Todesurteil für eine Ehe bedeuten. Therapeuten wissen, dass Vertrauen wiederaufgebaut werden kann, indem Problemgespräche geführt werden, Verantwortung übernommen wird und Prioritäten so gesetzt werden, dass die Beziehung Vorrang hat. Tatsächlich kann ein Betrug überwunden werden. Dies erfordert Zeit sowie das unbeirrte Engagement beider Beteiligten.

Die Annahme, die korrekte Strategie für einen Klienten zu kennen, ist verlockend, doch es ist nicht die Aufgabe des Therapeuten, eine solche Musterlösung anzubieten.

Es ist leicht, die Entscheidungen anderer zu verurteilen. Wenn es um die eigenen Entscheidungen geht, ist es deutlich komplizierter.

Stell dir vor, du hättest vor sieben Jahren einen Mann geheiratet, der Farbe und Lachen in dein Leben gebracht und es im besten Sinne auf den Kopf gestellt hat. Stell dir vor, jeden Morgen in den Armen des Menschen aufzuwachen, der dein sicherer Hafen war, dessen geflüsterte Liebesworte Gefühle in dir weckten, von denen du bis dahin nichts geahnt hattest.

Dann schlichen sich Zweifel ein.

Zu Beginn deiner Ehe wurde deinen Fragen zu seinen geflüsterten spätabendlichen Telefonaten und abrupten Absagen mit vernünftigen Erklärungen begegnet: Klienten durften zu jeder Tag- und Nachtzeit seine Notfallnummer anrufen. Und manchmal brauchte ein Klient auch eine Krisensitzung außer der Reihe.

Vertrauen ist ein wesentliches Element einer ernsthaften Beziehung.

Aber für die romantische Nachricht, die vor drei Monaten auf meinem Telefon einging, gab es keine harmlose Erklärung: *Bis heute Abend, meine Schöne.*

Thomas hatte gesagt, er wolle an diesem Abend mit ein paar Freunden Poker spielen, und es werde spät werden.

Als er merkte, dass er die Nachricht an die falsche Nummer geschickt hatte, gestand er sofort, räumte seine Schuld ein und sprach von Bedauern.

Er wurde aufgefordert, noch am selben Abend auszuziehen. Eine Woche lang wohnte er in einem Hotel, dann wurde er Untermieter einer Wohnung in der Nähe seiner Praxis.

Doch ihn aus meinem Herzen zu löschen ... nun, das erwies sich als deutlich schwieriger.

Einige Wochen nach Thomas' Auszug wurde wieder Verbindung aufgenommen.

Thomas schwor, es werde nie wieder vorkommen. Es sei eine einmalige Unbedachtheit gewesen. Sie habe die Initiative ergriffen, behauptete er.

Auf Nachfrage ging Thomas ins Detail, schilderte bereitwillig ihre heimliche Beziehung. Allerdings ist es typisch für Missetäter, ihre Missetaten kleinzureden. Grundlegende Informationen über sie – Vorname, Alter, äußere Erscheinung, Beruf, Familienstand – wurden festgestellt.

Thomas schien unsere Beziehung wiederaufbauen zu wollen.

Mit jedem anderen Mann wäre das unmöglich gewesen. Doch Thomas ist anders.

Und so wurden Beratungstermine vereinbart. Problemgespräche wurden geführt. Und schließlich wieder gemeinsame Abende verabredet. Ein Wiederaufbau begann.

Es gab nur ein Problem: Gewisse Aspekte seiner Geschichte passten nicht zusammen.

Ungewissheit ist ein qualvoller Zustand.

Eine Moralfrage, die in meiner Studie nie auftauchte, steht in meinen Gedanken noch immer im Vordergrund: *Ist es möglich, jemandem, den man liebt, ins Gesicht zu lügen, ohne Reue zu verspüren?*

Bald drängte sich eine neue Sichtweise auf und bedrohte den fragilen Frieden, an dem wir mühevoll arbeiteten: Was, wenn die andere Frau lediglich das Zündholz gewesen war? Und Thomas die Flamme?

Womöglich hatte er die eine verifizierte Affäre vollständig verzehrt. Doch Feuer ist ewig hungrig.

Eines Abends, kurz nachdem du dich in die Studie geschmuggelt hattest, Jessica, kam mein Mann nach Hause und legte seine Schlüssel und das Kleingeld in eine Schale auf der Kommode, wie es seine Gewohnheit war. Zwischen den Münzen lag ein winziges, gefaltetes Stück Papier: eine Quittung für ein Mittagessen im Restaurant für zwei Personen.

Bei einem Glas Wein auf der Couch erzählt ein Ehemann seiner Frau von den unspektakulären Ereignissen seines Tages: die ärgerliche U-Bahn-Verspätung, die Rezeptionistin, die erfuhr, dass sie Zwillinge erwartet, die verlegte Brille, die in der Sakkotasche gefunden wurde.

Die verlegte Brille wurde erwähnt. Das teure Mittagessen für zwei in einem kubanischen Restaurant jedoch nicht.

Hättest du dich nicht so listig in die Studie eingeschleust, Jessica, wäre diese Frage möglicherweise nie beantwortet worden. Dieses Experiment hätte vielleicht nie existiert. Du bist es, die es zum Leben erweckt hat.

Erinnerungen können fehlerhaft sein; persönliche Pläne können die eigenen Worte und Handlungen beeinflussen. Nur durch eine peinlich genaue Untersuchung kann die Wahrheit objektiv verifiziert werden.

Du magst deinen Traum vom Theater aufgegeben haben, Jessica, aber du hast dir eine Hauptrolle im nächsten Akt dieses sich entwickelnden Dramas verdient.

Als deine Nachricht mit der Frage nach deiner nächsten Sitzung eingeht, ist es, als würdest du das bestätigen, würdest uns vorantreiben: *Es ist Zeit.*

Du, mit deinem schweren Schminkkoffer, der wilden Mähne, die du zu bändigen versuchst, und der Verletzlichkeit, die du nicht verbergen kannst. Du hast heute deine Hingabe bewiesen. Deine Nachricht hat bestätigt, wie sehr du mich brauchst.

Was du nicht weißt, ist, wie sehr wir beide uns gegenseitig brauchen.

Es ist Zeit, die nächste Phase vorzubereiten, zuerst den äußeren Rahmen. Ordnung im Außen erzeugt Ruhe im Inneren. Auf dem Schreibtisch im Arbeitszimmer – nur ein Dutzend Schritte vom Schlafzimmer entfernt, wo Thomas' Kopfkissenbezug früher der angenehme Duft seines Shampoos anhaftete – steht ein Laptop. Zu viel Alkohol würde die Gedanken zusätzlich trüben, dennoch werden fünf Zentimeter Montrachet in ein Kristallglas eingeschenkt, das mit an den Arbeitsplatz genommen wird. In diesem Raum gibt es kaum Ablenkungen, was der Konzentration auf die bevorstehende Aufgabe förderlich ist.

Ein unorthodoxer Plan muss aus allen möglichen Blickwinkeln bedacht werden. Fehler entstehen, wenn die Methodik außer Acht gelassen wird.

Die Durchführung einer empirischen Untersuchung erfordert ein festgelegtes Verfahren: Sammlung und Prüfung von Datenmaterial. Genaue Beobachtung. Gründliche Aufzeichnungen. Interpretation der Ergebnisse und Schlussfolgerung.

Der Titel des Projekts wird in ein neues Dokument auf dem Computer eingegeben: *Die Versuchung der Untreue: eine Fallstudie.*

Die Hypothese: Thomas ist ein unverbesserlicher Ehebrecher.

Es gibt nur eine Testperson: meinen Mann.

Es gibt nur eine Variable: dich.

Jessica, bitte scheitere nicht an dieser Prüfung. Es wäre eine Schande, dich zu verlieren.

ZWEITER TEIL

Wir begannen als Fremde, du und ich.

Mittlerweile haben wir das Gefühl, einander zu kennen.

Vertrautheit leitet häufig zu gesteigerter Wertschätzung und besserem Verständnis über.

Zugleich führt sie zu ganz neuen Einschätzungen.

Vielleicht verurteilst du dir bekannte Personen: den Nachbarn, der seine Gattin so laut anschreit, dass die schroffen Worte durch die dünnen Wände dringen. Die Kollegin, die aus der Betreuung ihrer alternden Eltern aussteigt. Die Kundin, die zu sehr von ihrem Therapeuten abhängig ist.

Sogar wenn du erkennst, dass diese Menschen selbst unter Druck stehen – eine Scheidung, Depression, eine schwierige Familie –, stellen deine Werturteile sich mit der Gewissheit und Geschwindigkeit eines Reflexes ein.

Diese Reaktion mag unmittelbar sein, aber sie ist nur selten einfach oder präzise.

Halte für einen Moment inne und bedenke die unterbewussten Faktoren, die deine Werturteile beeinflussen mögen: Das kann alles Mögliche sein – ob du acht Stunden Schlaf bekommen hast, ein Ärgernis erlebst wie eine Überschwemmung im Bad oder noch immer unter einer dominanten Mutter leidest.

Falls es eine chemische Formel gibt, die bestimmt, ob im Verlauf alltäglicher, banaler Interaktionen eine ex- oder implizite Verurteilung erfolgt, so enthält sie eine ständig veränderliche Variable.

Dieses unbeständige Element bist du.

Wir alle haben unsere Gründe für unsere Werturteile, selbst wenn diese Gründe so tief vergraben sind, dass wir sie selbst nicht erkennen.

KAPITEL EINUNDZWANZIG

Freitag, 7. Dezember

Als Dr. Shields mich schließlich zurückrief, riss ich das Telefon ans Ohr, bevor das erste Läuten verklungen war, solche Sorgen machte ich mir, dass ich es beim letzten Mal vermasselt hätte.

Sie fragte, ob ich heute Abend Zeit hätte, so, als wäre alles in Ordnung. Und vielleicht war es das ja auch. Auf die Bemerkung in meiner Nachricht, dass ich für das Abholen der Skulptur keine Bezahlung erwarte, und die Entschuldigung dafür, dass ich den Überwurf nicht zurückgegeben habe, ging sie gar nicht ein.

Das Telefonat dauerte nur wenige Minuten. Dr. Shields gab mir ein paar Anweisungen: *Tragen Sie Ihr Haar offen, elegantes Makeup und ein schwarzes Kleid, das sich für eine Abendverabredung eignet. Seien Sie um 20 Uhr fertig.*

Jetzt ist es zwanzig nach sieben. Ich stehe vor meinem Schrank und betrachte die dicht an dicht hängenden Kleidungsstücke. Den anthrazitfarbenen Wildlederminirock, den ich normalerweise mit einem rosa Seidenoberteil trage, schiebe ich zur Seite, ebenso wie das hochgeschlossene schwarze Kleid, das viel zu kurz ist.

Im Gegensatz zu Lizzie, die mir häufig mehrere Selfies schickt, bevor wir uns treffen, stelle ich meine Outfits ebenso selbstbewusst zusammen wie die Farbpalette für eine Kundin, denn ich weiß, was mir steht. Aber unter einer Abendverabredung versteht Dr. Shields vermutlich etwas ganz anderes als ich.

Ich betrachte das eleganteste Kleid, das ich besitze. Es ist aus schwarzem Jersey und hat einen tiefen V-Ausschnitt.

Zu tief?, frage ich mich, als ich es mir anhalte und in den Spiegel sehe. Etwas Besseres hat mein Kleiderschrank nicht zu bieten.

Ich wollte Dr. Shields um weitere Informationen bitten – *Wo geht es hin? Was soll ich tun? Ist das einer der Tests, von denen Sie sprachen?* –, aber sie klang so konzentriert und geschäftsmäßig, als sie fragte, ob ich Zeit hätte, dass ich nicht die Nerven dafür hatte.

Als ich das Kleid anziehe, denke ich an Dr. Shields in ihren eleganten Röcken und Pullis, deren Linien so klar und klassisch sind, dass sie damit aus ihrer Praxis direkt ins Ballett im Lincoln Center gehen könnte.

Ich zupfe am Ausschnitt, zeige aber trotzdem zu viel Dekolleté. Mein Haar tut, was es will, und die großen Creolen, die ich bei der Arbeit trug, wirken jetzt billig.

Das Haar lasse ich wie gewünscht offen, und die Creolen tausche ich gegen würfelförmige Zirkoniastecker aus. Dann suche ich in der Unterwäscheschublade nach dem doppelseitig klebenden Styling-Tape und verkleinere den V-Ausschnitt unten um fünf Zentimeter.

Normalerweise gehe ich entweder mit nackten Beinen oder trage Strumpfhosen, doch heute Abend hole ich die hauchdünnen schwarzen Nylonstrümpfe hervor, die seit mindestens einem halben Jahr in meiner Schublade liegen. Sie haben eine Laufmasche, aber so weit oben am Oberschenkel, dass sie unter dem Kleid verborgen ist. Ich tupfe klaren Nagellack auf die Laufmasche, damit sie nicht größer wird, dann krame ich die klassischen schwarzen Pumps hervor, die ich seit einer Ewigkeit habe.

Zuletzt schlinge ich mir einen Gürtel mit Zebramuster um die Taille. Falls er sich als Fehlgriff herausstellt, wenn ich dort auflaufe, wo ich hinsoll, kann ich ihn immer noch in der Handtasche verschwinden lassen.

Ich denke an die Frage, die ich meinen Kundinnen immer stelle: *Auf welchen Look zielen Sie ab?* Das ist schwer zu beantworten, wenn man keine Ahnung hat, wer das Publikum sein wird. Gemäß Dr. Shields' Anweisung wähle ich einen neutralen Lidschatten und einen gedeckten Eyeliner.

Jetzt ist es Punkt acht Uhr, aber mein Telefon bleibt stumm.

Ich überprüfe die Signalstärke, dann laufe ich durch meine Wohnung, falte stupide Pullover wieder zusammen und stelle Schuhe zurück in den Schrank. Um 20.17 Uhr überlege ich, ob ich Dr. Shields eine Nachricht schicken soll, entscheide mich aber dagegen. Ich will nicht lästig fallen.

Nachdem ich meinen Lipgloss schon zweimal aufgefrischt und online Glitzerfarbe und dickes Papier für eines von Beckys Weihnachtsgeschenken bestellt habe, meldet mein Telefon schließlich um 20.35 Uhr eine Nachricht von Dr. Shields.

Ich wende den Blick von der TJ-Maxx-Website ab, auf der ich mir Blusen für Mom angesehen habe.

In vier Minuten wartet ein Uber vor Ihrem Haus.

Ich trinke einen letzten Schluck von meinem Bier und stecke mir ein Pfefferminz in den Mund.

Dann trete ich vors Haus und ziehe die Tür fest hinter mir zu, bis ich das Schloss einrasten höre. Am Bordstein wartet ein schwarzer Hyundai. Bevor ich die hintere Tür öffne, suche und finde ich den *U*-Aufkleber auf dem Heckfenster.

«Hi, ich bin Jess», sage ich und rutsche auf den Rücksitz.

Der Fahrer nickt bloß und fährt los Richtung Westen.

Ich lege den Sicherheitsgurt an.

«Wo genau fahren wir hin?», frage ich, um einen beiläufigen Ton bemüht.

Im Rückspiegel sehe ich nur seine braunen Augen und die buschigen Brauen. «Das wissen Sie nicht?»

Aber es klingt nicht wie eine Frage. Eher wie eine Feststellung.

Während ich durch das getönte Fenster die Stadt vorbeiziehen sehe, wird mir plötzlich klar, dass ich hier drin völlig isoliert bin. Und machtlos.

Ich rudere zurück. «Ach, meine Freundin hat diese Fahrt für mich organisiert. Ich treffe mich mit ihr ...»

Ich breche ab und schiebe die Hand unter den Gurt, der sich zu eng über meiner Brust anfühlt. Er gibt nicht nach.

Der Fahrer antwortet nicht.

Mein Herz schlägt schneller. Warum verhält er sich so komisch?

Er biegt rechts ab und fährt Richtung Uptown.

«Halten wir an der Sixty-second Street?», frage ich. Vielleicht will Dr. Shields sich in ihrer Praxis mit mir treffen. Aber warum dann die genauen Anweisungen zu Kleidung und Make-up?

Der Fahrer blickt stur nach vorn.

Die Erkenntnis trifft mich wie ein Schlag: Ich sitze in einem Auto mit einem fremden Mann fest. Er könnte wer weiß wohin mit mir fahren.

Ich habe schon unzählige Taxis herangewunken und viele Via- und Uber-Fahrten bestellt. Noch nie habe ich mich dabei unsicher gefühlt. Mein Blick zuckt wieder zum Fenster. Niemand kann hereinsehen.

Instinktiv schaue ich nach, ob die Türen verriegelt sind, aber ich kann es nicht erkennen. Es herrscht nicht viel Verkehr, und wir kommen relativ schnell voran. Irgendwann müssen wir an einer Ampel halten. Ob ich versuchen soll, die Tür zu öffnen und auszusteigen?

Verstohlen taste ich nach dem Verschluss meines Sicherheitsgurts und drücke darauf. Ich klemme mir den Daumen ein und zucke zusammen. Behutsam, damit er nicht in die Halterung zurückschnellt, schiebe ich den Gurt von der Schulter.

Woher will ich eigentlich wissen, ob das wirklich ein Uber-Fahrer ist? Wahrscheinlich ist es nicht allzu schwer, an einen dieser Aufkleber heranzukommen. Oder er hat sich das Auto ausgeborgt.

Ich mustere ihn genauer. Er ist ein stämmiger Mann mit Stiernacken und fleischigen Armen; die Hände auf dem Lenkrad sind etwa doppelt so groß wie meine.

Als ich gerade nach dem Knopf taste, mit dem das Fenster heruntergelassen wird, sagt der Fahrer: «Ja, okay.»

Ich suche im Rückspiegel seinen Blick, aber der ist auf die Straße gerichtet.

Dann höre ich ganz leise eine weitere Männerstimme, die ein bisschen blechern klingt.

Die Beklemmung in meiner Brust löst sich: Der Fahrer hat mir nicht geantwortet, weil er telefoniert. Er weicht meinen Fragen nicht bewusst aus, sondern hat mich einfach nicht gehört.

Ich atme auf und lehne mich zurück.

Sei nicht albern, sage ich mir. Wir sind auf der Third Avenue, umgeben von anderen Autos und Fußgängern.

Trotzdem dauert es noch eine volle Minute, bis ich mich einigermaßen gefasst habe.

Ich beuge mich vor und wiederhole meine Frage noch einmal, diesmal lauter.

Der Fahrer sieht sich zu mir um, dann sagt er etwas, was wie «Madison und Seventy-sixth» klingt.

Aber das Radio läuft, und der Motor brummt laut, deshalb bin ich mir nicht sicher, und der Fahrer telefoniert schon weiter.

Ich hole mein Telefon heraus und google die Adresse. Alles Mögliche taucht auf – das Sussex Hotel, Boutiquen von Vince und Rebecca Taylor, ein paar Wohnhäuser und ein Restaurant mit asiatischer Fusion-Küche.

Okay, denke ich. Alles ganz harmlos. Aber was davon ist mein Ziel? Das Restaurant ist am wahrscheinlichsten.

Sicher wartet Dr. Shields dort schon auf mich. Vielleicht will sie mir weitere Anweisungen zu diesem praktischen Test geben.

Trotzdem frage ich mich unwillkürlich, warum sie mich dafür außerhalb ihrer Praxis treffen muss. Vielleicht gibt es einen anderen Grund.

Kurz stelle ich mir vor, wir wären zwei Freundinnen oder sie wäre meine ältere, weltläufige Schwester, mit der ich mir einen Seetangsalat und ein wenig Sashimi teile. Bei einer Karaffe warmem Sake würden wir uns unsere Geheimnisse anvertrauen. Doch diesmal würde ich ihr all die Fragen stellen, die mir durch den Kopf schießen.

Im Seitenspiegel sehe ich die hellen Scheinwerfer eines sich nähernden Wagens. Beinahe im selben Augenblick beginnt mein Fahrer, die Spur zu wechseln.

Eine Hupe ertönt. Der Hyundai kehrt ruckartig zurück auf die ursprüngliche Spur und bremst quietschend ab. Ich werde gegen die Tür und dann nach vorn geschleudert. Meine Hand schießt vor, und ich stütze mich am Sitz vor mir ab.

«Arschloch!», brüllt mein Fahrer, obwohl der Beinahezusammenstoß seine Schuld war. Er war so in sein Telefonat vertieft, dass er nicht über die Schulter geblickt hat, um den toten Winkel zu überprüfen.

Den Rest der Fahrt über sehe ich wachsam durch mein Seitenfenster, so darauf konzentriert, nach Fußgängern und anderen Fahrzeugen Ausschau zu halten, dass ich es nicht sofort merke, als wir hinter einer schwarzen Limousine halten. Wir stehen direkt vor dem Sussex Hotel.

«Hier?», frage ich den Fahrer und deute auf den Eingang.

Er nickt.

Ich steige aus und sehe ratlos die Straße auf und ab. Soll ich in der Lobby warten?

Als ich mich nach dem Uber umsehe, ist es schon weg.

Eine Gruppe Männer geht an mir vorbei, und einer von ihnen rempelt mich an. Ich erschrecke so sehr, dass ich fast das Telefon fallen lasse.

«Verzeihung!», ruft der Mann.

Dr. Shields ist nirgends zu sehen, nur unbekannte Gesichter.

Ich befinde mich in einer der sichersten Gegenden von Manhattan, warum also fühle ich mich so unbehaglich?

Wenige Sekunden später bekomme ich eine weitere Textnachricht: *Gehen Sie direkt in die Bar im Erdgeschoss. Im hinteren Teil werden Sie eine Gruppe Männer an einem runden Tisch sehen. Suchen Sie sich einen Platz an der Bar in ihrer Nähe.*

Anscheinend habe ich falsch geraten. Keine Ahnung, was dieser

Abend für mich bereithält, aber ein intimes Essen mit Dr. Shields ist es jedenfalls nicht.

Ich steige die neun Stufen zum Eingang des Hotels hinauf, und ein Page öffnet mir die Tür.

«Guten Abend, Miss», sagt er.

«Hi», erwidere ich. Meine Stimme klingt schüchtern. Ich räuspere mich. «Wie komme ich in die Bar?»

«An der Rezeption vorbei und ganz hinten durch.»

Ich gehe hinein und spüre, dass er mir hinterhersieht. Da merke ich, dass mein Kleid beim Aussteigen ein Stück hochgerutscht ist. Ich ziehe den Saum herunter.

In der Lobby hält sich nur ein älteres Paar auf, das am Kamin auf einem Ledersofa sitzt. An der Rezeption sitzt eine Frau mit Brille, die mich lächelnd begrüßt: «Guten Abend.»

Meine Absätze klappern zu laut über das prächtige Parkett. Ich bin mir meines Gangs sehr bewusst, und zwar nicht nur, weil ich nicht daran gewöhnt bin, Pumps zu tragen.

Endlich stehe ich vor der Bar und ziehe die schwere Holztür auf. Es ist ein ziemlich großer Raum, in dem sich ein paar Dutzend Leute aufhalten. Ich kneife die Augen zusammen, weil sie sich erst an das Dämmerlicht hier gewöhnen müssen. Dann sehe ich mich um und frage mich, ob Dr. Shields hier wartet, um mich zu begrüßen. Ich sehe sie nicht, dafür aber eine Gruppe Männer an einem großen Tisch im hinteren Teil.

Suchen Sie sich einen Platz an der Bar in ihrer Nähe.

Arbeiten die auch für Dr. Shields?

Während ich mich nähere, taxiere ich die Gruppe. Die Männer scheinen alle Ende dreißig zu sein. Auf den ersten Blick sind sie fast nicht zu unterscheiden mit ihren kurzen Haarschnitten, dunklen Anzügen und gestärkten Hemden. Das Auftreten, das sie an den Tag legen, kenne ich: Sie sind jüngere Ausgaben der Väter, die für die aufwendigen Bat Mizwas und Sweet-Sixteen-Partys so viel ausgeben wie andere für eine schöne Hochzeit.

Es sind nur noch wenige Barhocker frei. Ich setze mich auf einen, der etwa zwei Meter von der Männergruppe entfernt steht.

Das Holz fühlt sich warm an, so, als wäre der Platz gerade erst frei geworden. Ich hänge meine Handtasche an den Haken unter der Theke, dann ziehe ich meinen Mantel aus und lege ihn über die Rückenlehne meines Hockers.

«Bin gleich bei Ihnen», sagt der Barkeeper, der gerade Kräuter für einen Craft Cocktail mischt.

Soll ich etwas zu trinken bestellen? Oder wird etwas anderes passieren?

Obwohl ich mich an einem öffentlichen Ort aufhalte, habe ich ein mulmiges Gefühl im Bauch. Ich rufe mir in Erinnerung, was Dr. Shields bei meinem ersten Besuch in ihrer Praxis sagte: *Sie werden alles unter Kontrolle haben und können jederzeit abbrechen.*

Ich drehe mich ein Stück, damit ich mich in der Bar umsehen kann, und suche nach etwas, was mir einen Anhaltspunkt geben könnte. Aber ich sehe nur betuchte Gäste, die etwas trinken und sich unterhalten: eine umwerfende Blondine, die sich über den Tisch beugt, um ihrem Begleiter, einem gutgebauten Mann in einem blauen Hemd mit leicht zurückweichendem Haaransatz, der auf seinem Telefon tippt, etwas auf der Speisekarte zu zeigen, und zwei lächelnde Paare mittleren Alters, die ihre Gläser zu einem Trinkspruch erheben.

Mein Telefon, das ich in der Hand halte, vibriert, und ich erschrecke.

Seien Sie nicht nervös. Sie sehen perfekt aus. Bestellen Sie etwas zu trinken.

Ich blicke hoch.

Wo ist sie?

Sie muss in einer der hinteren Sitznischen sein, aber die anderen Gäste an der Theke verstellen mir die Sicht, und so kann ich sie im dämmrigen Licht nicht finden.

Ohne es zu merken, habe ich an den Ringen an meinem Zeigefinger herumgespielt. Ich lege die Hände in den Schoß. Dann sehe ich wieder zu dem Tisch mit der Männergruppe und frage mich, warum Dr. Shields wollte, dass ich mich in ihre Nähe setze. Ich mustere die fünf Männer. Einer von ihnen begegnet meinem Blick. Er beugt sich zu einem Freund und flüstert ihm etwas zu. Der Freund lacht und sieht sich nach mir um. Ich drehe mich zurück zur Theke und merke, dass meine Wangen heiß werden.

Der Barkeeper beugt sich über die Theke zu mir. «Was kann ich Ihnen bringen?»

Normalerweise würde ich ein Bier oder einen Shot trinken, aber nicht in einem Lokal wie diesem. «Rotwein bitte.»

Er wartet noch immer, und mir wird klar, dass ich etwas genauer werden muss.

Ich versuche mich zu erinnern. «Volnay», stoße ich hervor. Hoffentlich habe ich es genauso ausgesprochen wie der Kellner in dem französischen Restaurant vor einigen Tagen.

«Den haben wir leider nicht», sagt er. «Wäre Ihnen ein Givry recht?»

«Gern. Danke.»

Als der Barkeeper mir mein Glas reicht, halte ich es sehr fest, damit man nicht sieht, wie stark meine Hand zittert.

Normalerweise entspannt mich die Wärme des Alkohols, aber als ich mich jetzt erneut umsehe, bin ich noch immer nervös. Die Gegenwart des Mannes neben mir spüre ich, noch bevor ich ihn aus dem Augenwinkel sehe.

«Sie sehen aus, als ob Sie auf jemanden warten», sagt er. Es ist der Mann, der eben seinem Freund etwas zuflüsterte. «Was dagegen, wenn ich Ihnen Gesellschaft leiste, bis Ihre Begleitung auftaucht?»

Ich werfe einen raschen Blick auf mein Telefon, aber ich habe keine neue Nachricht. «Ähm, klar», sage ich.

Er stellt sein Glas auf die Theke und nimmt den Hocker links von mir. «Ich bin David.»

«Jessica.» Mein voller Vorname muss mir herausgerutscht sein, weil ich mich jetzt in Dr. Shields' Welt befinde.

Er stützt einen Arm auf.

«Also, Jessica, woher sind Sie?»

Ich sage ihm die Wahrheit, nicht nur, weil mir nichts anderes einfällt, sondern auch wegen Dr. Shields' Regeln zum Thema Ehrlichkeit.

Allerdings spielt das kaum eine Rolle, denn er sagt bloß: «Cool», und erzählt dann ausführlich, dass er vor vier Jahren wegen irgendeines tollen Jobs aus Boston hierhergezogen ist. Während ich Interesse heuchele, vibriert mein Telefon.

«Entschuldigen Sie mich.» Es ist eine Nachricht von Dr. Shields.

Ich halte das Telefon so, dass David die Nachricht nicht lesen kann.

Der nicht.

Ich blinzele verdutzt und frage mich, was ich falsch gemacht habe.

Blitzartig erinnere ich mich an meine erste Zeit in Dr. Shields' Studie, als sie per Computer mit mir kommunizierte.

An den drei Punkten erkenne ich, dass sie noch schreibt.

Ihre nächste Anweisung trifft ein.

Konzentrieren Sie sich auf den Mann im blauen Hemd, der allein am Tisch rechts von Ihnen sitzt. Fangen Sie eine Unterhaltung an. Bringen Sie ihn dazu, mit Ihnen zu flirten.

Dr. Shields muss ganz in der Nähe sein. Warum kann ich sie nicht sehen?

«War das Ihr Freund?», fragt David und deutet auf mein Telefon.

Ich trinke einen Schluck Wein, um Zeit zu gewinnen, damit ich mir etwas überlegen kann. Mein Herz schlägt schneller, und mein Mund ist trocken. Ich nicke und trinke noch einen Schluck, weiche aber seinem Blick aus. Dann bitte ich um die Rechnung und ziehe zwei Zwanziger aus der Brieftasche.

Ich sehe mich nach dem Mann im blauen Hemd um. Aber ich

kann mich nicht dazu überwinden, einfach zu ihm zu gehen und ihn mit irgendeinem plumpen Spruch anzumachen. Ich versuche, mich zu erinnern, was Männer in Bars zu mir gesagt haben, aber mein Kopf ist leer.

Und ich kann nicht einmal seinen Blick auffangen und ihn anlächeln, denn er schaut auf sein Telefon.

David legt mir die Hand auf den Arm, um mich davon abzuhalten, die beiden Zwanziger auf die Theke zu legen. «Lassen Sie mich das erledigen.» Er nickt dem Barkeeper zu. «Noch ein Gin Tonic, Kumpel», sagt er und lehnt sich zurück.

«Nein, ich zahle das», sage ich und schiebe das Geld über die Theke.

«Offen gesagt ist Ihre Rechnung schon beglichen», teilt der Kellner mir mit.

Wieder suche ich die Bar nach Dr. Shields ab und versuche, in die dunklen Sitznischen zu spähen. Aber die anderen Gäste verstellen mir die Sicht.

Trotzdem könnte ich schwören, dass ich die Hitze ihres Blicks spüre.

Ich kenne den zeitlichen Rahmen für Dr. Shields' Anweisungen nicht, daher zwinge ich mich, aufzustehen und mein Glas und mein Telefon zu nehmen. Der Wein schwappt durchs Glas, und ich merke, dass meine Hand wieder zittert.

«Entschuldigung», sage ich. «Aber ich habe gerade gemerkt, dass ich den Mann da kenne. Ich sollte hallo sagen.»

Vielleicht ist das auch die beste Strategie, um den Mann im blauen Hemd anzusprechen. Ich kann so tun, als ob ich ihn kenne. Bloß woher?

David runzelt die Stirn. «Okay, aber danach setzen Sie sich zu mir und meinen Freunden.»

«Klar», erwidere ich.

Der Mann im blauen Hemd hat das Telefon jetzt zur Seite gelegt. Er sitzt allein an einem Tisch für zwei, der an der Wand steht.

Seinen leeren Teller hat er in die Tischmitte geschoben, seine Serviette liegt zusammengeknüllt daneben.

Als ich mich nähere, blickt er auf.

«Hi!» Meine Stimme klingt zu hell.

Er nickt mir zu. «Hallo», sagt er, aber eher wie eine Frage.

«Ähm, ich bin's, Jessica! Was machst du denn hier?»

Ich habe schon oft Leute schlecht schauspielern sehen und weiß, meine Darstellung täuscht niemanden.

Er lächelt, runzelt aber die Stirn.

«Schön, dich zu sehen ... Woher kennen wir uns noch gleich?»

Das Pärchen am Tisch nebenan lauscht ganz offensichtlich. Ich kann das nicht. Verzweifelt starre ich auf den Teppich mit dem Blumenmuster, und mir fällt eine kleine abgetretene Stelle auf. Dann zwinge ich mich, dem Mann wieder in die Augen zu sehen. Jetzt kommt der heikle Teil.

«Haben wir uns nicht bei, äh, Tanyas Hochzeit vor ein paar Monaten kennengelernt?»

Er schüttelt den Kopf. «Nö. Muss irgendein anderer gutaussehender Kerl gewesen sein.»

Aber es klingt, als meinte er das ironisch, daher lache ich matt.

Ich kann nicht einfach so wieder gehen, deshalb unternehme ich einen neuen Versuch.

«Entschuldigung», sage ich leise. «In Wirklichkeit saß ich da an der Theke, und dieser Mann hat mich belästigt, und ich musste da einfach nur weg.» Vielleicht ist mir meine Verzweiflung anzusehen, denn er reicht mir die Hand.

«Ich bin Scott.» Ich kann seinen Akzent nicht einordnen, aber er klingt nach Südstaaten. Er deutet auf den Stuhl ihm gegenüber. «Möchten Sie sich zu mir setzen? Ich wollte mir gerade noch etwas zu trinken bestellen.»

Kaum habe ich mich gesetzt, vibriert mein Telefon, das ich mir auf den Schoß gelegt habe. Ich werfe einen Blick darauf. *Gut gemacht. Weiter so.*

Ich soll diesen höflichen Geschäftsmann dazu bringen, mit mir zu flirten. Also beuge ich mich vor und lege die Ellbogen auf den Tisch, wohl wissend, dass die Wirkung des Styling-Tapes begrenzt ist.

«Danke dafür, dass Sie mich retten», sage ich und sehe ihm in die Augen.

Ich kann den Blickkontakt nicht lange aufrechterhalten; es fühlt sich so künstlich an. Flirten macht Spaß, wenn es sich ergibt und ich mir den Mann selbst ausgesucht habe wie Noah neulich.

Aber das hier ist wie Tanzen ohne Musik. Und obendrein vor Publikum.

Ich wiederhole die Frage, die David mir vorhin stellte: «Und woher kommen Sie?»

Während Scott und ich uns unterhalten, grübele ich, warum Dr. Shields will, dass ich mich mit ihm statt mit David unterhalte. Auf mich wirken sie fast austauschbar. Es kommt mir vor wie eine dieser Rätselaufgaben ganz hinten in manchen Zeitschriften, Original und Fälschung. Aber ich kann keine größeren Unterschiede zwischen den beiden erkennen: Ende dreißig, sauber rasiert, dunkler Anzug.

Weil ich weiß, dass Dr. Shields mich beobachtet, kann ich mich nicht entspannen, aber als ich meinen Wein fast ausgetrunken habe, fließt die Unterhaltung erstaunlich mühelos dahin. Scott ist ein netter Kerl. Er kommt aus Nashville und besitzt einen schwarzen Labrador, den er offenbar über alles liebt.

Er hebt sein Glas und trinkt den letzten Schluck seines bernsteinfarbenen Scotchs.

Und da fällt mir der Unterschied zwischen den beiden Männern auf, das winzige Detail, durch das sich die Bilder unterscheiden.

Davids Ringfinger war nackt.

Scott trägt einen dicken Ehering aus Platin.

KAPITEL ZWEIUNDZWANZIG

Freitag, 7. Dezember

Sie beugt sich vor in ihrem schwarzen Kleid und nimmt seine Hand. Ihr dunkles Haar fällt nach vorn und verdeckt beinahe ihr Profil.

Ein Lächeln breitet sich auf seinem Gesicht aus.

Ab welchem Punkt wird aus einem Flirt ein Betrug?

Zieht man die Grenze, wenn es zu einem Körperkontakt kommt? Oder ist es etwas weniger Greifbares, beispielsweise wenn plötzlich Möglichkeiten in der Luft liegen?

Der heutige Schauplatz, die Bar des Sussex Hotels, ist der Ort, an dem alles begann.

Aber die Besetzung war eine andere.

Thomas schaute an jenem Abend auf einen Drink hier herein, damals, als unsere Ehe noch makellos war. Er traf einen alten Freund vom College, der gerade in der Stadt war und just in diesem Hotel übernachtete. Nach ein paar Cocktails erklärte der Freund, er leide unter einem Jetlag, und Thomas bestand darauf, dass der Freund auf sein Zimmer ging, während er selbst die Rechnung begleichen wollte. Die Großzügigkeit meines Mannes war schon immer eine seiner vielen anziehenden Eigenschaften.

In der Bar war viel los und der Service langsam. Doch Thomas saß bequem an einem Tisch für zwei und hatte keine Eile. Er wusste, dass in unserem Schlafzimmer schon die Verdunkelungsvorhänge zugezogen sein würden und die Temperatur auf kühle achtzehn Grad heruntergeregelt war, obwohl es noch nicht einmal zweiundzwanzig Uhr war.

So war es nicht immer gewesen. Zu Beginn unserer Ehe wurde

Thomas bei der Heimkehr mit einem Kuss und einem Glas Wein begrüßt, gefolgt von angeregten Gesprächen auf der Couch, über einen Vortrag, einen faszinierenden Klienten, einen Wochenendausflug, den wir in Erwägung zogen.

Doch im Lauf unserer Ehe hatte sich etwas verschoben. Das geschieht in allen Beziehungen, wenn die ersten berauschenden Monate einem ruhigeren Zusammenleben weichen. Während die Arbeit immer anspruchsvoller wurde, waren ein Seidennachthemd und frische Bettwäsche aus ägyptischer Baumwolle mit tausend Fäden pro Inch an manchen Abenden verlockender als Thomas. Vielleicht machte ihn dies ... verwundbar.

Die dunkelhaarige Frau war vor dem Kellner, der die Rechnung brachte, bei meinem Mann. Sie nahm den leeren Platz ihm gegenüber ein. Ihre Begegnung endete nicht mit dem Verlassen der Bar; vielmehr gingen sie in ihre Wohnung.

Thomas verlor kein Wort über diesen Fehltritt.

Dann landete jene Textnachricht irrtümlich bei mir: *Bis heute Abend, meine Schöne.*

Freud behauptete, es gebe kein Versehen. Tatsächlich könnte man argumentieren, Thomas habe erwischt werden wollen.

Ich habe nicht danach gesucht. Aber sie hat sich mir an den Hals geworfen. Welcher Mann hätte da widerstehen können?, rechtfertigte sich Thomas in einer unserer Paartherapiesitzungen.

Es wäre so tröstlich, zu glauben, dass seine Reaktion kein Referendum zu unserer Ehe darstellte, sondern er eher einer angeborenen männlichen Anfälligkeit erlegen war.

Heute Abend hat man von der Sitznische am anderen Ende der Bar aus eine zufriedenstellende Sicht. Der Mann mit dem Ehering aus Platin scheint deinem Zauber zu erliegen, Jessica. Seine Körpersprache ist seit deiner Ankunft lebhafter geworden.

Er ist bei weitem nicht so attraktiv wie Thomas, aber er entspricht dem Grundprofil. Ende dreißig, allein und verheiratet.

War dies auch Thomas' erste Reaktion?

Die Verlockung, näher an das Geschehen heranzugehen, das sich nur zwanzig Meter von mir entfernt entfaltet, ist beinahe unwiderstehlich, aber diese Abweichung von der Versuchsanordnung könnte das Ergebnis verfälschen.

Du weißt, dass du beobachtet wirst, doch die eigentliche Testperson, der Mann im blauen Hemd, darf nichts davon bemerken, dass er überwacht wird.

In der Regel modifizieren Testpersonen ihr Verhalten, wenn sie erkennen, dass sie Teil eines Experiments sind. Dies wurde als Hawthorne-Effekt bekannt, benannt nach dem Ort, wo er zum ersten Mal festgestellt wurde, der Hawthorne-Fabrik der Western Electric Company. Eine einfache Studie, mit der man herausfinden wollte, inwiefern die Lichtverhältnisse im Gebäude die Produktivität der Arbeiterinnen beeinflussten, ergab, dass es keine Rolle spielte, ob das Licht besser war. Vielmehr stieg die Produktivität der Arbeiterinnen bei jeder Veränderung der Lichtverhältnisse, genauer gesagt, sobald *irgendeine* Variable verändert wurde. Das brachte die Forscher auf die Hypothese, das Personal ändere sein Verhalten schlicht deshalb, weil den Leuten bewusst war, dass sie unter Beobachtung standen.

Da also Testpersonen diese Neigung haben, können Forscher nur versuchen, diesen Effekt bei ihrer Versuchsanordnung zu berücksichtigen.

Dein Flirten wirkt überzeugend, Jessica. Es scheint ausgeschlossen, dass die Zielperson etwas von ihrer Mitwirkung an diesem Experiment ahnt.

Der Test muss in die nächste Phase übergehen.

Die folgende Anweisung zu tippen, fällt schwer – eine Welle der Übelkeit verzögert kurz die Versendung –, aber sie ist von entscheidender Bedeutung.

Berühren Sie ihn am Arm, Jessica.

In der Szene mit Thomas gab es diesen Fortschritt ebenfalls: eine kurze Liebkosung des Arms, eine weitere Runde Getränke, eine Einladung, die Unterhaltung in der Wohnung der Frau fortzusetzen.

Eine unverhoffte Bewegung an ihrem Tisch stört die Erinnerung an Thomas' falsches Spiel. Der Mann im blauen Hemd steht auf. Du ebenfalls. Dann gehst du in die Lobby, und er folgt einige Schritte hinter dir.

Seit du die Bar betratst, um ihn zu verführen, sind nicht einmal vierzig Minuten vergangen.

Thomas' Verteidigung war schlüssig. Offenbar sind Männer unfähig, sich gegen eine derart unverfrorene Versuchung zu stählen. Sogar verheiratete.

Die Erleichterung, die mit dieser Erkenntnis einhergeht, ist so tief, dass sie eine schwächende Wirkung auf den Körper hat.

Es war alles *ihre* Schuld. Nicht seine.

Auf dem Tisch liegen die Fetzen einer Cocktailserviette, Beleg für die im Zaum gehaltene Nervosität. Sie werden zusammengeschoben. Das bisher unangerührte Glas Mineralwasser auf dem Tisch wird endlich zum Mund geführt.

Nicht lange, und ein Läuten kündigt eine eingehende Nachricht an.

Sie wird gelesen.

Und sofort ist es, als würde die betriebsame, einladende Bar in eisige Stille getaucht.

Es gibt nichts außer diesen drei Zeilen von dir.

Sie werden einmal gelesen.

Dann erneut.

Dr. Shields, ich habe mit ihm geflirtet, aber er hat mich zurückgewiesen. Er sagt, er ist glücklich verheiratet. Er ist auf sein Zimmer gegangen, und ich bin in der Hotellobby.

KAPITEL DREIUNDZWANZIG

Freitag, 7. Dezember

Gesagt zu bekommen, man solle einen Mann abschleppen, und dafür bezahlt zu werden, ist, als würde man sich prostituieren.

Als ich in der Lobby darauf warte, dass Dr. Shields auf meine Nachricht antwortet, zittere ich wieder. Diesmal allerdings vor Wut.

Hat sie wirklich erwartet, dass ich mit Scott auf sein Zimmer gehe? Bestimmt hat sie das angenommen, weil ich bei ihrer blöden Befragung von meinen One-Night-Stands erzählt hatte.

Die Pumps drücken, und ich hebe abwechselnd die linke und die rechte Ferse an.

Ich habe ihr schon vor mehreren Minuten eine Nachricht geschickt, aber bisher hat sie nicht geantwortet. Jetzt sieht die Rezeptionistin zu mir, und ich fühle mich noch deplatzierter als bei meiner Ankunft.

Unfassbar, dass Dr. Shields mich in diese Lage gebracht hat. Nicht etwa, weil es gefährlich, sondern weil es demütigend war. Ich habe gesehen, wie David und seine Freunde mich musterten, als ich mit Scott die Bar verließ. Und ich habe gesehen, wie Scott mich ansah, bevor er aufstand.

«Kann ich Ihnen irgendwie behilflich sein?»

Die Rezeptionistin ist hinter ihrer Theke hervorgekommen und steht jetzt neben mir. Sie lächelt, aber ich lese in ihrem Blick, was ich schon weiß: Ich gehöre nicht hierher mit meinem Sechzigdollarkleid aus dem Sale und meinen Diamantimitatohrringen.

«Ich will nur ... ich warte auf jemanden», sage ich.

Sie hebt die Augenbrauen.

Ich verschränke die Arme. «Ist das ein Problem?»

«Natürlich nicht. Möchten Sie sich vielleicht setzen?» Sie deutet auf das Sofa am Kamin.

Wir wissen beide, was ihre Gastfreundlichkeit nur knapp verbrämt. Wahrscheinlich hält auch sie mich für eine Nutte.

Ich höre Absätze über das Parkett klappern, drehe mich um und sehe Dr. Shields auf mich zueilen. Und obwohl ich mich über das, was sie mir gerade angetan hat, ärgere, kann ich nicht anders, als ihre Schönheit zu bewundern: ihr Haar, das zu einem eleganten Dutt hochgesteckt ist, ihr schwarzes Seidenkleid und ihre schlanken, unfassbar langen Beine. Sie ist alles, was ich heute Abend zu sein versucht habe.

«Hallo», ruft sie freundlich. Als sie bei uns ist, legt sie mir die Hand auf den Arm, als beanspruchte sie mich für sich. Ich sehe, wie sie auf das Namensschild der Frau sieht. «Ist hier alles in Ordnung, Sandra?»

Das Verhalten der Angestellten verwandelt sich. «Oh, ich habe Ihrer Freundin nur einen Platz am Kamin angeboten, wo es angenehmer ist.»

«Wie aufmerksam», sagt Dr. Shields. Doch in ihrem Tonfall liegt ein subtiler Tadel, und die Rezeptionistin zieht sich zurück.

«Sollen wir dann?», fragt Dr. Shields, und einen Moment glaube ich, sie wollte gehen. Doch sie geht voran zum Sofa.

Aber anstatt mich zu setzen, bleibe ich stehen. Obwohl ich bewusst leise spreche, sind meine Gefühle mir anzuhören. «Was sollte das alles?»

Falls Dr. Shields überrascht ist, lässt sie es sich nicht anmerken. Sie klopft auf das Polster neben sich. «Bitte setzen Sie sich, Jessica.»

Ich sage mir, ich täte es nur, weil ich Dr. Shields' Erklärung hören möchte. Aber in Wahrheit fühle ich mich zu ihr hingezogen.

Sobald ich neben ihr sitze, rieche ich ihr sauberes, würziges Parfüm.

Dr. Shields schlägt die Beine übereinander und faltet die Hände im Schoß. «Sie wirken sehr erregt. Würden Sie mir sagen, wie diese Erfahrung für Sie war?»

«Es war furchtbar!» Unerwartet bricht meine Stimme, und ich schlucke schwer. «Dieser Mann, Scott, wer war das?»

Dr. Shields zuckt einmal mit den Schultern. «Ich habe keine Ahnung.»

«Er gehörte gar nicht dazu?»

«Er ist austauschbar», sagt Dr. Shields leichthin und distanziert, beinahe so, als hielte sie sich an ein Drehbuch. «Ich brauchte einen Mann mit einem Ehering, der im Rahmen meiner Studie zu Moral und Ethik getestet werden sollte. Ich habe ihn aufs Geratewohl ausgewählt.»

«Sie haben mich als Köder benutzt? Um einen fremden Mann zu täuschen?» Ich spreche zu laut für diese stille, friedliche Hotellobby.

«Es war eine wissenschaftliche Aufgabe. Ich habe Ihnen gesagt, dass es in dieser Phase meiner Studie praktische Situationen geben würde.»

Ich verstehe nicht mehr, wie ich je auf die Idee gekommen bin, wir könnten zusammen zu Abend essen. Wem habe ich etwas vorgemacht? Ich arbeite für sie.

Jetzt schnürt es mir nicht mehr die Kehle zu, aber ich kann meine Wut nicht loslassen. Und ich will es auch nicht, denn sie verleiht mir endlich den Mut, Fragen zu stellen.

«Aber haben Sie wirklich erwartet, dass ich mit ihm aufs Zimmer gehe?», entfährt es mir.

Dr. Shields reißt die Augen auf. Ich glaube, eine solche Überraschung kann man nicht vortäuschen.

«Selbstverständlich nicht, Jessica. Ich habe Ihnen lediglich gesagt, Sie sollten mit ihm flirten. Wie kommen Sie auf diese Idee?»

Sofort komme ich mir töricht vor. Ich senke den Blick auf meine Füße, denn ich kann ihr nicht in die Augen sehen. Meine Annahme war völlig überzogen.

Doch Dr. Shields klingt nicht verurteilend, nur freundlich. «Ich habe Ihnen versprochen, dass Sie immer die vollständige Kontrolle über die Situation behalten. Ich würde Sie niemals in Gefahr bringen.»

Dann spüre ich eine kurze, zarte Berührung an meiner Hand. Obwohl wir am Kamin sitzen, sind ihre Finger kalt.

Ich atme ein paarmal tief durch, starre aber weiter auf das Fischgrätenmuster des Parkettbodens.

«Ihnen macht noch etwas anderes Sorgen», sagt sie.

Ich zögere, dann sehe ich ihr in die kühlen blauen Augen. Diesen Teil hatte ich ihr eigentlich nicht erzählen wollen. Schließlich sprudelt es aus mir heraus: «Bevor er weggegangen ist ... hat er mich ‹Süße› genannt.»

Darauf erwidert Dr. Shields nichts, aber ich weiß, sie hört mir so aufmerksam zu wie noch niemand zuvor.

Meine Augen füllen sich mit Tränen. Ich blinzele mehrmals, bevor ich weiterspreche.

«Da war dieser Mann ...» Ich zögere, atme tief durch und fahre dann fort. «Ich habe ihn vor ein paar Jahren kennengelernt, und zuerst fand ich ihn toll. Sie haben vielleicht schon von ihm gehört, er ist mittlerweile ein bekannter Theaterregisseur. Gene French.»

Sie nickt kaum merklich.

«Ich war als Visagistin für eine seiner Produktionen eingestellt. Das war eine große Sache für mich. Er war immer total nett zu mir, obwohl ich ein Niemand war. Als der Theaterzettel gedruckt war, hat er mir meinen Namen darauf gezeigt und gesagt, das sollte ich feiern, das Leben sei oft so schwer, da sollten wir die Erfolge würdigen.»

Dr. Shields sitzt völlig reglos da.

«Er hat ... mir etwas angetan», sage ich.

Wieder sehe ich die Bilder vor mir, die ich offenbar einfach nicht löschen kann: Ich, wie ich mein T-Shirt über meinen BH hochziehe, während Gene ein paar Schritte entfernt dasteht und mich beobachtet. Ich, die sagt: *Ich sollte jetzt wirklich gehen.* Gene, der sich zwischen mich und die geschlossene Tür seines Büros stellt. Seine Hand, die zu seiner Gürtelschnalle wandert. Seine Antwort: *Noch nicht, Süße.*

«Er hat mich nicht angefasst, aber ...» Ich schlucke schwer. «Er sagte, eine Requisite würde vermisst, eine teure Halskette. Er hat von mir verlangt, mein T-Shirt hochzuziehen, um zu beweisen, dass ich sie nicht trug.» Ein eisiger Schauder überläuft mich am ganzen Körper, als ich mich daran erinnere, wie ich in diesem beengten, dämmrigen Raum stand und versuchte, ihn und das, was er mit sich selbst anstellte, bloß nicht anzusehen, bis er fertig war und mich entließ.

«Ich hätte mich weigern müssen, aber er war mein Chef. Und er hat es so nüchtern gesagt, als wäre es keine große Sache.» Ich sehe Dr. Shields in die hellblauen Augen, und es gelingt mir, das Bild abzuschütteln. «Dieser Mann, Scott, hat mich kurz an ihn erinnert. Die Art, wie er ‹Süße› gesagt hat.»

Dr. Shields schweigt. Dann sagt sie sanft: «Es tut mir leid, dass Ihnen das widerfahren ist.»

Wieder berührt sie meine Hand, so leicht wie ein Schmetterling.

«Sind Sie deshalb nicht an einer ernsthaften Beziehung interessiert?», fragt sie. «Es ist nicht ungewöhnlich, dass eine Frau sich zurückzieht oder ihre Beziehungsmuster ändert, nachdem sie einen solchen Übergriff erlitten hat.»

Übergriff. So habe ich das nie betrachtet. Aber sie hat recht.

Plötzlich fühle ich mich so ausgelaugt wie nach unserer ersten Sitzung. Mit den Fingerspitzen massiere ich mir die Schläfen.

«Sie müssen erschöpft sein», sagt Dr. Shields, als könnte sie in mich hineinsehen. «Auf mich wartet ein Wagen. Lassen Sie sich nach Hause fahren. Ich laufe sowieso lieber. Schicken Sie mir eine Nachricht oder rufen Sie an, falls Sie am Wochenende reden möchten.»

Sie steht auf, und ich tue es ihr nach. Ich bin eigenartig enttäuscht. Noch vor wenigen Minuten war ich wütend auf sie, doch jetzt möchte ich nicht, dass sie mich allein lässt.

Gemeinsam gehen wir zum Ausgang, und ich sehe die schwarze Limousine am Straßenrand stehen. Der Fahrer geht um den Wagen herum, um die hintere Tür zu öffnen, und Dr. Shields sagt ihm, er solle mich fahren, wohin ich möchte.

Ich lasse mich auf den Sitz sinken und lehne den Kopf an das weiche Leder, während der Fahrer wieder nach vorn geht. Dann höre ich ein leises Klopfen am Fenster und lasse es herunter.

Dr. Shields lächelt mich an. Ihre Silhouette zeichnet sich vor den hellen Lichtern der Stadt ab. Ihr Haar ist wie eine feurige Aura, doch ihre Augen sind überschattet, und ich kann ihren Gesichtsausdruck nicht erkennen.

«Fast hätte ich es vergessen, Jessica», sagt sie und drückt mir ein gefaltetes Stück Papier in die Hand. «Danke.»

Ich sehe den Scheck an, und es widerstrebt mir eigenartig, ihn auseinanderzufalten.

Vielleicht ist das alles für Dr. Shields bloß ein Geschäft. Aber wofür genau werde ich jetzt bezahlt? Für meine Zeit, fürs Flirten, für das, was ich ihr gerade erzählt habe? Oder für etwas ganz anderes?

Ich weiß nur, dass ich mich schmutzig fühle.

Während der Wagen losfährt und die Räder beinahe geräuschlos über den Asphalt rollen, falte ich den Scheck langsam auseinander.

Entgeistert starre ich den Betrag an.

Es sind siebenhundertfünfzig Dollar.

KAPITEL VIERUNDZWANZIG

Samstag, 8. Dezember

Samstagabend. Bei den meisten Paaren der Ausgeh-Abend.

Üblicherweise war das auch bei uns so: Abendessen in Michelin-Sternerestaurants, Symphoniekonzerte, ein gemächlicher Besuch im Whitney Museum. Doch nach seiner fehlgegangenen Textnachricht zog Thomas aus, und diese gemeinsamen Abende fanden ein Ende. Im Anschluss an die Eheberatung, die Entschuldigungen und Versprechungen wurden sie allmählich wiederaufgenommen, nunmehr allerdings mit dem Schwerpunkt Wiederaufbau der Beziehung.

Anfangs war die Atmosphäre ein wenig verkrampft. Wenn du uns von außen beobachtet hättest, Jessica, hättest du möglicherweise angenommen, dass sich da eine neue Beziehung anbahnte, was in gewisser Weise ja auch der Fall war. Körperkontakt wurde auf ein Mindestmaß beschränkt. Thomas war beflissen, beinahe übertrieben: Er kam mit Blumen, eilte stets voraus, um mir die Tür aufzuhalten, und sah mich unablässig bewundernd an.

Seine Werbung um mich war sogar leidenschaftlicher als beim ersten Mal. Zuweilen hatte sie etwas Verzweifeltes, beinahe Ängstliches. Als hätte er schreckliche Angst vor dem Verlust unserer Beziehung.

Mit der Zeit wurde die Interaktion entspannter. Unterhaltungen waren weniger steif. Hände fanden einander auf dem Tisch, sobald die Teller abgeräumt waren.

Heute Abend, gerade einmal vierundzwanzig Stunden nach dem Experiment im Hotel, sind diese Fortschritte zurückgesetzt. Ganz offensichtlich sind nicht alle Männer empfänglich für die Aufmerksamkeiten einer schönen jungen Frau. Der Mann im blauen Hemd hat dir widerstanden, Jessica, doch Thomas war nicht immun, als sich die Gelegenheit bot.

Infolgedessen wurde eine unsichtbare Agenda für die Begegnung mit Thomas am heutigen Samstagabend erarbeitet.

Ein intimer Schauplatz, das einst gemeinsame Haus, wird ausgewählt, um Ablenkungen wie einen arroganten Kellner oder eine ausgelassene Sechsergruppe am Nebentisch auszuschließen. Das Menü ist wohldurchdacht: eine Flasche Dom Pérignon vom selben Jahrgang wie bei unserer Verlobungsfeier, Malpeque-Austern, Lammkarree, Rahmspinat und Rosmarin-Drillinge aus dem Backofen. Zum Dessert eine Variation von Thomas' Lieblingssüßspeise: Schokoladentorte.

Üblicherweise wird diese Torte in einer Patisserie auf der West Tenth Street gekauft. Diesmal jedoch wurden die Zutaten dafür in zwei separaten Feinkostgeschäften erworben.

Auch mein Erscheinungsbild heute Abend weicht vom Üblichen ab. Du selbst, Jessica, hast demonstriert, wie verführerisch ein rauchiger Lidschatten und ein beigefarbener Eyeliner bei sachkundiger Anwendung sein können.

Das Make-up liegt auf dem Schminktisch, neben meinem Telefon. Das Gerät erinnert mich an etwas: Eine besorgte Nachricht oder ein Anruf ist angemessen nach einem Vorfall, der einer Bekannten oder Freundin an die Nieren ging.

Jessica, ich wollte mich nur vergewissern, dass es Ihnen nach dem Vorfall gestern Abend bessergeht. Ich melde mich.

Eine weitere Zeile ist nötig. Ein Moment des Nachdenkens. Dann wird sie getippt und die Nachricht abgeschickt.

KAPITEL FÜNFUNDZWANZIG

Samstag, 8. Dezember

Wenn Sie mich brauchen, bin ich immer da.

Dr. Shields' Nachricht traf ein, als ich gerade das Gebäude betrat, in dem Noah wohnt, um seinen berühmten French Toast zu probieren. Sofort begann ich, eine Antwort zu tippen, aber dann löschte ich sie wieder und schob das Telefon zurück in die Handtasche. Im Aufzug strich ich mir übers Haar und spürte die Feuchtigkeit, die die Schneeflocken hinterlassen hatten.

Als ich jetzt auf einem Hocker in Noahs Küche sitze und ihm beim Öffnen einer Flasche Prosecco zusehe, wird mir klar, dass ich ihr zum ersten Mal nicht unmittelbar geantwortet habe. Heute Abend will ich nicht an Dr. Shields und ihre Experimente denken.

Ich merke gar nicht, dass ich die Stirn runzele, bis Noah fragt: «Taylor? Alles okay?»

Ich nicke und versuche, mir mein Unbehagen nicht anmerken zu lassen. Meine erste Begegnung mit Noah im Lounge, bei der ich mich ihm unter falschem Namen vorstellte und später auf seiner Couch einschlief, scheint schon eine Ewigkeit her zu sein.

Ich wünschte, ich könnte diese Entscheidung rückgängig machen. Sie kommt mir unreif vor – schlimmer noch, sie wirkt gemein.

«Also ...», setze ich an. «Ich muss dir was sagen. Es ist irgendwie eine komische Geschichte.»

Noah hebt eine Augenbraue.

«In Wirklichkeit heiße ich nicht Taylor ... ich heiße Jess.» Ich lache nervös auf.

Er wirkt nicht amüsiert. «Du hast mir einen falschen Namen genannt?»

«Hätte doch sein können, dass du ein Irrer bist», rechtfertige ich mich.

«Im Ernst? Du bist mit zu mir gegangen.»

«Stimmt.» Ich atme tief durch. Mit seinen nackten Füßen und dem Geschirrhandtuch, das er in den Bund seiner ausgeblichenen Jeans gesteckt hat, sieht er schnuckeliger aus, als ich ihn in Erinnerung habe. «Es war ein total schräger Tag, und ich konnte wohl einfach nicht mehr klar denken.»

Ein schräger Tag. Wenn er wüsste, was für eine Untertreibung das ist. Ich kann kaum glauben, dass ich Noah am selben Wochenende kennengelernt habe, an dem ich mich auch in die Studie geschmuggelt habe. Dieser zu stille Seminarraum, die Fragen, die über den Computerbildschirm krochen, das Gefühl, dass Dr. Shields irgendwoher meine intimsten Gedanken kannte ... Und dennoch ist es seither nur noch seltsamer geworden.

«Es tut mir leid.»

«Jess», sagt Noah endlich.

Er reicht mir ein Glas Prosecco.

«Ich mag keine Spielchen.» Er hält meinen Blick fest, dann nickt er beinahe unmerklich.

Ehe ich es unterdrücken kann, schießt mir durch den Kopf, dass ich gerade einen Test bestanden habe. Vor ein paar Wochen wäre mir ein solcher Gedanke nicht gekommen.

Ich trinke einen Schluck Prosecco. Die spritzig-süßen Bläschen sind meiner Kehle willkommen.

«Ich bin froh, dass du jetzt ehrlich bist», sagt Noah nach einer Weile.

Eine der Anweisungen, die bei Beginn der Studie auf mich warteten, besagte, ich müsse ehrlich sein. Sogar wenn ich bewusst versuche, Dr. Shields aus meinen Gedanken herauszuhalten, schleicht sie sich wieder hinein.

Noah legt sich die Zutaten auf der Arbeitsplatte zurecht, und ich trinke einen Schluck. Noch immer habe ich das Gefühl, dass er eine ausführlichere Entschuldigung verdient hätte, aber ich weiß nicht, was es sonst zu sagen gäbe.

Ich sehe mich in seiner kleinen, blitzsauberen Küche um und bemerke die gusseiserne Pfanne auf dem Herd neben einem grünen Steinmörser und einem Standmixer aus rostfreiem Stahl.

«Also ist BREAKFAST ALL DAY dein Restaurant?»

«Ja. Oder jedenfalls sobald die Finanzierung durch ist. Das Lokal habe ich mir schon ausgesucht, jetzt warte ich nur noch darauf, dass der Papierkram durchgeht.»

«Hey, das ist ja cool.»

Er schlägt Eier auf und verquirlt sie in einer Schüssel, während er in einem dünnen Rinnsal Milch zugibt, hält kurz inne, um die Grillpfanne mit der darin schäumenden Butter zu schwenken, und gibt dann Zimt und Salz zu den Eiern.

«Meine Geheimzutat», sagt er und hält eine Flasche Mandelextrakt in die Höhe. «Du hast keine Nussallergie, oder?»

«Nö.»

Er rührt einen Teelöffel davon unter, dann taucht er eine dicke Scheibe Challa-Brot in die Eimasse.

Als das Brot mit einem leisen Zischen in der Pfanne landet, steigt ein Duft auf, bei dem mir das Wasser im Munde zusammenläuft. Es gibt keine bessere Kombination als frisches Brot, warme Butter und Zimt, wird mir klar. Mein Magen knurrt.

Noah ist ein ordentlicher Koch, der zwischendurch schon wieder klar Schiff macht: Die Eierschalen landen sofort im Mülleimer, ein paar Milchtropfen auf der Arbeitsplatte werden mit dem Geschirrtuch aufgetupft, und die Gewürze kommen gleich zurück in ihre Schublade.

Während ich ihm zusehe, kommt es mir so vor, als bildete sich ein Puffer zwischen mir und der Anspannung, die ich mit mir herumgetragen habe. Sie ist nicht weg, aber zumindest wird mir eine Atempause gewährt.

Vielleicht ist dies die Art von Verabredung, die viele Frauen meines Alters samstags erleben; ein ruhiger Abend mit einem netten Kerl. Das sollte eigentlich nicht weiter bemerkenswert sein. Das Seltsame ist, dass wir uns schon geküsst haben, dieser Abend aber trotzdem intimer wirkt als ein körperlicher Akt. Obwohl wir uns zufällig in einer Bar begegnet sind, scheint Noah mein wahres Ich kennenlernen zu wollen.

Aus einer anderen Schublade holt er Platzdeckchen und echte Stoffservietten, dann nimmt er zwei Teller aus einem Schrank. Auf jeden Teller lässt er je zwei Scheiben goldbraunen French Toast gleiten und garniert sie mit frischen Brombeeren. Dass er den Sirup in einem Stieltopf erwärmt hat, merke ich erst, als er ihn großzügig über unseren Toast verteilt.

Während ich das Essen, das er mir serviert hat, betrachte, überkommen mich Gefühle, die ich nicht auf Anhieb einordnen kann. Außer meiner Mutter bei meinen Besuchen zu Hause hat seit Jahren niemand mehr für mich gekocht.

Ich esse den ersten Bissen und stöhne. «Das ist wirklich das Beste, was ich je gegessen habe.»

Eine Stunde später ist die Flasche Prosecco leer, und wir unterhalten uns immer noch. Allerdings sind wir ins Wohnzimmer aufs Sofa umgezogen.

«Nächste Woche fahre ich zu Chanukka nach Westchester zu meiner Familie», erzählt er. «Aber vielleicht können wir Sonntagabend etwas unternehmen, wenn ich wieder da bin.»

Ich beuge mich zu ihm, gebe ihm einen Kuss und schmecke den süßen Sirup auf seinen Lippen. Als ich den Kopf an seine verlässliche Brust lehne und er die Arme um mich legt, spüre ich etwas, was ich seit Monaten oder vielleicht sogar Jahren nicht mehr empfunden habe. Ich brauche einen Moment, bis ich es benennen kann: Zufriedenheit.

KAPITEL SECHSUNDZWANZIG

Samstag, 8. Dezember

Thomas erscheint fünf Minuten zu früh. Pünktlichkeit ist eine der neuen Gewohnheiten, die anzunehmen er sich offenbar bemüßigt fühlt.

Seine breiten Schultern füllen den Türrahmen, und auf seinem Gesicht breitet sich ein Lächeln aus. Der erste Schneefall dieses Winters hat gerade eingesetzt, und in seinem blonden Haar funkeln Kristalle. Er trägt es ein wenig länger als sonst.

Thomas überreicht mir einen Strauß roter Ballerina-Tulpen und erhält zum Dank einen langen Kuss. Seine Lippen sind kalt, und er schmeckt nach Pfefferminz. Er will die Hände um mich legen und diesen intimen Moment ausdehnen.

«Das genügt», wird ihm beschieden, und er wird spielerisch fortgeschoben.

Er tritt die feuchten Schuhe auf der Fußmatte ab und kommt herein.

«Es riecht köstlich.» Er senkt kurz den Blick. «Ich habe deine Kochkünste vermisst.»

Sein Mantel wird in den Garderobenschrank neben die dünneren Jacken gehängt, die er bei wärmerem Wetter trägt. Er wurde nie aufgefordert, diese Kleidungsstücke zu entfernen, und zwar nicht nur, weil er so abrupt auszog. Der Frühling symbolisiert Hoffnung, Erneuerung. Das Vorhandensein seiner Habe diente dem gleichen Zweck.

Thomas trägt den Pullover, der die Goldfleckchen in seinen grünen Augen betont. Er weiß, dass es eins meiner Lieblingsstücke ist.

«Du siehst schön aus», sagt er und fährt mit den Fingern so

sanft durch eine lange, lose Locke meines Haars, dass seine Berührung kaum wahrnehmbar ist.

Meine taupe- und lavendelfarbene Kleidung wurde gegen eine schwarze Wildlederhose und ein kobaltblaues Spaghettiträgertop eingetauscht, wobei unter der oberschenkellangen schwarzen Strickjacke aus feiner Merinowolle nur ein Hauch Farbe zu sehen ist.

Thomas nimmt auf einem Hocker an der Kücheninsel aus Marmor mit der eingebauten Kochfläche Platz. Die Austern liegen auf Eis, der Champagner wird aus dem Kühlschrank geholt.

«Wärst du so lieb?»

Er sieht aufs Etikett und lächelt. «Toller Jahrgang.»

Der Korken löst sich mit einem leisen Knall, und Thomas füllt zwei zarte Flöten.

Ein Toast wird ausgebracht: «Auf zweite Chancen.»

Überraschung und Freude prallen in Thomas' Gesicht aufeinander.

«Du ahnst ja nicht, wie glücklich mich das macht.» Seine Stimme klingt eine Spur heiserer als sonst.

Eine schiefergraue Muschel wird vom Eis genommen und ihm gereicht. «Hungrig?»

Er nickt, während er sie entgegennimmt. «Halb verhungert.»

Das Lamm wird aus dem Ofen geholt und auf die Arbeitsplatte gestellt. Die Kartoffeln benötigen noch ein paar Minuten länger. Thomas mag sie lieber ein wenig knusprig.

Während der Champagner und die Austern genossen werden, fließt die Unterhaltung mühelos dahin. Dann erklingt, als Thomas gerade die Servierplatte mit dem Lamm zum Esstisch trägt, ein lauter Benachrichtigungston. Er stellt die Platte ab und greift in die Tasche nach seinem Telefon.

«Musst du da nachsehen?» Es ist von entscheidender Bedeutung, dass die Frage nicht die Spur vorwurfsvoll klingt.

Thomas kehrt bloß in die Küche zurück und legt das Telefon

mit dem Display nach unten auf die Kücheninsel. Nur wenige Zentimeter neben die Torte.

«Der einzige Mensch, dem ich jetzt Aufmerksamkeit schenken möchte, bist du», sagt er.

Dann bringt er den dekantierten Rotwein an den Tisch und wird mit einem aufrichtigen Lächeln belohnt.

Thomas' Blumen werden in die Vase in der Mitte des Tischs gestellt. Kerzen werden angezündet. Nina Simones sinnliche Stimme erfüllt den Raum.

Thomas' Weinglas wird zweimal nachgefüllt. Seine Wangen röten sich ein wenig, seine Gesten werden ausladender.

Thomas reicht einen Bissen von seinem Lamm herüber: «Das ist das beste Stück.»

Unsere Blicke verschränken sich.

«Du wirkst verändert heute Abend», sagt er und streckt die Hand aus.

«Vielleicht weil wir wieder zusammen in diesem Haus sind.»

Ihm wird ein weiterer kurzer Kuss gewährt, dann wird der Kontakt unterbrochen.

«Hast du noch einmal von diesem Privatdetektiv gehört, Liebling?»

Seine Frage kommt scheinbar aus heiterem Himmel; sie wirkt wie ein Misston an diesem romantischen Abend. Andererseits war Thomas immer schon fürsorglich. Er weiß, wie sehr die E-Mail des Privatdetektivs, den die Familie von Testperson 5 beauftragt hatte, mich verstörte.

Dies ist nicht das erste Mal, dass er sich erkundigt, ob der Privatdetektiv einen weiteren Kontaktversuch unternommen hat.

«Nicht mehr, seit ich ihm geantwortet habe, dass ich nicht gegen die Schweigepflicht verstoßen werde, indem ich meine Notizen über sie herausgebe.»

Thomas nickt beifällig. «Du tust das Richtige. Die Privatsphäre des Klienten ist unantastbar.»

«Danke.»

Der unerfreulichen Erinnerung wird ausgewichen; die Agenda des heutigen Abends ist bereits komplex genug.

Es ist Zeit, den gläsernen Tortenständer auf den Tisch zu stellen.

Ihm wird ein großzügiges sieben Zentimeter breites Stück serviert.

Seine Gabel schneidet durch die schwere dicke Creme. Dann führt er die Schokoladenköstlichkeit zum Mund.

Er schließt die Augen. Kostet. «Mmmm. Ist die von Dominique?»

«Nein, La Patisserie», wird ihm gesagt.

«Köstlich. Eigentlich bin ich schon viel zu satt.»

Eine Pause.

«Du trainierst es dir morgen im Studio wieder ab.»

Er nickt und isst noch einen Bissen. «Isst du nichts davon?»

«Doch, natürlich.»

Die Torte zergeht auf der Zunge. Niemand käme darauf, dass sie nicht in einer Konditorei gekauft wurde, ebenso wie niemand die beiden Haselnüsse herausschmecken würde, die gemahlen in den Teig gegeben wurden.

Als Thomas' Teller leer ist, lehnt er sich zurück.

Doch hier darf er nicht bleiben. Ihm wird eine Hand gereicht. «Komm.»

Er wird zu einem kleinen Zweisitzer in der Bibliothek geführt und mit einem Glas Portwein von Dalva versorgt. Es ist gemütlich hier mit dem Steinway-Klavier und dem Gaskamin. Sein Blick wandert durch den Raum und fällt auf Originalgemälde von Wyeth und Sargent, die skurrile Bronzeskulptur eines Motorrads und schließlich den Silberrahmen mit dem Foto, das mich als Teenager auf Folly, der Fuchsstute, auf unserem Anwesen in Connecticut zeigt; unter meinem Reithelm lugt mein rotes Haar hervor. Im rechten Winkel dazu steht ein Foto von unserem Hochzeitstag.

Thomas trug einen Smoking, der speziell für die Hochzeit gekauft worden war, da er seit dem Highschool-Abschlussball keinen mehr getragen hatte. Das Brautkleid mit dem Spitzenoberteil und dem Tüllrock war maßgeschneidert. Mein Vater musste einen Geschäftskontakt bitten, bei Vera Wang einen Gefallen einzufordern, weil es so kurzfristig war.

Den tiefen Ausschnitt am Rücken meines Kleides, der fast bis zum Po ging, missbilligte mein Vater, aber es war zu spät, um das Kleid ändern zu lassen. Als Kompromisslösung wurde während der Trauung in der St. Luke's Church, in die meine Mutter und mein Vater nach wie vor gehen, ein langer Schleier getragen.

Auf dem Foto rahmen unsere Eltern uns ein. Thomas' Familie war zwei Tage vor der Hochzeit mit dem Flugzeug aus einer Kleinstadt in der Nähe von San Jose, Kalifornien, angereist. Wir waren uns erst ein Mal begegnet. Thomas rief seine Eltern pflichtschuldig jede Woche an, doch er stand ihnen und seinem älteren Bruder Kevin, der als Vorarbeiter auf dem Bau arbeitete, nicht sonderlich nahe.

Mein Vater blickt ernst auf diesem Foto.

Vor seinem Heiratsantrag war Thomas zum Anwesen meiner Eltern in Connecticut gefahren und hatte um meine Hand angehalten. Er hatte es vor mir verheimlicht. Thomas war gut darin, Geheimnisse zu bewahren.

Mein Vater wusste dieses Zugeständnis an die Traditionen zu schätzen. Er klopfte Thomas auf den Rücken, und sie feierten mit Brandy und Arturo-Fuente-Zigarren. Am folgenden Morgen jedoch verlangte mein Vater, ich solle mit ihm zu Mittag essen.

Er stellte nur eine Frage. Sie war direkt, wie es seinem Wesen entsprach. Er stellte sie, noch bevor wir unsere Bestellung aufgaben: «Bist du sicher?»

«Ja.»

Liebe ist eine Emotion, doch meine Symptome waren in hohem Maße körperlich: Die bloße Erwähnung von Thomas' Namen weckte ein Lächeln, meine Schritte waren beschwingt, sogar meine Körperkerntemperatur – die seit meiner Kindheit durchweg mit 35,7 Grad gemessen worden war, weit unter dem Durchschnitt von 37 Grad – stieg um ein Grad an.

Nun wechselt die Musik zu «Tonight» von John Legend.

«Lass uns tanzen.»

Thomas' Blick folgt dem Weg meiner Strickjacke, die von meinen Schultern auf den Zweisitzer gleitet. Er steht auf und massiert sich mit einer Hand den Nacken.

Dies ist eine vertraute Geste.

Er wirkt eine Spur blasser als gewöhnlich.

Unsere Körper passen nahtlos zusammen, genau wie in unserer Hochzeitsnacht. Es ist, als wäre die Erinnerung daran für immer in unseren Muskeln gespeichert.

Der Song endet. Thomas nimmt die Brille ab, dann presst er Daumen und Zeigefinger auf seine Schläfen. Er verzieht das Gesicht.

«Fühlst du dich unwohl?»

Er nickt. «Glaubst du, in der Torte könnten Nüsse gewesen sein?»

Er ist nicht in Gefahr, seine Allergie ist nicht lebensbedrohlich. Allerdings wird sie schon von kleinsten Spuren von Nüssen ausgelöst.

Die einzige Nebenwirkung sind schwere Kopfschmerzen. Alkohol verstärkt diese Reaktion.

«Ich habe in der Patisserie extra nachgefragt ...» Ich breche ab. «Ich hole dir ein Glas Wasser.»

Fünf Schritte in Richtung Küche, wo sein Handy nach wie vor auf der Arbeitsplatte liegt.

Jetzt wird Thomas näher zur Treppe positioniert.

Dies ist wichtig. So wird er eher geneigt sein, zu denken, seine nächsten Schritte seien aus eigenem Antrieb erfolgt und nicht das Resultat einer subtilen Manipulation.

«Möchtest du eine Paracetamol? Sie sind im Medizinschrank oben.»

«Danke. Bin gleich wieder da.»

Seine schweren Schritte ertönen auf der Treppe und dann direkt über meinem Kopf, als er aufs Schlafzimmer zugeht.

Sein Weg wurde vorab mit der Stoppuhr abgelaufen. Thomas wird aller Wahrscheinlichkeit nach zwischen sechzig und neunzig Sekunden beschäftigt sein. Hoffentlich genügt das, um die gewünschten Informationen zu beschaffen.

Eine der ersten Fragen in meiner Moralstudie: **_Würden Sie jemals die Textnachrichten Ihres Ehemanns / Partners lesen?_**

Üblicherweise verwendet Thomas den Monat und den Tag seiner Geburt als Passwort. Es ist unverändert.

«Lydia? Die Paracetamol sind nicht im Medizinschrank.» Seine Stimme dringt vom oberen Treppenabsatz herunter.

Meine Schritte sind eilig, doch als meine Stimme ihn von der untersten Stufe erreicht, klingt sie fest und seelenruhig.

«Bist du sicher? Ich habe gerade erst welche gekauft.»

Die Paracetamol _sind_ im Medizinschrank, allerdings hinter einer Schachtel mit einer neuen Hautcreme versteckt. Es ist mehr als ein flüchtiger Blick vonnöten, um sie zu finden.

Ein Knarren der Dielen belegt, dass er wieder aufs Schlafzimmer zugeht.

Sein Glas Wasser wird beschafft. Dann wird das grüne Telefon-Icon berührt. Die letzten Nachrichten und Telefonate werden durchgesehen.

Die Kamera-App meines Telefons ist bereits aufgerufen.

Rasch, aber sorgfältig wird die lange Liste mit Thomas' letzten Telefonaten abgelichtet. Seine Textnachrichten scheinen völlig unauffällig zu sein und werden ignoriert.

Jedes Foto wird sofort begutachtet, um sicherzustellen, dass die digitalen Beweise scharf sind. Die Qualität darf nicht der Eile zum Opfer fallen.

Es ist absolut still im Haus. Zu still?

«Thomas? Alles in Ordnung?»

«Ja», ruft er.

Vielleicht drückt er sich einen kalten Waschlappen auf die Pulspunkte.

Weitere Fotografien werden angesammelt und dokumentieren etwa fünfunddreißig Telefonate. Einigen Nummern sind Kontakte mit bekannten Namen zugeordnet: Thomas' Zahnarzt, sein Squash-Partner, seine Eltern. Andere, insgesamt acht, sind nicht vertraut. Sie haben alle New Yorker Vorwahlen.

Die Liste der gelöschten Telefonate wird gleichermaßen dokumentiert und erbringt eine weitere unbekannte Nummer, diesmal mit der Vorwahl 301. Ob diese Telefonnummern unverfänglich sind, ist leicht festzustellen. Wenn sich ein Mann meldet oder die Nummer zu einem Unternehmen gehört, ist sie irrelevant, und das Telefonat wird sofort beendet werden.

Falls sich eine Frau meldet, wird die Verbindung ebenfalls schnell unterbrochen werden.

Doch eine solche Nummer wird für gründlichere Nachforschungen abgespeichert werden.

Sein Telefon wird zurück auf die Arbeitsplatte gelegt, sein Glas Wasser in die Bibliothek getragen.

Mittlerweile müsste er zurück sein.

«Thomas?» Er antwortet nicht.

Er wird oben an der Treppe angetroffen, als er gerade aus dem Schlafzimmer kommt.

«Hast du sie gefunden?»

Man sieht ihm das Unwohlsein jetzt deutlich an. Er wird drei Paracetamol und eine lange Ruhepause in einem abgedunkelten Raum benötigen.

Der Abend wird ein notwendiges, abruptes Ende finden.

Die Hoffnung auf weitergehende Intimitäten, die in Thomas' Blick lag, ist erloschen.

«Nein», sagt er. Nunmehr leidet er sichtlich.

«Ich hole sie dir.»

Im hellen Licht des Bads blinzelt er. Der Medizinschrank wird durchsucht. Die Luxusfeuchtigkeitscreme wird zur Seite geschoben.

«Hier sind sie doch.»

Zurück im Erdgeschoss schluckt er drei Tabletten. Ihm wird angeboten, er könne sich auf der Couch ausruhen.

Er schüttelt den Kopf und zuckt zusammen.

«Ich glaube, ich gehe lieber», sagt er.

Sein Mantel wird aus dem Schrank geholt und ihm gereicht.

«Dein Telefon.» Beinahe hätte er es vergessen.

Als er es von der Kücheninsel nimmt, bestätigt ein rascher Blick aufs Display, dass die Sperrung wieder aktiviert ist.

Er steckt es in die Manteltasche.

«Tut mir leid, dass der Abend meinetwegen so kurz war», sagt er.

«Ich rufe gleich morgen früh in der Konditorei an.» Eine Pause. «Die Frau, die mich bedient hat, soll erfahren, dass sie einen schwerwiegenden Fehler gemacht hat.»

Einen Fehler betreffende Telefonate werden morgen durchaus geführt werden. Insoweit entspricht es der Wahrheit.

Allerdings würde Thomas niemals erraten, mit wem.

KAPITEL SIEBENUNDZWANZIG

Montag, 10. Dezember

Nichts an Dr. Shields' Haus überrascht mich.

Ich bin montagmorgens oft zum Schminken in Privatwohnungen und sehe dabei nicht selten die Spuren der jeweiligen Wochenendaktivitäten: die Sonntagsausgabe der *New York Times* ausgebreitet auf einem Couchtisch, Weingläser von einer Party, die kopfüber auf einem Abtropfgestell trocknen, Fußballschuhe und Schienbeinschoner von Kindern, die an der Wohnungstür verstreut liegen.

Doch als ich Dr. Shields' Reihenhaus im West Village betrat, rechnete ich damit, dass es dort aussehen würde wie im *Architectural Digest* – lauter gedämpfte Farben und elegante Möbel, nicht wegen ihrer Gemütlichkeit oder Funktionalität, sondern nach ästhetischen Gesichtspunkten ausgewählt. Und ich lag richtig: Es ist wie eine Erweiterung ihrer durchdacht eingerichteten Praxis.

Nachdem Dr. Shields mich an der Tür begrüßt und mir den Mantel abgenommen hat, führt sie mich in die sonnige offene Küche. Sie trägt einen cremefarbenen Rollkragenpullover zu einer engen dunklen Rinse-washed-Jeans, und ihr Haar ist zu einem tiefen Pferdeschwanz frisiert.

«Sie haben meinen Mann knapp verpasst», sagt sie und stellt zwei Kaffeebecher mit demselben Dekor in die Spüle. «Ich hatte gehofft, dass ich Sie miteinander bekannt machen kann, aber leider musste er ins Büro.»

Ehe ich nachfragen kann – ich bin so neugierig auf den Mann –, deutet Dr. Shields auf einen kleinen Servierteller mit frischen Beeren und Scones.

«Ich wusste nicht, ob Sie schon Gelegenheit zu frühstücken hatten», sagt sie. «Hätten Sie lieber Kaffee oder Tee?»

«Kaffee wäre toll. Danke.»

Als ich Dr. Shields am Sonntagnachmittag endlich auf ihre Nachricht antwortete, fragte sie noch einmal nach, wie es mir gehe, bevor sie mich zu sich einlud. Ich antwortete wahrheitsgemäß, es gehe mir viel besser als Freitagabend. Ich hatte ausgeschlafen, bis Leo mir übers Gesicht leckte und seinen Spaziergang einforderte, ein paar Schminkjobs erledigt und mich abends mit Noah getroffen. Eins hatte ich außerdem getan. Sobald die Bank am Samstagmorgen geöffnet hatte, hatte ich den Scheck über siebenhundertfünfzig Dollar meinem Konto gutschreiben lassen. Es fühlt sich immer noch so an, als könnte das Geld sich in Luft auflösen; bis ich die Gutschrift auf meinem Kontoauszug sehe, kommt es mir nicht real vor, dass ich so viel Geld verdient haben soll.

Dr. Shields schenkt aus einer bereitstehenden Glaskanne Kaffee in zwei Porzellantassen mit dazu passenden Untertassen, deren Griffe so zart aussehen, dass ich Angst habe, sie abzubrechen.

«Ich dachte, wir könnten im Wohnzimmer arbeiten», sagt Dr. Shields.

Sie stellt den Kaffee und den Teller mit den Beeren und den Scones sowie zwei kleine passende Porzellanteller auf ein Tablett. Ich folge ihr nach nebenan und komme an einem kleinen Tisch vorbei, auf dem ein Foto in einem Silberrahmen steht. Es zeigt Dr. Shields mit einem Mann. Er hat ihr den Arm um die Schultern gelegt, und sie sieht ihn an.

Dr. Shields blickt sich nach mir um.

«Ihr Mann?», frage ich und deute auf das Foto.

Sie lächelt und stellt die Kaffeetassen vor zwei nebeneinanderstehenden Stühlen auf den Tisch. Ich sehe mir den Mann auf dem Foto genauer an, denn er ist das Erste in Dr. Shields' Haus, was nicht passt.

Er ist vielleicht zehn Jahre älter als sie und hat leicht buschiges dunkles Haar und einen Bart. Sie sehen fast gleich groß aus, etwa eins siebzig.

Die beiden scheinen nicht gut zueinanderzupassen, aber sie wirken sehr glücklich auf diesem Foto, und Dr. Shields' Augen leuchten jedes Mal, wenn sie ihren Mann erwähnt.

Ich wende mich von dem Foto ab, und Dr. Shields deutet auf einen Stuhl am Kopfende des glänzenden Eichenholztischs, unter einem Kristallkronleuchter. Der Tisch ist leer bis auf einen Notizblock, einen Stift und ein Telefon. Es ist nicht das silberne iPhone, das ich sonst immer auf Dr. Shields' Schreibtisch sah, sondern ein schwarzes.

«Sie haben gesagt, Sie müssten heute telefonieren», sage ich in fragendem Ton. Ich weiß nicht, was das mit einem Moraltest zu tun haben soll. Wird sie wieder von mir verlangen, dass ich jemanden täusche?

Dr. Shields stellt das Tablett auf dem Tisch ab, und mir fällt auf, dass die Blau- und Himbeeren so makellos sind, als hätte der Inneneinrichter nicht nur die eleganten Möbel für diesen Raum, sondern auch die Früchte ausgewählt.

«Ich weiß, der Freitagabend hat Sie verunsichert», sagt Dr. Shields. «Heute wird es unkomplizierter. Außerdem werde ich hier bei Ihnen sein.»

«Okay», sage ich und setze mich.

Ich richte den Notizblock vor mir mittig aus, und da sehe ich, dass das erste Blatt nicht leer ist. In Dr. Shields' mir mittlerweile vertrauter Handschrift sind fünf Frauennamen und daneben Telefonnummern aufgeführt. Alle haben New Yorker Vorwahlen: 212, 646 oder 917.

«Ich benötige Datenmaterial über die Berührungspunkte von Geld und Moral», sagt Dr. Shields, stellt meine Kaffeetasse vor mich hin und nimmt sich dann ihre. Sie trinkt ihren Kaffee schwarz, fällt mir auf. «Mir kam die Idee, dass Ihr Beruf mir bei dieser Feldarbeit von Nutzen sein kann.»

«Mein Beruf?» Ich nehme den Kuli und betätige mit dem Daumen den Druckknopf. Es klickt laut. Ich lege ihn wieder hin und trinke einen Schluck Kaffee.

«Wenn man Probanden ein hypothetisches Szenario, sagen wir, einen Lottogewinn, schildert, behaupten die meisten, sie würden einen Teil des Geldes für wohltätige Zwecke spenden», erläutert Dr. Shields. «Aber Studien zeigen, dass Lottogewinner in Wirklichkeit oft weniger spenden als angegeben. Ich würde gern eine Variation davon erforschen.»

Dr. Shields schenkt mir aus der Kanne, die sie mit an den Tisch gebracht hat, Kaffee nach und setzt sich neben mich.

«Ich möchte, dass die Personen, die Sie anrufen, glauben, jemand habe ihnen eine Gratisschminksitzung von BeautyBuzz geschenkt», fährt sie fort.

Obwohl sie praktisch reglos dasitzt, scheint sie heute eine besonders intensive Energie auszustrahlen. Doch ihr Gesichtsausdruck ist gelassen, ihre eisblauen Augen sind klar. Also projiziere ich da vielleicht nur meine eigenen Gefühle hinein. Denn mir ist zwar klar, dass das für sie alles völlig logisch ist, aber ich begreife nicht recht, inwiefern das für ihre Forschung wichtig sein könnte.

«Also rufe ich einfach an und sage, sie bekämen eine Schminksitzung gratis?»

«Ja. Und es stimmt auch», sagt Dr. Shields. «Ich werde Sie für diese Sitzungen bezahlen ...»

«Moment mal», unterbreche ich sie. «Ich soll diese Frauen wirklich schminken?»

«Nun ja, sicher, Jessica. Wie Sie es jeden Tag tun. Das sollte kein Problem darstellen, oder?»

Bei ihr klingt das alles so logisch. Meine Frage hat sie beiseitegefegt wie einen Krümel auf dem Tisch.

Die Wirkung der Atempause, die mir gewährt wurde, als ich bei Noah war, lässt schon nach. Jedes Mal, wenn ich Dr. Shields treffe, habe ich das Gefühl, ich verstehe immer weniger, was sie da tut.

Sie fährt fort: «Mich interessiert, ob die Empfängerinnen Ihnen ein großzügigeres Trinkgeld geben, weil das Schminken gratis für sie ist.»

Ich nicke, obwohl ich es immer noch nicht kapiere.

«Aber warum diese Nummern?», frage ich. «Wen rufe ich da an?»

Dr. Shields trinkt in aller Ruhe einen Schluck Kaffee. «Sie waren alle einmal Testpersonen in einer früheren Studie von mir und haben eine Vereinbarung unterzeichnet, in der sie sich zu einem breiten Spektrum von Folgetests bereit erklären.»

Also wissen sie, dass vielleicht etwas auf sie zukommt, aber nicht, was. Das kommt mir bekannt vor.

Vom Verstand her sehe ich nicht, wie dabei jemand zu Schaden kommen könnte. Wer würde sich nicht gern gratis schminken lassen? Trotzdem habe ich ein mulmiges Gefühl dabei.

Dr. Shields schiebt mir ein Blatt Papier mit einem maschinengeschriebenen Skript zu. Ich starre es an.

Falls BeautyBuzz davon erfährt, komme ich wahrscheinlich in Schwierigkeiten. Als sie mich unter Vertrag nahmen, musste ich ein Wettbewerbsverbot unterschreiben. Und auch wenn ich streng genommen nicht auf eigene Rechnung arbeite, bezweifle ich, dass sie das genauso sehen würden.

Irgendwie hoffe ich, dass keine dieser fünf Frauen eine Gratissitzung will.

Ich überlege, ob es eine andere Möglichkeit gibt, wie ich Dr. Shields bei ihrem Experiment helfen kann, ohne den Namen meiner Firma zu verwenden.

Als ich meine Bedenken gerade aussprechen will, legt Dr. Shields ihre Hand auf meine.

Ihre Stimme ist leise und sanft. «Jessica, es tut mir leid. Ich war so mit meinen Forschungen beschäftigt, dass ich gar nicht daran gedacht habe, mich nach Ihrer Familie zu erkundigen. Hat Ihr Vater schon wieder mit der Stellensuche begonnen?»

Ich atme aus. Die Sorge wegen der drohenden Finanzkrise meiner Familie ist wie ein dumpfer chronischer Schmerz, der immer im Hinterkopf lauert. «Noch nicht. Er wartet bis zum neuen Jahr. Im Dezember stellt niemand ein.»

Ihre Hand ruht noch auf meiner. Sie ist so leicht. Der schmale Diamantring aus Weißgold scheint ein klitzekleines bisschen zu weit zu sein, so, als wäre ihr Finger dünner geworden, seit sie ihn zum ersten Mal anzog.

«Ich überlege, ob ich behilflich sein kann ...» Sie bricht ab, als wäre ihr eine Idee gekommen.

Ich horche auf und sehe sie an.

«Ich meine, das wäre toll. Aber wie? Er ist in Pennsylvania und hat sein Leben lang nur Lebensversicherungen verkauft.»

Sie nimmt die Hand weg, und obwohl sie kalt war, fühlt es sich wie ein Verlust an. Plötzlich wird mir bewusst, dass meine eigenen Finger eiskalt sind, fast so, als hätte sie etwas von sich auf mich übertragen.

Sie nimmt eine einzelne Himbeere vom Teller und führt sie zum Mund. Ihr Blick ist nachdenklich.

«Normalerweise spreche ich mit Testpersonen nicht über mein Privatleben», sagt sie schließlich. «Aber ich habe das Gefühl, Sie sind allmählich mehr als das.»

Freudige Erregung durchfährt mich. Ich habe es mir nicht eingebildet, wir haben wirklich eine besondere Beziehung.

«Mein Vater ist Investor», fährt Dr. Shields fort. «Er hat Aktien von diversen Firmen an der Ostküste. Er ist ein einflussreicher Mann. Vielleicht kann ich ihn einmal anrufen. Ich will Ihnen aber nicht zu nahe treten ...»

«Nein! Ich meine, das würden Sie nicht, überhaupt nicht.» Aber ich weiß, mein Vater käme sich vor wie ein Sozialfall. Es würde seinen Stolz verletzen, wenn er das herausfände.

Wie üblich scheint Dr. Shields zu spüren, was ich denke. «Keine Sorge, Jessica. Das bleibt ganz unter uns.»

Das ist so viel mehr als ein großzügiger Scheck. Es könnte meine Familie retten. Wenn mein Vater eine Arbeit fände, könnten meine Eltern ihr Haus behalten, und Becky wäre in Sicherheit.

Dr. Shields wirkt nicht wie jemand, der leere Versprechungen macht. Ihr Leben ist so geordnet, sie ist ganz anders als alle, die ich sonst kenne. Ich habe das Gefühl, sie könnte das wirklich zustande bringen.

Mir ist fast schwindelig vor Erleichterung.

Sie lächelt mich an.

Dann nimmt sie das Telefon und legt es vor mich.

«Sollen wir dann erst einmal einen Probedurchlauf machen?»

KAPITEL ACHTUNDZWANZIG

Dienstag, 11. Dezember

Jede Familie erzeugt ihre ganz eigene Dysfunktion.

Viele Menschen glauben, sobald sie die Grenze zum Erwachsenendasein überschreiten, kann dieses Vermächtnis abgeschüttelt werden. Aber die dissozialen Dynamiken, die uns, häufig seit der Kindheit, aufgeprägt werden, sind hartnäckig.

Du hast mir entscheidende Informationen gegeben, die es mir ermöglichen, deine wirren Interaktionen als Folge deiner familiären Muster zu verstehen, Jessica.

Hast du dich nach den meinen gefragt? Klienten spekulieren üblicherweise über das Leben ihrer Therapeuten und projizieren Bilder auf eine weiße Leinwand.

Du hast Theatererfahrung. Wie zutreffend ist die Vorstellung, die du dir von der Besetzung gemacht hast? Paul, der starke Vater. Cynthia, die Mutter und einstige Schönheitskönigin. Und Lydia, die erfolgreiche ältere Tochter.

Diese Charakterskizzen liefern Kontext für die folgende Szene.

Es ist ein Dienstag zur Mittagszeit, der Tag, nachdem du mich zu Hause besuchtest. Der Anlass ist festlich: der einundsechzigste Geburtstag der Mutter, wobei sie behauptet, es sei ihr sechsundfünfzigster.

Folgendes lässt sich beobachten:

Mutter, Vater und Tochter werden im Princeton Club an der West Forty-third Street an einen Ecktisch für vier Personen geführt.

Viele Jahre lang wurde der vierte Stuhl von der jüngeren Tochter der Familie belegt. Seit dem tragischen Unfall dieser Tochter in der Highschool bleibt dieser Stuhl leer.

Sie hieß Danielle.

Die überlebende Tochter setzt sich auf den mit gestepptem braunem Leder bezogenen Stuhl und rückt kaum merklich so zur Seite, dass sie in gleichem Abstand zu Vater und Mutter sitzt. Der Kellner muss keine Getränkebestellung aufnehmen, da er ihre Vorlieben kennt. Kurz darauf bringt er einen Tumbler Scotch und zwei Glas kühlen Weißwein an den Tisch und begrüßt jeden der drei mit Namen. Der Vater schüttelt dem Kellner die Hand und erkundigt sich, wie dessen Sohn in seinem letzten Wettkampf im Ringen an der Highschool abgeschnitten hat. Die Mutter trinkt sofort einen großen Schluck Wein, dann zieht sie eine goldene Puderdose aus der Handtasche und betrachtet sich im Spiegel. Ihre Gesichtszüge ähneln denen ihrer Tochter, doch die Zeit hat ihnen den Glanz geraubt. Die Mutter runzelt leicht die Stirn und korrigiert mit der Fingerspitze ihren Lippenstift. Speisebestellungen werden aufgegeben, und der Kellner zieht sich zurück.

Folgendes lässt sich mit anhören:

«Wie schade, dass Thomas nicht dabei sein kann», sagt die Mutter, klappt ihre Puderdose zu und steckt sie zurück in ihre gesteppte Handtasche mit der goldenen Schnalle in Form von zwei ineinander verschlungenen Cs.

«Hab in letzter Zeit nicht viel von ihm gesehen», stellt der Vater fest.

«Er muss sehr viel arbeiten», erwidert die Tochter. «Weihnachten ist für Therapeuten immer die hektischste Zeit im Jahr.»

Diese Erklärung ist elastisch und erlaubt es den Empfängern, sie mit einer Bedeutung eigener Wahl aufzuladen: Es könnte der Stress durch Weihnachtseinkäufe, Reisen und die aufwendige Zubereitung des Festtagsessens sein, was die Patienten veranlasst, zusätzliche Hilfe zu suchen; oder die kürzeren, dunkleren Tage könnten als Schuldige herhalten, weil sie eine schwere Depression verstärken oder eine Winterdepression auslösen. Doch wie jeder Therapeut dir sagen kann, sind die treibende Kraft hinter dem Anstieg sowohl bei vereinbarten Terminen als auch bei Notsitzungen im Dezember just die Familienbeziehungen, die den Menschen eigentlich Frieden und Freude bringen sollen.

«Lydia?»

Die Tochter hebt den Kopf und lächelt ihren Vater entschuldigend an. Sie war völlig in Gedanken versunken.

Folgendes bleibt unsichtbar:

Die Tochter hat über die Informationen nachgedacht, die bei den gestrigen Telefonaten zusammengetragen wurden. Es ist ihr unmöglich, sich diesen Gedankengang aus dem Kopf zu schlagen.

Auf der Basis der Daten, die du gewonnen hast, Jessica, scheinen zwei der Frauen unwahrscheinliche Kandidatinnen für Thomas zu sein. Eine erzählte freiwillig, sie müsse sich dieses Wochenende um ihre Enkel kümmern, könne jedoch für den Samstag einen Termin vereinbaren; die andere erwies sich als Mitarbeiterin eines Haushaltsservice, was eine Erinnerung daran auslöste, dass Thomas neulich erwähnte, er müsse seinen aktuellen Dienst wechseln.

Hinter drei Kandidatinnen stehen jedoch weiterhin Fragezeichen.

Zwei davon nahmen das Angebot der kostenlosen Schminksitzung an, und mit ihnen wurden für diesen Freitagabend Termine vereinbart.

Die dritte Nummer war abgeschaltet worden. Dies ist noch kein Grund zur Sorge.

Thomas' einmaliger Betrug mag überwindbar sein. Aber die Bestätigung auch nur eines weiteren Aktes der Untreue würde ein Betrugsmuster etablieren. Es würde systematische Täuschung enthüllen, eine Verdoppelung des Betrugs.

Dennoch sind bei dieser Ermittlungsrichtung die Ergebnisse nicht garantiert, denn zu viele Variablen bleiben im Spiel. Daher muss parallel dazu ein weiterer Ansatz verfolgt werden.

Es wird Zeit, dass du meinen Ehemann kennenlernst, Jessica.

Das Mittagessen nimmt seinen Lauf.

«Du hast deine Seezunge kaum angerührt», sagt der Vater. «Ist sie zu trocken?»

Die Tochter schüttelt den Kopf und isst einen Bissen. «Sie ist perfekt. Ich habe bloß keinen großen Hunger.»

Die Mutter legt ihre Gabel nieder. Sie stößt mit leisem Klirren an den Teller mit dem halb verzehrten gegrillten Paillard vom Huhn mit Gemüse. «Ich habe auch keinen großen Appetit.»

Der Vater sieht unverwandt seine Tochter an. «Bist du sicher, dass du nicht lieber etwas anderes bestellen möchtest?»

Die Mutter trinkt ihren Wein aus. Der Kellner tritt an den Tisch und schenkt diskret nach. Es ist das zweite Mal, dass er das macht. Die Tochter hat noch keinen Schluck getrunken, und der Vater hat einen zweiten Scotch abgelehnt.

«Vielleicht bin ich ein wenig besorgt», gesteht die Tochter. Sie zögert. «Da ist eine junge Forschungsassistentin, mit der ich arbeite. Die Arbeitsstelle ihres Vaters wurde abgebaut, und es gibt eine geistig behinderte Schwester. Ich frage mich, ob es eine Möglichkeit gibt, wie wir der Familie helfen können.»

«An was hast du gedacht?» Der Vater lehnt sich zurück.

Die Mutter hat sich einen Grissino aus dem Korb auf dem Tisch genommen und ein Ende abgebrochen.

«Er lebt in Allentown. Kennst du irgendwelche Unternehmen dort?»

Der Vater runzelt die Stirn. «Tätigkeitsbereich?»

«Er verkauft Lebensversicherungen. Sie sind nicht wählerisch. Ich bin sicher, er würde auch etwas anderes machen.»

«Du erstaunst mich immer wieder», sagt der Vater. «Du hast so viel zu tun mit deiner wichtigen Arbeit, aber du nimmst dir trotzdem die Zeit, dich zu engagieren.»

Die Mutter hat den Grissino verzehrt. Sie sagt: «Du fühlst dich doch nicht immer noch schuldig wegen dieser anderen jungen Frau.» Es ist eher eine Feststellung als eine Frage.

Die Tochter zeigt keine äußeren Anzeichen von Kummer oder Erregung.

«Zwischen den beiden besteht keine Verbindung», sagt sie. Ihr Tonfall bleibt gelassen.

Ein zufälliger Beobachter würde ihr nicht anmerken, wie viel Kraft sie das kostet.

Der Vater tätschelt der Tochter die Hand. «Ich werde sehen, was ich tun kann.»

Der Kellner serviert die Geburtstagstorte. Die Mutter bläst die einzelne Kerze aus.

«Lass dir ein größeres Stück für Thomas einpacken», sagt sie.

Ihr Blick ruht auf ihrer Tochter.

Dann wird er durchdringend. «Wir freuen uns darauf, euch beide an Heiligabend zu sehen.»

KAPITEL NEUNUNDZWANZIG

Donnerstag, 13. Dezember

Für die heutige Aufgabe gibt es keinen Taxidienst, keine Kleidungsvorschriften und kein Drehbuch.

Alles, was ich habe, sind eine Adresse und eine Uhrzeit: die Dylan-Alexander-Fotoausstellung im Met Breuer. Ich soll von elf bis halb zwölf dort sein und dann direkt in Dr. Shields' Praxis kommen.

Als Dr. Shields mir am Dienstagnachmittag diese Angaben telefonisch durchgab, fragte ich: «Was genau soll ich da machen?»

«Mir ist klar, dass diese Aufgaben ein wenig irritierend sind», erwiderte sie. «Aber es ist von entscheidender Bedeutung, dass Sie blind in diese Situationen hineingehen, damit das Ergebnis nicht durch Vorwissen verfälscht wird.»

Nur eins hatte sie noch gesagt:

«Seien Sie einfach Sie selbst, Jessica.»

Das hat mich völlig aus der Fassung gebracht.

Ich weiß, wie ich die verschiedenen Rollen in meinem Leben spielen muss: die fleißige Kosmetikerin; die junge Frau, die in der Bar mit ihren Freundinnen lacht; die pflichtbewusste Tochter und große Schwester.

Doch die Person, die Dr. Shields sieht, ist keine davon. Sie kennt die Frau auf dem Sofa, die ihre Geheimnisse und wunden Punkte preisgibt. Aber das kann doch unmöglich die Jessica sein, die ich heute sein soll.

Ich versuche, mich an die Komplimente zu erinnern, die Dr. Shields mir gemacht hat, das, was sie dazu veranlasst hat, zu sagen, sie habe das Gefühl, ich sei allmählich mehr als eine Testperson für sie. Vielleicht ist das der Teil von mir, den ich heute zeigen soll. Aber ich kann mich nicht an allzu viele konkrete Komplimente erinnern, nur dass ihr mein modisches Gespür und meine Direktheit gefallen.

Als ich mich anziehe, ist mir bewusst, dass sich mein Outfit mehr an ihr als an meiner Aufgabe orientiert. In letzter Minute hole ich Dr. Shields' taupefarbenen Überwurf aus dem Schrank. Ich rede mir ein, ich wolle mich damit vor der Dezemberkälte schützen, aber in Wahrheit bin ich nervös, und der Schal fühlt sich tröstlich an. Ich atme ein und stelle mir vor, ich könnte noch einen Hauch ihres würzigen Parfüms riechen, obwohl sich das mittlerweile verflüchtigt haben muss.

Ehe ich mich auf den Weg zum Museum mache, treffe ich mich in einem Diner mit Lizzie zum Frühstück. Ich habe ihr erzählt, ich hätte einen wichtigen Make-up-Termin und müsse um Punkt zehn Uhr wieder gehen, weil ich einen zeitlichen Puffer wollte. Mittags herrscht in der Innenstadt normalerweise nicht so viel Verkehr, aber vor verspäteten U-Bahnen, Staus oder abgebrochenen Absätzen ist man nie gefeit.

Beim Frühstück erzählt Lizzie von ihrem über alles geliebten jüngsten Bruder, der in der zehnten Klasse auf der Highschool ist. Als ich letzten Sommer übers Wochenende mit zu ihrer Familie fuhr, habe ich ihn kennengelernt. Er ist ein netter, gutaussehender Junge. Anscheinend hat er sich dagegen entschieden, sich um einen Platz im Basketballteam zu bewerben, obwohl er diesen Sport immer geliebt hat. Jetzt ist die gesamte Familie in heller Aufregung, denn er ist der erste der vier Brüder, der sich kein Sportabzeichen erwirbt.

«Und was will er machen?», frage ich.

«Er will in den Robotikclub», sagt Lizzie.

«Da hat er wahrscheinlich eine bessere Perspektive als im Basketball.»

«Zumal er eins fünfundsechzig ist», stimmt sie mir zu.

Ich erzähle ihr ein bisschen von Noah. Wie genau wir uns kennengelernt haben, behalte ich für mich, aber ich gestehe ihr, dass wir am Samstagabend unser zweites Date hatten.

«Ein Kerl, der für dich kocht?», fragt Lizzie. «Klingt lieb.»

«Ja. Ich glaube, das ist er.» Ich betrachte meine weinroten Fingernägel. Es fühlt sich komisch an, so viel vor ihr geheim zu halten. «Ich muss los. Telefonieren?»

Ich treffe zehn Minuten zu früh ein.

Als ich auf das Museum zugehe, höre ich Reifen quietschen, und jemand schreit: «Ach du Scheiße!»

Ich fahre herum. Nur zehn Meter entfernt liegt eine weißhaarige Frau vor einem Taxi auf der Straße. Der Fahrer steigt aus, und ein paar Leute stürzen zum Unfallort.

Ich eile ebenfalls hin und höre den Fahrer noch sagen: «Sie ist mir einfach vors Auto gelaufen.»

Mittlerweile stehen wir zu fünft oder sechst um die Frau herum, die bei Bewusstsein ist, aber benommen wirkt.

Neben mir sind ein Mann und eine Frau von Anfang oder Mitte dreißig; die beiden wirken kompetent und ergreifen sofort die Initiative.

«Wie heißen Sie?», fragt der Mann, zieht seinen blauen Mantel aus und deckt die weißhaarige Frau damit zu. Sie ist klein und wirkt sehr zerbrechlich unter dem voluminösen Mantel.

«Marilyn.» Selbst dieses eine Wort scheint sie ihre ganze Kraft zu kosten. Sie schließt die Augen und verzieht das Gesicht.

«Jemand muss einen Krankenwagen rufen», sagt die Frau und steckt den Mantel um Marilyn fest.

«Bin schon dabei», sage ich und wähle den Notruf.

Ich nenne dem Telefonisten die Adresse, dann werfe ich verstohlen einen Blick auf die Uhr. Es ist 10.56 Uhr.

Mir kommt ein Gedanke: Vielleicht wurde dieser Unfall inszeniert. In der Hotelbar benutzte Dr. Shields mich, um einen Fremden zu beurteilen.

Heute werde vielleicht ich beurteilt.

Womöglich *ist* dies schon der Test.

Der Mann und die Frau, die sich um Marilyn kümmern, sind attraktiv und tragen beide Businesskleidung. Könnten sie dazugehören?

Ich sehe mich um und rechne halb damit, Dr. Shields' rotes Haar und ihre durchdringenden blauen Augen zu entdecken – als könnte sie einfach in den Kulissen stehen und diese Szene dirigieren.

Sofort verwerfe ich die Idee. Es ist verrückt, zu glauben, sie könne das alles inszeniert haben.

Ich beuge mich zu Marilyn hinab und sage: «Gibt es jemanden, den wir für Sie anrufen sollen?»

«Meine Tochter», flüstert sie.

Sie nennt die Telefonnummer. Ich sehe es als gutes Zeichen, dass sie sich daran erinnert.

Der Mann, der sie mit seinem Mantel zugedeckt hat, telefoniert rasch.

«Ihre Tochter ist schon unterwegs», sagt er, nachdem er aufgelegt hat. Er sieht mich an. Die Augen hinter der Schildpattbrille blicken besorgt. «Gute Idee.»

Ich sehe auf die Uhr: 11.02 Uhr.

Wenn ich jetzt sofort ins Museum gehe, komme ich nur ein bisschen zu spät.

Aber wer könnte jetzt einfach davongehen?

In der Ferne höre ich die Sirene eines Krankenwagens. Hilfe naht.

Ist es moralisch vertretbar, wenn ich jetzt gehe?

Wenn ich noch länger warte, verstoße ich gegen Dr. Shields' explizite Anweisungen. Schweiß prickelt an meinem Rücken.

«Es tut mir sehr leid», sage ich zu dem Mann, der jetzt ohne seinen Mantel leicht zittert. «Ich habe einen beruflichen Termin. Ich muss wirklich gehen.»

«Schon gut. Ich habe alles im Griff», sagt er liebenswürdig, und der Knoten in meiner Brust löst sich ein bisschen.

«Sicher?»

Er nickt.

Ich sehe Marilyn an. Sie trägt einen mattrosa Lippenstift, der genauso aussieht wie der von CoverGirl, den meine Mutter seit Jahren benutzt, obwohl ich ihr früher, als ich noch bei Bloomingdale's arbeitete, immer teure Lippenstifte von Bobbi Brown schenkte.

«Würden Sie mir einen Gefallen tun?», frage ich den Mann. Ich nehme eine meiner BeautyBuzz-Visitenkarten, schreibe meine Mobilnummer darauf und reiche sie ihm. «Würden Sie mir Bescheid geben, wenn Sie wissen, wie es ihr geht?»

«Sicher», sagt er.

Ich will mich wirklich vergewissern, ob es Marilyn gutgeht. Außerdem kann mir Dr. Shields, wenn ich ihr davon erzähle, nicht vorwerfen, ich hätte den Unfallort einfach verlassen, ohne mich weiter zu kümmern.

Als ich ins Museum eile, ist es sechs Minuten nach elf.

Ich sehe mich ein letztes Mal um und stelle fest, dass der Mann mit meiner Visitenkarte nicht dem Krankenwagen entgegensieht, sondern mir hinterherblickt.

Am Ticketschalter gebe ich der Frau zehn Dollar, und sie weist mir den Weg zur Dylan-Alexander-Ausstellung: die schmale Treppe hinauf in den ersten Stock, dann links über den Flur.

Während ich die Treppe hinauflaufe, sehe ich auf dem Telefon nach, ob Dr. Shields mir geschrieben hat wie in der Hotelbar. Tatsächlich ist eine Nachricht eingegangen, allerdings nicht von ihr.

Will mich nur mal wieder melden. Kaffee?, hat Katrina, meine alte Freundin aus dem Theater, geschrieben.

Ich schiebe das Telefon wieder in die Tasche.

Die Dylan-Alexander-Ausstellung befindet sich am Ende des Gangs, und als ich dort ankomme, keuche ich fast.

Ich habe den Künstler gegoogelt, gleich nachdem Dr. Shields mir diese Aufgabe gab, daher ist das Thema der Ausstellung keine Überraschung für mich.

Es ist eine Serie mit Schwarzweißfotografien von Motorrädern, ungerahmt, auf riesige Leinwände gezogen.

Ich sehe mich nach etwas um, was mir irgendeinen Anhaltspunkt geben könnte.

Mehrere Besucher betrachten die Fotos – eine Museumsführerin mit drei Touristen, ein französischsprachiges Paar, das Händchen hält, und ein Mann in einer schwarzen Bomberjacke. Keiner von ihnen scheint mich zu bemerken.

Mittlerweile müsste der Krankenwagen da sein, denke ich. Marilyn wird wahrscheinlich auf eine Trage gehoben. Sicher hat sie Angst. Hoffentlich kommt ihre Tochter bald.

Ich betrachte die Fotos und muss wieder an meinen uninspirierten Kommentar zu dem Glasfalken denken, den Dr. Shields mir zeigte. Jetzt frage ich mich, ob meine Aufgabe etwas mit diesen Fotos zu tun hat. Ich muss etwas Tiefsinnigeres über diese Ausstellung sagen können, falls sie danach fragt.

Mit Motorrädern kenne ich mich kaum aus, aber mit Kunst sogar noch weniger.

Ich betrachte ein Foto einer Harley-Davidson, die sich so tief in die Kurve legt, dass der Fahrer fast parallel zum Boden ist. Es ist eine kraftvolle Aufnahme, lebensgroß wie die anderen auch, und springt einem förmlich entgegen. Ich grübele darüber nach, welche Bedeutung in diesem Kunstwerk verborgen sein könnte und mir einen Hinweis auf Dr. Shields' verborgenen Beweggrund, mich hierherzuschicken, geben könnte. Aber ich sehe nur ein großes bulliges Motorrad und einen Fahrer, der mir völlig unnötig sein Leben zu riskieren scheint.

Wenn der praktische Moraltest nicht in diesen Fotos besteht, worin dann?

Ich kann mich kaum auf die Bilder konzentrieren, denn jetzt

frage ich mich, ob der Test schon vorbei ist. Das Met hat einen empfohlenen Eintrittspreis von fünfundzwanzig Dollar, aber wenn man nicht will oder kann, muss man überhaupt nichts bezahlen. Auf einem Schild am Ticketschalter steht: DIE HÖHE DES EINTRITTSPREISES SETZEN SIE SELBST FEST. BITTE SEIEN SIE SO GROSSZÜGIG, WIE SIE KÖNNEN.

Ich war in Eile und würde ja auch nur eine halbe Stunde bleiben, dachte ich, als ich meine Brieftasche öffnete, in der sich ein Zwanziger und ein Zehner befanden. Und so zog ich den Zehner heraus, faltete ihn einmal und schob ihn unter der Scheibe hindurch der Ticketverkäuferin zu.

Dr. Shields hat bestimmt vor, mir den Eintrittspreis zu erstatten. Vielleicht wird sie annehmen, dass ich den vollen Preis gezahlt habe. Ich werde ihr die Wahrheit sagen müssen. Hoffentlich hält sie mich nicht für geizig.

Ich beschließe, auf dem Weg hinaus den Zwanziger zu wechseln und weitere fünfzehn Dollar zu spenden.

Dann versuche ich, mich wieder auf die Kunst zu konzentrieren. Das Paar neben mir unterhält sich angeregt auf Französisch. Beide deuten dabei auf eines der Bilder.

Ein Stückchen weiter, in der Nähe des Eingangs, betrachtet der Mann in der schwarzen Bomberjacke ein Foto.

Ich warte, bis er zum nächsten Bild weitergeht, dann trete ich zu ihm.

«Verzeihung», sage ich. «Es ist sicher eine dumme Frage, aber ich verstehe einfach nicht, was an diesen Fotos so besonders sein soll.»

Der Mann wendet sich mir zu und lächelt. Er ist jünger, als ich zunächst dachte. Und sieht auch besser aus mit diesem Nebeneinander von klassischen Gesichtszügen und eigenwilliger Kleidung.

Er zögert. «Mir scheint, der Künstler hat sich für Schwarzweiß entschieden, damit der Betrachter sich auf die schöne Form konzentriert. Das Fehlen der Farbe ermöglicht es einem, wirklich jedes Detail zu bemerken. Und sehen Sie, wie sorgfältig er hier das Licht gewählt hat, um den Lenker und den Tachometer hervorzuheben.»

Ich wende mich wieder dem Foto zu, um es aus dieser Perspektive zu betrachten.

Anfangs sahen die Motorräder für mich alle gleich aus, ein Mischmasch aus Blech und Chrom, aber jetzt stelle ich fest, dass sie sich durchaus unterscheiden.

«Ich verstehe, was Sie meinen», sage ich. Allerdings kapiere ich noch immer nicht, was diese Ausstellung mit Moral und Ethik zu tun haben soll.

Dann gehe ich zum nächsten Bild. Dieses Motorrad ist nicht in Bewegung. Es ist neu und glänzt und steht auf einem Berg. Gleich darauf kommt der Mann in der Bomberjacke nach.

«Sehen Sie den Mann im Seitenspiegel?», fragt er. Ich hatte ihn nicht gesehen, aber ich nicke und betrachte das Bild gründlicher.

Da klingelt mein Telefon, und ich fahre zusammen. Ich lächele den Mann entschuldigend an und hoffe, dass das Geräusch ihn nicht aus seiner Konzentration gerissen hat. Schnell greife ich in die Tasche, um es zum Schweigen zu bringen.

Unterwegs zum Museum hatte ich mir den Handywecker gestellt, weil ich sicher sein wollte, dass ich Dr. Shields' Anweisungen gemäß auch um Punkt halb zwölf wieder gehe. Ich muss los.

«Danke», sage ich zu dem Mann und laufe die Treppe hinab ins Erdgeschoss. Anstatt noch mehr Zeit mit Geldwechseln zu vertrödeln, stecke ich einfach den Zwanziger in die Spendenbox und eile nach draußen.

Als ich vor die Tür trete, sind Marilyn, der Taxifahrer und der Mann mit der Schildpattbrille allesamt verschwunden.

Autos fahren über die Stelle, wo sie lag; Menschen wimmeln über den Bürgersteig, telefonieren oder essen am Hot-Dog-Stand.

Es ist, als wäre der Unfall nie passiert.

KAPITEL DREISSIG

Donnerstag, 13. Dezember

Für dich ist dies eine einfache dreißigminütige Aufgabe.

Du ahnst nicht, dass sie die Zerstörung meines gesamten Lebens auslösen kann.

Seit dieser Plan in Gang gesetzt wurde, mussten Maßnahmen ergriffen werden, die meinen körperlichen Reaktionen entgegenwirken: Schlaflosigkeit, Appetitlosigkeit, eine abstürzende Körperkerntemperatur. Es ist von entscheidender Bedeutung, dass diese untergeordneten Ablenkungen ausgeglichen werden, damit sie keine verheerenden Auswirkungen auf die Klarheit der Denkprozesse haben.

Ein warmes Bad mit Lavendelöl fördert den Schlaf. Am Morgen werden zwei hart gekochte Eier verzehrt. Das Thermostat wird von zweiundzwanzig auf dreiundzwanzig Grad gestellt und gleicht meine gesunkene Körpertemperatur aus.

Es beginnt mit einem Anruf auf Thomas' Mobiltelefon kurz vor unserem verabredeten Treffen.

«Lydia», sagt er und klingt erfreut. Wie es wohl wäre, den Rest meines Lebens zu verbringen, ohne sie in all ihren Ausprägungen zu hören – ein wenig heiser, wenn er morgens aufwacht, sanft und zärtlich in intimen Momenten, maskulin und leidenschaftlich, wenn er die Giants anfeuert?

Thomas bestätigt, er warte am Met Breuer auf mich.

Doch die Freude schwindet aus seinem Tonfall, als er erfährt, dass ein beruflicher Notfall die Absage des gemeinsamen Besuchs der Ausstellung eines seiner Lieblingsfotografen verlangt.

Allerdings kann er sich kaum beklagen. Noch vor etwas über einer Woche sagte er selbst eine Verabredung ab.

Die Ausstellung läuft nur noch bis Sonntag; Thomas wird sie nicht verpassen wollen.

«Du kannst mir am Samstag beim Abendessen davon erzählen», wird Thomas beschieden.

Nun seid ihr beide vor Ort und auf Konfrontationskurs gebracht. Es bleibt nur, abzuwarten.

Der Zustand des Wartens ist universell: Wir warten darauf, dass die Ampel von Rot auf Grün umspringt, auf das Ergebnis einer ärztlichen Untersuchung oder dass wir in der Schlange an der Kasse vorrücken.

Aber die Wartezeit, bis du kommst und schilderst, was im Museum geschah, ist nicht in Standardintervallen messbar.

Die erfolgreichsten psychologischen Studien wurzeln häufig in Täuschung. Beispielsweise kann man eine Testperson im Glauben lassen, er oder sie werde wegen eines bestimmten Verhaltens beurteilt, während die Psychologin diesen Köder in Wirklichkeit ausgelegt hat, um etwas völlig anderes zu erfassen.

Nimm das Konformitätsexperiment von Asch: Collegestudenten glaubten, sie nähmen an einem einfachen Wahrnehmungstest mit anderen Studenten teil, während sie in Wirklichkeit einzeln in eine Gruppe von Darstellern gesteckt wurden. Den Studenten wurde eine Karte mit einer vertikalen Linie darauf gezeigt, dann eine weitere Karte mit drei Linien. Als sie aufgefordert wurden, laut zu sagen, welche Linien gleich lang seien, gaben die Studenten durch die Bank dieselbe Antwort wie die Darsteller, selbst wenn deren Lösung eindeutig falsch war. Die studentischen Testpersonen glaubten, ihre Wahrnehmung werde geprüft, während in Wahrheit ihre Unterordnung unter den Gruppenzwang getestet wurde.

Du nimmst an, du besuchst das Met Breuer, um dir Fotografien anzusehen. Doch deine Meinung über die Ausstellung spielt keine Rolle.

Es ist 11.17 Uhr.

Diese spezielle Ausstellung wird um diese Tageszeit nicht sonderlich gut besucht sein.

Mittlerweile wirst du Thomas gesehen haben. Und er dich.

Sich zu setzen, ist ausgeschlossen.

Eine Hand streicht über die Bücher im Einbauregal aus weißem Holz, obwohl die Rücken bereits alle auf gleicher Höhe sind.

Die einzelne Mappe auf dem Schreibtisch wird minimal nach rechts verschoben, sodass sie genau in der Mitte liegt.

Der Papiertaschentuchspender neben der Couch wird aufgefüllt.

Wieder und wieder wird auf die Uhr gesehen.

Schließlich ist es 11.30 Uhr. Es ist vorbei.

Es werden sechzehn Schritte benötigt, um den Raum der Länge nach zu durchmessen, hin und zurück.

11.39 Uhr.

Durch das Fenster am anderen Ende ist der Hauseingang zu sehen; bei jedem Vorbeikommen wird ein Blick hinaus geworfen.

11.43 Uhr.

Mittlerweile müsstest du hier sein.

Ein Blick in den Spiegel. Der Lippenstift wird aufgefrischt. Der Rand des Waschbeckens ist kalt und hart. Das Spiegelbild bestätigt, dass die Fassade sitzt. Du wirst keinen Verdacht schöpfen.

11.47 Uhr.

Die Klingel ertönt.

Endlich bist du da.

Ein langsamer, gemessener Atemzug. Dann ein weiterer.

Du lächelst, als dir die Praxistür geöffnet wird. Deine Wangen sind von der Kälte gerötet, und dein Haar ist vom Wind zerzaust. Du stehst in der vollen Blüte der Jugend. Deine Gegenwart gemahnt an die unerbittliche Grausamkeit der Zeit. Eines Tages wirst auch du auf ihren Scheitelpunkt zugezogen werden.

Was hat er gedacht, als er an meiner statt dich sah?

«Es ist, als wären wir Zwillinge», sagst du.

Zur Erklärung berührst du deinen Kaschmirüberwurf.

Mein Lachen ist gezwungen. «Verstehe ... er ist perfekt für einen so stürmischen Tag.»

Du setzt dich auf den Zweisitzer, mittlerweile dein bevorzugter Platz.

«Jessica, erzählen Sie mir von Ihrem Besuch im Museum.»

Die Aufforderung erfolgt ganz sachlich. Es darf keine Voreingenommenheit geben. Dein Bericht muss unvorbelastet sein.

Du beginnst: «Na ja, ich muss gestehen, ich kam ein paar Minuten zu spät.»

Du senkst den Blick, weichst mir aus. «Da war eine Frau, sie wurde von einem Taxi angefahren, und ich bin stehen geblieben, um ihr zu helfen. Aber ich habe einen Krankenwagen gerufen, und andere Leute haben übernommen, und dann bin ich in die Ausstellung gegangen. Eine Sekunde lang habe ich mich gefragt, ob die Frau zum Test gehört.» Du lachst verlegen auf, dann plapperst du weiter: «Ich wusste nicht, wo ich anfangen sollte, also bin ich einfach zum ersten Foto gegangen, das mir ins Auge fiel.»

Du sprichst zu schnell, du fasst zusammen.

«Machen Sie langsamer, Jessica.»

Du sackst ein wenig zusammen.

«Tut mir leid, das hat mich einfach aus der Fassung gebracht. Ich habe den Unfall nicht gesehen, aber ich sah sie gleich danach auf der Straße liegen ...»

Auf deine Besorgnis muss eingegangen werden. «Wie erschütternd. Es war gut von Ihnen zu helfen.»

Du nickst. Die Anspannung fällt teilweise von dir ab.

«Atmen Sie einfach einmal tief durch, dann können wir weitermachen.»

Du nimmst den Überwurf ab und legst ihn neben dich.

«Mir geht's gut», sagst du. Jetzt klingst du ausgeglichen.

«Beschreiben Sie in chronologischer Reihenfolge, was passiert ist, nachdem Sie die Ausstellung betraten. Lassen Sie kein Detail aus, egal, wie belanglos es erscheinen mag», wird dir gesagt.

Du erzählst von dem französischen Paar, der Museumsführerin und ihren Touristen, und warum Alexander deiner Meinung nach beschloss, in Schwarzweiß zu fotografieren, nämlich um die Form der Fahrzeuge zu betonen.

Dann hältst du inne.

«Ehrlich gesagt habe ich eigentlich nicht verstanden, was an den Fotos so besonderes war. Da war ein Mann, dem sie sehr zu gefallen schienen. Also habe ich ihn gefragt, warum er sie mag.»

Ein kurzer Anstieg in der Pulsfrequenz. Eine beinahe unbeherrschbare Flut an Fragen.

«Verstehe. Und was hat er gesagt?»

Du gibst den Wortwechsel wieder.

Es ist, als hallte Thomas' tiefe Stimme durch den Raum und vermischte sich mit deiner helleren. Hat er den gerundeten Amorbogen an deiner Oberlippe bemerkt, wenn du sprachst? Den rauchigen Schwung deiner Wimpern?

Ein leiser Schmerz in meiner Hand. Der Griff um den Kugelschreiber wird gelockert.

Die nächste Frage muss mit äußerster Sorgfalt formuliert werden.

«Und dann haben Sie sich weiter unterhalten?»

«Ja, er war nett.»

Ein Lächeln lässt dein Gesicht unwillkürlich kurz aufleuchten. Die Erinnerung, die dich jetzt fesselt, ist eine angenehme.

«Als ich mir das nächste Foto ansah, ist er kurz darauf nachgekommen.»

Bei diesem Szenario waren nur zwei Ergebnisse möglich. Entweder Thomas hat dir keine Beachtung geschenkt. Oder er hat es sehr wohl getan.

Trotz wiederholter Beschäftigung mit dem zweiten möglichen Ergebnis ist es niederschmetternd.

Thomas mit seinem blonden Haar und dem Lächeln, das in seinen Augen beginnt, dem Lächeln, das einem verspricht, alles werde gut, konnte dir nicht widerstehen.

Unsere Ehe gründete auf einer Lüge, sie war auf einem Fundament aus Treibsand errichtet.

Die aufwallende Wut und die tiefe Enttäuschung zeigen sich nicht. Noch nicht.

Jetzt schilderst du die Unterhaltung über den Fahrer, der im Seitenspiegel zu sehen war. Als du erzählst, wie der Wecker deines Telefons klingelte, wirst du gebremst.

Du greifst vor, indem du schilderst, wie du das Museum verlässt, und musst zurückgeführt werden zu der Stelle, wo ihr euch begegnet, du und Thomas.

Die Frage muss gestellt werden, auch wenn es ausgemacht zu sein scheint, dass Thomas dich attraktiv fand, dass er nach einer Möglichkeit suchte, eure Begegnung zu verlängern.

Du wurdest darauf trainiert, in diesem Raum ehrlich zu sein. Deine grundlegenden Sitzungen haben uns an diesen entscheidenden Punkt geführt.

«Der blonde Mann ... Würden Sie ...»

Du schüttelst den Kopf.

«Häh?», wirfst du ein. «Sie meinen den Mann, mit dem ich mich über die Fotos unterhalten habe?»

Es ist zwingend notwendig, jede Verwechslungsgefahr auszuschließen.

«Ja», wird dir gesagt. «Der in der Bomberjacke.»

Jetzt stutzt du. Wieder schüttelst du den Kopf.

Nach deinen nächsten Worten dreht sich der Raum.

Irgendetwas ist völlig schiefgegangen.

«Sein Haar war nicht blond», sagst du. «Es war dunkelbraun. Eigentlich fast schwarz.»

Du bist Thomas im Museum gar nicht begegnet. Der Mann, auf den du dort trafst, war ein anderer.

KAPITEL EINUNDDREISSIG

Freitag, 14. Dezember

Oberflächlich betrachtet ist alles wie immer: der Handdesinfizierer, die Pfefferminzbonbons, meine Ankunft fünf Minuten vor der vereinbarten Zeit.

Es ist Freitagabend, und ich habe noch zwei Klientinnen, bevor ich Feierabend machen kann. Aber keiner dieser Termine wurde von BeautyBuzz vereinbart.

Dies sind Frauen, die Dr. Shields im Rahmen ihrer Studie ausgewählt hat.

Als ich gestern nach dem Museumsbesuch in ihrer Praxis war, wirkte Dr. Shields ein bisschen verwirrt von meiner Unterhaltung mit dem Mann in der Bomberjacke. Dann entschuldigte sie sich und ging auf die Toilette. Als sie ein paar Minuten später zurückkam, wollte ich ihr noch erzählen, dass ich beim Verlassen des Museums zusätzlich Geld in die Spendenbox getan hatte und vom Unfall keine Spur mehr zu sehen gewesen war.

Aber Dr. Shields unterbrach mich, sie wollte sich nur mit diesem neuen Test beschäftigen.

Noch einmal erklärte sie mir, dass diese Frauen Testpersonen in einer früheren Moralbefragung gewesen waren und sich schriftlich zu Folgetests bereit erklärt hätten. Sie haben keine Ahnung, warum ich wirklich bei ihnen zu Hause auftauche.

Wenigstens ich weiß es oder glaube es jedenfalls zu wissen. Es ist das erste Mal, dass ich vor Beginn eines Tests erfahren habe, worum es geht.

Ich bin erleichtert, dass ich nicht blind da hineingehe, aber es fühlt sich trotzdem komisch an. Vielleicht liegt das daran, dass es hier um so wenig geht. Dr. Shields will bloß wissen, ob diese Kundinnen mir ein großzügigeres Trinkgeld geben, weil die Dienstleistung kostenlos ist. Außerdem soll ich ein paar grundlegende Daten über sie sammeln – Alter, Familienstand, Beruf –, die sie für einen Aufsatz über ihre Forschungen braucht oder wofür auch immer.

Aber warum will sie diese Daten noch einmal bestätigt haben? Denn sie oder ihr Assistent Ben müssten sie doch schon erfasst haben, bevor die Frauen an der Studie teilnahmen, wie bei mir.

Bevor ich in dem Mehrfamilienhaus im Manhattaner Stadtteil Chelsea mit dem Aufzug in den elften Stock fahre, hole ich das Telefon aus der Tasche.

Dr. Shields gab mir eine weitere Anweisung und betonte, sie sei sehr wichtig.

Ich rufe sie an.

«Hi, ich gehe gleich rein», sage ich.

«Ich werde mich jetzt auf stumm stellen, Jessica», sagt sie.

Gleich darauf höre ich nichts mehr, nicht einmal ihren Atem.

Ich schalte mein Telefon auf Lautsprecher.

Als Reyna mir die Wohnungstür öffnet, ist mein erster Gedanke, dass sie in etwa der Vorstellung entspricht, die ich mir von den anderen Frauen in Dr. Shields' Studie gemacht hatte: Anfang dreißig, glänzendes dunkles Haar, das ihr in einem Blunt Cut bis aufs Schlüsselbein fällt. Ihre Wohnungseinrichtung hat ein künstlerisches Flair – ein wie eine Wendeltreppe aufgefächerter Bücherstapel dient als Beistelltisch, die Wände sind in einem satten Rotbraun gestrichen, und auf der Fensterbank steht eine coole Menora, die wie eine Antiquität aussieht.

In den nächsten fünfundvierzig Minuten versuche ich, alle Fragen, die ich für Dr. Shields stellen soll, in unsere Unterhaltung einzuflechten. Ich erfahre, dass Reyna vierunddreißig ist, ursprünglich aus Austin stammt und Schmuckdesignerin ist. Während ich einen taubengrauen Lidschatten auswähle, deutet sie auf einige der Stücke, die sie trägt, darunter den Ewigkeitsring, den sie für die Heirat mit ihrer Lebensgefährtin entworfen hat.

«Eleanor und ich haben aufeinander abgestimmte Ringe», sagt sie. Sie hatte mir bereits erzählt, dass sie beide heute Abend zur Feier des fünfunddreißigsten Geburtstags einer Freundin gehen.

Fast vergesse ich, dass sie keiner meiner üblichen Aufträge ist, so entspannt ist die Unterhaltung mit Reyna.

Wir plaudern noch ein bisschen, dann geht sie zum Spiegel, um sich zu betrachten.

Als sie zurückkommt, reicht sie mir zwei Zwanziger. «Ich fasse es nicht, dass ich das gewonnen habe», sagt sie. «Für welche Firma arbeiten Sie noch gleich?»

Ich zögere. «Eine der großen, aber ich überlege, ob ich mich selbständig mache.»

«Ich rufe Sie auf jeden Fall wieder an», sagt Reyna. «Ihre Nummer habe ich ja noch.»

Aber diese Nummer gehört zu dem Telefon, das Dr. Shields mich benutzen ließ. Ich lächele bloß und packe zusammen. Als ich wieder auf dem Bürgersteig stehe, schalte ich den Lautsprecher sofort aus und halte mir das Telefon ans Ohr.

«Sie hat mir vierzig Dollar gegeben», sage ich. «Die meisten Kundinnen geben nur zehn.»

«Wunderbar», sagt Dr. Shields. «Wie lange benötigen Sie bis zur nächsten Adresse?»

Ich sehe nach. Es ist nur eine kurze Taxifahrt über den West Side Highway.

«Es ist in Hell's Kitchen», sage ich. Ich zittere. In der letzten Stunde ist es deutlich kälter geworden. «Also müsste ich so gegen halb acht da sein.»

«Perfekt. Rufen Sie mich an, wenn Sie dort sind.»

Die zweite Frau ist anders als jede andere Kundin, mit der ich je gearbeitet habe. Ich kann mir nicht vorstellen, wie sie in Dr. Shields' Studie gelandet ist.

Tiffani hat gebleichtes Haar und ist spindeldürr, aber anders als die schicken Upper-East-Side-Mütter.

Sie fängt an zu schwatzen, sobald ich meinen Koffer in ihren winzigen Flur gerollt habe. Es ist ein Apartment mit einer winzigen Küche und einer ausgezogenen Bettcouch. Diverse Alkoholika stehen auf dem Küchenschrank aufgereiht, und in der Spüle stapelt sich schmutziges Geschirr. Der Fernseher plärrt. Ich werfe einen Blick darauf und sehe James Stewart in *Ist das Leben nicht schön?*. Das ist das Einzige, was in diesem düsteren, trostlosen Apartment auf die Vorweihnachtszeit verweist.

«Ich habe noch nie was gewonnen!», sagt Tiffani. Sie hat eine hohe, fast schrille Stimme. «Nicht mal ein Stofftier auf dem Jahrmarkt!»

Als ich sie gerade nach ihren Plänen für den heutigen Abend fragen will, ertönt aus dem zerwühlten Bettzeug eine weitere Stimme: «Ich liebe diesen scheiß Film!»

Ich fahre zusammen, dann sehe mich um und entdecke einen Mann, der auf den Polstern lungert.

Tiffani folgt meinem Blick. «Mein Freund», sagt sie, stellt mich aber nicht vor. Er sieht mich nicht einmal an, und der bläuliche Widerschein des Fernsehers, der auf sein Gesicht fällt, verwischt seine Züge.

«Irgendetwas Besonderes vor heute Abend?», frage ich.

«Ich weiß nicht, vielleicht irgendeine Bar», sagt Tiffani.

Ich öffne den Koffer auf dem Boden, weil nirgends Platz ist, um mich auszubreiten. Aber ich weiß jetzt schon, dass ich hier nicht länger als unbedingt nötig bleibe.

«Können wir Licht machen?», frage ich Tiffani.

Sie streckt die Hand nach einem Schalter aus, und sofort hält ihr Freund sich die Hand vor die Augen. Ich erhasche einen Blick auf spitze Knochen und ein Ärmeltattoo. «Könnt ihr zwei das nicht im Bad machen?»

«Da ist kein Platz», sagt Tiffani.

Er atmet geräuschvoll aus. «Na gut.»

Ich lege mein Telefon mit dem Display nach unten auf das oberste Fach in meinem Koffer und frage mich, wie viel Dr. Shields hören kann.

Tiffani zerrt einen braunen Umzugskarton heran und setzt sich darauf. Mir fällt auf, dass an der Wand noch ein paar Kartons stehen.

Als ich Tiffanis Haut mustere, merke ich, dass sie älter ist, als sie auf den ersten Blick aussah. Ihre Haut ist fahl, und ihre Zähne sind gräulich verfärbt.

«Wir sind gerade erst hergezogen», sagt sie. Alle ihre Sätze klingen wie eine Frage. «Aus Detroit.»

Ich beginne damit, elfenbeinfarbige Grundierung auf der Hand zu vermischen. Sie ist so blass, dass ich meinen hellsten Farbton verwenden muss.

«Warum sind Sie nach New York gezogen?», frage ich. Ich kenne ihren Familienstand, jetzt brauche ich noch ihren Beruf und ihr Alter.

Tiffani sieht zu ihrem Freund. Er scheint immer noch in den Film vertieft zu sein. «Ach, wegen Rickys Arbeit.»

Aber er hört uns offenbar doch zu, denn jetzt ruft er: «Ihr Mädels seid vielleicht Plaudertaschen.»

«Entschuldige», sagt Tiffani. Dann fährt sie leiser fort: «Ihre Arbeit macht bestimmt Spaß. Wie sind Sie da drangekommen?»

Ich beuge mich zu ihr und tupfe Grundierung auf ihre Haut. Dabei entdecke ich eine blasslila Prellung an ihrer Schläfe. Sie war unter ihrem Haar verborgen, als sie mir die Tür öffnete.

Ich halte inne.

«Autsch, was ist denn da passiert?», frage ich.

Sie versteift sich. «Bin beim Auspacken an den Schrank gestoßen.» Zum ersten Mal ist ihr Tonfall ausdruckslos.

Ricky stellt den Fernseher stumm, dann schält er sich vom Sofa und schlendert zum Kühlschrank. Seine Füße sind nackt, und er trägt Baggypants und ein ausgeblichenes T-Shirt.

Er holt ein Bier aus dem Kühlschrank und öffnet es.

«Wie hast du das eigentlich gewonnen?», fragt er. Er steht nur drei Schritte entfernt, direkt unter der Leuchtstofflampe. Jetzt kann ich ihn gut sehen: Sein schlecht geschnittenes schmutzigblondes Haar und die fahle Haut ähneln denen von Tiffani, aber ihre Augen sind hellblau und seine fast schwarz.

Dann wird mir klar, dass seine Pupillen bloß so stark erweitert sind, dass sie die Iris verdecken.

Instinktiv sehe ich zu meinem Telefon, dann zwinge ich mich, wieder ihn anzusehen. «Meine Chefin hat das arrangiert», sage ich. «Ich glaube, es ist eine kostenlose Promotion-Aktion, um die Firma bekannter zu machen.»

Ich schnappe mir einen Eyeliner, ohne darauf zu achten, ob es der richtige Farbton ist.

«Augen zu, bitte», weise ich Tiffani an.

Rechts von mir knackt es dreimal laut.

Ich sehe mich um. Ricky lässt den Kopf von einer Seite zur anderen rollen. Aber dabei sieht er mich die ganze Zeit an.

«Du läufst also einfach rum und schminkst umsonst Leute?», fragt er. «Wo ist der Haken?»

Tiffani meldet sich zu Wort: «Ricky, sie ist fast fertig. Ich habe ihr keine Kreditkarte gegeben oder so. Sieh dir einfach deinen Film an, und dann können wir ausgehen.»

Aber Ricky rührt sich nicht vom Fleck. Er sieht mich unverwandt an.

Ich brauche noch eine weitere Information, dann mache ich so schnell wie möglich fertig und gehe.

«Bei Frauen wie Ihnen, die noch unter fünfundzwanzig sind, nehme ich am liebsten ein Cremerouge», sage ich und greife in meinen Koffer. Das Rouge liegt im obersten Fach, gleich neben meinem Telefon.

Ich beginne, es auf Tiffanis Wange zu verblenden. Meine Finger zittern ein bisschen, aber ich bemühe mich trotzdem, sanft zu sein für den Fall, dass die Prellung noch empfindlich ist.

Ricky tritt einen Schritt näher. «Woher weißt du, dass sie unter fünfundzwanzig ist?»

Wieder sehe ich zum Telefon. «Bloß geraten.» Er riecht nach altem Schweiß und Zigarettenrauch und noch etwas, was ich nicht einordnen kann.

«Was ist? Willst du ihr das Zeug da etwa verkaufen?»

«Nein, natürlich nicht.»

«Kommt mir schräg vor, dass du sie ausgesucht hast. Wir sind erst vor zwei Wochen hergezogen. Woher hast du ihre Nummer?»

Meine Hand mit dem Rouge rutscht nach unten aus.

«Ich habe nicht – ich meine, meine Chefin hat sie mir gegeben.»

Zwei Wochen, denke ich. Und sie sind von Detroit hierhergezogen.

Tiffani kann unmöglich an Dr. Shields' früherer Studie teilgenommen haben.

Plötzlich nehme ich aus dem Augenwinkel eine Bewegung wahr und merke erst jetzt, dass ich, statt Tiffani zu schminken, mein Telefon anstarre.

Ricky stürzt vor. Ich weiche ihm aus, und in meiner Kehle steigt ein Schrei auf.

Tiffani ist wie erstarrt. «Ricky, nicht!»

Instinktiv kauere ich mich auf den Boden. Aber er hat es gar nicht auf mich abgesehen.

Sondern auf mein Telefon.

Er schnappt es sich, dreht es um und sieht aufs Display.

«Meine Chefin hat bloß ...», stammele ich.

Ricky sieht mich an. «Bist du 'ne scheiß Drogenfahnderin?»

«Was?»

«Im Leben gibt's nichts umsonst», sagt er.

Ich warte darauf, dass Dr. Shields sich über Lautsprecher meldet. BeautyBuzz hat Sicherheitsmaßnahmen zu unserem Schutz eingerichtet. Die Kundinnen müssen ihre Kreditkartennummer angeben, und wenn uns etwas schräg vorkommt, dürfen wir sofort gehen.

Heute habe ich bloß Dr. Shields. Sie wird das in Ordnung bringen. Sie wird alles erklären.

Ich recke den Hals, um aufs Display zu sehen, aber Ricky zieht das Telefon weg.

«Warum guckst du ständig dadrauf?», fragt er. Dann dreht er es langsam um und hält es in die Höhe.

Auf dem Display ist nur das Desktopbild von Leo zu sehen.

Dr. Shields hat aufgelegt.

Jetzt bin ich auf mich allein gestellt.

Ich kauere am Boden und habe keine Möglichkeit, mich zu schützen.

«Mein Freund holt mich gleich ab, und ich wollte seinen Anruf nicht verpassen», lüge ich, und meine Stimme klingt schrill und nervös. «Er müsste jeden Moment hier sein.»

Dann stehe ich auf, so behutsam, als hätte ich es mit einem wilden Tier zu tun.

Ricky rührt sich nicht, aber ich habe das Gefühl, er könnte jeden Augenblick explodieren.

«Tut mir leid, wenn ich Sie verärgert habe», sage ich. «Ich kann draußen auf ihn warten.»

Ricky sieht mir in die Augen und ballt die Hand mit meinem Telefon zur Faust.

«Irgendwas an dir ist nicht koscher», sagt er.

Ich schüttele den Kopf. «Ich versichere Ihnen, ich bin nur eine Kosmetikerin.»

Er mustert mich noch eine ganze Weile.

Dann wirft er mir das Telefon zu. Hastig fange ich es auf.

«Da hast du dein scheiß Handy», sagt er. «Ich sehe mir weiter den Film an.»

Erst als er wieder auf der Bettcouch liegt, atme ich aus.

«Tut mir leid», flüstert Tiffani.

Ich würde ihr gern eine Visitenkarte aus dem Schminkkoffer geben. Und ihr sagen, dass sie mich anrufen kann, wenn sie Hilfe braucht.

Aber Ricky ist zu nahe. Ich spüre seine Aufmerksamkeit wie eine rohe Kraft, die den Raum erfüllt.

Hastig nehme ich ein paar Tuben Lipgloss und gebe sie Tiffani. «Die können Sie behalten.»

Dann packe ich meine Sachen ein, klappe den Schminkkoffer zu und stehe mit weichen Knien auf. Auf dem Weg zur Tür stelle ich mir vor, wie Rickys Blick sich in meinen Rücken bohrt. Als ich am Treppenhaus ankomme, renne ich schon, und der schwere Schminkkoffer zerrt schmerzhaft an meinem Arm.

Sobald ich in einem Uber-Wagen sitze, sehe ich in meiner Anrufliste nach.

Ich fasse es nicht. Dr. Shields hat schon nach sechs Minuten aufgelegt.

KAPITEL ZWEIUNDDREISSIG

Freitag, 14. Dezember

Als du nach deinem zweiten Termin anrufst, klingst du überraschend erregt. «Wie konnten Sie einfach auflegen? Dieser Kerl war übel!»

Therapeuten sind darauf trainiert, ihren eigenen Gefühlsaufruhr beiseitezuschieben und sich auf ihre Klienten zu konzentrieren. Das kann durchaus eine Herausforderung darstellen, besonders wenn unausgesprochene Fragen mit deinen konkurrieren, Jessica: *Was macht Thomas heute Abend? Ist er allein?*

Doch du musst rasch beschwichtigt werden.

Es könnte alle möglichen Gründe dafür geben, dass diese beiden Frauen meinen Mann anriefen – Therapie zum Beispiel. Jedenfalls wurden sie als potenzielle Geliebte ausgeschlossen; Reyna ist eine verheiratete Lesbe und Tiffani erst vor zwei Wochen hierhergezogen.

Damit schließen sich die alternativen Wege zur Informationsbeschaffung allmählich. Dies betont die Notwendigkeit deiner Mitwirkung.

Alles hängt jetzt von dir ab.

Du musst gelenkt werden.

«Jessica, es tut mir so leid. Die Verbindung wurde unterbrochen, und ein Rückruf war selbstverständlich ausgeschlossen. Was ist denn geschehen? Sind Sie in Sicherheit?»

«Oh.» Du atmest hörbar aus. «Ja, denke schon. Aber diese Frau, zu der Sie mich da geschickt haben, ja? Ihr Freund war eindeutig auf Drogen.»

Ein Funken – Groll? Zorn? – bleibt.

Er muss gelöscht werden.

«Soll ich Ihnen einen Wagen schicken?»

Dieses Angebot wird wie erwartet abgelehnt.

Dennoch hat die beflissene Sorge um dein Wohlergehen die gewünschte Wirkung. Dein Tonfall ändert sich. Als du deine Interaktionen schilderst, sprichst du langsamer. Einige oberflächliche Fragen zu den beiden Frauen werden gestellt. Dir wird ein Kompliment gemacht, weil du den beiden so geschickt ihre persönlichen Daten entlockt hast.

«Mit Tiffani bin ich nicht ganz fertig geworden. Von ihr habe ich kein Trinkgeld bekommen», sagst du.

Dir wird versichert, dass du die Situation perfekt gehandhabt hast und deine Sicherheit an erster Stelle steht.

Dann wird mit Bedacht ein Keim gelegt: «Ist es möglich, dass Ihre frühere Erfahrung mit dem Theaterregisseur, von dem Sie mir in der Hotellobby erzählten, dazu führt, dass Sie sich Männern gegenüber verletzlicher fühlen, als Sie es sonst tun würden?»

Diese Frage wird selbstverständlich in mitfühlendem Ton gestellt.

Die Antwort fällt dir schwer.

«Ich ... daran hatte ich gar nicht gedacht», sagst du schließlich.

Der Anflug von Selbstzweifel in deiner Stimme lässt erkennen, dass die Frage ihren Zweck erfüllt hat.

Das Brummen eines eingehenden Anrufs unterbricht dich. Du verstummst. Rasch wird die Nummer betrachtet, doch es ist mein Vater. Nicht Thomas.

«Bitte fahren Sie fort», wirst du angewiesen.

Thomas hat nicht auf die Nachricht reagiert, die ihm vor über einer Stunde zuging. Dies ist untypisch.

Wo ist er?

Seit der Einführung der Möglichkeit, dass deine Vergangenheit die Wahrnehmung deiner Begegnungen mit Männern trübt, ist dein Tonfall respektvoll. Vielleicht denkst du auch daran, wie du in der Bar des Sussex Hotels voreilige Schlüsse über Scott zogst.

«Die zweite Frau, Tiffani ... sie sagte, sie sei gerade erst aus Detroit hierhergezogen.» Dieser Satz wird zögernd geäußert. Du forschst nach Informationen, willst aber nicht vorwurfsvoll klingen.

«Ich habe mich bloß gefragt ... Sie hatten doch gesagt, Sie hätte an Ihrer Studie teilgenommen, oder?»

Es bestand die Hoffnung, dass du dieses Detail übersehen würdest.

Du wurdest unterschätzt.

Eine rasche Lösung ist vonnöten.

«Meinem Assistenten Ben muss wohl ein Zahlendreher unterlaufen sein, als er ihre Telefonnummer aufnahm», wird dir erklärt.

Du wirst überschwänglich um Verzeihung gebeten und gewährst sie.

Jetzt musst du rasch zurückgewonnen werden. Schon in ein paar Tagen wirst du erneut gebraucht, und zwar für deine bislang wichtigste Aufgabe. Eine Ablenkung ist vonnöten.

Die Inspiration dazu traf praktischerweise vor wenigen Minuten ein, als mein Telefon vibrierte. Die Worte, die dich verführen werden, werden formuliert:

«Mein Vater hat heute angerufen. Es hat sich eine Stelle aufgetan, die vielleicht in Frage käme.»

Deine Erleichterung ist unüberhörbar. Du schnappst nach Luft und rufst gleich darauf freudig: «Wirklich?»

Diesem Wortwechsel folgt das Versprechen, dass der Scheck für deine heutige Arbeit beim nächsten Mal in meiner Praxis für dich bereitliegen werde.

Du sprudelst über vor Fragen, aber du gestattest dir nicht, sie herauszulassen.

Ausgezeichnet, Jessica.

Das Telefonat wird sanft beendet.

Arbeitsgerät wird geholt: der Laptop, ein Federhalter und ein frischer Notizblock; eine Tasse Pfefferminztee, zur Belebung und um Hände und Kehle zu wärmen.

Der Plan für deine Begegnung mit Thomas muss rasch entworfen werden. Kein Detail darf dem Zufall überlassen bleiben.

Eine weitere verpasste Gelegenheit darf es nicht geben.

KAPITEL DREIUNDDREISSIG

Freitag, 14. Dezember

Sobald ich die Tür aufgeschlossen habe, springt Leo an mir hoch. Seine kleinen Pfoten erreichen gerade einmal meine Knie. Er war nicht draußen, seit ich ausging, um Reyna und Tiffani zu schminken. Ich stelle meinen Koffer ab, schnappe mir meinen Wollschal und nehme ihn an die Leine.

Diesen Spaziergang brauche ich jetzt ebenso wie er.

Leo zerrt mich die drei Treppen nach unten und durch die Haustür. Obwohl ich nur wenige Minuten fort sein werde, ziehe ich sie fest zu.

Während Leo sich an einem Hydranten erleichtert, wickele ich mir den Schal um den Hals und sehe aufs Telefon. Zwei neue Nachrichten. Die erste ist von meiner Theaterfreundin Annabelle: *Vermiss dich, Süße, ruf an!*

Die zweite kommt von einer mir unbekannten Rufnummer: *Hey, wollte Sie nur wissenlassen, dass es Marilyn gutgeht. Ihre Tochter sagte, sie sei vor ein paar Stunden aus dem Krankenhaus entlassen worden. Hoffe, Sie sind pünktlich zu Ihrem Termin gekommen.* Am Ende hat er noch ein Smiley-Emoji eingefügt.

Danke für das Update, das sind gute Neuigkeiten!, schreibe ich zurück.

Ich gehe weiter und massiere mir den verspannten Nacken. Selbst die Aussicht auf eine mögliche neue Stelle für Dad kann meine Beunruhigung nicht lindern.

Ich möchte mit jemandem über all das, was da passiert, reden. Aber ich kann mich nicht bei Mom und Dad ausheulen, und zwar nicht nur wegen Dr. Shields' Geheimhaltungsvorschrift.

Wieder sehe ich aufs Telefon.

Es ist noch keine einundzwanzig Uhr.

Noah ist bis Sonntag verreist. Ich könnte mich mit Annabelle oder Lizzie verabreden. Ihr fröhliches Geplauder wäre eine Ablenkung, aber ich glaube, es wäre im Moment nicht das Richtige.

Ich biege um die Ecke und komme an einem Restaurant vorbei, dessen Fenster mit Lichterketten geschmückt sind. Über der Tür des Geschäfts nebenan hängt ein Adventskranz.

Mein Magen knurrt, und mir wird klar, dass ich seit dem Mittag nichts mehr gegessen habe.

Eine Gruppe kommt auf mich zu, angeführt von einem Mann mit einer Nikolausmütze. Er läuft rückwärts und singt laut «Rudolph the Red-Nosed Reindeer». Dabei bringt er den Text durcheinander, und seine Freunde lachen.

Ich trete zur Seite, um sie vorbeizulassen, und habe das Gefühl, in meiner schwarzen Arbeitskleidung mit den Schatten zu verschmelzen.

Vor einem Jahr gehörte auch ich zu solch einer ausgelassenen, lauten Truppe. Wir saßen freitagabends nach den Proben zusammen, und Gene bestellte chinesisches Essen für alle. Manchmal kam auch seine Frau mit selbstgebackenen Brownies oder Cookies vorbei. In gewisser Weise fühlte es sich wie eine Familie an.

Mir war gar nicht klar, wie sehr ich das vermisse.

Heute Abend bin ich allein, aber daran habe ich mich gewöhnt. Ich fühle mich bloß nicht oft einsam.

Als ich Gene das letzte Mal googelte, erfuhr ich, dass seine Frau gerade eine Tochter zur Welt gebracht hatte. Ich fand ein Bild der drei zusammen bei der Premiere einer seiner Inszenierungen; die Frau sah lächelnd ihr Baby an. Sie wirkten glücklich.

Ich muss an die beiden Nachrichten von Katrina denken, auf die ich nicht reagiert habe.

Trotz aller Bemühungen, diese Phase meines Lebens hinter mir zu lassen, hat sich in meinem Kopf eine Frage gebildet. Als ich an

Genes Ehefrau denke, ist mir, als hörte ich Dr. Shields diese Frage stellen:

Ist es moralisch vertretbar, das Leben einer unschuldigen Frau zu zerstören, wenn dadurch die Chance besteht, andere Frauen vor zukünftigem Schaden zu bewahren?

Ich muss mich unbedingt ablenken. Wenn ich Drogen nähme, würde ich jetzt zu einem Joint greifen. Aber ich gebe nicht auf diese Art die Kontrolle ab. Wenn der Druck zu hoch wird, sehne ich mich nach einem anderen Ventil.

Noah hält mich für eine Frau, für die man kocht und die man beim ersten Date nur küsst. Aber so eine Frau bin ich seit jenem Abend mit Gene French nicht mehr. Vielleicht fällt es mir deshalb jetzt so schwer, Männer an mich heranzulassen, weil ich ihm so vertraut habe. Selbst wenn Noah in der Stadt wäre, wäre er nicht das, was ich heute Abend suche.

Stattdessen denke ich an den Mann, der mir gerade eine Nachricht geschickt hat und mir hinterhersah, als ich ins Museum ging. Bei ihm kann ich einfach eine anonyme Frau sein.

Also schreibe ich ihm noch einmal: *Haben Sie zufällig Zeit, was trinken zu gehen?*

Flüchtig denke ich an Noah, der mit dem Geschirrtuch im Jeansbund für mich kochte.

Er wird es nie erfahren, sage ich mir.

Ich werde nur ein paar Stunden mit diesem Mann zusammen sein. Hinterher muss ich ihn nie wiedersehen.

KAPITEL VIERUNDDREISSIG

Freitag, 14. Dezember

Nachdem du deinen Bericht über deine Begegnungen mit Reyna und Tiffani abgeliefert hast, bleibt das Telefon quälend lange stumm. Als Thomas schließlich um 21.04 Uhr anruft, ist die Tasse dreimal mit Pfefferminztee aufgefüllt worden. Beinahe zwei Blatt des Notizblocks wurden gefüllt.

«Tut mir leid, ich habe deine Nachricht gerade erst gesehen», beginnt er. «Ich bin herumgelaufen und habe Weihnachtseinkäufe gemacht, und in den vollen Läden habe ich das Handy nicht gehört.»

Thomas erledigt seine Weihnachtseinkäufe üblicherweise wirklich erst in letzter Minute. Und im Hintergrund sind tatsächlich die Geräusche der Großstadt zu hören.

Dennoch kommt Misstrauen auf. Hätte er die Vibration seines Telefons wirklich nicht gespürt?

Doch seine Entschuldigung wird bereitwillig angenommen, denn es ist sogar noch wichtiger, dass er blind in dieses Experiment hineingeht.

Ein wenig leichtes Geplauder folgt. Thomas sagt, er sei völlig erledigt und fahre jetzt nach Hause, um früh zu Bett zu gehen.

Dann sagt er noch einen letzten Satz, ehe er auflegt.

«Ich freue mich darauf, dich morgen zu sehen, meine Schöne.»

Die Teetasse landet laut klirrend auf der Untertasse, was eine Macke im zarten Porzellan hinterlässt. Glücklicherweise hatte er das Telefonat bereits beendet.

Im Verlauf unserer Ehe war Thomas sehr freigebig mit Komplimenten: *Du bist wunderschön. Atemberaubend. Brillant.*

Aber nie *meine Schöne*.

In der Nachricht, die er irrtümlich an mich versandte, war das jedoch seine Anrede für die Frau, mit der er, wie er gestand, eine Affäre hatte.

Licht und Dunkel gehören zum Gefühlsleben jedes Menschen. Eine gesunde, liebevolle Partnerschaft kann während einer emotionalen Abwärtskurve eine stützende Infrastruktur bieten, doch niemals kann sie den Schmerz auslöschen, den ein Mensch an Wendepunkten wie dem Tod einer Schwester oder der Untreue eines Ehemanns erleidet.

Oder dem Selbstmord einer jungen weiblichen Testperson.

Diese erschütternde Tragödie geschah zu Beginn des vergangenen Sommers: am 8. Juni, um genau zu sein. Unsere Ehe litt, Jessica. Welche Ehe würde das nicht? Es war schwer, die Energie aufzubringen, sich voll und ganz einzubringen. Das Bild der ernsten braunen Augen meiner Testperson drängte sich Tag und Nacht auf. Dies führte zu einem emotionalen wie auch körperlichen Rückzug, trotz Thomas' beschwichtigender Worte: «Manchen Menschen ist einfach nicht zu helfen, Liebste. Du hättest nichts tun können.»

Unsere Ehe hätte sich von der Entfremdung, die sich in dieser Phase einstellte, erholen können. Wäre eines nicht gewesen.

Mehrere Monate später, im September, landete die Nachricht auf meinem Telefon, die seiner Aussage nach für eine Boutique-Inhaberin, mit der er einen One-Night-Stand gehabt hatte, bestimmt war. Der helle Klingelton schien in meiner stillen Praxis widerzuhallen. Es war 15.51 Uhr an einem Freitagnachmittag.

Thomas versandte sie wahrscheinlich um diese Uhrzeit, weil seine eigene Praxis auch gerade verlassen war. Klienten gehen normalerweise zehn Minuten vor der vollen Stunde, damit dem Therapeuten vor der nächsten Sitzung ein kleines Zeitfenster für Persönliches bleibt.

In jenem Sommer der inneren Dunkelheit blieb die Praxis geöffnet, Jessica. Kein Patient wurde abgewiesen. Dies war vielleicht wichtiger denn je.

Was bedeutete, dass die neun freien Minuten, die auf den Erhalt der Nachricht folgten, damit verbracht werden konnten, sie zu betrachten: *Bis heute Abend, meine Schöne.*

Es war, als nähmen diese Worte immer mehr Raum ein, bis sie alles andere ausblendeten.

Als Therapeutin kann man häufig beobachten, wie ein Klient versucht zu rationalisieren und nach Entschuldigungen sucht, um übermächtige Emotionen zu ersticken. Diese fünf Worte jedoch konnten nicht ignoriert werden.

Als nur noch eine Minute blieb, bis die nächsten Klienten in unser beider Praxen eingelassen würden, brach der tranceähnliche Zustand auf. Eine Antwort wurde Thomas übermittelt.

Ich glaube, dies war nicht für mich bestimmt.

Dann wurde das Telefon auf stumm geschaltet, und mein Vier-Uhr-Termin, eine alleinstehende Mutter mit einer Angststörung, die von der Streitlust ihres jugendlichen Sohnes noch verschärft wurde, bemerkte nicht, dass etwas nicht stimmte.

Thomas jedoch muss seinen letzten Termin des Tages wohl abgesagt haben, denn als die erregte Mutter fünfzig Minuten später hinausgeführt wurde, saß er in sich zusammengesunken in meinem Wartezimmer, vornübergebeugt, die Ellbogen auf die Knie gestützt, das Gesicht abgespannt und grau.

In der Folge von Thomas' Textnachricht wurden Daten zusammengetragen.

Einige Informationen wurden von Thomas geliefert. Ihr Vorname: Lauren. Ihr Arbeitsplatz: eine kleine vornehme Boutique in der Nähe von Thomas' Praxis.

Weitere Informationen wurden unabhängig gesammelt.

Bereits ein kurzer Anruf in der Boutique an einem Samstag

um die Mittagszeit verifizierte Laurens Anwesenheit dort. Nun musste man bloß hineinschlendern und vorgeben, man sei hingerissen von den farbenprächtigen Stoffen.

Locker plaudernd kassierte sie eine Kundin ab. Außer ihr hielten sich eine weitere Verkäuferin und diverse andere Kundinnen in der Boutique auf. Doch sie war diejenige, die den Blick anzog, und zwar nicht nur wegen ihrer Geschichte mit meinem Mann. Du ähnelst ihr ein wenig, Jessica. Es besteht Übereinstimmung in wesentlichen Punkten. Und es war leicht zu sehen, warum sogar ein glücklich verheirateter Mann empfänglich für ihre Annäherungsversuche sein könnte.

Sie beendete die Transaktion und kam mit einem warmherzigen Lächeln zu mir. «Suchen Sie nach etwas Bestimmtem?», fragte sie.

«Ich sehe mich bloß um. Können Sie mir etwas empfehlen? Ich fahre übers Wochenende mit meinem Mann weg und hätte gern ein paar neue Outfits.»

Sie empfahl mir mehrere Kleidungsstücke, darunter die fließenden Kleider, die sie von ihrer letzten Einkaufsreise aus Indonesien mitgebracht hatte.

Es folgte eine kurze Unterhaltung über ihre Reisen.

Sie war temperamentvoll und strahlte eine überquellende Lebensfreude aus; sie trug ihre Lebenslust zur Schau.

Nachdem Lauren mehrere Minuten hatte plaudern dürfen, wurde die Begegnung abrupt beendet. Selbstverständlich wurde nichts gekauft.

Der Besuch in der Boutique beantwortete einige Fragen, warf jedoch weitere auf.

Lauren ahnt bis heute nichts vom wahren Zweck meines Besuchs.

Ein leuchtend roter Blutstropfen befleckt die weiße Porzellanuntertasse.

Auf meiner winzigen Verletzung klebt ein Pflaster. Die beschädigte Teetasse bleibt auf dem Tisch.

Thomas ist kein Teetrinker.

Er bevorzugt Kaffee.

Der Notizblock liegt neben der Teetasse auf dem Schreibtisch.

Die Frage, die in Druckbuchstaben ganz oben auf dem linierten gelben Blatt steht, kann endlich beantwortet werden: *WO WERDEN SIE SICH ENDLICH BEGEGNEN?*

Jeden Sonntag gönnt sich Thomas im Anschluss an seine Partie Squash einen schlichten Genuss: Er liest in einem Diner zwei Häuser neben seinem Fitnessstudio die *New York Times*. Angeblich, weil das Lokal so praktisch liegt. In Wahrheit lechzt er nach dem fettigen Bacon und den Spiegeleiern mit dem dick mit Butter bestrichenen Bagel. Obwohl sich in unserer Ehe zahlreiche Gewohnheiten deckten, verliefen unsere Sonntagvormittage immer unterschiedlich.

In sechsunddreißig Stunden wird Thomas wie jede Woche seine Gier nach diesem fettigen Essen befriedigen.

Und du, Jessica, wirst dort erscheinen und eine andere Art von Verlockung präsentieren.

KAPITEL FÜNFUNDDREISSIG

Sonntag, 16. Dezember

Ich entdecke Dr. Shields' Zielperson, sobald ich den Diner betrete, der von Geschirrklappern und den Unterhaltungen der Gäste erfüllt ist. Er sitzt allein in der dritten Sitznische auf der rechten Seite, das Gesicht teilweise von seiner Zeitung verdeckt.

Gestern rief Dr. Shields an, um mir zu sagen, sie habe einen Scheck über tausend Dollar für meine Arbeit am Freitagabend ausgestellt. Dann gab sie mir diese Aufgabe: Finden Sie einen bestimmten Mann in diesem speziellen Lokal und tauschen Sie mit ihm Telefonnummern aus. Es war unangenehm genug gewesen, in der Hotelbar mit Scott zu flirten, aber dasselbe ohne gedämpftes Licht und Alkohol zu tun, kommt mir hundertmal schlimmer vor.

Ich schaffe das nur, indem ich mir die Gesichter meiner Eltern und meiner Schwester ausmale, wenn sie erfahren, dass sie doch in Urlaub fahren.

Strohblondes Haar. Eins achtundachtzig. Schildpattbrille. New York Times. Sporttasche. Wieder geht mir Dr. Shields' Beschreibung durch den Kopf.

Bei diesem Mann kann ich hinter jedem der Erkennungsmerkmale einen Haken machen. Flott gehe ich auf ihn zu, bereit, meinen Eröffnungssatz zu sprechen. Als ich an seinen Tisch trete, hebt er den Kopf.

Und ich erstarre.

Ich kenne meine nächste Zeile: *Tut mir leid, Sie zu stören, aber haben Sie vielleicht ein Telefon gefunden?*

Aber ich kann nicht sprechen. Ich kann mich nicht rühren.

Der Mann ist kein Fremder.

Zum ersten Mal traf ich ihn vor vier Tagen am Met Breuer,

als wir beide einer Frau halfen, die von einem Taxi angefahren worden war. Wir waren zwei Fremde, die der Zufall zusammengeführt hatte – nahm ich jedenfalls an.

Ich sah ihn wieder, nachdem er mir geschrieben hatte, Marilyn gehe es gut, und ich vorschlug, wir könnten uns auf ein Glas treffen.

Er legt die Zeitung auf den Tisch und wirkt fast genauso überrascht, wie ich es bin. «Jess? Was tust du denn hier?»

Mein erster Impuls ist, mich umzudrehen und das Lokal zu verlassen. Mein Mund ist trocken, und ich kann kaum schlucken.

«Ich bin bloß ... also ...», stottere ich. «Ich kam zufällig hier vorbei und dachte, ich esse einen Happen.»

Er blinzelt.

«Was für ein Zufall.» Sein Blick ruht unverwandt auf meinem Gesicht, und mich überkommt Panik. «Du wohnst nicht hier in der Gegend. Was machst du in diesem Viertel?»

Ich schüttele den Kopf und verdränge das Bild von ihm, wie er sich erst vorgestern Abend in der dämmrigen Bar vorbeugte und seine Hand meinen Oberschenkel streifte. Nach dem dritten Getränk gingen Thomas und ich zu mir.

«Ähm, eine Freundin meinte, ich soll den Laden mal ausprobieren, weil das Essen so gut ist.»

Die Kellnerin kommt mit einer dampfenden Kaffeekanne vorbei. «Noch Kaffee, Thomas?»

«Gern.» Er deutet auf mich. «Möchtest du dich setzen?»

Es ist stickig und zu warm in diesem Lokal. Ich wickele den taupefarbenen Überwurf ab, sodass mir die Enden lose auf die Brust hängen. Thomas sieht mich noch immer argwöhnisch an.

Das kann ich ihm nicht verdenken.

Ich habe nie erfahren, worin der Moraltest im Museum bestand. Aber wie groß ist die Wahrscheinlichkeit, dass man in einer Achtmillionenstadt innerhalb von vier Tagen zweimal dieselbe Person trifft, beide Male im Rahmen von Aufgaben für Dr. Shields?

Das ist alles so chaotisch, dass ich da nicht mehr durchblicke. Ein weiteres Bild drängt sich auf: er, wie er mit Küssen über meinen nackten Bauch nach unten wandert.

Ich darf Thomas nichts sagen, was meine Anwesenheit hier erklären würde. Wer ist er für Dr. Shields? Warum hat sie ihn ausgewählt?

Meine Achseln sind schweißnass und jucken.

Die Kellnerin kehrt zurück. Ich stehe immer noch.

«Kann ich Ihnen was bringen?», fragt sie mich.

Ich kann mich jetzt auf keinen Fall ihm gegenüber hinsetzen und etwas essen.

«Weißt du, eigentlich habe ich doch keinen Hunger», sage ich.

Ich mustere Thomas genauer – die grünen Augen hinter der Schildpattbrille, die olivfarbene Haut und sein schmutzig-blondes Haar. Dr. Shields nahm an, der Mann, mit dem ich mich in der Ausstellung unterhalten hatte, wäre Thomas gewesen, denn sie dachte, er hätte blondes Haar gehabt, geht mir auf. Sobald ihr klarwurde, dass er es nicht gewesen war, verlor sie das Interesse.

Dann ist das jetzt also ein zweiter Versuch.

Aber was wird Dr. Shields sagen, wenn sie erfährt, dass ich mit dem Mann geschlafen habe, dessen Telefonnummer ich besorgen soll?

Mir wird bewusst, dass ich an meinem Überwurf herumspiele. Ich breche den Blickkontakt mit Thomas ab, verstaue den Schal in meiner Tasche und lege das Taschenbuch, das ich dabeihabe, obenauf.

«Ich muss gehen», sage ich.

Er hebt die Augenbrauen. «Stalkst du mich etwa?»

Ich kann nicht beurteilen, ob das als Witz gemeint ist. Seit er meine Wohnung gestern um ein Uhr morgens verließ, habe ich nicht mehr mit ihm gesprochen. Keiner von uns hat dem anderen eine Nachricht geschickt. Es schien ziemlich klar zu sein, was unser Treffen gewesen war.

«Nein, nein», sage ich. «Es war bloß ... ich habe einen Fehler gemacht.»

Dann flüchte ich.

Ich habe meine Aufgabe schon längst erfüllt. Thomas' Nummer ist in meinem Telefon gespeichert. Und er hat meine.

Etwa einen Block vom Diner entfernt rufe ich Dr. Shields an, um ihr zu sagen, ich sei unterwegs zu ihr nach Hause. Sie nimmt mitten im zweiten Klingeln ab. Ihre silberhelle Stimme hat einen angespannten Unterton. «Haben Sie ihn gefunden?»

«Ja, er war genau da, wo Sie gesagt haben.»

Ich will schon in eine U-Bahn-Station hinabsteigen, da übertönt das Signal für einen eingehenden Anruf ihre nächste Frage. Ich höre nur: «... Telefon ... Plan?»

«Tut mir leid», sage ich. «Ja, wir haben unsere Nummern.»

Ich höre sie geräuschvoll ausatmen.

«Wunderbar, Jessica. Dann bis nachher.»

Mein Herz hämmert wie wild.

Mir ist schleierhaft, wie ich es schaffen soll, ihr gegenüberzusitzen und ihr zu erzählen, dass ich mit dem Mann aus ihrem Experiment geschlafen habe. Ich könnte sagen, dass ich ihr ja von meiner Begegnung mit Thomas berichten wollte, sie mir aber das Wort abschnitt, als ich in unserer letzten Sitzung von dem Taxiunfall erzählen wollte.

Aber ich muss es tun. Wenn ich nicht ehrlich bin, findet sie es heraus.

Ich atme zittrig aus.

Es ist albern von mir, zu glauben, dass Dr. Shields wütend auf mich sein wird, sage ich mir. Ich habe unwissentlich einen Fehler gemacht. Den kann sie mir nicht vorwerfen.

Aber ich höre einfach nicht auf zu zittern.

Ich höre meine Mailbox ab. Eine Nachricht.

Noch bevor sie abgespielt wird, weiß ich, von wem sie ist.

«Hi, hier ist Thomas. Wir müssen uns unterhalten. Ich glaube, ich kenne die Freundin, die dich in diesen Diner geschickt hat. Sie ist ... Hör mal, ruf mich einfach so bald wie möglich zurück.»

Dann fügt er hinzu: «Und bitte sag ihr nichts.» Er hält inne. «Sie ist gefährlich. Pass bloß auf.»

KAPITEL SECHSUNDDREISSIG

Sonntag, 16. Dezember

Endlich hast du meinen Mann kennengelernt.

Was hast du über ihn gedacht? Und, wichtiger noch, was hat er über dich gedacht?

Ein Bild von euch beiden, in einer lauschigen Sitznische einander zugeneigt, wird verdrängt.

Als du in meinem Haus ankommst, wird das übliche Begrüßungsritual vollzogen: Dein Mantel und dein Überwurf werden in den Garderobenschrank gehängt, deine große Handtasche wird auf den Boden daneben gestellt. Dir wird ein Getränk angeboten, doch zum ersten Mal lehnst du ab.

Du wirst gemustert. Dein Erscheinungsbild ist so unwiderstehlich wie immer. Aber du wirkst irgendwie seltsam heute, Jessica.

Längeren Blickkontakt meidest du. Zudem spielst du unablässig mit deinen Ringen.

Warum bist du so zerstreut? Deine Begegnung mit Thomas ist vorbildlich verlaufen, du hast deine Anweisungen befolgt. Auf Nachfrage schilderst du die Begegnung: Du gingst zu ihm und erklärtest, du habest dein Telefon in seiner Sitznische liegengelassen. Nach einer oberflächlichen Suche batst du ihn, dich mit seinem Telefon anzurufen. Er tat es, und das Klingeln bewies, dass du das Telefon in deiner großen Handtasche übersehen hattest. Du entschuldigtest dich für die Störung und gingst.

Jetzt ist es an der Zeit für den nächsten Schritt.

Doch bevor du deine Anweisungen empfangen kannst, stehst du auf. «Ich muss etwas aus meiner Tasche holen», sagst du.

Zum Zeichen der Einwilligung wird dir zugenickt, und du

gehst zum Garderobenschrank. Gleich darauf kehrst du mit einem kleinen röhrenförmigen Gegenstand zurück.

Du hast die Stirn gerunzelt. Vielleicht sorgst du dich wieder einmal um die Finanzen deiner Familie oder unterdrückst Fragen zu deiner letzten Aufgabe, doch heute wird auf deine Emotionen nicht eingegangen. Es gibt Wichtigeres zu tun.

«Meine Lippen sind so rissig», sagst du und trägst einen Lippenbalsam mit dem Logo von BeautyBuzz auf.

Dir wird keine Antwort beschieden. Du nimmst deinen Platz auf dem Zweisitzer wieder ein.

«Sie müssen dem Mann aus dem Diner eine Nachricht schreiben und ihm ein Treffen vorschlagen.»

Du senkst den Blick auf dein Telefon. Dann beginnst du zu schreiben.

«Nein!»

Diese Untersagung wird nachdrücklicher als beabsichtigt ausgesprochen. Ein Lächeln mildert die Wirkung ab.

«Ich möchte, dass Sie Folgendes schreiben: ‹Hi, ich bin Jessica aus dem Diner. Es war schön, Sie heute kennenzulernen. Hätten Sie Lust, sich irgendwann diese Woche auf ein Glas mit mir zu treffen?›»

Wieder runzelst du die Stirn. Du rührst keinen Finger.

«Was ist, Jessica?»

«Nichts. Bloß ... alle nennen mich Jess. Außer Ihnen. Ich würde also nicht von mir selbst als Jessica sprechen.»

«Na gut, ändern Sie das», wird dir gesagt.

Du befolgst die Anweisungen. Dann legst du das Telefon auf deinen Schoß, und das Warten beginnt erneut.

Wenige Sekunden später ertönt ein Klingeln.

Du nimmst das Telefon in die Hand. «Das ist nur BeautyBuzz. In einer Stunde habe ich den nächsten Termin.»

Große Erleichterung und ebenso große Enttäuschung prallen aufeinander.

«Mir war nicht klar, dass Sie heute noch andere Verpflichtungen eingegangen sind», wird dir gesagt.

Du wirkst verunsichert und knibbelst an deinem Nagellack, dann ertappst du dich dabei und hältst die Hände still.

«Sie hatten gesagt, Sie brauchen mich nur für ein, zwei Stunden, also ...»

Du brichst ab.

«Sind Sie sicher, dass die Nachricht versandt wurde?»

Wieder siehst du aufs Telefon. «Ja, hier steht zugestellt.»

Weitere drei Minuten vergehen.

Thomas muss die Nachricht doch gesehen haben. Aber was, falls nicht?

Es ist wichtig, dass die folgende Aufforderung mit Autorität und ohne jede Spur von Verzweiflung ausgesprochen wird.

«Ich möchte, dass Sie Ihre Schminksitzung absagen.»

Du schluckst deutlich sichtbar.

«Dr. Shields, Sie wissen, dass ich alles für Ihre Forschungen tun würde. Aber das ist eine gute Kundin, und sie verlässt sich auf mich.» Du zögerst. «Sie gibt heute Abend eine große Weihnachtsfeier.»

So ein unbedeutendes Dilemma.

«Könnte Sie nicht jemand vertreten?»

Du schüttelst den Kopf. Dein Blick ist flehentlich. «BeautyBuzz hat da eine Vorschrift. Man muss vierundzwanzig Stunden vorher absagen.»

Dies war eine Fehleinschätzung von deiner Seite, Jessica. Eine gute Kundin ist nicht mit der übermäßigen Großzügigkeit zu vergleichen, die dir bezeigt wurde. Du setzt die falschen Prioritäten.

Ein kurzes Schweigen tritt ein. Nachdem du dich lange genug gewunden hast, wirst du entlassen.

«Nun, Jessica, ich möchte nicht, dass Sie eine gute Kundin enttäuschen.»

«Es tut mir leid», sagst du, während du rasch aufstehst. Doch Worte halten dich zurück.

«Ich möchte, dass Sie mich informieren, sobald Thomas auf Ihre Nachricht antwortet.»

Du blickst verdutzt. «Natürlich», sagst du hastig.

Abermals entschuldigst du dich und wirst schweigend zur Tür begleitet.

KAPITEL SIEBENUNDDREISSIG

Sonntag, 16. Dezember

Obwohl ich bei Dr. Shields die ganze Zeit an Thomas' Nachricht auf meiner Mailbox denken musste, zwinge ich mich, mich zuerst zwei Blocks von ihrem Haus zu entfernen, bevor ich ihn zurückrufe.

Sie ist gefährlich. Pass bloß auf.

Eine Frage lässt mir keine Ruhe: Woher weiß Thomas, dass Dr. Shields meine Begegnung mit ihm arrangiert hat?

Er meldet sich beim ersten Klingeln. Ehe ich etwas sagen kann, fragt er: «Woher kennst du meine Frau?»

Meine Beine geben nach. Ich taumele und muss mich an einem Baum abstützen. Blitzartig sehe ich den dunkelhaarigen Mann mit dem Bart auf dem Foto in ihrer Bibliothek vor mir. Ich bin mir sicher, dass sie sagte, sie sei mit ihm verheiratet.

Wie kann Thomas dann ihr Mann sein? Doch Dr. Shields kennt ihn offensichtlich, sie nannte ihn beim Vornamen.

«Deine Frau?», frage ich zurück. Mir ist übel, und in meinem Kopf dreht sich alles. Ich blicke zu Boden, um mich zu erden.

«Ja, Lydia Shields.» Ich höre ihn tief durchatmen, so, als bräuchte auch er Halt. «Wir sind seit sieben Jahren verheiratet. Allerdings leben wir jetzt getrennt.»

«Das glaube ich dir nicht», entfährt es mir.

Es kann unmöglich sein, dass Dr. Shields mit ihren Vorschriften bezüglich Ehrlichkeit eine so ausgefeilte Lüge ersonnen hat.

«Triff dich mit mir, und ich erzähle dir alles», sagt er. «Dieses Buch, das du in der Tasche hattest ... *Die Ethik der Ehe*. Das hat sie vor ein paar Jahren geschrieben. Ich habe damals die erste Fassung in unserem Wohnzimmer gelesen. Daher wusste ich, dass sie dahintersteckt.»

Zum Schutz gegen den stürmischen Wind schlinge ich mir den freien Arm um den Leib.

Einer von beiden lügt. Aber wer?

«Ich treffe mich erst mit dir, wenn du mir beweist, dass du wirklich ihr Mann bist», sage ich Thomas.

«Ich besorge einen Beweis. In der Zwischenzeit darfst du ihr nicht erzählen, dass du dich mit mir triffst. Versprich mir das.»

Aber das kann ich nicht. Dieses Telefonat könnte ein Test sein. Vielleicht will Dr. Shields, dass ich meine Loyalität unter Beweis stelle.

Ich will gerade auflegen, da sagt Thomas noch etwas.

«Bitte, Jess, sei einfach vorsichtig. Du bist nicht die Erste.»

Seine Worte treffen mich wie ein Faustschlag, und ich pralle regelrecht zurück.

«Wie meinst du das?», flüstere ich.

«Junge Frauen wie du sind leichte Beute für sie.»

Ich stehe wie angewurzelt da.

«Jess?» Ich höre ihn, aber ich bringe kein Wort hervor.

Schließlich unterbreche ich die Verbindung. Langsam stecke ich das Telefon zurück in die Tasche und blicke hoch.

Dr. Shields steht nur zwei Schritte von mir entfernt.

Ich schnappe nach Luft und weiche instinktiv zurück.

Sie ist aus dem Nichts aufgetaucht, wie eine Erscheinung. Einen Mantel trägt sie nicht. Sie ist völlig reglos bis auf ihr Haar, das der Wind peitscht. Wie viel von meinem Telefonat hat sie mit angehört?

Adrenalin flutet meinen Körper.

«Dr. Shields!», rufe ich. «Ich habe Sie gar nicht gesehen!»

Sie mustert mich von oben bis unten, als ob sie mich beurteilt. Dann streckt sie den Arm aus. Sie hat die Faust geballt. Jetzt öffnet sie sie langsam.

«Sie haben Ihren Lippenbalsam vergessen, Jessica.»

Ich starre sie an und versuche, mir einen Reim darauf zu machen. Sie ist mir bis hierher hinterhergelaufen, nur um mir meinen Lippenbalsam zu bringen?

Mich überkommt der beinahe unbezwingbare Drang, mit allem, was Thomas mir gerade erzählt hat, herauszuplatzen. Falls sie das alles inszeniert hat, weiß sie es sowieso.

Leichte Beute.

Die Formulierung, die Thomas da verwendet hat, jagt mir einen kalten Schauder über den Rücken. Beinahe sehe ich Dr. Shields' Lippen vor mir, als sie vor ein paar Wochen in ihrer Praxis darüber sprach, wie Falken ihre Beute aus der Luft erspähen, während sie dem Glasfalken über den Kopf strich. Dem Falken, von dem sie mir sagte, er sei ein Geschenk für ihren Mann.

Ich trete einen Schritt vor. Dann noch einen.

Jetzt bin ich ihr so nahe, dass ich die senkrechte Falte zwischen ihren Augenbrauen sehe, so fein, dass sie beinahe wie ein Riss in einem Stück Glas wirkt.

«Danke», flüstere ich und nehme den Lippenbalsam entgegen. Meine Finger sind taub vor Kälte.

Sie wirft einen Blick auf das Telefon, das ich noch in der anderen Hand halte.

Plötzlich wird mir eng in der Brust. Ich bekomme keine Luft.

«Ich bin froh, dass ich Sie noch eingeholt habe», sagt sie. Dann dreht sie sich um und geht davon.

KAPITEL ACHTUNDDREISSIG

Sonntag, 16. Dezember

Neunzig Minuten nachdem dir dein Lippenbalsam zurückgegeben wurde, klingelt es an der Tür.

Ein Blick durch den Spion: Thomas. Er steht so dicht vor dem kleinen Glasrund, dass sein Gesicht verzerrt ist.

Dies ist eine Überraschung.

Sein Besuch ist nicht angekündigt.

Die schwere Haustür wird entriegelt und geöffnet.

«Liebling, was führt dich her?»

Ein Arm ist hinter dem Rücken versteckt.

Er lächelt, zieht ihn nach vorn, und zum Vorschein kommt ein großer Strauß Weihnachtsnarzissen.

«Ich war zufällig in der Gegend», sagt er.

«Wie lieb!»

Er wird hereingebeten.

Mittlerweile muss er die Nachricht mit deiner Einladung gelesen haben, sie wurde vor Stunden versandt. Warum ist er wirklich hier?

Vielleicht will er seine Treue unter Beweis stellen, indem er von deiner Nachricht erzählt.

Eine Hand wird ihm auf den Arm gelegt. Ihm wird ein heißes Getränk angeboten.

«Nein, danke, ich hatte gerade einen Kaffee», sagt er.

Es ist wie eine Überleitung zu genau dem Thema, das uns beiden schwer auf der Seele lastet.

«Natürlich. Du liebst ja den Kaffee in Ted's Diner.» Ein leises Lachen. «Und deine Spiegeleier, den Bagel mit Butter und den zusätzlichen Bacon.»

«Genau, das Übliche.»

Eine Pause.

Vielleicht weiß er nicht recht, wie er beginnen soll.

Ein Stichwort könnte hilfreich sein: «Und? War das Frühstück gut?»

Sein Blick wandert durchs Wohnzimmer. Ein Ausweichmanöver oder Unbehagen?

«Ruhig», erwidert er.

Dies könnte auf zwei Arten interpretiert werden. Entweder er empfand seine Begegnung mit dir als belanglos. Oder er verheimlicht sie aktiv.

«Solltest du sie nicht ins Wasser stellen?» Thomas blickt den Blumenstrauß an.

«Natürlich.» Wir ziehen uns in die Küche zurück. Die Stiele werden angeschnitten, und eine Porzellanvase wird aus einem Schrank geholt.

«Soll ich die Blumen für dich in die Bibliothek tragen?»

Thomas' Angebot kommt sehr unvermittelt. Das merkt er offenbar selbst, denn er lächelt rasch.

Aber es ist nicht das strahlende, natürliche Lächeln, das auch seine Augen erreicht.

Er nimmt die Vase und geht auf die Bibliothek zu.

Dann zögert er.

«Weißt du, eigentlich klingt Kaffee doch gut», sagt er. «Ich hätte sehr gern eine Tasse, wenn es dir nicht zu viel Mühe macht.»

«Wunderbar. Ich habe gerade eine Kanne gekocht.»

Dies ist ein gutes Zeichen. Thomas möchte länger bleiben.

Der Kaffee wird genau so, wie er ihn mag, mit einem Spritzer echter Sahne und braunem Zucker versehen. Ein rascher Blick aufs Telefon belegt, dass du noch keine Antwort von Thomas gemeldet hast.

Als das Tablett in die Bibliothek gebracht wird, stellt Thomas die Vase gerade erst auf den Steinway.

Er fährt herum, seine Miene zeigt Überraschung.

Thomas wirkt beinahe, als hätte er vergessen, dass er um das Getränk gebeten hat.

Was hat ihn erschreckt?

Ihm muss ins Gedächtnis gerufen werden, was auf dem Spiel steht.

«Thomas, sag mal, wo hast du eigentlich die Falkenskulptur hingestellt?»

Er benötigt einen Augenblick für die Antwort. Doch dann ist sie erfreulich: «In mein Schlafzimmer, auf die Kommode. Ich sehe sie jeden Abend, wenn ich zu Bett gehe, und jeden Morgen beim Aufwachen.»

«Sehr schön.» Dann: «Setzen wir uns doch.»

Thomas hockt sich auf die Kante des Zweisitzers und greift sofort nach seiner Tasse. Er trinkt einen Schluck, zuckt zurück und verschüttet den heißen Kaffee beinahe.

«Du wirkst ein bisschen unruhig. Wolltest du über irgendetwas Bestimmtes sprechen?»

Er zögert. Dann scheint er zu einer Entscheidung zu kommen.

«Nichts, weswegen du dir Sorgen machen müsstest. Ich wollte dich nur sehen, damit ich dir sagen kann, wie sehr ich dich liebe.»

Dies ist besser als jeder andere Ausgang, den man sich ausgemalt hat.

Bis Thomas auf die Uhr sieht und abrupt aufsteht.

«Auf mich wartet eine Menge Papierkram», sagt er bedauernd. Mit den Fingern trommelt er auf seinen jeansbekleideten Oberschenkel. «Ich weiß noch nicht, wie meine Termine nächste Woche liegen, aber ich rufe dich an, sobald ich mich schlaugemacht habe.»

Er geht so schnell und unerwartet, wie er kam.

Zwei Punkte an Thomas' hastigem Abgang sind befremdlich.

Er hat mich zum Abschied nicht geküsst.

Und abgesehen von jenem einen Schluck blieb der Kaffee, nach dem ihn so zu gelüsten schien, unangetastet.

KAPITEL NEUNUNDDREISSIG

Sonntag, 16. Dezember

Ich sitze auf einer Bank im Central Park, in der Hand einen Becher Kaffee, den ich nicht trinken kann. Mein Magen hat sich so zusammengekrampft, dass er nicht mehr als einen Schluck des bitteren Getränks verträgt.

Ihre Textnachrichten treffen fast gleichzeitig ein.

Von Dr. Shields: *Schon irgendeine Antwort von Thomas, Jessica?*

Von Thomas: *Ich habe den Beweis. Kannst du dich heute Abend mit mir treffen?*

Ich schreibe Dr. Shields nicht zurück, denn es wird keine Antwort von Thomas bezüglich eines Dates geben. Die Nachricht, in der ich ihm vorschlage, sich auf ein Glas mit mir zu treffen, habe ich zwar getippt, aber nie abgeschickt.

Das war die erste von zwei Lügen, die ich Dr. Shields heute Vormittag erzählte. Und entgegen dem, was ich ihr sagte, habe ich heute auch keinen BeautyBuzz-Termin. Ich musste einfach weg von ihr.

Thomas antworte ich auch nicht. Zuerst muss ich jemand anderes treffen.

Ben Quick, Dr. Shields' Forschungsassistent, wohnt auf der West Sixty-sixth Street.

Als mir klarwurde, dass er die einzige mir bekannte Person ist, die vielleicht die Wahrheit über sie kennt, war er erstaunlich einfach zu finden. Jedenfalls die Wohnung, die seinen Eltern gehört.

Nachdem der Portier oben angerufen und mich angekündigt hatte, trat ein Mann aus dem Aufzug, der genau so aussah, wie Ben in dreißig Jahren aussehen würde.

«Ben ist nicht da», sagte er. «Wenn Sie Ihre Telefonnummer hinterlassen, sage ich ihm, dass Sie hier waren.»

Der Portier gab mir einen Zettel und einen Stift, und ich schrieb meine Daten auf. Dann wurde mir klar, dass Ben sich bei den vielen Teilnehmerinnen an Dr. Shields' Studie womöglich nicht an mich erinnern würde.

Ich war Testperson 52, ergänzte ich und faltete den Zettel einmal.

Das war vor über einer Stunde, und ich habe noch nichts von ihm gehört. Ich hebe die Arme über den Kopf, um den Rücken zu strecken, und höre Mariah Careys «All I Want for Christmas Is You» von der Wollman-Eisbahn herüberdriften. In meiner ersten Zeit in New York kam ich oft hierher, aber dieses Jahr war ich noch nicht Eislaufen.

Als ich gerade aufstehe, um den Kaffeebecher in den Mülleimer zu werfen, klingelt mein Telefon.

Ich reiße es hoch und sehe Noahs Namen.

Nach all dem, was dieses Wochenende passiert ist, hatte ich fast vergessen, dass wir uns heute Abend zum Essen treffen wollten.

«Italienisch oder mexikanisch», sagt er, nachdem ich mich gemeldet habe. «Reizt dich davon was?»

Ich zögere, weil ich ein weiteres unwillkommenes Bild von Thomas in meinem Bett vor Augen habe.

Ich müsste kein schlechtes Gewissen haben, schließlich habe ich Noah erst zwei Mal getroffen. Aber ich habe eins.

«Ich würde dich gern sehen, aber können wir irgendwas Schlichtes machen?», frage ich. «Ich hatte einen total stressigen Tag.»

Er nimmt es locker. «Dann lass uns doch bei mir bleiben, okay? Ich kann eine Flasche Wein öffnen, und wir bestellen was Chinesisches. Oder ich könnte auch zu dir kommen.»

Ich bin jetzt nicht in der Lage, ein Date zu haben und mich normal zu unterhalten. Aber ich will ihm auch nicht absagen.

Eine tiefe Stimme dringt aus der Lautsprecheranlage der Eisbahn: «Wir machen jetzt zehn Minuten Pause, um das Eis aufzuarbeiten. Trinkt eine heiße Schokolade. Bis gleich!»

«Ich habe eine Idee», sage ich zu Noah.

Ich bin mit Eislaufen auf dem zugefrorenen See nahe dem Haus meiner Eltern aufgewachsen, deshalb bin ich ziemlich gut. Aber Noah holt eigene Schlittschuhe aus seinem Rucksack und erklärt: «Ich spiele am Wochenende immer noch Eishockey im Verein.»

Nachdem wir ein paar Runden gedreht haben, wirbelt er herum und läuft rückwärts. Dann nimmt er meine Hände.

«Halt mit mir mit, du lahme Ente», witzelt er, und ich gebe Gas, bis ich meine Oberschenkelmuskeln spüre.

Das ist genau das, was ich gebraucht habe: der leichte Schneefall, die körperliche Betätigung, die Kinder mit den rosigen Wangen um uns herum.

Und der Flachmann mit Pfefferminzlikör, den Noah mir reicht, als wir eine Pause machen und uns an die Bande lehnen.

Ich trinke einen Schluck und gleich noch einen.

Dann gebe ich ihm die Flasche zurück und stoße mich ab. «Jetzt versuch mal, mich einzuholen», rufe ich ihm noch zu, während ich schon beschleunige.

Ich flitze auf die Kurve zu, spüre die schneidende Kälte im Gesicht, und ein Lachen steigt in mir auf.

Da prallt jemand gegen mich, und um ein Haar wäre ich gestürzt.

Ich stolpere und strecke instinktiv die Arme aus, während ich versuche, mich abzufangen.

«Pass bloß auf», höre ich eine tiefe Männerstimme an meinem Ohr.

Ich packe die Bande gerade rechtzeitig, um meinen Sturz abzufangen.

Als Noah gleich darauf zu mir stößt, atme ich schwer.

«Alles in Ordnung?», fragt er.

Ich nicke, allerdings sehe ich ihn nicht an, sondern suche in der Menge nach dem Mann, der mich angerempelt hat, aber in dem Durcheinander aus schwingenden Schals, dicken Jacken und blitzenden Schlittschuhen finde ich ihn nicht.

«Ja», sage ich schließlich zu Noah, aber ich atme immer noch schwer.

«Möchtest du Pause machen?», schlägt er vor. Er nimmt meine Hand und führt mich vom Eis. Meine Beine zittern, und meine Knöchel fühlen sich an, als könnten sie jeden Augenblick nachgeben.

Wir finden eine Bank ein Stück abseits, und Noah bietet an, uns heiße Schokolade zu besorgen.

Obwohl mein Telefon in der Tasche steckt und auf Vibrieren geschaltet ist, befürchte ich, ich könne eine Nachricht von Ben verpasst haben. Daher nicke ich und danke ihm. Sobald er außer Sicht ist, sehe ich nach. Aber das Display ist leer.

Es muss ein Unfall gewesen sein, dass dieser Mann mit mir zusammenstieß. Nur dass er genau das Gleiche sagte wie Thomas: *Pass bloß auf.*

Die Freude, die ich empfand, als Noah auf dem Eis meine Hand nahm, ist mir vergangen.

Noah kehrt mit zwei Styroporbechern zurück. Ich lächele ihn an, aber es scheint fast, als könnte er meinen Stimmungsumschwung spüren.

«Dieser Typ kam ja wie aus dem Nichts», sagt er. «Du hast dir nicht weh getan, oder?»

Ich blicke ihm in die warmen braunen Augen. Er ist im Moment das einzig Verlässliche in meinem Umfeld. Wieder frage ich mich, wie ich Freitagabend mit Thomas habe schlafen können.

Aber da war mir noch nicht klar, wie viel dieses impulsive Abenteuer mich hätte kosten können oder mich noch immer kosten könnte.

Plötzlich kommt mir der Gedanke, dass Noah außerdem das Einzige in meinem Leben ist, wovon Dr. Shields nichts weiß. In einer der Computersitzungen ganz zu Anfang schilderte ich zwar meine erste Nacht mit Noah, aber seinen Namen habe ich nie erwähnt. Und ich habe ihr nicht erzählt, dass wir noch immer Kontakt haben.

Ich muss das unbewusst zurückgehalten haben, weil ich wollte, dass wenigstens etwas in meinem Leben allein mir gehört.

Dr. Shields weiß alles über Becky, meine Eltern und Lizzie. Ich habe ihr den Namen meines Arbeitgebers, meine Privatadresse und meinen Geburtstag genannt. Sie kennt meine tiefsten Unsicherheiten und meine intimsten Gedanken.

Ich weiß nicht, was sie mit diesen Informationen anfängt, aber wenigstens weiß ich, dass Noah nicht darin verwickelt ist.

Blitzartig treffe ich eine Entscheidung.

«Ich habe mir nicht weh getan, aber da ist was, was mir Sorgen macht.» Ich trinke einen Schluck heiße Schokolade und fahre fort. «Da ist die Situation bei der Arbeit, und es ist kompliziert, aber ...»

Ich taste nach den richtigen Worten. Noah sitzt einfach da und bedrängt mich nicht.

«Woher weiß man, ob man jemandem wirklich vertrauen kann?», frage ich schließlich.

Noah hebt die Augenbrauen und trinkt ebenfalls einen Schluck.

Dann sieht er mir wieder in die Augen, und sein Blick ist so ernst, dass ich spüre, seine Antwort ist zutiefst persönlich.

«Wenn du diese Frage stellen musst, dann kennst du die Antwort wahrscheinlich schon», sagt er.

Zwei Stunden später liege ich im Bett. Noah und ich aßen noch heiße, klebrige Pizza, dann begleitete er mich nach Hause. Als ich gerade eindöse, vibriert mein Telefon.

Es ist dunkel in meinem Schlafzimmer, und das matte blaue Licht auf meinem Nachttisch ist alles, was ich sehe.

Sofort bin ich hellwach.

Ich nehme das Telefon hoch.

Warum antwortest du nicht?, hat Thomas geschrieben. *Wir müssen uns treffen.*

Unter seiner Nachricht ist ein Hochzeitsfoto, auf dem Dr. Shields ein spitzenbesetztes elfenbeinfarbenes Kleid trägt und in die Kamera strahlt. Während ich das etwas körnige Foto betrachte, geht mir auf, dass ich sie bisher noch nie glücklich gesehen habe. Sie scheint fünf bis zehn Jahre jünger zu sein als jetzt, aber das ist nur noch eine zusätzliche Bestätigung dessen, was Thomas mir erzählte, nämlich dass sie seit sieben Jahren verheiratet sind.

Denn der Bräutigam, der schützend den Arm um sie gelegt hat, ist nicht der dunkelhaarige Mann auf dem Foto in ihrem Esszimmer.

Sondern Thomas.

KAPITEL VIERZIG

Montag, 17. Dezember

Sagst du die Wahrheit, Jessica?

Immer wieder versicherst du mir, Thomas habe auf deine Einladung nicht geantwortet.

Du strapazierst meine Gutgläubigkeit. Thomas zeigt eine beinahe Pawlow'sche Reaktion auf den Klingelton einer eingehenden Nachricht. Er mag deine Einladung abgelehnt haben. Oder er mag sie angenommen haben. Aber dass er sie einfach ignoriert hat, ist kaum anzunehmen.

Es ist jetzt fünfzehn Uhr am Montag. Über vierundzwanzig Stunden sind vergangen, seit du mein Haus verlassen hast; drei Stunden, seit du dich zuletzt gemeldet hast.

Ein weiteres Telefonat ist erforderlich.

Du nimmst nicht ab.

«Jessica, ist alles in Ordnung? Ich bin ... enttäuscht darüber, dass ich nichts von Ihnen höre.»

Du rufst nicht zurück. Stattdessen schickst du eine Nachricht: *Noch kein Wort. Mir geht es nicht so gut, deshalb lege ich mich jetzt hin.*

Es ist unmöglich, den Tonfall einer Textnachricht akkurat einzuordnen, dennoch klingt deine eine Spur ungestüm.

Mit deiner wenig überzeugenden Ausrede versuchst du, das Tempo aus unserer Kommunikation herauszunehmen. Es scheint fast, als dächtest du, du hättest hier die Kontrolle.

Warum musst du auf die Pausentaste drücken, Jessica? Bisher warst du stets so eifrig und entgegenkommend.

Du wurdest sorgfältig aufgrund deiner zu erwartenden Anziehungskraft auf Thomas ausgesucht.

Übt er eine ähnliche Anziehung auf dich aus?

Seit seinem unverhofften Besuch gestern hat Thomas sein Versprechen, seinen Terminkalender für diese Woche zu prüfen, nicht eingelöst.

Abgesehen von einem kurzen Anruf, um gute Nacht zu sagen, hat er sich überhaupt nicht gemeldet.

Es erfordert eine bewusste, beharrliche Anstrengung, um die Atmung, die stoßweise geht, zu verlangsamen. Nahrung aufzunehmen, ist ausgeschlossen.

Direkt vor der Küche hat sich eine Diele ein wenig gelockert, sodass sie jedes Mal, wenn daraufgetreten wird, leise knarrt. Dieses Geräusch erzeugt einen hypnotisierenden Rhythmus, wie das Zirpen einer Grille.

Einhundertmal Knarren.

Dann zweihundertmal.

Thomas' Terminkalender bleibt unbekannt, er hingegen kennt den meinen.

Bisher konnte man sich darauf verlassen, dass ich mich montags von siebzehn bis neunzehn Uhr in einem Seminarraum an der NYU aufhielt, nicht weit von Raum 214 entfernt.

Doch seit vor einigen Wochen eine Beurlaubung gewährt wurde, hält eine Vertretung mein Seminar.

An Thomas zu zweifeln, ist eine unschöne, aber notwendige Folge seiner Handlungen.

Aber an dir zweifeln zu müssen, Jessica ... nun, das ist nicht tolerierbar.

Impulsivität oder unbedachte, unreflektierte Handlungen können katastrophale Folgen haben.

Dennoch wird um 15.54 Uhr eine ein wenig hastige Entscheidung getroffen.

Es ist an der Zeit, dich daran zu erinnern, wer das Kommando hat, Jessica.

Was genau dir fehlt, hast du nicht gesagt, aber Hühnersuppe gilt als Allheilmittel.

Man bekommt sie in beinahe jedem Deli in New York, auch in dem, der nur einen Block von deinem Apartment entfernt liegt.

Ein Behälter mit einer großen Portion wird ausgewählt und in eine schlichte braune Papiertüte gesteckt, dazu mehrere Päckchen Salzkräcker. Überdies ein Plastiklöffel und Servietten.

Das Haus, in dem du wohnst, ist mit seinem abblätternden gelben Anstrich und der eisernen Feuerleiter, die sich an der Seite hinaufzieht, ein wenig überraschend. Dein Erscheinungsbild ist stets so schick und verführerisch, dass es schwerfällt, sich vorzustellen, wie du aus einem so unansehnlichen Gebäude trittst.

Die Klingel für Wohnung 4C wird betätigt.

Du reagierst nicht.

Ein Urteil wird zurückgehalten; vielleicht hast du dich wirklich hingelegt.

Die Klingel wird länger betätigt.

Das Geräusch muss laut durch dein kleines Apartment hallen.

Keine Reaktion.

Selbst wenn du eingeschlafen wärst, müsstest du spätestens jetzt erwacht sein.

Vor deiner Haustür stehen zu bleiben, liefert keine Antworten, doch zu gehen, erweist sich als schwierig.

Dann enthüllt ein weiterer Blick auf die Haustür zufällig, dass sie einen Spaltbreit offensteht.

Es gibt weder Aufzug noch Portier. Das Treppenhaus ist düster und trostlos, auf den Stufen liegt abgetretener grauer Teppichboden. Dennoch haben die Bewohner dieses Hauses die Flure mit amateurhaften Kunstwerken geschmückt. Weihnachtskränze zieren einige Türen, und es liegt ein köstliches Aroma – ein Chili oder ein Eintopf vielleicht – in der Luft.

Dein Apartment befindet sich beinahe am Ende des Flurs. Vor der Tür liegt eine Fußmatte.

Ein energisches Klopfen veranlasst deinen Hund Leo, den kleinen Mischling aus dem Tierheim, in scharfes, beinahe stakkatoartiges Bellen zu verfallen.

Doch das ist das Einzige, was sich in der Wohnung rührt oder hören lässt.

Wo bist du, Jessica? Bist du bei meinem Mann?

Mit einem lauten Knistern wird die Papiertüte zusammengedrückt.

Daraufhin wird sie dir vor die Tür gelegt, wo du sie finden wirst, wenn du nach Hause kommst.

Manchmal ist ein schlichtes Geschenk in Wahrheit das Werkzeug, mit dem ein Warnschuss abgegeben wird.

Doch wenn du es erhältst, ist es möglicherweise bereits zu spät.

Deine Loyalität wurde methodisch trainiert. Dir wurden Tausende von Dollar für deine Dienste gezahlt. Du hast zahlreiche wohldurchdachte Geschenke erhalten. Um deine emotionale Verfassung wurde sich gekümmert. Dir wurde gratis das Äquivalent intensiver Therapiesitzungen zuteil.

Du gehörst mir.

KAPITEL EINUNDVIERZIG

Montag, 17. Dezember

Ich sitze an einem winzigen Holztisch, der neben einen Ständer mit weihnachtlichen Geschenkartikeln gezwängt ist, spiele mit der Pappbanderole meines Starbucks-Bechers und sehe jedes Mal zur Tür, wenn jemand hereinkommt.

Ben wollte sich um halb vier mit mir treffen – seine einzige freie Zeit heute, behauptete er. Aber er ist schon eine Viertelstunde zu spät, und ich befürchte, dass er überhaupt nicht auftaucht, so widerwillig, wie er am Telefon klang.

Meinen BeautyBuzz-Termin am späten Nachmittag musste ich absagen, um rechtzeitig wieder in der Upper West Side zu sein. Was ich Dr. Shields über die Vorschriften meines Arbeitgebers sagte, war allerdings nicht gelogen; die Terminkoordinatorin teilte mir mit, wenn ich diesen Monat noch einen Termin ohne fristgerechte Absage ausfallen lasse, würde ich entlassen.

Ich sehe aufs Telefon für den Fall, dass Ben versucht hat, mich zu erreichen, finde aber nur einen weiteren entgangenen Anruf von Thomas. Es ist heute schon sein fünfter Versuch, mich zu erreichen, aber ich werde erst mit ihm reden, wenn ich gehört habe, was Ben zu sagen hat.

Wieder einmal geht die Tür auf, und ein eisiger Luftzug trifft mich.

Diesmal ist es Ben.

Obwohl es sehr voll im Café ist, entdeckt er mich sofort.

Er kommt zu mir und nimmt den Schottenschal ab. Seinen Mantel behält er an. Anstatt hallo zu sagen, rutscht er einfach auf den Stuhl mir gegenüber, sieht sich im Raum um und lässt den Blick über die anderen Gäste wandern.

«Ich habe nur zehn Minuten Zeit», sagt er.

Er sieht genauso aus, wie ich ihn in Erinnerung habe: dünn und proper, und er hat immer noch etwas Pingeliges an sich. Das beruhigt mich – wenigstens etwas Beständiges an dieser ganzen Studie.

Ich hole die Liste mit den Fragen hervor, die ich gestern Abend aufgeschrieben habe, weil ich nicht wieder einschlafen konnte, nachdem Thomas mir das Hochzeitsfoto geschickt hatte.

«Okay. Ähm, Sie wissen ja, dass ich eine von Dr. Shields' Testpersonen bin. Und ich fürchte, die Sache wird allmählich ein bisschen schräg.»

Er sieht mich bloß an. Das macht es mir nicht leichter.

«Sie sind ihr Forschungsassistent, richtig?»

Er verschränkt die Arme. «Nicht mehr. Meine Stelle wurde gestrichen, als die Studie beendet wurde.»

Ich pralle zurück und spüre, wie die harte Stuhllehne sich in meinen Rücken drückt.

«Wie meinen Sie das: ‹beendet›?», rufe ich. «Ich nehme an dieser Studie teil! Sie läuft noch.»

Ben runzelt die Stirn. «Nach meinen Informationen nicht.»

«Aber gerade neulich haben Sie doch noch Telefonnummern von ein paar früheren Teilnehmerinnen von Dr. Shields' Studie nachgeschlagen. Und ich musste sie dann schminken», sprudele ich hervor.

Verwirrt sieht er mich an. «Wovon reden Sie?»

Ich versuche, meine Gedanken zu ordnen, aber in meinem Kopf herrscht Chaos. Ein paar Tische weiter fängt ein Baby an, schrill und durchdringend zu greinen. Der Barista wirft eine riesige elektrische Kaffeemühle an, die sich lärmend durch die Bohnen arbeitet. Ich muss Ben unbedingt dazu bringen, mir zu helfen, aber ich kann mich nicht konzentrieren.

«Dr. Shields hat mir gesagt, Sie hätten bei der Telefonnummer einer der Frauen aus einer früheren Studie einen Zahlendreher gemacht, deshalb bin ich an eine falsche Adresse geraten. Ich bin in der Wohnung irgendeines Drogenabhängigen gelandet.» Meine Stimme klingt schrill und gehetzt. Die Frau am Nebentisch starrt uns an.

Ben beugt sich vor. «Ich habe seit Wochen nicht mit Dr. Shields gesprochen», sagt er leise. Seinem Blick kann ich nicht entnehmen, ob er mir auch nur ein Wort glaubt.

Ich denke an den Notizblock mit den fünf Telefonnummern. Alle waren in Dr. Shields' ordentlicher Handschrift notiert.

Sie hat gesagt, Ben hätte die Ziffern vertauscht, oder? Vielleicht meinte sie damit, dass ihm das schon bei der Datenaufnahme passiert war.

Aber warum hat sie ihn entlassen, wenn sie ihre Forschung doch mit anderen jungen Frauen fortsetzt?

Ben sieht betont auf die Uhr.

Ich überfliege meine Fragen, aber die helfen mir alle nicht weiter, wenn Ben nichts über die Moraltests weiß, die Dr. Shields mit mir durchführt.

«Sie wissen *nichts* über das, was sie im Moment macht?»

Er schüttelt den Kopf.

Plötzlich ist mir kalt bis auf die Knochen.

«Ich habe eine Geheimhaltungserklärung unterzeichnet», sagt er. «Im Moment mache ich meinen Master, und sie könnte mir an der Uni Schwierigkeiten machen. Ich dürfte nicht mal mit Ihnen reden.»

«Und warum tun Sie's dann?», flüstere ich.

Er zupft eine Fluse von seinem Ärmel, dann lässt er den Blick noch einmal über die anderen Gäste wandern. Schließlich schiebt er seinen Stuhl zurück.

«Bitte!» Es klingt wie ein abgewürgter Schrei.

Ben senkt die Stimme, sodass ich ihn bei dem Geräuschpegel im Café kaum hören kann.

«Suchen Sie die Akte, auf der Ihr Name steht», sagt er.

Ich starre ihn mit offenem Mund an. «Was steht da drin?»

«Sie hat mir aufgetragen, zu sämtlichen Testpersonen Hintergrundinformationen zusammenzutragen. Aber über Sie wollte sie mehr. Dann hat sie Ihre Akte aus dem Schrank, in dem sich die Mappen aller anderen Testpersonen befinden, entfernt.»

Er wendet sich ab.

«Warten Sie!», rufe ich. «Sie dürfen nicht einfach gehen.»

Er tut einen Schritt Richtung Tür.

«Bin ich in Gefahr?»

Er bleibt mit dem Rücken zu mir stehen. Dann dreht er sich noch einmal kurz um.

«Das darf ich nicht beantworten, Jess», sagt er und geht.

Die Mappe lag bei unseren ersten Sitzungen auf Dr. Shields' Schreibtisch. Was könnte sich darin befinden?

Nachdem Ben gegangen ist, sitze ich noch eine Weile da und starre vor mich hin. Dann rufe ich schließlich Thomas zurück.

Er meldet sich beim ersten Klingeln. «Warum hast du nicht auf meine Anrufe und Nachrichten geantwortet? Hast du das Foto gesehen, das ich dir geschickt habe?»

«Ja.»

Im Hintergrund höre ich Wasser laufen, dann ein metallisches Klirren.

«Ich kann jetzt nicht reden», sagt er und klingt fast verzweifelt. «Ich bin zum Abendessen verabredet, aber ich rufe dich gleich morgen früh an. Sag ihr nichts», warnt er mich noch einmal und legt auf.

Als ich das Café verlasse, ist es schon dunkel.

Die Schultern zum Schutz gegen den eisigen Wind hochgezogen, mache ich mich auf den Heimweg und überlege, was sich in Dr. Shields' Mappe über mich befinden mag. Machen sich nicht die meisten Therapeuten während der Sitzungen Notizen? Wahrscheinlich enthält die Mappe Mitschriften sämtlicher Gespräche, die wir geführt haben. Aber warum hat Ben mir geraten, danach zu suchen?

Dann fällt mir auf, dass ich diese Mappe seit Wochen nicht gesehen habe.

Ich führe mir vor Augen, wie sie mitten auf Dr. Shields' aufgeräumtem Schreibtisch lag, und versuche, mich an die Beschriftung zu erinnern. Ich konnte sie nie richtig erkennen, aber jetzt bin ich mir sicher, dass es mein Name war: Farris, Jessica.

Dr. Shields nannte mich immer nur Testperson 52 und später dann Jessica.

Aber Ben hat mich gerade «Jess» genannt.

Als ich endlich zu Hause ankomme, sehe ich, dass die Haustür offen steht. Wut auf den nachlässigen Nachbarn, der sie nicht richtig zugezogen hat, steigt in mir auf, und auf den Hausmeister, der offenbar nicht in der Lage ist, sie zu reparieren.

Ich gehe die Treppe mit dem abgetretenen grauen Teppichboden hinauf, und als ich an Mrs. Kleins Wohnung eine Etage unter mir vorbeikomme, steigt mir der Duft von Curry in die Nase.

Am Anfang meines Flurs bleibe ich stehen. Vor meiner Wohnungstür liegt etwas.

Als ich näher herangehe, sehe ich, dass es sich um eine braune Papiertüte handelt.

Ich zögere, dann hebe ich sie auf.

Der Geruch ist aromatisch und vertraut, aber ich kann ihn nicht zuordnen.

Ich sehe in die Tüte und finde einen Behälter mit Hühnernudelsuppe. Sie ist noch warm.

Eine Nachricht liegt nicht bei.

Aber es gibt nur eine Person, die denkt, es gehe mir nicht gut.

KAPITEL ZWEIUNDVIERZIG

Montag, 17. Dezember

Unvermittelt macht mich ein lautes Geräusch auf die Anwesenheit eines weiteren Menschen im Haus aufmerksam.

Montags kommt die Putzfrau nicht.

Die stillen Zimmer liegen im Dunkeln. Das Geräusch kam von links.

Ein Reihenhaus in New York City bietet gewisse Vorzüge: Geräumigkeit. Privatsphäre. Einen Garten hinterm Haus.

Selbstverständlich gibt es einen wesentlichen Nachteil.

An der Tür wacht kein Portier.

Ein weiteres Geräusch, ein Klappern.

Dieses Geräusch lässt sich zuordnen: Ein Topf wurde auf den Herd mit den sechs Brennern gestellt.

Beim Kochen hatte Thomas schon immer eine schwere Hand.

Er hat unsere Montagabendgewohnheit, die bei seinem Auszug eingestellt wurde, wiederaufgenommen.

An der Küchentür bleibe ich stehen, aber er bemerkt mich nicht gleich. Möglicherweise hat das Vivaldi-Konzert, das aus den Lautsprechern der Sonos-Anlage schallt, meine Schritte übertönt.

Er schneidet Zucchini für die Pasta Primavera mit Vollkornnudeln. Es ist eines der wenigen Gerichte in seinem Repertoire. Er weiß, dass es meine Leibspeise ist.

Auf der Arbeitsplatte stehen zwei Tüten des Feinkostgeschäfts Citarella, und in einem silbernen Eiskübel liegt eine Flasche Wein.

Rasch werden Berechnungen angestellt: Thomas' letzter Klient des Tages geht um 16.50 Uhr. Der Weg von seiner Praxis zu mir dauert fünfundzwanzig Minuten. Weitere zwanzig Minuten für den Einkauf. Seine Vorbereitungen für dieses Essen sind schon weit gediehen.

Er kann nicht vorher noch mit dir zusammen gewesen sein, Jessica. Wo du auch gewesen sein magst, als du angeblich zu Hause warst und schliefst, mit meinem Mann hast du dich nicht getroffen.

Die überwältigende Erleichterung, die mich bei dieser Erkenntnis überkommt, erzeugt ein körperliches Schwächegefühl.

«Thomas!»

Er fährt herum und hält das Messer vor sich, als wollte er sich verteidigen.

Dann stößt er ein hohes, angespanntes Lachen aus.

«Lydia! Du bist zu Hause!»

Ist dies der einzige Grund für sein Unbehagen?

Die Erleichterung ebbt ab.

Dennoch wird er mit einem Kuss begrüßt.

«Das Seminar war früher zu Ende», wird ihm gesagt. Weitere Erklärungen werden jedoch nicht abgegeben.

Manchmal ist Schweigen eine wirksamere Methode, um jemandem Informationen zu entlocken, als eine direkte Frage; die Strafverfolgungsbehörden setzen diese Taktik häufig bei Vernehmungen ein.

«Ich ... ich weiß, wir haben nicht darüber gesprochen, aber ich dachte, du hast sicher nichts dagegen, wenn ich vorbeikomme und dich mit Abendessen überrasche», stammelt Thomas.

Es ist sein zweiter unangekündigter Besuch in den vergangenen achtundvierzig Stunden.

Überdies verstößt es gegen die stillschweigende Übereinkunft, die nach seiner Affäre in Kraft trat: Noch nie hat Thomas den Schlüssel benutzt, den er nach seinem Auszug behielt.

Oder etwa doch?

Mittlerweile trüben widersprüchliche Hinweise die Wahrnehmung der Situation.

Gleich morgen wird eine neue Sicherheitsmaßnahme ergriffen werden, um seine Anwesenheit hier im Haus festzustellen, sollte er es zukünftig ohne vorherige Genehmigung betreten.

«Wie reizend», wird ihm in einem Tonfall gesagt, der eine Spur kühler ist, als er erwartet haben mag.

Er schenkt Wein in ein Glas. «Hier, Liebling.»

«Ich hänge nur eben meinen Mantel weg.»

Er nickt, dreht sich um und rührt die Pasta um.

Du hast noch immer keine Reaktion auf deine Nachricht gemeldet, Jessica.

Falls Thomas beabsichtigt, deine Einladung abzulehnen, warum hat er es noch nicht getan?

Aber vielleicht bist du diejenige, die etwas verbirgt.

Möglicherweise glaubst du, dass ein Treffen mit Thomas eine notwendige Voraussetzung für deinen Verbleib in der Studie ist. Vielleicht widerstand er der Versuchung, doch du erhöhst den Druck. Du könntest auf Zeit spielen, weil du auf ein anderes Ergebnis hoffst.

Du, mit deinem Wunsch zu gefallen und deiner kaum verhüllten Vergötterung, möchtest vielleicht nicht enttäuschen, indem du das falsche Ergebnis lieferst.

Sobald Thomas geht, wirst du angerufen und für morgen Vormittag einbestellt werden. Keinerlei Entschuldigungen werden akzeptiert werden: weder Krankheit noch soziales Engagement oder ein BeautyBuzz-Termin.

Du *wirst* mir die Wahrheit sagen, Jessica.

Bei der Rückkehr zu Thomas in die Küche ist die Pasta abgegossen und mit gewürztem Gemüse bestreut.

Die Unterhaltung wird oberflächlich gehalten. Es wird am Wein genippt. Die heiteren Töne des Vivaldi-Konzerts erfüllen den Raum. Von beiden Tellern wird nur wenig gegessen.

Auch Thomas ist angespannt.

Etwa eine Viertelstunde nach Beginn des Essens ertönt das schrille Läuten eines Mobiltelefons.

«Das ist deins», sagt er.

«Darf ich? Ich erwarte einen Anruf von einer Klientin.»

Dies ist nur zum Teil eine Erfindung.

«Mach ruhig», sagt er.

Die Nummer im Display ist deine.

Es ist zwingend erforderlich, dass mein Tonfall fest und geschäftsmäßig ist. «Dr. Shields am Apparat.»

«Hi, hier ist Jessica ... Es geht mir besser. Vielen Dank für die Hühnersuppe.»

Thomas darf meinem Teil der Unterhaltung nichts entnehmen können.

«Gern geschehen.»

Du fährst fort: «Außerdem wollte ich Ihnen sagen, dass ich eine Antwort von dem Mann im Diner bekommen habe. Thomas.»

Die instinktive Reaktion, die darauf folgt: ein Nachluftschnappen, während mein Blick zu Thomas zuckt.

Thomas beobachtet das alles. Unmöglich zu wissen, wie er meine Miene deutet.

«Einen Moment bitte», wird dir gesagt.

Rasch wird der Abstand zu Thomas vergrößert. Das Mobiltelefon wird in den anliegenden Raum getragen.

«Fahren Sie fort», wirst du angewiesen.

Veränderungen im Tonfall liefern zusammen mit der Satzmelodie verlässlich Zusatzinformationen zum Inhalt einer Unterhaltung. Schlechte Nachrichten werden häufig hinausgezögert, während gute Nachrichten hervorsprudeln.

Deine Stimme jedoch bleibt neutral.

Der Versuch, sich für das, was jetzt folgt, zu wappnen, bleibt vergeblich.

«Er hat geschrieben, er möchte sich mit mir treffen. Morgen will er mich anrufen, um etwas auszumachen.»

KAPITEL DREIUNDVIERZIG

Dienstag, 18. Dezember

Ich lebe schon seit Jahren in New York, aber diesen versteckt gelegenen Park kannte ich noch nicht.

West Village Conservatory Gardens klang nach einem Park voller Menschen. Und vielleicht ist er das auch – im Sommer. Aber als ich an diesem unwirtlichen, grauen Nachmittag auf Thomas warte und die Feuchtigkeit aus dem Holz der Parkbank in meine Jeans sickert, bin ich nur von kahlen Sträuchern und Ästen umgeben, die sich wie riesige Spinnennetze vor dem tristen Himmel abzeichnen.

Ich dachte, ich könne Dr. Shields vertrauen. Aber in den vergangenen achtundvierzig Stunden habe ich erfahren, dass sie in vielen Punkten gelogen hat: Ben hat diese Telefonnummern nicht nur nicht falsch aufgeschrieben, sondern es gibt im Moment gar keine Studie. Dr. Shields ist nicht mit dem Mann mit dem buschigen Haar auf dem Foto in ihrem Esszimmer verheiratet, sondern mit Thomas. Und ich bin nichts Besonderes für sie. Ich bin bloß nützlich, wie ein warmer Kaschmirschal, ein glänzender Gegenstand, den sie ihrem Ehemann vor die Nase halten kann.

Was ich heute erfahren möchte, ist, warum.

Sag ihr nichts, riet Thomas mir.

Aber ich werde nicht nach seiner Pfeife tanzen.

Ich muss Dr. Shields so lange hinhalten, bis ich herausfinde, was hier vorgeht. Also habe ich ihr erzählt, Thomas hätte auf meine Nachricht geantwortet und wolle sich mit mir treffen. Allerdings habe ich ihr nicht gesagt, dass wir uns schon heute sehen.

Um Punkt vier Uhr sehe ich ihn von weitem auf mich zukommen.

Er sieht so ähnlich aus wie bei unserer ersten Begegnung im Museum: ein hochgewachsener, sportlich wirkender Mann zwischen dreißig und vierzig in einem schweren blauen Mantel und grauer Freizeithose. Auf dem Kopf trägt er eine Strickmütze.

Ich sehe hinter mich, weil ich plötzlich Angst habe, Dr. Shields könnte wieder unvermutet auftauchen, genau wie nach meinem Besuch in ihrem Haus, als ich mit Thomas telefonierte. Aber hier ist niemand außer uns.

Als Thomas näher kommt, flattern zwei Trauertauben mit lautem Flügelschlag auf. Erschrocken schlage ich mir die Hand auf die Brust.

Er setzt sich neben mich und lässt dabei etwa dreißig Zentimeter Abstand zwischen uns. Trotzdem ist er mir ein bisschen zu nahe.

«Warum hat meine Frau dir gesagt, du sollst mich verfolgen?», fragt er grußlos.

«Ich wusste nicht mal, dass sie mit dir verheiratet ist.»

«Hast du ihr erzählt, dass wir miteinander geschlafen haben?» Die Vorstellung, dass Dr. Shields das herausfindet, scheint ihm noch mehr Angst zu machen als mir.

Ich schüttele den Kopf. «Sie bezahlt mich dafür, dass ich ihr bei ihren Forschungen helfe.»

«Sie bezahlt dich?» Er runzelt die Stirn. «Bist du in ihrer Studie?»

Ich bin mir nicht sicher, ob mir gefällt, dass Thomas all diese Fragen stellt. Andererseits zeigt mir das, wie wenig er weiß.

Ich atme aus und beobachte, wie sich ein weißes Wölkchen bildet. «Damit hat es angefangen. Aber jetzt ...» Ich weiß nicht einmal, wie ich erklären soll, was ich im Moment für Dr. Shields mache.

Also wechsele ich die Taktik. «Da vor dem Museum – sie muss gewollt haben, dass ich dir da begegne, aber das ist mir erst klargeworden, als ich dich im Diner sah. Sonst hätte ich niemals, ähm, noch mal Kontakt zu dir aufgenommen.»

Er drückt sich die Knöchel der rechten Hand an die Stirn.

«Ich kann mich nicht in Lydias verkorksten Kopf hineinversetzen», sagt er. «Ich habe sie verlassen, weißt du? Oder vielleicht weißt du das gar nicht.»

Ich muss an die zwei Kaffeetassen denken, die Dr. Shields bei meinem ersten Besuch in ihrem Haus in die Spüle stellte, und an die leichten Herrenjacken in ihrem Garderobenschrank.

Und da ist noch etwas.

«Du warst gestern Abend bei ihr», entfährt es mir.

Als ich Thomas gestern anrief, hörte ich im Hintergrund Geräusche: das Klappern von Töpfen und Pfannen und laufendes Wasser. Es klang, als würde jemand kochen. Und da war noch etwas, was ich zunächst nicht für wichtig hielt: klassische Musik, aber nicht von der düsteren, fast angespannten Sorte. Sie war ... fröhlich.

Die gleichen heiteren, beschwingten Klänge waren auch zu hören, als ich später Dr. Shields anrief.

«Es ist nicht das, wonach es aussieht», sagt er. «Hör mal, man kann jemanden wie Lydia nicht einfach verlassen. Nicht wenn sie das nicht will.»

Das trifft mich wie ein Stromschlag.

Die nächste Frage zu stellen, fällt mir besonders schwer, obwohl es die ist, die mir keine Ruhe lässt. «Du hast gesagt, junge Frauen wie ich seien leichte Beute für sie», sage ich und schlucke schwer. «Was genau meinst du damit?»

Abrupt steht er auf und sieht sich um – wie Ben es im Café auch getan hat, fällt mir auf.

Beide Männer waren eng mit Dr. Shields verbunden, aber jetzt behaupten sie, sie hätten sich von ihr gelöst. Mehr noch, sie scheinen vor ihr auf der Hut zu sein.

Im Park ist es fast völlig still; nicht einmal Blätterrascheln oder keckernde Eichhörnchen.

«Gehen wir ein Stück», sagt Thomas. Ich wende mich Richtung Ausgang, aber er zieht mich unsanft am Arm. Es tut trotz meines dicken Mantels ein bisschen weh. «Hier entlang.»

Ich entziehe ihm meinen Arm, dann folge ich ihm tiefer in den Park hinein zu einem steinernen Brunnen, in dessen Becken das Wasser gefroren ist.

Ein paar Meter dahinter bleibt er stehen und sieht zu Boden.

Mir ist mittlerweile so kalt, dass ich meine Nasenspitze nicht mehr spüre. Ich schlinge mir die Arme um den Leib, um nicht unbeherrscht zu zittern.

«Da war noch eine Frau.» Thomas spricht so leise, dass ich die Ohren spitzen muss. «Sie war jung und einsam, und Lydia mochte sie. Sie haben viel Zeit miteinander verbracht. Lydia machte ihr Geschenke und lud sie sogar zu uns nach Hause ein. Mit der Zeit schien sie so etwas wie eine kleine Schwester für sie zu werden ...»

Wie eine kleine Schwester, denke ich. Mein Herz beginnt zu hämmern.

Irgendwo links von mir ertönt ein lautes Knacken. Ich drehe den Kopf, sehe aber niemanden.

Nur ein abgefallener Ast, sage ich mir.

«Diese junge Frau ... hatte Probleme.» Thomas nimmt die Brille ab und reibt sich den Nasenrücken.

Ich kämpfe gegen den plötzlichen, beinahe unüberwindlichen Drang an, mich umzudrehen und wegzulaufen. Aber ich muss hören, was Thomas zu sagen hat.

«Eines Abends, als ich nicht da war, kam sie vorbei, um mit Lydia zu sprechen. Sie haben sich eine Weile unterhalten. Ich weiß nicht, was Lydia ihr gesagt hat.»

Die Sonne ist untergegangen, und die Temperatur ist um gefühlte zehn Grad gefallen. Wieder zittere ich.

«Was hat das mit mir zu tun?», frage ich. Mein Mund ist so trocken, dass ich die Worte kaum hervorbringe. Und irgendwo, tief im Innern, brauche ich seine Antwort nicht mehr.

Ich weiß bereits, wie diese Geschichte ausgeht.

Schließlich dreht Thomas sich um und blickt mir in die Augen.

«Hier hat sie sich umgebracht», sagt er. «Sie war Testperson 5.»

KAPITEL VIERUNDVIERZIG

Dienstag, 18. Dezember

Wie kannst du es wagen, mich zu hintergehen, Jessica?

Um 20.07 Uhr rufst du an, um mir zu melden, Thomas habe dich gerade angerufen.

«Haben Sie sich verabredet?», wirst du gefragt.

«Nein, nein, nein», entgegnest du wie aus der Pistole geschossen.

Diese überzogene Verneinung bricht dir das Genick: Lügner überkompensieren häufig, ebenso wie die chronisch Unsicheren.

«Er hat gesagt, diese Woche kann er sich doch nicht mit mir treffen, aber er meldet sich», fährst du fort.

Du klingst selbstsicher und überdies eilig, was vermitteln soll, du seist zu beschäftigt für ein längeres Telefonat.

Wie naiv von dir, Jessica, zu glauben, du könntest die Bedingungen unserer Unterhaltungen diktieren. Oder überhaupt irgendetwas.

Ein ausgedehntes Schweigen ist erforderlich, um dir dies in Erinnerung zu rufen, obwohl du diese Lektion eigentlich nicht nötig haben dürftest.

«Hat er durchblicken lassen, dass dies nur die Folge seines vollen Terminkalenders ist?», wirst du gefragt. «Hatten Sie den Eindruck, dass er sich wieder melden wird?»

Bei der Beantwortung dieser Fragen machst du deinen zweiten Fehler.

«Er hat eigentlich keinen Grund angegeben», antwortest du. «Mehr stand in seiner Nachricht nicht.»

Zunächst bezeichnetest du euren Kommunikationsweg als Telefonat und dann als schriftliche Nachricht. Ist es möglich, dass das lediglich ein Versehen war?

Oder war es eine bewusste Täuschung?

Befändest du dich in der Praxis und säßest auf dem Zweisitzer, hätten sich vielleicht deine üblichen nonverbalen Hinweise manifestiert: das Zwirbeln einer Haarsträhne, Herumspielen an deinen silbernen Stapelringen, Knibbeln an den Fingernägeln.

Bei einem Telefonat fehlen diese subtilen verräterischen Signale jedoch.

Man könnte dich auf die Widersprüche in deinen Aussagen aufmerksam machen.

Doch falls du ein falsches Spiel treibst, könnte ein solches Nachforschen dazu führen, dass du deine Spuren fortan sorgfältiger verwischst.

Und so wird dir gestattet, das Telefonat zu beenden.

Was machst du, nachdem du aufgelegt hast?

Vielleicht befolgst du deine übliche Abendroutine, selbstgefällig in dem Glauben, dass du einer potenziell tückischen Unterhaltung aus dem Weg gegangen bist. Du führst deinen Hund spazieren, danach duschst du lange und kämmst Conditioner in deine widerspenstigen Locken. Während du deinen Schminkkoffer auffüllst, rufst du pflichtschuldig deine Eltern an. Dann lauschst du den vertrauten Geräuschen hinter den dünnen Wänden deines Apartments: Schritte über dir, eine Sitcom in irgendeinem Fernseher, hupende Taxis draußen auf der Straße.

Oder hat sich der Grundton deines Abends geändert?

Vielleicht sind die Geräusche an diesem Abend nicht tröstlich. Das lange anämische Heulen einer Polizeisirene. Ein hitziger Streit nebenan. Das Scharren der Mäuse unter den Dielen. Möglicherweise denkst du an das unzuverlässige Schloss an der Haustür. Es ist so leicht für einen Fremden, oder auch für einen Bekannten, hineinzuschlüpfen.

Du bist mir bis ins Innerste vertraut, Jessica. Immer wieder hast du mir deine Hingabe bewiesen: Du hast weinroten Nagellack getragen. Du hast deine instinktiven Bedenken beiseitegeschoben und die Anweisungen befolgt. Du hast nicht heimlich in die Tüte mit der Skulptur gesehen, bevor du sie mir gebracht hast. Du hast deine Geheimnisse preisgegeben.

Doch in den vergangenen achtundvierzig Stunden hast du begonnen, mir zu entgleiten: Unsere letzte Begegnung hatte nicht oberste Priorität für dich. Vielmehr gingst du früh, um einen Schminktermin einzuhalten. Du bist meinen Anrufen und Textnachrichten ausgewichen. Du hast mich eindeutig angelogen. Du verhältst dich, als wäre diese Beziehung rein geschäftlich, als betrachtetest du sie als gutgefüllten Geldautomaten, der ohne Konsequenzen Scheine ausgibt.

Was hat sich verändert, Jessica?

Hast du die Hitze von Thomas' Flamme gespürt?

Diese Möglichkeit führt zu einer heftigen Versteifung des Körpers.

Es dauert mehrere Minuten langsamen, regelmäßigen Atmens, um sich davon zu erholen.

Die Aufmerksamkeit wird wieder auf das vorliegende Problem gerichtet: Was wird es kosten, deine Loyalität zurückzukaufen?

Deine Akte wird aus dem Arbeitszimmer im Obergeschoss in die Bibliothek gebracht und auf den Couchtisch gelegt. Gegenüber auf dem Klavier stehen Thomas' Weihnachtsnarzissen, nahe unserem Hochzeitsfoto. Ein zarter Duft durchzieht die Luft.

Die Akte wird aufgeschlagen. Die erste Seite enthält die Kopie deines Führerscheins, den du bei Eintritt in die Studie vorgelegt hast, sowie weitere persönliche Daten.

Die zweite Seite enthält ausgedruckte Fotos, die Ben gebeten wurde, auf Instagram zu sammeln.

Du und deine Schwester, ihr seht aus wie Zwillinge, doch wo deine Züge fein gezeichnet und deine Augen scharf sind, haftet Bettys Zügen noch das Weiche der Kindheit an, so, als wäre der Teil des Kameraobjektivs, der auf sie gerichtet war, mit Vaseline überzogen gewesen.

Für Becky zu sorgen, kann nicht leicht sein.

Deine Mutter trägt eine billig aussehende Bluse und blinzelt in der Sonne; dein Vater hat die Hände in die Taschen gesteckt, als könnten sie ihn stützen.

Deine Eltern sehen müde aus, Jessica.

Vielleicht ist ein Urlaub angebracht.

KAPITEL FÜNFUNDVIERZIG

Mittwoch, 19. Dezember

Thomas hat gesagt, ich soll mich ganz normal verhalten, damit Dr. Shields keinen Verdacht schöpft.

«Wir überlegen uns, wie wir dich heil da rausholen», sagte er, als wir den Park verließen. Dann stieg er auf ein Motorrad, setzte den Helm auf und röhrte davon.

Aber in den vierundzwanzig Stunden seither ist das mulmige Gefühl, das mich dort im Park überkam, abgeklungen.

Als ich gestern Abend nach Hause kam, musste ich ständig an Testperson 5 denken. Ich duschte lange und heiß und teilte mir mit Leo Reste von Spaghetti mit Hackbällchen. Aber je mehr ich darüber nachdachte, desto weniger Sinn ergab Thomas' Geschichte. Sollte ich etwa wirklich glauben, eine angesehene Psychiaterin und Professorin an der NYU hätte jemanden zum Selbstmord getrieben und könnte es auch mit mir tun?

Wahrscheinlich hatte diese Frau vorher schon Probleme, wie Thomas ja auch gesagt hat. Ihr Tod hatte nichts mit Dr. Shields und ihrer Studie zu tun.

Von Noah zu hören, half mir ebenfalls. Er schrieb: *Essen Freitagabend? Ein Freund von mir hat ein tolles Restaurant namens Peachtree Grill, falls du Lust auf Südstaatenküche hast.* Ich antwortete sofort: *Bin dabei!*

Es ist egal, ob Dr. Shields mich an diesem Abend braucht. Ich sage ihr einfach, ich müsse arbeiten.

Als ich schließlich meinen kuscheligsten Pyjama anziehe, ist meine Unterhaltung mit Thomas schon verblasst und in weite Ferne gerückt, fast wie ein Traum. Meine Sorgen sind etwas Handfestem gewichen, das mir willkommener ist: Wut.

Bevor ich ins Bett gehe, fülle ich meinen Schminkkoffer für den betriebsamen Tag morgen auf. Dabei fällt mir der weinrote Nagellack in die Hand. Ich zögere kurz, dann werfe ich ihn weg.

Schließlich ziehe ich mir die Decke bis unters Kinn, spüre Leo neben mir und höre die Schlüssel meines Nachbarn von gegenüber klirren. Mir fällt wieder ein, dass Dr. Shields ihre Hilfe bei der Suche nach einer neuen Stelle für meinen Vater anbot. Aber es sieht so aus, als hätte sie das völlig vergessen. Und auch wenn ich das Geld gut gebrauchen kann, sind die paar tausend Dollar die Turbulenzen, die Dr. Shields in mein Leben gebracht hat, nicht wert.

Sieben Stunden lang schlafe ich tief und fest.

Als ich erwache, erkenne ich, wie einfach die Lösung ist: Ich bin fertig damit.

Bevor ich zur Arbeit gehe, rufe ich sie an. Zum ersten Mal bin ich diejenige, die von sich aus um ein Treffen bittet.

«Kann ich heute Abend vorbeikommen?», frage ich. «Ich dachte, ich könnte meinen letzten Scheck abholen ... das Geld könnte ich gebrauchen.»

Ich sitze auf der Bettkante, aber sobald ich ihre perfekt modulierte Stimme höre, stehe ich auf.

«Wie schön, von Ihnen zu hören, Jessica», sagt Dr. Shields. «Ich kann Sie um sechs empfangen.»

Kann es wirklich so einfach sein?, denke ich.

Ein leises Déjà-vu-Gefühl überkommt mich. Genau das dachte ich auch, nachdem ich mich erfolgreich in die Studie geschmuggelt hatte.

Als ich meine Wohnung ein paar Minuten später verlasse und mich auf den Weg zur ersten von sechs Kundinnen mache, hängen am Himmel schwere, dicke Wolken. In neun Stunden ist es vorbei, sage ich mir.

Im Verlauf des Tages schminke ich eine Geschäftsfrau, die ein Foto für die Website ihres Unternehmens braucht, eine Schriftstellerin für ein Interview auf New York One, einem Nachrichtensender, und drei Freundinnen für eine Weihnachtsfeier im Nobelrestaurant Cipriani. Am frühen Nachmittag flitze ich kurz nach Hause, um mit Leo Gassi zu gehen. Ich habe das Gefühl, allmählich wieder in mein altes Leben zurückzugleiten, das mir Halt gibt, weil es so beruhigend vorhersehbar ist.

Ein paar Minuten zu früh stehe ich vor Dr. Shields' Haus, aber ich warte bis Punkt sechs Uhr, bevor ich klingele. Ich weiß genau, was ich sagen werde, und werde nicht einmal den Mantel ausziehen.

Dr. Shields ist schnell an der Tür, doch anstatt mich zu begrüßen, hebt sie den Zeigefinger. Sie hält sich das Handy ans Ohr.

«Hm-hm», sagt sie und bedeutet mir hereinzukommen.

Sie führt mich in die Bibliothek. Was bleibt mir übrig, als ihr zu folgen?

Während sie ihrem Gesprächspartner zuhört, sehe ich mich um. Auf einem Steinway-Klavier steht ein Strauß weißer Blumen. Eine Blüte ist auf den glänzenden schwarzen Klavierdeckel gefallen. Dr. Shields folgt meinem Blick, geht hin und nimmt sie auf.

Sie glättet sie zwischen den Fingerspitzen, während sie mit der anderen Hand nach wie vor das Telefon hält.

Dann entdecke ich eine Bronzeskulptur, die ein Motorrad darstellt. Ich reiße den Blick weg, bevor Dr. Shields auffällt, wohin ich sehe.

«Danke für Ihre Hilfe», sagt Dr. Shields und verlässt den Raum. Ich sehe mich nach weiteren Anhaltspunkten um, doch da sind nur ein paar Gemälde, ein Einbauregal voller gebundener Bücher und eine Glasschale mit prächtigen Orangen auf dem Couchtisch.

Dann kehrt Dr. Shields zurück, aber ohne Blütenblatt und Telefon.

«Hier ist Ihr Scheck, Jessica.» Aber anstatt ihn mir zu geben, breitet sie die Arme aus. Einen Schreckmoment lang glaube ich, sie will mich an sich drücken. Dann sagt sie: «Geben Sie mir Ihren Mantel.»

«Ach, ich kann nicht lange bleiben», erwidere ich und räuspere mich. «Ich weiß, es kommt ziemlich plötzlich, und die Entscheidung ist mir nicht leichtgefallen, aber bei den ganzen Schwierigkeiten, die meine Familie im Moment hat, finde ich, ich sollte nach Hause fahren. Ich fahre Freitag hin und bleibe über die Feiertage.»

Dr. Shields reagiert nicht.

Ich plappere weiter: «Wissen Sie, sie fahren dieses Jahr nicht mal nach Florida. Es ist alles sehr schwer für sie. Ich habe lange darüber nachgedacht, und vielleicht muss ich sogar für eine Weile wieder dahinziehen. Ich wollte Ihnen persönlich für alles danken.»

«Verstehe.» Dr. Shields setzt sich aufs Sofa und deutet auf den Platz neben sich. «Das ist eine schwerwiegende Entscheidung. Ich weiß ja, wie hart Sie daran arbeiten, sich hier ein Leben aufzubauen.»

Ich bleibe stehen, aber es fällt mir nicht leicht.

«Tut mir leid, ich bin verabredet, deshalb ...»

«Oh», sagt Dr. Shields. Ihre silberhelle Stimme wird stählern. «Mit einem Mann?»

«Nein, nein.» Ich schüttele den Kopf. «Bloß Lizzie.»

Warum erzähle ich ihr das? Es ist, als könnte ich aus dem Muster, ihr alles über mich zu erzählen, nicht ausbrechen.

Da klingelt mein Telefon, und ich schrecke zusammen.

Ich hole es nicht aus der Tasche. In zwei Minuten bin ich hier raus und kann zurückrufen. Dann kommt mir der Gedanke, dass es Thomas sein könnte.

Wieder klingelt es. Das schrille Läuten zerreißt die Stille.

«Gehen Sie dran», sagt Dr. Shields ruhig.

Mein Magen krampft sich zusammen. Wenn ich es heraushole, wird sie dann das Display sehen oder das Telefonat mit anhören können?

Es klingelt zum dritten Mal.

«Wir haben keine Geheimnisse, Jessica. Oder?»

Ich bin wie hypnotisiert von ihr, unfähig, die Willenskraft zum Ungehorsam aufzubringen. Mit zitternder Hand ziehe ich das Telefon aus der Jackentasche.

Als ich das Bild meiner Mutter auf dem Display sehe, lasse ich mich unwillkürlich auf den Stuhl Dr. Shields gegenüber sinken.

«Mom», krächze ich.

Ich komme mir wie festgenagelt vor von Dr. Shields' Blick. Meine Glieder sind bleischwer.

«Ich kann es gar nicht glauben!», ruft meine Mutter.

Im Hintergrund höre ich Becky schreien: «Florida! Wir fahren ans Meer!»

«Was?», frage ich.

Dr. Shields' Mundwinkel verziehen sich zu einem Lächeln.

«Ein Bote hat gerade vor ein paar Minuten das Päckchen vom Reisebüro gebracht! Ach Jess, das ist so reizend von deiner Chefin! Was für eine wundervolle Überraschung!»

Mir fällt keine Antwort ein. Mein Verstand ist zu träge, um mit den sich überschlagenden Ereignissen mitzuhalten.

«Davon wusste ich nichts. Was war denn in dem Päckchen?», frage ich schließlich.

«Drei Flugtickets nach Florida und eine Broschüre der Ferienanlage, in der wir wohnen werden», sprudelt meine Mutter hervor. «Sie sieht wunderschön aus!»

Drei Flugtickets. Nicht vier.

Dr. Shields streckt die Hand aus und nimmt sich eine Orange aus der Schale auf dem Couchtisch. Sie schnuppert daran.

Ich kann den Blick nicht von ihr losreißen.

«Es tut mir so leid, dass du nicht mitkommen kannst», sagt Mom. «Deine Chefin hat uns so einen netten Brief geschrieben und erklärt, dass du arbeiten musst. Aber sie will dafür sorgen, dass du an Weihnachten nicht allein bist. Du feierst bei ihr, hat sie geschrieben.»

Es schnürt mir die Kehle zu. Ich bekomme kaum Luft.

«Sie hält offensichtlich große Stücke auf dich», sagt Mom, während Becky im Hintergrund glücklich lacht. «Ich bin wirklich stolz, dass du so eine tolle neue Arbeit gefunden hast.»

«Wie schade, dass Sie über die Feiertage hier gebraucht werden», sagt Dr. Shields leise.

«Ich muss Schluss machen, Mom. Aber ich liebe dich», bringe ich mit letzter Kraft hervor.

Dr. Shields legt die Orange hin und greift in die Tasche.

Ich senke das Telefon und starre sie an.

«Der Flug geht morgen Abend», sagt Dr. Shields. Ihre Stimme ist so präzise, jedes Wort wie ein harmonisches Glockenspiel. «Dann fahren Sie wohl am Freitag doch nicht nach Hause.»

Man kann jemanden wie sie nicht einfach verlassen, hat Thomas in diesem eisigen Park gesagt.

«Jessica?» Dr. Shields zieht die Hand aus der Tasche. «Ihr Scheck.»

Ohne nachzudenken, nehme ich ihn entgegen.

Ich weiche ihrem durchdringenden Blick aus und fixiere stattdessen die Schale mit den leuchtend orangen Früchten.

Dabei fällt mir auf, dass es dieselbe Sorte ist wie die, die ich früher jeden Dezember für unsere Spendensammelaktion verkauft habe: Navel. Aus Florida.

KAPITEL SECHSUNDVIERZIG

Mittwoch, 19. Dezember

Heute Abend hast du mich wieder an April erinnert.

An jenem Juniabend vor nur sechs Monaten saß sie auf einem der Hocker, schwang das übergeschlagene Bein hin und her und trank von ihrem Wein. Wie üblich war sie sehr agitiert, aber anfangs war sie in Hochstimmung.

Das an sich war noch kein Grund zur Sorge.

Ihre Stimmung schwankte häufig rasant, wie ein Gewitter, das unvermittelt an einem sonnigen Tag ausbricht, wie ein kalter Vormittag, der im Nu der nachmittäglichen Hitze weicht.

Es war, als spiegelte ihr inneres Barometer den Monat, nach dem sie benannt worden war.

Aber an jenem Abend erfolgte ihr Stimmungsumschwung noch abrupter als üblich.

Schroffe Worte fielen. Sie weinte so heftig, dass sie nach Luft schnappen musste.

Später am Abend nahm sie sich das Leben.

Das Leben jedes Menschen ist durch Wendepunkte gekennzeichnet, die so einzigartig wie DNA sind.

Thomas' Erscheinen im dunklen Hausflur während des Stromausfalls war einer dieser einschneidenden Momente.

Aprils Verschwinden war ein weiterer.

Ihr Tod und der Wortwechsel, der ihm voranging, setzten eine Abwärtsspirale in Gang, ein Versinken in emotionalem Treibsand. Es gab ein weiteres Opfer: meine Ehe mit Thomas.

Im Leben jedes Menschen gibt es diese Wendepunkte – manchmal zufällig, manchmal scheinbar vorherbestimmt –, die seinen Weg gestalten und schließlich zementieren.

Du bist der neueste, Jessica.

Du darfst jetzt nicht verschwinden. Du wirst dringender denn je gebraucht.

Bisher deuten die Fakten auf zwei Möglichkeiten. Entweder du lügst, und ihr habt euch getroffen, du und Thomas, oder beabsichtigt es, oder du hast die Wahrheit gesagt, was bedeutet, Thomas schwankt. Sein Zögern bei der Antwort auf deine Nachricht und seine widersprüchlichen Reaktionen deuten allesamt darauf hin, dass er möglicherweise kurz davorsteht, der Verführung zu erliegen.

In beiden Fällen sind weitere Beweise vonnöten. Die Hypothese – Thomas ist ein unverbesserlicher Ehebrecher – wurde noch nicht hinreichend auf die Probe gestellt.

Dir wird ein Abend gewährt werden, um wieder zu der gefügigen, eifrigen jungen Frau zu werden, die als Testperson 52 in meine Studie eintrat.

Du sagtest, du wolltest die Stadt verlassen. Das bedeutet, dass du deine Termine abgesagt hast.

Deine Freundin Lizzie wird sich über die Feiertage zu ihrer Familie zurückziehen, tausend Meilen entfernt.

Deine Familie wird selig vom Meeresfrüchtebüfett essen und in einem warmen Salzwasserpool planschen.

Du wirst ganz mir gehören.

KAPITEL SIEBENUNDVIERZIG

Mittwoch, 19. Dezember

«Deine Frau ist wirklich verrückt!», zische ich ins Telefon.

Ich bin vier Blocks von Dr. Shields' Haus entfernt, und diesmal habe ich mich vergewissert, dass sie mir nicht folgt. Ich habe im Eingang eines Bekleidungsgeschäfts Schutz gesucht, in dessen Schaufenster groß GESCHÄFTSAUFGABE steht. Mittlerweile hat es aufgeklart, aber der Winterhimmel ist violett-schwarz. Die wenigen Passanten laufen mit gesenktem Kopf, das Kinn in den hochgeschlagenen Kragen ihres Mantels gezogen.

«Ich weiß.» Thomas seufzt. «Was ist passiert?»

Ich zittere, aber nicht vor Kälte. Dr. Shields verstrickt mich in ihre Machenschaften. Es ist wie eine dieser Fingerfallen – je angestrengter ich zu entkommen versuche, desto fester sitze ich in der Falle.

«Ich muss einfach weg von ihr. Du hast gesagt, du hilfst mir, da rauszukommen. Wir müssen uns noch mal sehen.»

Er zögert. «Ich kann heute Abend nicht weg.»

«Dann komme ich zu dir», sage ich. «Wo bist du?»

«Ich bin ... Ehrlich gesagt treffe ich sie gleich.»

Ich reiße die Augen auf und versteife mich.

«Was? Du warst doch erst vorgestern Abend bei ihr. Wie soll ich dir glauben, dass ihr getrennt seid, wenn ihr ständig zusammenhockt?»

«So ist das nicht. Wir haben einen Termin bei unserem Scheidungsanwalt», sagt Thomas beschwichtigend. «Wie wär's mit morgen?»

Ich bin so angespannt, dass ich diese Unterhaltung nicht einmal fortsetzen kann. «Na schön!», sage ich und lege auf.

Einen Moment stehe ich einfach da.

Dann mache ich das Einzige, was mir einfällt, um wieder ein bisschen Kontrolle über mein Leben zurückzugewinnen.

Ich gehe zurück. Als ich nur noch dreißig Meter von Dr. Shields' Haus entfernt bin, überquere ich die Straße und stelle mich in eine schattige Ecke.

Eine Viertelstunde später, als ich schon befürchte, sie verpasst zu haben, kommt sie aus dem Haus.

Nachdem ich ihr ausreichend Vorsprung gelassen habe, folge ich ihr. Sie geht zwei Blocks weit geradeaus, biegt um die Ecke und geht noch einmal drei Blocks weit.

Ich mache mir keine Sorgen, dass ich sie aus den Augen verlieren könnte, nicht einmal als wir uns einer betriebsamen Einkaufsgegend nähern. Sie trägt einen langen weißen Wintermantel, und ihr rotgoldenes Haar schwingt offen um ihre Schultern.

Dr. Shields sieht aus wie der Porzellanengel auf einem Weihnachtsbaum.

In der Ferne sehe ich Thomas unter einer Markise warten.

Ich bin mir sicher, dass er mich nicht entdecken wird; ich habe die Kapuze aufgesetzt und schlüpfe hinter eine Bushaltestelle.

Aber jetzt entdeckt er Dr. Shields.

Ein strahlendes Lächeln breitet sich auf seinem Gesicht aus. In seinem Blick mischen sich Vorfreude und Entzücken.

Er wirkt nicht wie ein Mann, der sich von der Frau, die da auf ihn zukommt, scheiden lassen will; im Gegenteil, er will sie unbedingt sehen.

Ich weiß nicht, wie viel Zeit mir noch bleibt, bis sie hineingehen, um ihren Termin mit dem Anwalt wahrzunehmen. Aber vielleicht kann ich etwas in Erfahrung bringen.

Er tritt mit ausgestreckter Hand auf sie zu.

Sie nimmt seine Hand.

Und in diesem Augenblick habe ich den Eindruck, den beiden – ihm in seinem maßgeschneiderten schwarzen Sakko und ihr in

Weiß – in einem ganz anderen Augenblick hinterherzuspionieren, in einem Augenblick, den ich nur von einem Foto kenne: bei ihrer Hochzeit.

Thomas beugt den Kopf, legt ihr die Hand in den Nacken und küsst sie.

Es ist kein Kuss, wie man ihn einer Frau gibt, die man loswerden will.

Das weiß ich, weil Thomas mich erst vor fünf Tagen genauso küsste, als wir uns in der Bar trafen.

Auf dem Heimweg denke ich über die ganzen Lügen nach, die uns drei verbinden.

Denn jetzt weiß ich, dass Thomas ebenfalls versucht, mich zu täuschen.

Nachdem er und Dr. Shields sich unter der roten Markise wieder voneinander gelöst hatten, legte er ihr den Arm um die Schultern und zog sie erneut an sich. Dann öffnete er die hohe Holztür – nicht in eine Anwaltskanzlei, sondern in ein romantisch aussehendes italienisches Restaurant – und trat beiseite, um ihr den Vortritt zu lassen.

Wenigstens habe ich endlich etwas Konkretes erfahren: Keinem von beiden ist zu trauen.

Ich habe keine Ahnung, warum. Aber damit kann ich mich jetzt nicht befassen.

Die einzige Frage, auf die ich im Moment eine Antwort brauche, lautet: Wer von den beiden ist gefährlicher?

DRITTER TEIL

Der Mensch, den man am strengsten beurteilt, ist häufig man selbst. Täglich kritisieren wir unsere eigenen Entscheidungen, unsere Handlungen, sogar unsere Gedanken. Wir sorgen uns, der Tonfall der E-Mail an einen Kollegen könnte falsch gedeutet werden. Wir tadeln uns wegen mangelnder Selbstbeherrschung, wenn wir den leeren Eisbecher in den Müll werfen. Wir bedauern, eine Freundin am Telefon abgewimmelt zu haben, anstatt uns geduldig ihre Probleme anzuhören. Wir wünschten, wir hätten einem Verwandten gesagt, wie viel er uns bedeutet, bevor er starb.

Wir alle tragen insgeheim Reue mit uns herum – die Fremden auf der Straße, Nachbarn, Kollegen, Freunde, sogar die, die wir lieben. Und wir alle müssen ständig moralische Entscheidungen treffen. Einige dieser Entscheidungen sind belanglos. Andere verändern das ganze Leben.

Solche Urteile auf dem Papier zu fällen, scheint leicht: Man kreuzt ein Kästchen an und geht seiner Wege. In einer praktischen Situation ist es nie so einfach.

Die Wahlmöglichkeiten lassen einem keine Ruhe. Tage, Wochen, sogar Jahre später denkt man über die Menschen nach, die von den eigenen Handlungen betroffen waren. Zweifelt seine Entscheidungen an.

Und fragt sich nicht, ob, sondern wann die Folgen eintreten werden.

KAPITEL ACHTUNDVIERZIG

Mittwoch, 19. Dezember

Dr. Shields' letztes Geschenk fühlt sich gefährlicher an, als mit einem verheirateten Mann zu flirten, quälende Geheimnisse zu verraten oder in der Wohnung eines Drogenabhängigen festzusitzen.

Es war schon schlimm genug, als nur ich allein in Dr. Shields' Experimente verstrickt war. Aber jetzt knüpft sie eine Verbindung zu meiner Familie. Wahrscheinlich kommt es meinen Eltern vor wie ein Lottogewinn. Immer wieder höre ich Becky quieken: «Wir fahren ans Meer!»

Wie Ricky sagte, als er sich in seiner Küche mein Telefon schnappte und über mir aufragte: *Im Leben gibt's nichts umsonst.*

Auf dem Heimweg sehe ich immer wieder vor mir, wie Dr. Shields und Thomas sich vor dem Restaurant küssten. Ich stelle sie mir an einem romantischen Tisch für zwei vor, während der Sommelier eine Flasche Rotwein öffnet. Thomas kostet und nickt zustimmend. Dann legt er vielleicht die Hände um ihre, um sie zu wärmen. Ich würde alles dafür geben, zu wissen, was sie zueinander sagen.

Bin ich ihr Gesprächsthema? Lügen sie sich an, so, wie sie mich anlügen?

Nachdem ich mein Mietshaus betreten habe, ziehe ich die Tür so fest hinter mir zu, dass ich mir weh tue. Ich zucke zusammen und reibe mir die Schulter, dann gehe ich die Treppe hinauf.

Im dritten Stock angekommen, entdecke ich drei Türen von meinem Apartment entfernt etwas Kleines, weich Aussehendes auf dem Teppich. Zuerst halte ich es für eine Maus. Dann erkenne ich es als grauen Damenhandschuh.

Ihrer, denke ich und erstarre. Die Farbe, die Beschaffenheit – unverkennbar ihr Stil.

Ich könnte schwören, dass ich sogar ihr unverwechselbares Parfüm riechen kann. Warum ist sie diesmal gekommen?

Aber als ich näher herangehe, stelle ich fest, dass ich mich geirrt habe. Das Leder ist dick und billig. Es ist ein Handschuh, wie man ihn bei einem Straßenhändler kaufen kann. Er muss einer meiner Nachbarinnen gehören. Ich lasse ihn liegen.

Nachdem ich meine Wohnungstür geöffnet habe, zögere ich und sehe mich zuerst um. Alles wirkt genauso, wie ich es hinterlassen habe, und Leo läuft mir wie immer entgegen. Trotzdem verriegele ich beide Schlösser jetzt schon anstatt wie sonst erst vor dem Schlafengehen.

Die Nachttischlampe habe ich für Leo angelassen wie immer, wenn ich weiß, dass ich erst nach Einbruch der Dunkelheit nach Hause komme. Jetzt schalte ich zusätzlich das Deckenlicht ein, dann auch das im Bad. Nach kurzem Zögern reiße ich den Duschvorhang zurück. Mir ist einfach wohler, wenn ich jede Ecke meines Apartments einsehen kann.

Auf dem Weg in die Küche streife ich den Stuhl, über den ich meine Kleidung drapiere, wenn ich zu faul bin, sie zurück in den Schrank zu räumen.

Dr. Shields' Überwurf guckt unter dem Pullover hervor, den ich gestern anhatte. Ich wende den Blick ab, gehe zum Küchenschrank, nehme ein Glas heraus, fülle es mit Wasser und trinke es in drei durstigen Schlucken aus.

Dann ziehe ich ganz unten aus meiner Gerümpelschublade einen Notizblock und setze mich damit im Schneidersitz auf mein Bett. Auf dem obersten Blatt stehen diverse Zahlen – der Versuch, einen Haushaltsplan aufzustellen, fällt mir wieder ein. Kaum zu fassen, dass ich mir noch vor sechs Wochen Sorgen darum gemacht habe, wie ich Beckys Ergotherapie bei Antonia bezahlen soll, und hoffte, meine BeautyBuzz-Termine würden alle in derselben Gegend sein, damit ich den Schminkkoffer nicht so weit schleppen muss. Rückblickend betrachtet hatte ich ein richtig ruhiges Leben mit Allerweltsproblemen. Bis zu jenem Augenblick, in dem ich impulsiv Taylors Telefon vom Stuhl nahm und Bens Nachricht abhörte. Diese zehn Sekunden haben mein Leben verändert.

Jetzt muss ich das Gegenteil von impulsiv sein.

Ich reiße das oberste Blatt ab und teile das nächste mit einem Strich in zwei Hälften. Die eine Spalte bekommt die Überschrift «Dr. Shields» und die andere «Thomas». Dann schreibe ich alles auf, was ich über die beiden weiß.

Dr. Lydia Shields: 37, Reihenhaus im West Village, außerordentliche Professorin an der NYU, Psychiaterin mit Praxis in Midtown. Wissenschaftlerin, hat Bücher veröffentlicht. Designerkleidung, teurer Geschmack. Früherer Assistent namens Ben Quick. Verheiratet mit Thomas. Dieses letzte Detail unterstreiche ich viermal.

Darunter notiere ich Vermutungen und Fragen: *Einflussreicher Vater? Klientenakten? Geschichte von Testperson 5?*

Ich betrachte die kargen Informationen. Ist das wirklich alles, was ich über die Frau weiß, die so viele meiner Geheimnisse kennt?

Daraufhin wende ich mich Thomas zu, nehme den Laptop und google ihn. Die Suche nach «Thomas Shields» ergibt zwar diverse Treffer, aber in allen geht es um andere Männer.

Vielleicht hat Dr. Shields ihren Mädchennamen behalten.

Mir fallen ein paar Sachen von unserer Begegnung in der Bar ein: *Fährt Motorrad. Kennt den Text des Beatles-Songs «Come Together» auswendig. Trinkt IPA vom Fass.* Und dann ein paar Informationen aus der Zeit in meiner Wohnung: *Mag Hunde. Gut in Form. Operationsnarbe an der Schulter nach Rotatorenmanschettenruptur.*

Ich denke einen Augenblick nach, dann füge ich hinzu: *Liest die*

New York Times in Ted's Diner. Geht ins Fitnessstudio. Brillenträger. Verheiratet mit Dr. Shields. Auch dieses letzte Detail unterstreiche ich viermal.

Weiter schreibe ich: *Ende dreißig? Beruf? Wo wohnt er?*

Über Thomas habe ich sogar noch weniger Informationen als über Dr. Shields.

Ich weiß nur von zwei Personen, die mit ihnen in Verbindung standen: Die erste, Ben, möchte nicht noch einmal mit mir reden.

Die zweite kann es nicht mehr.

Testperson 5. Wer war sie?

Ich stehe auf und laufe in meinem winzigen Apartment auf und ab, während ich versuche, mich an alles zu erinnern, was Thomas bei unserem Treffen im Park sagte.

Sie war jung und einsam. Lydia machte ihr Geschenke. Hier hat sie sich umgebracht.

Ich laufe zum Bett und schnappe mir meinen Laptop. Der aus zwei Absätzen bestehenden Meldung in der *New York Post*, die ich finde, indem ich nach «West Village Conservatory», «Selbstmord» und «Juni» suche, entnehme ich zumindest eines: Eine junge Frau starb in diesem Park. Ihre Leiche wurde noch am selben Abend von einem Paar gefunden, das einen Spaziergang bei Mondschein machte. Zuerst dachten die beiden, sie schlafe nur.

In der Meldung wird auch ihr voller Name genannt: Katherine April Voss.

Ich schließe die Augen und sage ihn mir noch einmal vor.

Sie war erst dreiundzwanzig und wurde beim zweiten Vornamen gerufen. Abgesehen von der Abstammung ihrer Eltern und der viel älteren Stiefgeschwister ist der Meldung nicht viel zu entnehmen.

Aber mit diesen Informationen kann ich anfangen, den Verlauf ihres Lebens nachzuvollziehen, um herauszufinden, wo und wie ihre Wege sich mit denen von Dr. Shields gekreuzt haben.

Während ich über meine nächsten Schritte nachdenke, reibe

ich mir die Stirn, hinter der es dumpf pocht, vielleicht weil ich heute kaum etwas gegessen habe.

Ich will unbedingt mehr erfahren, aber an Aprils trauernde Eltern möchte ich mich noch nicht wenden. Doch es gibt andere Spuren, die ich verfolgen kann. Wie die meisten Leute über zwanzig hatte April eine aktive Social-Media-Präsenz.

Innerhalb einer Minute habe ich ihren Instagram-Account gefunden, dem jeder folgen kann.

Ich zögere kurz, dann sehe ich mir die Fotos an, genauso wie damals, als ich online nach Dr. Shields recherchierte.

Ich weiß nicht, was mich erwartet, und habe das Gefühl, ich werde gleich eine Grenze überschreiten, von der es kein Zurück gibt.

Schließlich klicke ich ihren Namen an. Kleine Fotoquadrate füllen meinen Bildschirm.

Ich beschließe, in umgekehrter chronologischer Reihenfolge vorzugehen, und vergrößere das neueste Foto, das letzte, das April je gepostet hat.

Es datiert vom 2. Juni. Sechs Tage vor ihrem Tod.

Beim Anblick ihres lächelnden Gesichts zucke ich zusammen, obwohl es ein Foto ist, wie auch ich es mit Lizzie hätte machen können: zwei Freundinnen, die mit ihren Margaritas anstoßen und Spaß haben. Es wirkt so normal, wenn man bedenkt, was nicht einmal eine Woche später passiert ist. Die Bildunterschrift, die April dazu schrieb, lautet: *Mit @Fab24 – BFF!* Ein Dutzend Leute haben Kommentare hinterlassen, etwa *luv this* oder *sooo hübsch*.

Ich betrachte Aprils Gesicht. Dies ist die junge Frau hinter der Nummer, die Dr. Shields ihr zuteilte. Sie hatte langes, glattes dunkles Haar und helle Haut. Sie war dünn, sehr dünn. Ihre braunen Augen wirken zu groß und zu rund für ihr schmales Gesicht.

Ich schreibe *Fab24/beste Freundin* unter Aprils Namen auf ein frisches Blatt meines Notizblocks.

Dann sehe ich mir ein Foto nach dem anderen an und durchsuche sie nach verwertbaren Hinweisen: die örtlichen Gegebenheiten im Hintergrund, der Name eines Restaurants auf einer Serviette, Leute, die mehrmals auf Fotos auftauchen.

Nach dem fünfzehnten Bild weiß ich, dass auch April silberne Creolen trug und eine schwarze Lederjacke besaß. Ebenso wie ich liebte sie Cookies und Hunde.

Noch einmal betrachte ich das Foto von April und Fab24. April wirkt glücklich darauf, aufrichtig glücklich. Ich weiß, dass ich mir das nicht einbilde. Und da entdecke ich etwas – den Fransenbesatz eines taupefarbenen Überwurfs auf dem Stuhl hinter ihr.

Im Hausflur ertönen Schritte, und mein Kopf fährt in die Höhe. Die Schritte scheinen auf mein Apartment zuzukommen.

Ich warte darauf, dass es klopft, aber das passiert nicht.

Stattdessen höre ich etwas rascheln.

Behutsam stehe ich auf, schleiche zur Tür und hoffe, das leise Wischen meiner Socken über den Boden möge nicht zu hören sein.

Meine Tür verfügt über einen Spion. Ich will schon hindurchsehen, aber dann packt mich die Angst, dass ich nur eines von Dr. Shields' durchdringenden blauen Augen sehen würde.

Das bringe ich nicht fertig. Ich atme so schwer, dass ich sicher bin, sie kann mich durch die Tür hören.

Während mein Adrenalinpegel steigt, drücke ich das Ohr an die Tür. Nichts.

Falls sie wirklich hier ist, wird sie erst gehen, wenn ich tue, was sie will. Ich stelle mir vor, sie könnte durch die Tür hindurch in mein Apartment sehen, genauso, wie sie mich vor vier Wochen durch den Laptop beobachten konnte. Ich muss nachsehen. Also zwinge ich mich, das Auge an den Spion zu halten und sehe mit angehaltenem Atem hindurch.

Da ist niemand.

Das macht mich fast genauso fertig, wie wenn sie wirklich da wäre. Keuchend trete ich einen Schritt zurück. Drehe ich jetzt durch? Dr. Shields und Thomas sind zusammen in einem Restaurant. Ich habe sie gesehen. So viel ist sicher.

Leos hohes, stakkatoartiges Bellen reißt mich aus meinen Gedanken. Er sieht mich fragend an.

«Pst», flüstere ich ihm zu.

Auf Zehenspitzen gehe ich ans Fenster, ziehe behutsam eine Lamelle der Jalousie herunter und spähe auf die Straße: Ein paar Frauen steigen in ein Taxi, und ein Mann führt seinen Hund Gassi. Sieht alles völlig normal aus.

Behutsam lasse ich die Lamelle los, hebe Leo hoch und nehme ihn mit zum Bett.

Es wird bald Zeit für seinen Spaziergang. Noch nie hatte ich Angst, abends mit ihm rauszugehen. Aber jetzt wird mir ganz mulmig bei der Vorstellung, durchs Treppenhaus zu laufen, wo hinter jeder Ecke jemand lauern könnte, und eine Straße entlangzuspazieren, die dann womöglich menschenleer ist – oder auch nicht.

Ben hat recht. Ich muss mir meine Akte beschaffen.

Schließlich sichte ich weiter Aprils Fotos. Eines vergrößere ich, um ein Straßenschild entziffern zu können. Dann stoße ich auf eines, das Anfang Mai aufgenommen wurde: ein schlafender Mann mit nacktem Oberkörper in einem Bett, die geblümte Decke bis zur Taille herabgeschoben. Ihr Freund?

Von seinem Gesicht ist kaum etwas zu sehen, nur ein schmaler Streifen.

Ich betrachte den Nachttisch neben ihm, auf dem sich ein paar Bücher – ich notiere mir die Titel –, ein Armband und ein halbvolles Glas Wasser befinden.

Und noch etwas. Eine Brille.

Ich sacke zusammen. Es fühlt sich an, als wäre ich unversehens über den Rand einer Klippe in die leere Luft getreten, und jetzt könnte ich meinen Absturz nicht mehr verhindern.

Mit zitternder Hand vergrößere ich das Bild.

Es ist eine Schildpattbrille.

Ich zoome den schlafenden Mann heran, den April mutmaßlich in ihrem Bett fotografiert hat.

Das kann nicht sein. Am liebsten würde ich mir Leo schnappen und einfach weglaufen, aber wohin? Meine Eltern würden es niemals verstehen. Lizzie ist schon über die Feiertage zu ihrer Familie gefahren. Und Noah ... kenne ich ja kaum. Ihn darf ich da nicht hineinziehen.

Ich schiebe den Laptop von mir, aber ich sehe noch immer seine gerade Nase und das Haar, das ihm in die Stirn fällt, vor mir.

Der Mann auf dem Foto ist Thomas.

KAPITEL NEUNUNDVIERZIG

Mittwoch, 19. Dezember

Als du heute Abend mein Haus verließt, sahst du so verängstigt aus, Jessica. Weißt du denn nicht, dass dir nichts geschehen wird?

Du wirst zu dringend gebraucht.

Das verabredete Abendessen mit meinem Mann erbringt keine neuen Informationen. Thomas pariert die Fragen zu seinem Tag und seinen Plänen für den Rest der Woche mühelos. Er antwortet mit Gegenfragen und füllt jedes sich anbahnende Schweigen mit Bemerkungen über seine köstlichen Spaghetti bolognese und den ofengerösteten Rosenkohl, von dem er eine Portion bestellte, die wir uns teilen.

Thomas ist ein hervorragender Squashspieler. Er ist ein Meister darin, den Winkel des gegnerischen Aufschlags vorauszusehen, und bewegt sich flink über das Feld.

Doch selbst der versierteste Sportler ermüdet, wenn er permanent unter Druck gesetzt wird. Dann unterlaufen ihm Fehler.

Nachdem die Teller abgeräumt und eine köstliche Apfel-Tarte Tatin zum Dessert aufgetragen wurde, erkundigt Thomas sich nonchalant, ob es etwas Besonderes gebe, was der Weihnachtsmann dieses Jahr unter den Baum legen soll.

«Es ist immer schwer, ein Geschenk zu finden für die Frau, die alles hat», sagt er.

Thomas hat sich als schlagfertiger Gegner erwiesen, aber jetzt tut sich eine unerwartete Gelegenheit auf.

«Ja», wird ihm gesagt. «Was hältst du von diesen filigranen silbernen Stapelringen?»

Thomas versteift sich unübersehbar.

Eine Pause tritt ein.

«Hast du solche Ringe schon einmal gesehen?»

Er senkt den Blick auf seinen Teller und heuchelt ein plötzliches Interesse an den Krümeln seines Desserts.

«Oh, kann sein, ich glaube, ich weiß, was du meinst», sagt er.

«Was hältst du von ihnen? Findest du sie ... hübsch?»

Thomas hebt die Augenbrauen. Er nimmt meine Hand und betrachtet sie, als überlegte er, wie sie solcherart geschmückt aussähe.

Dann schüttelt er den Kopf. Sein Blick ist eindringlich. «Sie sind nicht besonders genug.»

Die Rechnung wird gebracht, und der für Thomas heikle Moment ist ausgestanden.

An der Haustür wird er zurückgewiesen. Das ist jetzt ein sehr intimes Geständnis, Jessica, aber du musst zugeben, dass wir über die Kennlernphase hinaus sind. Die körperlichen Intimitäten mit Thomas wurden seit dem Seitensprung letzten September nicht wiederaufgenommen. Unsere Ehe steht nach wie vor auf wackeligen Füßen; auch heute Abend wird es nicht dazu kommen.

Thomas trägt die sanfte Zurückweisung mit Fassung. Zu gefasst?

Sein sexueller Appetit war schon immer groß. Die gegenwärtige erzwungene eheliche Abstinenz wird seine Libido weiter anfachen und ihn anfälliger für Versuchungen machen.

Nachdem die Haustür geschlossen und das frisch installierte Schloss abgesperrt wurde, wird die übliche Ordnung im Haus wiederhergestellt. Normalerweise wäre das bereits geschehen, nachdem du gegangen warst, aber dafür war an diesem ereignisreichen Tag noch keine Zeit.

Die Zeitung wird vom Couchtisch genommen und in die Recyclingtonne geworfen. Die Geschirrspülmaschine wird ausgeräumt. Dann wird das Arbeitszimmer einem prüfenden Blick unterzogen. Ein schwacher Orangenduft liegt in der Luft. Die Schale mit den Früchten wird in die Küche gebracht, die Orangen selbst in den Müll geworfen.

Zitrusfrüchte haben noch nie großen Reiz ausgeübt.

Nachdem die Lichter im Erdgeschoss gelöscht sind, geht es die Treppe hinauf, wo ein fliederfarbenes Seidennachthemd mit dazu passendem Morgenmantel ausgewählt wird. Mit dem Ringfinger wird Nachtserum um die Augen getupft, dann wird eine reichhaltige Feuchtigkeitscreme aufgetragen. Mit dem richtigen Arsenal kann der Alterungsprozess, auch wenn er unvermeidlich ist, würdevoll kontrolliert werden.

Nachdem die abendlichen Rituale vollzogen sind und ein Glas Wasser auf dem Nachttisch steht, bleibt nur noch eins zu tun. Die beigefarbene Mappe mit dem Namen JESSICA FARRIS auf dem Etikett wird vom Schreibtisch im kleinen Arbeitszimmer nebenan geholt und aufgeschlagen.

Wieder werden die Fotografien deiner Eltern und deiner Schwester betrachtet. In nicht einmal vierundzwanzig Stunden werden sie in einem Flugzeug zu einem Hunderte von Meilen entfernten Ort sitzen. Wird ihre Abwesenheit durch die wachsende Kluft zwischen euch deutlicher spürbar sein?

Schließlich wird ein Montblanc-Füller, ein geschätztes Geschenk meines Vaters, auf ein frisches Blatt des gelben Blocks, der meinen akribischen Notizen dient, gesetzt. Der neue Eintrag wird auf Mittwoch, den 19. Dezember datiert, und darunter werden Details meines Abendessens mit Thomas festgehalten, unter besonderer Berücksichtigung seiner Reaktion auf den Hinweis, silberne Stapelringe seien ein willkommenes Geschenk.

Dann wird deine Mappe zugeklappt und wieder in die Mitte des Schreibtischs gelegt, auf eine zweite Mappe, die zu einer anderen Testperson gehört. Die beiden werden nicht mehr bei den übrigen Akten aufbewahrt. Sie wurden einige Tage zuvor mit nach Hause genommen, nachdem das neue Schloss an der Haustür installiert worden war.

Der Name auf dem Etikett der Mappe unter deiner lautet KATHERINE APRIL VOSS.

KAPITEL FÜNFZIG

Donnerstag, 20. Dezember

Ich muss so dicht wie möglich bei der Wahrheit bleiben, wenn ich Dr. Shields treffe. Nicht nur, weil mir nicht klar ist, wie viel sie weiß. Ich habe auch keine Ahnung, wozu sie fähig ist.

Heute Nacht habe ich kaum geschlafen; jedes Mal, wenn eine Diele knarrte oder jemand die Treppe heraufkam und an meinem Apartment vorbeiging, erstarrte ich und lauschte, ob womöglich ein Schlüssel in mein Schloss gesteckt wird.

Dr. Shields oder Thomas können sich unmöglich einen Schlüssel zu meiner Wohnung verschafft haben, versuchte ich, mich zu beruhigen. Trotzdem habe ich gegen zwei Uhr morgens den Nachttisch vor die Tür gezerrt und mein Pfefferspray aus der Handtasche genommen und unters Kopfkissen gelegt.

Als Dr. Shields mir heute Morgen um sieben eine Nachricht schickte, in der sie mich nach der Arbeit zu sich nach Hause bestellte, antwortete ich sofort: *Okay*. Es war zwecklos, sich zu weigern, und außerdem wollte ich sie auch nicht verärgern.

Wenn ich mich aus dieser Falle nicht befreien kann, indem ich mich losreiße, dann muss ich mich vielleicht besonders tief reinhängen, dachte ich.

Die Idee zu meinem Plan kam mir heute Morgen unter der Dusche, die mich nicht hatte wärmen können. Ich habe keine Ahnung, wie sie auf das, was ich ihr erzählen werde, reagieren wird. Aber so kann ich nicht weitermachen.

Nach einem anstrengenden Arbeitstag bin ich um halb acht bei ihr. Alle meine Kundinnen waren in Festtagsstimmung und bereiteten sich auf Weihnachtsfeiern vor, und meine letzte Kundin rechnete mit einem Heiratsantrag ihres Freundes.

Ich habe ihre Gesichter kaum gesehen, während ich sie schminkte. Stattdessen hatte ich immer wieder blitzartig das Bild von Thomas in Aprils Bett vor Augen.

Sie öffnet mir sofort. Man könnte fast denken, sie hätte im Flur auf mich gewartet. Aber vielleicht hat sie mich auch durch ein Fenster im Obergeschoss gesehen.

«Jessica», sagt sie zur Begrüßung.

Nur das. Nur meinen Namen.

Dann schließt sie die Haustür ab und nimmt meinen Mantel.

Während sie ihn in den Garderobenschrank hängt, bleibe ich neben ihr stehen, und als sie zurücktritt, stößt sie fast mit mir zusammen. «Tut mir leid», sage ich. Sie muss sich an diesen Augenblick erinnern. Ich lege den Keim für meine Tarngeschichte.

«Möchten Sie ein Perrier?», fragt Dr. Shields und geht voran in die Küche. «Oder vielleicht ein Glas Wein?»

Ich zögere, dann sage ich: «Ich nehme, was Sie nehmen», und achte darauf, dankbar zu klingen.

«Ich habe gerade eine Flasche Chablis geöffnet», sagt Dr. Shields. «Oder hätten Sie lieber einen Sancerre?»

Als ob ich den Unterschied schmecken würde!

«Chablis ist prima», sage ich, aber ich werde nicht viel trinken. Ich muss einen klaren Kopf behalten.

Sie schenkt den Wein in zwei Kristallgläser mit schlanken Stielen und reicht mir eines. Mein Blick wandert durch den Raum. Bisher habe ich keinerlei Anzeichen dafür gesehen, dass Thomas hier ist, aber nachdem ich erlebt habe, wie die beiden gestern miteinander umgegangen sind, muss ich sicher sein, dass er nicht in Hörweite ist.

Ich trinke einen kleinen Schluck und springe ins kalte Wasser. Leise sage ich: «Ich muss Ihnen was beichten.»

Sie dreht sich um und sieht mich an. Ich weiß, sie spürt meine Nervosität; es fühlt sich an, als ob ich sie aus allen Poren verströme. Wenigstens das muss ich nicht spielen.

Sie deutet auf einen Hocker und setzt sich auf den danebenen. Wir sitzen dichter zusammen als sonst. Ich drehe mich ein kleines Stück, damit ich den Raum im Blick habe. Jetzt kann sich niemand an mich anschleichen.

Dr. Shields hat schwach sichtbare dunkle Halbmonde unter den Augen. Bestimmt schläft sie im Moment auch nicht gut.

«Worum handelt es sich, Jessica? Ich hoffe, mittlerweile wissen Sie, dass Sie mir alles erzählen können.»

Sie nimmt ihr Weinglas, und da sehe ich, dass *ihre* Hand kaum merklich zittert. Das ist das erste Mal, dass ich sie als verletzlich erlebe.

«Ich war nicht ganz ehrlich zu Ihnen», sage ich.

Ich sehe, wie ihr Kehlkopf sich beim Schlucken bewegt. Aber sie überstürzt nichts, sondern wartet ab.

«Der Mann im Diner ...», sage ich. Ihre Augen werden kaum merklich schmaler. Ich wähle meine Worte mit Bedacht. «Als er auf meine Nachricht antwortete, schrieb er in Wirklichkeit, dass er sich mit mir treffen will. Er bat mich, ihm einen Tag und eine Uhrzeit zu nennen.»

Dr. Shields sieht mich unverwandt an. Sie regt sich nicht.

Blitzartig stelle ich mir vor, sie hätte sich in Glas verwandelt, wäre aus dem gleichen Muranoglas geformt wie der Falke, von dem sie sagte, er sei ein Geschenk für ihren Mann. Für Thomas.

«Aber ich habe ihm nicht geantwortet», fahre ich fort.

Diesmal warte ich ab. Unter dem Vorwand, einen Schluck Wein zu trinken, wende ich den Blick ab.

«Warum das?», fragt Dr. Shields schließlich.

«Ich glaube, Thomas ist Ihr Ehemann», flüstere ich. Mein Herz poltert so laut, dass sie es bestimmt hören kann.

Sie atmet scharf ein.

«Hmmm», murmelt sie. «Was hat Sie zu dieser Annahme geführt?»

Weiß der Himmel, ob das die richtige Taktik ist. Ich spiele hier

Himmel und Hölle auf einem Minenfeld, aber ich weiß nicht, wie viel sie weiß, also muss ich ihr einen Krümel Wahrheit hinwerfen.

«Als ich in Ted's Diner kam, stellte ich fest, dass ich diesen Mann schon einmal gesehen hatte», erzähle ich. Das ist der heikle Teil. Ich kämpfe gegen ein Schwindelgefühl an. «Mir fiel wieder ein, dass ich ihm auf dem Weg ins Museum begegnet war, als die Leute sich um die Frau, die vom Taxi angefahren worden war, versammelt hatten. Er fiel mir nur deshalb auf, weil ich alle Leute gemustert habe, um herauszufinden, ob sie zum Test dazugehören. Aber ich bin sicher, dass er mich da nicht bemerkt hat.»

Dr. Shields antwortet nicht. Ihre Miene ist ausdruckslos. Ich habe keine Ahnung, welche Gefühle ich gerade in ihr geweckt habe.

«Als ich Ihnen von dem Mann erzählt habe, mit dem ich mich in der Fotoausstellung unterhalten hatte, hat mich verwirrt, dass Sie dachten, er hätte blondes Haar. Ich habe Ihre Frage nicht einmal mit dem Mann vor dem Museum in Verbindung gebracht. Aber dann sah ich ihn – Thomas – im Diner wieder.»

Endlich sagt Dr. Shields etwas: «Und diese banalen Dinge haben Sie zu dieser Schlussfolgerung geführt?»

Ich schüttele den Kopf. Der nächste Teil klang gut, als ich ihn heute geprobt habe. Aber jetzt weiß ich nicht, ob es sie überzeugen wird. «Die Jacken in Ihrem Garderobenschrank ... Sie sind alle so groß. Sie gehören eindeutig einem Mann, der groß und breitschultrig ist, anders als der Mann auf dem Foto in Ihrem Esszimmer.»

«Sie sind ja eine richtige Detektivin, Jessica.» Ihre Finger liebkosen den Stiel ihres Weinglases. Sie hebt es an die Lippen und trinkt einen Schluck. Dann: «Sind Sie ganz allein darauf gekommen?»

«Sozusagen», erwidere ich. Ich kann nicht beurteilen, ob sie mir glaubt, also fahre ich mit meiner vorbereiteten Geschichte fort: «Lizzie hat mir neulich erzählt, sie hätte ein zusätzliches Kostüm für eine Zweitbesetzung bestellen müssen, weil der Mann viel größer als die Erstbesetzung war. Das hat mich darauf gebracht.»

Abrupt beugt Dr. Shields sich vor, und ich zucke zusammen. Ich achte darauf, ihr unverwandt in die Augen zu sehen.

Nach einem Moment steht sie wortlos auf, nimmt die Weinflasche von der Arbeitsplatte und geht zum Kühlschrank. Als sie ihn öffnet, sehe ich darin nur ein paar Flaschen Perrier und einen Karton Eier. Noch nie habe ich einen so kahlen Kühlschrank gesehen.

«Apropos Lizzie, ich treffe mich nachher auf ein Glas mit ihr», fahre ich fort. «Kennen Sie hier in der Nähe ein gutes Lokal? Ich habe ihr gesagt, ich schreibe ihr, wenn wir fertig sind.»

Das ist eine weitere Sicherheitsvorkehrung, neben dem Pfefferspray in meiner Handtasche und dem unverstellten Blick auf meine Umgebung.

Dr. Shields schließt die Kühlschranktür. Doch sie kommt nicht zu mir zurück.

«Ach, ist Lizzie noch in der Stadt?», fragt sie.

Beinahe hätte ich nach Luft geschnappt. Lizzie ist gestern abgereist, aber woher kann Dr. Shields das wissen? Wobei: Wenn sie meine Eltern aufgespürt hat, ist sie vielleicht auch an Lizzie herangekommen.

Ich kann mich nicht erinnern, ihr irgendetwas über Lizzies Pläne für die Feiertage erzählt zu haben. Aber Dr. Shields hat sich Notizen zu allen unseren Unterhaltungen gemacht. Ich nicht.

Nervös erzähle ich ihr das Erste, was mir durch den Kopf schießt: «Ja, sie wollte erst früher fahren, aber dann ist ihr was dazwischengekommen, also ist sie noch ein paar Tage hier.»

Ich zwinge mich, den Mund zu halten. Dr. Shields steht immer noch auf der anderen Seite der Kücheninsel. Sie mustert mich. Es ist, als nagelte sie mich mit ihrem Blick fest.

Hinter mir liegen vier weitere Räume, unter anderem die Gästetoilette. Weil Dr. Shields jetzt auf der anderen Seite der Küche steht, kann ich nicht mehr die Türen im Blick behalten, wenn ich sie ansehe.

Stattdessen ruht mein Blick auf den harten, glänzenden Oberflächen in ihrer Küche: graue Marmorplatten, Haushaltsgeräte aus rostfreiem Stahl und ein Metallkorkenzieher neben der Spüle.

«Ich bin froh, dass Sie mir die Wahrheit gesagt haben, Jessica», sagt Dr. Shields. «Und jetzt werde ich das auch tun. Sie haben recht: Thomas ist mein Mann. Der Mann auf dem Foto war mein Mentor auf der Graduate School.»

Ohne es zu merken, habe ich den Atem angehalten. Jetzt atme ich aus. Endlich eine Information, die zu dem passt, was Thomas und Dr. Shields mir erzählt haben – und zu meinem Bauchgefühl.

«Wir sind seit sieben Jahren verheiratet», fährt sie fort. «Früher haben wir im selben Gebäude gearbeitet. So haben wir uns kennengelernt. Er ist ebenfalls Psychiater.»

«Ach», sage ich und hoffe, Dr. Shields damit zum Weiterreden zu animieren.

«Sie fragen sich sicher, warum ich Sie so zu ihm hindränge», sagt sie.

Jetzt bin ich diejenige, die schweigt. Ich will nichts sagen, was sie verärgern könnte.

«Er hat mich betrogen.» Ich meine zu sehen, dass Dr. Shields' Augen kurz feucht werden, aber schon ist es wieder vorbei. Vielleicht war es auch nur eine optische Täuschung. «Nur ein Mal. Aber die Umstände dieses Betrugs machten ihn besonders schmerzlich. Und er hat versprochen, es nie wieder zu tun. Ich möchte ihm gern glauben.»

Dr. Shields drückt sich so präzise und vorsichtig aus; ich habe den Eindruck, jetzt sagt sie mir endlich die Wahrheit.

Ich frage mich, ob sie dieses intime Foto von Thomas in Aprils Bett gesehen hat, auf dem sein nackter Oberkörper unter der geblümten Bettdecke hervorschaut. Das muss sie sehr verletzt haben.

Und wie viel schlimmer es für sie wäre, wenn sie wüsste, was ich getan habe.

Ich will unbedingt mehr erfahren. Trotzdem kann ich es mir in ihrer Gegenwart nicht leisten, auch nur eine Sekunde lang nicht auf der Hut zu sein.

«Mit einer Frage haben wir uns in all unseren Sitzungen noch nie befasst», fährt Dr. Shields fort. «Waren Sie jemals wahrhaft verliebt, Jessica?»

Keine Ahnung, ob es darauf eine richtige Antwort gibt. «Ich glaube nicht», sage ich schließlich.

«Sie würden es wissen», erwidert sie. «Die Freude – dieses Gefühl von Vollständigkeit, das die Liebe einem Menschen schenken kann – ist direkt proportional zum Ausmaß der Qualen, wenn diese Liebe entzogen wird.»

Zum ersten Mal wirkt sie ganz weich und von ihren Gefühlen überwältigt.

Ich muss sie davon überzeugen, dass ich auf ihrer Seite bin. Als ich Thomas mit in meine Wohnung nahm, hatte ich keine Ahnung, dass er ihr Mann ist. Aber wenn sie davon erfährt, tja, keine Ahnung, was sie mir dann antut.

Ich muss an Testperson 5 denken, wie sie am letzten Abend ihres Lebens ausgestreckt auf einer Parkbank lag. Bestimmt hat die Polizei ihren Tod untersucht, bevor er zum Selbstmord erklärt wurde. Aber war sie dabei wirklich allein?

«Das tut mir sehr leid», sage ich. Meine Stimme bebt ein bisschen, aber das schiebt sie hoffentlich auf Mitleid statt Angst. «Kann ich irgendetwas tun?»

Dr. Shields verzieht den Mund zu einem leeren Lächeln. «Deshalb habe ich Sie ausgewählt. Sie erinnern mich ein wenig an ... nun, an *sie*.»

Ich kann nicht anders, als hinter mich zu sehen. Die Haustür ist vielleicht zwanzig Meter entfernt, aber das Schloss wirkt kompliziert.

«Was ist los, Jessica?»

Widerstrebend drehe ich mich wieder zu ihr um. «Nichts, ich dachte bloß, ich hätte ein Geräusch gehört.» Ich nehme das Weinglas in die Hand, halte es aber bloß fest, anstatt daraus zu trinken. Es könnte schwer genug sein, um es als Waffe zu verwenden.

«Wir sind ganz allein», sagt sie. «Keine Sorge.»

Endlich kommt sie um die Kücheninsel herum und setzt sich wieder neben mich. Dabei streift ihr Knie meines, und ich muss mich sehr beherrschen, um nicht zurückzuzucken.

«Die junge Frau, mit der Thomas Sie betrogen hat ...» Die Worte wollen nicht heraus, aber ich muss das fragen. «Sie sagen, ich erinnere Sie an sie?»

Dr. Shields berührt mich mit ihren schmalen Fingern am Arm. Die blauen Venen auf ihrem Handrücken heben sich deutlich von ihrer blassen Haut ab.

«Es gibt eine Übereinstimmung in wesentlichen Punkten.» Sie lächelt, und da fallen mir ein paar neue tiefe Fältchen an ihren Augen auf, wie wenn sich Risse im Glas ausbreiten. «Sie hatte dunkles Haar und war voller Leben.»

Ihre Hand liegt noch immer auf meinem Unterarm, aber jetzt schließt sie die Finger fest darum. Voller Leben, denke ich. Was für eine seltsame Beschreibung für eine junge Frau, die sich umgebracht hat.

Ich warte darauf, dass sie fortfährt, und frage mich, ob sie Aprils Namen nennen oder sie als ihre Testperson bezeichnen wird.

Sie sieht mich an. Ihr Blick wird wieder scharf, und es ist, als wäre die Frau, die ich gerade eben erlebt habe – die weichere Frau, die sich so sichtlich nach ihrem Mann sehnte –, hinter eine Maske geschlüpft. Jetzt spricht sie wieder emotionslos. Sie klingt wie eine Professorin, die einen Vortrag über ein abstraktes Thema hält.

«Allerdings war die Frau, mit der Thomas mich betrog, nicht so jung wie Sie. Sie war rund zehn Jahre älter. Eher in meinem Alter.»

Zehn Jahre älter.

Mir ist klar, dass Dr. Shields mir meine Erschütterung ansieht, denn jetzt wirkt sie angespannt.

April, die junge Frau auf den Instagram-Fotos, kann auf keinen Fall über dreißig gewesen sein; außerdem stand in der Todesanzeige, sie sei dreiundzwanzig gewesen. Dr. Shields spricht nicht von April.

Falls sie mir gerade die Wahrheit gesagt hat, hat Thomas während seiner Ehe noch mit einer weiteren Frau geschlafen. Mit mir zusammen wären es drei. Wie viele mögen da noch gewesen sein?

«Ich kann mir einfach nicht vorstellen, wie man Ihnen das antun kann», sage ich und trinke einen Schluck Wein, um meine Überraschung zu überspielen.

Sie nickt. «Wichtig ist, dafür zu sorgen, dass er es nicht noch einmal macht. Das verstehen Sie doch?» Sie hält inne. «Deshalb möchte ich, dass Sie ihm jetzt gleich antworten.»

Ich will mein Weinglas abstellen, schätze aber den Abstand zur Marmorplatte falsch ein und fange es gerade noch auf, bevor es herunterfallen kann.

Dr. Shields registriert es, sagt aber nichts dazu.

Mein Plan ist voll in die Hose gegangen. Das Geständnis, von dem ich gehofft hatte, es werde mich befreien, fühlt sich jetzt wie eine Schlinge um meinen Hals an.

Ich hole mein Telefon aus der Tasche und tippe, was Dr. Shields mir diktiert: *Können wir uns morgen Abend treffen? Deco Bar um 8?*

Sie sieht zu, wie ich auf *Senden* tippe. Nicht einmal zwanzig Sekunden später trifft eine Antwort ein.

Panik steigt in mir auf. Was, wenn er etwas geschrieben hat, was mich belastet?

Mir ist so schwindlig, dass ich am liebsten den Kopf zwischen die Knie klemmen würde. Aber ich darf nicht.

Dr. Shields blickt mich an, als könnte sie meine Gedanken lesen.

Ich starre das Telefon an und schlucke schwer, um die aufsteigende Übelkeit zu bekämpfen.

«Jessica?»

Ihre Stimme klingt blechern und so, als käme sie von weit her.

Mit zitternder Hand halte ich Dr. Shields das Telefon hin, damit sie Thomas' Antwort lesen kann: *Ich werde dort sein.*

KAPITEL EINUNDFÜNFZIG

Freitag, 21. Dezember

Jeder Therapeut weiß, dass die Wahrheit eine Gestaltwandlerin ist, so schwer fassbar wie eine Federwolke. Sie nimmt mannigfaltige Gestalten an, widersetzt sich jedem Definitionsversuch und passt sich der Sichtweise jedes Menschen an, der sich in ihrem Besitz glaubt.

Um 19.36 Uhr schreibst du: *Ich mache mich in ein paar Minuten auf den Weg, um T. zu treffen. Soll ich ihm ein Getränk ausgeben, weil ich das Treffen angeregt habe?*

Die Antwort: *Nein, er ist traditionell. Überlassen Sie ihm die Führung.*

Um 20.02 Uhr nähert Thomas sich der Deco Bar, in der du bereits wartest. Mit Betreten des Lokals ist er außer Sicht. Den benachbarten Restaurants und Cafés einschließlich desjenigen direkt gegenüber auf der anderen Straßenseite schenkt er keine Beachtung.

Um 20.24 Uhr verlässt Thomas die Bar wieder. Allein.

Am Bordstein steckt er die Hand in die Tasche und holt sein Mobiltelefon heraus. Mit dem anderen Arm winkt er einem Taxi.

«Sind Sie sicher, dass Sie sonst keinen Wunsch haben, Ma'am?»

Der aufdringliche Kellner verstellt den Blick durch das große Fenster, und als er wieder geht, ist auch Thomas fort. Ein gelbes Taxi entfernt sich von der Stelle, an der er eben noch stand.

Gleich darauf klingelt mein Telefon. Doch der Anrufer ist nicht Thomas, sondern du.

«Er ist gerade gegangen», sagst du atemlos. «Es war ganz anders, als ich erwartet hatte.»

Ehe du fortfahren kannst, kündigt ein Signalton einen weiteren eingehenden Anruf an. Thomas.

Nach zweiundzwanzig ewig währenden Minuten – ein Zeitabschnitt, in dem ein Gefühlsspektrum von Wut über Verzweiflung bis zu matten Hoffnungsschimmern Platz fand – geschieht jetzt alles auf einmal.

«Bleiben Sie einen Moment dran, Jessica. Sammeln Sie Ihre Gedanken.»

Für Thomas' Begrüßung werden sämtliche gebieterischen Untertöne aus der Stimme verbannt: «Hallo!»

«Wo bist du gerade, Liebling?», fragt er.

Hintergrundgeräusche wie das Klappern von Tellern oder die Unterhaltungen an den anderen Tischen könnten für ihn hörbar sein. Es ist von entscheidender Bedeutung, dass die Antwort in Ton und Wortwahl zu einer Frau passt, die, obgleich nicht völlig unbekümmert, nach einem langen Tag spontan ausgegangen ist.

«In der Nähe der Praxis. Ich wollte eine Kleinigkeit essen, da ich diese Woche nicht zum Einkaufen gekommen war.»

Auf der anderen Straßenseite öffnet sich die Tür der Deco Bar, und du kommst heraus, das Mobiltelefon am Ohr. Auf dem Bürgersteig bleibst du stehen und siehst dich um.

«Wann wirst du zu Hause sein?», fragt Thomas. Seine Stimme ist sanft, er spricht ohne Eile. «Ich vermisse dich und würde dich heute Abend wirklich gerne sehen.»

Die Häufung von Signalen – die Kürze eures Treffens in Verbindung mit Thomas' unverhofftem Wunsch – geben der Hoffnung Auftrieb.

Die Deco Bar und das Restaurant gegenüber liegen keine zwanzig Minuten von zu Hause entfernt. Aber eine kurze Besprechung mit dir ist erforderlich, ehe Thomas begegnet werden kann.

«Ich bin fast fertig», wird Thomas gesagt. «Sobald ich im Taxi sitze, gebe ich dir Bescheid.»

Unterdessen wartest du auf dem Bürgersteig und hast dir die

Arme um den Leib geschlungen, um dich vor der Kälte zu schützen. Aus dieser Entfernung ist deine Miene nicht zu erkennen, aber deine Körpersprache signalisiert Verunsicherung.

«Perfekt», erwidert Thomas, und das Telefonat wird beendet.

Du wartest noch in der anderen Leitung.

«Entschuldigen Sie, dass ich Sie habe warten lassen. Bitte fahren Sie fort.»

«Er wollte kein Date», sagst du. Jetzt sprichst du langsamer. Du hattest Zeit, dir deine Antwort zu überlegen. Das ist bedauerlich.

«Thomas wollte mich sehen, weil er Verdacht geschöpft hat. Er hat mich vor dem Museum doch bemerkt. Ihm war klar, dass ich nicht zufällig im Diner war. Er hat mich gefragt, ob ich ihn verfolge.»

«Was haben Sie gesagt?» Die Frage wird in scharfem Ton gestellt.

«Mir ist ein Schnitzer unterlaufen», sagst du kleinlaut. «Ich habe darauf beharrt, dass es Zufall war. Bloß fürchte ich, das glaubt er mir nicht. Aber Dr. Shields, er ist Ihnen wirklich hundertprozentig ergeben.»

Es ist nicht deine Aufgabe, Schlussfolgerungen zu ziehen, doch diese Vorstellung ist einfach unwiderstehlich. «Wie kommen Sie zu dieser Annahme?»

«Ich weiß, ich habe Ihnen gesagt, dass ich noch nie jemanden geliebt habe, aber ich habe es bei anderen gesehen. Und Thomas hat gesagt, er wäre mit einer wundervollen Frau verheiratet, und ich solle aufhören, ihn zu belästigen.»

Kann das möglich sein? All die besorgniserregenden Anzeichen – die Telefonate spät am Abend, der unvorhergesehene Besuch der Frau mit dem schwingenden Mantel in Thomas' Praxis, das verdächtige Mittagessen im kubanischen Restaurant – waren bloß ein Trugbild.

Mein Mann hat den Test bestanden. Er ist treu.

Thomas ist wieder mein.

«Danke, Jessica.»

Der Blick aus dem Fenster zeigt eine Winterlandschaft: du, die du in deiner schwarzen Lederjacke über den Bürgersteig gehst, die Enden deines roten Schals ein Farbfleck in der Nacht.

«Und das war alles, worüber Sie gesprochen haben?»

«Ja, das war es im Prinzip», sagst du.

«Dann einen schönen Abend. Ich melde mich bald.»

Drei Zwanziger werden auf den Tisch gelegt – ein enormes Trinkgeld, inspiriert von überbordendem Glücksgefühl.

Als vor dem Restaurant ein Taxi herangewunken wird, klingelt das Telefon.

Noch einmal Thomas.

«Hast du das Restaurant schon verlassen?», fragt er.

Der Instinkt formuliert meine Antwort: «Noch nicht.»

«Ich wollte dir nur Bescheid geben, dass ich ein bisschen im Stau stecke», sagt er. «Du brauchst dich also nicht zu beeilen.»

Irgendetwas an seinem Tonfall löst einen Alarm aus, aber ihm wird gesagt: «Danke, dass du mir Bescheid gegeben hast.»

Geschwind werden die Fakten einer Prüfung unterzogen: zweiundzwanzig Minuten in der Deco Bar. Zu kurz für ein romantisches Intermezzo. Für das Gespräch, so, wie du es mir geschildert hast, hingegen deutlich zu lang.

Du bist bereits zwei Blocks entfernt und kaum noch zu sehen. Aber deine Wohnung liegt in der entgegengesetzten Richtung. Deine Schritte werden schneller, als freutest du dich auf das, was vor dir liegt.

Du hast es eilig, Jessica. Wohin gehst du?

Thomas' Verspätung bietet die Möglichkeit, weitere Informationen zu sammeln. Und ein flotter Spaziergang an der frischen Luft sorgt für einen klaren Kopf.

Du gehst noch einen Block weiter. Dann fährst du herum. Du drehst den Kopf von einer Seite zur anderen und scheinst deine Umgebung zu mustern.

Nur der Schutz der Dunkelheit und der Abstand zwischen uns im Verein mit dem Glücksfall eines abgesperrten Gebäudes, das vor Blicken schützt, verhindern, dass du deine Verfolgerin bemerkst.

Du drehst dich um und gehst weiter.

Nach wenigen Minuten bleibst du vor einem anderen kleinen Restaurant namens Peachtree Grill stehen.

Hinter der Glastür wartet ein Mann auf dich. Er ist etwa in deinem Alter, hat dunkles Haar und trägt eine marineblaue Daunenjacke, die mit roten Reißverschlüssen abgesetzt ist. Du lässt dich von ihm in die Arme nehmen, und er drückt dich einen Moment lang fest an sich.

Dann geht ihr beide ins Restaurant hinein.

Du behauptest, ehrlich zu sein, doch diesen Mann hast du nie erwähnt.

Wer ist er? Wie wichtig ist er dir? Und was hast du ihm erzählt?

Was hältst du sonst noch vor mir geheim, Jessica?

KAPITEL ZWEIUNDFÜNFZIG

Freitag, 21. Dezember

Meine Unterhaltung mit Thomas in der Deco Bar verlief genau so, wie ich sie Dr. Shields beschrieben habe.

Er fand mich dort um kurz nach acht an einem Tisch im hinteren Bereich. Ich hielt mich an einem Sam Adams fest, aber er bestellte nicht einmal etwas zu trinken. Es war voll in der Bar, und niemand schien uns groß zu beachten.

Dennoch hielten wir uns ans Drehbuch.

«Warum folgen Sie mir?», fragte Thomas mich, und ich riss überrascht die Augen auf.

Ich behauptete, die Begegnung im Diner sei ein Zufall gewesen. Er blickte skeptisch und sagte mir, er sei mit einer wundervollen Frau verheiratet, und ich solle ihn in Ruhe lassen.

Diesen Dialog wiederholten wir in verschiedenen Variationen, bis die beiden Frauen am Nebentisch sich nach uns umdrehten. Meine Verlegenheit musste ich nicht spielen.

Das war nur gut so; wir hatten Zeugen. Und ich hatte Dr. Shields zwar nicht entdeckt, als ich mich verstohlen in der Bar umgesehen hatte, aber ich hielt es durchaus für möglich, dass sie einen Weg gefunden hatte, unser Gespräch mit anzuhören oder zumindest zu beobachten.

Das Treffen mit Thomas dauerte nicht lang. Aber in Wirklichkeit war es unser zweites an diesem Tag.

Um sechzehn Uhr, Stunden vor unserer Verabredung in der Deco Bar, hatten Thomas und ich uns in O'Malley's Pub getroffen, genau wie vor exakt einer Woche, bevor ich ihn mit zu mir genommen hatte. Damals, als ich noch nicht ahnte, dass er Dr. Shields' Mann ist.

Thomas musste für unser nachmittägliches Treffen einen Termin mit einem Klienten absagen. Die Sache war zu wichtig für ein Telefonat. Denn wir mussten uns vor der von Dr. Shields arrangierten Verabredung absprechen.

Ich war als Erste im O'Malley's. Da es noch nicht Happy Hour war, gab es nur zwei weitere Gäste, ein Pärchen. Ich suchte uns einen Tisch möglichst weit von den beiden entfernt aus und setzte mich mit dem Rücken zur Wand, um den Raum im Blick zu haben.

Als Thomas hereinkam, nickte er mir zu und bestellte an der Bar einen Scotch. Noch bevor er sich setzte und seinen Mantel auszog, trank er einen großen Schluck.

«Ich habe dir doch gesagt, dass meine Frau verrückt ist», sagte er und rieb sich die Stirn. «Also, warum solltest du dich mit mir verabreden?»

Wir wollten beide dasselbe vom anderen: Informationen.

«Sie hat mir erzählt, dass du sie betrogen hast», sagte ich. «Sie hat mich manipuliert, damit ich dich kennenlerne, um herauszufinden, ob du es wieder tun würdest.»

Er murmelte etwas Unverständliches und trank sein Glas aus, dann winkte er dem Barkeeper für einen zweiten Scotch. «Tja, diese Frage können wir wohl beide schon beantworten. Du hast ihr doch nicht von uns erzählt, oder?»

«Hoppla, vielleicht machst du mal ein bisschen langsamer?», schlug ich vor und deutete auf sein Glas. «Wir treffen uns schon in wenigen Stunden wieder und müssen auf Zack sein.»

«Kapiert», sagte er. Dennoch stand er auf und holte den zweiten Scotch an der Bar ab.

«Ich habe ihr nicht gesagt, dass wir miteinander geschlafen haben», sagte ich, als er an den Tisch zurückkam. «Und ich habe nicht vor, ihr das jemals zu erzählen.»

Er schloss die Augen und seufzte.

«Ich kapier's nicht. Du sagst, sie ist verrückt und du willst sie verlassen, aber wenn du bei ihr bist, benimmst du dich, als würdest du sie lieben. Das ist total schräg, als ob sie dich irgendwie in der Hand hätte.»

Abrupt öffnete er die Augen wieder.

«Ich kann es nicht erklären», sagte er schließlich. «Aber in einem Punkt hast du recht: Wenn ich bei ihr bin, spiele ich eine Rolle.»

«Du warst ihr schon früher untreu.» Das wusste ich ja bereits, aber er sollte Farbe bekennen.

Er runzelte die Stirn. «Inwiefern geht dich das was an?»

«Es geht mich was an, weil sie mich in eure kranke Beziehung hineingezogen hat!»

Er sah sich um, dann beugte er sich vor und senkte die Stimme. «Schau, es ist kompliziert, okay? Ich hatte da ein kleines Abenteuer.»

Eines? Er sagte nur die halbe Wahrheit.

«Weiß deine Frau, wer sie war?»

«Was? Ja, aber sie war niemand», sagte er.

Ich war empört und hätte Thomas am liebsten seinen Scotch ins Gesicht gekippt.

Ein Niemand, der eine Testperson in Dr. Shields' Studie war, genau wie ich. Ein Niemand, der jetzt tot war.

Er sah meinen Gesichtsausdruck und ruderte zurück. «Ich wollte nicht ... Sie war einfach eine Frau, die einen Block von meiner Praxis entfernt eine Boutique betreibt. Eine einmalige Sache.»

Ich betrachtete meine Bierflasche. Mittlerweile hatte ich das Etikett fast ganz abgeknibbelt.

Also meinte er gar nicht April. Zumindest passte seine Geschichte zu dem, was Dr. Shields mir über seine Affäre erzählte.

«Wie hat sie davon erfahren? Hast du es ihr gestanden?»

Er schüttelte den Kopf. «Ich habe eine Nachricht, die für die andere Frau bestimmt war, an Lydia geschickt. Ihre Vornamen beginnen beide mit ‹L›; es war einfach ein dummer Fehler.»

Das war interessant, aber es war nicht die Affäre, über die ich mehr wissen wollte. Was war mit Testperson 5?

Also fragte ich ihn direkt danach: «Und deine Affäre mit April Voss?»

Er schnappte nach Luft, was an sich schon eine Antwort war.

«Woher weißt du von ihr?» Er war sehr bleich geworden.

«Du hast mir als Erster von April erzählt», sagte ich. «Bloß dass du sie in den Conservatory Gardens Testperson 5 genannt hast.»

Er riss die Augen auf. «Lydia weiß nicht davon, oder?»

Ich schüttelte den Kopf und sah auf dem Telefon nach der Uhrzeit. Uns blieben noch mehrere Stunden bis zu unserem von Dr. Shields arrangierten Date.

Er trank einen weiteren kräftigen Schluck. Dann sah er mir in die Augen, und ich las echte Angst in seinem Blick. «Sie darf nie, niemals von April erfahren.»

Fast genau dasselbe hatte er auch über uns gesagt.

Die Pubtür wurde so schwungvoll aufgestoßen, dass sie gegen die Wand prallte.

Ich zuckte zusammen. Thomas fuhr herum.

«Tut mir leid!» An der Tür stand ein stämmiger Mann mit rotem Bart.

Thomas murmelte etwas und schüttelte den Kopf, dann wandte er sich wieder mir zu. Seine Miene war grimmig.

«Also wirst du Lydia nicht von April erzählen?», fragte er. «Du hast keine Ahnung, was du sonst zerstören würdest.»

Endlich hatte ich etwas gegen Thomas in der Hand. Das war genau die Gelegenheit, die ich brauchte.

«Ich werde ihr nichts sagen.»

Er wollte mir schon danken, aber ich ließ ihn nicht. «Sofern du mir alles erzählst, was du weißt.»

«Worüber?»

«Über April.»

Viel erfuhr ich nicht. Während ich nach unserem zweiten Treffen an diesem Tag, bei dem wir wie Schauspieler unsere Zeilen gesprochen hatten, zu meinem späten Abendessen mit Noah im Peachtree Grill ging, dachte ich über das nach, was Dr. Shields' Mann preisgegeben hatte.

Thomas hatte gesagt, er sei nur ein Mal mit April zusammen gewesen, und zwar im Frühjahr. Er habe sich mit einem Freund in einer Hotelbar getroffen. Als dieser Freund sich verabschiedet hatte und Thomas noch auf die Rechnung wartete, habe April sich auf den Platz ihm gegenüber gesetzt und sich vorgestellt.

Das ist die Szene, die Dr. Shields mich in der Bar im Sussex Hotel mit Scott nachstellen ließ, dachte ich und musste einen eisigen Schauder unterdrücken. Aber das erzählte ich Thomas nicht. Es kann mir noch nutzen, ihm Informationen vorauszuhaben.

Hatte Dr. Shields April dazu benutzt, Thomas auf die Probe zu stellen, und hatte April diesbezüglich gelogen – so wie ich?

Oder ist die Wahrheit noch verdrehter?

Thomas zufolge ist er an jenem Abend mit zu April gegangen und hat ihre Wohnung um kurz nach Mitternacht wieder verlassen. Abgesehen von der Art, wie sie sich kennengelernt hatten, erinnert mich das fatal an unseren One-Night-Stand.

Thomas behauptet, er hätte erst nach Aprils Tod erfahren, dass sie mit seiner Frau zu tun hatte. Aber da April Teil von Dr. Shields' Studie gewesen war, kann es nicht sein, dass sie sich rein zufällig kennengelernt haben.

Die Tarngeschichte, die Thomas und ich heute Abend für Dr. Shields konstruiert haben, könnte uns ein bisschen Zeit verschaffen, denke ich unterwegs zum Peachtree Grill. Als sie mir dankte, nachdem ich ihr gesagt hatte, Thomas sei ihr ergeben, klang sie erleichtert.

Aber irgendwie habe ich den Eindruck, dass dieser Aufschub nicht von Dauer sein wird.

Dr. Shields hat ein Talent dafür, jemandem die Wahrheit aus

der Nase zu ziehen, besonders wenn es etwas ist, was man verbergen will. Das weiß ich aus eigener Erfahrung.

Erzählen Sie.

Es ist, als hörte ich ihre Stimme. Ich fahre herum und suche den Bürgersteig ab. Aber ich sehe sie nirgends.

Ich gehe weiter, noch schneller jetzt, sehne mich nach Noah und der Normalität, für die er steht.

Ein Geheimnis ist nur dann sicher, wenn nur ein Mensch davon weiß. Aber wenn zwei davon wissen, bei denen der Selbsterhaltungstrieb im Mittelpunkt steht, wird einer von beiden schwach werden. Ich habe den Nachrichtenchat, in dem ich mich mit Thomas verabredete, bevor ich wusste, dass er mit Dr. Shields verheiratet ist, gelöscht. Doch ich bezweifle, dass er das auch getan hat.

Thomas ist ein Lügner und Betrüger – seltsame Eigenschaften für einen Mann, dessen Ehefrau besessen von Moralfragen ist.

Er sagt, er will aus dieser Ehe raus. Woher will ich wissen, dass er mich nicht opfern will, um das zu erreichen?

Ich weiß, dass seit dem Frühjahr dreierlei passiert ist: April war Testperson 5 in Dr. Shields' Studie. April hat mit Thomas geschlafen. April ist tot.

Jetzt muss ich herausfinden, wer von beiden, Dr. Shields oder Thomas, April überhaupt erst in diese kranke Dreiecksgeschichte hineingezogen hat.

Denn ich bin nicht hundertprozentig davon überzeugt, dass ihr Tod Selbstmord war.

KAPITEL DREIUNDFÜNFZIG

Freitag, 21. Dezember

Thomas wartet auf den Stufen vor der Haustür. Seine ersten Worte entschärfen den Verdacht, der aufkam, als zwischen der Deco Bar und meinem Haus gar kein dichter Verkehr herrschte.

«Mein Plan wurde durchkreuzt», sagt er trocken, während er mich in die Arme schließt, ganz ähnlich, wie es dein Freund in der marineblauen Jacke vorhin mit dir tat, Jessica.

«Ach?»

«Ich wollte vor dir hier sein, um dir ein Bad einlaufen zu lassen und eine Flasche Champagner zu öffnen. Hast du die Schlösser auswechseln lassen?»

Es ist ein Glücksfall, dass die neue Sicherheitsvorkehrung von der Geschichte gedeckt wird, die gerade auf der Heimfahrt im Taxi ersonnen wurde.

«Ich vergaß völlig, dir davon zu erzählen! Komm rein.»

Er hängt seinen Mantel in den Garderobenschrank neben die leichteren Jacken, die du so achtsam bemerkt hast, dann wird er ins Arbeitszimmer geführt.

Anstelle des Champagners wird Brandy aus der Flasche auf der Anrichte in zwei Schwenker eingeschenkt. Eine Geschichte wie diese ruft nach einem Stärkungstrunk.

«Du wirkst erschüttert», sagt er, setzt sich auf die Couch und klopft auf das Polster neben sich. «Was ist los, Liebling?»

Ein leiser Seufzer, um anzudeuten, dass einem der Anfang nicht leichtfällt. «Da ist diese junge Frau in meiner Studie», wird ihm erzählt. «Wahrscheinlich ist es nichts weiter ...»

Es ist besser, wenn Thomas mir die Geschichte entlockt. Er wird glauben, es sei sein eigenes Anliegen.

«Was hat sie getan?», fragt er.

«Noch nichts. Aber als ich letzte Woche zum Mittagessen die Praxis verließ, sah ich sie auf der anderen Straßenseite stehen. Sie ... hat mich bloß beobachtet.»

Ein Schluck Brandy. Thomas' Hand schließt sich fürsorglich um meine. Die nächsten Sätze werden ein wenig zögernd gesprochen.

«Es gab auch ein paar Anrufe, bei denen sich niemand gemeldet hat. Und letzten Sonntag sah ich sie hier vor dem Haus. Ich habe keine Ahnung, woher sie unsere Privatadresse hat.»

Thomas' Miene ist aufmerksam. Er wird zu einer bestimmten Schlussfolgerung in einem besorgniserregenden Rätsel gelenkt, und möglicherweise arbeitet es in seinem Kopf bereits. Doch er muss mehr hören.

«Aus Gründen der Vertraulichkeit darf ich nicht viel über sie preisgeben. Aber schon bei den ersten Fragen innerhalb der Studie wurde deutlich, dass sie ... Probleme hatte.»

Thomas verzieht das Gesicht. «Probleme? Wie diese andere junge Frau in deiner Studie?»

Ein Nicken beantwortet ihm seine Frage.

«Das erklärt es», sagt er. «Ich möchte dich nicht beunruhigen, aber ich habe sie möglicherweise auch gesehen. Hat sie dunkles lockiges Haar?»

Jetzt gibt es eine Erklärung für dein Erscheinen am Museum und im Diner.

Der gesenkte Blick tarnt den Ausdruck darin: Triumph.

Thomas geht jetzt wahrscheinlich von einem Schwung anderer Sorgen aus, die aufgrund des Berufsgeheimnisses nicht ausgesprochen werden dürfen. Taten sagen immer mehr als Worte: Thomas' vernünftige Frau hätte nicht ohne Grund ein neues Schloss angebracht.

Seine Umarmung fühlt sich an wie seine Stimme im Dunkeln damals, als wir uns kennenlernten. Endlich wieder ein Gefühl von Geborgenheit.

«Ich werde sie von dir fernhalten», sagt Thomas energisch.

«Von uns beiden, meinst du sicher? Wenn sie auch dir gefolgt ist ...»

«Ich glaube, ich sollte heute hier übernachten. Genau genommen bestehe ich darauf. Ich kann im Gästezimmer schlafen, wenn dir das lieber ist.»

In seinem Blick liegt Hoffnung. Meine Hand berührt ihn an der Wange. Thomas' Haut ist immer so warm.

Dieser Augenblick ist zeitlos, erfüllt von einer kristallenen Klarheit.

Meine Antwort wird geflüstert: «Nein, ich will dich bei mir.»

Du warst es, die diesen Abend gestaltet hat. *Er ist Ihnen hundertprozentig ergeben.*

Alles hängt von deinen Worten ab, Jessica.

KAPITEL VIERUNDFÜNFZIG

Samstag, 22. Dezember

Ist es moralisch vertretbar, so zu tun, als wäre man mit einer Toten befreundet gewesen, um sich Informationen zu beschaffen, die einen retten könnten?

Ich sitze Mrs. Voss in Aprils ehemaligem Kinderzimmer gegenüber, in dem noch immer Plakate mit Sinnsprüchen und Fotocollagen an den Wänden hängen. Auf einem Bücherregal stehen Romane, und an einem Kleiderschrankgriff hängt ein getrocknetes Ansteckbukett von einem lange zurückliegenden Ball. Der Raum wirkt fast so, als wäre er in diesem Zustand bewahrt worden, damit April jederzeit zurückkommen könnte.

Mrs. Voss trägt braune Lederleggings und einen weißen Winterpullover. Die Familie Voss – Jodi ist Aprils Mutter und die zweite, viel jüngere Frau von Mr. Voss – lebt in einem Penthouse mit Blick auf den Central Park. Aprils Zimmer ist größer als mein gesamtes Apartment.

Ihre Mutter hockt auf der Kante von Aprils französischem Bett, während ich auf dem hellgrünen gesteppten Sessel vor dem Schreibtisch sitze. Mrs. Voss kann die Finger nicht ruhig halten. Sie streicht eingebildete Falten im Bettüberwurf glatt, setzt einen alten Teddy zurecht und arrangiert die Zierkissen neu.

Als ich heute Morgen anrief, sagte ich ihr, ich hätte April getroffen, als wir beide im dritten Studienjahr ein Auslandssemester in London absolviert hätten. Mrs. Voss wollte mich unbedingt kennenlernen. Um zu tarnen, dass ich fünf Jahre älter als April bin, griff ich tief in meinen Schminkkoffer: ein glatter, sauberer Teint, rosa Lippen und braunes Mascara auf gewellten Wimpern halfen, mich ein paar Jahre jünger zu machen. Ein hoch angesetzter Pferdeschwanz, eine Jeans und meine Converse-Sneakers vervollständigen die Verkleidung.

«Es ist so nett von Ihnen vorbeizuschauen», sagt Mrs. Voss zum zweiten Mal, während ich mich verstohlen im Zimmer umsehe. Ich brauche unbedingt weitere Informationen über die Frau, mit der ich in mancherlei Hinsicht viel gemein habe, während wir in anderen Punkten kaum verschiedener sein könnten.

Dann äußert Mrs. Voss eine Bitte: «Würden Sie mir eine Erinnerung erzählen?»

«Mal sehen, eine Erinnerung ...» Mir tritt der Schweiß auf die Stirn.

«Etwas, was ich nicht über April weiß», souffliert sie.

Zwar war ich nie in London, aber ich erinnere mich an Fotos in ihrem Instagram-Account.

Die Lüge kommt mir so glatt über die Lippen, als hätte sie mir schon die ganze Zeit auf der Zunge gelegen. Dr. Shields' Tests haben mich gelehrt, in eine Rolle zu schlüpfen, aber das ändert nichts an dem mulmigen Gefühl in meiner Magengrube. «Sie hat immer versucht, die Wachen am Buckingham Palace zum Lachen zu bringen.»

«Wirklich? Was hat sie getan?» Mrs. Voss giert ganz offen nach Informationen über ihre Tochter. Da es keine neuen Erinnerungen mehr geben wird, will sie vermutlich möglichst viele alte sammeln.

Ich werfe einen Blick auf ein gerahmtes Poster in einer Ecke, auf dem in geschwungener Schrift steht: *Singe, als ob dir niemand zuhört ... Liebe, als wärst du nie verletzt worden ... Tanze, als ob dir niemand zusieht.*

Ich möchte etwas erzählen, was Mrs. Voss aufheitert. Wenn ich ihr helfe, sich ihre Tochter in einem glücklichen Augenblick vorzustellen, so rede ich mir ein, dann gleicht das die Hinterfotzigkeit dessen, was ich hier tue, teilweise aus.

«Ach, sie hat einen unglaublich komischen Tanz aufgeführt», sage ich. «Die Wachen haben nicht mal gelächelt, aber April hat geschworen, bei einem hätten die Mundwinkel gezuckt. Deshalb ist es so eine tolle Erinnerung ... Ich konnte einfach nicht aufhören zu lachen.»

«Wirklich?» Mrs. Voss beugt sich vor. «Aber sie fand Tanzen furchtbar! Was da wohl in sie gefahren sein mag?»

«Es war eine Wette.» Ich muss das Thema wechseln. Schließlich bin ich nicht hier, um einer trauernden Mutter erfundene Geschichten zu erzählen.

«Es tut mir leid, dass ich nicht zur Beerdigung kommen konnte», sage ich. «Ich lebe in Kalifornien und bin gerade erst wieder nach New York gekommen.»

«Hier», sagt Mrs. Voss. Sie steht auf und geht zum Schreibtisch hinter mir. «Möchten Sie ein Programm der Trauerfeier? Es enthält Fotos von April im Lauf der Jahre. Sogar ein paar aus ihrem Semester in London.»

Ich betrachte das rosa Deckblatt. Über dem Namen *Katherine April Voss* ist eine Taube ins Papier geprägt, und dann kommt ein kursiv gedrucktes Zitat: *And in the end, the love you take is equal to the love you make.* Ganz unten stehen ihr Geburts- und ihr Todesdatum.

«Was für ein schönes Zitat», murmele ich und frage mich, ob das der richtige Kommentar ist.

Aber Mrs. Voss nickt eifrig. «Bei einem Besuch ein paar Monate vor ihrem Tod fragte April mich, ob ich das schon einmal gehört hätte.» Sie bekommt einen entrückten Blick und lächelt. «Ich habe gesagt, natürlich, und ihr erklärt, dass das aus einem Beatles-Song namens ‹The End› ist – den kannte sie natürlich nicht, das war lange vor ihrer Zeit. Also haben wir den Song auf ihr iPhone heruntergeladen und ihn uns zusammen angehört. Wir haben uns jeder einen Ohrhörer ins Ohr gesteckt.»

Mrs. Voss wischt sich eine Träne ab. «Nachdem sie ... Nun, ich habe mich an diesen Tag erinnert, und das Zitat schien perfekt zu passen.»

Die Beatles, denke ich, und mir fällt wieder ein, dass Thomas «Come Together» mitsang, als wir uns in der Bar trafen, bevor wir miteinander ins Bett gingen. Offenbar ist er ein großer Fan, also hat er April wohl an dem Abend, als die beiden sich kennenlernten und miteinander schliefen, «The End» vorgesungen. Mich überläuft ein eisiger Schauder; noch eine gruselige Gemeinsamkeit zwischen mir und Testperson 5.

Ich stecke das Programm in die Handtasche. Wie schlimm es für Mrs. Voss wäre, wenn sie wüsste, dass dieses Zitat unauflöslich mit dem unheilvollen Beziehungsgeflecht verwoben ist, das mit dem Tod ihrer Tochter geendet hat.

«Hatten Sie im Frühjahr viel Kontakt mit April?», fragt Mrs. Voss. Sie sitzt wieder auf dem Bett. Ihre schmalen Finger spielen unablässig mit der seidigen Quaste eines Zierkissens.

Ich schüttele den Kopf. «Eigentlich nicht. Ich hatte eine Beziehung zu einem Mann, der nicht gut für mich war, und da ist der Kontakt zu praktisch allen meinen Freunden abgebrochen.»

Beiß an, denke ich.

«Ach, ihr Mädchen.» Mrs. Voss schüttelt den Kopf. «April hatte auch nicht viel Glück mit Männern. Sie war so sensibel und wurde oft verletzt.»

Ich nicke.

«Offen gesagt wusste ich nicht einmal, dass sie an jemandem interessiert war», sagt Mrs. Voss. «Aber nachdem ... nun, eine ihrer Freundinnen erzählte mir, da sei jemand gewesen ...»

Ich halte den Atem an und hoffe, dass sie weiterspricht. Aber sie starrt bloß ins Leere.

Ich tue so, als wäre mir gerade etwas eingefallen.

«Ehrlich gesagt hat April wirklich einen Mann erwähnt, den sie mochte», sage ich. «War er nicht ein bisschen älter als sie?»

Mrs. Voss nickt. «Ich glaube schon ...» Ihre Stimme verklingt. «Das Schlimmste ist, nicht zu wissen, warum. Jeden Morgen denke ich beim Aufwachen: *Warum?*»

Ich kann die Trauer in ihrem Blick nicht ertragen und sehe weg.

«Sie war immer so emotional», sagt Mrs. Voss, nimmt den Teddy und drückt ihn an sich. «Es ist kein Geheimnis, dass sie wiederholt Therapie gemacht hat.»

Fragend sieht sie mich an, und ich nicke, als hätte April mir davon erzählt.

«Aber sie hatte seit Jahren nicht mehr versucht, sich etwas anzutun. Nicht mehr seit der Highschool. Es schien ihr besserzugehen. Sie war auf der Suche nach einem neuen Job ... Aber sie muss das geplant haben, denn die Polizei sagte, sie hätte diese ganzen Vicodin-Tabletten genommen. Ich weiß nicht einmal, woher sie die hatte.» Mrs. Voss vergräbt den Kopf in den Händen und schluchzt einmal leise.

Also hat die Polizei doch ermittelt, denke ich. Da April früher schon versucht hatte, sich etwas anzutun, war es wohl wirklich Selbstmord. Das müsste mich eigentlich beruhigen, aber irgendetwas passt da noch nicht zusammen.

Mrs. Voss hebt den Kopf. Ihre Augen sind rot gerändert. «Ich weiß, Sie haben sie eine Weile nicht gesehen, aber fanden Sie nicht, dass sie glücklich klang?», fragt sie und klingt verzweifelt. Ob sie wohl jemanden hat, mit dem sie über April sprechen kann? Aprils Freunde haben sicher bereits mit ihrem Tod abgeschlossen.

«Ja, sie klang glücklich», flüstere ich. Ich sage mir, dass die Informationen, die ich hier bekomme, vielleicht auch Mrs. Voss helfen, denn sonst würde ich in Tränen ausbrechen und müsste aus dem Zimmer rennen.

«Deshalb war ich auch so überrascht darüber, dass April eine Psychiaterin aufgesucht hatte», sagt Mrs. Voss. «Sie war bei der Beerdigung und hat sich uns vorgestellt. Sie war atemberaubend schön und sehr liebenswürdig.»

Mein Herz setzt kurz aus.

Das kann nur eine gewesen sein.

«Haben Sie in letzter Zeit mit ihr gesprochen?» Ich achte darauf, dass meine Stimme sanft und unaufgeregt klingt.

Mrs. Voss nickt. «Ich habe mich im Herbst an sie gewandt. An Aprils Geburtstag, dem 2. Oktober. Das war so ein schwerer Tag für mich. April wäre vierundzwanzig geworden.»

Sie setzt den Teddy wieder aufs Bett. «An ihrem Geburtstag haben wir immer einen Mutter-Tochter-Wellnesstag gemacht. Letztes Jahr trug sie einen grässlichen hellblauen Nagellack, mit dem ihre Nägel wie Ostereier aussahen. Das habe ich ihr auch gesagt.» Sie schüttelt den Kopf. «Ich fasse es nicht, dass wir uns deswegen sogar ein bisschen gestritten haben.»

«Und haben Sie dann mit der Psychiaterin gesprochen?», frage ich.

«Wir haben uns in ihrer Praxis getroffen», erzählt Mrs. Voss. «Wenn April früher Therapie gemacht hatte, hatten wir immer davon gewusst. Wir waren dafür aufgekommen. Warum war es also diesmal anders? Ich wollte wissen, worüber sie und April gesprochen hatten.»

«Hat Dr. Shields es Ihnen gesagt?»

Sofort wird mir klar, dass es ein Fehler war, den Namen der Therapeutin zu nennen. Erschrocken warte ich darauf, dass es Mrs. Voss auffällt.

Wie kann ich das erklären? Ich kann schlecht behaupten, April hätte den Namen ihrer Therapeutin irgendwann einmal erwähnt, und ich hätte ihn die ganze Zeit im Kopf behalten. Das glaubt Mrs. Voss mir nie; erst vor wenigen Minuten habe ich ihr gesagt, ich hätte keinen Kontakt mehr zu April gehabt.

Wenn Mrs. Voss erkennt, dass ich eine Hochstaplerin bin, wird sie fuchsteufelswild sein, und zu Recht. Wie krank muss man sein, um eine Freundschaft mit einer Toten vorzutäuschen?

Aber ihr scheint mein Schnitzer nicht aufzufallen.

Bedächtig schüttelt sie den Kopf. «Ich habe sie gebeten, mir ihre Notizen über Aprils Sitzungen zu zeigen. Ich dachte, ich finde darin vielleicht etwas, was mir hilft, zu verstehen, warum April es getan hat.»

Ich halte den Atem an. Dr. Shields ist so gewissenhaft, sie hat garantiert notiert, wann sie April zum ersten Mal sah. Vielleicht geht aus ihren Aufzeichnungen auch hervor, wer von ihnen April da hineingezogen hatte, Thomas oder Dr. Shields. Falls Dr. Shields den Kontakt hergestellt hat, ist sie wahrscheinlich noch gefährlicher, als ich dachte.

«Hat sie Ihnen ihre Notizen gezeigt?»

Ich drängele zu sehr. Mrs. Voss sieht mich neugierig an. Aber sie fährt fort.

«Nein, sie hat meine Hand genommen und mir noch einmal ihr Beileid ausgesprochen. Sie sagte, meine Fragen seien verständlich, aber zum Heilungsprozess gehöre auch, zu akzeptieren, dass ich vielleicht nie eine Antwort bekomme. Egal, wie sehr ich in sie drang, sie weigerte sich, mir ihre Notizen zu zeigen. Sie sagte, damit würde sie gegen die ärztliche Schweigepflicht verstoßen.»

Ich atme ein bisschen zu laut aus. Natürlich hält Dr. Shields ihre Aufzeichnungen geheim. Aber will sie damit Aprils Geheimnisse oder sich selbst schützen – oder ihren Mann?

Mrs. Voss steht auf und streicht ihren Pullover glatt. Jetzt sieht sie mir direkt in die Augen, und ihre Tränen sind spurlos verschwunden. «Wie war das noch gleich – Sie und April waren im selben Studienaustauschprogramm? Es tut mir leid, aber ich erinnere mich nicht, dass sie Ihren Namen erwähnt hätte.»

Ich senke den Kopf und muss meine Beschämung nicht spielen.

«Ich wünschte, ich wäre ihr eine bessere Freundin gewesen», sage ich. «Auch wenn ich so weit weg war, hätte ich den Kontakt halten müssen.»

Sie kommt zu mir und tätschelt mir die Schulter, als wollte sie mich von Schuld freisprechen.

«Wissen Sie, ich habe nicht aufgegeben», sagt sie. Ich muss den Kopf ein bisschen in den Nacken legen, um ihr ins Gesicht schauen zu können. Der Kummer ist ihr noch anzusehen, aber jetzt liegt auch Entschlossenheit in ihrem Blick.

«Dr. Shields wirkte auf mich wie eine gute Therapeutin, aber sie hat garantiert keine Kinder. Sonst wüsste sie, dass es keine Heilung gibt, wenn man ein Kind verliert», sagt sie. «Deshalb suche ich weiter nach einer Antwort.»

Sie strafft sich, und ihre Stimme wird kräftiger. «Deshalb werde ich *niemals* aufhören, nach einer Antwort zu suchen.»

KAPITEL FÜNFUNDFÜNFZIG

Samstag, 22. Dezember

Endlich gibt es eine Antwort: Thomas ist treu.

Das Kopfkissen auf der linken Bettseite duftet wieder nach seinem Shampoo.

Warmes Sonnenlicht erfüllt den Raum. Es ist bereits kurz vor acht Uhr morgens. Bemerkenswert. Erleichterung manifestiert sich körperlich in mannigfaltiger Weise: Die Schlaflosigkeit ist gebannt. Der Körper fühlt sich verjüngt an. Der Appetit kehrt zurück.

Thomas' erneuerte Demonstration seiner Treue heilt mehr als nur unsere verwundete Ehe.

Vor beinahe zwanzig Jahren hinterließ ein anderer erschütternder Verrat – der den Tod meiner Schwester Danielle nach sich zog – eine hässliche seelische Narbe.

Heute ist diese Narbe ein wenig in den Hintergrund getreten.

Auf dem Nachttisch wartet eine zu einem kleinen Zelt gefaltete Nachricht. Ein Lächeln stellt sich ein, noch bevor sie gelesen ist: *Liebling, unten ist frischer Kaffee. Ich bin in zwanzig Minuten mit Bagels und Räucherlachs zurück. In Liebe, T.*

Diese Worte sind so gewöhnlich und dennoch so magisch.

Nach einem gemächlichen Frühstück geht Thomas ins Fitnessstudio. Später wird er mich zum Abendessen mit einem anderen Paar abholen. Mein Tag folgt der üblichen Routine, bis auf die Zwischenstation in der neuen Boutique in der Nähe meines Friseurs, bei dem ich einen Termin habe. Die Schaufensterpuppe trägt einen rosa Body mit V-Ausschnitt. Er ist subtiler als die Dessous, die du wahrscheinlich auswählen würdest, Jessica, doch die weiche Seide und der hohe Beinausschnitt sind schmeichelhaft.

Aus einem Impuls heraus wird der Body erworben.

Nach einem Schaumbad mit Lavendelzusatz wird ein Kleid ausgewählt, welches das Dessous verbirgt. Thomas wird es später am Abend entdecken. Ehe das Kleid übergezogen werden kann, trifft eine Nachricht ein.

Sie ist von dir: *Hi, ich wollte bloß wissen, ob Sie mich im Zusammenhang mit der letzten Aufgabe noch einmal brauchen. Ansonsten würde ich mit Lizzie über Weihnachten zu ihrer Familie fahren. Sie hat mich eingeladen, deshalb dachte ich, ich buche einen Flug.*

Interessant.

Ist es wirklich möglich, dass du glaubst, Angaben bezüglich deines Aufenthaltsorts würden ungeprüft hingenommen, Jessica? Lizzie und ihre Familie verbringen die Feiertage in einer Luxusferienwohnung in Aspen.

Ehe eine Antwort formuliert wird, wird deine Mappe vom Schreibtisch im Arbeitszimmer geholt. Nochmals werden die Informationen geprüft. Tatsächlich: Lizzie ist gestern abgereist, um sich in Colorado mit ihrer Familie zu vereinen.

Es klingelt an der Tür.

Deine Mappe wird zurück auf Aprils Akte gelegt, in die Mitte des Schreibtischs neben den Füllfederhalter, der ein Geschenk meines Vaters war.

«Thomas! Du kommst früh!» Ihm wird ein langer Kuss gewährt.

Er sieht auf die Uhr. «Brauchst du noch ein paar Minuten?»

«Nur eine.»

Im Obergeschoss wird Parfüm hinter die Ohren getupft, dann werden die High Heels ausgewählt, die Thomas besonders mag.

Thomas wartet an der Tür. «Warren hat gesagt, sie kämen ein bisschen zu spät. Ich habe ihn beruhigt, wir seien rechtzeitig da und könnten den Tisch belegen.»

«Hoffentlich dauert das Abendessen nicht so lang», wird ihm gesagt. «Dann könnten wir früh zu Bett gehen. Ich habe eine Überraschung für dich.»

KAPITEL SECHSUNDFÜNFZIG

Samstag, 22. Dezember

Der Schlüssel gleitet ins Schloss.

Mit zitternder Hand drehe ich ihn und stoße die Tür auf.

Als ich Dr. Shields' Haus betrete, ertönt ein leises Piepen. Das Licht der beiden Außenleuchten fällt in den Flur, bis ich die Haustür schließe. Danach ist es so dunkel, dass ich kaum den Tastenblock der Alarmanlage an der linken Wand des Flurs erkennen kann.

Ich ziehe die Schuhe aus, um keine Schmutzspuren zu hinterlassen, aber den Mantel lasse ich an für den Fall, dass ich schnell abhauen muss.

Thomas gab mir den Code, als er mich heute anrief. Er sagte, er wolle die Schlüssel, die er hatte nachmachen lassen, unter die Fußmatte legen.

Der silberne ist für das untere Schloss und der eckige für das obere, sagte er. *Ich versuche, Lydia bis elf fernzuhalten.*

Außerdem sagte er, ich hätte dreißig Sekunden Zeit, um die Alarmanlage auszuschalten.

Ich trete ans Tastaturfeld und gebe die vier Ziffern ein: 0, 9, 1, 5. Aber in meiner Eile verwechsle ich im Dunkeln die 5 mit der 6.

Die Folgen meines Fehlers lassen nicht lange auf sich warten.

Ein langgezogenes Schrillen ertönt, dann wieder das Piepen, schneller jetzt, beinahe hektisch, aber es geht fast unter im lauten Pochen meines Herzens.

Wie viele Sekunden sind vergangen? Fünfzehn? Ich muss den Code richtig eingeben, sonst ruft die Security-Firma die Polizei.

Ich tippe jede einzelne Ziffer sorgfältig ein.

Die Anlage gibt einen letzten schrillen Ton von sich und verstummt.

Ich nehme die behandschuhte Hand vom Tastenfeld und atme aus. Bis zuletzt war ich mir nicht sicher, ob Thomas mir die richtigen vier Zahlen gegeben hatte.

Meine Beine sind so wackelig, dass ich mich an die Wand lehnen muss.

So stehe ich eine volle Minute da. Dann noch eine. Ich werde die Angst nicht los, dass Thomas und Dr. Shields sich nur eine Etage über mir in ihrem Arbeitszimmer verstecken.

Noch könnte ich wieder gehen; könnte die Schuhe anziehen, die Alarmanlage wieder aktivieren und die Schlüssel zurücklegen. Aber dann werde ich niemals erfahren, was Dr. Shields über mich in der Hand hat.

Ich habe deine Akte heute Morgen auf ihrem Schreibtisch gesehen, hat Thomas gesagt. *Oben auf Aprils Akte.*

Endlich weiß ich, wo die fehlende Mappe ist – die Mappe, die ich in unseren ersten persönlichen Sitzungen auf dem Schreibtisch in Dr. Shields' Praxis liegen sah. Die Mappe, von der Ben sagte, ich müsse sie finden.

Hast du reingesehen?, fragte ich Thomas.

Dazu hatte ich keine Zeit. Lydia schlief noch, aber sie hätte jeden Moment aufwachen können.

Frustriert kniff ich die Augen zu. Was half es, dass ich wusste, wo Dr. Shields meine Akte aufbewahrte, wenn ich nie an sie herankommen würde?

Dann sagte Thomas: *Ich kann dich ins Haus bringen.*

An seinem Tonfall erkannte ich, noch bevor er fortfuhr, dass es einen Haken gab.

Aber nur, wenn du dich bereit erklärst, Lydias sämtliche Notizen über April für mich zu fotografieren. Ich brauche diese Akte, Jess.

Erst nachdem wir aufgelegt hatten, begriff ich, dass Thomas vielleicht deshalb noch immer so tat, als liebte er Dr. Shields: Er blieb in ihrer Nähe, um an Aprils Akte heranzukommen.

Seit ich Dr. Shields' Haus betreten habe, sind erst wenige Minuten vergangen, aber es kommt mir so vor, als stünde ich schon viel länger wie erstarrt in ihrem Flur. Schließlich gehe ich die zehn Schritte bis zur Treppe, kann mich allerdings nicht überwinden, sie in Angriff zu nehmen: Selbst wenn es keine Falle ist, reite ich mich mit jedem Schritt, den ich tue, weiter rein.

Bis auf das leise Rauschen eines Heizkörpers ist es völlig still.

So kann es nicht weitergehen, deshalb setze ich den Fuß auf die unterste Stufe. Sie knarrt. Ich zucke zusammen, aber dann gehe ich langsam weiter die Treppe hinauf. Mittlerweile haben meine Augen sich an die Dunkelheit gewöhnt. Trotzdem setze ich die Füße sehr sorgfältig, um nicht zu stolpern.

Endlich bin ich oben und bleibe stehen, weil ich nicht weiterweiß. Links und rechts erstreckt sich der Flur. Thomas hat mir nur gesagt, Dr. Shields' Arbeitszimmer sei im ersten Stock.

Links brennt Licht. Ich wende mich nach links.

Da klingelt mein Telefon und zerreißt die drückende Stille.

Das Herz schlägt mir bis zum Hals.

Ich fummele in meiner Manteltasche herum, aber mit den behandschuhten Fingern bekomme ich es nicht richtig zu fassen.

Es klingelt noch einmal.

Irgendwas ist schiefgegangen, denke ich hektisch. Thomas ruft an, um mich zu warnen, dass sie früher zurückkommen.

Aber als ich das Telefon endlich aus der Tasche ziehe, sehe ich anstelle von Thomas' Decknamen – Sam, die letzten drei Buchstaben seines Vornamens in umgekehrter Reihenfolge – das Icon mit dem lächelnden Gesicht meiner Mutter auf dem Display.

Ich will den Anruf abweisen, doch mit Handschuhen funktioniert der Touchscreen nicht.

Während es erneut klingelt, versuche ich, mir den Handschuh mit den Zähnen auszuziehen, aber meine Finger sind so verschwitzt, dass das Leder an meiner Haut klebt. Ich zerre fester daran. Falls hier oben jemand ist, weiß er jetzt auf jeden Fall, dass ich im Haus bin.

Endlich gelingt es mir, das Telefon auf Vibrieren zu stellen.

Reglos stehe ich da und spitze die Ohren, aber es gibt keinerlei Anzeichen dafür, dass jemand hier ist. Ich atme dreimal tief durch, bevor ich meine zitternden Beine dazu bringen kann, sich wieder zu bewegen.

Dann gehe ich weiter auf das schwache Licht zu und erreiche seine Quelle: den Nachttisch neben Dr. Shields' Bett. Thomas' und Dr. Shields' Bett, korrigiere ich mich, als ich an der Tür stehen bleibe und das stahlblaue gesteppte Kopfteil und den faltenlosen Bettüberwurf betrachte. Neben der kleinen Lampe liegt ein einzelnes Buch, *Middlemarch*, und daneben steht ein kleiner Strauß Windröschen.

Es ist das zweite Mal, dass ich heute in einen so intimen Bereich eindringe. Erst Aprils ehemaliges Kinderzimmer, und jetzt dieses Schlafzimmer.

Ich würde alles dafür geben, es nach weiteren Hinweisen durchsuchen zu können, die mir zeigen, wer Dr. Shields ist – ein Tagebuch, alte Fotos oder Briefe. Aber ich gehe weiter zum Nachbarraum.

Hier ist das Arbeitszimmer.

Die Mappen befinden sich genau da, wo Thomas sie heute Morgen liegen sah.

Eilig gehe ich zum Schreibtisch, nehme behutsam die obere Mappe, schlage sie auf und finde eine Kopie meines Führerscheins sowie die persönlichen Angaben, die ich Ben an jenem ersten Tag nannte, als ich unbekümmert in die Studie eintrat, weil ich auf leicht verdientes Geld hoffte.

Ich ziehe das Telefon heraus und fotografiere die erste Seite.

Dann blättere ich um und schnappe nach Luft.

Auf der zweiten Seite lächeln mich die Gesichter meiner Eltern und meiner Schwester an. Ich erkenne das Foto, das Dr. Shields ausgedruckt hat, wieder: Es stammt aus meinem Instagram-Feed und ist vom vergangenen Dezember. Das Bild ist ein bisschen unscharf, aber ich erkenne trotzdem ein Stück des Weihnachtsbaums im Wohnzimmer meiner Eltern.

Fragen schießen mir durch den Kopf: Was will Dr. Shields mit diesem Foto? Wie bald, nachdem sie mich kennengelernt hatte, hat sie es kopiert? Und woher hat sie Zugang zu meinem privaten Instagram-Account?

Aber jetzt habe ich keine Zeit, darüber nachzudenken. Dr. Shields scheint mir immer einen Schritt voraus zu sein. Ich kann die Angst nicht abschütteln, dass sie meine Anwesenheit hier spürt. Dass sie jeden Augenblick nach Hause kommen könnte.

Hastig fotografiere ich weiter und achte darauf, die losen Blätter nicht durcheinanderzubringen. Dann stoße ich auf Ausdrucke meiner beiden Computersitzungen. Die Fragen und Aufgaben ziehen an mir vorüber:

Könnten Sie lügen, ohne ein schlechtes Gewissen zu haben?
Schildern Sie eine Situation, in der Sie betrogen haben.
Haben Sie jemals einen Menschen, der Ihnen wichtig ist, tief verletzt?

Und die beiden letzten Fragen, bevor Dr. Shields fragte, ob ich meine Teilnahme an ihrer Studie ausweiten wolle:

Sollte eine Bestrafung immer dem Verbrechen angemessen sein?
Haben Opfer das Recht, die Vergeltung selbst in die Hand zu nehmen?

Als Nächstes kommen jede Menge Notizen auf gelbem Papier, geschrieben in einer ordentlichen, eleganten Handschrift.

Gib deinen Widerstand auf ... Du gehörst mir ... Wie immer siehst du entzückend aus.

Mir ist übel, aber ich blättere wie auf Autopilot weiter und dokumentiere jedes einzelne Blatt. Ich darf nicht zulassen, dass die Bedeutung dessen, was ich hier sehe, richtig zu mir durchdringt.

Durch die schmalen Ritzen zwischen den Holzlamellen der Jalousie sehe ich Autoscheinwerfer und erstarre.

Ein Fahrzeug rollt langsam durch die Straße. Ob der Fahrer den Blitz gesehen hat, als ich eben fotografiert habe?

Ich drücke mir das Display ans Bein und stehe völlig reglos da, bis der Wagen vorüber ist.

Es könnte ein Nachbar gewesen sein, denke ich, und meine Nervosität wächst. Vielleicht hat er sogar Thomas und Dr. Shields vor einer Stunde zusammen ausgehen sehen. Falls er etwas bemerkt hat, ruft er jetzt vielleicht die Polizei.

Aber ich kann noch nicht gehen. Nicht bevor ich alles fotografiert habe. Ich beeile mich und lausche dabei auf Geräusche. Nachdem ich die letzte Seite umgeblättert habe, auf der die Worte *Er ist Ihnen hundertprozentig ergeben* mehrmals unterstrichen sind, richte ich die Blätter gerade aus, lasse sie mit den Kanten auf dem Schreibtisch aufstoßen, um sicherzustellen, dass sie bündig ausgerichtet sind, und stecke sie zurück in die Mappe.

Dann nehme ich Aprils Mappe zur Hand.

Sie scheint ein bisschen dünner als meine zu sein.

Mir graut davor, sie aufzuschlagen. Es ist, als wollte man einen Stein anheben und wüsste, dass sich darunter eine Tarantel verbergen könnte. Aber ich will Aprils Akte nicht nur für Thomas fotografieren. Auch ich muss wissen, was sie enthält.

Die erste Seite sieht genauso aus wie bei mir: Aprils Führerschein mit einem körnigen Foto von ihr; ihre zu großen Augen lassen sie erschrocken aussehen. Darunter stehen ihre persönlichen Angaben: vollständiger Name, Geburtsdatum und Adresse.

Ich mache ein Foto und wende mich dem nächsten Blatt zu.

Dort finde ich in Dr. Shields' eleganter Handschrift die Information, die ich unbedingt brauche. April trat am 19. Mai in Dr. Shields' Studie ein und wurde zu Testperson 5.

Zwei Wochen vorher, am 4. Mai, hatte April das Foto von Thomas in ihrem Bett bei Instagram gepostet.

Selbst wenn das Foto schon Tage oder Wochen vorher aufgenommen worden war, sie es aber erst später gepostet hat, hatte sie ihn kennengelernt, bevor sie in Dr. Shields' Studie eintrat.

Thomas ist derjenige, der April da hineingezogen hat.

Zischend sauge ich die Luft zwischen die Zähne. Mein Bauchgefühl war falsch; er ist der Gefährlichere von beiden.

Noch einmal betrachte ich das Datum, um jeden Irrtum auszuschließen. Eins ist klar: Jetzt ist meine Geschichte kein Spiegelbild von Aprils Geschichte mehr. Dr. Shields kann sie nicht benutzt haben, um Thomas auf die Probe zu stellen, wie sie es mit mir getan hat.

Außerdem hat April anscheinend nicht sehr lange an Dr. Shields' Studie teilgenommen. Sie hat nur wenige Fragen beantwortet und ging nicht einmal zur zweiten Sitzung. Warum?

Thomas ist der Einzige, der weiß, dass ich hier bin. Und falls er die Ereignisse inszeniert hat, die zu Aprils Tod geführt haben, dann bin ich hier nicht sicher.

Ich muss weg. So schnell wie möglich gehe ich die Akte durch und fotografiere die Aufzeichnungen. Die vorletzte Seite ist betitelt: *Gespräch mit Jodi Voss, 2. Oktober*. Und dann bleibt nur noch ein Blatt.

Es ist ein Einschreiben, datiert nur eine Woche nach Dr. Shields' Treffen mit Mrs. Voss an Aprils Geburtstag. Es ist an Dr. Shields adressiert.

Einige wenige Zeilen brennen sich mir ins Gedächtnis, während ich darauf warte, dass die Handykamera scharfstellt: *Untersuchung des Todes ... Katherine April Voss ... Familie bittet um freiwillige Überlassung Ihrer Aufzeichnungen ... mögliche Zwangsmaßnahme ...*

Darauf hat Mrs. Voss wohl angespielt, als sie sagte, sie werde nie aufhören, nach Antworten zu suchen. Sie hat einen Privatdetektiv angeheuert, der ihr dabei helfen sollte.

Ich klappe die Mappe zu und lege sie exakt in die Tischmitte unter meine, genau so, wie Dr. Shields sie hinterlassen hatte. Jetzt habe ich alles, was ich brauche. Noch immer würde ich mich gern nach weiteren Hinweisen umsehen, weil ich weiß, dass so eine Gelegenheit nie wiederkommt, aber ich muss jetzt gehen.

Viel schneller, als ich die Treppe hinaufging, laufe ich zurück ins Erdgeschoss, ziehe die Schuhe an, schalte die Alarmanlage ein und öffne behutsam die Tür. Ich lege den Schlüssel unter die Fußmatte und richte mich wieder auf. Nachbarn sind keine in Sicht. Außerdem würden die auch bloß jemanden mit dunklem Mantel und Mütze nonchalant die Treppe runtergehen sehen.

Erst als ich um die Ecke gebogen bin, atme ich auf.

Dann lehne ich mich an eine Straßenlaterne, meine Hand umklammert noch immer das Telefon in meiner Tasche. Nicht zu fassen, dass ich das erfolgreich durchgezogen habe. Ich habe keine Spuren hinterlassen – keine brennenden Lampen, keine Schmutzspuren auf den makellosen Teppichen, nicht einen einzigen Fingerabdruck. Dr. Shields kann unmöglich herausfinden, dass ich bei ihr eingebrochen bin.

Dennoch gehe ich vorsichtshalber im Geiste alle meine Schritte noch mehrmals durch.

Als ich sicher wieder zu Hause bin, die Tür hinter mir abgeschlossen und den Nachttisch davorgeschoben habe, denke ich an Mrs. Voss. Sie glaubt, in Aprils Akte sei der wahre Grund für den Selbstmord ihrer Tochter zu finden, und will sie so verzweifelt haben, dass sie einen Privatdetektiv angeheuert hat.

Aber Thomas, der behauptet, nur ein einziges Mal mit April geschlafen zu haben, scheint diese Akte genauso dringend haben zu wollen.

Ich überlege, ob ich die Fotos anonym an den Privatdetektiv schicken und den Dingen ihren Lauf lassen soll. Aber womöglich nutzt das gar nichts, und Thomas wüsste dann, dass ich die Akte aus der Hand gegeben habe.

Wenn es hart auf hart kommt, kann ich mich nur auf mich selbst verlassen.

Das schrieb ich in meiner ersten Computersitzung. Noch nie schien dieser Satz mir so zutreffend wie jetzt.

Deshalb werde ich mir Aprils Akte zuerst gründlich durchlesen, bevor ich Thomas die Fotos davon schicke.

Ich muss herausfinden, warum es ihm so wichtig ist, seine Verbindung zu Testperson 5 geheim zu halten.

KAPITEL SIEBENUNDFÜNFZIG

Samstag, 22. Dezember

Wie verbringst du diesen Abend, Jessica? In Gesellschaft des gutaussehenden Mannes in der marineblauen Jacke mit den roten Reißverschlüssen, den du gestern Abend vor dem Restaurant umarmt hast?

Vielleicht wird er derjenige sein, der dir endlich ermöglicht, wahre Liebe zu erfahren. Nicht nur die Märchenversion. Die echte Liebe, die einen in finsteren Phasen aufrechterhält bis zur Rückkehr ins Licht.

Womöglich weißt du bereits, wie es sich anfühlt, einem anderen Paar gegenüber neben ihm am Tisch zu sitzen und in absoluter Zufriedenheit zu schwelgen. Möglicherweise schenkt er deinem Wohlergehen höchste Aufmerksamkeit, so wie Thomas dem meinen. Eventuell winkt er dem Kellner, dein Glas aufzufüllen, bevor du es vollständig geleert hast. Seine Hand mag Gründe finden, dich zu berühren.

Dies sind Äußerlichkeiten, leicht zu beobachtende Handlungen. Doch erst wenn man viele Jahre mit einem Mann zusammen ist, kennt man ihn so gut, dass man die Feinheiten seines verborgenen inneren Wesens registriert.

Sie kommen im Lauf des Abendessens zum Vorschein und überlagern das neugefundene innere Gleichgewicht wie eine langsam voranschreitende Mondfinsternis.

Wenn Thomas abgelenkt ist – wenn er mit einem Teil seiner Gedanken anderweitig beschäftigt ist –, überkompensiert er.

Er lacht ein wenig zu herzhaft. Er stellt viele Fragen – zu den Urlaubsplänen des anderen Paares und der Privatschule, die die beiden für ihre Zwillinge in Erwägung ziehen –, was den Anschein von Anteilnahme erweckt, ihn aber in Wirklichkeit von der Notwendigkeit befreit, Gesprächslücken füllen zu müssen. Er arbeitet sich methodisch durch sein Essen. Heute Abend ist die Reihenfolge: zuerst das Steak Medium rare, dann die Kartoffeln und zuletzt die grünen Bohnen.

Wenn ein Mensch einem so zutiefst vertraut ist, sind seine Gewohnheiten und Eigenarten leicht zu dekodieren.

Thomas ist mit seinen Gedanken heute Abend woanders.

Als er seinen dunklen Schokoladenkuchen zur Hälfte gegessen hat, zieht er sein vibrierendes Telefon aus der Tasche und wirft stirnrunzelnd einen Blick aufs Display.

«Es tut mir so leid», sagt er daraufhin. «Ein Patient von mir ist gerade ins Bellevue eingeliefert worden. Sosehr ich es hasse, das hier abzubrechen, aber ich muss dahin und mich mit den behandelnden Ärzten besprechen.»

Alle am Tisch bringen Verständnis zum Ausdruck; diese Art von Unterbrechung ist eine natürliche Folge seines Berufs.

«Ich komme so bald wie möglich nach Hause», sagt er, als er die Kreditkarte auf den Tisch legt. «Aber du weißt ja, wie das ist, also warte nicht auf mich.»

Die leichte Berührung seiner Lippen, der bittersüße Geschmack der Schokolade. Dann ist mein Mann fort.

Seine Abwesenheit fühlt sich wie Diebstahl an.

Zu Hause ist es dunkel und still. Die unterste Stufe knarrt leise wie schon seit Jahren. Früher war dieses Geräusch tröstlich; häufig signalisierte es, dass Thomas überall abgeschlossen hatte und nun ins Bett kam.

Im leeren Schlafzimmer leuchtet sanft die Nachttischlampe.

Dieser Augenblick hätte eigentlich völlig anders sein sollen. Kerzen hätten entzündet werden, mein Kleid hätte langsam zu Boden gleiten und den Blick auf verlockende rosa Seide freigeben sollen.

Stattdessen werden die Schuhe in den Schrank zurückgestellt und Ohrringe und Halskette in ihre jeweiligen Fächer in der obersten Schublade der Kommode gelegt. Thomas' Nachricht von heute Morgen ruht neben den Schmuckstücken wie ein weiteres kostbares Juwel.

Seine so tröstlich normalen Worte wurden memoriert.

Dennoch wird die Nachricht entfaltet und erneut gelesen.

Drei kleine runde Tintenflecken verunzieren die Sätze.

Dieser Anblick bewirkt eine plötzliche Erkenntnis.

Die Flecken stammen aus einem bestimmten Füllfederhalter, der kleckst, wenn die Feder zu lange auf dem Papier ruht.

Dieser Füllfederhalter wird immer am selben Ort aufbewahrt: auf dem Schreibtisch in meinem Arbeitszimmer.

Zwölf rasche Schritte tragen mich durchs Schlafzimmer und über die Schwelle ins Arbeitszimmer.

Als Thomas nach dem Füller auf dem Schreibtisch griff, bevor er Bagels kaufen ging, muss er nur Zentimeter daneben die beiden Akten gesehen haben – deine und Aprils, die Namen auf den Etiketten unübersehbar.

Der Impuls, den Inhalt der Mappen zu überprüfen, ist beinahe übermächtig; dennoch muss er unterdrückt werden. Panik erzeugt Fehler.

Fünf Gegenstände befinden sich auf dem Schreibtisch: der Füller, ein Untersetzer, eine Tiffany-Uhr und die Mappen.

Auf den ersten Blick wirkt alles unangetastet.

Doch etwas kaum Wahrnehmbares ist nicht stimmig.

Jeder Gegenstand wird der Reihe nach genau gemustert, während die aufsteigende Panik niedergekämpft wird.

Der Füller liegt genau da, wo er liegen soll, in der linken oberen Ecke des Schreibtischs. Die Uhr steht gegenüber in der rechten oberen Ecke. Der Untersetzer liegt unterhalb der Uhr, denn Getränke werden immer in der rechten Hand gehalten, damit mit der freien Hand Notizen gemacht werden können.

Innerhalb einer Minute ist die Veränderung entdeckt. Für neunzig Prozent der Bevölkerung wäre sie nicht zu erkennen.

Angehörige der überwiegenden Mehrheit der Rechtshänder bemerken kaum jemals die Unannehmlichkeiten, an die wir aus der Minderheit zutiefst gewöhnt sind. Einfache Haushaltsgegenstände – Scheren, Eisportionierer, Dosenöffner – sind sämtlich für Rechtshänder entworfen. Trinkwasserbrunnen. Getränkehalter im Auto. Geldautomaten. Die Liste ließe sich fortsetzen.

Rechtshänder richten das Blatt vor der rechten Körperseite aus, wenn sie sich Notizen machen, Menschen, die mit der linken Hand schreiben, links. Das ist ein automatischer Vorgang und erfordert keinen bewussten Gedanken.

Die Mappen wurden von ihrem gewohnten Platz auf dem Schreibtisch mehrere Zentimeter nach rechts verschoben. Sie befinden sich jetzt an der Position, die das Hirn eines Rechtshänders ihnen zuweisen würde.

Kurz verschwimmen mir die Mappen vor Augen. Dann setzt die Ratio sich durch.

Vielleicht stieß Thomas beim Zurücklegen des Füllers nur versehentlich gegen die Mappen und versuchte dann, sie wieder zu zentrieren.

Selbst wenn Thomas sie aus Neugier oder auf der Suche nach einem Stück Papier für seine Nachricht in die Hand genommen hätte, bevor er in der obersten Schublade einen Block fand, hätte er erkannt, dass es sich um Patientenakten handelt. Therapeuten unterliegen der Schweigepflicht, und Thomas hält sich an diese Auflage. Sogar in unseren privaten Unterhaltungen über Klienten werden sie nie beim Namen genannt. Selbst besondere Klientinnen wie Testperson 5.

Thomas erfuhr über meine erste Begegnung mit Testperson 5, dass sie den Seminarraum an der NYU mitten in ihrer ersten Computerbefragung in Tränen aufgelöst fluchtartig verließ. Da Testperson 5 meinem Assistenten Ben gestand, die Fragen hätten eine intensive emotionale Reaktion bei ihr ausgelöst, war auch Thomas der Meinung, die Moral gebiete, ihr fachliche Beratung anzubieten. Den Schilderungen der weiteren Interaktionen mit Testperson 5 – Gespräche in meiner Praxis, Geschenke und schließlich eine Einladung zu Käse und Wein bei uns zu Hause an einem Abend, an dem Thomas zu einer beruflichen Veranstaltung musste – hörte er unterstützend zu.

Er verstand, dass sie zu etwas ... Besonderem wurde.

Doch ihr Name fiel nie zwischen uns.

Nicht ein einziges Mal. Nicht einmal nach ihrem Tod.

Besonders nicht nach ihrem Tod.

Allerdings sah Thomas die E-Mail des von der Familie Voss beauftragten Privatdetektivs an mich. Falls er bis dahin noch nicht den Schluss gezogen hatte, dass Testperson 5 Katherine April Voss hieß, so muss es ihm in diesem Augenblick jedenfalls völlig klargeworden sein.

Der beruhigende Verlauf, den mein Gedankengang nimmt, lässt die Anspannung in meinen Muskeln ein wenig abebben.

Hätte Thomas gesehen, was in deiner Akte steht, Jessica – die seitenlangen Notizen über *unsere* Unterhaltungen, die Beschaffenheit deiner Aufgaben und die Schilderungen deiner Interaktionen mit ihm –, wäre sein Verhalten sicherlich verändert gewesen. Beim Frühstück schien sein Affekt unauffällig und war es noch, als Thomas heute Abend hier ankam.

Und doch ... änderte sich beim Abendessen seine Grundhaltung. Sein Abgang war abrupt, sein Abschiedskuss eher oberflächlich als bedauernd.

Klar zu denken, fällt schwer. Die heute Abend getrunkenen zwei Glas Pinot noir beeinträchtigen die Fähigkeit, zu einer tragfähigen Schlussfolgerung zu gelangen.

Andere Erwägungen treiben durch meine Gedanken: Ihr, du und April, seid anders als alle anderen, die je meine Praxis betraten. Keine von euch war streng genommen eine Klientin. Und

Thomas glaubt, darüber hinaus zeichne euch beide aus, dass ihr seiner Frau großen Kummer bereitet beziehungsweise bereitet habt.

Die Erinnerung an April verblasst allmählich. Sie kann keinen frischen Schmerz zufügen.

Aber Thomas glaubt, du, Jessica, stelltest eine potenzielle Bedrohung dar, groß genug, um mich zu veranlassen, ein neues Schloss an der Haustür anbringen zu lassen. Womöglich ist er zu dem Schluss gekommen, ein Verstoß gegen das Berufsethos sei besser, als Informationen, die seine Frau schützen könnten, nicht zu kennen.

Die Wahrscheinlichkeit muss eingeräumt werden: Thomas hat in deine Akte gesehen.

Die Auswirkung dieser Erkenntnis ist wie ein körperlicher Schlag. Die Schreibtischkante wird umklammert, bis das Gleichgewicht wiedererlangt ist.

Was könnte sein Motiv dafür sein, dies zu verheimlichen?

Darauf stellt sich keine klare Antwort ein.

Kommunikation ist eine lebenswichtige Komponente einer gesunden Partnerschaft. Sie ist eine notwendige Grundlage einer Liebes- wie auch einer therapeutischen Beziehung.

Doch der Selbsterhaltungstrieb muss über das blinde Vertrauen in den Ehepartner triumphieren. Zumal wenn der Ehepartner sich in der Vergangenheit als nicht vertrauenswürdig erwiesen hat.

Die vierundzwanzigstündige Gnadenfrist ist abgelaufen. Sämtliche Schlussfolgerungen wurden auf den Kopf gestellt. Thomas muss genauer denn je beobachtet werden.

Die Mappen werden in einen Aktenschrank geschlossen, die Tür zu meinem Arbeitszimmer energisch zugezogen.

Dann wird ihm eine Nachricht geschickt: *Ich gehe früh zu Bett. Wollen wir morgen reden?*

Ehe er antworten kann, wird das Telefon ausgeschaltet. Im

Schlafzimmer werden die üblichen abendlichen Rituale vollzogen: Das Kleid wird in den Schrank gehängt, Serum wird aufgetragen, ein Schlafanzug ausgewählt.

Schließlich wird das neue Dessous zusammengeknüllt und ganz hinten in eine Schublade geschoben.

KAPITEL ACHTUNDFÜNFZIG

Sonntag, 23. Dezember

Ich war fast die ganze Nacht auf und habe die Akten gelesen.

Soweit ich es beurteilen kann, war Thomas' Affäre mit der Boutiqueninhaberin die, auf die Dr. Shields neulich abends in ihrer Küche angespielt hat, als ihre Hand zitterte und ihre Augen feucht wurden. Sie ist der Grund, warum sie beschloss, mich als Praxistest auf ihren Mann anzusetzen, um sicherzugehen, dass es nicht noch einmal passiert.

Blitzartig schießt mir eine Erinnerung an Thomas durch den Kopf, wie er meinen Bauch küsst und meinen schwarzen Spitzentanga herabschiebt, und ich zucke zusammen.

Daran darf ich jetzt nicht denken. Ich muss mich darauf konzentrieren, herauszufinden, warum Thomas so offen über seine Affäre gesprochen hat, während die Vorstellung, sein One-Night-Stand mit April könne herauskommen, ihm solche Angst macht.

Was unterscheidet den einen Seitensprung so stark vom anderen?

Um diese Frage zu beantworten, statte ich heute Morgen der Boutique Blink einen Besuch ab und suche nach Lauren, der Inhaberin.

Festzustellen, wer sie ist und wo sie arbeitet, war nicht schwer. Ich hatte Anhaltspunkte. Ihr Vorname muss mit L anfangen, wie Lydia, der von Dr. Shields. Und sie betreibt eine Boutique einen Block von Thomas' Praxis entfernt.

Drei Geschäfte kamen in Frage. Das richtige identifizierte ich, indem ich mir die Websites ansah. Auf der von Blink finden sich ein Foto von Lauren und die Gründungsgeschichte der Boutique.

Ich kann irgendwie verstehen, warum ich Dr. Shields an Lauren erinnere, denke ich beim Betreten des hellen, unkonventionellen Ladens. Auf dem Foto auf ihrer Website fiel es nicht so auf, aber jetzt, wo ich sie persönlich sehe, gebe ich zu, dass sie mir ein bisschen ähnelt mit ihrem dunklen Haar und den hellen Augen, auch wenn sie, wie Dr. Shields ja schon sagte, vermutlich zehn Jahre älter ist.

Sie ist mit einer Kundin beschäftigt, daher sehe ich mir einen Ständer mit nach Farben geordneten Blusen an.

«Suchen Sie etwas Bestimmtes?», spricht mich eine Verkäuferin an.

«Ich sehe mich bloß um.» Dann drehe ich ein Preisschild um und zucke zusammen: Die langärmelige hauchdünne Bluse kostet 425 Dollar.

«Geben Sie Bescheid, wenn Sie etwas anprobieren wollen», sagt sie.

Ich nicke und tue so, als zöge ich die Blusen in Betracht, während ich eigentlich Lauren im Auge behalte. Aber die Kundin, die sie bedient, kauft diverse Last-Minute-Weihnachtsgeschenke und will zu allem Laurens Meinung hören.

Nachdem ich langsam eine Runde durch den winzigen Laden gedreht habe, geht Laurens Kundin endlich zur Kasse, und Lauren beginnt mit dem Kassiervorgang.

Ich nehme einen Schal von einem Tisch mit Accessoires, weil ich vermute, dass er einer der preiswerteren Artikel ist. Als Lauren der Kundin eine glänzende weiße Tüte mit dem Logo der Boutique – einem überdimensionierten Paar geschlossener Augen mit langen, dicken Wimpern – aushändigt, warte ich schon an der Kasse.

«Hätten Sie das gern als Geschenk verpackt?», fragt sie.

«Ja, bitte.» Das gibt mir die Zeit, meinen Mut zusammenzunehmen.

Sie schlägt den Schal in Seidenpapier ein und befestigt eine hübsche Schleife daran, während ich die hundertfünfundneunzig Dollar mit der Kreditkarte bezahle. Falls ich dafür die Information bekomme, die ich brauche, ist es das wert.

Als Lauren mir die Tüte mit dem Logo reicht, fällt mir auf, dass sie einen Ehering trägt.

Ich räuspere mich.

«Das finden Sie jetzt bestimmt ein bisschen schräg, aber könnte ich kurz unter vier Augen mit Ihnen reden?», frage ich. Als ich das kalte Metall meiner Ringe spüre, merke ich, dass ich wieder einmal unbewusst daran herumspiele – Dr. Shields' Aufzeichnungen zufolge eines der Anzeichen, die meine Nervosität verraten.

Laurens Lächeln verblasst. «Sicher.» Sie spricht das Wort gedehnt, fast wie eine Frage.

Dann führt sie mich in den hinteren Teil des Ladens. «Wie kann ich Ihnen helfen?»

Ich brauche ihre erste, instinktive Reaktion. Von Dr. Shields habe ich gelernt, dass das meistens die ehrlichste ist. Also ziehe ich wortlos mein Telefon heraus und zeige Lauren ein Foto von Thomas, einen Ausschnitt des Hochzeitsfotos, das er mir schickte. Zwar ist es sieben Jahre alt, aber Thomas ist darauf gut zu erkennen, und im Grunde sieht er noch genauso aus.

Ich beobachte Lauren genau. Falls sie nicht mit mir reden will oder mich rausschmeißt, dann ist ihre erste Reaktion alles, was ich habe. Gespannt warte ich auf Anzeichen von Schuldbewusstsein, Bedauern oder Liebe.

Aber sie reagiert völlig anders.

Sie zeigt keine starken Gefühle, sondern runzelt bloß leicht die Stirn, anscheinend verwirrt.

So, als ob sie Thomas wiedererkennt, ihn aber nicht sofort einordnen kann.

«Er kommt mir vage bekannt vor ...», sagt sie schließlich.

Sie sieht mir in die Augen und wartet offenbar darauf, dass ich ihr auf die Sprünge helfe.

«Sie hatten eine Affäre mit ihm», entfährt es mir. «Erst vor ein paar Monaten!»

«Was?»

Ihr überraschter Ausruf ist so laut, dass ihre Kollegin sich zu uns umdreht. «Alles in Ordnung, Lauren?»

«Tut mir leid», stammele ich. «Das hat er mir selbst gesagt, er hat gesagt ...»

«Alles in Ordnung», ruft Lauren ihrer Kollegin zu, aber jetzt hat ihre Stimme einen scharfen Unterton.

Ich versuche, mich zusammenzureißen; bestimmt setzt sie mich sonst gleich vor die Tür. «Sie haben gesagt, er kommt Ihnen bekannt vor. Kennen Sie ihn überhaupt?»

Meine Stimme bricht, und ich muss die Tränen zurückhalten.

Anstatt nach dieser befremdlichen Reaktion vor mir zurückzuweichen, bekommt Lauren einen ganz sanften Blick. «Alles in Ordnung?»

Ich nicke und wische mir mit dem Handrücken über die Augen.

«Wie um alles auf der Welt kommen Sie darauf, ich hätte eine Affäre mit diesem Mann gehabt?»

Darauf fällt mir nichts anderes ein als die Wahrheit. «Das hat mir jemand erzählt ...» Nach kurzem Zögern zwinge ich mich fortzufahren. «Ich habe ihn vor ein paar Wochen kennengelernt und ... ich mache mir Sorgen, dass er vielleicht gefährlich ist», flüstere ich.

«Hören Sie, ich weiß nicht, wer Sie sind, aber das ist Quatsch», sagt Lauren verärgert. «Ich soll eine Affäre mit diesem Mann gehabt haben? Ich bin verheiratet. *Glücklich* verheiratet. Wer hat Ihnen diese Lüge erzählt?»

«Vielleicht habe ich da was falsch verstanden», sage ich. Darauf darf ich nicht weiter eingehen. «Verzeihen Sie, ich wollte Sie nicht beleidigen ... Würden Sie sich das Foto bitte noch einmal ansehen und überlegen, ob Sie ihn kennen?»

Jetzt mustert Lauren mich ihrerseits. Ich wische mir erneut über die Augen und zwinge mich, sie anzusehen.

Schließlich streckt sie die Hand aus. «Lassen Sie mal sehen.»

Während sie das Foto betrachtet, hellt sich ihre Miene auf. «Jetzt erinnere ich mich. Er ist ein Kunde.»

Sie sieht nach oben und beißt sich auf die Unterlippe. «Okay, jetzt fällt mir alles wieder ein. Er war vor ein paar Monaten hier. Ich war gerade dabei, ein paar Artikel der Herbstkollektion auszulegen, und er hat nach etwas Besonderem für seine Frau gesucht. Er hat ziemlich viel Geld hiergelassen.»

Die Türglocke kündigt eine neue Kundin an. Lauren sieht zu ihr, und ich weiß, meine Zeit hier ist begrenzt.

«War das alles?», frage ich.

Lauren hebt die Augenbrauen. «Na ja, am nächsten Tag hat er alles wieder zurückgebracht. Wahrscheinlich erinnere ich mich deshalb an ihn. Er hat sich mehrmals entschuldigt, aber die Sachen seien nicht der Stil seiner Frau.»

Wieder sieht sie zum vorderen Teil des Ladens. «Ich habe ihn nie wiedergesehen. Auf mich hat er nicht gefährlich gewirkt. Im Gegenteil, er schien sehr lieb zu sein. Aber ich habe kaum Zeit mit ihm verbracht. Und ich hatte garantiert keine Affäre mit ihm.»

«Danke. Es tut mir sehr leid, dass ich Sie damit belästigt habe.»

Sie wendet sich ab, dann dreht sie sich noch einmal um. «Schätzchen, wenn Sie solche Angst vor ihm haben, sollten Sie zur Polizei gehen.»

KAPITEL NEUNUNDFÜNFZIG

Sonntag, 23. Dezember

Bei einem psychologischen Test, der auch unter dem Namen «Der unsichtbare Gorilla» bekannt ist, glaubten die Testpersonen, sie sollten die Pässe zwischen den Spielern eines Basketballteams zählen. In Wirklichkeit wurde etwas völlig anderes untersucht. Die meisten Testpersonen bemerkten nicht, dass, während sie Würfe zählten, ein Mann in einem Gorillakostüm übers Spielfeld lief. Die Konzentration auf ausschließlich einen Aspekt machte die Testpersonen blind für das große Ganze.

Die Hyperfokussierung auf Thomas' Treue oder deren Fehlen mag mir den Blick auf einen unerwartet erschütternden Aspekt meiner Fallstudie verstellt haben: dass du eigene Ziele verfolgst.

Du trägst die alleinige Verantwortung für die Berichte über deine Begegnungen mit meinem Mann – angefangen bei der am Museum über die in Ted's Diner bis hin zum letzten Rendezvous in der Deco Bar. Deine Interaktion mit Thomas konnte nicht mit eigenen Augen verfolgt werden, da die Gefahr bestand, dass er mich bemerkt.

Doch du hast dich als versierte Lügnerin erwiesen.

Tatsächlich hast du dich mit einem Schachzug in meine Studie eingeschlichen, der Initiative zu beweisen schien, in Wirklichkeit jedoch hinterlistig war.

Alle deine Bekenntnisse werden neu bewertet, durch ein anderes Objektiv betrachtet: Du hast deine Eltern hinsichtlich der Umstände von Beckys Unfall angelogen. Du schläfst mit Männern, die du kaum kennst. Du behauptest, ein angesehener Theaterregisseur habe dich sexuell belästigt.

Du hast so viele beunruhigende Geheimnisse, Jessica.

Würden diese Geheimnisse preisgegeben, könnte das dein Leben zerstören.

Obwohl du dich zu absoluter Aufrichtigkeit verpflichtet hast, hast du mich weiter belogen, nachdem du zu Testperson 52 geworden warst. Du gabst zu, dass Thomas sehr wohl schnell auf deine ursprüngliche Nachricht antwortete, in der du ein Treffen vorschlugst, nachdem du ihm in Ted's Diner begegnet warst, du mir diese Information jedoch vorenthalten hättest. Und die zweiundzwanzigminütige Begegnung zwischen dir und meinem Mann in der Deco Bar, für die auch fünf Minuten genügt hätten, ist nach wie vor ungeklärt, Jessica.

Was verschweigst du? Und warum?

Dein Wunsch, über die Feiertage nach Hause zu fahren und dortzubleiben, kam recht unvermittelt. Nachdem dieser Plan vereitelt worden war, deutetest du an, du würdest Weihnachten möglicherweise mit Lizzie und ihrer Familie verbringen. Doch auch in diesem Punkt hast du gelogen, indem du behauptetest, Lizzie habe dich über die Feiertage auf die Farm der Familie nach Iowa eingeladen.

Hier läuft etwas von Grund auf falsch, Jessica.

Deine Motivation für den Wunsch, dich zu entziehen, muss genauestens untersucht werden.

In deiner allerersten Sitzung schriebst du etwas recht Bezeichnendes. Eines nach dem anderen erscheinen die Worte vor meinem inneren Auge, genauso, wie sie auf dem Bildschirm erschienen, als du sie tipptest, nicht ahnend, dass du beobachtet wurdest: *Wenn es hart auf hart kommt, kann ich mich nur auf mich selbst verlassen.*

Der Selbsterhaltungstrieb ist ein machtvoller Motivator, beständiger als Geld, Mitgefühl oder Liebe.

Eine Hypothese bildet sich heraus.

Es *ist* möglich, dass der Tenor deiner Begegnungen mit meinem Mann merklich anders war, als du ihn geschildert hast.

Möglicherweise begehrt Thomas dich.

Du kennst die Wahrheit über deine Rolle in diesem Experiment.

Warum könntest du die Ergebnisse verfälschen wollen?

Du hattest verstanden, dass signifikant mehr von dir würde erwartet werden, solltest du in meiner Moralstudie verbleiben. Vielleicht hast du nun das Gefühl, es sei zu viel.

Offensichtlich möchtest du dich aus den Verstrickungen mit uns befreien. Hast du dir gesagt, der beste Ausweg sei das Ersinnen einer falschen Geschichte, mit der du mir die deiner Meinung nach gewünschte Lösung präsentierst? Eine Lösung, die dich vor jeder weiteren Beteiligung bewahrt?

Womöglich gratulierst du dir in diesem Moment zu dem, was du erreicht hast – Geschenke, Geld, sogar ein Luxusurlaub in Florida für deine Familie –, bevor du die List ersonnen hast, die es dir ermöglicht, dein gewohntes Leben wiederaufzunehmen.

Du könntest derart auf deinen eigenen Vorteil fixiert sein, dass du die Zerstörung, die du hinterlässt, einfach ignorierst.

Wie kannst du es wagen, Jessica?

Vor zwanzig Jahren wurde meine kleine Schwester Danielle vor eine moralische Entscheidung gestellt, ebenso wie Katherine April Voss in der jüngeren Vergangenheit. Diese beiden jungen Frauen trafen die falsche Entscheidung.

Beide Tode können als direkte Folge dieses moralischen Versagens betrachtet werden.

Du wurdest ins Spiel gebracht, um als Moraltest für meinen Mann zu dienen, Jessica.

Doch möglicherweise bist du diejenige, die in diesem Test durchgefallen ist.

KAPITEL SECHZIG

Sonntag, 23. Dezember

Immer wieder komme ich auf diese eine Frage zurück. Mein Bauchgefühl sagt mir, dass ich dem auf den Grund gehen, dass ich das Geheimnis freilegen muss, das sich dahinter verbirgt: Warum hat Thomas eine Affäre mit Lauren, der Boutique-Inhaberin, erfunden, während er die echte, die er mit April hatte, so verzweifelt geheim halten will?

Zwar kenne ich jetzt meine Akte, aber ich kann trotzdem nicht einfach abhauen. Dr. Shields wird mich erst gehen lassen, wenn sie mit mir fertig ist, und ich kann mich nur schützen, indem ich herausfinde, was April zugestoßen ist, denn dann kann ich vielleicht verhindern, dass es mir genauso ergeht.

Lauren hat gesagt, ich solle zur Polizei gehen, wenn ich Angst vor Thomas habe. Aber was könnte ich denen sagen?

Ich habe einem verheirateten Mann nachgestellt. Ich habe sogar mit ihm geschlafen. Ach, und seine Frau hat mich angeheuert. Sie wusste sozusagen davon. Und übrigens, ich glaube, einer der beiden – oder beide – könnte was mit dem Selbstmord dieser anderen jungen Frau zu tun haben.

Das klingt grotesk. Die würden mich für total durchgeknallt halten. Deshalb rufe ich nicht die Polizei an.

Stattdessen melde ich mich zuerst bei Thomas und falle gleich mit der Tür ins Haus: «Warum behauptest du, du hättest mit Lauren geschlafen, obwohl du nur Kleider bei ihr gekauft hast?»

Ich höre ihn nach Luft schnappen.

«Weißt du was, Jess? Ich habe Lydias Aufzeichnungen über April, und du hast Lydias Aufzeichnungen über dich. Wir sind also quitt. Ich muss deine Fragen nicht beantworten. Viel Glück.»

Dann legt er auf.

Sofort drücke ich die Wahlwiederholung.

«Genau genommen hast du nur die ersten dreizehn Seiten von Aprils Akte. Die letzten fünf habe ich dir noch nicht geschickt. Du musst mir also doch antworten. Aber persönlich.» Ich muss ihm dabei ins Gesicht sehen können.

Es ist so still in der Leitung, dass ich schon befürchte, er legt gleich wieder auf.

Dann sagt er: «Ich bin in meiner Praxis. Sei in einer Stunde hier.»

Er gibt mir die Adresse, und ich beende das Telefonat. Dann laufe ich in der Wohnung auf und ab und denke gründlich nach. Sein Tonfall war undeutbar. Er klang nicht wütend; ihm waren überhaupt keine starken Gefühle anzuhören. Aber vielleicht ist er einer von diesen Typen, die am gefährlichsten sind, wenn sie ganz ruhig wirken, so wie es immer still wird, bevor es donnert.

Eine Praxis in einem Bürogebäude scheint ein ziemlich sicherer Treffpunkt zu sein. Würde Thomas sich nicht einen anderen Ort aussuchen, der nicht mit ihm in Verbindung gebracht wird, wenn er mir etwas antun wollte? Andererseits ist heute Sonntag und das Gebäude womöglich verlassen.

Lauren kam Thomas wie ein netter Kerl vor. Das war auch mein Eindruck von ihm, sowohl vor dem Museum als auch an dem Abend, an dem wir miteinander ins Bett gingen. Aber ich werde nie vergessen können, was passierte, als ich das letzte Mal mit einem scheinbar netten Mann allein in dessen Büro war.

Deshalb rufe ich noch jemanden an, und zwar Noah, und bitte ihn, sich in neunzig Minuten vor dem Bürogebäude, in dem sich Thomas' Praxis befindet, mit mir zu treffen.

«Alles in Ordnung?», fragt er.

«Das weiß ich nicht», erwidere ich aufrichtig. «Ich bin mit jemandem verabredet, den ich nicht so gut kenne, und mir wäre einfach wohler, wenn du mich hinterher abholst.»

«Wer ist es?»

«Er heißt Dr. Cooper. Es hat sozusagen mit meiner Arbeit zu tun. Ich erkläre es dir hinterher, okay?»

Noah klingt nicht ganz überzeugt, aber er willigt ein. Ich denke an all das, was ich getan habe – ihm einen falschen Namen genannt, ihm mehrmals erzählt, ich hätte einen schrägen oder stressigen Tag gehabt, Zweifel geäußert, ob man anderen vertrauen könne –, und nehme mir fest vor, ihm wirklich möglichst viel zu erzählen. Nicht nur, weil er es verdient hat. Sondern auch, weil ich mich sicherer fühle, wenn noch jemand von der Sache weiß.

Als ich um 13.30 Uhr auf Thomas' Praxis zugehe, ist der Eingangsbereich wie befürchtet verlassen.

Büro 114 liegt am Ende des Flurs. Neben der Tür hängt eine Plakette mit seinem vollständigen Namen, Thomas Cooper, und den Namen mehrerer anderer Therapeuten.

Ich hebe die Hand, doch bevor ich klopfen kann, geht die Tür auf.

Instinktiv weiche ich einen Schritt zurück.

Ich hatte ganz vergessen, wie groß Thomas ist. Er füllt den Türrahmen fast vollständig aus und schirmt das matte Licht der Wintersonne ab, das durchs Fenster hinter ihm hereinfällt.

«Da entlang», sagt Thomas, tritt beiseite und deutet mit dem Kopf auf einen Raum, der wohl sein Therapiezimmer ist.

Ich warte, weil ich möchte, dass er vorangeht. Ich will ihn nicht hinter mir haben. Aber er rührt sich nicht vom Fleck.

Nach ein paar Sekunden scheint er meine Bedenken dann doch zu begreifen, dreht sich abrupt um und geht voran durch den Wartebereich.

Kaum stehe ich in seinem Therapieraum, schließt er die Tür.

Sofort scheint der Raum zu schrumpfen und sich um mich her zusammenzuziehen. Panik steigt in mir auf, und ich versteife mich. Falls Thomas wirklich gefährlich ist, kann mir niemand helfen. Zwischen mir und der Außenwelt liegen drei Türen.

Ich sitze in der Falle, genau wie damals mit Gene.

Wie oft habe ich mir ausgemalt, was ich tun würde, wenn ich diesen Abend im stillen Theater, als alle anderen schon gegangen waren, noch einmal erleben könnte. Habe mich damit gequält, dass ich bloß wie erstarrt dastand, während Gene sich an meiner Verletzlichkeit und meiner Angst aufgeilte.

Jetzt bin ich in einer Situation, die der von damals fatal ähnelt. Und wieder bin ich wie gelähmt.

Aber Thomas geht bloß um den Schreibtisch herum und setzt sich auf seinen Bürostuhl aus Leder.

Als er merkt, dass ich stehen bleibe, guckt er überrascht.

«Setz dich.» Er deutet auf den Stuhl ihm gegenüber. Ich lasse mich auf die Sitzfläche sinken und versuche, ruhiger zu atmen.

«Mein Freund wartet draußen», stoße ich hervor.

Thomas hebt eine Augenbraue. «Okay.» Er klingt so verdutzt, dass ich weiß, er hat nicht vor, mir etwas anzutun.

Ich mustere Thomas, und meine Panik ebbt weiter ab: Er wirkt erschöpft, trägt ein Flanellhemd, das er nicht in die Hose gesteckt hat, und ist unrasiert. Als er die Brille abnimmt, um sich die Augen zu reiben, sehe ich, dass sie gerötet sind, wie meine, wenn ich nicht genug geschlafen habe.

Er setzt die Brille wieder auf, stützt die Ellbogen auf und legt die Fingerspitzen aneinander. Was er als Nächstes sagt, kommt völlig überraschend.

«Schau, ich kann dich nicht zwingen, mir zu vertrauen. Aber ich versuche, dich vor Lydia zu beschützen, das schwöre ich. Du steckst schon so tief drin.»

Ich lasse den Blick durch den Raum schweifen, um mehr über Thomas in Erfahrung zu bringen. Bei Dr. Shields spiegeln sowohl ihre Praxis als auch ihr Haus ihre unterkühlte, zurückgenommene Eleganz wider.

Thomas' Therapieraum ist da ganz anders. Meine Füße stehen auf einem weichen Teppich, und die Holzregale platzen aus den Nähten vor lauter Büchern. Auf dem Schreibtisch steht ein Glas mit Karamellbonbons, daneben einer dieser Kaffeebecher mit Spruch. Ich betrachte die beiden Wörter, die ich von hier aus sehen kann: *love you*.

Das löst eine Frage aus: «Liebst du deine Frau überhaupt?»

Er senkt den Kopf. «Ich dachte es. Ich wollte es. Ich habe es versucht ...» Seine Stimme klingt ein bisschen rau. «Aber ich konnte es nicht.»

Ich glaube ihm. Auch ich war hingerissen von Dr. Shields, als ich ihr zum ersten Mal begegnete.

In meiner Tasche vibriert mein Telefon. Ich ignoriere es, stelle mir aber vor, wie Dr. Shields sich ihr elegantes silberfarbenes Handy ans Ohr hält, während sie darauf wartet, dass ich mich melde, und sich die feinen Fältchen in ihrem schönen Gesicht, dem Gesicht, das wie aus makellosem weißem Marmor gemeißelt wirkt, vertiefen.

«Ständig lassen sich Leute scheiden. Warum hast du nicht einfach Schluss gemacht?», frage ich.

Dann fällt mir wieder ein, was er mir sagte: *Man kann jemanden wie sie nicht einfach verlassen.*

«Das habe ich versucht. Aber in ihren Augen war unsere Ehe perfekt, und sie weigerte sich, auch nur zur Kenntnis zu nehmen, dass wir Probleme hatten», sagt Thomas. «Insofern ja, du hast recht, ich habe mir diese Affäre mit der Frau aus der Boutique – Lauren – ausgedacht. Ich habe sie fast aufs Geratewohl ausgesucht. Sie schien eine plausible Wahl zu sein, eine Frau, mit der ich hätte schlafen wollen können. Die SMS habe ich absichtlich an Lydia geschickt. Ich habe nur so getan, als wäre sie für Lauren gedacht gewesen.»

«Du hast deiner Frau eine gefakte Nachricht geschickt?» Er muss wirklich verzweifelt gewesen sein.

Thomas senkt den Blick auf seine Hände. «Ich war sicher, Lydia würde mich verlassen, wenn ich sie betrüge. Das schien mir ein einfacher Ausweg zu sein. Sie hat ein ganzes Buch über *Die Ethik der Ehe* geschrieben. Ich hätte nie gedacht, dass sie darauf bestehen würde, unsere Beziehung zu reparieren.»

Eine grundlegende Frage hat er immer noch nicht beantwortet: Warum hat er nicht einfach die Affäre mit April eingestanden?

Also frage ich ihn das.

Er nimmt seine Tasse und trinkt einen Schluck. Dabei verdeckt seine Hand fast den ganzen Spruch. Vielleicht will er Zeit schinden.

Dann stellt er die Tasse wieder ab. Jetzt sehe ich einen anderen Teil des Spruchs: *take is equal*.

Es ist, als würde ein Puzzle zusammengesetzt, bis ich den ganzen Satz vor mir sehe: *And in the end, the love you take is equal to the love you make.*

Ich hatte recht: Thomas muss April an dem Abend, an dem sie zusammen waren, diese Zeile vorgesungen haben. So hat sie den Song der Beatles kennengelernt, den sie sich hinterher mit ihrer Mutter anhörte.

«April war so jung», sagt Thomas schließlich. «Ich dachte, es wäre vielleicht allzu schwer für Lydia, wenn sie wüsste, dass ich mir eine Dreiundzwanzigjährige ausgesucht habe.» Er wirkt jetzt noch trauriger als bei meiner Ankunft. Ich könnte schwören, dass er mit den Tränen kämpft. «Anfangs wusste ich nicht, wie kaputt April war. Ich dachte, wir wollten beide bloß einen One-Night-Stand ...»

Er sieht mich vielsagend an, und ich weiß, was er nicht sagt: *wie du und ich.*

Ich bekomme heiße Wangen. In meiner Tasche vibriert wieder das Telefon. Irgendwie fühlt es sich jetzt dringlicher an.

«Wie wurde April zu Testperson 5?», frage ich und versuche, das Brummen an meinem Bein zu ignorieren. Meine Haut kribbelt, so, als breiteten die Vibrationen sich über meinen gesamten Körper aus. Als wollten sie mich verzehren.

Ich sehe nach links zur Tür. Soweit ich gesehen habe, hat er sie nicht abgeschlossen. Und auch die Eingangstür der Praxis hat er glaube ich nicht verriegelt.

Thomas wirkt nicht mehr bedrohlich auf mich. Aber ich spüre, dass ganz in der Nähe Gefahr lauert, wie man eine Rauchfahne wahrnimmt, die einen sich nähernden Brand ankündigt.

«Aus irgendeinem Grund entwickelte April eine starke Zuneigung zu mir», fährt Thomas fort. «Ständig rief sie an oder schrieb mir Nachrichten. Ich versuchte, sie sanft abzuweisen ... Sie wusste von Anfang an, dass ich verheiratet bin. Zwei Wochen später hörte das alles so unvermittelt auf, wie es begonnen hatte. Da dachte ich, sie hätte sich damit abgefunden oder jemand Neues kennengelernt.»

Er kneift sich in die Stirn, als hätte er Kopfschmerzen.

Mach schon, denke ich ungeduldig. Ich kann nicht sagen, warum, aber mein Bauchgefühl drängt mich, seine Praxis schnellstmöglich zu verlassen.

Thomas trinkt noch einen Schluck aus seiner Tasse und fährt fort. «Eines Tages kam Lydia nach Hause und erzählte mir von einer neuen Teilnehmerin an ihrer Studie, einer jungen Frau, die eine traumatische Reaktion an den Tag gelegt hätte. Wir sprachen darüber und kamen zu dem Schluss, dass die Befragung irgendetwas getriggert haben musste, vielleicht eine unterdrückte Erinnerung. *Ich* habe Lydia noch gut zugeredet, persönlich mit ihr zu sprechen und ihr Hilfe anzubieten. Dass es April war, wusste ich nicht. Lydia nannte sie immer nur Testperson 5.» Thomas stößt ein schroffes Lachen aus, Ausdruck seiner verworrenen und komplizierten Gefühlslage, wie mir scheint. «Erst als ein Privatdetektiv wegen Aprils Akte Kontakt zu Lydia aufnahm, wurde mir klar, dass April Testperson 5 gewesen war.»

Ich wage kaum zu atmen, will ihn nicht unterbrechen, weil ich unbedingt erfahren will, was er sonst noch weiß. Aber ich bin mir auch des Telefons in meiner Tasche sehr bewusst und warte darauf, dass es erneut vibriert.

«Unterdessen hatte ich ein bisschen Zeit, um die einzelnen Fakten zusammenzufügen», sagt Thomas irgendwann. «Und ich tippe darauf, dass April herausfand, wer meine Frau war. Dann hat sie sich bei ihrer Studie angemeldet, weil das eine Verbindung zu mir war. Oder vielleicht hat sie Lydia auch als Konkurrentin empfunden und wollte mehr über sie erfahren.»

Ruckartig sehe ich nach links zum Fenster. Irgendetwas hat meine Aufmerksamkeit erregt, aber was? Die Jalousie ist halb heruntergelassen, daher sehe ich nur einen Ausschnitt. Ob Noah da ist, kann ich nicht erkennen.

Was es auch ist, das ich als gefährlich wahrnehme, es scheint nicht von Thomas auszugehen. Ich glaube ihm seine Geschichte: Er hatte in den Wochen vor Aprils Tod keinen Kontakt mehr zu ihr.

Allerdings sind es weder blindes Vertrauen noch mein Bauchgefühl, was mich ihm glauben lässt. Mittlerweile habe ich Aprils Akte fünf-, sechsmal gelesen und bin dabei auf eine entscheidende Information über die Beziehung zwischen Dr. Shields und April gestoßen: Ich habe eine ungefähre Vorstellung von dem, was an dem Abend, an dem April starb, zwischen den beiden vorfiel.

Dr. Shields' Handschrift auf der entsprechenden Seite ist fahriger als sonst. Das Blatt mit der Schilderung ihrer letzten Begegnung befindet sich direkt vor Aprils Todesanzeige, die ich bereits online gefunden hatte. Und das alles habe ich in Form von Fotos in dem Telefon in meiner Tasche gespeichert, dem Telefon, das mir gerade ungewöhnlich warm vorkommt. Und jeden Moment wieder losvibrieren kann.

Du hast mich zutiefst enttäuscht, Katherine April Voss, schrieb Dr. Shields. *Ich glaubte, dich zu kennen. Dir wurde mit solcher Herzlichkeit und Fürsorge begegnet und dir wurde so viel gegeben – intensive Aufmerksamkeit für dein geistiges Wohlergehen, wohldurch-*

dachte Geschenke, sogar Begegnungen wie die heute Abend, als du zu mir nach Hause kamst und mit einem Glas Weißwein auf einem Hocker saßest, während der schmale Goldreif, den ich abgenommen und dir geschenkt hatte, dir übers Handgelenk glitt.

Du wurdest hereingebeten.

Dann legtest du das Bekenntnis ab, das alles zerstörte, das dich in einem völlig anderen Licht erscheinen ließ: Ich habe einen Fehler gemacht. Ich habe mit einem verheirateten Mann geschlafen, mit irgendeinem Typen, den ich in einer Bar getroffen hatte. Es ist nur ein Mal passiert.

Deine großen Augen füllten sich mit Tränen. Deine Unterlippe bebte. Als verdientest du Mitgefühl für diese Schandtat.

Du wolltest Absolution, doch sie wurde dir nicht gewährt. Wie auch? Es gibt eine Grenze, die moralische von unmoralischen Menschen trennt. Die Regeln für diese Unterscheidung sind sehr klar. Dir wurde gesagt, dass du diese Grenze überschritten habest und in diesem Haus nie wieder willkommen sein würdest.

Du hattest dein wahres, makelbehaftetes Selbst offenbart. Du warst nicht die unschuldige junge Frau, die zu sein du vorgegeben hattest.

Die Unterhaltung wurde fortgesetzt. Am Ende wurdest du zum Abschied umarmt.

Zwanzig Minuten später waren alle deine Spuren getilgt. Dein Weinglas war gespült, abgetrocknet und zurück in den Schrank gestellt worden. Die Reste von Brie und Trauben waren in den Mülleimer gewandert. Dein Hocker stand wieder an seinem angestammten Platz.

Es war, als wärst du nie hier gewesen. Als ob du nicht mehr existiertest.

Als ich diese Schilderung fotografierte, überflog ich sie nicht einmal, weil ich Dr. Shields' Haus schnell wieder verlassen wollte. Aber später, in der Sicherheit meines Apartments, las ich sie mehrmals gründlich.

Dr. Shields' Aufzeichnungen verraten nicht, ob sie weiß, dass der verheiratete Mann, mit dem April geschlafen hatte, Thomas war. Sie scheint zu glauben, April habe sich ohne Hintergedanken zu ihrer Studie angemeldet, während für mich sonnenklar ist, dass April so besessen von Thomas war, dass sie sich Zugang zu Dr. Shields' Forschungsprojekt verschafft hat. Dann schien sie Zuneigung zu Dr. Shields gefasst zu haben. April war eine verlorene Seele. Sie schien nach jemandem oder etwas gesucht zu haben, an dem sie sich festhalten konnte.

Es mag seltsam erscheinen, dass April Dr. Shields eine Affäre mit einem ungenannten verheirateten Mann gestanden hat und damit bis an die Schwelle einer Offenbarung voller potenzieller Sprengkraft gegangen ist. Aber ich kenne die magnetische Anziehungskraft, die Dr. Shields ausübt, und kann es nachvollziehen.

Vielleicht war April auf Absolution aus, genau wie ich, wenn ich Dr. Shields meine Geheimnisse verriet. Womöglich dachte April auch, wenn die Frau, die von Berufs wegen moralische Entscheidungen analysiert, ihr vergibt, dann wäre sie, April, gar nicht so makelbehaftet.

«Ich schicke dir die fehlenden Seiten», sage ich zu Thomas. «Aber kannst du mir noch eine Frage beantworten?»

Er nickt.

Ich denke an den Abend, an dem ich die beiden unter der Restaurantmarkise beobachtet habe. «Eines Abends habe ich dich mit Dr. Shields zusammen gesehen. Du hast so verliebt gewirkt. Warum hast du dich so verhalten?»

«Ihre Akte über April», sagt er. «Ich wollte ins Haus, damit ich sie lesen kann. Falls April Lydia etwas erzählt hat, was sie mit mir in Verbindung bringen könnte, könnte Lydia das später erkennen, und das könnte ihr den Rest geben. Aber ich konnte die Mappe nie finden, bis ich sie dann auf dem Schreibtisch liegen sah.»

«Sie enthält nichts, was dich mit April in Verbindung bringt.»

«Danke», flüstert er.

Aber dann geht mir auf, dass das womöglich gar nicht stimmt. Da war irgendwas, irgendeine Kleinigkeit, bloß kann ich gerade nicht den Finger darauflegen. Es ist wie ein heliumgefüllter Luftballon, der unter der Zimmerdecke tanzt. Wie sehr ich mich auch bemühe, ich bekomme ihn einfach nicht zu fassen. Es hat irgendwas mit April zu tun ... ein Bild oder eine Erinnerung oder irgendein Detail.

Wieder sehe ich zum Fenster und ziehe dabei das Telefon aus der Tasche. Wenn ich hier fertig bin, lese ich mir Aprils Akte noch einmal durch, nehme ich mir vor. Aber jetzt muss ich hier erst mal weg.

Als ich die letzten fünf Fotos von Aprils Akte in meinem Telefon heraussuchen will, sehe ich, dass die Anrufe, die ich vorhin nicht angenommen habe, von BeautyBuzz kamen. Es sind vier an der Zahl, und zweimal hat man mir eine Nachricht hinterlassen.

Habe ich einen Termin vergessen?, frage ich mich. Aber ich bin sicher, dass ich erst um siebzehn Uhr wieder arbeiten muss.

Warum versucht meine Firma so fieberhaft, mich zu erreichen?

Rasch wähle ich die Fotos der fehlenden Seiten aus und schicke sie Thomas. «Jetzt hast du alles», sage ich und stehe auf. Er beugt sich bereits über sein Telefon.

Ich höre die erste Nachricht von BeautyBuzz ab. Unwillkürlich wandert mein Blick zum Fenster, und ich meine, schemenhafte Gestalten vorübergehen zu sehen, bin mir aber nicht sicher.

Die Nachricht ist nicht von der Terminkoordinatorin, wie ich dachte, sondern von der Firmeninhaberin, einer Frau, mit der ich noch nie gesprochen habe.

«Jessica, bitte rufen Sie mich sofort zurück.»

Sie klingt kurz angebunden. Verärgert.

Ich höre mir die zweite Nachricht an.

«Jessica, Sie sind fristlos entlassen. Rufen Sie so bald wie möglich zurück. Wir haben erfahren, dass Sie gegen die Wettbewerbsklausel verstoßen haben, die Sie bei Eintritt in unser Unternehmen unterzeichnet haben. Wir haben die Namen zweier Frauen, denen Sie vor kurzem Ihre Dienste als Freiberuflerin angeboten und dabei den Namen BeautyBuzz verwendet haben. Wenn Sie damit weitermachen, werden unsere Anwälte eine Unterlassungsklage einreichen.»

Ich sehe Thomas an.

«Sie hat dafür gesorgt, dass ich gefeuert werde», flüstere ich.

Dr. Shields muss BeautyBuzz angerufen und von Reyna und Tiffani erzählt haben.

Ich denke an die Miete, die nächste Woche fällig ist, an Antonias Rechnungen, an die Arbeitslosigkeit meines Vaters. Ich stelle mir Beckys liebes, vertrauensvolles Gesicht vor, wenn sie erfährt, dass es das einzige Zuhause, das sie kennt, bald nicht mehr geben wird.

Wieder kommt es mir so vor, als ob die Wände sich um mich zusammenziehen.

Wird Dr. Shields dafür sorgen, dass ich verklagt werde, wenn ich nicht tue, was sie will?

Ich denke an das, was sie in ihren Aufzeichnungen über mich schrieb: *Du gehörst mir.*

Meine Kehle ist wie zugeschnürt, und meine Augen brennen. Ein Schrei sitzt in meinem Hals fest.

«Was ist passiert?», fragt Thomas und steht auf.

Aber ich kann ihm nicht antworten, sondern stürme hinaus in den leeren Wartebereich und weiter durch den Flur. Ich muss die Inhaberin von BeautyBuzz anrufen und versuchen, es ihr zu erklären. Ich muss mit meinen Eltern sprechen und mich vergewissern, dass bei ihnen alles in Ordnung ist. Könnte Dr. Shields ihnen etwas antun? Vielleicht will sie doch nicht für ihren Urlaub aufkommen; sie könnte meine Kreditkartennummer herausgefunden und für die Kaution benutzt haben.

Wenn sie Becky auch nur *anfasst*, bringe ich sie um, denke ich voller Panik.

Als ich endlich die Tür aufstoße und aus dem Gebäude laufe,

keuche und weine ich schon. Die eisige Winterluft fühlt sich an wie ein Schlag ins Gesicht.

Auf dem Bürgersteig sehe ich mich hektisch nach Noah um. Wieder vibriert das Telefon in meiner Tasche. Am liebsten würde ich es auf den Bürgersteig schmettern.

Ich kann Noah nirgends entdecken, was meine Tränen erst recht fließen lässt. Dabei dachte ich allmählich, ich könnte mich auf ihn verlassen.

Aber das kann ich nicht, wird mir jetzt klar.

Ich will schon kehrtmachen, da entdecke ich in der Ferne eine blaue Daunenjacke. Mir geht das Herz auf. Das ist er. Mittlerweile erkenne ich ihn an seinem Hinterkopf und an seinem Gang.

Ich renne los und schlängele mich zwischen den Passanten durch.

«Noah!», rufe ich.

Er dreht sich nicht um, also renne ich weiter. Ich keuche und bin schon außer Atem, aber ich zwinge mich, noch schneller zu rennen.

«Noah!», rufe ich wieder, als ich dicht hinter ihm bin. Ich möchte mich in seine starken Arme fallen lassen und ihm alles erzählen. Noah wird mir helfen, das weiß ich.

Er fährt herum.

Beim Anblick seines Gesichts bleibe ich so abrupt stehen, als wäre ich gegen eine Wand geknallt.

«Ich war dabei, mich in dich zu verlieben», stößt er hervor. «Aber jetzt weiß ich, wer du wirklich bist.»

Ich trete einen Schritt auf ihn zu, doch er hebt die Hand. Sein Mund ist zu einer grimmigen Linie zusammengepresst. Seine weichen braunen Augen haben sich verhärtet.

«Nicht», sagt er. «Ich will dich nie wiedersehen.»

«Was?» Ich schnappe nach Luft.

Aber er dreht sich einfach um und geht weiter, immer weiter weg von mir.

KAPITEL EINUNDSECHZIG

Sonntag, 23. Dezember

Mein vorzeitiger Rückzug ins Bett ermöglichte ein besonders frühes Aufstehen heute Morgen.

Es wird ein arbeitsreicher Tag.

Nach dem Einschalten des Telefons findet sich eine neue Nachricht von Thomas, der um 23.06 Uhr am gestrigen Abend meldete, sein Patient im Bellevue sei nunmehr stabil, und sich für den abgebrochenen Abend entschuldigte.

Um 8.02 Uhr wird eine Antwort versandt: *Ich verstehe. Welche Pläne hast du für heute?*

Er antwortet, er sei unterwegs zu seiner Partie Squash und werde danach in Ted's Diner frühstücken. *Heute Nachmittag erledige ich liegen gebliebenen Papierkram*, schreibt er. *Film heute Abend?*

Die Antwort, die er erhält: *Perfekt.*

Seine morgendlichen Aktivitäten sind genau wie angekündigt: Er kommt aus dem Studio, frühstückt bei Ted's und geht danach geradewegs in seine Praxis.

Um exakt 13.34 Uhr ändert sich alles.

Da nämlich wirst du auf dem Bürgersteig erspäht, in der Hand eine Einkaufstüte.

Auch du verschwindest in Thomas' Bürogebäude.

Ach, Jessica. Du hast einen schwerwiegenden Fehler gemacht.

Haben Opfer das Recht, die Vergeltung selbst in die Hand zu nehmen?

In deiner zweiten Computersitzung im Seminarraum an der NYU hast du diese Frage bejaht, Jessica. Ohne lange zu zögern. Du hast weder an deinen Ringen gespielt noch beim Nachdenken an die Decke gestarrt, sondern rasch die Finger auf die Tastatur gelegt und deine Antwort formuliert.

Wie würdest du diese Frage jetzt beantworten?

Endlich gibt es konkrete Beweise für deinen erschütternden Verrat.

Was tust du da drin bei meinem Mann, Jessica?

Ob ihr tatsächlich in eine körperliche Affäre verstrickt seid, ist an diesem Punkt beinahe bedeutungslos. Ihr zwei konspiriert hinter meinem Rücken. Der Verrat, den du immer wieder an den Tag gelegt hast, hätte mir eine Warnung sein müssen.

Mittlerweile haben deine Täuschungen ein solches Ausmaß angenommen, ist dein Betrug so vielschichtig geworden, dass du dich in deinem Lügennetz hoffnungslos verstrickt hast.

«Alles in Ordnung?»

Ein Passant reicht mir ein Papiertaschentuch, das verwirrt gemustert wird.

«Sieht so aus, als hätten Sie sich an der Lippe verletzt», erklärt er.

Nach einem Augenblick wird das Taschentuch fortgezogen. Der metallische Geschmack des Blutes in meinem Mund hält an. Später wird Eis aufgebracht werden, um die Schwellung zu reduzieren. Aber einstweilen wird im Schminktäschchen nach dem Lippenbalsam gesucht.

Es ist exakt der gleiche, den du letzte Woche bei mir zu Hause vergessen hast und der deinen Lippen einen verführerischen rosa Farbton verleiht.

Das Röhrchen trägt das Logo von BeautyBuzz. Es wurde von deinem Arbeitgeber hergestellt, Jessica.

Die Telefonnummer des Unternehmens in Erfahrung zu bringen, ist nicht schwer.

Während du mit meinem Mann konspirierst, wird ein Anruf getätigt.

Wenn man im Tonfall der Autorität spricht, hören die Menschen zu. Die Telefonistin, die meinen Anruf annimmt, verbindet mich mit einem Manager, der wiederum verspricht, die Information unverzüglich an die Firmeninhaberin weiterzuleiten.

Anscheinend nimmt BeautyBuzz seine Wettbewerbsklausel sehr ernst.

Immer wieder erwähnst du, dass du über die Feiertage gern aus der Stadt flüchten würdest.

Du fährst nirgendwohin, Jessica.

Aber wie es aussieht, wirst du unverhofft doch ein wenig freie Zeit genießen können.

Sollte eine Bestrafung immer dem Verbrechen angemessen sein?

Der Verlust deiner Arbeitsstelle ist noch keine ausreichend schwere Bestrafung.

Doch kurz darauf bietet sich eine passendere dar, während du es dir noch in der Praxis meines Mannes bequem machst.

Ein junger Mann in einer blauen Daunenjacke mit roten Reißverschlüssen nähert sich und bleibt an der Ecke neben Thomas' Bürogebäude stehen. Er sieht sich um, als wartete er auf jemanden.

Der Mann kommt mir auf Anhieb bekannt vor; es ist der, der dich neulich so liebevoll in die Arme nahm. Der, den du mir verheimlicht hast.

Während du dein Stelldichein mit meinem Mann hast, findet parallel dazu ein spontanes Tête-à-Tête auf dem Bürgersteig statt.

Würdest du mir nicht zustimmen, dass das nur gerecht ist?

«Ich bin Dr. Lydia Shields», wird er begrüßt.

Es ist von entscheidender Bedeutung, dass mein Tonfall und mein Gesichtsausdruck ernst sind. Professionell. Eine Spur bedauernd, dass es so weit hat kommen müssen. «Sind Sie wegen der Intervention für Jessica Farris hier?»

Dein Geliebter wirkt zunächst ziemlich erschrocken, Jessica. «Was?», fragt er.

Als er bestätigt, dass er hier ist, um sich mit dir zu treffen, wird meine Legitimation nachgewiesen. Ihm wird eine Visitenkarte gereicht. Dennoch ist weitere Überzeugungsarbeit erforderlich.

Ihm wird erklärt, die übrigen Teilnehmer seien bereits gegangen, während Dr. Thomas Cooper, dein langjähriger Therapeut, noch in seiner Praxis ist und versucht, dich zur Vernunft zu bringen.

«Ihre Paranoia und ihre Angststörung sprechen normalerweise gut auf die Behandlung an», wird ihm erklärt. «Unglücklicherweise ist ihr zerstörerisches Verhalten so allumfassend und hartnäckig, dass ein Bruch der gesetzlichen Schweigepflicht erforderlich ist, um zu verhindern, dass andere zu Schaden kommen.»

Der Umstand, dass drei ausführliche Beispiele deiner betrügerischen Natur vonnöten sind, bis er auch nur zu erwägen bereit ist, dass die Frau, die da beschrieben wird, tatsächlich du bist, ist Beleg dafür, wie vernarrt Noah in dich ist.

Dein Verhalten in letzter Zeit wird ausführlich geschildert: der Verlust deines Arbeitsplatzes infolge deines Regelverstoßes. Dein gefährlicher Besuch in der Wohnung eines Drogenabhängigen. Deine regelmäßigen One-Night-Stands, häufig mit verheirateten Männern und unter falschem Namen.

Bei diesem letzten Punkt zuckt Noah zusammen, folglich diktiert dies die Richtung, welche die Unterhaltung im Folgenden nehmen wird.

Noah ist verwundet.

Es wird Zeit, zum Todesstoß auszuholen.

Konkrete Beweise sind überzeugender als persönliche Berichte, die als üble Nachrede abgetan werden könnten.

Eine deiner Nachrichten wird aufgerufen und Noah gezeigt.

Dr. Shields, ich habe mit ihm geflirtet, aber er hat mich zurückgewiesen. Er sagt, er ist glücklich verheiratet. Er ist auf sein Zimmer gegangen, und ich bin in der Hotellobby.

«Warum schickt sie Ihnen so was?»

Noah wirkt perplex. Noch steckt er in der Leugnungsphase. Die nächste Phase ist Zorn.

«Ich bin auf Zwangsstörungen spezialisiert, auch auf solche sexueller Natur», wird ihm gesagt, «und habe Dr. Cooper zu diesem Aspekt von Jessicas Persönlichkeit beraten.»

Noah ist noch immer nicht restlos überzeugt. Also wird eine weitere Nachricht aufgerufen und präsentiert. Du hast sie erst vor zwei Tagen versandt, unmittelbar bevor du dich auf den Weg zu deinem Treffen mit Thomas in der Deco Bar gemacht hast. Am selben Abend, an dem du dich mit Noah im Peachtree Grill getroffen hast.

Ich mache mich in ein paar Minuten auf den Weg, um T. zu treffen. Soll ich ihm ein Getränk ausgeben, weil ich das Treffen angeregt habe?

Das Telefon wird Noah zum Betrachten hingehalten. Das Versanddatum ist deutlich sichtbar: Freitag. Ein Daumen verdeckt den Rest des Nachrichtenthreads.

Noah wird bleich. «Aber an dem Abend habe ich sie gesehen», sagt er. «*Wir* waren verabredet.»

Jetzt wird Überraschung geheuchelt. «Ach, sind Sie derjenige, den sie im Peachtree Grill getroffen hat? Davon hat sie mir auch erzählt. Sie hatte sogar ein leises schlechtes Gewissen, dass sie sich mit einem anderen Mann traf, bevor Sie mit Ihnen ausging.»

Sein Zorn flammt schnell auf, Jessica.

«Sie ist eine sehr selbstzerstörerische junge Frau», wird Noah gesagt, als er das Gesicht verzieht. «Und aufgrund ihrer narzisstischen Persönlichkeit, so bezaubernd diese anfangs auch ist, besteht unglücklicherweise kaum Aussicht auf Besserung.»

Kopfschüttelnd geht Noah davon.

Keine zwei Minuten später stürzt du aus Thomas' Bürogebäude und jagst Noah hinterher.

Nachdem er dich zurückgewiesen hat, stehst du verloren auf dem Bürgersteig und blickst ihm nach.

In der Hand hältst du noch immer die Einkaufstüte.

Jetzt ist das Logo mit den geschlossenen Augen zu sehen. Es ist bemerkenswert vertraut.

Ah. Wie emsig, Jessica. Du hast Blink also ebenfalls einen Besuch abgestattet.

Sicher hältst du dich für sehr schlau. Vielleicht hast du sogar die Wahrheit über Lauren in Erfahrung gebracht, anstelle der Geschichte, die Thomas ersonnen hat.

Warst du überrascht, als du erfuhrst, dass Thomas niemals eine Affäre mit Lauren hatte?

Du kannst unmöglich glauben, die Person, die Thomas am besten kennt, die liebende Ehefrau, mit der er seit sieben Jahren verheiratet ist, hätte dieses erbärmliche Märchen für bare Münze genommen, nicht wahr?

Seine Affäre mit der Boutique-Inhaberin wurde, nicht einmal eine Woche nachdem seine Nachricht «versehentlich» auf meinem Telefon gelandet war, als Erfindung entlarvt. Lauren wurde aufgesucht und um Rat bei der Auswahl einer Garderobe für einen Wochenendtrip gebeten. Daraufhin empfahl sie mehrere Artikel, darunter die fließenden Kleider, die sie von ihrer letzten Einkaufsreise aus Indonesien mitgebracht hatte.

Dem folgte eine kurze Unterhaltung über ihre Reisen.

Sie erzählte, sie habe gerade eine Woche in Bali und eine weitere in Jakarta verbracht und sei erst drei Tage zuvor in die Staaten zurückgekehrt.

Mein Mann kann unmöglich mit ihr verabredet gewesen sein, weder an dem Tag, an dem er schrieb: *Bis heute Abend, meine Schöne*, noch an dem Abend, an dem die Affäre seiner Aussage nach begonnen hatte, als sie angeblich in der Bar des Sussex Hotels auf den Stuhl ihm gegenüber gerutscht war.

Er wurde jedoch nie auf seine Lüge angesprochen. Sie musste aufrechterhalten werden.

Thomas hatte einen sehr guten Grund dafür, seinen One-

Night-Stand mit April mit einer anderen, erfundenen Tändelei zu tarnen.

Und selbstverständlich hatte seine Frau einen noch besseren Grund, zu verschweigen, dass sie die Wahrheit sowohl über die vorgetäuschte als auch die echte Affäre mit April kennt.

Würde es dich überraschen, zu erfahren, dass ich von Anfang an über meinen Mann und Testperson 5 Bescheid wusste?

Jessica, du magst glauben, du hättest alles herausgefunden. Aber falls du nur eines gelernt hast, seit du zu Testperson 52 wurdest, dann dass du dich mit deinen Mutmaßungen zurückhalten musst.

Es ist traurig, dass du so außer dir bist. Doch das hast du dir selbst zuzuschreiben.

Im Moment fühlst du dich sehr einsam.

Aber keine Bange. Bald genug wirst du dich in meiner Gesellschaft befinden.

KAPITEL ZWEIUNDSECHZIG

Sonntag, 23. Dezember

Haben Sie in letzter Zeit mit Ihrer Familie gesprochen, Jessica? Genießen die drei ihre Ferien in Florida?

Ich starre die Nachricht an und spüre, wie es mir das Herz abdrückt.

Dr. Shields hat mir meine Arbeit genommen. Sie hat mir meinen Freund genommen. Was hat sie meiner Familie angetan?

Ich liege im Bett, die Knie an die Brust gezogen, Leo neben mir. Nachdem Noah mich stehengelassen hatte, versuchte ich ihn anzurufen und schrieb ihm Nachrichten, aber er reagierte nicht. Daraufhin tat ich das Einzige, was mir einfiel: Ich ging nach Hause und heulte mir die Seele aus dem Leib. Als Dr. Shields' Nachricht eingeht, sind meine heißen Tränen zu leisen Schluchzern abgeebbt.

Auf den Anruf meiner Mutter während meines Einbruchs bei Dr. Shields habe ich überhaupt nicht reagiert, geht mir auf, und sofort sitze ich kerzengerade da. Und Mom hat keine Nachricht hinterlassen.

Sofort wähle ich ihre Mobilnummer und kämpfe dabei gegen die Panik an. Ich lande direkt auf ihrer Mailbox.

«Mom, bitte ruf mich sofort an», stoße ich hervor.

Dann versuche ich es bei Dad. Das gleiche Spiel.

Ich fange an zu hyperventilieren.

Dr. Shields hat mir den Namen der Ferienanlage nie genannt. Mom rief mich gleich nach ihrer Ankunft dort an und erzählte mir von ihrem Zimmer mit Meerblick und dem Salzwasserpool, aber auch sie sagte mir nicht, wo sie wohnen, und ich war so durch den Wind, dass ich gar nicht auf die Idee kam nachzufragen.

Wie konnte ich nur so gedankenlos sein?

Noch einmal versuche ich erfolglos, meine Eltern zu erreichen.

Dann ziehe ich Mantel und Boots an und stürze aus der Wohnung. Ich renne die Treppe hinab und drängele mich an einer Nachbarin, die eine Tüte mit Einkäufen trägt, vorbei. Sie sieht mich erschrocken an. Vermutlich ist meine Wimperntusche verlaufen, und mein Haar steht in alle Richtungen ab, aber mittlerweile ist es mir nicht mehr wichtig, gut für Dr. Shields auszusehen.

Ich renne die Straße entlang und winke fieberhaft Taxis heran. Eines hält, ich setze mich auf den Rücksitz und nenne dem Fahrer Dr. Shields' Privatadresse. «Bitte beeilen Sie sich», füge ich hinzu.

Als ich eine Viertelstunde später vor ihrem Haus stehe, habe ich noch immer keinen Plan. Ich hämmere einfach gegen die Tür, bis mir die Hand weh tut.

Dr. Shields öffnet und sieht mich ohne jede Überraschung an, so, als hätte sie mich erwartet.

«Was haben Sie mit ihnen gemacht?», kreische ich.

«Pardon?»

Sie ist wie immer untadelig gekleidet in ihrem taubengrauen Oberteil und der wie angegossen sitzenden schwarzen Hose. Am liebsten würde ich sie an den Schultern packen und schütteln.

«Ich weiß, dass Sie irgendwas gemacht haben! Ich kann meine Eltern nicht erreichen!»

Sie tritt zurück. «Jessica, atmen Sie tief durch und beruhigen Sie sich. So können wir kein Gespräch führen.»

Ihr Tonfall ist tadelnd, so, als redete sie mit einem uneinsichtigen Kind.

Mit Herumschreien erreiche ich bei Dr. Shields gar nichts. Sie wird mir meine Fragen nur dann beantworten, wenn sie glaubt, dass es zu ihren eigenen Bedingungen passiert; wenn sie die Situation beherrscht.

Also verdränge ich meine Wut und meine Angst.

«Kann ich bitte reinkommen?», frage ich. «Ich muss mit Ihnen reden.»

Sie öffnet die Tür weiter und lässt mich ins Haus.

Es läuft klassische Musik, und alles ist so tadellos sauber und aufgeräumt wie immer. Frische Petunien schmücken den glänzenden Holztisch im Flur, unterhalb des Tastenfelds der Alarmanlage.

Ich sehe bewusst nicht hin.

Dr. Shields führt mich in die Küche und deutet auf einen Hocker.

Als ich mich setze, entdecke ich auf der Marmorplatte einen Teller mit blauen Trauben und einem Stück Weichkäse, als hätte sie mit Besuch gerechnet. Daneben steht ein einzelner Kristallkelch mit einer blassgoldenen Flüssigkeit.

Es ist alles so vornehm und präzise und total durchgeknallt.

«Wo ist meine Familie?», frage ich bemüht gelassen.

Anstatt mir zu antworten, geht Dr. Shields in aller Ruhe zu einem Schrank, aus dem sie einen weiteren Kristallkelch herausholt. Zum ersten Mal fragt sie mich nicht, ob ich etwas möchte, sondern nimmt eine Flasche Chardonnay aus dem Kühlschrank und schenkt einfach ein.

Sie stellt den Kelch vor mich hin, als wären wir zwei Freundinnen, die gleich Vertrauliches besprechen werden.

Ich könnte schreien! Aber wenn ich versuche, sie unter Druck zu setzen, lässt sie mich erst recht schmoren, um ihre Überlegenheit zu demonstrieren.

«Ihre Familie genießt einen schönen Urlaub in Florida, Jessica», sagt sie schließlich. «Wie kommen Sie darauf, dass es anders sein könnte?»

«Wegen Ihrer Nachricht vorhin!», stoße ich hervor.

Dr. Shields hebt eine Augenbraue. «Ich habe mich nur nach ihrem Urlaub erkundigt. Daran ist doch nichts auszusetzen, oder?»

Sie klingt so aufrichtig, aber ich durchschaue ihr Theater.

«Ich möchte in der Ferienanlage anrufen», sage ich. Meine Stimme bebt.

«Natürlich», sagt Dr. Shields. «Haben Sie die Nummer denn nicht?»

«Sie haben sie mir nie gegeben», erwidere ich.

Sie runzelt die Stirn. «Der Name der Ferienanlage war kein Geheimnis, Jessica. Ihre Familie ist seit drei Tagen dort.»

«Bitte», flehe ich. «Lassen Sie mich einfach mit ihnen reden.»

Wortlos steht Dr. Shields auf und nimmt ihr Telefon von der Küchentheke. «Ich habe die Reservierungsbestätigung hier.» Sie scrollt durch ihre E-Mails und braucht dafür unverhältnismäßig lange, so kommt es mir vor. Schließlich nennt sie mir eine Telefonnummer.

Ich wähle sie sofort.

«Winstead Resort and Spa wünscht Ihnen schöne Feiertage. Sie sprechen mit Tina», flötet eine Frau.

«Ich muss mit der Familie Farris sprechen», sage ich in dringendem Ton.

«Selbstverständlich, ich verbinde Sie gern. Dürfte ich die Zimmernummer erfahren?»

«Die weiß ich nicht», flüstere ich.

«Einen Moment bitte.»

Ich starre Dr. Shields in die eisblauen Augen, während ich warte und mir unfassbarerweise das fröhliche Weihnachtslied *Santa Claus Is Coming to Town* ins Ohr tönt.

Dann schiebt Dr. Shields mein Weinglas näher an mich heran.

Aber ich kann mich nicht überwinden, davon zu trinken. Ich kämpfe gegen ein akutes Déjà-vu-Gefühl an. Erst vor wenigen Tagen habe ich hier gesessen und ihr gestanden, ich wisse, dass Thomas ihr Ehemann sei, aber nicht das ist es, was mir gerade ein solches Unbehagen einflößt.

Abrupt bricht die Musik ab.

«Ich kann keine Aufzeichnungen über Gäste mit diesem Namen finden», sagt die Telefonistin.

Ich habe das Gefühl, ich breche gleich zusammen.

Mir wird schwarz vor Augen, und ich muss würgen.

«Sie sind nicht da?», rufe ich.

Dr. Shields nimmt ihr Glas und trinkt einen winzigen Schluck. Ihre unbekümmerte Miene lässt meine Wut neu aufflackern.

«Wo ist meine Familie?», frage ich noch einmal und sehe ihr in die Augen. Dann schiebe ich den Hocker so heftig zurück, dass er fast umfällt, und stehe auf.

Sie stellt ihr Glas ab.

«Oh», sagt Dr. Shields. «Möglicherweise lautet die Reservierung auf meinen Namen.»

«Shields», sage ich der Telefonistin. «Bitte versuchen Sie es unter diesem Namen.»

Stille in der Leitung.

Das Blut rauscht in meinen Ohren.

«Ah», sagt die Angestellte. «Hier ist es. Ich verbinde Sie jetzt.»

Meine Mutter meldet sich beim zweiten Klingeln, und als ich ihre vertraute, verlässliche Stimme höre, könnte ich gleich wieder losheulen.

«Mom! Geht's dir gut?»

«Du meine Güte, Schatz, wir amüsieren uns prächtig», sagt sie. «Wir kommen gerade vom Strand zurück. Becky durfte Delfine streicheln – die haben hier ein richtiges Programm. Dein Vater hat so viele Fotos gemacht!»

Es geht ihnen gut. Sie hat ihnen nichts angetan. Noch nicht zumindest.

«Und bei euch ist wirklich alles gut?»

«Natürlich! Warum auch nicht? Nur du fehlst uns. Aber was für eine wundervolle Chefin du hast, dass sie das für uns tut. Ihr muss sehr viel an dir liegen.»

Mittlerweile bin ich so kopflos, dass ich kaum in der Lage bin, das Telefonat vernünftig zu beenden. Nachdem ich meiner Mutter versprochen habe, morgen wieder anzurufen, lege ich auf, unfähig, das fröhliche Geschnatter meiner Mutter mit den schrecklichen Sorgen, die ich mir gemacht hatte, in Einklang zu bringen.

Ich lege das Telefon auf die Küchentheke.

Dr. Shields lächelt.

«Sehen Sie?», sagt sie gelassen. «Es geht ihnen bestens. Besser als bestens.»

Ich spreize die Hände auf der kalten, harten Marmortheke, beuge mich vor und versuche, mich zu konzentrieren.

Dr. Shields möchte mich glauben machen, dass es alles an mir liegt, dass ich labil bin. Aber dass ich meine Arbeit und Noah verloren habe, habe ich mir nicht eingebildet. Das sind Tatsachen. Die Nachrichten von BeautyBuzz sind noch in meiner Mailbox gespeichert. Und Noah antwortet mir nicht. Es ist garantiert kein Zufall, dass beides passiert ist, während ich in Thomas' Praxis war. Ich kann es nicht beweisen, aber ich bin sicher, Dr. Shields weiß, dass ich bei ihm war. Vielleicht hat sie sogar herausgefunden, dass ich mit ihm geschlafen habe. Thomas könnte es ihr gesagt haben, um seine Haut zu retten.

Sie bestraft mich.

Mit einem Mal spüre ich ihre Hand, die mir sanft den Rücken tätschelt, und fahre herum.

«Lassen Sie das! Sie haben dafür gesorgt, dass BeautyBuzz mich entlassen hat. Sie haben meinem Arbeitgeber erzählt, ich hätte auf eigene Rechnung gearbeitet, als ich bei Reyna und Tiffani war!»

«Ganz ruhig, Jessica», weist Dr. Shields mich an.

Sie setzt sich wieder und schlägt ein langes, schlankes Bein über das andere. Ich weiß, was sie jetzt von mir erwartet, welche Rolle sie mir zugedacht hat, und so setze ich mich auf den Hocker neben ihr.

«Sie haben mir gar nicht erzählt, dass Sie Ihre Arbeit verloren haben», sagt sie. Auf einen Außenstehenden würde sie aufrichtig besorgt wirken: Sie hat die Stirn gerunzelt, und ihre Stimme klingt mitfühlend.

«Allerdings! Jemand hat mich verpetzt, ich hätte gegen die Wettbewerbsklausel verstoßen», sage ich anklagend.

«Hmmm ...» Dr. Shields klopft sich mit dem Zeigefinger an die Lippen, und da fällt mir auf, dass ihre Unterlippe leicht geschwollen ist, als hätte sie sich dort verletzt. «Hatten Sie nicht erzählt, der drogenabhängige Freund sei Ihnen gegenüber so misstrauisch gewesen? Möglicherweise hat er Sie gemeldet?»

Ihr Lächeln erinnert mich an die Grinsekatze. Diese Frau hat auf alles eine Antwort.

Aber ich weiß, dass sie es war. Vielleicht hat sie ihnen nicht Reynas und Tiffanis Namen genannt, aber sie könnte anonym angerufen und behauptet haben, sie selbst sei eine Klientin, die ich abwerben wollte. Ich kann mir lebhaft vorstellen, wie sie in diesem typischen gespielt besorgten Tonfall sagt: *Oh, Jessica schien mir eine so nette junge Frau zu sein, hoffentlich habe ich sie nicht in Schwierigkeiten gebracht.*

Aber dann denke ich an Rickys beharrliche Fragen, bevor ich Tiffani ein paar Kosmetika in die Hand drückte und aus der Wohnung flüchtete. Da war natürlich überall das BeautyBuzz-Logo drauf. Es ist auf allen meinen Lipgloss- und Lippenbalsamtuben aufgedruckt. Damit wäre es ganz leicht für ihn, meinen Arbeitgeber zu finden.

«Jessica, es tut mir leid, dass Sie Ihre Arbeit verloren haben», sagt Dr. Shields. «Ich habe das jedoch ganz sicher nicht zu verantworten.»

Ich reibe mir die Schläfen. Noch vor wenigen Minuten war alles ganz klar. Aber jetzt weiß ich nicht mehr, was ich glauben soll.

«Ich hoffe, Sie nehmen es mir nicht übel, wenn ich das sage, aber Sie sehen gar nicht gut aus», bemerkt Dr. Shields. Sie schiebt den Teller näher an mich heran. «Essen Sie auch genug?»

Nein, wird mir klar. Als ich Noah Freitagabend im Peachtree

Grill traf, versuchte er, mich mit Grilled Chicken and Biskuits zu locken, aber ich brachte nur wenige Bissen herunter. Und seitdem habe ich glaube ich nicht mehr zu mir genommen als Kaffee und ein, zwei Müsliriegel.

«Aber was ist mit Noah?», frage ich, fast an mich selbst gerichtet, und meine Stimme bricht.

Als ich ihn heute Morgen anrief, hat er sich noch gefreut, von mir zu hören, auch wenn meine Bitte ihn vielleicht gewundert hat. Immer wieder sehe ich ihn die Hand heben wie eine Barriere, damit ich ihm nicht zu nahe komme.

«Wer?»

«Der Mann, mit dem ich zusammen war. Wie haben Sie ihn gefunden?»

Dr. Shields schneidet ein Stück Käse ab, belegt einen dünnen runden Kräcker damit und reicht ihn mir. Ich werfe einen kurzen Blick darauf und schüttele den Kopf.

«Sie haben mir nicht einmal erzählt, dass Sie jemanden kennengelernt haben», sagt sie. «Wie soll ich mit jemandem, von dem ich gar nicht weiß, eine Unterhaltung führen?»

Sie lässt die Frage eine Weile im Raum stehen, wie um ihr Argument zu unterstreichen.

«Jessica, ich muss Ihnen sagen, dass ich mich allmählich über Ihre Anschuldigungen ärgere», sagt sie dann. «Sie haben Ihre Aufgaben erfüllt, und dafür habe ich Sie bezahlt. Sie haben mir versichert, Thomas sei mir treu. Warum sollte ich mich jetzt in Ihr Leben einmischen?»

Kann das sein? Ich vergrabe den Kopf in den Händen und versuche, mir die letzten Tage noch einmal vor Augen zu führen, aber es ist alles ein einziges Durcheinander. Vielleicht ist Thomas derjenige, der mich anlügt. Vielleicht haben mich meine Instinkte getrogen. Das wäre nicht das erste Mal. Gene habe ich vertraut, und das war falsch. Vielleicht mache ich jetzt den umgekehrten Fehler.

«Bekommen Sie genügend Schlaf, Sie Arme?»

Ich hebe den Kopf. Es fühlt sich an, als hätte ich Sand in den Augen, und die Lider sind ganz schwer. Dr. Shields weiß, dass ich nicht genügend Schlaf bekomme, genauso wie sie weiß, dass ich kaum etwas gegessen habe. Sie hätte gar nicht zu fragen brauchen.

«Ich bin gleich wieder da.» Sie steht auf und verschwindet. Ihre Schritte sind so leicht, dass ich nicht sagen kann, wo im Haus sie sich befindet.

Ich bin völlig erschöpft, aber auf eine Art, bei der ich weiß, ich werde heute Nacht nicht gut schlafen. Meine Gedanken sind träge und schwerfällig, aber mein Körper ist hibbelig.

Als Dr. Shields zurückkehrt, hat sie etwas in der Hand, was ich nicht erkennen kann. Sie tritt an einen Küchenschrank und zieht eine Schublade auf. Ich höre es leise klappern, dann sehe ich, wie sie aus einem Fläschchen eine kleine ovale Tablette in ein Tütchen mit Zipverschluss schüttelt.

Sie verschließt das Tütchen und kommt zu mir.

«Für Ihre derzeitige Verfassung trage zweifellos ich die Verantwortung», sagt sie sanft. «Mit den intensiven Gesprächen und dann den Experimenten habe ich Ihnen eindeutig zu viel zugemutet. Ich hätte Sie nicht in mein Privatleben hineinziehen dürfen. Das war unprofessionell.»

Ihre Worte legen sich um mich wie einer ihrer Kaschmirüberwürfe: weich, tröstlich und warm.

«Sie sind sehr stark, Jessica, aber Sie stehen unter enormem Druck. Die Entlassung Ihres Vaters, die posttraumatische Belastungsreaktion auf den Abend mit dem Theaterregisseur, die finanziellen Sorgen ... Und natürlich die Schuldgefühle wegen Ihrer Schwester. Das muss beschwerlich sein.»

Sie drückt mir das Tütchen in die Hand. «An Weihnachten fühlt man sich leicht einsam. Dies wird Ihnen helfen, heute Nacht zu schlafen. Eigentlich dürfte ich Ihnen diese Tablette nicht ohne Rezept geben, aber betrachten Sie es als letztes Geschenk.»

Ich mustere das Tütchen und bedanke mich unwillkürlich.

Es ist, als schriebe sie das Drehbuch und ich würde nur die mir zugedachten Zeilen sprechen.

Dr. Shields nimmt mein Weinglas, aus dem ich kaum getrunken habe, und leert es in die Spüle. Dann wirft sie den Käse und die Trauben in den Mülleimer, obwohl sie kaum angetastet wurden.

Das ausgeleerte Glas. Der weggeworfene Käse.

Ich starre sie an, und blitzartig durchfährt mich frische Energie.

Dr. Shields beachtet mich nicht, sondern ist ganz ins Aufräumen vertieft, aber wenn sie jetzt mein Gesicht sähe, wüsste sie, dass etwas sehr schiefgegangen ist.

Zeilen aus ihren Aufzeichnungen über April kommen mir in den Sinn: *... alle deine Spuren getilgt ... Dein Weinglas war gespült ... Die Reste von Brie und Trauben waren in den Mülleimer gewandert ...*

Es war, als wärst du nie hier gewesen. Als ob du nicht mehr existiertest.

Ich mustere das Tütchen mit der Tablette.

Eisige Angst steigt in mir auf.

Was hast du ihr angetan?, denke ich.

Ich muss hier weg, sofort, bevor ihr klar wird, was ich weiß.

«Jessica?»

Dr. Shields sieht mich an. Hoffentlich deutet sie meinen Gesichtsausdruck als Verzweiflung.

Ihre Stimme ist leise, ihr Tonfall beruhigend. «Ich hoffe, Sie wissen, dass es keine Schande ist, wenn man zugibt, dass man Hilfe braucht. Jeder muss seinen Sorgen gelegentlich entfliehen.»

Ich nicke. Meine Stimme zittert. «Wissen Sie, vielleicht tut es ganz gut, endlich ein bisschen auszuruhen.»

Ich stecke das Tütchen in die Handtasche. Dann stehe ich auf, nehme meinen Mantel und zwinge mich, mich so langsam zu bewegen, dass mir die Panik nicht anzumerken ist. Dr. Shields will mich offenbar nicht zur Tür begleiten; sie bleibt in der Küche und wischt mit einem Schwamm über die sowieso schon makellos saubere Marmorplatte. Also gehe ich allein zur Haustür.

Bei jedem Schritt spüre ich einen Stich zwischen den Schulterblättern. Endlich bin ich an der Tür. Ich ziehe sie auf, trete hindurch und schließe sie sanft hinter mir.

Sobald ich zu Hause bin, hole ich das Tütchen hervor und sehe mir die kleine ovale Tablette genauer an. Ein gut lesbarer Ziffercode ist darauf eingraviert, den ich auf einer Website zur Identifizierung von Medikamenten nachschlage. Es ist Vicodin, das verschreibungspflichtige Medikament, von dem April Mrs. Voss zufolge eine Überdosis nahm.

Damit habe ich eine ziemlich genaue Vorstellung davon, wer April das Medikament gab, und warum.

Dr. Shields muss gewusst haben, dass Thomas mit April geschlafen hatte, sonst hätte sie April die Tabletten nicht in die Hand gedrückt. Jetzt muss ich noch herausfinden, wie Dr. Shields April dazu gebracht hat, sie zu schlucken.

Ich muss noch einmal in die West Village Conservatory Gardens, zu der Parkbank an jenem zugefrorenen Brunnen. Die Stelle, die April sich für ihren Selbstmord ausgesucht hat, muss irgendeine besondere Bedeutung haben.

Weiß Dr. Shields auch, dass Thomas sich die Affäre mit Lauren aus der Boutique nur ausgedacht hat? Wenn ich das herausgefunden habe, dann Dr. Shields mit ihrem Falkenblick fürs Detail garantiert erst recht.

Wie lange noch, bis sie das mit meiner nicht von ihr autorisierten Begegnung mit Thomas und all den Lügen, die ich ihr erzählt habe, herausfindet?

Und wenn sie erst erfährt, dass ich mit ihrem Mann geschlafen habe, was wird sie mir dann antun?

KAPITEL DREIUNDSECHZIG

Montag, 24. Dezember

Bekommst du die tiefe, traumlose Nachtruhe, die du so dringend nötig hast, Jessica?

Es wird keinerlei Störungen geben. Du bist völlig allein.

Eine Arbeit, die dich ablenken könnte, hast du nicht mehr. Und Lizzie ist verreist. Möglicherweise hattest du beabsichtigt, Heiligabend mit Noah zu verbringen, aber der hat sich nach Westchester zu seiner Familie zurückgezogen.

Was deine eigene Familie angeht, so ist sie im Moment nicht zu erreichen. Heute Morgen rief die Hotelrezeptionistin an und überraschte sie mit einem Tagesausflug auf einem Segelboot. Auf dem Meer ist der Mobilfunkempfang so schlecht.

Sogar dein neuer Freund Thomas wird beschäftigt sein.

Doch auch Menschen, die im Kreise ihrer Familie feiern, können sich einsam fühlen.

Folgende Szene: Heiligabend im Familiensitz der Shields' in Litchfield, Connecticut, eineinhalb Autostunden außerhalb von New York City.

Im Kamin des prächtigen Wohnzimmers brennt ein Feuer. Auf dem Kaminsims sind die zarten Krippenfiguren aus Limoges-Porzellan aufgestellt. Dieses Jahr hat der Innenausstatter der Mutter weiße Lichter und perfekte Kiefernzapfen als Baumschmuck gewählt.

Es sieht alles so schön aus, nicht wahr?

Der Vater hat eine Flasche Dom Pérignon geöffnet. Crostini mit Räucherlachs und Kaviar werden herumgereicht.

Unter dem Baum liegen Strümpfe, fünf an der Zahl, obwohl sich nur vier Personen im Raum aufhalten.

Der überzählige Strumpf wurde für Danielle gefüllt, wie jedes Jahr. Traditionell wird in ihrem Namen an eine passende Wohltätigkeitsorganisation gespendet und das Kuvert mit dem entsprechenden Scheck in den Strumpf gesteckt. Üblicherweise sind die Empfänger «Mütter gegen Alkohol am Steuer», wobei in der Vergangenheit auch schon an «Sichere Fahrt» und «Studenten gegen zerstörerische Entscheidungen» gespendet wurde.

Nächste Woche jährt sich Danielles Todestag zum zwanzigsten Mal, daher fällt der Scheck diesmal besonders großzügig aus.

Danielle wäre jetzt sechsunddreißig Jahre alt.

Sie starb nicht einmal eine Meile von diesem Wohnzimmer entfernt.

Je weiter der Champagnerpegel im zweiten Glas der Mutter sinkt, desto überzogener werden die Geschichten, die sie über ihre jüngere Tochter, ihren Liebling, zum Besten gibt.

Dies ist eine weitere Weihnachtstradition.

Soeben führt sie eine langatmige Geschichte über Danielles Sommer als Aufsicht in der Ferienfreizeit des Country Clubs zu Ende.

«Sie konnte so gut mit Kindern umgehen», sinniert die Mutter ohne Sinn und Verstand. «Sie wäre eine wundervolle Mutter geworden.»

Praktischerweise ist der Mutter entfallen, dass Danielle diese Arbeit nur widerwillig und auf Drängen des Vaters angenommen hatte und einzig deshalb eingestellt worden war, weil der Vater mit dem Direktor des Country Clubs Golf spielte.

Üblicherweise sieht man es der Mutter nach.

Doch heute kann eine Widerlegung nicht zurückgehalten werden: «Ach, ich weiß nicht, wie sehr Danielle diese Kinder wirklich mochte. Hat sie sich nicht so oft krankgemeldet, dass man sie beinahe entlassen hätte?»

Obwohl dies in liebevollem Ton gesagt wird, versteift sich die Mutter.

«Sie *hat* diese Kinder geliebt», gibt sie zurück. Ihre Wangen röten sich.

«Noch etwas Champagner, Cynthia?», fragt Thomas. Es ist ein Versuch, die Spannung, die jetzt im Raum herrscht, zu lösen.

Der Mutter wird gestattet, dieses Geplänkel zu gewinnen, indem ihr das letzte Wort überlassen wird, obwohl sie im Unrecht ist.

Folgendes weigert die Mutter sich zu akzeptieren: Danielle war durch und durch selbstsüchtig. Sie stahl: einen Lieblingspulli aus Kaschmir, der hinterher ausgeleiert war, weil Danielle eine Nummer größer benötigte, und einen mit der Bestnote bewerteten Englischaufsatz in der elften Klasse der Highschool, der auf einem gemeinsam genutzten Computer zu Hause gespeichert war und im folgenden Herbst unter ihrem Namen erneut abgegeben wurde.

Sowie einen Freund, der der älteren Schwester Treue gelobt hatte.

Für die ersten beiden Missetaten oder die zahlreichen davor hatte Danielle nie Konsequenzen zu tragen gehabt; der Vater war mit seiner Arbeit beschäftigt, und die Mutter nahm sie, wie vorherzusehen gewesen war, in Schutz.

Wenn sie von Anfang an für ihre Handlungen zur Verantwortung gezogen worden wäre, würde sie jetzt vielleicht noch leben.

Thomas hat den Raum durchquert, um das Glas der Mutter wieder aufzufüllen.

«Wie machst du das nur, dass du von Jahr zu Jahr jünger wirkst, Cynthia?», fragt er und tätschelt ihr den Arm.

Normalerweise werden Thomas' Versuche, Frieden zu stiften, als liebevoll empfunden.

Doch der heutige wird als ein weiterer Verrat wahrgenommen.

«Ich brauche ein Glas Wasser.» In Wirklichkeit wird ein Vorwand benötigt, um das Zimmer verlassen zu können. Die Küche fühlt sich wie ein Rückzugsort an.

In den vergangenen zwanzig Jahren wurden an dieser Küche verschiedene Veränderungen vorgenommen: Der neue Kühlschrank verfügt über einen eingebauten Wasser- und Eisspender. Der Holzboden wurde durch einen italienischen Fliesenboden ersetzt. Das Essgeschirr in den Schränken mit den Glasfronten ist nun weiß mit blauem Muster.

Doch die Seitentür ist unverändert geblieben.

Von außen benötigt man noch immer einen Schlüssel, um sie zu öffnen, wenn sie verriegelt ist, während sie von innen durch Drehen eines kleinen ovalen Knaufs ent- oder verriegelt werden kann.

Diese Geschichte hast du nie zu hören bekommen, Jessica.

Niemand hat sie je gehört. Nicht einmal Thomas.

Aber du musst gewusst haben, wie viel du mir bedeutetest. Und dass wir unauflöslich miteinander verbunden sind. Auch deshalb waren deine Handlungen so verletzend.

Wenn wenigstens *du* dich benommen hättest, hätten wir eine ganz andere Beziehung haben können.

Denn trotz aller oberflächlichen Unterschiede zwischen uns – im Alter, in sozioökonomischer Hinsicht, im Bildungsniveau – ähneln sich die einschneidendsten Wendepunkte in unser beider Leben auf geradezu unheimliche Weise. Es ist, als wäre es uns bestimmt gewesen aufeinanderzutreffen. Als spiegelte die Geschichte der einen die der anderen wider.

Du hast deine kleine Schwester Becky an jenem tragischen Augusttag eingeschlossen.

Ich schloss meine jüngere Schwester Danielle an jenem tragischen Dezemberabend aus.

Danielle schlich sich oft davon, um sich mit Jungen zu treffen. Ihr Lieblingstrick war es, die Seitentür in der Küche zu entriegeln, sodass sie unbemerkt wieder ins Haus schlüpfen konnte.

Das ging mich nichts an. Bis sie sich an meinen Freund heranmachte.

Danielle begehrte alles, was mir gehörte. Ryan bildete da keine Ausnahme.

Ständig verliebten sich Jungen in Danielle. Sie war hübsch, sie war lebhaft, und in sexueller Hinsicht kannte sie nahezu keine Grenzen.

Aber Ryan war anders. Er war zärtlich und schätzte Unterhaltungen und ruhigere Abende. In vielerlei Hinsicht war er mein Erster.

Er brach mir zweimal das Herz. Das erste Mal, als er mich verließ. Dann erneut, als er eine Woche später mit meiner jüngeren Schwester zusammenkam.

Es ist ganz erstaunlich, dass eine simple Entscheidung einen Schmetterlingseffekt bewirken und eine scheinbar unbedeutende Handlung einen Tsunami auslösen kann.

An jenem Dezemberabend vor beinahe zwanzig Jahren begann alles mit einem schlichten Glas Wasser wie dem, welches in diesem Augenblick hier in der Küche eingeschenkt wird.

Danielle war ohne Wissen unserer Eltern mit Ryan unterwegs. Sie hatte die Seitentür in der Küche entriegelt, um später unbemerkt ins Haus schlüpfen zu können.

Bisher hatte Danielle nie die Konsequenzen für ihre Handlungen tragen müssen. Sie war in dieser Hinsicht lange überfällig.

Ein rasches, spontanes Drehen des Knaufs hatte zur Folge, dass sie später klingeln und meine Eltern würde wecken müssen. Mein Vater würde einen Wutanfall bekommen; er war schon immer jähzornig.

Zu schlafen war in jener Nacht unmöglich, die Vorfreude war zu köstlich.

Um 1.15 Uhr wurde durch ein Fenster im Obergeschoss beobachtet, wie die Scheinwerfer von Ryans Jeep nach der Hälfte unserer langen, gewundenen Auffahrt erloschen. Kurz darauf wurde Danielle erspäht, die über den Rasen zur Küchentür huschte.

Erregung stieg in mir auf: Was mochte sie empfinden, als der Knauf sich nicht drehen ließ?

Sicher würde gleich die Türklingel ertönen.

Stattdessen huschte Danielle eine Minute später zurück zu Ryans Auto.

Dann entfernte sich der Jeep mit Danielle auf dem Beifahrersitz wieder.

Wie wollte Danielle dieses Dilemma lösen? Vielleicht würde sie am Morgen mit irgendeiner abstrusen Ausrede erscheinen, zum Beispiel, sie hätte geschlafwandelt. Diesmal würde selbst meine Mutter nicht über Danielles Täuschungsmanöver hinwegsehen können.

Nicht ahnend, dass ihre jüngere Tochter zur Tarnung Kissen unter ihre Bettdecke gestopft hatte, schliefen meine Eltern weiter.

Bis wenige Stunden später ein Polizist vor unserer Tür stand.

Ryan hatte getrunken, was er niemals getan hatte, als wir noch zusammen gewesen waren. Sein Jeep war am Ende unserer langen, gewundenen Auffahrt gegen einen Baum geprallt. Bei diesem Unfall waren beide ums Leben gekommen; sie sofort, er war im Krankenhaus seinen schweren inneren Verletzungen erlegen.

Die Voraussetzungen für diesen Unfall hatte Danielle mit ihren vielen falschen Entscheidungen geschaffen: mir meinen Freund wegzunehmen, Wodka zu trinken, fünf Jahre bevor es ihr gesetzlich erlaubt war, sich aus dem Haus zu stehlen und hinterher nicht dazu zu stehen, indem sie klingelt und sich unseren Eltern stellt.

Die letzte Konsequenz des Verriegelns der Küchentür wurde nicht vorhergesehen.

Doch das war lediglich einer in einer ganzen Kette von Faktoren, die zu Danielles Tod führten. Wäre nur eine der genannten Entscheidungen anders ausgefallen, sie könnte heute hier bei uns im Wohnzimmer sitzen, womöglich sogar mit den Enkeln, die unsere Mutter sich so wünscht.

Wie deinen Eltern, Jessica, ist auch den meinen nur ein Teil der Geschichte bekannt.

Wenn du gewusst hättest, wie eng diese beiden Tragödien uns aneinander binden, hättest du mich bezüglich Thomas trotzdem angelogen?

Es bleiben noch Fragen hinsichtlich deines Verhältnisses zu meinem Mann offen. Doch sie werden morgen beantwortet werden.

Deinen Eltern wurde gesagt, du würdest Weihnachten bei mir verbringen. Sie sollten sich amüsieren und sich keine Sorgen machen, falls sie nichts von dir hörten.

Denn wir werden sehr beschäftigt mit eigenen Plänen sein.

KAPITEL VIERUNDSECHZIG

Montag, 24. Dezember

Als ich vor nicht einmal einer Woche mit Thomas hier war, fiel mir die schmale Silberplakette an der Bank gar nicht auf, denn es war zu dunkel.

Aber jetzt glitzert sie in der Nachmittagssonne.

In einem eleganten Schriftzug sind ihr vollständiger Name sowie ihr Geburts- und Todesdatum, gefolgt von einer weiteren Zeile, auf der Plakette eingraviert. Ich kann förmlich hören, wie Dr. Shields die Inschrift mit ihrer silberhellen Stimme vorliest: *Katherine April Voss, die zu früh aufgab.*

Dr. Shields hat diese Plakette anbringen lassen. Ich weiß es.

Sie weist ihre Markenzeichen auf: Understatement. Eleganz. Bedrohlichkeit.

Dieses stille Fleckchen in den West Village Conservatory Gardens besteht aus konzentrischen Kreisen: Der zugefrorene Brunnen stellt die Mitte dar. Er ist umringt von einem halben Dutzend Parkbänken. Und diese wiederum sind von einem Gehweg umgeben.

Auch meine Arme, die ich mir um den Leib geschlungen habe, bilden einen Kreis, während ich die Bank betrachte, auf der April starb.

Seit ich Dr. Shields gestern Abend verließ, habe ich mir meine und Aprils Akten immer wieder angesehen. Jetzt erinnere ich mich an eine Zeile, die Dr. Shields über mich schrieb: *Dieser Test kann dich befreien, Testperson 52. Gib deinen Widerstand auf*, in einer Handschrift, die dem Schriftzug auf der Plakette nicht unähnlich ist.

Ich zittere, dabei ist dieser Park tagsüber gar nicht so unheimlich. Unterwegs bin ich schon diversen Spaziergängern begegnet, und Kinderlachen schallt durch die frische Luft. In der Ferne schiebt eine ältere Frau mit einer leuchtend grünen Strickmütze einen kleinen Einkaufstrolley vor sich her. Sie kommt in meine Richtung, bewegt sich aber nur langsam.

Dennoch bin ich nervös und fühle mich völlig allein.

Ich war so sicher, Dr. Shields' Aufzeichnungen würden mir meine Fragen beantworten.

Aber das fehlende Puzzleteilchen, von dem ich sicher war, dass ich es in Aprils Akte gesehen und bloß noch nicht den Finger darauf hatte legen können, lässt sich nach wie vor nicht fassen.

Die ältere Frau ist jetzt ganz in meiner Nähe. Ihre langsamen, schweren Schritte tragen sie auf die Bänke zu.

Ich reibe mir die Augen und gebe der Versuchung, mich zu setzen, nach. Allerdings nicht auf Aprils Bank, sondern auf die daneben.

In meinem ganzen Leben war ich noch nie so müde.

Heute Nacht habe ich nur wenige Stunden geschlafen, und die waren auch noch von Albträumen durchsetzt: Ricky, der auf mich zustürzt. Becky, die in Florida in den Pool fällt und ertrinkt. Noah, der davongeht.

Dr. Shields' Tablette zu nehmen, stand allerdings nie zur Debatte. Mit ihren Geschenken bin ich durch.

Ich massiere mir die Schläfen, um die pochenden Kopfschmerzen zu lindern.

Die Frau mit der grünen Mütze setzt sich auf die Bank neben meiner. Auf Aprils Bank. Sie holt eine Packung Toastbrot in einer bunt getüpfelten Tüte aus ihrem Trolley, reißt eine Scheibe in kleine Stücke und verstreut sie auf dem Boden. Sofort stürzen sich etwa ein Dutzend Vögel darauf, als hätten sie nur auf sie gewartet.

Ich sehe weg.

Wenn der gesuchte Hinweis nicht in den Aufzeichnungen

steht, kann ich ihn vielleicht finden, indem ich Aprils Schritte nachvollziehe. Unmittelbar bevor sie in diesen Park kam, hatte sie in Dr. Shields' Küche auf einem Hocker gesessen und sich mit ihr unterhalten, ebenso wie ich gestern Abend.

Ich führe mir andere Orte vor Augen, an denen unsere Wege sich gekreuzt haben: Beide saßen wir in jenem Seminarraum an der NYU über eine Tastatur gebeugt und ließen Dr. Shields in unseren geheimsten Gedanken stochern. Wahrscheinlich saßen wir sogar am selben Tisch.

Beide wurden wir in Dr. Shields' Praxis eingeladen, wo wir auf dem Zweiersofa saßen und ihr gestatteten, uns unsere Geheimnisse zu entlocken.

Und natürlich sind April und ich Thomas beide in einer Bar begegnet und haben seinen heißen Blick gespürt, bevor wir ihn mit nach Hause nahmen.

Die alte Dame wirft den Vögeln noch immer Brot hin.

«Trauertauben», sagt sie jetzt. «Sie haben ihr Leben lang denselben Partner, wussten Sie das?»

Sie redet wohl mit mir, denn sonst ist hier niemand. Ich nicke.

«Möchten Sie sie auch mal füttern?» Sie kommt zu mir und reicht mir eine Scheibe Toast.

«Klar.» Geistesabwesend reiße ich ein paar Stücke ab und werfe sie den Vögeln hin.

Andere Orte, an denen April und ich beide waren: ihr altes Kinderzimmer in der Wohnung ihrer Eltern, wo noch der abgegriffene Teddy auf dem Bettüberwurf sitzt. Und in ihrem Instagram-Account war ein Foto der Ladenfront von Insomnia Cookies in der Nähe der Amsterdam Avenue. In diesem Laden war ich auch schon und habe Snickerdoodles oder Double Chocolate Mint Cookies gekauft.

Und ganz offensichtlich waren wir beide hier im Park.

Wenn Thomas nicht mit mir hierhergegangen wäre, um mich vor seiner Frau zu warnen, hätte ich nie von April erfahren.

Thomas.

Stirnrunzelnd denke ich daran, wie mir mein Leben – meine Arbeit, meine Beziehung zu Noah – um die Ohren flog, während ich Thomas gegenübersaß und er über die erfundene Affäre mit der Frau aus der Boutique sprach.

Thomas' Praxis ist ein Ort, an dem ich war, April aber nicht. Thomas hat gesagt, er habe April nur an jenem einen Abend getroffen, der in ihrer Wohnung endete. Falls sie allerdings wirklich so besessen von ihm war, hätte sie vielleicht versucht, herauszufinden, wo er arbeitet.

Ich werfe den Vögeln die letzten Brotstückchen zu.

Irgendetwas zupft an den Rändern meines Bewusstseins. Etwas, was mit Thomas' Praxis zu tun hat.

Eine Trauertaube flattert an mir vorüber und reißt mich aus meinen Gedanken. Der Vogel landet neben der alten Dame auf Aprils Bank, und zwar auf der Lehne über der Plakette.

Ich starre ihn an.

Adrenalin fegt meine Erschöpfung hinweg.

Aprils Name in dieser geschwungenen Schrift. Ihr Geburts- und ihr Todesdatum. Die Taube. Das alles habe ich schon einmal gesehen. Ich beuge mich vor und atme schneller.

Dann fällt mir ein, wo ich es gesehen habe: auf dem Deckblatt des Trauerprogramms, das Mrs. Voss mir gab.

Gleich hab ich's. Mein Puls geht durch die Decke.

Ganz still sitze ich da und denke noch einmal über etwas nach, was mich von Anfang an irritiert hat. Thomas hat sich eine Affäre mit irgendeiner unbedeutenden Frau ausgedacht, um seine Begegnung mit April zu decken. Außerdem wollte er unbedingt an Aprils Akte herankommen; so unbedingt, dass er mir ermöglicht hat, mich in Dr. Shields' Haus zu schleichen, während er sie abgelenkt hat.

Aber der Anhaltspunkt, den ich bis jetzt nicht recht zu fassen bekam, war gar nicht in dieser Mappe.

Ich hole das Trauerprogramm mit Aprils Namen und der Taube auf dem Deckblatt hervor.

Langsam falte ich es auseinander und streiche es glatt.

Zwischen diesem Deckblatt und der Szene auf der Parkbank gleich neben mir besteht ein entscheidender Unterschied.

Es ist genau wie vor ein paar Wochen, als Dr. Shields mich in die Bar des Sussex Hotels schickte, wo ich mit zwei Männern sprach. Das Detail, durch das sie sich unterschieden, der Ehering, war das, worauf es in Wirklichkeit ankam.

Der Spruch auf der Plakette ist ein anderer als der auf dem Trauerprogramm.

Noch einmal lese ich das Zitat auf dem Trauerprogramm, obwohl ich diese Zeile aus dem Beatles-Song auswendig kenne.

And in the end, the love you take is equal to the love you make.

Wenn Thomas diese Zeile in der Nacht, in der er und April miteinander schliefen, gesungen hätte, hätte sie ihre Mutter nicht danach gefragt. Sie hätte gewusst, dass es ein Zitat aus einem Songtext ist.

Aber wenn sie dieses Zitat nur auf seiner Kaffeetasse gesehen hätte, so wie ich, wäre ihre Neugier vielleicht geweckt worden.

Ich schließe die Augen und sehe wieder Thomas' Therapieraum vor mir. Es gibt dort mehrere Stühle. Aber egal, auf welchen Stuhl man sich setzt, man hätte immer freien Blick auf den Schreibtisch.

April war also doch in Thomas' Praxis gewesen, die nur wenige Blocks von Insomnia Cookies entfernt lag.

Allerdings war sie nicht dort gewesen, um ihn zu stalken.

Es kann nur einen anderen Grund dafür geben, und der beantwortet auch die Frage, warum Thomas ihren One-Night-Stand um jeden Preis verheimlichen will. Warum er solche Angst davor hat, dass jemand davon erfährt.

Mrs. Voss hat gesagt, April habe in ihrem Leben wiederholt Therapie gemacht.

April hat Thomas nicht in der Bar angesprochen.

Sie hat Thomas kennengelernt, als sie wegen einer Therapie bei ihm war, als seine Klientin.

KAPITEL FÜNFUNDSECHZIG

Montag, 24. Dezember

Auf der eineinhalbstündigen Autofahrt zurück nach Manhattan wird Schlaf vorgetäuscht, um eine Unterhaltung mit Thomas zu vermeiden.

Möglicherweise ist ihm das nur recht: Anstatt das Radio einzuschalten, fährt er schweigend, den Blick unentwegt nach vorn gerichtet. Seine Hände halten das Lenkrad fest umklammert. Auch diese steife Haltung ist untypisch für ihn. Normalerweise hört er auf langen Autofahrten Radio, singt mit und trommelt dazu auf dem Lenkrad.

Als er vor meinem Haus hält, wird Erwachen simuliert: ein Blinzeln, ein leises Gähnen.

Über die Schlafarrangements für heute Nacht wird gar nicht gesprochen. Thomas wird in stillschweigendem Einverständnis in seiner Mietwohnung schlafen.

Kurze Abschiedsgrüße und ein flüchtiger Kuss werden gewechselt.

Das Motorengeräusch verklingt, als sein Wagen sich immer weiter entfernt.

Dann herrscht tiefe, trostlose Stille im Haus.

Das neue Schloss erfordert einen Schlüssel, wenn man die Haustür von außen öffnen will.

Von innen jedoch genügt ein Drehen des ovalen Knaufs, um sie zu verriegeln.

Vor einem Jahr verlief der Heilige Abend so anders: Nach unserer Rückkehr aus Litchfield machte Thomas Feuer im Kamin und bestand darauf, dass jeder von uns ein Geschenk auspackte. Aufgeregt wie ein kleiner Junge suchte er mit glänzenden Augen das perfekte Päckchen aus und drückte es mir in die Hände.

Es war liebevoll, aber unordentlich verpackt, mit zu viel Tesafilm und zu vielen Schleifen.

Seine Geschenke kamen immer von Herzen.

Dieses war eine Erstausgabe meine Lieblingsbuchs von Edith Wharton.

Als du vor drei Tagen berichtetest, Thomas habe deine Annäherungsversuche in der Deco Bar zurückgewiesen, keimte neue Hoffnung auf. Es schien, als könnte dieses schöne Ritual beibehalten werden. Eine Originalfotografie der Beatles von Ron Galella wurde für Thomas erworben, gerahmt und sorgfältig in mehrere Lagen Seidenpapier und farbenprächtiges Geschenkpapier verpackt.

Jetzt lehnt das Päckchen neben dem weißen Weihnachtsstern im Wohnzimmer.

Weihnachten ist die Zeit im Jahr, in der das Alleinsein am quälendsten ist.

Eine Ehefrau betrachtet das flache, rechteckige Geschenk, das heute Abend doch nicht ausgepackt werden wird.

Eine Mutter betrachtet den Strumpf mit dem Namen Danielle, der niemals von ihrer Tochter geöffnet werden wird.

Und eine andere Mutter verbringt ihr erstes Weihnachtsfest ohne ihr einziges Kind, die Tochter, die sich vor sechs Monaten das Leben nahm.

In der Stille wird das Bedauern besonders stark empfunden.

Einige wenige Male auf der Computertastatur getippt, und es ist erledigt. Dann wird Mrs. Voss eine Nachricht gesandt:

Zum Gedenken an April wurde eine Spende an eine Stiftung für Selbstmordprävention getätigt. Ich bin in Gedanken bei Ihnen. Mit freundlichen Grüßen, Dr. Shields.

Diese Spende soll Mrs. Voss, die unbedingt die mit KATHERINE APRIL VOSS beschriftete Akte einsehen möchte, nicht beschwichtigen. Es war lediglich eine spontane Geste.

Aprils Mutter ist nicht die Einzige, die wissen möchte, was in Aprils letzten Stunden geschah: Ein Privatdetektiv hat formell die Herausgabe meiner Aufzeichnungen verlangt und mit der Möglichkeit einer Zwangsmaßnahme gedroht. Thomas zeigte ebenfalls übermäßige Neugier auf Aprils Akte, nachdem ihm mitgeteilt worden war, dass die Familie Voss einen Detektiv engagiert hatte.

Da es verdächtig wäre, wenn es überhaupt keine Aufzeichnungen über unsere letzte Begegnung gäbe, wurde eine gekürzte Version verfasst. Sie enthält die Wahrheit; dies war sehr wichtig angesichts der geringen Möglichkeit, dass April kurz vor ihrem Tod eine Freundin angerufen oder jemandem eine Nachricht geschickt hatte, doch die Schilderung unserer Interaktion war deutlich abgemildert und nicht so ausführlich:

Du hast mich zutiefst enttäuscht, Katherine April Voss ... Du wurdest hereingebeten ... Dann legtest du das Bekenntnis ab, das alles zerstörte, das dich in einem völlig anderen Licht erscheinen ließ: Ich habe einen Fehler gemacht. Ich habe mit einem verheirateten Mann geschlafen ... *Dir wurde gesagt, dass du ... in diesem Haus nie wieder willkommen sein würdest ... Die Unterhaltung wurde fortgesetzt. Am Ende wurdest du zum Abschied umarmt ...*

Die Ersatzaufzeichnungen wurden unmittelbar nach dem Trauergottesdienst für Testperson 5 verfasst.

Es ist verständlich, dass ihre Mutter sie zu sehen begehrt.

Doch niemand wird jemals die ursprünglichen Aufzeichnungen dessen, was an jenem Abend geschah, zu Gesicht bekommen.

Ebenso wie April existieren diese Aufzeichnungen nicht mehr.

Die Flammen eines einzelnen Streichholzes verzehrten jene Blätter aus meinem Notizblock. Gierig züngelten sie an der tintenblauen Handschrift und vernichteten meine Worte.

Ehe jene Blätter zu Asche verbrannten, enthielten sie Folgendes:

TESTPERSON 5 / 8. Juni, 19.36 Uhr

April klopft sechs Minuten nach der verabredeten Zeit an die Haustür.

Dies ist nicht untypisch; sie hat eine lockere Einstellung zur Pünktlichkeit.

Chablis, blaue Trauben und ein Eckchen Brie sind in der Küche angerichtet.

April sitzt auf einem Hocker, begierig darauf, über das bevorstehende Vorstellungsgespräch bei einer kleinen PR-Agentur zu sprechen. Sie reicht mir einen Ausdruck ihres Lebenslaufs und bittet um Rat bezüglich der Darstellung ihres ein wenig wechselvollen Werdegangs.

Nach einigen Minuten aufbauender Unterhaltung wird April mein schmaler Goldreif, den sie mehrmals bewundert hat, übers Handgelenk gestreift. «Für mehr Selbstvertrauen», wird ihr gesagt. «Behalten Sie ihn.»

Abrupt ändert sich der Grundton des Abends.

April bricht den Blickkontakt ab und starrt in ihren Schoß.

Zuerst wirkt es, als wäre sie vor Freude ganz überwältigt.

Doch ihre Stimme bebt: «Ich habe das Gefühl, mit diesem Job kann ich einen Neuanfang machen.»

«Den haben Sie verdient», wird ihr gesagt. Ihr wird Wein nachgeschenkt.

April spielt mit dem Armreif. «Sie sind so gut zu mir.» Aber in ihrem Tonfall liegt keine Dankbarkeit, sondern etwas Nuancierteres.

Etwas, was nicht auf Anhieb identifiziert werden kann.

Ehe es eingeordnet werden kann, vergräbt April das Gesicht in ihren Händen und beginnt zu weinen.

«Es tut mir leid», sagt sie stockend. «Es ist dieser Typ, von dem ich Ihnen erzählt habe ...»

Offensichtlich meint sie den älteren Mann, den sie vor einigen Wochen in einer Bar angesprochen und mit nach Hause genommen hat und von dem sie mittlerweile besessen ist. Aprils ungesunder Fixierung wurden bereits mehrere Stunden inoffizieller Therapie gewidmet. Ihr Rückfall ist enttäuschend.

Meine Ungeduld muss verborgen werden: «Ich dachte, das alles hätten Sie hinter sich.»

«Schon», sagt April, das tränenüberströmte Gesicht noch immer gesenkt.

Da muss ein ungeklärtes Detail sein, das sie davon abhält, mit dieser Geschichte abzuschließen. Es ist Zeit, es zutage zu fördern. «Beginnen wir noch einmal ganz von vorn, damit Sie ein für alle Mal über diesen Mann hinwegkommen. Sie sind in eine Bar gegangen und haben ihn da sitzen sehen, richtig?», wird ihr souffliert. «Was geschah dann?»

Aprils Fuß beginnt zu kreisen wie ein Propeller. «Die Sache ist die ... ich habe Ihnen nicht alles erzählt», beginnt sie zögernd. Sie trinkt einen großen Schluck Wein. «In Wirklichkeit habe ich ihn zum ersten Mal getroffen, als ich wegen einer psychologischen Beratung in seiner Praxis war. Er ist Therapeut. Am Ende bin ich nicht wieder hingegangen, es war nur diese eine Sitzung.»

Dies ist zutiefst schockierend.

Ein Therapeut, der mit einer Klientin schläft, gleichgültig wie kurz April bei ihm in Behandlung war, müsste seine Zulassung verlieren. Dieser skrupellose Mann hat eindeutig eine emotional labile junge Frau, die bei ihm Hilfe suchte, ausgenutzt.

April sieht auf meine Hände, die zu Fäusten geballt sind. «Es war zum Teil meine Schuld», sagt sie hastig. «Ich habe ihm nachgestellt.»

April wird am Arm berührt. «Nein, es war nicht Ihre Schuld», wird ihr mitfühlend gesagt.

Sie wird weitere Hilfe benötigen, um sich von der Überzeugung zu befreien, es sei ihre Schuld gewesen. Es gab ein Machtgefälle, und sie wurde sexuell ausgenutzt. Doch zunächst darf sie mit der Geschichte fortfahren, die sie so sehr zu belasten scheint.

«Und ich habe ihn auch nicht zufällig in einer Bar getroffen, wie ich Ihnen erzählt habe», gesteht sie. «Ich war nach dieser ersten Sitzung mega in ihn verknallt. Also ... bin ich ihm eines Abends gefolgt, als er aus der Praxis kam.»

Die übrige Schilderung ihrer Begegnung mit dem Therapeuten stimmt mit ihrer ursprünglichen Erzählung überein: Sie sah ihn in einer Hotelbar allein an einem Tisch für zwei sitzen. Sie ging zu ihm. Sie beendeten den Abend in ihrer Wohnung im Bett. Am nächsten Tag rief sie ihn an und schrieb ihm Nachrichten, aber er antwortete vierundzwanzig Stunden lang nicht. Als er es schließlich tat, wurde deutlich, dass er nicht mehr interessiert war. Sie setzte ihre Anrufe, Nachrichten und Einladungen zu einem Treffen beharrlich fort. Er war höflich, ließ sich jedoch nicht umstimmen.

April erzählt ihre Geschichte ruckartig, mit langen Pausen zwischen den Sätzen, so, als wählte sie jedes Wort mit Bedacht.

«Er ist ein abscheulicher Mensch», wird April gesagt. «Es spielt keine Rolle, wer den ersten Schritt getan hat. Er hat Sie ausgenutzt und Ihr Vertrauen missbraucht. Was er getan hat, grenzt an eine kriminelle Handlung.»

April schüttelt den Kopf. «Nein», flüstert sie. «Ich habe es auch verbockt.» Die nächsten Worte bringt sie kaum heraus. «Bitte nicht böse sein. Ich hab mich nicht getraut, Ihnen das zu sagen, weil ich mich so geschämt habe. Aber ... er ist in Wirklichkeit verheiratet.»

Bei dieser schlimmen Offenbarung wird heftig nach Luft geschnappt: *Sie ist eine Lügnerin.*

Das Erste, was April tat, noch bevor wir uns persönlich begegneten, war, sich zu absoluter Ehrlichkeit zu verpflichten. Als sie Testperson 5 wurde, unterzeichnete sie diesbezüglich eine Vereinbarung.

«Das hätten Sie mir viel früher sagen müssen, April.»

Die Beratung, die April erhielt, gründete auf der Annahme, dass der Mann, der sie verschmähe, nachdem sie ihn mit in ihr Bett genommen hatte, alleinstehend war. So viele Stunden – vergeudet. Hätte sie offen über den Ursprung ihrer Beziehung und seinen Ehestand gesprochen, wäre die Situation sehr anders gehandhabt worden.

April ist kein Opfer, wie es noch vor wenigen Minuten geschienen hatte. Sie trägt einen Teil der Schuld.

«Ich habe Sie nicht direkt angelogen, ich habe nur was ausgelassen», widerspricht sie. Unfassbarerweise klingt April nun defensiv. Sie übernimmt keine Verantwortung für ihre Handlungen.

Unter ihrem Hocker liegen Krümel. Sie muss gemerkt haben, dass sie krümelt, wenn sie von einem Kräcker abbeißt. Aber sie hat sie einfach liegen gelassen, wieder eine ihrer Ferkeleien, die dann jemand anderes beseitigen darf.

Der Zeigefinger wird April unters Kinn gelegt, dann wird sanfter Druck ausgeübt, bis sie den Kopf hebt und Blickkontakt herstellt. «Das war eine schwerwiegende Auslassung», wird ihr gesagt. «Ich bin zutiefst enttäuscht.»

«Tut mir leid, tut mir leid», stößt April hervor. Sie beginnt wieder zu weinen und wischt sich mit dem Ärmel über die Nase. «Ich wollte es Ihnen schon längst sagen ... ich hätte nie gedacht, dass ich Sie so gernhaben würde.»

Argwohn durchfährt mich.

Was April gerade gesagt hat, ist nicht logisch.

Ihre voraussichtlichen Gefühle für mich hätten nicht bestimmen dürfen, was sie über den Mann, mit dem sie geschlafen hat, preisgibt. Da hätte überhaupt keine Verbindung bestehen dürfen.

Jetzt ist der Spitzname, den Thomas mir vor Jahren gab – Falke – von Bedeutung.

Du wirst auf scheinbar nebensächliche Bemerkungen deiner Klienten aufmerksam und verfolgst sie zurück bis zum Ursprung, dem Grund, warum sie Therapie machen, auch wenn ihnen das selbst nicht klar ist, sagte er einmal in bewunderndem Ton. *Es ist, als hättest du einen Röntgenblick. Du durchschaust die Menschen.*

Ein Falke bemerkt noch die kleinste Welle im Gras einer grünen Wiese; das ist für ihn das Signal hinabzustürzen.

Aprils befremdliche Aussage ist dieses kaum sichtbare Kräuseln in einer grünen Landschaft.

Sie wird genauer gemustert. Was verheimlicht sie?

Wenn sie Angst hat, wird sie dichtmachen. Man muss ihr Sicherheit vorgaukeln.

Mein Tonfall ist jetzt sanft, und meine nächste Äußerung spiegelt ihre letzte: «Auch mir war nicht klar, dass ich Sie so gernhaben würde.» Ihr wird Wein nachgeschenkt. «Verzeihen Sie den schroffen Ton von eben. Diese Information kam einfach so überraschend für mich. Jetzt erzählen Sie mir mehr von ihm», wird sie ermuntert.

«Er war wirklich lieb und sah gut aus», beginnt sie. Ihre Schultern heben sich, als sich tief durchatmet. «Er hatte, ähm, rotes Haar ...»

Der erste Anhaltspunkt: Sie lügt hinsichtlich seines Aussehens.

Ein weitverbreiteter Irrglaube, durch Film und Fernsehen perpetuiert, besagt, wenn jemand die Unwahrheit sagt, weise er zuverlässig gewisse Tics auf: Er sehe nach oben links, während er versucht, sich eine Geschichte auszudenken. Wenn er spreche, meide er entweder den Blickkontakt oder suche ihn übermäßig. Lügner kauten an den Fingernägeln oder verdeckten ganz buchstäblich ihren Mund als unbewusstes Symptom ihres Unbehagens. Aber diese verräterischen Anzeichen sind nicht universell.

Bei April sind die Zeichen subtiler. Sie beginnen mit einer veränderten Atmung. Ihre Schultern heben sich sichtlich, was zeigt, dass sie jetzt tiefer einatmet, und ihre Stimme klingt ein wenig gepresst. Das liegt daran, dass ihre Herzfrequenz und die Durchblutung sich ändern; infolgedessen ist sie buchstäblich außer Atem. Diese Anhaltspunkte wurden bereits in der Vergangenheit beobachtet: einmal, als sie vorgab, die häufige reisebedingte und allgemeine Abwesenheit ihres Vaters in ihrem Leben verletze sie nicht, und erneut, als sie behauptete, es mache ihr nichts mehr aus, dass sie auf der Highschool von den beliebten Mädchen geschnitten worden war, obwohl die Ausgrenzung sie so traumatisiert hatte, dass sie in der elften Klasse einen Selbstmordversuch mit Tabletten unternommen hatte.

In diesen beiden Fällen belog sie jedoch sich selbst.

Mich anzulügen, ist etwas völlig anderes.

Und das tut sie gerade.

Warum lügt April beim Aussehen des Mannes, nachdem sie so viele andere unangenehme Wahrheiten zugegeben hat?

April fährt mit der Beschreibung des Mannes fort und gibt an, er sei durchschnittlich groß und schlank. Sie wird mit einem sanften Nicken und einer Berührung am Handgelenk ermuntert, was nebenbei bestätigt, dass ihre Pulsfrequenz erhöht ist – ein weiteres Anzeichen für Täuschung.

«Ich habe ihn gebeten, die Nacht bei mir zu verbringen, aber er konnte nicht. Er musste nach Hause zu seiner Frau», fährt April fort. Sie schnieft und wischt sich mit einer Serviette die Tränen ab.

Ein schrecklicher Verdacht kommt auf. Der Mann ist Therapeut. Er ist verheiratet. Anscheinend muss April sich dies von der Seele reden.

Aber sie versucht, seine Identität vor mir geheim zu halten, indem sie sein Aussehen verändert.

Wer ist er?

Dann winkt April ab, als wäre das, was sie nun sagen wird, nebensächlich: «Bevor er ging, hat er mich in die Arme genommen und gesagt, ich soll mich nicht in ihn verlieben. Er sagte, ich verdiene etwas Besseres, und eines Tages würde ich den Menschen finden, der mein wahres Licht ist.»

Fünf Sekunden können ein ganzes Leben verändern.

Ehegelübde können mit einem Kuss besiegelt werden. Auf

einem Los kann eine Gewinnzahl freigerubbelt werden. Ein Jeep kann frontal gegen einen Baum prallen.

Eine Ehefrau kann entdecken, dass ihr Mann sie mit einer psychisch gestörten jungen Frau betrogen hat.

Du bist mein wahres Licht.

So lautet die Gravur auf meinem Ehering, und auf Thomas' Ehering ebenfalls. Wir suchten sie gemeinsam aus.

Noch vor fünf Sekunden gehörten diese Worte allein uns. Das Wissen, dass sie immer an meinen Finger gedrückt waren, erfüllte mich mit solcher Zufriedenheit. Jetzt kommt es mir so vor, als versengten sie mir die Haut, als könnten sie das Weißgold des Rings zum Schmelzen bringen.

April und Thomas haben miteinander geschlafen. *Er ist der geheimnisvolle Therapeut.*

Man sollte meinen, dass eine so niederschmetternde Enthüllung ein Geräusch erzeugt. Aber es ist völlig still im Haus.

April trinkt noch einen Schluck Wein. Sie wirkt ruhiger, nun, da sie ihr Teilgeständnis abgelegt hat, das den Versuch, ihr Gewissen zu erleichtern, wie auch eine stillschweigende Entschuldigung dafür darstellt, dass sie mit meinem Mann geschlafen hat.

Doch sie hat nicht einfach nur mit ihm geschlafen. Sie wurde regelrecht besessen von ihm.

Hat sie deshalb an meiner Studie teilgenommen? Um mehr über Thomas' Frau zu erfahren?

Ein akuter Schockzustand kann dazu führen, dass ein Mensch sich wie betäubt fühlt. Genau das geschieht jetzt.

April schnattert weiter, anscheinend ohne zu merken, dass sich alles geändert hat.

Sie wusste schon, als wir uns kennenlernten, dass sie mit meinem Mann geschlafen hatte.

Jetzt wissen wir es beide.

April und Thomas haben mich massiv betrogen. Doch nur mit einer von beiden kann man sich sofort befassen.

Vielleicht glaubt April, sie könne heute Abend einfach aus meinem Haus spazieren, ihr Leben fortsetzen und mir ihre Ferkelei dalassen – diesmal eine, die sich nicht einfach auffegen lässt.

Die Lippen meines Mannes lagen auf ihr. Seine Hände sind über ihren Körper gewandert.

Nein.

«Machen wir einen Spaziergang», wird April gesagt. «Es gibt da einen ganz besonderen Ort, den ich Ihnen zeigen möchte.» Eine Pause, dann wird eine Entscheidung getroffen. «Trinken Sie Ihren Wein aus. Ich muss nur schnell nach oben laufen und etwas holen.»

Eine Viertelstunde später sind wir am Brunnen in den West Village Conservatory Gardens und setzen uns nebeneinander auf eine Bank. Es ist ein ruhiges Fleckchen, perfekt für eine Unterhaltung. Und das ist alles, was geschieht: eine offene Unterredung.

Meine letzten Worte an April: «Sie sollten gehen, bevor es zu dunkel wird.»

Da lebte sie noch. In meiner Gegenwart hat sie nicht eine einzige Tablette geschluckt. Sie muss es getan haben, nachdem ich gegangen war, in dem zweistündigen Zeitfenster, bevor ein Paar bei seinem Mondscheinspaziergang ihre Leiche fand.

KAPITEL SECHSUNDSECHZIG

Dienstag, 25. Dezember

Wir alle fürchten Dr. Shields – Ben, Thomas, ich. Und April hat sie garantiert auch gefürchtet.

Dagegen gibt es nur einen Menschen, der Dr. Shields nervös macht: Lee Carey, der Privatdetektiv, der ihr im Auftrag von Mrs. Voss ein Einschreiben schickte, in dem er die Herausgabe von Aprils Akte verlangte.

Ich bin zu dem Schluss gekommen, dass ich ihm alles erzählen muss. Wenn er gegen Dr. Shields ermittelt, hört sie vielleicht auf, mein Leben zu zerstören. So schlimm meine Situation jetzt schon ist, ich weiß, sie kann noch viel schlimmer werden, wenn ich keine Lösung finde.

Daher öffne ich die Datei mit dem Foto, das ich bei meinem Einbruch in Dr. Shields' Haus von Mr. Careys Einschreiben gemacht habe, um seine Kontaktdaten herauszusuchen.

Weil Weihnachten ist, zwinge ich mich, mit meinem Anruf bis neun Uhr morgens zu warten.

Sein Telefon klingelt viermal, dann springt der Anrufbeantworter an. Es ist, als hätte mir jemand die Luft herausgelassen, obwohl ich damit hätte rechnen müssen, dass er heute nicht ans Telefon geht.

«Hier ist Jessica Farris», spreche ich ihm aufs Band. «Ich besitze Informationen über Katherine April Voss, von denen Sie erfahren sollten.» Ich zögere. «Es ist dringend», füge ich hinzu und hinterlasse meine Mobilnummer.

Dann klappe ich meinen Laptop auf und suche nach einem Flug nach Florida zu meiner Familie. Zum einen will ich sie unbedingt sehen, zum anderen will ich nicht mehr in der Stadt sein, wenn Dr. Shields und Thomas herausfinden, dass ich dem Privatdetektiv erzählt habe, April sei sowohl Thomas' Klientin als auch Dr. Shields' Testperson gewesen. Und von dem Vicodin, das ihr wahrscheinlich genau wie mir in die Hand gedrückt wurde.

Der früheste Flug nach Naples, den ich finden kann, geht morgen um 6.00 Uhr.

Ich buche ihn sofort, obwohl er über tausend Dollar kostet.

Als die E-Mail mit der Reservierungsbestätigung von Delta Airlines eingeht, bin ich gleich ein bisschen erleichtert. Ich werde Leo in seiner Transportbox und genügend Kleidung mitnehmen, um mit meinen Eltern nach Allentown zurückkehren zu können anstatt nach New York, falls mir das sicherer vorkommt.

Nicht einmal meinen Eltern kündige ich an, dass ich sie in ihrer Ferienanlage besuche. Ich darf nicht riskieren, dass Dr. Shields davon erfährt.

Sobald es mir sicher erscheint, nach New York zurückzukehren, baue ich mir eben ein neues Leben auf, wie ich es früher schon getan habe. Das Geld, das ich bei Dr. Shields verdient habe, wird mich eine Weile über Wasser halten. Und ich weiß, dass ich einen neuen Job finden werde; schließlich arbeite ich schon seit meiner Teenagerzeit.

Noah wird allerdings nicht so leicht zu ersetzen sein.

Er reagiert einfach nicht auf meine Nachrichten und meine Anrufe, also muss ich anders versuchen, ihn zu erreichen. Ich denke kurz nach, dann hole ich meinen Notizblock heraus.

Unsere Beziehung begann mit einer Lüge, weil ich ihm einen falschen Namen nannte.

Jetzt muss ich absolut aufrichtig zu ihm sein.

Ich weiß nicht, wie Dr. Shields an ihn herangekommen ist oder was sie ihm gesagt hat. Also fange ich da an, wo ich Taylors Telefon vom Stuhl nahm, und ende mit meiner Erkenntnis, dass April Thomas' Klientin war.

Ich beichte ihm sogar, dass ich mit Thomas geschlafen habe.

Zwar waren wir da erst zwei Mal miteinander ausgegangen, du und ich, und wir hatten keine feste Beziehung ... aber es tut mir leid, nicht nur weil Thomas sich als ihr Mann herausgestellt hat, sondern weil du mir mittlerweile viel bedeutest.

Am Ende ist mein Brief sechs Seiten lang.

Ich stecke ihn in einen Umschlag, ziehe den Mantel an und nehme Leo an die Leine.

Im Hausflur fällt mir auf, wie still es ist. Die meisten Wohnungen hier im Haus sind klein oder sogar nur Apartments; das Gebäude ist für Familien unattraktiv. Die meisten meiner Nachbarn sind vermutlich über die Feiertage bei Verwandten.

Als ich auf die Straße trete, bleibe ich verwirrt stehen.

Irgendwas stimmt da nicht.

Es ist total still. Die lärmende Kakophonie ist verstummt. Fast scheint es, als ob ganz New York eine Pause macht und wartet, bis der Vorhang sich wieder hebt und der nächste Akt beginnen kann.

Natürlich bin ich nicht der einzige Mensch, der noch in der Stadt ist. Aber es fühlt sich so an.

Als ich von Noahs Wohnhaus, wo ich den Brief beim Portier abgegeben habe, wieder nach Hause gehe, klingelt mein Telefon.

Es könnte wer weiß wer sein. Ich habe meinen Kontakten keine unterschiedlichen Klingeltöne zugeordnet.

Aber ich weiß, wer es ist, noch bevor ich aufs Display sehe.

Abweisen.

Dr. Shields' Name verschwindet von meinem Display.

Was kann sie an Weihnachten bloß von mir wollen?

Zehn Minuten später, als ich fast wieder zu Hause bin, klingelt es wieder.

Mein Plan für den Rest des Tages besteht darin, hinter meiner doppelt verriegelten Wohnungstür für meine Reise zu packen. Morgen früh werde ich ein Uber bestellen und direkt zum Flughafen fahren.

Ich werde ihre Anrufe nicht annehmen.

Gerade will ich wieder auf *Abweisen* tippen, da sehe ich, dass es eine unbekannte Nummer ist.

Der Privatdetektiv, denke ich.

«Hallo, hier ist Jessica Farris», sage ich gespannt.

In der fast unmerklichen Pause, die darauf folgt, setzt mein Herz kurz aus.

«Frohe Weihnachten, Jessica.»

Instinktiv blicke ich mich um, doch ich sehe keine Menschenseele.

Es ist nur noch ein Block bis nach Hause. Ich könnte Leo auf den Arm nehmen und losrennen, denke ich. Ich könnte es schaffen.

«Abendessen ist um achtzehn Uhr», sagt Dr. Shields. «Soll ich Ihnen einen Wagen schicken?»

«*Was?*», frage ich.

In meinem Kopf überschlagen sich die Gedanken: Sie benutzt offenbar ein Wegwerfhandy, vielleicht sogar das, mit dem sie mich Reyna und Tiffani anrufen ließ. Deshalb habe ich die Nummer nicht erkannt.

«Sie erinnern sich doch noch, dass ich Ihren Eltern sagte, Sie und ich würden Weihnachten gemeinsam begehen», erklärt sie.

«Ich komme nicht zu Ihnen!», rufe ich. «Weder heute Abend noch sonst wann!»

Als ich gerade auflegen will, sagt sie mit ihrer silberhellen Stimme: «Aber ich habe ein Geschenk für Sie, Jessica.»

Diesen Tonfall kenne ich. Er lässt mir das Blut in den Adern gefrieren, denn er signalisiert, dass sie jetzt besonders gefährlich ist.

«Ich will es nicht», sage ich. Es schnürt mir die Kehle zu. Ich bin fast zu Hause.

Aber die Haustür steht offen.

Habe ich daran gedacht, sie fest zuzuziehen, als ich ging? Die unerwartete Stille in der Stadt hat mich abgelenkt, ich könnte es vergessen haben.

Bin ich drinnen sicherer oder draußen auf der Straße?

«Hm, das ist schade», sagt Dr. Shields. Sie genießt das, wie eine Katze, die mit einer verletzten Maus spielt. «Ich fürchte, wenn Sie nicht herkommen und mein Geschenk annehmen wollen, dann muss ich es wohl der Polizei übergeben.»

«Wovon reden Sie?», flüstere ich.

«Von den digitalen Überwachungsbildern», sagt sie. «Auf denen zu sehen ist, wie Sie in mein Haus einbrechen.»

Ihre Worte hämmern sich mir ein.

Thomas muss mir eine Falle gestellt haben. Nur er wusste, dass ich mich in ihr Haus geschlichen hatte.

«Mir ist gerade aufgefallen, dass meine Diamantkette fehlt», sagt Dr. Shields leichthin. «Glücklicherweise habe ich daran gedacht, die Aufnahmen der Überwachungskamera zu sichten, die ich neulich installieren ließ. Ich weiß ja, wie dringend Sie Geld brauchen, Jessica, aber dass Sie so weit gehen, hätte ich nicht gedacht.»

Ich habe nichts mitgehen lassen, aber wenn sie diese Aufnahmen der Polizei übergibt, werde ich verhaftet. Niemand wird jemals glauben, dass Thomas, ihr Ehemann, mir den Schlüssel gab. Dr. Shields könnte behaupten, ich hätte sie bei einem meiner Besuche beobachtet, als sie den Code in die Alarmanlage eingab. Sie hat garantiert eine wasserdichte Geschichte zur Hand.

Einen Anwalt kann ich mir nicht leisten, und was sollte der mir auch nutzen? Sie wird mich jedes Mal ausmanövrieren.

Ich hatte recht; meine Situation kann noch schlimmer werden. Viel schlimmer.

Aber ich weiß, was ich sagen muss, um sie zu beschwichtigen.

Ich schließe die Augen. «Was soll ich tun?», frage ich heiser.

«Seien Sie einfach um sechs zum Abendessen bei mir. Sie brauchen nichts mitzubringen. Bis dann.»

Sofort wirbele ich herum und suche die verlassenen Straßen ab. Ich hyperventiliere.

Wenn ich verhaftet werde, wird das nicht nur mein Leben zerstören, sondern auch das meiner Familie.

Eine Windböe stößt die Haustür ein Stück weiter auf. Instinktiv weiche ich zurück.

Dr. Shields ist nicht hier, sage ich mir. Sie weiß ja, dass ich zum Abendessen zu ihr komme.

Trotzdem schnappe ich mir Leo, stürme durch die Haustür und renne die Treppe hinauf.

Noch bevor ich auf meiner Etage bin, reiße ich die Schlüssel aus der Tasche. Der Flur ist verlassen, aber ich halte erst an, als ich vor meiner Wohnungstür stehe.

Drinnen durchsuche ich zuerst das gesamte Apartment, bevor ich Leo zu Boden setze.

Dann lasse ich mich keuchend aufs Bett fallen.

Es ist kurz nach elf. Ich habe sieben Stunden Zeit, um mir zu überlegen, wie ich mich retten kann.

Aber ich muss mir eingestehen, dass mir das vielleicht nicht gelingen wird.

Ich schließe die Augen und stelle mir die Gesichter meiner Eltern und meiner Schwester vor, beschwöre Erinnerungen herauf, die sich im Lauf der Jahre angesammelt haben: meine Mutter, die in ihrem guten blauen Kostüm, das sie sonst nur zur Arbeit im Büro anzog, ins Krankenzimmer der Grundschule stürmte, weil die Krankenschwester sie angerufen und ihr gesagt hatte, ich hätte Fieber; mein Vater, der im Garten steht und mit dem Football ausholt, um mir beizubringen, wie man eine perfekte Spirale wirft; Becky, die mich an den Füßen kitzelt, während wir einander gegenüber auf der Couch liegen.

An diese Bilder der einzigen Menschen, die ich auf dieser Welt liebe, klammere ich mich, bis meine Atmung sich endlich beruhigt hat. Und jetzt weiß ich, was ich zu tun habe.

Ich stehe auf und nehme mein Telefon. Meine Eltern haben heute Morgen angerufen, um mir frohe Weihnachten zu wünschen. Ich ließ sie auf die Mailbox sprechen, weil ich nicht selbst drangehen wollte. Sie hätten mir die Anspannung angehört.

Aber jetzt kann ich es nicht mehr aufschieben. Ich muss ihnen beichten, was ich ihnen fünfzehn Jahre lang verheimlicht habe. Eine weitere Gelegenheit, meinen Eltern zu erzählen, was sie wissen müssen, bekomme ich vielleicht nicht.

Mit zitternden Fingern wähle ich die Nummer meiner Mutter.

Sie meldet sich sofort: «Hallo, Liebes! Frohe Weihnachten!»

Meine Kehle ist so zugeschnürt, dass ich kaum sprechen kann. Es gibt hierfür kein Patentrezept – ich muss ins kalte Wasser springen. «Kannst du Dad auch ans Telefon holen? Aber Becky nicht. Ich muss mit euch beiden allein reden.»

Ich umklammere das Telefon so fest, dass mir die Finger weh tun.

«Einen Moment, Schatz, er ist gleich hier.» Meine Mutter ahnt, dass irgendetwas nicht in Ordnung ist, das höre ich ihr an.

Wenn ich früher versucht habe, mir diese Unterhaltung auszumalen, kam ich nie weiter als bis zum ersten Satz: *Ich muss euch sagen, was Becky wirklich passiert ist.*

Jetzt höre ich die tiefe, raue Stimme meines Vaters: «Jessie? Mom und ich können dich beide hören.» Und da bekomme ich nicht einmal diesen einen Satz heraus.

Es hat mir die Sprache verschlagen, wie in einem Albtraum, in dem man keinen Ton hervorbringt. Mir ist so schwindelig, dass ich fürchte, ohnmächtig zu werden.

«Jess? Was ist denn?»

Der ängstliche Tonfall meiner Mutter setzt die Worte endlich frei.

«Ich war gar nicht zu Hause, als Becky aus dem Fenster stürzte. Ich hatte sie alleingelassen», sage ich erstickt. «Ich hatte sie im Schlafzimmer eingeschlossen.»

Daraufhin herrscht völlige Stille.

Es fühlt sich an, als ob ich auseinanderbräche, als ob nur mein

Geheimnis mich all die Jahre zusammengehalten hätte, und jetzt ginge ich in die Brüche.

Ob die beiden jetzt auch vor Augen haben, wie Beckys schlaffer Körper auf eine Krankentrage gelegt wurde?

«Es tut mir leid.» Heftige Schluchzer schütteln mich. «Ich hätte nicht –»

«Jessie», unterbricht mein Vater mich energisch. «Nein. Es war *meine* Schuld.»

Überrascht reiße ich den Kopf hoch. Seine Worte ergeben keinen Sinn. Er muss mich missverstanden haben.

Aber er fährt fort: «Dieses Fliegengitter war schon seit Monaten kaputt. Ich hatte es längst ersetzen wollen. Hätte ich das getan, hätte Becky es nicht öffnen können.»

Mir ist schwindelig, und so lasse ich mich aufs Bett fallen. Alles ist auf den Kopf gestellt.

Mein Vater hat sich auch die Schuld gegeben?

«Aber ich sollte doch auf sie aufpassen!», rufe ich. «Ihr habt mir vertraut!»

«Ach, Jess», sagt meine Mutter. Ihre Stimme klingt eigenartig gebrochen. «Es war zu viel verlangt, dich den ganzen Sommer über mit Becky allein zu lassen. Ich hätte eine andere Lösung finden müssen.»

Ich habe mit Wut oder Schlimmerem gerechnet. Niemals hätte ich gedacht, dass meine Eltern genauso viel Kummer und Schuldgefühle mit sich herumtragen wie ich.

Meine Mutter fährt fort: «Liebes, es war nicht eine einzelne Sache, was zu diesem Unfall geführt hat. Niemand war schuld daran. Es war bloß ein schrecklicher Unfall.»

Ich lasse ihre sanften Worte über mich hinwegspülen und wünsche mehr als alles auf der Welt, ich könnte mich jetzt dort zwischen die beiden schieben, wie ich es als kleines Mädchen tat, damit sie mich in die Arme schließen können. Ich fühle mich meinen Eltern näher als seit Jahren.

Und doch ist jetzt an der Stelle in mir, wo bisher mein Geheimnis war, eine Leere.

Vielleicht habe ich meine Familie nur wiedergefunden, um sie bald darauf zu verlieren.

«Ich hätte es euch längst sagen müssen.» Meine Wangen sind feucht, aber meine Tränen fließen jetzt langsamer.

«Ich wünschte, das hättest du getan, Jessie», sagt Dad.

In diesem Augenblick höre ich Leo knurren. Er starrt die Wohnungstür an.

Sofort bin ich auf den Beinen, alle Sinne in Alarmbereitschaft. Dann höre ich die vertrauten Stimmen des Paars, das am Ende des Flurs wohnt, aber ich stehe weiter stocksteif da.

Meine Mutter spricht immer noch darüber, dass wir uns verzeihen müssen. Ich stelle mir vor, dass Dad nickt und ihr den Rücken reibt. Es gäbe noch so vieles, was ich den beiden gerne sagen würde. Aber sosehr ich das auch möchte, ich darf keine Minute länger am Telefon bleiben. Dr. Shields erwartet mich in wenigen Stunden, und ich weiß noch immer nicht, wie ich mich schützen kann.

Nachdem ich meinen Eltern noch einmal gesagt habe, dass ich sie liebe, mache ich behutsam Schluss.

«Könnt ihr Becky eine feste Umarmung von mir geben? Ich rufe später noch mal an, versprochen.» Ich zögere, dann unterbreche ich die Verbindung und hoffe, dass das auch stimmt.

Am liebsten würde ich jetzt unter die Bettdecke kriechen und das Telefonat noch einmal Revue passieren lassen. Ich habe mein Leben zu einem großen Teil um einen Irrtum herum aufgebaut, eine Gefangene meiner eigenen falschen Annahmen.

Aber darüber darf ich jetzt nicht länger nachdenken.

Stattdessen koche ich mir einen starken Kaffee, laufe in der Wohnung auf und ab und zwinge mich, mich zu konzentrieren. Es muss eine Autovermietung geben, die auch an Weihnachten geöffnet hat. Ich könnte sofort nach Florida losfahren.

Oder ich bleibe hier und setze mich gegen Dr. Shields zur Wehr. Eine andere Möglichkeit sehe ich nicht.

Ich versuche, wie Dr. Shields zu denken: logisch und methodisch.

Schritt eins: Ich muss die Aufnahmen der Überwachungskamera sehen, denn woher soll ich sonst wissen, ob es die wirklich gibt? Und falls ja, muss sich erst noch zeigen, ob ich darauf überhaupt zu erkennen bin. Ich trug dunkle Kleidung und habe nirgendwo Licht gemacht.

Trotzdem ist es vielleicht gefährlich, Dr. Shields zu Hause aufzusuchen. Ich habe keine Ahnung, was sie vorhat.

Schritt zwei: Ich muss Sicherheitsvorkehrungen treffen. An ein paar habe ich schon gedacht, geht mir auf. Wenn Noah meinen Brief liest, kennt er die ganze Geschichte. Und ich habe den Privatdetektiv angerufen. Wenn ich in die Ecke getrieben werde, kann ich Dr. Shields die Nummer in meiner Anrufliste zeigen. Zwar kann ich mir nicht vorstellen, dass sie körperliche Gewalt anwendet, aber ich will vorbereitet sein.

Doch vor allem kenne ich ein paar von Dr. Shields' eigenen Geheimnissen.

Ob das genügt?

KAPITEL SIEBENUNDSECHZIG

Dienstag, 25. Dezember

Du bist absolut pünktlich, Jessica.

Dennoch musst du volle neunzig Sekunden warten, nachdem du geklingelt hast.

Als dir die Tür geöffnet wird, ist dein Äußeres eine Überraschung, allerdings keine willkommene.

Mittlerweile dürftest du eigentlich nicht mehr weiterwissen, müsstest am Rande eines Zusammenbruchs stehen. Stattdessen betrittst du mein Haus zuversichtlicher und attraktiver denn je.

Du bist ganz in Schwarz: Dein offener Mantel gibt den Blick frei auf ein hochgeschlossenes Kleid, das deine Kurven umschmeichelt, und Lederstiefel, die bis übers Knie reichen. Sie machen dich ein gutes Stück größer, sodass wir auf Augenhöhe sind.

Auch du registrierst mein Erscheinungsbild: Ich trage ein rein weißes Strickkleid aus Wolle sowie Diamanten an den Ohren und am Hals.

Bemerkst du die Symbolik? Die Farben, die wir gewählt haben, sind Yin und Yang. Sie repräsentieren Anfänge – wie Taufen und Hochzeiten – und Enden, beispielsweise Beerdigungen. Schwarz und Weiß sind auch die Gegner im Schachspiel. Ausgesprochen passend, wenn man bedenkt, was bald geschehen wird.

Anstatt auf ein Signal von mir zu warten, das dir zeigt, wie es weitergeht, beugst du dich vor und küsst mich auf die Wange. «Danke für die Einladung, Lydia», sagst du. «Ich habe Ihnen ein kleines Geschenk mitgebracht.»

Du steckst voller Überraschungen. Und du führst eindeutig etwas im Schilde. Die Verwendung meines Vornamens ist ein durchsichtiger Versuch, die Situation an dich zu reißen.

Falls du mich aus dem Gleichgewicht bringen willst – dazu ist weitaus mehr als das nötig.

Deine Lippen sind zu einem Lächeln verzogen, aber sie beben kaum merklich. Du bist nicht so abgebrüht, wie du vorgibst.

Es ist beinahe enttäuschend, wie leicht es ist, deinen Zug zu parieren. «Kommen Sie herein.»

Du ziehst deinen Mantel aus und reichst ihn mir. Als erwartetest du von mir, dass ich dich bediene.

Das silberne Päckchen mit der roten Schleife behältst du in der Hand.

Es ist unklar, was hier vorgeht, aber man wird dich rasch in deine Schranken weisen müssen.

«Gehen wir in die Bibliothek», wird dir gesagt. «Getränke und Horsd'œuvres warten.»

«Gern», sagst du leichthin. «Sie können mein Geschenk dort auspacken.»

Wer dich nicht so gut kennt, würde dein Theater nicht durchschauen.

Du darfst vorangehen. Dies wird dir die Illusion von Kontrolle geben und das, was folgt, umso befriedigender machen.

Als du die Bibliothek betrittst, schnappst du nach Luft.

Du bist nicht die Einzige, die heute Überraschungen bereitet, Jessica.

Blinzelnd stehst du da, als könntest du nicht glauben, was du da siehst.

Der Mann auf dem Zweisitzer starrt dich ebenfalls verblüfft schweigend an.

Hast du wirklich geglaubt, ich würde Weihnachten ohne meinen Ehemann feiern, den Mann, von dem du behauptest, er sei mir hundertprozentig ergeben?

«Was macht *die* denn hier?», entfährt es Thomas schließlich. Er steht auf und blickt von dir zu mir.

«Habe ich nicht erwähnt, dass meine Testperson Jessica mit

uns feiert, Liebling? Das arme Ding hatte niemanden, mit dem sie Weihnachten verbringen kann. Ihre Familie hat sie über die Feiertage ganz alleingelassen.»

Seine Augen hinter der Brille sind groß und rund.

«Thomas, du weißt doch, dass ich zu diesen jungen Frauen immer eine sehr persönliche Beziehung aufbaue.»

Er zuckt zusammen. «Aber du hast gesagt, sie hätte dich belästigt!»

Du erholst dich bewundernswert schnell von deinem Schreck, weitaus schneller als Thomas. Man sieht dir an, wie empört du bist, Jessica.

«Habe ich das?» Eine Pause. «Moment mal, ist sie die junge Frau, von der du gesagt hast, sie verfolge dich?»

Thomas wird bleich. Es ist Zeit, das Gespräch in eine andere Richtung zu lenken.

«Da muss ein Missverständnis vorliegen. Sollen wir uns setzen?»

Das kleine Zweiersofa und die beiden Sessel bilden einen Halbkreis. Der Couchtisch steht parallel zum Sofa.

Welchen Platz du wählst, wird aufschlussreich sein, Jessica, ebenso wie bei deinem ersten Besuch in meiner Praxis.

Aber du rührst dich nicht vom Fleck, sondern bleibst an der Tür stehen, als könntest du jeden Augenblick zur Haustür rennen. Du reckst das Kinn und sagst: «Ich glaube Ihnen nicht.»

«Pardon?»

«Es gibt keine Videoaufnahmen von mir in diesem Haus.»

Du kannst so berechenbar sein, Jessica.

Das Zimmer wird durchschritten und der schlanke silberne Laptop auf dem Klavier aufgeklappt. Ein Tastendruck, und die digitale Aufzeichnung wird abgespielt.

Die Kamera, die zeitgleich mit der Installation des neuen Schlosses gekauft und im Hausflur angebracht worden ist, hat aufgenommen, wie du das Haus betrittst und dich bückst, um deine

Schuhe auszuziehen. Die Bilder sind sehr dunkel, aber dein unverwechselbarer Haarschopf ist sofort zu erkennen.

Abrupt wird der Laptop zugeklappt.

«Zufrieden?»

Du wirfst Thomas einen anklagenden Blick zu. Er schüttelt kaum merklich den Kopf.

Zweifelsohne stellst du jetzt im Kopf Berechnungen an, denn du zögerst einen Moment, ehe du akzeptierst, dass dir keine andere Wahl bleibt. Dann lässt du die Schultern hängen. Du gehst um den Couchtisch herum und setzt dich auf den Sessel, der am weitesten von meinem Mann entfernt ist. Das Geschenk legst du neben dich auf den Boden.

Es könnte viele Erklärungen für die Wahl deines Sitzplatzes geben, darunter: Falls du Thomas je als Verbündeten betrachtet hast, tust du das jetzt nicht mehr.

Thomas hat bereits einen Scotch vor sich auf dem Couchtisch stehen, und die Flasche Weißburgunder liegt im Weinkühler. Sie wird herausgenommen, und zwei Glas Wein werden eingeschenkt.

Der Wein ist kühl und erfrischend, und das Kristallglas liegt befriedigend schwer in meiner Hand.

«Was wollen Sie von mir?» Dies ist eine Frage, die in diversen Tonlagen gestellt werden könnte, von kämpferisch bis unterwürfig. Du klingst zutiefst resigniert.

Jetzt ist deine Körpersprache abwehrend, deine Arme liegen im Schoß verschränkt.

«Ich will die Wahrheit wissen», wird dir gesagt. «Was ist die wahre Natur Ihrer Beziehung zu meinem Mann?»

Dein Blick zuckt zum Laptop. «Sie wissen doch alles. Er hat Sie betrogen, und mich haben Sie auf ihn angesetzt, um zu sehen, ob er es wieder tut.»

Thomas zuckt zusammen und blickt dich wütend an.

Wenn ihr ein Ehepaar wärt, Thomas und du, das zur Paartherapie in meine Praxis in der Sixty-second Street käme, wäre das Ziel jetzt, Harmonie herzustellen. Von Vorwürfen würde abgeraten werden, Konfrontationen würden fachkundig aufgelöst.

Hier hingegen wird die Opposition geschürt. Die Spaltung zwischen euch ist notwendig, um etwaige Absprachen zu durchkreuzen.

Plötzlich knackt das Feuer im Kamin laut. Ihr zuckt beide zusammen.

«Miniquiche?» Die Platte mit den Hors d'œuvres wird dir gereicht, doch du schüttelst ohne hinzusehen den Kopf.

«Thomas?» Er nimmt sich eine und steckt sie so schnell in den Mund, dass die Geste automatisch wirkt. Eine Serviette wird ihm gereicht.

Er trinkt einen großen Schluck Scotch. Du trinkst nichts. Vielleicht willst du einen klaren Kopf behalten.

Nun, da die Eröffnungstonart festgelegt ist, kann der Abend richtig beginnen.

Und ebenso wie die Studie, die uns zusammengeführt hat, beginnt er mit einer Moralfrage.

«Holen wir ein wenig aus. Ich habe eine Frage an euch beide.»

Du reißt den Kopf hoch, Thomas ebenfalls. Ihr seid beide in höchster Alarmbereitschaft, wartet argwöhnisch, was jetzt auf euch zukommt.

«Stellt euch vor, ihr wärt ein Wachmann in der Eingangshalle eines kleinen Bürogebäudes. Eine Frau, die ihr wiedererkennt, weil ihr Mann hier Räumlichkeiten angemietet hat, bittet euch, ihr ein Taxi heranzuwinken, weil sie sich nicht wohl fühlt. Würdet ihr euren Posten verlassen und damit eure Pflichten verletzen, um ihr zu helfen?»

Du wirkst völlig verwirrt, Jessica. Kein Wunder, was soll das mit dir zu tun haben? Aber Thomas runzelt kaum merklich die Stirn.

«Ich glaube schon», sagst du schließlich.

«Nun?», wird Thomas soufliert.

«Ich schätze ... ich würde auch gehen und ihr helfen», antwortet er.

«Wie interessant! Genau das hat der Wachmann in *deinem* Bürogebäude auch getan.»

Er rückt näher an die Armlehne heran. Weiter weg von mir.

Dann wischt er sich die Hände an seiner Khakihose ab, während er meinem Blick zu dem Blatt Papier folgt, das teilweise unter dem Laptop verborgen ist.

Zwei Tage nach Aprils Tod wurde just dieses Blatt aus dem Gästebuch, das der Wachmann in der Eingangshalle von Thomas' Bürogebäude führt, herausgerissen.

Dies geschah selbstverständlich ohne Thomas' Wissen.

Thomas' Ruf als Therapeut wäre ruiniert, wenn herauskäme, dass er mit einer jungen Frau geschlafen hat, die wegen einer Psychotherapie bei ihm gewesen war. Er könnte seine Zulassung verlieren.

Man durfte erwarten, dass Thomas nach seinem One-Night-Stand mit April schnellstmöglich sämtliche Belege für den Ursprung ihrer Verbindung beseitigen würde. Alle elektronischen Aufzeichnungen wie der Termin in seinem iCalendar und die Computeraufzeichnungen über die Sitzung müssten gelöscht worden sein.

Doch an alles zu denken, war noch nie Thomas' Stärke.

Er ist daran gewöhnt, einfach am Tisch des Wachmanns vorbeizugehen, und vergaß daher womöglich, dass Gäste sich bei ihm anmelden müssen, wenn sie ins Gebäude wollen. Folglich waren auch Aprils vollständiger Name und die Uhrzeit ihres Besuchs in dem dicken ledergebundenen Buch festgehalten worden.

So konnte der Zeitpunkt von Aprils Beratungsstunde festgestellt werden: Sie lernte Thomas kennen, kurz bevor sie sich zu meiner Studie anmeldete.

Die Seite mit ihrer ordentlichen runden Unterschrift war herausgerissen und in meiner Handtasche verstaut, ehe der Wachmann ein Taxi heranwinken konnte – andererseits ist es immer schwierig, um 17.30 Uhr an einem verregneten Wochentag ein Taxi zu bekommen.

Nun wird dieses Blatt Papier unter dem Laptop hervorgezogen und Thomas gereicht.

«Hier ist die Seite aus dem Gästebuch von dem Tag, an dem Katherine April Voss ihre Beratungssitzung bei dir hatte», wird Thomas gesagt. «Ein paar Wochen bevor ihr in ihrer Wohnung miteinander schlieft.»

Er starrt das Blatt eine ganze Weile an. Es ist, als könnte er nicht recht verarbeiten, was er da sieht.

Unvermittelt krümmt er sich über seine Serviette und würgt trocken.

Thomas hat seine Stressreaktionen nicht immer im Griff.

Dann sucht er meinen Blick. «O mein Gott, Lydia, nein, es ist nicht das, was du denkst ...»

«Ich weiß genau, was es ist, Thomas.»

Während er mit zitternder Hand nach seinem Scotch greift, wird euch der Fehdehandschuh hingeworfen.

«Ich habe von euch beiden etwas, was ihr jeweils unbedingt benötigt. Die Aufnahmen der Überwachungskamera und die Seite aus dem Gästebuch. Falls diese Dinge den Behörden in die Hände fielen ... nun, ihr hättet Mühe, das zu erklären. Aber so weit muss es nicht kommen. Ihr könnt beide erhalten, was ihr begehrt. Alles, was ihr dafür tun müsst, ist, mir die Wahrheit zu sagen. Sollen wir dann beginnen?»

KAPITEL ACHTUNDSECHZIG

Dienstag, 25. Dezember

Als ich Thomas in Dr. Shields' Bibliothek sitzen sehe, weiß ich, dass mein Plan nicht funktionieren wird.

Wieder ist sie mir einen Schritt voraus.

Nach ihrem Anruf überlegte ich, ob ich zur Polizei gehen sollte, aber ich befürchtete, was ich denen sagen könnte, würde nicht reichen. Dr. Shields würde sich garantiert irgendeine plausible Geschichte ausdenken, von wegen, ich sei eine gestörte junge Frau, die ihren Schmuck gestohlen hat. Sie würde eine Möglichkeit finden, es so hinzustellen, dass am Ende *ich* festgenommen würde. Daher nutzte ich die Stunden bis zum Essen bei ihr anders, suchte mir ein Elektronikgeschäft, das an Weihnachten geöffnet hat, und kaufte eine schmale schwarze Uhr mit eingebautem Diktiergerät.

«Last-Minute-Geschenk?», fragte die Verkäuferin.

«Sozusagen», antwortete ich, während ich schon zur Tür eilte.

Ich will Dr. Shields tatsächlich etwas schenken, aber nicht das. Das Geschenk, das ich für sie gebastelt habe, ist weitaus persönlicher und konsequenter.

Die Uhr ist dazu gedacht, aufzuzeichnen, was sie sagt, wenn sie ihr Geschenk auspackt. Dr. Shields hat mich selbst auf diesen Gedanken gebracht, indem sie via Telefon als geheime Zeugin bei meinen Besuchen bei Reyna und Tiffani dabei war.

Ich habe mir ausgemalt, wie sie völlig perplex ihr Geschenk anstarrt, während ich ihr den zweiten Teil meines Doppelschlags versetze: *Ich weiß, dass Sie April das Vicodin gegeben haben, mit dem sie Selbstmord begangen hat.*

Sie würde gefährlich wütend werden. Aber sie würde mich nicht anrühren können, weil ich ihr außerdem erzählen würde, dass ich auf meinem Computer E-Mails an Thomas, Mrs. Voss, Ben Quick – *und* an den Privatdetektiv – mit den gesammelten Beweisen vorbereitet habe, darunter einem Foto der Tablette, die Dr. Shields mir gegeben hat. *Ich habe geschrieben, dass ich Sie besuche. Die E-Mails werden automatisch heute Abend verschickt, es sei denn, ich bin rechtzeitig wieder zu Hause, um sie zu löschen*, wollte ich sagen. *Aber wenn Sie mir nicht geben, was Sie über mich in der Hand haben, gebe ich Ihnen nicht, was ich über Sie in der Hand habe.*

Dieser letzte Teil wäre gelogen, weil ich trotzdem versuchen würde, Dr. Shields anzuzeigen. Aber wenn ich Sie so erschüttern könnte, dass sie etwas sagt, was sie belastet, und ich das mit meiner Uhr aufnehme, hätte ich zumindest etwas, was ich ihren Erfindungen entgegensetzen könnte.

Bloß als ich jetzt in der Bibliothek sitze und beobachte, wie Thomas sich mit der Serviette über den Mund wischt, ist mir klar, dass ich mir eine neue Strategie überlegen muss, und zwar schnell.

Ich fasse es nicht, dass Dr. Shields Thomas gerade gesagt hat, sie wisse, dass er mit April geschlafen habe und April seine Klientin gewesen sei.

Plötzlich wirkt Thomas wie ein völlig anderer Mensch und erinnert in nichts mehr an den zuversichtlichen, zupackenden Mann, der vor dem Museum seinen Mantel auszog und damit die alte Dame zudeckte, die von einem Taxi angefahren worden war.

Fieberhaft versuche ich, all das, was ich zu wissen glaubte, neu einzuordnen. Ich hatte recht: April war wegen einer Therapie bei Thomas. Aber Dr. Shields weiß nicht, dass ich das schon wusste, ebenso wenig, wie dass ich schon über Thomas' Seitensprung mit April Bescheid wusste. Das ist ein brisantes Geheimnis, das die beiden alles kosten könnte. Warum hat sie diese Information so unbekümmert in meiner Gegenwart preisgegeben?

Bei Dr. Shields sind alle Schritte wohldurchdacht. Folglich war das kein Schnitzer. Es war Absicht.

Dann krampft mein Magen sich zusammen wie eine Faust: Offenbar ist sie sich sicher, dass ich niemandem davon erzählen werde.

Ein Geheimnis ist nur dann ein Geheimnis, wenn nur einer davon weiß.

Wie will sie gewährleisten, dass ich es nicht preisgeben kann?

Blitzartig habe ich April vor Augen, auf der Parkbank zusammengesackt.

Ich beginne am ganzen Körper zu zittern und mache mich möglichst klein in meinem Sessel. Mein Mund ist so ausgetrocknet, dass ich nicht schlucken kann.

Dr. Shields steckt sich eine Haarsträhne hinters Ohr, und ich sehe die Ader an ihrer Schläfe pulsieren, ein blaugrüner Makel in einer ansonsten makellosen Marmorfigur.

Die Platte mit den geschmackvoll angerichteten Hors d'œuvres, das knisternde Kaminfeuer, die elegante Bibliothek mit den vielen ledergebundenen Büchern – wie konnte ich bloß denken, in einer so beneidenswerten Umgebung könne nichts Schlimmes passieren?

Konzentrier dich, schärfe ich mir ein.

Dr. Shields ist kein körperlich gewalttätiger Mensch, sage ich mir noch einmal. Ihre schärfste Waffe ist ihr Verstand. Den setzt sie erbarmungslos ein. Wenn ich mich von meiner Panik überwältigen lasse, habe ich verloren.

Ich zwinge mich, sie anzusehen.

Thomas stößt hervor: «Lydia, es tut mir leid. Ich hätte nicht ...»

Sie unterbricht ihn: «Mir tut es auch leid, Thomas.»

Da fällt sie mir auf, die Diskrepanz zwischen Situation und Tonfall.

Denn sie klingt nicht wütend oder beißend sarkastisch, wie man es in einer solchen Lage von einer betrogenen Ehefrau erwarten würde.

Sie klingt mitfühlend. Als ob sie glaubte, sie und Thomas stünden gemeinsam auf einer Seite gegen den Ehebetrug; als wären sie beide unschuldige Parteien in dieser Sache.

Während ich von einem zur anderen sehe, begreife ich, warum Dr. Shields Thomas nicht einfach verlassen hat: Sie kann es nicht.

Weil sie ihn verzweifelt liebt.

Sie hat April die Tabletten nicht nur deshalb gegeben, weil sie eifersüchtig und wütend war. Sie tat es auch, um Thomas zu schützen, damit April nie verraten kann, dass sie seine Klientin gewesen war. Ich habe Dr. Shields gesagt, ich könnte Liebe bei anderen Menschen erkennen. Und das stimmt auch, wird mir jetzt klar: Ich sehe sie in ihrem Gesicht, wenn sie über ihren Mann spricht oder ihn ansieht. Sogar jetzt.

Aber ihre Liebe zu Thomas ist so verkorkst wie alles an ihr: Sie ist verzehrend, giftig und gefährlich.

Dr. Shields schiebt die Seite aus dem Gästebuch wieder unter den Laptop. Dann setzt sie sich auf den Sessel mir gegenüber. «Sollen wir dann beginnen?»

Sie wirkt total gelassen, wie eine Professorin, die eine Vorlesung hält.

Jetzt breitet sie die Arme aus. «So, ich werde meine Frage jetzt erneut stellen, diesmal an euch beide gerichtet: Hat einer von euch mir etwas über die wahre Natur eurer Beziehung zu gestehen?»

Thomas will etwas sagen, aber Dr. Shields schneidet ihm das Wort ab: «Halt. Denk sehr genau nach, bevor du antwortest. Um eine gegenseitige Beeinflussung auszuschließen, werde ich einzeln und unter vier Augen mit euch sprechen. Ihr habt zwei Minuten Zeit, über eure Antwort nachzudenken.» Sie sieht auf die Uhr, und ich schiebe den Ärmel hoch, um meinerseits auf die Uhr zu sehen.

«Eure Zeit beginnt jetzt», sagt Dr. Shields.

Ich schaue zu Thomas in der Hoffnung, dass ich ihm ansehen kann, wie er antworten wird, aber er hat die Augen zugekniffen. Er sieht so elend aus, als müsste er sich gleich übergeben.

Auch mir ist übel, aber ich gehe hastig sämtliche möglichen Szenarien und deren Konsequenzen durch.

Wir könnten beide die Wahrheit sagen: dass wir miteinander geschlafen haben.

Wir könnten beide lügen und uns an unser Drehbuch halten.

Ich könnte lügen und Thomas die Wahrheit sagen: Er könnte mich verraten, um das Blatt aus dem Gästebuch zu bekommen.

Thomas könnte lügen und ich die Wahrheit sagen: Ich könnte die ganze Schuld ihm zuschieben und behaupten, er hätte mir nachgestellt. Dr. Shields hat gesagt, sie händigt mir die Aufnahmen aus, wenn ich das mache. Aber wird es wirklich damit enden?

Nein, wird mir klar. Es gibt hier keine richtige Entscheidung.

Dr. Shields trinkt einen Schluck Wein und sieht mich dabei über ihr Glas hinweg an.

Das Gefangenendilemma, denke ich. Das inszeniert sie hier. Ich habe mal einen Artikel darüber gelesen, den jemand auf Facebook gepostet hatte. Es ist eine weitverbreitete Taktik, bei der Gefangene in Einzelhaft gehalten werden und Anreize erhalten, sich gegenseitig zu verraten.

Dr. Shields stellt ihr Weinglas auf den Untersetzer, und ein feines Klirren ertönt.

Unsere Zeit müsste gleich um sein.

In meinem Kopf prallen Bilder aufeinander: Dr. Shields allein in dem französischen Restaurant an einem Tisch für zwei. Dr. Shields, die dem Falken über den Kopf streicht. Der warme Kaschmirüberwurf um meine Schultern, als ich in ihrer Praxis weinte. Eine Zeile aus ihren Notizen in ihrer präzisen, eleganten Handschrift: *Du könntest eine Pionierin auf dem Gebiet der psychologischen Forschung werden.*

Heute Abend habe ich versucht, ihr mit dem, was ich von ihr gelernt habe, eine Falle zu stellen. Sie hat mich ausmanövriert, bevor ich auch nur angefangen habe.

Aber jetzt wird mir klar, dass es noch nicht vorbei ist, denn endlich kenne ich ihre Schwachstelle: Thomas. Er ist der Schlüssel zu ihrem Untergang.

Mein Atem geht flach, in meinen Ohren rauscht das Blut.

Ich muss mehrere Schritte vorausdenken, so wie sie es immer tut. Dr. Shields wird Thomas niemals anzeigen, egal, wie unsere Antworten ausfallen, das ist mir jetzt klar. Sie sucht nach einer Möglichkeit, mir die Schuld an allem zu geben. Ebenso wie sie es vermutlich bei April tat, um zu rechtfertigen, dass sie ihr das Vicodin gab.

Seit ich mich in Dr. Shields' Studie geschmuggelt habe, stehe ich bei ihr unter Beobachtung, aber ich habe sie auch meinerseits studiert. Mittlerweile weiß ich viel mehr über sie, als mir zunächst klar war – angefangen bei der Art, wie sie sich auf der Straße bewegt, über den Inhalt ihres Kühlschranks bis hin zu – besonders wichtig – ihrer Art zu denken.

Wird das genügen?

«Die Zeit ist um», verkündet Dr. Shields. «Thomas, würdest du mit mir ins Esszimmer kommen?»

Ich sehe den beiden hinterher und gehe sämtliche Szenarien noch einmal aus Thomas' Sicht durch. Dann führe ich mir vor Augen, was für ihn auf dem Spiel steht: Für die Boulevardpresse wäre diese Geschichte ein gefundenes Fressen – der gutaussehende Therapeut und seine Affäre mit einer wohlhabenden jungen Frau mit psychischen Problemen, die Selbstmord beging. Wahrscheinlich würde er seine Zulassung verlieren, und die Familie Voss könnte ihn verklagen.

Auch über Thomas weiß ich so einiges. Ich denke an unsere Begegnungen: vor dem Museum, in der Bar, in meiner Wohnung, in den West Village Conservatory Gardens. Und an die letzte: in seiner Praxis.

Plötzlich weiß ich genau, was er antworten wird.

Nicht einmal eine Minute später kommt Dr. Shields allein zurück. Ihrem Gesicht ist nicht anzusehen, was nebenan passiert ist – es ist eine ausdruckslose Maske.

Sie setzt sich an das Ende des Zweisitzers, das mir am nächsten ist, streckt die Hand aus und berührt mich am Bein, dort, wo zwischen Stiefel und Kleidersaum ein Stückchen nackte Haut ist. Ich zwinge mich stillzuhalten, auch wenn ich am liebsten zurückzucken würde.

«Jessica, haben Sie mir hinsichtlich der wahren Natur Ihrer Beziehung zu meinem Mann etwas zu gestehen?»

Ich sehe ihr in die Augen. «Sie haben recht. Ich war nicht ganz aufrichtig. Wir haben miteinander geschlafen.» Ich hatte Angst, meine Stimme könnte beben, aber das tut sie gar nicht. Ich klinge selbstsicher. «Es ist passiert, bevor ich wusste, dass er Ihr Mann ist.»

In ihren hellblauen Augen verändert sich etwas. Sie scheinen sich zu verdunkeln. Einen Moment lang sitzt sie noch reglos da. Dann nickt sie knapp, als bestätigte das etwas, was sie schon wusste. Sie steht auf, streicht ihr Kleid glatt und geht zurück Richtung Esszimmer.

«Thomas, würdest du zu uns kommen?», ruft sie.

Langsam kommt er herein.

«Würdest du Jessica bitte verraten, was du gerade mir gesagt hast?», fordert sie ihn auf.

Ich verschränke die Hände fest im Schoß und versuche zu lächeln, aber mein Kiefer ist total verspannt. Noch immer kann ich ihre eisige Berührung an meinem Bein spüren.

Thomas zwingt sich, mir in die Augen zu sehen. In seinem Blick lese ich, dass er sich geschlagen gibt.

«Ich habe ihr gesagt, dass zwischen uns nichts vorgefallen ist», sagt Thomas tonlos.

Er hat gelogen.

Ich lag richtig.

Das hat er nicht getan, um sich selbst zu schützen; er wollte mich schützen und hat dafür auf die Chance verzichtet, die belastende Seite aus dem Gästebuch zu bekommen.

Dr. Shields ist besessen von Moral und Wahrheit. Aber Thomas versteht die Feinheiten moralischer Entscheidungen. Er hat gelogen, weil er dachte, das würde mich retten, auch wenn es bedeutete, sich selbst zu opfern. Trotz all seiner Schwächen hat er einen guten Kern. Vielleicht liebt sie ihn unter anderem deshalb so sehr.

Jetzt spüre ich Dr. Shields' Wut wie eine anschwellende rote Naturgewalt, die mich bedrängt und mir den Atem nimmt.

Einen Moment lang herrscht drückende Stille im Raum. Dann sagt Dr. Shields: «Jessica, würden Sie wiederholen, was Sie mir gesagt haben?»

Ich schlucke schwer. «Ich habe ihr gesagt, dass wir miteinander geschlafen haben.»

Thomas krümmt sich.

«Nun, einer von euch lügt offensichtlich», sagt Dr. Shields. Sie verschränkt die Arme vor der Brust. «Und das scheinst relativ eindeutig du zu sein, Thomas, da Jessica durch ein falsches Geständnis nichts zu gewinnen hat.»

Ich nicke, denn sie hat recht.

Was sie als Nächstes tut, wird zeigen, ob sich das Risiko, das ich eingegangen bin, für mich auszahlt.

Dr. Shields geht zum Klavier und klopft auf den Laptop. «Jessica, ich gebe Ihnen die Aufnahmen gerne. Sie müssen mir nur zuerst zurückgeben, was Sie mir gestohlen haben.» Ihr Blick zuckt zu Thomas, und ich weiß genau, was sie meint. Sie spricht nicht von einer Halskette.

Vielmehr stellt sie auf ihre eigene verkorkste Art die Szene mit Gene French nach. Sie benutzt meine Geheimnisse, um mich maximal zu quälen.

«Das kann ich nicht», sage ich. «Ich habe Ihnen keinen Schmuck gestohlen, und das wissen Sie auch.»

«Sie enttäuschen mich, Jessica.»

Thomas kommt einen Schritt weiter in den Raum hinein. Näher zu mir.

«Lydia, lass die arme Frau gehen. Sie hat dir die Wahrheit gesagt. Ich war derjenige, der gelogen hat. Jetzt ist es eine Sache zwischen dir und mir.»

Dr. Shields schüttelt betrübt den Kopf. «Diese Kette ist unersetzlich.»

«Lydia, ich bin sicher, sie hat sie nicht gestohlen», sagt Thomas.

Darauf habe ich gesetzt, als ich die Wahrheit sagte. Er muss erkennen, dass sie einen Vorwand finden wird, um mich zu vernichten, auch wenn ich mich an ihre Regeln halte.

Sie lächelt mich milde an. «Weil Weihnachten ist, werde ich bis morgen früh warten, ehe ich der Polizei Bescheid gebe.» Sie hält inne. «Das gibt Ihnen auch ein wenig Zeit, zuerst mit Ihren Eltern zu sprechen. Denn sobald sie die Wahrheit über Beckys Unfall kennen, werden sie auch verstehen, warum Sie so verzweifelt Geld brauchen. Ihrer Schuld wegen.»

Genauso hat sie es auch mit April gemacht, denke ich, als ich den Kopf in den Händen vergrabe und spüre, wie meine Schultern beben. Sie hat April ihre Geheimnisse entlockt und sie gegen sie verwendet wie Messer, bis April alle Hoffnung verloren hatte, bis sie das Gefühl hatte, alles, was sie liebte, sei ihr genommen worden, und ihr Leben sei nicht mehr lebenswert. Dann gab sie ihr die Tabletten.

Dr. Shields glaubt, sie hat auch mir alles genommen: meine Arbeit. Noah. Meine Freiheit. Meine Familie.

Sie gibt mir diese Nacht für mich allein, weil sie will, dass ich Aprils Pfad einschlage.

Ich warte noch ein Weilchen.

Dann hebe ich den Kopf.

Nichts im Raum hat sich verändert: Dr. Shields steht am Klavier, Thomas hinter dem Sessel mir gegenüber, und die Platte mit dem Essen auf dem Tisch.

Ich sehe Dr. Shields an.

«Okay», sage ich gespielt lammfromm. «Aber dürfte ich Ihnen eine Frage stellen, bevor ich gehe?»

Sie nickt.

«Ist es ethisch vertretbar, wenn eine Psychiaterin einer Klientin ohne Rezept Vicodin gibt?», frage ich.

Dr. Shields lächelt. Sie glaubt, ich meine die Tablette, die sie mir gab.

«Wenn eine Freundin eine schwere Zeit durchmacht, ist es nicht undenkbar, ihr eine einzelne Dosis anzubieten», sagt sie. «Natürlich würde ich das offiziell niemals gutheißen.»

Ich lehne mich zurück und schlage die Beine übereinander. Thomas sieht mich fragend an. Wahrscheinlich wundert er sich, warum ich plötzlich so gefasst wirke.

«Na ja, bloß haben Sie Testperson 5 viel mehr als nur eine einzelne Dosis gegeben», sage ich und verschränke meinen Blick mit ihrem. «Sie haben April eine tödliche Dosis gegeben.»

Thomas atmet geräuschvoll ein. Er tritt einen weiteren Schritt auf mich zu. Offenbar will er mich noch immer schützen.

Dr. Shields ist wie erstarrt. Sie scheint nicht einmal mehr zu atmen. Aber ich sehe ihr an, dass sie fieberhaft nachdenkt und sich eine neue Geschichte ausdenkt, die meinen Vorwurf entkräftet.

Schließlich geht sie durch den Raum und setzt sich auf den Sessel mir gegenüber.

«Jessica, ich habe keine Ahnung, wovon Sie reden», sagt sie. «Sie glauben, ich hätte April ein Rezept für Vicodin ausgestellt?»

«Sie sind Psychiaterin – Sie dürfen Medikamente verschreiben», entgegne ich herausfordernd.

«Stimmt, aber wenn ich ihr ein Rezept ausgestellt hätte, wäre das registriert worden.» Sie breitet die Arme aus. «Und das habe ich nicht.»

«Ich kann Mrs. Voss fragen», sage ich.

«Nur zu», erwidert Dr. Shields.

«Ich weiß, dass Sie ihr die Tabletten gegeben haben», sage ich. Aber ich verliere an Boden. Sie blockt einfach alles ab, was ich ihr entgegenschleudere.

Thomas greift sich an die linke Schulter. Die Geste wirkt reflexartig.

«Wie könnte ich jemandem Vicodin geben, obwohl ich es nie selbst genommen habe?», fragt Dr. Shields in diesem vernünftigen Ton, in dem sie mir auch weismachen wollte, sie hätte nichts mit Noah oder meiner Kündigung zu tun.

Meine Uhr zeichnet das alles auf, aber bisher hat Dr. Shields sich nicht selbst belastet. Schlimmer noch, ich habe sie wütend gemacht. Ich sehe es am Funkeln in ihren schmalen Augen, ich höre es an ihrem eisigen Ton.

Ich verliere.

«Du hast es nie genommen», sagt Thomas. Seine Stimme klingt eigenartig monoton.

Beide wenden wir uns ihm zu. Seine Hand liegt noch auf seiner linken Schulter – der Schulter mit der Operationsnarbe von der Rotatorenmanschettenruptur vor nicht allzu langer Zeit. «Aber ich.»

Das Lächeln fällt ihr aus dem Gesicht.

«Thomas», flüstert Dr. Shields.

«Ich habe nur ein paar davon genommen», sagt er bedächtig. «Aber den Rest habe ich nie entsorgt. April war an dem Abend, an dem sie starb, hier im Haus, Lydia. Du selbst hast mir erzählt, dass sie dich besucht hat und sehr aufgeregt war. Hast du ihr meine Tabletten gegeben?»

Er dreht sich um, als wollte er oben nachsehen gehen.

«Warte», sagt Dr. Shields.

Einen Moment lang steht sie noch reglos da. Dann zerknittert ihr Gesicht. «Ich habe es für dich getan!», ruft sie.

Thomas wankt, dann lässt er sich auf den Zweisitzer fallen. «Du hast sie umgebracht? Weil ich mit ihr geschlafen habe?»

«Ich habe nichts Falsches getan, Thomas. April hat selbst beschlossen, die Tabletten zu nehmen!»

«Ist es Mord, wenn Sie nur die Waffe zur Verfügung stellen?», frage ich.

Beide fahren zu mir herum. Ausnahmsweise weiß Dr. Shields keine Antwort.

«Aber Sie haben mehr als das getan», fahre ich fort. «Was haben Sie April gesagt, um ihr den Rest zu geben? Sie müssen gewusst haben, dass sie auf der Highschool selbstmordgefährdet war.»

«Was hast du ihr gesagt?», fragt Thomas mit rauer Stimme.

«Ich habe ihr gesagt, mein Mann habe einen One-Night-Stand gehabt und bedaure ihn!» Die Worte sprudeln sturzbachartig aus Dr. Shields heraus. «Ich habe ihr gesagt, er habe sie als Nichts bezeichnet. Er habe gesagt, es sei der größte Fehler seines Lebens gewesen und er würde alles geben, um ihn ungeschehen zu machen.»

Thomas schüttelt den Kopf. Er wirkt benommen.

«Verstehst du denn nicht?», fleht Dr. Shields. «Sie war so ein törichtes Mädchen! Irgendwann hätte sie von dir erzählt!»

«Du wusstest, wie labil sie ist», sagt Thomas. «Wie konntest du nur?»

Dr. Shields' Miene wird grimmig. «Sie war entbehrlich. Nicht einmal ihr eigener Vater wollte sie um sich haben.» Sie greift nach Thomas' Hand, aber er entzieht sie ihr grob. «Wir können sagen, April hätte die Tabletten aus unserem Medizinschrank entwendet. Wir wussten nichts davon.»

«Ich glaube nicht, dass die Polizei das so sehen wird», werfe ich ein.

Dr. Shields würdigt mich keines Blickes, sondern sieht Thomas flehentlich an.

«Die Polizei wird Jessica nicht glauben. Sie ist hier eingebrochen, sie hat dir nachgestellt, sie war besessen von mir», sagt sie. «Wusstest du, dass man ihr schon einmal Diebstahl vorgeworfen hat? Es gibt da einen angesehenen Regisseur, der ihr deswegen gekündigt hat. Sie geht mit allen möglichen Männern ins Bett und belügt ihre Familie. Jessica ist eine junge Frau mit schwerwiegenden psychischen Problemen. Das kann ich mit ihren Antworten aus der Befragung belegen.»

Thomas schiebt sich die Brille auf die Nasenspitze und reibt sich den Nasenrücken.

Schließlich sagt er mit dröhnender Stimme: «Nein.»

Endlich hat er den Mut, Dr. Shields direkt die Stirn zu bieten, anstatt zu versuchen, sich mit Hilfe gefälschter Textnachrichten und ausgedachter Geschichten von ihr zu befreien.

«Wenn unsere Geschichten übereinstimmen, kann uns nichts geschehen», sagt sie verzweifelt. «Dann steht die Aussage zweier angesehener Akademiker gegen die einer labilen jungen Frau.»

Er sieht sie lange an.

«Thomas, ich liebe dich so sehr», flüstert sie. «Bitte.»

Ihre Augen sind feucht.

Er schüttelt den Kopf und steht auf. «Jess, ich sorge dafür, dass du sicher nach Hause kommst», sagt er. «Lydia, ich komme morgen früh wieder. Dann können wir gemeinsam die Polizei verständigen.» Er hält inne. «Falls du das Video zur Sprache bringst, sage ich denen, dass ich Jess den Schlüssel zu deinem Haus gegeben habe, weil sie hier etwas für mich holen sollte.»

Ich stehe auf. Das Geschenk für Dr. Shields lasse ich neben meinem Stuhl liegen. In diesem Augenblick sackt sie zu Boden.

Sie liegt auf dem Teppich und sieht zu Thomas hoch, das weiße Kleid bauscht sich um ihre Beine. Mascaraschwarze Tränen laufen ihr über die Wangen.

«Auf Wiedersehen, Lydia», sage ich.

Dann wende ich mich ab und gehe aus dem Zimmer.

KAPITEL NEUNUNDSECHZIG

Dienstag, 25. Dezember

Von allen Verlusten, die heute Abend erlitten wurden, zählt einzig Thomas.

Deine Aufgabe war es, ihn auf die Probe zu stellen, damit er mir zurückgegeben werden konnte. Stattdessen hast du ihn mir für immer genommen.

Nun ist alles fort.

Bis auf das Geschenk, das du zurückgelassen hast.

Es hat die Größe eines Buches, aber dafür ist es zu dünn und zu leicht. Das glänzende silberne Geschenkpapier ist wie ein Vexierspiegel, der meine Züge verzerrt zurückwirft.

Ein Zupfen löst die rote Schleife. Unter dem Papier kommt eine flache weiße Schachtel zum Vorschein.

Darin befindet sich ein gerahmtes Foto.

Man glaubt, ein Schmerz sei nicht mehr steigerungsfähig, doch dann erreicht er einen neuen Höhepunkt. Der Anblick dieses Fotos befördert mich an diesen Punkt.

Thomas schläft auf dem Bauch, eine geblümte Bettdecke zerknüllt um den nackten Rumpf. Doch der Schauplatz ist unvertraut, er liegt nicht in unserem gemeinsamen Bett.

Lag er da in deinem Bett, Jessica? Oder in Aprils? Oder in dem einer ganz anderen Frau?

Es spielt keine Rolle mehr.

Immer wenn ich im Lauf unserer Ehe unter Schlaflosigkeit litt, bot seine Gegenwart Trost. Seine solide Wärme und seine regelmäßigen Atemzüge waren Balsam für meine aufgewühlte Seele. Er hat nie erfahren, wie oft ich «Ich liebe dich» flüsterte, während er friedlich schlief.

Eine abschließende Frage: **Wenn Sie jemanden wahrhaft liebten, würden Sie dann Ihr Leben für ihn geben?**

Die Antwort ist leicht.

Eine letzte Aufzeichnung auf dem gelben Notizpapier: ein vollständiges, detailliertes und akkurates Geständnis. Sämtliche Fragen, die Mrs. Voss hatte, werden endlich beantwortet. Thomas' Verhältnis zu April wird nicht erwähnt. Das könnte genügen, um ihn zu retten.

Die Blätter werden auf dem Tisch im Flur liegen gelassen, wo sie leicht zu finden sind.

In der Nähe befindet sich eine Apotheke, die rund um die Uhr geöffnet hat. Sogar an Weihnachten.

Thomas' Rezeptblock, den er für Notfälle zu Hause aufbewahrte, wird aus der obersten Schublade seiner Kommode geholt.

Draußen ist es jetzt vollständig dunkel, der unendlich weite Himmel ist sternenlos.

Ohne Thomas wird es morgen kein Licht geben.

Ich stelle mir selbst ein Rezept über dreißig Vicodin aus, mehr als ausreichend.

EPILOG

Freitag, 29. März

Es kommt mir so vor, als müsste die junge Frau, die mir aus dem Spiegelglas entgegenblickt, anders aussehen.

Aber mein lockiges Haar, die schwarze Lederjacke und der schwere Schminkkoffer haben sich in den vergangenen Monaten nicht verändert.

Dr. Shields würde jetzt vermutlich sagen, man könne die innere Verfassung eines Menschen nicht nach seinen äußeren Merkmalen beurteilen, und ich weiß, sie hätte recht.

Wahre Veränderung ist nicht immer sichtbar, sogar wenn sie einem selbst passiert.

Ich nehme den Schminkkoffer in die linke Hand, obwohl mein Arm nicht mehr weh tut so wie früher, als ich bei BeautyBuzz arbeitete. Jetzt, wo ich als Visagistin bei einer Off-off-Broadway-Show angestellt bin, muss ich ihn nur zum Theater in der West Forty-third Street und wieder zurück schleppen. Lizzie ist die stellvertretende Kostümbildnerin, sie hatte mir das Vorstellungsgespräch verschafft.

Es ist keine Gene-French-Produktion. Seine Karriere ist vorbei. Die moralische Entscheidung, ob ich seiner Frau sagen sollte, dass er Mitarbeiterinnen belästigt, brauchte ich nicht zu treffen. Katrina und zwei weitere Frauen gingen mit ihren eigenen Missbrauchsgeschichten an die Öffentlichkeit. Sein Absturz war rasant. Solches Verhalten geht heute nicht mehr ohne Konsequenzen durch.

Ich glaube, irgendwie war mir durchaus klar, was Katrina von mir wollte, aber damals war ich noch nicht bereit dafür, mich Gene entgegenzustellen. Es gibt nicht viel, wofür ich Dr. Shields dankbar bin, aber ihretwegen werde ich wenigstens nie mehr für irgendwen zur leichten Beute werden.

Ich gehe dichter an die Scheibe heran, dann drücke ich die Stirn ans kühle Fenster, um hineinsehen zu können.

Es ist voll im Breakfast All Day. Obwohl es kurz vor Mitternacht ist, sind fast alle roten Ledersitznischen und die Hocker an der Theke besetzt. Anscheinend hatte Noah recht; eine Menge Leute haben Lust auf French Toast und Eier Benedict, nachdem sie Freitagabend aus waren.

Noah selbst sehe ich nirgends, aber ich stelle ihn mir in der Küche vor, wie er Mandelextrakt in eine Rührschüssel gibt, ein Geschirrhandtuch in den Hosenbund gesteckt.

Ich schließe die Augen und wünsche ihm im Stillen alles Gute. Dann gehe ich weiter.

Er rief mich am 26. Dezember an, als ich bei meiner Familie in Florida war. Von Dr. Shields' Selbstmord wusste ich da noch nichts. Thomas gab mir erst später an diesem Abend Bescheid.

Wir telefonierten fast zwei Stunden lang. Noah bestätigte mir, dass Dr. Shields ihn vor Thomas' Bürogebäude abgepasst hatte, und ich beantwortete ihm meinerseits alle seine Fragen. Obwohl Noah mir glaubte, war mir, schon bevor wir uns verabschiedeten, klar, dass ich nichts mehr von ihm hören würde. Wer könnte es ihm verdenken? Nicht nur, weil ich mit Thomas geschlafen hatte, sondern auch, weil einfach zu viel passiert war, als dass wir noch einmal von vorn anfangen könnten.

Trotzdem ertappe ich mich öfter als erwartet dabei, dass ich an Noah denke.

Einen Mann wie ihn trifft man nicht oft, aber vielleicht habe ich eines Tages ja noch einmal so viel Glück.

Unterdessen bin ich selbst meines Glückes Schmied.

Ich sehe aufs Telefon. Es ist 23.58 Uhr am letzten Freitag im Monat, was bedeutet, die Bezahlung sollte mittlerweile auf meinem Konto eingegangen sein.

Geld ist sehr wichtig für dich. Es scheint einer der Grundpfeiler deines Verhaltenskodexes zu sein, schrieb Dr. Shields während meiner ersten Computersitzung über mich. *Wenn Geld und Moral aufeinandertreffen, kann das Ergebnis faszinierende Erkenntnisse über den menschlichen Charakter liefern.*

Für Dr. Shields war es leicht, sich zurückzulehnen, Werturteile zu fällen und Mutmaßungen über meine Beziehung zum Geld anzustellen. Sie hatte mehr als genug davon: Das Haus, in dem sie lebte, ist mehrere Millionen Dollar wert, sie trug teure Designerkleidung und war auf einem Anwesen in Litchfield aufgewachsen – in ihrer Bibliothek sah ich ein Foto von ihr auf einem Pferd. Sie trank edlen Wein und beschrieb ihren Vater als «einflussreich» – ein anderes Wort für «vermögend».

Ihre wissenschaftliche Forschung war meilenweit entfernt von meiner Lebenswelt, in der man sich von einem Gehaltsscheck zum nächsten hangelt, wo eine Tierarztrechnung oder eine unerwartete Mieterhöhung einen finanziellen Dominoeffekt auslösen kann, der das Leben, das man sich aufgebaut hat, zu vernichten droht.

Verschiedene Hauptmotive veranlassen die Menschen, entgegen ihrem Wertekompass zu handeln: Überleben, Hass, Liebe, Neid, Leidenschaft, schrieb Dr. Shields in ihren Aufzeichnungen. *Und Geld.*

Ihre Studie ist beendet. Weitere Experimente wird es nicht geben. Die Akte über Testperson 52 ist geschlossen.

Dennoch spüre ich immer noch eine Verbindung zu Dr. Shields.

Sie wirkte allwissend, so, als könnte sie in mich hineinsehen. Jedenfalls wusste sie manches, bevor ich ihr davon erzählte, und sie entlockte mir Gedanken und Gefühle, von denen ich selbst nichts geahnt hatte. Vielleicht versuche ich deshalb auch immer noch, mir vorzustellen, wie sie meine letzte Begegnung mit Thomas, die mehrere Wochen nach ihrer tödlichen Überdosis stattfand, schildern würde.

Nachts, wenn meine Augen geschlossen sind und Leo an mich gekuschelt neben mir liegt, sehe ich manchmal fast vor mir, wie die Sätze in ihrer vornehmen Handschrift auf dem gelben Notizpapier erscheinen, und dazu habe ich ihre silberhelle Stimme im Ohr, die ihre Bögen und Schleifen begleitet.

Wenn sie noch am Leben wäre, würden ihre Aufzeichnungen über besagte Begegnung mit Thomas vielleicht in etwa so lauten:

Mittwoch, 16. Januar

Um 16.55 Uhr rufst du Thomas an.
«Können wir uns auf ein Glas treffen?», fragst du.
Thomas willigt sogleich ein. Vielleicht ist er begierig darauf, über all das, was geschah, mit dem einzigen anderen Menschen, der die wahre Geschichte kennt, zu reden.
Er trifft in Jeans und einem Sakko in O'Malley's Pub ein und bestellt einen Scotch. Du sitzt bereits an einem kleinen Holztisch und hast ein Sam Adams vor dir stehen.
«Wie hältst du dich?», fragst du, während er sich setzt.
Thomas stöhnt leise und schüttelt den Kopf. Er scheint an Gewicht verloren zu haben, und seine Brille kann die dunklen Ringe unter seinen Augen nicht verbergen. «Ich weiß nicht, Jess. Es fällt immer noch schwer, das alles zu glauben.»
Er hatte die Polizei gerufen, nachdem er im Flur ihres Hauses das schriftliche Geständnis gefunden hatte.
«Ja, geht mir auch so», sagst du. Du trinkst einen Schluck Bier und lässt das Schweigen sich ausdehnen. «Seit ich meine Arbeit verloren habe, habe ich viel Zeit zum Nachdenken.»
Thomas runzelt die Stirn. Vielleicht erinnert er sich daran, wie er dir in seiner Praxis gegenübersaß, als du flüstertest: Sie hat dafür gesorgt, dass ich gefeuert werde.
«Das tut mir wirklich sehr leid», sagt er schließlich.
Du holst einen blassrosa Zettel aus der Tasche, legst ihn auf den Tisch und streichst ihn glatt.
Sein Blick fällt darauf. Er hat ihn noch nie gesehen. Wieso auch?

«Ich mache mir nicht so sehr Sorgen wegen eines neuen Jobs für mich», sagst du. *«Ich finde schon einen. Aber mein Vater braucht auch einen neuen Job, und Dr. Shields hat mir versprochen, ihm dabei zu helfen. Meine Familie hat hohe Krankheitskosten.»*
Erneut streichst du das Papier glatt und gleitest mit der Hand abwärts, sodass die Zeichnung der Taube im oberen Teil sichtbar wird.
Thomas wirft noch einen Blick darauf und spielt mit dem dünnen Cocktailstrohhalm, der in seinem Scotch dümpelt.
Nun scheint er zu begreifen, dass dies nicht bloß ein freundschaftliches Treffen ist.
«Kann ich euch irgendwie helfen?», fragt er.
«Ich wäre für jeden Vorschlag dankbar», erwiderst du und lässt die Hand noch ein Stück weiter abwärtsgleiten, sodass der hübsche Schriftzug mit dem Namen Katherine April Voss sichtbar wird.
Thomas zuckt zusammen und lehnt sich zurück. Er sieht dir in die Augen, dann trinkt er einen großen Schluck.
Wieder bewegst du die Hand abwärts. Jetzt wird das Zitat sichtbar: And in the end, the love you take is equal to the love you make.
«April hat ihre Mutter kurz vor ihrem Tod nach dieser Zeile gefragt», sagst du und lässt diese Information einen Moment auf ihn einwirken. *«Sie muss sie irgendwo gesehen haben. Vielleicht auf einem Kaffeebecher?»*
Jetzt ist er bleich. «Ich dachte, wir könnten einander vertrauen, Jess», flüstert er. *«Oder nicht?»*
Du zuckst die Achseln. «Ein Freund hat mir einmal gesagt: Wenn man fragen muss, ob man jemandem vertrauen kann, dann kennt man die Antwort schon.»
«Was soll das heißen?», fragt er in argwöhnischem Ton.
«Ich möchte bloß das, was mir zusteht», sagst du. *«Nach allem, was ich durchgemacht habe.»*

Er leert seinen Scotch, und das Eis im Glas klirrt.
«Wie wäre es, wenn ich dir mit der Miete helfe, bis du wieder auf eigenen Füßen stehst?» Hoffnungsvoll sieht er dich an.
Du lächelst und schüttelst knapp den Kopf.
«Ich weiß dein Angebot zu schätzen, aber ich hatte an etwas Substanzielleres gedacht. Sicher würde Dr. Shields mir zustimmen, dass ich das verdient habe.»
Dann drehst du das Trauerprogramm um. Auf der Rückseite befinden sich ein Dollarzeichen und daneben eine Zahl.
Er schnappt nach Luft. «Machst du Witze?»
Thomas erbt selbstverständlich das gesamte Vermögen seiner Frau, auch das Haus, das mehrere Millionen Dollar wert ist. Er hat noch immer seine Arbeit, seine Zulassung und seinen intakten Ruf. Es wäre erstaunlich, wenn du, wissbegierig und fleißig, wie du bist, dich davon nicht schon überzeugt hättest. Und du bist der Ansicht, wenn er im Gegenzug für das Wohlergehen deiner Familie aufkommt, ist er noch günstig davongekommen.
«Ich bin mit monatlichen Raten zufrieden», sagst du und schiebst ihm das Programmheft zu.
Thomas ist auf seinem Stuhl in sich zusammengesackt. Er gibt sich bereits geschlagen.
Du beugst dich vor, bis nur noch wenige Zentimeter eure Gesichter trennen. «Vertrauen kann man schließlich kaufen.»
Dann stehst du auf und verlässt das Lokal. Im Nu haben die Menschenmassen dich verschluckt, und du bist nur noch irgendeine anonyme junge Frau in dieser Stadt.
Vielleicht bist du überzeugt von deiner Entscheidung. Möglicherweise quält dich aber auch eine beharrliche Frage: War es das alles wert, Jessica?

DANKSAGUNG

Von Greer und Sarah:

Unser erster Dank gilt Jen Enderlin (auch die «Heilige Jenderlin» genannt), unserer brillanten, liebenswürdigen und in jeder Hinsicht großartigen Lektorin und Verlegerin bei St. Martin's Press. Ihr Weitblick, ihre Unterstützung und ihre Begeisterung für uns und diesen Roman machen uns jeden Tag zutiefst dankbar.

Katie Bassel, unsere PR-Frau, setzt sich unermüdlich für unser Buch ein – und zwar gut gelaunt und gut gekleidet!

Das Dream-Team neben diesen beiden tollen Frauen kümmert sich während des Publikationsprozesses hingebungsvoll und mit grenzenloser Kreativität um unsere Romane. Wir schätzen uns glücklich, dass diese Menschen sich für unsere Bücher einsetzen. Danke, Rachel Diebel, Marta Fleming, Olga Grlic, Tracey Guest, Jordan Hanley, Brant Janeway (ein Sonderlob für dich, weil du auf den Buchtitel gekommen bist!), Kim Ludlam, Erica Martirano, Kerry Nordling, Gisela Ramos, Sally Richardson, Lisa Senz, Michael Storrings, Dori Weintraub und Laura Wilson.

Außerdem danken wir unserer wahnsinnig großzügigen und unterstützenden Mamabärin und Literaturagentin Victoria Sanders sowie ihrem wunderbaren Team: Bernadette Baker-Baughman, Jessica Spivey und Diane Dickensheid bei Victoria Sanders and Associates.

Benee Knauer: Deine Ermutigung, deine ruhige Art und dein Know-how in Sachen Handlung haben uns auch diesmal auf den richtigen Weg gebracht, als wir uns daranmachten, diesen Roman zu schreiben.

Ein weiterer Dank gilt allen ausländischen Verlagen, die unsere Werke rund um den Globus verbreiten, auch Wayne Brookes bei

Pan Macmillan UK, dessen E-Mails uns immer zum Lachen bringen – und uns das Gefühl geben, Supermodels anstatt Schriftstellerinnen zu sein!

Zutiefst dankbar sind wir Shari Smiley und Ellen Goldsmith-Vein, die sich bei der Gotham Group leidenschaftlich dafür einsetzen, unsere Romane auf die Leinwand zu bringen. Und Holly Bario bei Amblin Entertainment sowie Carolyn Newman von eOne Entertainment, die unsere Erlebnisse in Hollywood so aufregend machen.

Und last but not least unseren Lesern: Wir lieben den Kontakt mit euch, also besucht uns auf Facebook, Twitter und Instagram. Um unseren nur sehr gelegentlich erscheinenden Newsletter zu abonnieren, besucht bitte unsere Websites: www.greerhendricks.com und www.sarahpekkanen.com. Wir würden gern mit euch in Kontakt bleiben.

Von Greer:

Für eine Frau, die ihre Tage mit Schreiben verbringt, fällt es mir erstaunlich schwer, in Worte zu fassen, welchen wichtigen Platz Sarah Pekkanen mittlerweile in meinem Leben einnimmt. Co-Autorin, Geschäftspartnerin, geliebte Freundin, Cheerleader, Ratgeberin – diese Liste könnte ich noch fortsetzen. Du bist wirklich die Schwester für mich geworden, die ich nie hatte. Danke für alles.

Zutiefst dankbar bin ich auch meinen Freundinnen und Freunden innerhalb wie außerhalb der Verlagsbranche (ihr wisst, wen ich meine!), besonders meinen frühen Leserinnen Marla Goodman, Vicki Foley und Alison Stong. Und meinen Laufpartnerinnen Karen Gordon und Gillian Blake, die sich das alles anhören, während wir unsere Meilen zurücklegen.

Eine dickes Dankeschön geht an dieses ganz spezielle Supportteam: Katharina Anger, Melissa Goldstein, Danny Thompson und Ellen Katz Westrich.

Ein besonderer Dank gilt meiner Familie: den Hendricks', Alloccas und Kessels, besonders denen, die Kommentare zu den ersten Entwürfen abgaben: Julie und Robert (dem besten Bruder der Welt!).

Elaine und Mark Kessel, aka Mom und Dad, dies ist für euch. Danke dafür, dass ihr meine Liebe zum Lesen, Schreiben und zur Psychologie unterstützt habt – und weil ihr mir immer sagt, dass ich das verdiene.

Rocky und Cooper, weil ihr mir Gesellschaft leistet (wenn auch manchmal ein bisschen zu viel).

Paige: Du hast mich so viel über Mut und Selbsterkenntnis gelehrt. Du beeindruckst und inspirierst mich täglich.

Alex: Die Freude, die du schenkst, ist grenzenlos. Du hast das größte Herz, und niemand bringt mich mehr zum Lachen.

Und schließlich John, der sich nicht nur anhört, was ich bei alkoholseligen Brunches und langen Spaziergängen mit Hund an Ideen ausbrüte, sondern auch immer tolle Anmerkungen dazu hat. Du machst alles möglich, und für dich lohnt sich alles. Zwanzig Jahre und kein Ende absehbar ...

Von Sarah:

Ich kann mir nicht vorstellen, diesen Buchveröffentlichungstrip mit jemand anderem als Greer Hendricks zu unternehmen. Deine große, beständige Unterstützung ist ein Fels in meinem Leben. Deine emotionale Intelligenz und deine unermüdliche Energie, jede Seite, die wir schreiben, so gut wie möglich zu machen, inspirieren mich. G., zusammen sind wir wirklich besser!

Ich danke Kathy Nolan für ihre kreative Hilfe bei meiner Website; dem Street Team, meinen Facebook-Freunden und den Lesern für ihre Unterstützung; und den Buchhändlerinnen, Bibliothekaren und Buchbloggern, die daran mitarbeiten, dass unsere Romane den Weg in die Hände der Leser finden.

Wie immer danke ich Sharon Sellers, die mir im Fitnessstudio hilft, einen klaren Kopf zu bekommen, sowie dem phantastischen Team meines heimischen Gaithersburg Book Festivals (unter besonderer Erwähnung von Jud Ashman). Ein weiterer Dank geht an Glenn Reynolds dafür, dass er den Kindern so ein wunderbarer Vater ist.

Bella, eine der großartigen Hündinnen, saß geduldig neben mir, während ich schrieb.

Meine Liebe gilt wie immer meinen Eltern John und Lynn Pekkanen. Dad, du hast mich schreiben gelehrt, und Mom, du hast mich gelehrt, wie man im großen Stil träumt. Ihr beide seid die Besten. Und an den Rest des starken, lustigen Pekkanen-Teams – Robert, Saadia, Sophia, Ben, Tammi und Klein Billy: danke dafür, dass ihr immer da seid.

Roger Aarons hat jeden Teil dieses Buches mit mir durchlebt, angefangen beim Lesen der ersten Entwürfe (und Entdecken der kleinsten Tippfehler) übers Kochen für mich, wie Noah es für Jess tat, bis hin zur besten Begleitung, die eine Frau bei Verlagsevents haben kann. Roger, ich bin so dankbar dafür, dass du in dieses Kapitel meines Lebens getreten bist.

Und meinen drei unglaublichen Söhnen Jackson, Will und Dylan: Ihr erfüllt mich jeden einzelnen Tag mit so viel Liebe und Stolz.

Leseprobe

GREER HENDRICKS *UND*
SARAH PEKKANEN

DIE WAHRHEIT ÜBER IHN

ROMAN

Aus dem Englischen
von Alice Jakubeit

Rowohlt Polaris

DREI FRAUEN, EIN MANN. VIELE GEHEIMNISSE. UND NUR EINE WAHRHEIT.

VANESSA: Das perfekte Leben, das war einmal. Seit der Scheidung von Richard ist sie ein Wrack. Nur ein Gedanke hält sie aufrecht: seine Hochzeit mit der anderen zu verhindern.

NELLIE schwebt im siebten Himmel: Ausgerechnet sie, die alles andere als ein aufregendes Leben führt, hat sich der attraktive, charismatische Richard ausgesucht. Alles wäre perfekt, gäbe es da nicht Dinge, die aus dem neuen Heim verschwinden. Und diese Frau, die sie beobachtet.

EMMA: «Ich weiß, du wirst mir nicht glauben, aber du musst die Wahrheit über Richard erfahren.» So beginnt der Brief, den sie eines Tages erhält. Emma ist skeptisch, jeder weiß, dass Nellie von Richard besessen ist. Und wohin das führen könnte …

«Ein Dreiecks-Thriller über eine Ehe, ihr Ende – und die Rache. Packend.» *Brigitte*

Weitere Informationen finden Sie unter www.rowohlt.de
Copyright © 2018 by Rowohlt Verlag GmbH, Hamburg

PROLOG

Mit wehendem blondem Haar, roten Wangen und einer Sporttasche am Unterarm geht sie zügig den Bürgersteig entlang. Vor dem Gebäude, in dem sie wohnt, holt sie ihre Schlüssel heraus. Die Straße ist laut und belebt: Taxis rasen vorüber, Pendler kehren von der Arbeit zurück, Leute betreten den Deli an der Ecke. Doch ich lasse die blonde Frau nicht einen Moment aus den Augen.

An der Tür sieht sie sich kurz um, und es fühlt sich an wie ein elektrischer Schlag. Ich frage mich, ob sie meinen Blick spürt. Blickdetektion nennt man das – unsere Fähigkeit, wahrzunehmen, dass wir beobachtet werden. Ein ganzes System im menschlichen Gehirn ist diesem genetischen Erbe unserer Vorfahren gewidmet, die sich darauf verließen, um nicht zur Beute eines Raubtiers zu werden. Ich habe diesen Schutzmechanismus kultiviert, dieses Kribbeln im Nacken, bei dem mein Kopf sich instinktiv dreht, um nach einem Paar Augen Ausschau zu halten. Aus Erfahrung weiß ich, wie gefährlich es ist, diese Warnung zu missachten.

Doch sie dreht sich einfach wieder um, öffnet die Haustür und geht hinein, ohne in meine Richtung zu sehen.

Sie weiß nicht, was ich ihr angetan habe.

Sie ahnt nicht, welchen Schaden ich ihr zugefügt, welches Verhängnis ich in Gang gesetzt habe.

Für diese schöne junge Frau mit dem herzförmigen Gesicht und dem sinnlichen Körper – die Frau, deretwegen Richard, mein Ehemann, mich verlassen hat – bin ich ebenso unsichtbar wie die Taube, die auf dem Bürgersteig neben mir nach Nahrung pickt.

Sie hat keine Ahnung, was mit ihr geschehen wird, wenn sie so weitermacht. Nicht die geringste.

Leseprobe

KAPITEL EINS

Als Nellie die Augen aufschlug, stand eine Frau, die ihr weißes Spitzenhochzeitskleid trug, am Fußende ihres Betts.

Sie stieß einen erstickten Schrei aus und griff nach dem Baseballschläger, der an ihrem Nachttisch lehnte. Dann gewöhnten ihre Augen sich an das körnige Dämmerlicht, und ihr wild hämmerndes Herz beruhigte sich ein wenig.

Als Nellie begriff, dass sie in Sicherheit war, entfuhr ihr ein gepresstes Lachen. Die vermeintliche Frau war bloß ihr Hochzeitskleid, das sie gestern, noch in Folie gehüllt, an die Schranktür gehängt hatte, nachdem sie es aus dem Brautmodengeschäft abgeholt hatte. Das Oberteil und der Tellerrock waren mit Seidenpapier ausgestopft, damit sie die Form bewahrten. Nellie sank zurück aufs Kopfkissen. Als ihre Atmung sich wieder normalisiert hatte, sah sie auf den Wecker. Zu früh, wieder einmal.

Sie streckte den Arm nach dem Wecker aus, ehe er losplärren konnte; der Diamantverlobungsring an ihrer linken Hand, ein Geschenk von Richard, fühlte sich schwer und ungewohnt an.

Schon als Kind hatte Nellie nicht leicht einschlafen können. Ihre Mutter hatte keine Geduld für ausgedehnte Einschlafrituale gehabt, doch ihr Vater hatte ihr immer sanft den Rücken massiert und ihr mit dem Finger Sätze aufs Nachthemd geschrieben wie *Ich liebe dich* oder *Du bist etwas ganz Besonderes*, und sie hatte versuchen müssen, zu erraten, was er da schrieb. Jedenfalls bis ihre Eltern sich scheiden ließen und er auszog. Da war sie neun gewesen. Von nun an lag sie allein in ihrem großen Bett unter ihrer rosa und lila gestreiften Bettdecke und starrte auf den Wasserfleck, der ihre Zimmerdecke verunzierte.

Wenn sie endlich eindöste, schlief sie normalerweise tief und fest, sieben oder acht Stunden lang – so tief und traumlos, dass ihre Mutter sie manchmal regelrecht wachrütteln musste.

Doch das änderte sich schlagartig nach einer gewissen Oktobernacht in ihrem letzten Jahr auf dem College.

Ihre Schlafstörungen verschlimmerten sich rasant. Nun zerstückelten lebhafte Träume, aus denen sie abrupt aufwachte, ihre Nachtruhe. Einmal erzählte eine ihrer Verbindungsschwestern beim Frühstück, Nellie habe nachts irgendetwas Unverständliches geschrien. Sie versuchte, es abzutun: «Die Prüfungen stressen mich. Diese Psycho-Statistik-Klausur soll der Horror sein.» Dann stand sie vom Tisch auf und holte sich eine weitere Tasse Kaffee.

Danach zwang sie sich, die Collegepsychologin aufzusuchen, doch trotz des behutsamen Zuspruchs der Frau konnte Nellie nicht über jenen warmen Herbstabend sprechen, der mit Wodkaflaschen und Heiterkeit begonnen und mit Polizeisirenen und Verzweiflung geendet hatte. Nellie suchte die Therapeutin zweimal auf, doch den dritten Termin sagte sie ab, und von da an ging sie nie wieder zu ihr.

Einiges davon hatte Nellie Richard erzählt, als sie beim Erwachen aus einem ihrer Albträume gespürt hatte, wie er die Arme um sie legte, während er ihr mit seiner tiefen Stimme ins Ohr flüsterte: «Ich halte dich, Baby. Bei mir bist du in Sicherheit.» In seinen Armen fühlte sie sich so sicher, wie sie es sich ihr ganzes Leben lang ersehnt hatte, sogar schon vor dem Vorfall. Neben Richard konnte Nellie sich endlich dem verwundbaren Zustand des Tiefschlafs überlassen. Es fühlte sich an, als wäre der unsichere Boden unter ihren Füßen endlich solide geworden.

Gestern Abend jedoch war Nellie allein in ihrer Wohnung im Erdgeschoss des alten Brownstone-Gebäudes gewesen. Richard war geschäftlich in Chicago, und ihre beste Freundin und Mitbewohnerin Samantha hatte bei ihrem neuen Freund übernachtet.

Leseprobe

Der Lärm der Stadt war durch die alten Mauern gedrungen: Hupen, hin und wieder Geschrei, Hundegebell … Obwohl die Verbrechensrate in der Upper East Side die niedrigste in ganz Manhattan war, waren die Fenster mit Stahlgittern gesichert, und drei Schlösser verstärkten die Wohnungstür, darunter das dicke, das Nellie nach dem Einzug angebracht hatte. Dennoch hatte sie ein zusätzliches Glas Chardonnay benötigt, um einschlafen zu können.

Nellie rieb sich die verklebten Augen, schälte sich langsam aus dem Bett und zog ihren Frotteebademantel an. Dann betrachtete sie nochmals das Kleid und fragte sich, ob sie versuchen sollte, in ihrem winzigen Kleiderschrank Platz dafür zu schaffen. Doch der Rock war so ausladend. Im Brautmodengeschäft, umgeben von seinen aufgeplusterten, paillettenbestickten Schwestern, war es ihr schlicht und elegant erschienen, wie ein einfacher Haarknoten im Vergleich zu einer aufwendigen Toupierfrisur. Aber neben den Kleiderhaufen und dem billigen Ikea-Regal in ihrem vollgestopften Zimmer erinnerte es mit einem Mal bedenklich an das Gewand einer Disney-Prinzessin.

Doch das ließ sich nicht mehr ändern. Der Hochzeitstermin rückte schnell näher, und jedes Detail war festgelegt, bis hin zum Tortenaufsatz – einer blonden Braut mit ihrem gutaussehenden Bräutigam, in einem perfekten Augenblick erstarrt.

«Meine Güte, die sehen sogar so aus wie ihr zwei», hatte Samantha gesagt, als Nellie ihr ein Foto von den altmodischen Porzellanfigurinen gezeigt hatte, das Richard ihr gemailt hatte. Der Aufsatz hatte seinen Eltern gehört, und nachdem Richard ihr den Antrag gemacht hatte, hatte er das Erbstück aus dem Keller geholt. Sam hatte die Nase gerümpft. «Schon mal auf die Idee gekommen, dass er zu gut ist, um wahr zu sein?»

Richard war sechsunddreißig, neun Jahre älter als Nellie, und ein erfolgreicher Hedgefondsmanager. Er hatte den drahtigen Körper eines Läufers, dunkelblaue Augen und ein unbeschwertes Lächeln, das über seinen eindringlichen Blick hinwegtäuschte.

Bei ihrer ersten Verabredung hatte er sie in ein französisches Restaurant eingeladen und mit dem Sommelier kenntnisreich über weißen Burgunder gesprochen. Bei ihrer zweiten Verabredung an einem verschneiten Samstag hatte er ihr vorher gesagt, sie solle sich warm anziehen, und war dann mit zwei leuchtend grünen Plastikschlitten erschienen. «Ich kenne den besten Hügel im Central Park», hatte er gesagt. Er hatte eine ausgeblichene Jeans getragen und darin eine ebenso gute Figur gemacht wie in seinen tadellos sitzenden Anzügen.

Als Nellie auf Sams Frage geantwortet hatte: «Das denke ich jeden Tag», war das kein Witz gewesen.

Während sie über die sieben Stufen in die winzige Küchenzeile tappte, unterdrückte sie ein neuerliches Gähnen. Der Linoleumboden unter ihren nackten Füßen war kalt. Sie schaltete die Deckenlampe ein und stellte fest, dass das Honigglas – wieder einmal – völlig verklebt war, nachdem Sam ihren Tee gesüßt hatte. Der zähflüssige Honig war an der Seite herabgesickert und hatte eine bernsteinfarbene Lache gebildet, in der jetzt eine Kakerlake zappelte. Noch nach all den Jahren, die sie mittlerweile in Manhattan lebte, wurde ihr bei diesem Anblick ein wenig übel. Sie schnappte sich eine von Sams schmutzigen Tassen aus der Spüle und stülpte sie über das Insekt. *Soll sie sich damit befassen*, dachte Nellie. Sie schaltete die Kaffeemaschine ein, und während sie wartete, klappte sie ihren Laptop auf und las ihre E-Mails: Prozente bei Gap; ihre Mutter war anscheinend Vegetarierin geworden und bat Nellie, darauf zu achten, dass es beim Hochzeitsessen eine fleischlose Alternative gab; und eine Benachrichtigung, dass ihre Kreditkartenzahlung fällig war.

Dann schenkte sie sich Kaffee in eine Tasse ein, die mit Herzchen und den Worten *Weltbeste Kindergärtnerin* verziert war. Sie und Samantha, die ebenfalls als Erzieherin bei Learning Ladder arbeitete, hatten im Küchenschrank ein Dutzend solcher Tassen stehen. Dankbar trank sie einen Schluck Kaffee. Sie hatte heute zehn Frühjahrsbesprechungen mit Eltern ihrer Gruppe von Dreijährigen. Ohne Koffein bestünde die Gefahr, dass sie in der «Ruhe-Ecke» einschlief, dabei musste sie hellwach sein. Als Erstes waren die Porters dran, die erst neulich per Mail beklagt hatten, der Gruppenraum lasse zu wenig Kreativität zu. Sie hatten ihr empfohlen, das große Puppenhaus durch ein Riesen-Tipi zu ersetzen, und einen Link angefügt, wo man eines für 229 Dollar erwerben konnte.

Wenn sie zu Richard zog, würde sie die Porters kaum mehr vermissen als die Kakerlaken, befand Nellie. Sie warf einen Blick auf Samanthas Tasse, bekam Gewissensbisse, nahm das Insekt mit einem Papiertuch auf und spülte es in der Toilette hinunter.

Als Nellie gerade die Dusche aufdrehte, klingelte ihr Handy. Sie hüllte sich in ein Handtuch und lief in ihr Zimmer, um das Telefon aus ihrer Handtasche zu holen, doch dort war es nicht. Ständig verlegte sie das Ding. Am Ende wurde sie zwischen den Falten ihrer Bettdecke fündig.

«Hallo?»

Keine Antwort.

Im Display stand «Unbekannte Rufnummer». Gleich darauf erhielt sie eine Mailbox-Benachrichtigung. Sie drückte eine Taste, um die Nachricht abzuhören, vernahm jedoch nur ein schwaches rhythmisches Geräusch. Atem.

Bloß Telefonmarketing, sagte sie sich, während sie das Handy wieder aufs Bett warf. Nichts Ungewöhnliches. Sie reagierte wieder einmal über. Es war einfach alles zu viel. Schließlich würde sie in den nächsten paar Wochen ihren Teil der Wohnung ausräumen, zu Richard ziehen und mit einem Strauß weißer Rosen in ihr neues Leben schreiten. Veränderungen zehrten an den Nerven, und im Moment standen eine ganze Menge davon an.

Dennoch: Es war der dritte Anruf in drei Wochen.

Sie sah zur Wohnungstür. Das Bolzenschloss aus Stahl war zugesperrt.

Leseprobe

Sie ging zurück ins Bad, machte noch einmal kehrt, nahm ihr Handy mit und legte es auf den Rand des Waschbeckens. Dann schloss sie die Tür ab, hängte das Handtuch auf die Stange und betrat die Duschkabine.

Im Nu erfüllte Dampf die Duschkabine, und Nellie ließ das heiße Wasser über die Verspannungen in ihren Schultern und den Rücken hinabströmen. Sie würde seinen Namen annehmen. Vielleicht würde sie sich auch eine andere Handynummer besorgen.

Hinterher schlüpfte sie in ein Leinenkleid und trug gerade Mascara auf ihre blonden Wimpern auf – nur am Eltern- und am Abschlusstag schminkte sie sich ein wenig stärker für die Arbeit und zog auch hübsche Kleidung an –, da vibrierte ihr Handy, was auf dem Waschbecken ein lautes blechernes Geräusch erzeugte. Sie zuckte zusammen, der Mascarapinsel rutschte ihr nach oben aus und hinterließ unter ihrer Augenbraue einen schwarzen Fleck.

Sie sah aufs Display. Eine SMS von Richard:

Kann es nicht erwarten, dich zu sehen, meine Schöne. Zähle die Minuten. Ich liebe dich.

Während sie die Nachricht ihres Verlobten las, löste sich die Beklemmung in ihrer Brust, die sie schon den ganzen Morgen verspürte. *Ich liebe dich auch*, schrieb sie zurück.

Heute Abend würde sie ihm von den Anrufen erzählen. Richard würde ihr ein Glas Wein einschenken und ihre Füße auf den Schoß nehmen, während sie sich unterhielten. Vielleicht fand er eine Möglichkeit, die unterdrückte Telefonnummer zurückzuverfolgen. Sie machte sich fertig, nahm die schwere Umhängetasche und trat hinaus in die kraftlose Frühlingssonne.

Leseprobe

KAPITEL ZWEI

Das schrille Pfeifen von Tante Charlottes Wasserkessel weckt mich. Fahles Sonnenlicht sickert zwischen den Lamellen der Jalousie hindurch und wirft blasse Streifen auf meinen Körper, während ich in Fötushaltung daliege. Wie kann es schon wieder Morgen sein? Nach all den Monaten, die ich jetzt allein in einem Einzelbett schlafe – anstatt in dem breiten Doppelbett, das ich mit Richard teilte –, liege ich noch immer nur auf der linken Seite. Neben mir ist das Laken kühl. Ich lasse Raum für ein Gespenst.

Der Morgen ist die schlimmste Zeit für mich, weil ich dann für eine kurze Weile einen klaren Kopf habe. Dieser Aufschub ist so grausam. Ich kuschele mich unter die Patchworkdecke und habe das Gefühl, ein tonnenschweres Gewicht drückte mich auf die Matratze.

Richard ist jetzt wahrscheinlich bei meiner hübschen jungen Nachfolgerin; die dunkelblauen Augen fest auf sie gerichtet, zeichnet er mit den Fingerspitzen den Schwung ihrer Wange nach. Manchmal kann ich beinahe hören, wie er ihr die Zärtlichkeiten zuflüstert, die früher mir galten.

Ich bete dich an. Ich werde dich so glücklich machen. Du bist mein Ein und Alles.

Mein Herz hämmert, jeder einzelne stetige Schlag nahezu schmerzhaft. *Tiefe Atemzüge*, rufe ich mir in Erinnerung. Es funktioniert nicht. Es funktioniert nie.

Wenn ich die Frau beobachte, deretwegen Richard mich verlassen hat, bin ich jedes Mal beeindruckt davon, wie sanft und unschuldig sie ist. So wie ich, als Richard und ich uns kennenlernten und er die Hände so behutsam um mein Gesicht wölbte, als wäre es eine zarte Blüte, die er nicht beschädigen wollte.

Schon in jenen ersten berauschenden Monaten kam er – *es* – mir manchmal so vor, als ginge er nach einem Drehbuch vor, aber das war nicht wichtig. Richard war fürsorglich, charismatisch und kultiviert. Ich verliebte mich beinahe sofort in ihn. Und ich habe niemals daran gezweifelt, dass er mich auch liebte.

Jetzt ist er allerdings fertig mit mir. Ich bin aus unserem Haus im Kolonialstil mit den vier Schlafzimmern, den bogenförmigen Türen und dem üppigen Garten ausgezogen. Drei dieser Schlafzimmer blieben unsere ganze Ehe hindurch leer, doch unsere Hausangestellte putzte sie trotzdem jede Woche. Ich fand immer einen Vorwand, um das Haus zu verlassen, wenn sie diese Türen öffnete.

Die Sirene eines Krankenwagens zwölf Stockwerke unter mir treibt mich endlich aus dem Bett. Ich öffne den alten Kirschbaumkleiderschrank, den Tante Charlotte auf dem GreenFlea-Flohmarkt erstanden und selbst aufgearbeitet hat. Vorher hatte ich einen begehbaren Kleiderschrank, der größer als das Zimmer war, in dem ich jetzt stehe. Stangenweise Kleider, nach Farbe und Jahreszeit geordnet. Regale voller Designerjeans in verschiedenen Ripped-Stadien. Ein Regenbogen aus Kaschmir entlang einer Wand.

Diese Kleidungsstücke haben mir nie viel bedeutet. Normalerweise trug ich tagsüber bloß eine Yogahose und einen Kuschelpulli und zog mir wie eine umgekehrt gepolte Pendlerin erst kurz vor Richards Heimkehr von der Arbeit etwas Eleganteres an.

Nun allerdings bin ich froh, dass ich ein paar Koffer mit meinen edleren Kleidungsstücken mitnahm, nachdem Richard mich aufgefordert hatte, aus unserem Haus in Westchester auszuziehen. Als Verkäuferin bei Saks im dritten Stock, wo die Designerlabel untergebracht sind, bin ich auf Provisionen angewiesen, daher muss ich unbedingt einen verkaufsfördernden Anblick bieten. Ich mustere die Kleider, die in fast militärischer Ordnung im Schrank hängen, und wähle ein türkisfarbenes Chanel-Kleid aus. Einer der unverwechselbaren Knöpfe ist verbeult, und es sitzt lockerer als noch beim letzten Tragen, in einem anderen Leben. Auch ohne auf die Waage zu sehen, weiß ich, dass ich stark abgenommen habe; trotz meiner eins siebenundsechzig muss ich selbst Kleidungsstücke in Größe 34 enger machen.

Diesen Verkäuferinnenjob mache ich erst seit einem Monat. Trotzdem habe ich schon zwei Verwarnungen wegen Zuspätkommens erhalten. Ich muss eine bessere Einschlafhilfe finden; von den Tabletten, die meine Ärztin mir verschrieben hat, bin ich morgens immer ziemlich benommen. Beinahe zehn Jahre lang hatte ich nicht gearbeitet. Wer wird mich einstellen, falls ich diesen Job verliere?

Ich hänge mir meine schwere Tasche, aus der oben meine fast ungetragenen Jimmy Choos herausragen, über die Schulter, schnüre meine abgetragenen Nikes zu und setze die Ohrstöpsel ein. Auf meinem fünfzig Häuserblocks langen Fußweg zu Saks höre ich Psychologiepodcasts; die Zwangsstörungen der anderen lenken mich manchmal von meinen eigenen ab.

Die matte Sonne, die mich beim Aufwachen begrüßte, hat mich glauben gemacht, es würde langsam wärmer. Nun wappne ich mich gegen den peitschenden Spätfrühlingswind und mache mich auf die Wanderung von der Upper West Side nach Midtown Manhattan.

***

Nachdem ich einige Kundinnen bedient habe, gehe ich zu den Umkleidekabinen, um verworfene Kleidungsstücke zurück in den Verkauf zu bringen. Während ich sie sorgfältig auf Bügel hänge, höre ich zwei Frauen in nebeneinanderliegenden Kabinen miteinander plaudern.

«Uh, dieses Alaïa-Kleid sieht ja furchtbar aus. Ich bin so aufgeschwemmt. Die Kellnerin hat gesagt, die Sojasoße sei salzarm, aber sie hat gelogen, das weiß ich genau.»

Diesen Südstaatentonfall erkenne ich sofort: Hillary Searles, die Frau von George Searles, einem von Richards Kollegen. Hillary und ich sind uns im Lauf der Jahre bei zahlreichen Dinnerpartys und geschäftlichen Veranstaltungen über den Weg gelaufen. Ich kenne ihre Meinung zu öffentlichen versus privaten Schulen, Atkins- versus Zone-Diät und Saint-Barthélemy versus Amalfiküste. Heute kann ich es nicht ertragen, ihr zuzuhören.

«Juuhuu! Ist da draußen irgendwo eine Verkäuferin? Wir brauchen andere Größen», ruft eine der Frauen.

Eine Kabinentür fliegt auf. Die Frau, die herauskommt, sieht Hillary so ähnlich – bis hin zu den roten Haaren –, dass sie nur ihre Schwester sein kann. «Miss. Können Sie uns helfen? Die Verkäuferin, die uns bedient hat, scheint sich in Luft aufgelöst zu haben.»

Ehe ich antworten kann, sehe ich etwas Orangefarbenes aufblitzen: Das Anstoß erregende Alaïa-Kleid fliegt über die Tür der Umkleidekabine. «Haben Sie das da in 42?»

Wenn Hillary 3100 Dollar für ein Kleid ausgibt, dann ist die Provision die Fragen wert, die sie mir an den Kopf werfen wird.

«Ich sehe eben nach», erwidere ich. «Aber Alaïa ist keine besonders figurumspielende Marke, egal, was Sie zum Mittagessen hatten ... Ich kann es Ihnen in 44 bringen, falls es klein ausfällt.»

«Ihre Stimme kommt mir so bekannt vor.» Hillary späht heraus und verbirgt dabei ihren vom Salz aufgeschwemmten Körper hinter der Tür. Sie kreischt auf, und es kostet mich einige Mühe, stehen zu bleiben, während sie mich angafft. «Was tust du denn hier?»

Ihre Schwester meldet sich zu Wort: «Hill, mit wem redest du da?»

«Vanessa ist eine alte Freundin. Sie ist – ähm, sie war – mit einem von Georges Kollegen verheiratet. Warte einen Moment,

Leseprobe

Schätzchen! Ich ziehe mir nur schnell was an.» Als sie wieder auftaucht, drückt sie mich fest an sich und hüllt mich dabei in den Blumenduft ihres Parfüms.

«Du siehst anders aus! Was hat sich verändert?» Sie stemmt die Hände in die Hüften, und ich zwinge mich, ihre Musterung über mich ergehen zu lassen. «Zunächst mal bist du so dünn geworden, du kleines Luder. Du könntest dieses Alaïa-Kleid problemlos tragen. Also, du arbeitest jetzt hier?»

«Ja. Schön, dich zu sehen ...»

Noch nie war ich so dankbar dafür, vom Klingeln eines Handys unterbrochen zu werden. «Hallo!», zwitschert Hillary. «Was? Fieber? Sind Sie sicher? Denken Sie daran, wie sie Sie letztes Mal an der Nase herumgeführt hat, indem ... Schon gut, schon gut. Ich bin gleich da.» Sie wendet sich an ihre Schwester. «Das war die Schulkrankenschwester. Sie glaubt, Madison ist krank. Ehrlich, die schicken die Kinder schon nach Hause, wenn sie nur mal schniefen.»

Sie beugt sich zu mir, umarmt mich erneut, und ihr Diamantohrring kratzt über meine Wange. «Verabreden wir uns doch zum Mittagessen, dann können wir uns ausführlich unterhalten. Ruf mich an!»

Als Hillary und ihre Schwester mit klappernden Absätzen zum Aufzug gehen, entdecke ich auf dem Stuhl in der Umkleidekabine einen Platinarmreif. Ich schnappe ihn mir und laufe Hillary hinterher. Als ich gerade ihren Namen rufen will, schwebt ihre Stimme zu mir: «Armes Ding», sagt sie zu ihrer Schwester, und ich höre echtes Mitleid heraus. «Er hat das Haus bekommen, die Autos, einfach alles ...»

«Im Ernst? Hat sie sich keinen Anwalt genommen?»

«Sie war völlig neben der Spur.» Hillary zuckt die Achseln. Es ist, als wäre ich gegen eine unsichtbare Wand gelaufen.

Ich sehe ihr hinterher. Als sie den Aufzug ruft, mache ich kehrt, um die Seiden- und Leinenstöffchen wegzuräumen, die sie auf dem Boden der Kabine liegen gelassen hat. Doch zuerst lege ich den Armreif an.

Kurz bevor unsere Ehe endete, gaben Richard und ich bei uns zu Hause eine Cocktailparty. Da sah ich Hillary zum letzten Mal. Der Abend begann mit einem Missklang, weil der Caterer und sein Personal nicht zur verabredeten Zeit erschienen. Richard war verärgert – über den Caterer, über mich, weil ich das Essen nicht eine Stunde früher herbestellt hatte, über die Situation –, doch er stellte sich tapfer hinter eine provisorische Bar in unserem Wohnzimmer, mixte Martinis und Gin Tonics und lachte schallend, als einer seiner Partner ihm einen Zwanziger als Trinkgeld gab. Ich mischte mich unter die Gäste, entschuldigte mich murmelnd für den unzulänglichen Laib Brie und das Tortenstück würzigen Cheddar, die ich serviert hatte, und versprach, das eigentliche Essen werde bald eintreffen.

«Schatz? Kannst du ein paar Flaschen von dem 2009er Raveneau aus dem Keller holen?», rief Richard mir quer durch den Raum zu. «Ich habe letzte Woche eine Kiste bestellt. Sie sind im Weinkühlschrank im mittleren Regal.»

Ich erstarrte und hatte das Gefühl, alle sähen mich an. Hillary stand an der Bar. Wahrscheinlich hatte sie sich diesen Jahrgang gewünscht; es war ihr Lieblingswein.

Wie in Zeitlupe, das weiß ich noch, ging ich Richtung Keller, um den Augenblick hinauszuzögern, in dem ich Richard vor seinen versammelten Freunden, Kollegen und Geschäftspartnern sagen musste, was ich bereits wusste: In unserem Keller befand sich kein Raveneau.

Die nächste Stunde verbringe ich damit, eine Dame zu bedienen, die ein neues Outfit für die Taufe der nach ihr benannten Enkelin benötigt, und einer Frau, die eine Kreuzfahrt nach Alaska unternehmen will, eine Reisegarderobe zusammenzustellen. Mein

Leseprobe

Körper fühlt sich an wie ein nasser Sack; der Hoffnungsschimmer, der in mir aufgeglommen war, nachdem ich Nancy bedient hatte, ist erloschen.

Diesmal sehe ich Hillary, bevor ich ihre Stimme höre. Sie kommt auf mich zu, als ich gerade einen Rock aufhänge.

«Vanessa!», ruft sie. «Bin ich froh, dass du noch da bist. Bitte sag, dass du meinen ...»

Sie bricht ab, als ihr Blick auf mein Handgelenk fällt.

Rasch nehme ich den Armreif ab. «Ich wollte nicht ... ich ... ich wollte ihn nicht im Fundbüro abgeben ... Ich dachte, du kommst bestimmt zurück, sonst hätte ich dich angerufen.»

Das Misstrauen verschwindet aus Hillarys Blick. Sie glaubt mir. Oder jedenfalls will sie mir glauben.

«Ist mit deiner Tochter alles in Ordnung?»

Hillary nickt. «Ich glaube, die kleine Simulantin wollte bloß den Matheunterricht schwänzen.» Sie kichert und legt den schweren Platinreif wieder an. «Du hast mir das Leben gerettet. George hat ihn mir erst vor einer Woche zum Geburtstag geschenkt. Stell dir vor, ich müsste ihm sagen, dass ich ihn verloren habe! Er würde sich von mir schei–» Röte überzieht ihre Wangen, und sie wendet den Blick ab. Hillary war nie unfreundlich zu mir, das weiß ich noch. Anfangs brachte sie mich manchmal sogar zum Lachen.

«Wie geht's George?»

«Hat viel um die Ohren! Du weißt ja, wie das ist.»

Eine weitere winzige Pause.

«Hast du Richard in letzter Zeit gesehen?» Ich bemühe mich um einen leichten Ton, doch es gelingt mir nicht. Mein Hunger nach Informationen über ihn ist unübersehbar.

«Ach, ab und an.»

Ich warte, doch sie will mir ganz offensichtlich nicht mehr sagen.

«Tja! Möchtest du jetzt dieses Alaïa-Kleid anprobieren?»

«Keine Zeit. Ich komme ein andermal wieder, Liebes.» Doch

Leseprobe